本书为陕西理工大学"陕西普通本科高等学校专业综合改革试点""汉语言文学专业省级人才培养模式创新实验区""中国古代文学省级教学团队""中国古代文学省级精品资源共享课程""中国古代文学与文化研究科技创新团队"建设成果，并受"陕西普通本科高等学校专业综合改革试点"建设项目经费资助

文学类专业素质与创新教育讲演录

付兴林　吴金涛◎主编

中国社会科学出版社

图书在版编目（CIP）数据

文学类专业素质与创新教育讲演录/付兴林，吴金涛 主编.—北京：
中国社会科学出版社，2017.2
ISBN 978 - 7 - 5161 - 9794 - 3

Ⅰ.①文… Ⅱ.①付…②吴… Ⅲ.①文学—文集 Ⅳ.①I - 53

中国版本图书馆 CIP 数据核字（2017）第 015292 号

出 版 人	赵剑英
责任编辑	周晓慧
责任校对	无 介
责任印制	戴 宽

出 版	中国社会科学出版社
社 址	北京鼓楼西大街甲 158 号
邮 编	100720
网 址	http://www.csspw.cn
发 行 部	010 - 84083685
门 市 部	010 - 84029450
经 销	新华书店及其他书店

印 刷	北京明恒达印务有限公司
装 订	廊坊市广阳区广增装订厂
版 次	2017 年 2 月第 1 版
印 次	2017 年 2 月第 1 次印刷

开 本	710×1000 1/16
印 张	25.75
插 页	2
字 数	431 千字
定 价	92.00 元

编 委 会

主 编

付兴林　吴金涛

顾 问

冯小明　王　忠

编委会（以姓氏笔划为序）

王　蓬	王建科	付兴林	田孟礼	刘昌安
刘忠华	刘清河	许　松	许净瞳	李汉荣
李仲凡	李宜蓬	陈一军	陈　燕	张沁文
张　赟	张　璐	吴金涛	岳　琳	武玉秀
钟小龙	宫臻祥	袁平夫	徐　渊	徐向阳
雷　勇				

前　言

改革开放三十余年来，中国经济及国际影响力得到了前所未有的发展与提升，"中国制造"正在向"中国创造"转变和跨越。习近平总书记在中国科学院第十七次院士大会、中国工程院第十二次院士大会上讲话指出："当前，全党全国各族人民正在为全面建成小康社会、实现中华民族伟大复兴的中国梦而团结奋斗。我们比以往任何时候都更加需要强大的科技创新力量。党的十八大作出了实施创新驱动发展战略的重大部署，强调科技创新是提高社会生产力和综合国力的战略支撑，必须摆在国家发展全局的核心位置。"习总书记的讲话精辟地揭示了科技创新与中国复兴梦和全面建成小康社会的关系，也为高等教育发展指明了方向。

在这场深刻的变革中，高等教育必须自觉肩负起神圣的历史使命，为国家发展提供强有力的人才保障和智力支撑。早在1996年，教育部就提出"高等教育面向21世纪教学内容和课程体系改革计划"，此计划的实施有力地推动了各高校教育教学改革。该计划的核心内容就是研究21世纪社会对人才知识、能力和素质结构的要求，转变教育思想，更新教育观念，改革人才培养模式。随着高校素质教育、创新教育的开展和人们对高校教育教学研究的不断深化，要求改革高校人才培养模式的呼声日渐强烈。人们已经认识到，传统人才培养模式已无法有效解决今天高校教育发展所面临的难题。可以说，对人才培养模式的改革，是目前高等教育教学改革的尖端课题。因此，加快高校教育教学改革，构建适应创新型国家发展战略需要的人才培养模式，就成了高校教育教学改革的必然要求和内在需求。2010年，中央颁布了《国家中长期教育改革和发展规划纲要》。"纲要"在论述"战略主题"时指出："坚持以人为本、推进素质教育是教育改革发展的战略主题，是贯彻党的教育方针的时代要求，核心是解决好培养什么人、怎样培养人的重大问题，重点是面向全体学生、促进学生全面发展，着力提高学生服务国家人民的社会责任感、勇于探索的创新精神和善于解决问题的实践能力。"此一论述对高等教育人才培养提出了明确要求，厘清了高等教育的重大关切问题。近年来，世界各国高等教育竞争不断加剧，其核心是建设世界一流大学，培养具有创新精神的高端人才。中国紧跟国际潮流，适时提出建设世界一流大学和一流学科的发展战略。2016年，陕西省根据国家教育发展战略精神，进一步提出了建设"一流大学、一流学科、一流学院、一流专业"[3]的奋斗目标。可以说，从国家层面到省一级政府，都对高等教育改革发展提出了更高的要求。

在高等教育四项职能中，核心是人才培养，关键是要解决好人才培养模式问题，即"培养什么样的人"和"怎样培养人"的问题。诸如人才培养目标与规格、人才培养方案、教学内容、课程体系、教学方法与手段、人文素质教育与创新创业教育，等等。长春工业大学原校长张德江就"如何培养创新人才"有过一段精辟的论述："作为一个教师，传授知识是基本的任务。然而，还有四个方面更重要：一是指导学生学习的方法比教给知识更重要，今天的教是为了明天不需要教；二是激发学生学习的兴趣比强制学生学习更重要，重在提高学生学习的内动力；三是养成学生的科学精神比传播科学更重要，努力培养严谨、求实、探索、创新的学术品格；四是引导学生学会应用知识比单纯传授知识更重要，学习的目的是应用。"因此，高等学校急需就人才培养目标、课程结构、教学内容、教学方法与手段改革等内涵建设深入研究和思考，通过切实可行的改革思路、举措、机制，不断强化人文素养与创新精神的培养，构建适应社会发展需要的创新型人才培养模式。

现代人才的核心素质是创新，它要求学生具备广博的视野、求是的精神和理论联系实际的能力，能运用理论知识指导实践应用，创造性地发现问题、分析问题、解决问题。创新型人才应当具备浓厚的学习兴趣、扎实的理论基础、活跃的学术思想、敏锐的学术眼光、科学的学术方法，以及融通古今中外、打通学科壁垒的意识和能力。

从当前高等教育教学发展的现状看，对人才培养的核心要素认识不清，培养人才的举措单一且落实不到位，人才培养模式存在着欠科学、不合理、滞后于时代发展需求的诸多弊病。其一，素质教育的初衷与教育的实际状况出现了背离。当我们强调素质教育、探索素质教育路径的时候，却不由自主地偏离了高等教育的规律。传统的高等教育注重专业能力培养，学生缺乏创新精神和人文关怀，于是各个高校大力推行素质教育，在一定程度上却又忽视了专业素质教育。而从具体实施过程看，由于对素质教育的内涵与外延缺乏清晰的界定和认识，往往重视"外美"而忽视"内秀"，或者是两者不能很好地兼顾平衡，致使素质教育变了型、走了样、背离了初衷，教育出现了迷惘甚至混乱的局面。中国工程院院士、华中科技大学原校长李培根在《开发学生潜能是教育者的责任》一文中指出："创新是社会进步的灵魂，一个真正有创新意识的民族，在社会的各个方面都要不断推陈出新，社会因此而更好更快地进步。教育的任务之一是启发学生的创新意识，创新意识最基本的要素是质疑和独立思考。"如何在传授知识的同时，培养学生发现问题、解决问题的能力，开拓其学术视野，提升其创新能力，实现知识、能力、素质真正协调发展，一直是高等教育绕不开的突出问题。其二，专业素质教育培养模式出现了困局。具体表现为：专业素质教育重知识轻能力，学科及专业划分过细，过分强调理论知识的传授，对学生实践能力和综合素质的培养重视不够，致使学生视野狭窄，缺乏专业创新精神。课程结构不尽合理，知识型课程比重偏大，拓展类课程——能力培养及提高类课程设置偏少且不成系统，这样的课程体系势必会导致学生专业素质基础薄弱，"只见树木，不见森林"，欠缺开阔的学术视野、会通的思辨能力和敏锐的创新意识。多年来，课堂教学过于封闭，缺乏灵动性，形成了单一、僵化的教学模式，阻碍了对学生创新能力和个性发展的培养。

陕西理工大学文学院具有近60年的办学历史，积累了相当丰富的人才培养经验，取得了较为丰厚的办学成果。但是，在人才培养理念与人才培养模式创新等方面与当前国际国内高等教育发展改革的速度与成效相比，还存在较大差距。近年来，通过不断努力，我们取得了"中国古代文学省级精品课程"（2006年）、"汉语言文学省级特色专业"（2009年）、"陕西普通本科高等学校专业综合改革试点"（2014年）、"汉语言文学专业省级人才培养模式创新实验区"（2015年）、"中国古代文学省级精品资源共享课程"（2015年）、"中国古代文学省级教学团队"（2015年）等一系列质量工程建设成果，在人才培养模式、教学模式、课程体系等方面进行了一系列切实有效的探索与实践。"文学类专业素质与创新教育讲座"课程的开设即是我们改革与探索的一项重要内容与举措。

为了使该门课程落地生根、产生实效，我们组织人力编写了配套教材《文学类专业素质与创新教育讲演录》。其目的是，充分利用我校文学院现有的优质教学资源——高职称、高学历师资队伍及当地社会优质资源——知名作家、文化名人，使文学院四个专业的学生都能有机会聆听教授、博士、名家的声音，享受最优质的专业教育，感受权威性的文学解读，领略个性化的课堂教学和学术讲演。古语云："遗人一鱼，只供一饭之需；授人一渔，则终身受益无穷。"开设"文学类专业素质与创新教育讲座"课程的目的，不仅在于传道授业解惑，更在于激发学生的学习兴趣，拓展学生的专业视野，指导学生掌握学术研究方法，使学生受到较为系统的素质教育和创新训练。

为了达到开设"文学类专业素质与创新教育讲座"的目的，实现既定的培养目标，我们根据专业素质与创新教育的内在要求和各专业的不同特点，整合文学院现有四个专业的高职称、高学历师资力量，联合地方知名作家、文化学者，由主编统筹命题，参编者按要求完成撰稿任务，精心策划、编撰了《文学类专业素质与创新教育讲演录》，作为该门课程的配套教材。该教材共计21讲，参与编撰的21位教授、博士、作家、学者分别负责一讲。每位作者以各自的专业特长为立足点，以应用性、博通性、开放性为原则，选择具有代表性、原创性且适合本科生接受水平的论题作为讲演内容。内容不拘泥于学术研究，而是突出专业学养、传统文化、地域特色、实践应用；力求贴近学生的接受能力、学识水平。通过引导性、激发性讲授，培养学生浓厚的学习兴趣，切实提高学生的专业素质和创新精神。

在每一讲的内在结构体例上，我们作出了明确规划：其一，整部讲演录在内容上由区域内两汉三国特色文化、中外文学研究与学术素养、中国传统文化、文学创作与写作能力四大板块构成；其二，在文稿前要有"内容提要"，简明扼要地概述讲演的内容及关键着力点；其三，正文部分应提出鲜明论点，并做到思路清晰，逻辑严谨，层次分明，文从字顺，具有可阅读性；其四，正文之后附缀与本演讲相关的思考题以及拓展阅读文献，以便学生进行课后探讨和链接阅读；其五，字数控制在1.5万字左右，以利于讲演者在三节课内完成讲演内容；其六，格式规范，注释准确，采用标准的页下注。

在授课方式上，我们力图突破封闭式传统授课方式，而采用开放式滚动性授课模式，即每位主讲者只在一个专业讲授，一次 3 学时，然后再在另一个专业进行讲授，21 位主讲者联袂轮换演讲，以完成本课程的教学任务。这样做的目的是，让学生在一种灵动的授课节奏中超越审美疲劳，在强烈的审美期待中享受大学课堂多彩的魅力。

高等教育教学改革与人才培养模式创新是一项艰巨的任务，不可能毕其功于一役，而是任重道远且永远在路上。对每一位忧念国家教育发展大业、情系高等教育改革的高校工作者来说，积极探索教育改革的新路子、新办法，不断创新人才培养模式，应是义不容辞、责无旁贷的神圣使命。故此，我们立足于本校、本院实际，试图通过开设"文学类专业素质与创新教育讲座"以及实施其他系列改革举措，探索出一条富有特色、行之有效的教育改革之路，为我国高等教育改革做出应有的贡献。作为"抛砖"之用，希望我们的探索能够为高等教育人才培养模式改革的重要突破，起到一定的推动作用。

目　录

汉水文化撮要

刘清河

内容提要：汉水文化是一种特定流域的地域文化，有其显著的地域特征。汉水流域居于中国大陆的腹心地带，是中华文明的重要发祥地之一，在中国历史的发展进程中具有举足轻重的地位。汉水文化的发展、演进几乎与中华总体文化同步，具有历史悠久、源远流长，亦夏亦夷、多元共生，南北交融、东西荟萃等特征，并形成了独具特色的文化精神。深入发掘、研究、传承汉水文化的积极因素，有利于提振本流域居民的文化自信心，从而为这一地域经济社会文化的发展提供精神支撑和动力。

汉水，又称汉江，是长江最大的支流，与黄河、长江一样，同是中华民族古老而神圣的母亲河。她发源于山间溪流，辉映着河汉星光，汇纳百川，滔滔向东，百折不挠，勇往直前；携高山而穿平野，越秦巴而奔郧襄，贯荆楚而吐云梦，出汉口而入长江，奔腾于中国大陆的腹心地带，介于黄河流域与长江流域之间；勾连起了张骞墓、武当山、明显陵三处世界文化遗产和汉中、襄樊、南阳、钟祥、荆州、随州、武汉等中国历史文化名城。这是一条生命之河，润泽了而今陕、鄂、豫的大片土地，孕育了一百万年前的"郧县人"，滋养了华夏蛮夷的万千生灵；这是一条文明之河，浇灌出了年代久远、灿若群星的旧石器时代和新石器时代文化，哺育了炎帝神农，开创了农耕文明，使汉水领域成为中华文化的重要发祥地；这是一条历史之河，成就了春秋五霸之一的楚庄王和战国七雄之一的楚王国，奠定了汉室四百年基业，走出了凿空西域迈向世界的第一人，演绎了无数或威武雄壮或悲恸惨烈的历史活剧，浓缩了中国广大地域三千年来的治乱兴衰；这是一条诗韵之河，生发了《诗经》《楚辞》的许多作品，凝成了孟浩然的田园逸趣、陆放翁的爱国豪情，流淌出了中国文学史上不少辉映千古的华丽篇章。

一 解读汉水

（一）汉水释名

许慎《说文解字》云："汉，漾也，东为沧浪水。"从字源学角度看，所谓"汉"字，其本义乃"国之大水"。清朱骏声《说文通训定声》释：（汉）"域中大水也"。汉水的不同区段有不同名称：陕西宁强境内汉水干流河段称漾水，勉（沔）县境内汉水干流河段称为沔水，褒河汇入沔水之后的以下河段始称汉江；湖北境内丹江口以下至襄阳汉水河段称沧浪水；襄阳以下至仙桃汉水河段称襄河；仙桃以下汉水河段又称夏水。"夏水"即"大水"。汉水注入长江的地方今称汉口，古代则称为夏口。沔水亦可指称整个汉水。

1989 年版《辞海》对汉水的解释是："汉江，一名汉水。长江的最长支流。上源玉带河出陕西西南部宁强县，东流到勉县东和褒河汇合后称汉江。东南流经陕西省南部、湖北省西北部和中部，在武汉市入长江。长1532 公里，流域面积 16.88 万平方公里，均居长江诸支流之冠。湖北省襄樊市以下称襄河。有褒河、丹江、唐河、白河、堵河等支流。"

（二）古代典籍中的汉水

汉水之名称，最早见于典籍《尚书·禹贡》。书中云："大禹嶓冢导漾，东流为汉，又东为沧浪之水，过三澨，至于大别，南入于江。"大约产生于三千年前的《诗经》，以及其后屈原等人的楚辞作品都提到了汉江。《战国策·燕策》中苏秦曾对燕王说："汉中之甲，乘舟出于巴，乘夏水而下汉，四日而至五渚。"《左传》云："汉，水之祥也。"《孟子·滕文公上》曰："决汝汉，排淮泗，而注之江。"《孟子·滕文公下》亦云："水由地中行，江、淮、河、汉是也。"据说，成书于先秦的集地理、民族、历史、宗教、神话于一体的集大成著作《山海经·西山经》中对汉水也有记载："嶓冢之山，汉水出焉，而东南流注于沔。"先秦典籍中提及汉水之名亦多有所见。

人类的文明总是与河流相伴而生的。远古人类都是选择离水很近、地势较高、不受水患的地方发展其文明。世界的四大文明古国——古埃及、古巴比伦、印度、中国的古代文明分别兴起于尼罗河、底格里斯河和幼发拉底河、印度河和恒河、黄河和长江流域。汉水作为一条历史悠久的文化之河，是中华文明的重要发祥地之一。三千年前的周人，看到这条自西北流向东南方向的浩浩荡荡的大江，感到莫名的惊叹，认为这是天上的银河流到了人间，是上天对人的恩赐。故汉水自古就有"天汉""云汉"之称。晋代常璩的《华阳国志·汉中志》云："汉沔彪炳，灵光上照，在天鉴为云汉，于地画为梁州。"横卧九州大地之上的汉水，正好与天上的"云汉"相映争辉。《山海经》称河水（黄河）、赤水、弱水、洋水（汉水）为上帝的四条"神泉"。先秦以来，历代文人、学者留下了难以数计的探究和咏颂汉水的文章、诗词。在《诗经》中，咏颂汉江的诗句随处可见。如《诗经·大雅·江汉》篇中有"江汉浮浮，武夫滔滔""江汉汤汤，武夫洸洸"等诗句；其他篇中有"滔滔江汉，南国之纪""汉之广矣，不可泳思。江之永矣，不可方思"等咏叹。《尚书·禹贡》称："江、汉朝宗于海。"《汉书·萧何曹参传》记载，西汉高祖元年（前206年），刘邦被项羽封为汉王，"王巴、蜀、汉中，都南郑"（《史记·高祖本纪》）。南郑乃汉水上游今陕西省汉中市汉台区。因当时的南郑地处偏僻，刘邦心中不悦，不愿就封。萧何劝刘邦说："（汉中）语曰'天汉'，其称甚美。"刘邦遂就封，后以汉中为基地，兵出散关，逐鹿中原，建立了大汉王朝。诗仙李白在《襄阳歌》中赞美汉水："遥看汉水鸭头绿，恰似葡萄初酦醅。"唐代诗人胡曾《咏史诗·汉江》，不仅描述了汉江风光，同时也对西周时期周昭王在汉江沉船亡命事表示同情和追祀："汉江一带碧流长，两岸春风起绿杨。借问胶船何处没，欲停兰棹祀昭王。"宋代爱国诗人陆游在汉中抗金前线看到汉江，挥笔写下了"地连秦雍川原壮，水下荆扬日夜流"的千古名句。清代文坛巨擘王渔洋《次汉中府》一诗中的"万叠云峰趋广汉，千帆秋水下襄樊"则是对汉水上游山川形胜及繁忙的汉江航运情景的高度概括。凡此种种，不胜枚举。简而言之，汉水在古人的心目中占有十分重要的地位。

（三）汉水与华夏文明

关于汉水与华夏文明的关系，学术界有过不少探讨与论述。潘世东先生在《汉水文化论纲》①一书中的论析颇为深入。该书引述了古人类学家吴汝康先生把人类的发展过程分为早期猿人、晚期猿人、早期智人、晚期智人四个阶段的论断。而汉水流域的考古发掘清晰地勾勒出了这一流域从猿

① 潘世东：《汉水文化论纲》，湖北长江出版集团、湖北人民出版社2008年版。

到人及至旧石器时代的人类发展图景。早期猿人距今 300 万到 150 万年，其脑量由于接近直立猿人而增大，能够制造简单的砾石工具。在汉水中游的湖北钟祥就曾发现 300 万年前的巨猿牙齿化石。晚期猿人距今 150 万到 30 万年，其脑量因直立行走而继续增大，已能制造出较为进步的未经磨制的石器，如砍砸器、刮削器、尖状器等，并已开始利用取自自然界的火。这一时期的猿人化石，先后在汉水上游的郧县梅铺、曲远河口、郧西白龙洞等地成系列地发现，时间距今约 90 万至 35 万年。汉中境内南郑龙岗寺及周边旧石器遗址发现的旧石器距今 120 万年以上，美国俄勒冈大学迈尔·阿金斯教授访问、考察该遗址后感叹道："我从这里看到了中国文化的根源。"早期智人距今 30 万到 5 万年，已具有与现代人更接近的特征，已能制作几种样式不同的标准化石器，不但使用天然火，而且能够人工取火，并且会编织制作衣服。在湖北丹江口市石鼓张家营后山和毛家洼就发现了 2000 多件用玛瑙制作的已改进了的石器。晚期智人距今 5 万到 1 万年前，虽仍具有某些原始属性，但已基本上和现代人相似，除会制作各种石器外，还掌握了雕刻绘画艺术，会制作各种石、骨质装饰品。在汉水中上游的湖北房县和下游的汉阳，皆有晚期智人的化石和遗址。汉水流域已发现的旧石器时代遗址有 200 多处。根据这些考古资料，可以说，在汉水流域的群山幽谷中，人类经历了从猿到人，从早期猿人到晚期猿人，从直立人、早期智人到晚期智人进化的全过程。

汉水流域新石器时代的文化遗址更是星罗棋布，不胜枚举。著名的陕西西乡老官台文化李家村类型文化遗址、陕西南郑龙岗仰韶文化遗存等，都清楚地表明汉水流域是华夏文明的重要发祥地。进入历史的文明发展阶段之后，传说中的"抟土造人"的人类始祖女娲，六七千年前就在汉水上游的陕西安康平利县和湖北十堰竹山县留下了有关抟土造人、炼石补天的传说；炎帝神农部族在湖北随州厉山"制末耜""植五谷"，始作农业；千秋传颂的帝舜，亦在陕西安康、河南淅川、湖北房县和随州留下了大量传说。

"华夏"一词最早见于《左传》襄公二十六年（前 547 年）："楚失华夏。"唐孔颖达疏："华夏为中国也。""华夏"所指原为中原诸侯，后来也成了汉族前身的称谓。居住、生活于汉水流域的巴人、楚人，自春秋战国以后，不仅融入了华夏族，还成了当今汉族的主体。著名学者吕思勉先生在《中国民族史》一书中写道："夏为禹有天下之号，夏水亦即汉水下流。"①先秦时代的"中国人",被称作"夏"或"华夏",是因为汉水而得名的。华中科技大学教授张良皋先生认为,古代巴域——巴人活动的区域,是华夏文明的发源地,其中心就在汉水中游的湖北郧县、竹山一带。古文化中的"五行"之说,最早是在巴域出现的。"金"表示其地的西方盛产金、银、铜、铁、锡,"木"表示东方的荆山出木,"水"表示北方的汉水,"火"表示南方炎热,"土"代表汉水中游郧阳出产的一种黄土。② 汉水流域众多的文化遗存清楚地表明,汉水与华夏文明有着密不可分的关系。

二 汉水文化

(一)文化与文化系统

文化,是人类独特的创造物,是人类主体通过社会实践活动,适应、利用、改造自然界实体而逐步满足自身需要,包括肉体和精神(观念)两种需要的过程。其内涵丰富,包罗万象。文化的本质是"自然的人化"。文化是由人所创造、为人所特有的东西,一切文化都是属于人的,纯粹"自然"的东西不属于文化的范畴。从系统论的角度看,文化可被视为一个庞大而复杂的系统。其中包含众多的不同级次的支系统或子系统。依照属性特征和层次关系可以划分为文化圈、文化群体和文化个体等。文化圈也可以被称为文化体系。根据学术界普遍认可的观点,世界文化这个系统由四大文化圈或文化体系的支系统或子系统拼接而成。这四大文化圈分别指以古希腊、罗马文化为源头的欧美文化圈,以波斯、阿拉伯伊斯兰文化为中心的西亚、北非文化圈,以印度文化为代表的南亚文化圈和以中国文化为代表的东亚文化圈。尽管有关文化圈或文化体系的称谓还不尽一致,但具体所指基本相同。每一个文化圈又包含若干文化群体。这种文化群体一般以国家、民族为表述单位。在东亚文化圈中包含中国、日本、朝鲜半岛、越南等文化群体。在每一个文化群体内又可以划分出若干的个体组成单位。在中国文化群体中就包括了中原京派文化、江浙海派文化、闽越岭南文化、江汉荆楚文化、四川巴蜀文化、陕甘华夏古文化、东北三省的关东文化、边疆少数民族地区文化等文化个体。此外,还有以江河流域或湖泊以及特定地域命名的文化个体,如黄河文化、长江文化、珠江文化等。

---

① 吕思勉:《中国民族史》,人民出版社1960年版。
② 张良皋:《巴史别观》,中国建筑工业出版社2006年版。

文化圈、文化群体和文化个体都是一种历史的存在，随着社会的发展，文化交流传播的日益广泛和深入，已发生了不少变化，但仍具有某些共同的特征。这种根据地区分类划分的文化类型，无论是文化圈、文化群体还是文化个体，在其形成和发展的过程中，无不受到地理环境的影响和制约，表现出一定的地域特色。尤其是文化个体，这种地域特色表现得更为鲜明。

(二)汉水文化的含义

对于一种文化的科学认定，不外乎应遵循这样几条准则：一是具有稳定的形态；二是具有独立的品质；三是具有深厚的积淀和持久的传承能力；四是具有一定的认同空间；五是具有完整的体系。"汉水文化"概念就符合这样的准则。汉水文化，特指汉水流域的文化，虽然是一种较小范围的流域文化或区域文化，难以与黄河文化、长江文化相提并论，但因是在一个特殊的地域环境中形成和发展起来的，基本上形成了整体性的文化系统和文化结构，因而成为一个相对独立的文化区。所谓"区域文化"或"地域文化"，都是以广义文化作为研究对象的，探讨附加在自然景观之上的人类活动形态，文化区域的地理特征，环境与文化的关系，文化传播的路线和走向以及人类的行为系统，包括民俗传统、经济体系、宗教信仰、文学艺术、社会组织等。自然环境对于人类行为具有制约性作用，影响着特定地域文化的形成与发展。汉水流域以三大盆地——汉中盆地、南阳盆地和襄阳盆地，一大平原——江汉平原和秦巴山地为地理环境条件，具有广泛认可的区域空间。汉水文化以四大地域文化——秦陇文化、巴蜀文化、荆楚文化和中原文化为人文语境条件，具有较为稳定的文化形态和独立的文化品质。汉水虽被分为上游、中游、下游三个区系，各自的自然地理环境亦有一定的差异，但因相承于汉水一脉，其文化形态有不少相同或相似之处，构成一个完整的文化体系。汉水流域地处中国的内陆腹地，是甘、陕、鄂、豫、川、渝交界地区，自古以来就是中国黄河流域文明与长江流域文明以及东西南北各种地域文化撞击和交叉地带。作为一种特异型的流域文化，其文化具有南北荟萃、东西交融的特点。汉水流域是中华文明重要的发源地之一，其文明起源与中华文明的起源一样古老，文化发展与中华总体文化的发展基本上保持了同步，具有深厚的历史积淀和持久的传承能力。总的说来，汉水流域的历史发展和文化变迁较为典型，因而具有代表性地展现了中华文明历史演变的整体进程；汉水流域文化是华夏多元文化汇聚、融合的产物,具有与中华总体文化相一致的特征,可视为中华大文化的经典缩影。

(三)汉水文化述略

文化是一个内涵丰富、外延宽广的多维概念。广义文化观认为,文化涵盖人类所有的文明成果,包括物质文明与精神文明的总和。狭义文化观则主要指人类精神文化方面的创造性成果。文化的基本结构可分为物质生产文化、制度行为文化与精神心理文化。

1. 物质生产文化

物质生产文化是指人类物质生产过程及其物质生产的实体性、器物性成果,它们当中凝聚着人类认识、改造自然的精神因素。汉水流域的物质生产文化历史悠久,成果丰硕。远古时代姑且不论,仅就考古发掘来看,汉水流域数百处新石器时代的文化遗址中出土了数量众多、种类多样的生产工具,主要有斧、锛、铲、锄、刀、镰、镞、网坠等。这一时期汉水流域已有了家畜饲养,所驯养家畜主要有猪、狗、牛、羊、鸡等动物,住宅形式大多为方形和长方形的地面建筑,聚落呈散漫分布形态。7000 年前这一流域已有了稻作文化。其物质生产文化水平不落后于其他地区。

传说中的炎帝神农氏出生于湖北随州。随州亦属汉水流域。炎帝始教天下种谷,首创农业,实行刀耕火种,故号烈山氏。他"制耒耜""植五谷";"耕而作陶,冶斤斧";"耕而食""织而衣";"日中为市,互通有无";"和药济人""始有医药",最后因尝"断肠草"而亡。神农采药之地湖北神农架亦在汉水流域。这一传说可能有部分历史的真实。

青铜时代概指夏商周到春秋战国时期。这一时期汉水流域亦有不少青铜文化的遗存,以汉水上游陕西汉中地区城固、洋县的铜器群和汉水下游湖北黄陂境内的"盘龙城类型"文化为代表。先后出土于城固、洋县湑水河下游两岸的商代青铜器共有 600 余件,可分为鼎、鬲、甗、爵、瓯、斝、尊、觚、簋、卣、壶、罍、盘、瓿、戈、矛、钺、斧,以及人形面具、兽形面具等 20 余种器物。这些器物有的具有典型的中原商文化风格,有的则具有明显的地方特征。从总体上看,其地方特色非常浓厚。有学者认为,以城固、洋县铜器群为代表的文化可能同早期的蜀文化关系更为密切。这些种类多样、造型各异的青铜器物,如果不是完全由外地传入,则在一定程度上显示了这一地区在殷商时期颇为发达的物质生产文化水平。盘龙城商代城址以及出土的青铜器器物表明:盘龙城类型商代文化是中原商文化与当地土著文化相融合，并吸收了某些江南文化因素而形成的一种独具特色的文化。

春秋战国时期，崛起于汉水流域的楚国，其疆域之广大，国力之雄厚，在战国七雄中名列前茅。作为南方文化的代表，其物质生产文化水平足以与北方文化相媲美。据考证，坐落于湖北潜江市龙湾镇的章华台遗址，建成于楚灵王六年（前 535 年）。章华台是一组以台为主体，多单体组合的楚国历史上最宏伟的超大型王家园林化离宫。先秦文献对此台多有记述，被誉为"天下第一台"。《楚辞·招魂》称其"层台累榭"，雄伟高峻，登台可极目远眺。贾谊《新书》记："翟王使使之楚，楚王夸之，飨于章华之台，三休乃至。"《水经注·沔水》载："台高十丈，基广十五丈。"章华台建筑项目众多，总体布局以台为主体向左右后三面铺开，遗址总面积达 200 万平方米。可供十万人在此活动。

秦汉时期，汉水流域的铁器铸造、水利建设等与其他地区相比居于领先地位。秦代，南阳为全国冶铁中心之一；汉代南阳冶铁用水排鼓风，采用球墨铸铁术，冶铁达到很高水平。汉代修筑的南郑（今汉中）山河堰，南阳六门堰、钳卢陂、召渠等水利工程，同关中郑国渠、成都都江堰齐名，有力地促进了当地农业生产的发展。

秦汉以后，由于战乱及远离政治中心和大都市等原因，汉水流域的物质生产文化的发展水平稍落后于发达地区，但在某些历史时段，亦有较为重要的创新与建树。如东汉时，南阳人张衡发明了浑天仪、地动仪、指南车等奇物；封侯于汉水边洋县龙亭铺的蔡伦，发明了造纸术。三国时期，诸葛亮在汉中创制了"木牛流马"和"连弩"等利器。北宋时期，汉水流域的户口增长速度高于全国平均水平，这表明流域经济处于上升阶段。明清以来，汉水入长江处的汉口，亦发展成为中国中部地区重要的工商业重镇。

2. 制度行为文化

制度行为文化包含两个层面：上层为制度文化，而制度文化的长期运行又形成了下层的民俗民风文化，即行为文化。制度文化包括国家的根本制度，如经济制度、政治制度、法律制度、教育制度、婚姻制度等。行为文化包括民族的地域风俗习惯、行为礼仪、交往方式和节庆典礼等。

汉水流域从古至今从未成为中央王朝的建都之地，因而很难说在制度文化方面为中华文化作出过重大贡献，但亦产生了一些对国家制度文化建设与发展较有影响的思想元素。春秋战国时期，立国于汉水流域的楚国，自认为蛮夷之邦，其政治理念不同于中原华夏各诸侯国。楚国国君自号为"王"，意欲与"周天子"平起平坐，分庭抗礼；楚人曾"问鼎"中原，楚庄王亦曾为春秋五霸之一；楚人的管理制度、官职设置亦自成体系。"五羖大夫"南阳人百里奚，相秦七年，勤理政务，使秦大治；政治家南阳人范蠡，曾为越国大夫，辅佐勾践成就霸业，功成身退，专事商业，在商业运营方面亦创造了不少成功的经验。

前206年，刘邦被项羽封为汉王，就任后在汉中（南郑）进行了官爵分封、建制立体、设坛拜将等一系列重大的政治军事活动，为其后汉王朝的正式建立奠定了较为稳固的基础。刘邦接受萧何建议，拜曾受"胯下之辱"的韩信为"大将军"，可谓是不拘一格选用人才的范例。西汉武帝时期，出生于陕西城固的张骞，不畏艰难险阻，三度出使西域，成为中国走向世界的第一人，"丝绸之路"的奠基者，可以说，为中外文化交流和华夏帝国与西域各国的外交事业作出了开创性的贡献。

三国时期，诸葛亮的《隆中对》深刻地分析了当时中国的政治、经济、军事等方面的形势，为刘备制定了一套统一天下的政策和策略，表现了一位政治家兼军事家的远见卓识和过人才干。《隆中对》又称"草庐对"。前者发生地被认为是襄阳，后者发生地被认为是南阳。无论是襄阳还是南阳都在汉水流域。可以说是汉水滋育了诸葛亮这位旷世奇才。

北宋乾德五年（967年），因三泉县（今陕西汉中宁强境内）路当入蜀要道，对于控制巴蜀极为重要，故直隶朝廷，开中国古代"直隶制度"之先河。

明代中叶，因王朝统治逐渐走向腐败，不少地方的农民拥有的土地多被王室宗藩和豪强所占，加上沉重的税赋和徭役以及水旱灾害，农民不堪其苦，沦为流民，向被封禁了近80年的鄂、豫、川、陕山区蜂拥而来。郧阳地处鄂、豫、川、陕毗邻地区，这里山高、谷深、林密，在设抚治之前，本属封禁之地，被视为"弃壤"，被称为中国中部的"四塞奥区"。到天顺八年（1464年），进入郧阳山区的流民已达180万之多，引起了明王朝的恐慌。朝廷官府对流民进行阻挠驱逐，矛盾日趋激化，于是爆发了多起农民起义。明王朝派重兵征剿，农民起义失败。流民被杀、溺死、病死者难以数计。而不数年，流民复聚如故，在此种背景下，明宪宗接受了周洪谟的建议，于成化十二年（1476年）五月，任命原杰为左副都御史（后升任右都御史)抚治荆襄等处。原杰以善于理政抚民而名闻海内。到任后"遍历山溪,宣朝廷德意,诸流民欣然愿附籍"。郧阳抚治自此开始,直至清康熙十九年(1680年)裁撤,前后历时205年。抚治管辖范围最大时辖湖广、河南、陕西、四川四省相接的荆州府、安陆府、襄阳府、郧阳府、南阳府、西安府、汉中府、夔州府八府和夷陵州、归州、荆门州、均州、裕州、邓州、商州、金州、宁羌州九州以及65个县,十分之九的辖地在今汉水流域。郧阳抚治是中国历史上持续时间最长、管辖区域最大的跨省军政合一的管理机构。抚治的实施,对于缓解朝廷与流民的矛盾,使流民各安生理,化乱为治具有重要意义。

行为文化的主要内容为民情习俗,包括民间流行的各种价值观念和风俗习惯,诸如饮食、服饰、居住习俗、婚姻、丧葬、祭祀习俗、家规乡约、节庆仪礼、人际交往、信仰禁忌习俗,以及经济或行业习俗、游艺习俗等,可以说包罗万象,涉及人们日常生活的各个方面。

汉水流域自古就是华夏与蛮夷混杂居住地区,秦汉以后,由于战乱或自然灾害等原因,有大量外地移民流入,因而民俗事象,纷纭复杂。总体而言,上游地区多巴蜀遗风。《汉书·地理志》云:"汉中淫佚枝柱,与巴蜀同俗。"汉代的一些重要节日,汉中也异于中原而同于巴蜀。东汉学者应劭所著《风俗通义》称:"汉中巴蜀自择伏日。"汉代的汉中郡,属地包括现今的汉中、安康大部分及湖北的一部分,大体相当于现今的汉水上游地区。《华阳国志》云:"其民质直好义,土风朴厚,有先民之遗。"①上古时期,汉水上游原本是巴蜀先民的活动区域,秦汉以降,这一地区有巴蜀遗风理所当然。汉水中下游地区乃春秋战国时期楚国的领地,自然楚风盛行。《汉书·地理志》称:楚地"信巫鬼,重淫祀"。此外,古代楚人宗法等级观念较为薄弱,别籍异财析产而过者多,举族而居者少,整个汉水流域很少见巨族大户。

在婚姻习俗方面,到近代,汉水上游地区还有一些受古代少数民族影响的孑遗。如招夫养夫和转房婚俗等在20世纪前的汉中、安康一带的贫困山区就较为流行。所谓"招夫养夫",是指边远山区少数妇女因其夫残疾而丧失劳动能力,或过分懦弱以及没有生育能力等原因,为了解决其生活困难或继嗣问题,便另招一夫同居,此俗有"一妻多夫"的痕迹。所谓

① (晋)常璩:《华阳国志》,齐鲁书社2010年版。

"转房婚"，是指一个妇女当其丈夫死后，必须嫁亡夫的兄弟或亡夫家族中的其他男子，而亡夫的兄弟或亡夫家族中的其他男子也有娶她的权利和义务。这种转房婚俗显然与古代羌族"父没则妻其后母，兄亡则纳釐嫂"(《后汉书》)的婚姻习俗有渊源关系。汉中宁强(羌)一带曾是羌民的活动地域之一，现今仍有羌民生活，故而在汉水上游的婚俗中带有羌族婚俗的成分也就不足为奇了。此外，有些山区还有"嫁儿留女，娶婿养老"的婚姻习俗，这种婚俗显然带有母系氏族婚姻制的印痕。

在丧葬习俗方面，汉水流域还有一些不同于其他地区的习俗。西汉时汉中城固人杨王孙主张"裸葬"，对当时的厚葬之风提出了强烈挑战。其事《汉书》《华阳国志》均有记载。在川、陕、鄂、豫交界的汉水流域中、上游及其支流发现的"寄死窑"遗存，在国内极为罕见。汉水流域不少地方的丧俗中有唱孝歌一项。从亲属死后到安葬前，家人坐夜守灵，请专门唱孝歌的人在锣鼓乐器伴奏中彻夜照本哀歌，颂扬死者一生劳绩，训导后辈效法，永不忘死者之恩德。

此外，在日常生活习俗方面，汉水上游也有一些不同于其他地方的习俗。如过去有些人家为"驱鬼辟邪"，常于门楣悬一形象狞厉的用木瓢绘制的面具——"吞口"，这显然与流行于少数民族中的傩文化有关。受宗教的影响，过去汉水上游地区有"晨昏三叩首，早晚一炉香"的习俗，家家供佛，户户敬神。时至现代，汉水流域各地仍流行着"朝山"的习俗，每年春夏时节，善男信女们不辞辛劳，风尘仆仆，带着纸烛香表等祭品，前往本地的各处"圣山"朝拜，以祈求神灵护佑，赐福去灾。早在夏、商、周时代，汉水上游的褒国就有祭奠旱山的祭山习俗。旱山在汉水南岸今南郑县境内，《诗经·大雅·旱麓》就是对当时祭山祀神盛大景象的生动反映。时至今日，武当山的"朝山"活动仍盛况不减，在重大道教节日，人流量达数万之多。

3. 精神心理文化

精神心理文化由人类社会实践和意识活动长期孕育而成的价值观念、思维方式、道德情操、审美趣味、宗教情感、民族性格等因素构成。精神心理文化可分为与制度文化相对应的意识形态，以及与风俗习惯行为文化相对应的社会心理文化。意识形态层次包括政治理论、法权观念等基础意识形态和哲学、宗教、文学、艺术等更具观念特征的意识形态。社会心理文化是某一时代、某一地域、某一民族、某一社会形态下长期形成的集体文化心理结构，是风俗习惯等行为文化的内化方式。它特别表现为思维方式、价值取向、伦理观念、宗教情感和审美情趣的不同。在精神心理文化方面，汉水文化作为一种较小范围的文化个体，在很多方面与中华大文化具有同一性，尤其是在基础意识形态方面。而在具有观念特征的意识形态和社会心理文化方面，汉水流域文化则有一些特殊的表现或独有的成果。如湖北孝感市就是因这里有董永卖身葬父、黄香扇衾温被、孟宗哭竹生笋等孝子感天动地的故事而得名。东汉三朝太尉陕西城固人李固，疾恶如仇，不畏强权，犯颜直谏，冒万死而不辞，被誉为"北斗喉舌""鲠直派的领袖"，可谓刚正不阿文化精神的代表。

在思想学术文化方面，三千年前，楚人的祖先鬻熊，曾为楚部落的领袖，活动于汉水流域的豫西南地区。鬻熊颇有才干，在其带领下，楚人兢兢业业，以求发展，势力逐渐壮大，《史记·周本纪》称："（周文王）礼下贤者……散宜生，鬻子（熊），辛甲大夫之徒皆往归之。"鬻熊曾师事周文王，死后，其言行汇为一书，即被后人屡屡称道的《鬻子》。刘勰《文心雕龙·诸子篇》称："至鬻熊知道，而文王咨询，余文遗事，录为《鬻子》。子自肇始，莫先于兹。"指明鬻熊为言"道"第一人。《鬻子》为后世诸子的开山之作。现代学者涂又光先生断言："《鬻子》是中国第一部子书，是中国哲学第一部著作，更是楚国哲学第一部著作，又是道家第一部著作，可谓四个第一。"

季梁，随国都（今随州市西北）人，春秋初期随国大夫，生卒年不详，但据文献最后一次记载他的活动是在《左传·桓公八年》（前704年）推测，他生活于春秋初年，比孔子早200多年，是开儒家学说先河的重要学者，唐代诗人李白誉其为"神农之后，随之大贤"。季梁出生于与周王室有血缘关系的贵族家庭，少年时代受过良好的教育，他以渊博的学识和精深的思想辅佐随君治理国政。季梁励精图治，内修国政，外结睦邻，政绩显赫。他提出了"夫民，神之主也，是以圣王先成民而后致力于神"的哲学思想，"修政而亲兄弟之国"的政治主张，以及"避实就虚"的军事策略，使随国成为"汉东大国"。"民为神主"是季梁哲学思想的精髓，季梁因此被认为是中国历史上无神论的先驱。

在学术领域，出生于汉水流域的学者，代有才俊，卓有建树者如东汉时的医圣张仲景，著有《伤寒杂病论》，为世界医学作出了重要贡献；王逸留有《楚辞章句》，东晋史学家习凿齿著有《汉晋春秋》《襄阳耆归传》，南朝宋史学家范晔著有《后汉书》，宗懔撰有《荆楚岁时记》，唐茶圣陆羽著有《茶经》，近现代冯友兰在中国哲学史方面的研究、李济在历史考古学领域的成就，等等，都在中国学术史上具有重要价值。

在文学艺术方面，被尊为中华诗祖的伊吉甫，是中国第一部诗歌总集《诗经》的主要采集者，他晚年曾居于汉水上游上庸境内的房陵（今湖北竹山），死后葬于房陵青峰山。《诗经》"十五国风"中《周南》《召南》的不少诗篇和"雅""颂"中的部分作品，产生于汉水流域。《楚辞》更是生活于汉水流域、以屈原为代表的楚人为中华民族文学宝库贡献的瑰宝，显示了楚文化神奇而动人的魅力。其后的历朝历代有很多骚人墨客，或出生或活动于汉水流域，留下了难以数计的精彩华章。如李白、杜甫、孟浩然、皮日休、刘长卿、岑参、文同、王建、王禹偁、温庭筠、陆游、宋祁、元好问、钟惺等，都在中国文学史上拥有自己的一席之地。

在书法绘画领域，则有被誉为"国之瑰宝"的汉中石门摩崖石刻，南阳汉画像石，南朝宋画家南阳人宗炳，"胸有成竹"的兴元知府、洋州知州文同，"颠不可及"的襄阳人米芾，画论《山水纯全集》的作者南阳人韩拙，这些书画作品、著名画家及著述在中国书法绘画史上都产生了重大影响。

在舞蹈戏曲艺术领域，汉水文化也为中华文化作出了卓越的贡献。出土于随州擂鼓台的曾侯乙墓的编钟、编磬及其他乐器一百余件，制作精美，数量众多，音律宽广，音色优美，能够演奏各种乐曲，显示了中国古代音乐文化的最高成就，被称为"稀世珍宝""古代世界的第八大奇观"。

武当山道教音乐也是汉水文化的一枝奇葩，它以"全真正韵"即"十方韵"为主要韵腔，又因受地域文化和自身历史传承的影响，集多种道教音乐风格于一体，具有自身的个性特征，形成了独特的"武当韵"，现已入选国家非物质文化遗产保护名录。此外，还有流行于汉水流域各地的民歌，古代民歌如《诗经》所收录的"十五国风"中的《周南》《召南》，还有至今仍流行的各地民歌，如陕西的紫阳民歌、湖北十堰的吕家河村民歌等，都具有浓郁的地方特色。

汉水文化中的舞蹈艺术也是多姿多彩的。《华阳国志·巴志》称："武王伐纣时，巴师勇说，歌舞以凌殷人。"周武王伐纣时的"巴师"来自汉水上游地区。这种歌舞在汉代时称"巴渝舞"，流传至今的汉水流域的"傩舞"与之有渊源关系。"乂盘舞"为汉代流行的舞蹈，亦源自楚地。据《章华台赋》载，其"舞无常态，鼓无定节"，表演时在地上排列数盘或鼓。舞者或男或女，衣着长袖，在盘、鼓之上或盘鼓之间跳跃徘徊。"巾舞"亦为楚舞，因舞者都是扬起长巾而舞，故名"巾舞"，南阳画像石上有其表演形态的刻画。

汉水流域的戏曲艺术主要有"汉剧""汉调桄桄""汉调二黄"等。汉剧又称"楚剧""汉调"。湖北境内的汉剧又分为襄河、荆河、府河、汉河四支派。汉剧唱腔高亢激越，爽朗流畅；节奏灵活多变，板式多样，对京剧的形成作出过特殊的贡献。"汉调桄桄"又称"汉调秦腔""南路秦腔""桄桄戏"，主要流行于汉水上游陕南的汉中、安康一带，其唱腔既有秦腔的高亢激越之美，又体现出陕南地方音乐优雅柔和的特色。"汉调二黄"又称"陕二黄""山二黄"，是一种流行于汉水流域及周边地区的剧种。"汉调二黄"源自陕南汉江流域的山歌、牧歌、民歌，清代初叶受秦腔影响，并吸收昆曲、吹腔等声调，糅合当地方言，成为一种独立的声腔剧种。汉水流域的这几大剧种，剧目丰富，特色鲜明，均已列入了国家级非物质文化遗产保护名录。

隶属于精神心理文化范畴的宗教文化，在汉水文化中占有相当重要的地位。汉水上游是中国道教正宗的发祥地之一。东汉末年，张鲁在汉中创建了政教合一的"五斗米道"政权。"五斗米道"又称"正一道""天师道""正一盟威之道"，是道教最早的一个派别。"五斗米道"是一种多神教，以长生成仙为最高目标。道教的一些代表人物如葛洪、张伯端、张三丰等，都在汉水流域活动过，对道教的发展多有建树。地处汉水之滨的武当山是中国的道教名山，被誉为"亘古无双胜景，天下第一仙山"，武当山道教是以武当山为本山，以信仰真武——玄武，重视内丹修炼，擅长雷法及符箓禳，强调忠孝伦理，三教融合为主要特征的一种道教派别。武当山在春秋至汉代末期，已是重要的宗教活动场所，不少名流显宦曾到此修炼。如周大夫尹喜，汉武帝将军戴孟，著名方士马明生、阴长生曾隐居此地修炼。东汉末道教诞生后，武当山逐渐成为中原道教活动中心。汉末至南北朝，由于社会动荡，数以百计的士大夫或辞官不仕，或弃家出走，云集武当山辟谷修道。隋唐时期，武当道场得到封建帝王的推崇，促进了武当道教的发展。宋元时，由于统治者极力推崇和宣扬武当真武神，真武神的神格地位不断提高，这促使了武当道教的形成以及在社会上的影响日益扩大。明代，武当山一直被历代皇帝作为"皇室家庙"来扶持，并把武当真武神作为"护国家神"来崇祀，武当山成为"天下第一仙山"，位尊五岳之上，成了全国的道教活动中心，出现了两百多年的鼎盛局面。明成祖朱棣、明世宗朱厚熜分别于永乐十年(1412 年)和嘉靖三十一年(1552 年)遣臣率湖广军民对武当山进行大规模重修和扩建，使武当山道教宫观空前宏大。建于天柱峰顶的金殿，是中国现有的最大的铜建筑物。武当山古建筑群已被列入《世界文化遗产名录》。除武当山之外，散布于汉水流域的道教宫观数以百千计。

佛教是一种外来宗教，自两汉之际传入中国，东汉末年已传入汉水流域，其后便在这一流域得到了较为缓慢但却颇为广泛的传播。历史上汉水流域有过多处在中国佛教界颇有地位的佛教寺院，产生了多位在中国佛学界很有影响的佛学人物。唐代，沔县高僧法融禅师所在的崇庆寺(牛头寺)被誉为"剑外丛林，唯此为盛"。五代至宋时，南郑梁山上的乾明寺，俗称中梁寺，有房舍千间，地产百顷，每年内外斋僧不下十万，并曾有新罗(今韩国)僧住此修行。洋县智果寺建于唐仪凤年间(672—676 年)，历代均有修葺，明万历十四年(1586 年)，万历皇帝之母肃皇太后捐金重修，增建藏经楼，御赐经卷 678 函，6780 卷，为佛经珍品。东晋高僧道安(314—385 年)，于东晋哀帝兴宁三年(365 年)应襄阳著名学者习凿齿之请，率弟子四百余人之襄阳，住白马寺。定居襄阳后，道安把大量精力投入《般若学》的比较研究和义学研究，并开佛教目录学之先河，同时改革寺院组织，还使佛教文化与中国政治相结合，提出所有僧侣都应以"释"为姓，在中国佛教史上是一位具有重要地位的佛学学者。大慧禅师怀让(677—740 年)，出生于唐代金州(今陕西安康)，从慧能禅宗祖师学法 15 年，顿然有悟，慧能死后，丰富和发展了慧能一派学说，自开南岳一系。经其弟子弘扬传播，其学说影响达于日本、朝鲜半岛，对中国佛教和对外文化交流作出了重大贡献。唐代高僧洋州人法照，创五会念佛法门，成了中国佛教净土宗第四代祖师。

伊斯兰教于唐代永徽年间传入中国，但自元代以后才传播于中国广大地区。汉水流域较为著名的伊斯兰教寺院——清真寺，有湖北樊城的教门街清真寺，建于元末明初。湖北竹溪清真寺建于清嘉庆二十年(1815 年)。陕西西乡鹿龄寺建于清代康熙年间，创建者为甘肃河州(今临夏市)人阿訇祁静一。寺成后，石匠雕刻一对梅花鹿置于寺中，以寓高洁，故取名鹿龄寺。后经多次扩建，发展成为由鹿龄、仙根、静思三大部分组合而成的集团建筑，方圆 230 多亩，规模宏大，林木葱郁，建筑古雅，雕刻精美，已成为陕、甘、宁、青、新、滇、川及黑龙江等省区伊斯兰教教民的朝圣之地。

基督教包括天主教、新教（中国传统基督教或耶稣教）、东正教，在汉水流域有过传奇式的传播与发展。早在明万历十五年（1587 年），随同利玛窦到中国传教的耶稣会会士罗明坚曾在襄阳府武当山附近建立一个传教的据点。在清雍正严厉禁教时期，传教士胥孟德于 1731 年沿汉水而上，在距湖北谷城县北六七十里的磨盘山中一个大约方圆二三十里地、名叫茶园沟的地方组织了数个教友村。至 1734 年，共有信徒 600 人，被称为中国的"赛凡尼"①，这是一个远离世俗社会，远离政治旋涡的世界，一个恪守宗教教义、礼仪的神秘的基督教社团，磨盘山村民们的基督教信仰一直保留到现代社会。今天的磨盘山沈垭天主教堂仍是鄂西北天主教会的中心。另据徐宗泽《中国天主教传教史概论》记载，② 清康熙三年（1644 年），全国共有教徒 164400 人，汉中就有 40000 人，仅次于上海，约占全国总数的四分之一。从这一数字就能窥知这一时期天主教在汉水上游的传播情况。清光绪十四年（1888 年），正式成立了天主教汉中教区。清廷曾授予汉中地区主教"二品顶戴"，享有很高的威势。城固古路坝天主堂始建于清光绪十五年（1889 年），光绪二十一年（1895 年）落成，计有大公馆、小公馆、拉丁修院、修女院、育婴堂、养老院和教会学校等，计有房舍 1000 余间，为陕南教区天主教总堂，辖汉中、兴安（今安康）两府教务。

汉水流域各地的民俗文化林林总总、复杂多样。不同地区的民俗文化既有因受民族文化传统的影响和制约，以及相互交流与传播而形成的大体相同的内容，又有与地理环境、生存条件相关联而产生的富于地域特色的成分，繁复多姿，异彩纷呈。例如在生活习俗方面，如《隋书·地理志》所言，梁州汉中之人，"性嗜口腹，多事田渔，虽蓬室柴门，食必兼肉"；仍旧"好辛香"——嗜好"酸、辣、麻"，与川味类同。在服饰习俗、游艺习俗方面，陕南大巴山与四川川北毫无二致。

概而言之，汉水文化的内涵极为丰富，不少文化事象在中华文化史上都占有重要地位或产生过深远影响。一般认为，中国传统文化是在汉代确

---

① Cevennes，法国中部高地和罗丹尼平原之间的地区，基督教徒聚居地。
② 徐宗泽：《中国天主教传教史概论》，上海书店出版社 2010 年版。

立其后的发展趋向、价值取向和基本精神的。两汉王朝都崛起于汉水之滨，并以汉水为基地征战天下，实现全国统一，创造出赫赫四百年的文治武功。再加之大汉王朝的创建者大多是原楚地人士，因此可以说，汉代文化或汉文化的主流是建立在江汉流域战国以来的楚文化基础之上的，也就是说，汉文化精神的基调仍是江汉楚文化的流风余韵。汉水流域作为汉代文化的发达区域，是构成汉代辉煌文明地图的重要板块。依此推论，汉水流域是中国传统文化的重要发祥地，汉水文化在中华文化的发展史上具有举足轻重的地位是勿庸置疑的。

(四)汉水文化的基本特征

1. 历史悠久　源远流长

早在人类的诞生时期，汉水流域就有了古人类的活动。考古发现的陕西汉中梁山旧石器，湖北十堰"郧县人"头骨化石，距今都有一百万年；四五十万年前的河南"南召猿人"，使用打制石器，过着采集和渔猎生活；这一流域散见的旧石器分布点不下百处。可以说，汉水流域是中华古人类乃至世界古人类的发祥地之一。新石器时代的文化遗存在汉水流域更是星罗棋布，内涵丰富，序列完整，有距今 7000 年左右的、在汉水上游汉中—安康盆地与丹江上游地区发育成长的老官台文化李家村类型；有距今 6500 年左右的、在江汉平原北部低丘岗地区发育的边畈文化和在此基础上发育而成的大溪文化油子岭类型；有距今 6000—5800 年的江汉湖区的大溪文化关庙山类型和在汉水上、中游南阳盆地广泛传播的仰韶文化；有距今 5500—4600 年、在大溪文化和仰韶文化相互影响的基础上产生的屈家岭文化；有距今 4700—4200 年的、在汉水中游地区占主导地位的中原龙山文化以及原本发育于这一流域的石家河文化。传说中的农业和医药的发明者炎帝神农氏，出生并活动于汉水下游湖北随州地区和中游的湖北神农架地区。自夏、商、周三代以后，汉水流域文化与整个中华文化的发展基本上保持了同步。夏代，汉水上游即有与夏王室同姓的褒人所建的褒国；商代，汉水中、上游地区已是中央王朝的统治疆域，陕西城固出土的 600 余件、具有明显地方特征的青铜器就与商文化有一定的联系。汉水下游的盘龙城类型文化距今已有 3500 年，与中原商文化之间有很大的一致性。西周时，汉中为周南之地；大约在公元前 977 年，周昭王率军伐楚，溺毙于汉江；周幽王三年(前 779 年)，幽王伐褒，褒国献美女褒姒求和。秦厉共公二十六年(前 451 年)，秦"左庶长城南郑"，为南郑建城之始。

公元前206年，刘邦被封为汉王，王巴、蜀、汉中，都南郑，后兵出散关，平定三秦，建立了大汉王朝。几千年来汉水文化绵延赓续，建树颇丰，在中国的历史进程中具有举足轻重的地位，是中华文化的重要组成部分。

2. 亦夏亦夷　多元共生

上古时期，汉水流域有过不少古老氏族，如巴氏族、蜀人氏族、羌氏族、酉氏族、午氏族、丙氏族、甲氏族、濮氏族等，这些古老的氏族分别归属于炎黄族裔和西戎、蛮夷族系。炎黄族裔后来发展成为华夏部落集团，其他族系则被认为是苗蛮和东夷部落集团成员。东夷部落以凤鸟为图腾，商末周初，崛起于汉水流域的楚人，本是祝融的后裔，亦崇尚凤鸟。夏、商、周时期，汉水流域存在过几十个不同族裔的方国，如汉水上游的褒国、巴国、蜀国、任氏国、吉国、商国、绞国、微国、庸国、麇国、罗国、房国、彭国、缰国，汉水中游的申国、谷国、鄾国、邓国、卢国、鄀国、郧国、权国、阴国、蓼国、许国，汉水下游的唐国、随国、厉国、郧国、轸国、贰国，等等。众多的方国，大小不一，存续的时间有长有短。这些方国到了春秋战国时代，先后为秦或楚所并。周武王伐纣时，曾有"庸、蜀、羌、髳、微、卢、彭、濮"等方国的军队参与其事，这些方国绝大多数都在汉水流域，西周立国后都得到了"分封"及"赐爵"。方国的国君，有的与夏、商、周王室有亲缘关系，有的则属于地方土著势力。如褒国，姒姓，与夏王室有血缘关系；随国，姬姓，与周王室同姓同宗；庸国，则是一个非常古老的土著方国。这些分属于华夏、蛮夷的不同的古老氏族和不同方国的子民，在汉水流域繁衍生息，艰苦创业，奋发进取，吸纳创造，共同成就了汉水流域多姿多彩的上古文化。在其后的历史进程中，华夏族与非华夏族在汉水流域各地或相互争斗，或和平共处，共同谱写着汉水文化新的篇章。这些不同源流的文化汇聚、融合、传承、变革，经过历史的积淀，形成了独具特色的汉水文化。

3. 南北交融　东西荟萃

汉水流域地处中国版图的腹心地区，介于黄河与长江两大流域之间，自古以来就是南北东西文化交流汇聚的地区。新石器时代产生于中原地区的仰韶文化已传播到汉水上、中游地区。《诗经·商颂·殷武》说："为女（汝）荆楚，居国南乡，昔有成汤，自彼氐羌，莫敢不来享，莫敢不来王，曰商是常。"由此可见，处于江汉之间的荆楚，在殷商时期就被认为是中原王朝的"南乡"。西周时期,楚地有向周王室进献用于"缩酒"的苞茅的义务,与中原王朝既有矛盾又有交往。春秋战国时期,汉水流域已有多条古道,如褒斜道、金牛道、武关道等沟通南北。

在漫长的封建社会时期,尤其是秦、汉、唐王朝,国都在今西安、洛阳,汉水流域是其重要的屏障和后方基地。南下北上的人员往来、军事活动、经济贸易等都要经过汉水流域。在中国历史上南北对立时期,汉水流域则是双方争夺的焦点地区,战争亦促使了南北的文化交流。在不少朝代,汉水流域的汉中、南阳、襄樊、钟祥等地都是皇室子弟建藩之所,与中央王朝有着直接联系。地处汉水中游的襄阳,自古就有"南船北马""七省通衢"之称,历来为南北通商和文化交流的通道。此外,湖北房县还是汉代和唐宋时期流放王侯显宦之地。唐代的德宗、僖宗因避战乱,曾逃奔汉中。这一地区还是战乱和农民起义频发地区。再者,民间和官方的移民活动,使汉水流域的居民"五方杂处",成分复杂。宋代著名诗人陆游曾在《山南行》一诗中称汉中"地近函秦气俗豪"。所有这些必然会带来文化方面的多元共生、广泛交融。而汉水由西奔腾向东,在近代以前,一直是一条横穿在中国大陆腹地的"黄金水道"。宋明时期,在中央王朝与西域的"茶马互市"活动中,东南一带的茶叶、瓷器,多是经由汉江水道运抵汉中,再由此转运至西北各地,这条"黄金水道"在商贸、文化交流方面起到了勾连中国东西的重要作用。凡此种种都致使汉水文化必然具有了南北交融、东西荟萃的特色。

(五)汉水文化的主导精神

所谓文化精神,简而言之,就是推动和指导文化不断前进的基本思想。中华传统文化源远流长,多姿多彩,其中包含着若干不同层级各具特色的地域文化。汉水文化作为特定流域的一种地域文化,其基本精神或主导精神既具有与中华大文化大体一致的精神趋向,也具有某些较为突出的地域特色。汉水文化所显示的带有地域特色的主导精神,大致可以概括为以下几个方面。

1. 开拓进取,勇于创新的精神

汉水文化所涵盖的地域范围约占当今中国地理版图的六十分之一,在这一有限的地域范围内所生发的不少文化事象,在中华文化发展史上却具有开创性的意义

传说中的神农活动于汉水流域,他树艺五谷,发明耒耜,教民耕种,

是农业的发明者；他"筑土架木，以为宫室"，是宫室房屋的发明者；他"作陶冶斧金"，治麻为布，制作衣裳，是手工业的创始人；他遍尝百草，发明医药，被尊为药神；他首倡日中为市，以物换物，是华夏最早的市场倡导者；他"削桐为琴，练丝为弦"，可以说是中国最早的音乐家。神农的这些功绩，在华夏文明的历史进程中都具有开拓创新的伟大意义。

城堡的出现被认为是人类进入文明历史阶段的重要标志之一。汉水流域的湖北京山屈家岭文化时期的城址，则是中国目前所知的最早的古城。铁器的广泛使用，标志着人类文明取得了巨大的进步，由青铜时期进入了铁器时代。地处汉水流域的河南南阳地区，早在战国时期就开始了大规模的冶铁和铁器制造，是当时非常著名的冶铁中心。

为了沟通与外部世界的联系，汉水流域的人们早在商周时期，就在秦巴山地间依山傍水，开辟出了多条沟通南北的"蜀道"，从而才有可能使大量铸造于中原大地的商代青铜器流入了汉水上游的今陕西城固、洋县一带。商末周初，在武王伐纣的战争中，有多支来自汉水流域的军队参战，表明当时这里有多条道路通向关中和中原地区。为了使行人更为安全、往来更为便捷，这里的人们将早期的山间小道加以改造，在悬崖峭壁上凿孔，插入木梁或石梁，上铺木板或再覆土石而成路。为了防止架设的木梁、木板或树立的木桩不被雨淋变朽而腐烂，又在栈道的上空建起廊亭，此种道路即为栈道。栈道的修筑，是中国古代交通史上的一大发明。栈道的修筑始于战国时期的秦国，公元前3世纪，秦国为了开发四川，就在秦巴山地间修筑了栈道。《史记·范雎蔡泽列传》称："栈道千里，通于蜀汉，使天下皆畏秦。"褒斜栈道的南端出口处，因山势险峻，河水湍急，每发洪水，栈道即被冲毁，于是在东汉永平四年（61年），汉明帝下诏开凿了石门隧道。石门隧道是中国最早的由人工开凿的可供人和车辆通行的山体隧道。石门隧道的开凿所采用的"火烧水激"之法，也是古人的一项发明创造。

为了发展农业，汉水流域的人们早在战国和西汉初年，就修建了多处惠及后世的水利工程。如均州郧乡县（今湖北郧县）的与都江堰同时代的伍子胥堰，褒谷口的西汉初年刘邦驻军汉中时由萧何、曹参主持修建的山河堰，都是古代著名的水利工程，为汉水流域农业的发展奠定了良好的基础，经历代不断修葺，至今仍有效地发挥着作用。

西汉武帝时，出生于今陕西城固的张骞，是从汉水边"走向世界的第一人",他"凿空西域",踏出了中国第一条通向世界的丝绸之路,为中外文化交流作出了重大贡献。东汉时,封侯并埋骨于陕西洋县龙亭镇汉水边的蔡伦,是造纸术的发明人。他的发明创造对于人类文化的发展与传播具有重要的意义。同是东汉时期的河南南阳人张衡,创制了浑天仪,率先揭开了中国地震科学和遥测技术的新篇章。

在文学艺术和宗教领域,春秋时期随国曾侯乙墓中精美绝伦的大型编钟,已被国内外考古学界公认为是代表中国古代音乐文化的绝响。以屈原为代表的楚辞文化,则是先秦时期中国诗歌文化的两大组成部分之一。汉水上游的汉中地区,则是中国道教文化的正宗发祥地之一。张修、张鲁在这里传播并发展了"五斗米道",开创性地建立了政教合一的政权。

2. 汇纳和合,包容万有的精神

汉水文化如同汉水一样,因能汇纳百川,故逐渐形成了波澜壮阔之势。汉水流域介于黄河流域和长江流域之间,是南北文化交流荟萃之地。早在七千年前出现的李家村新石器文化中,就包含着秦岭以北陕西华县老官台文化(已被归入甘肃秦安大地湾文化)的某些因素,又有自身的特点。考古学家魏京武认为,"李家村文化是联系黄河、长江中下游地区新石器早期文化的纽带"。汉水流域数以百计的被认为属于仰韶文化的新石器文化遗址及所出土的器物,既具有中原仰韶文化半坡类型的共同特点,也有显著的地域特色。汉水中、下游的屈家岭文化、石家河文化既具有北方龙山文化的某些特点,其自身的特点亦相当明显。总体说来,汉水流域丰富多彩的新石器文化成果中包含了不少所吸纳的他域文化的文化因子。

夏商周时期,汉水流域的居民,既有华夏族裔,又有蛮夷部族,不同部族之间互有交往,且能取长补短,共同发展,体现了中华文化的和合精神。春秋时期,逐渐崛起于汉水流域的楚国,虽自称蛮夷,实为炎帝族裔。楚国之所以能日益强盛,问鼎中原,除了依靠自身的奋发进取、开拓创新的精神之外,与吸纳了较多的中原文化的先进成果不无关系。

汉水流域是多种地域文化的交融汇聚区,包容了中州文化、关中文化、荆楚文化和巴蜀文化多种地域文化元素,具有南北荟萃、东西交融的特点和明显的"边缘性"。自夏、商、周以来的四千多年间,凡有动荡、战乱、南北分裂等现象出现,汉水流域就成为首当其冲的多元文化交流、碰撞之地。自古以来,汉水流域的民风习俗亦具有"五方杂处,多元混融"的特色。这种和合兼容正是汉水文化得以不断发展、演进的重要推动力。

3. 注重孝道，澹泊名利的精神

注重孝道，是中华传统文化的重要精神之一。早在约四千年前的商代甲骨文中就有"孝"字，其象形字的字形为"子"用头承老人手行走。"孝"作为一个伦理观念正式提出是在西周，其义为"奉先思孝"。儒家文化提倡"百行孝为先"。《诗经》中有这样的诗句："父兮生我，母兮鞠我；拊我蓄我，长我育我；顾我复我，出入腹我；欲报之德，昊天罔极。"孔子在《论语》中称："孝悌也者，其为仁之本舆！"又说："今之孝者，是谓能养。至于犬马，皆能有养；不敬，何以别乎?"孟子亦言："孝之至，莫大于尊亲。""孝"以"敬"为前提。儒家经典中有《孝经》。孝文化在汉水流域影响深远。在中国古代被奉为孝行楷模的二十四孝中，就有五位被认为出自汉水流域：春秋时期身着彩衣乔装婴儿孝老娱亲的老莱子，出自湖北荆门城西象山的老莱山庄；汉代因父母双亡，用木头雕成双亲的雕像，事之如生的丁兰，出自湖北襄樊的南漳县；汉代"卖身葬父"的董永、"扇枕温衾"的黄香、三国时"哭竹生笋"的孟宗，皆出自于湖北孝感一地。孝感，真可谓"孝子之渊薮也"。唐代诗人岑参在《梁州对雨，怀麹二秀才，便呈麹大判官，时疾赠余新诗》中有这样的诗句："兄弟早有名，甲科皆秀才。二人事慈母，不弱古老莱。"这"事慈母"麹氏二兄弟乃陕西汉中人。

演唱丧歌是孝文化的一种表现形式，亦是汉水流域风俗文化的重要组成部分，几乎伴随着汉水流域民俗大礼——丧葬礼仪的全过程。汉水流域的很多地方都有演唱丧歌的习俗。作为一种典型的汉水文化事象，汉水流域丧歌中蕴含着丰富而厚重的孝文化理念。养生送死、慎终追远、追根溯源等传统的道德意识是汉水流域流传至今的演唱丧歌习俗的最深刻的文化动因。

澹泊名利是一种人生观和价值取向。汉水流域的秦巴山地是古代不少隐士的向往之地。秦末汉初的"商山四皓"就曾隐居于汉水流域的商洛山中，他们坚决拒绝刘邦的礼聘，只是在刘邦要更换继承人时才为太子撑了一下体面，致使刘邦不得不改变了主意。"汉初三杰"之一的张良功成身退，据说，隐居于今陕西留坝紫柏山中。唐代的陕西城固人崔觐，不喜做官，以耕稼为业。年老无子，乃以田宅家产分赐奴婢，夫妻二人隐居城固南山，悠游林泉，啸咏自娱。岑参诗中的麹氏兄弟，亦属此类人物。澹泊名利、隐居不仕亦是汉水文化的主导精神之一。

4. 以民为本，国家至上的精神

据《左传·桓公六年》记载，早在孔子之前二百年，汉水下游姬姓之国随国大夫季梁，就对随侯说过这样两段话：一是"所谓道，忠于民而信于神也。上思利民，忠也；祝史正辞，信也"。二是"夫民，神之主也，是以圣王先成民，而后致力于神……务其三时，修其五教，亲其九族，以致其禋祀，于是乎民和而神降之福，故动则有成"。按照季梁的理论，民为神之主，逻辑上自然应该引申为君须忠于民而信于神。季梁的言论可以说是汉水流域人士最早谈到"民—神—君"三者关系和"道""忠"等观念的系统理论。季梁倡言民为神之主，神为君之主，极大地提升了民的地位，将民置于神、君之上。季梁的理论可以说是春秋战国时期儒家"民本思想"的基石。

另据《史记·楚世家》记载，楚国的缔造者鬻熊所提出的治国之道就是"以民为本"。"春秋五霸"之一的楚庄王，则提出了"民生""民欲""民和""和众"等治国方略，认为"民生在勤，勤则不匮"。楚国历史上第一位贤相令尹子文也提出了"夫从政者，以庇民也"的执政方针。另一贤相孙叔敖亦处处为民着想，一心为民造福，兴水利，救民困，"不得罪楚之士民"。正是在这些历史精英人物的身体力行和大力倡导下，重民、爱民思想在汉水文化理念中蔚然成风，并成为一种传承久远的文化精神。

国家至上的爱国精神是浸透在汉水文化中的灵魂和精血。被誉为爱国主义诗人的屈原，他的一生与楚国的命运息息相关。他关心祖国的前途命运，为改变楚国的昏暗政治，不顾个人的祸福荣辱，与楚国的某些当政者进行了毫不妥协的斗争。他始终为祖国的富裕强盛而竭诚尽忠，既是受谗见疏，也没有个人的愁思怨绪，始终以祖国的前途为念，拒绝明哲保身的忠告，表现了对祖国的无限忠诚。在他上下求索，追求救国的幻想破灭后，仍不肯离开楚国，最后以身殉国。

思考题

1. 汉水文化的内涵是什么？
2. 汉水文化的主要成就有哪些？
3. 汉水文化的基本特征是什么？
4. 汉水文化的主导精神可概括为哪几点？

拓展阅读

1. 冯天瑜等：《中华文化史》，上海人民出版社 1990 年版。

2. 李学勤等主编：《长江文化史》，江西教育出版社 1995 年版。

3. 何光岳：《炎黄源流史》，江西教育出版社 1992 年版。

4. 周积明主编：《湖北文化史》，湖北教育出版社 2006 年版。

5. 金元浦等主编：《中国文化概论》，首都师范大学出版社 1999 年版。

6. 张岱年等主编：《中国文化概论》，北京师范大学出版社 1994 年版。

7. 潘世东：《汉水文化论纲》，湖北人民出版社 2008 年版。

8. 张正明：《楚文化史》，上海人民出版社 1987 年版。

论汉水流域的水浒戏及其传播意义

王建科

内容提要：随着《水浒传》小说和"水浒"杂剧、传奇的传播，地方戏中亦出现了许多演叙梁山好汉的水浒戏。地处陕西、湖北、河南的汉水流域剧种众多，水浒戏主要出现在汉调桄桄、汉调二黄、湖北越调、汉剧等剧种之中。现存剧目和剧本 60 多种，大多为散出戏（折子戏），大本戏较少。汉水流域水浒戏的故事渊源主要有三个方面：一是由小说《水浒传》故事改编而成；二是改编自元明杂剧、明清传奇；三是根据《水浒后传》等"水浒续书"、民间传说改编成的戏曲剧目，亦有少量独创作品。宋江、武松、李逵、林冲、杨雄、石秀、时迁等"英雄"人物，潘金莲、阎婆惜、王婆、孙二娘等女性人物，均是戏场上为人所熟知的人物形象。水浒戏一方面扩大了"水浒"故事的传播和互动，另一方面在重写中融入了地域和时代的特色。

在对水浒故事的研究中，对小说《水浒传》的研究论文和专著相对较多，而对中国社会，特别是民间产生极大影响的戏曲研究则相对较少；[1] 在有关水浒戏的研究中，对元代水浒戏研究相对较为充分，而对明清以后杂剧、传奇和地方戏中的水浒戏研究则较为薄弱。[2] 特别值得注意的是，

---

[1] 据"中国知网"，从篇名中输入"水浒传"，查 1955 年初至 2015 年 5 月关于《水浒传》的研究论文有 2055 篇，不包括研究著作；按篇名查"水浒戏"，1983 年初至 2015 年 5 月有关于"水浒戏"研究论文 68 篇。

[2] 王平：《水浒戏与水浒传的传播》，《东岳论坛》2005 年第 6 期；刘荫柏：《水浒传与水浒戏》，国家图书馆讲座稿；陈建平：《水浒戏与中国侠义文化》，文化艺术出版社 2008 年版；李献芳：《水浒传在黄河流域的发展》，《齐鲁学刊》1994 年第 6 期；杜建华：《川剧水浒戏古今谈》，《戏曲艺术》1998 年第 3 期；郭冰：《明清时期"水浒"接受研究》，浙江大学人文学院 2005 年博士论文；谢碧霞：《水浒戏曲二十种研究》，台湾大学出版委员会 1981 年版。

从文学地理学的角度，从地域文化与文学的角度，对汉水流域的水浒戏进行研究的论著就更为少见。笔者搜检资料，略加考述，探讨水浒戏在汉水流域的改编与传播情况。

一 汉水流域与汉水流域的水浒戏剧目

丹纳在他的《艺术哲学》一书中认为，物质文明和精神文明的性质面貌都取决于种族、环境、时代三大因素。① 了解汉水流域的水浒戏，须了解这片创造了灿烂文化的山河大地。汉水，又称汉江，古时曾称沔水、夏水，又名襄河。主要支流有襄河、丹江、唐河、白河、堵河等。汉水发源于陕西省西南部汉中市宁强县的嶓冢山，流经陕西汉中市、安康市，湖北西部、中部的十堰市、襄阳市、宜城市、钟祥市、天门市、荆门、孝感、潜江市、仙桃市、汉川市等地县市，在武汉汉口汇入长江，全长1577公里。②

汉水流域北以秦岭及外方山与黄河流域为界，东北以伏牛山及桐柏山与淮河流域为界；西南以大巴山及荆山与嘉陵江沮漳河为界；东南为江汉平原，与长江干流连接。汉水流域跨越陕西、湖北、河南、四川、重庆5省市，涉及14个地(市)区、三个省直管县、65个县(市、区)。

汉水流域文化源远流长，汇聚楚文化、秦文化、巴蜀文化、华夏文化、中原文化等多元文化形态，形成南北荟萃、东西交融的特点和明显的边缘性。汉水流域文化形态比较复杂，以方言为例，总的来讲属于北方方言系统，但不同地区之间有较大差异：汉中接近四川方言，安康、商洛以秦腔为主，而杂以下江与中州方言；南阳、襄阳、随枣地区接近中州方言。这一流域地方戏曲剧种繁多，有属于皮黄系统的汉剧、汉调二黄、湖北越调、荆河戏，有属于花鼓系统的襄阳花鼓、安康花鼓、商洛花鼓、楚剧、天沔花鼓，梆子系统的汉调桄桄；还有属于高腔的清戏。有大戏，有小戏；另有端公戏(又称傩戏)、汉中曲子戏、洋县碗碗腔、八岔戏等。

① ［法］丹纳：《艺术哲学》，人民文学出版社1963年版。
② 参见刘清河主编《汉水文化史》，陕西出版传媒集团、陕西人民出版社2013年版，第1—14页。陕西省地方志编纂委员会编：《陕西省志》第二十六卷(二)《航运志》，陕西人民出版社1996年版。

汉水流域的水浒戏剧目在汉调桄桄、汉调二黄①、湖北越调、汉剧等剧种中较多见，根据笔者所见，梳理如下：

根据《陕西省戏剧志·汉中地区卷》《陕西省戏剧志·安康地区卷》《安康专区戏曲发掘组汉调二黄资料集》《汉调二黄剧目册》《陕西传统剧目汇编·汉调二黄》等资料，② 在汉调二黄和汉调桄桄传统剧目中的水浒戏有：《翠屏山》，又名《石秀杀嫂》，汉调二黄传统剧目。③《快活林》，收入《陕西传统剧目汇编·陕南道情》，铅印本。④《乌龙院》（上、下），西皮二黄兼有，汉调二黄传统剧目，亦列入安康地区 1950—1964 年上演汉调二黄传统剧目。《打渔杀家》《狮子楼》《灭方腊》《林冲发配》（上、下，西皮二黄兼有）、《坐楼杀惜》《活捉三郎》（上、下，西皮二黄兼有），汉调二黄传统剧目，安康地区 1950—1964 年上演汉调二黄传统剧目。⑤《时迁盗鸡》（有口述抄录剧本）、《石秀探庄》，汉调二黄传统剧目（安康地区）1950—1964 年上演汉调二黄传统剧目。新中国成立后汉调二黄移植剧目有：《三打祝家庄》《黑旋风李逵》《林冲夜奔》《武大郎之死》《十字坡》《扈三娘》《东平府》。⑥

据笔者依据相关文献统计，商洛地区的水浒戏剧目有十几种，包括传统、古典、移植剧目。有《李逵打更》（二黄，传统剧目）、《三打王英》

---

① "汉调二黄"在一些书中写为"汉调二簧"，参见中国大百科全书总编辑委员会《戏曲曲艺》编辑委员会编《中国大百科全书·戏曲曲艺》（中国大百科全书出版社 1992 年版）第 107 页；陕西省地方志编纂委员会《陕西省志·文化艺术志》（陕西人民出版社 2005 年版）第 307—309 页；陕西省戏剧志编纂委员会编、鱼讯主编的《陕西省戏曲志·安康地区卷》（三秦出版社 1994 年版）第 45—51 页称"汉调二黄"；谈俊琪主编《安康文化概览》（陕西人民出版社 1997 年版）第 115—120 页称"汉调二黄"。

② 参见中国大百科全书出版社编辑部、中国大百科全书总编辑委员会《戏曲曲艺》编辑委员会《中国大百科全书·戏曲曲艺》，中国大百科全书出版社 1998 年版；中国戏曲志编辑委员会《中国戏曲志·陕西卷》编辑委员会《中国戏曲志·陕西卷》，中国 ISBN 中心 1995 年；《陕西省戏剧志·汉中地区卷》，三秦出版社 1997 年版，第 83 页；《陕西省戏剧志·安康地区卷》，三秦出版社 1994 年版；鱼讯主编《陕西省戏剧志·商洛地区卷》，三秦出版社 1997 年版；陕西省地方志编纂委员会《陕西省志·文化艺术志》，陕西人民出版社 2005 年版。

③ 参见《陕西省戏剧志·汉中地区卷》，三秦出版社 1997 年版，第 83 页；《陕西省戏剧志·安康地区卷》，三秦出版社 1994 年版，第 77 页。

④ 《陕西传统剧目汇编·陕南道情》，铅印本，1960 年前后陕西省文化局委托陕西省剧目工作室整理编印出版，共 6 集，收入陕南道情剧目 30 本。

⑤ 《陕西省戏剧志·安康地区卷》，三秦出版社 1994 年版，第 93 页。

⑥ 同上书，第 96—97 页。

(二黄，传统剧目)、①《借宋江》(二黄，传统剧目)、《坐楼杀惜》(二黄，传统剧目)、《活捉三郎》(二黄，传统剧目)、《乌龙院》(二黄，传统剧目)、《逼上梁山》(二黄、秦腔、豫剧，传统剧目)、《潘金莲》(秦腔，传统剧目)②、《醉打山门》(二黄、秦腔，传统剧目)、《狮子楼》(二黄、秦腔，传统剧目)、《黑旋风李逵》(二黄、秦腔，传统剧目)。

湖北省有22个地方戏曲剧种，1949年后，搜集、整理、记录下来的剧目共有4200多个；现存剧目3700个左右，其中连台本戏34个，本戏334个，单折戏3349个。湖北省戏剧工作室从20世纪50—80年代编印出版《湖北地方戏曲丛刊》，出版本和编印本共78集，收入剧目904个，约1560万字。属于汉水流域的水浒戏主要剧种有湖北越调、汉剧、京剧(汉水流域演出的京剧)、南剧，但南剧在湖北汉水流域演出较少，笔者根据《中国大百科全书·戏曲曲艺》《中国戏曲志·湖北卷》《湖北戏曲丛书》《湖北地方戏曲丛刊》等资料，把湖北汉水流域的水浒戏初步统计如下：

《打渔杀家》《带双卖武》，汉剧剧目。《打渔杀家》汉剧剧目，改编本曾由湖北人民出版社出版单行本，又见《湖北戏曲丛书》第10辑；《三打祝家庄》，京剧剧目，1944年由任桂林、魏晨旭、李伦编剧；《买双武》载《湖北地方戏曲丛刊》第16集；《宋江题诗》，京剧剧目，编剧严朴，该剧收入1955年人民文学出版社出版的《剧本·戏曲专辑》第二辑。

《斩李虎》，汉剧剧目，又名《忠义堂》，此剧为戏曲中少见的写梁山反对招安的戏。梁山好汉一百单八将中并无李虎其人，但此剧中李虎反对招安的言行十分激烈，比小说《水浒传》中的李逵、林冲反对之声更为明确。武汉汉剧院藏本载《湖北地方戏曲丛刊》编印本第42集。

《活捉三郎》，汉剧剧目，湖北越调、荆河戏也有此剧。该剧剧情并不见于小说《水浒传》，汉剧《活捉三郎》、清戏单边词的记录本藏湖北省戏剧工作室。

《挑帘裁衣》，汉剧剧目。清戏、荆河戏亦有此剧，但现均无传本。

《翠屏山》，又名《醉归杀山》，汉剧、南剧、荆河戏剧目。现存汉剧本仅有《酒楼》《醉归》两出。汉剧演出本载《湖北地方戏曲丛刊》编印本第5集。南剧有录本藏湖北省戏剧工作室。

---

① 《陕西省戏剧志·商洛地区卷》，三秦出版社1997年版，第83—84页。
② 同上书，第86页。

《武松闹会》(湖北高腔《湖北地方戏曲丛刊》第 12 集)、《李逵打熊》(湖北越调《湖北地方戏曲丛刊》第 66 集);《李逵磨斧》(湖北高腔《湖北地方戏曲丛刊》第 57 集)、《李逵摸鱼》(湖北越调《湖北地方戏曲丛刊》第 75 集)、《李逵闯帐》(湖北越调《湖北地方戏曲丛刊》第 46 集)。《李逵砍旗》(湖北越调《湖北地方戏曲丛刊》第 46 集),故事与元代康进之《李逵负荆》杂剧相类似。①

《扈家庄》(湖北高腔《湖北地方戏曲丛刊》第 57 集);《战八将》(又名《金沙滩》,湖北越调《湖北地方戏曲丛刊》第 2 集)、《金沙滩》(又名《战八将》,南剧《湖北地方戏曲丛刊》第 7 集);《清风山》(荆河戏《湖北地方戏曲丛刊》第 32 集)、《快活林》(汉剧《湖北戏曲丛书》第 17 辑)、《时迁盗鸡》(汉剧《湖北戏曲丛书》第 9 辑)、《逼上梁山》(京剧改编本、汉剧)。

"湖北越调"中的水浒戏有 23 种:《乌龙院》(出戏),宋江杀惜故事;《坐楼杀惜》,《乌龙院》之别名;《闹江州》(本戏),水浒英雄救宋江小结义故事;《十字坡》(本戏),武松、孙二娘故事;《孙二娘开店》,《十字坡》之别名;《武松打店》,《十字坡》之别名;《快活林》(出戏),武松打蒋门神故事;《李逵摸鱼》(出戏),水浒故事;《李逵打虎》,水浒故事;《李逵砍旗》(出戏),写李逵砍倒梁山杏黄旗,斥责宋江抢民女故事;《李逵闯帐》(出戏),写李逵闯进梁山大帐,自告奋勇下山抱打不平的故事;《翠屏山》(出戏)石秀、杨雄故事;《时迁盗鸡》,水浒故事;《时迁盗甲》,水浒故事;《时迁盗马》(出戏),水浒故事;《祝家庄》(本戏),梁山宋江等三打祝家庄故事;《金沙滩》(本戏),梁山泊擒送卢俊义故事;《战八将》(出戏),卢俊义上梁山故事;《水西门》(本戏),梁山战方腊故事;《火弓弹》(本戏),肖恩及女儿故事;《卖皮弦》(出戏),孙二娘故事;《蒋门神过山》(出戏),梁山好汉与蒋门神相认故事。②

二　汉水流域水浒戏与《水浒传》

汉水流域的水浒戏基本上包括三个方面的内容,故事渊源亦分为三个

---

① 参见《中国戏曲志·湖北卷》,文化艺术出版社 1993 年版,第 151 页。

② 阎俊杰、董治平主编:《襄樊市戏曲资料汇编》,根据书中序言推测,本书为 1987 年或 1988 年印刷,第 92—93 页。

方面。一是由《水浒传》故事改编而成的戏曲剧目，传统剧目《武松打虎》《野猪林》《杀惜》等属于此类；二是改编自元明杂剧、明清传奇的剧目，如《活捉三郎》；三是根据《水浒后传》等"水浒续书"、民间传说改编成的戏曲剧目，《打渔杀家》等属于此类。① 笔者根据现有资料，把汉水流域水浒戏作一渊源流变的梳理。②

关于小说《水浒传》的成书时间，有元代说③、元末明初说④、明初说⑤、成化弘治说⑥、嘉靖说⑦。一般文学史认为，《水浒传》成书于元末明初，刘大杰本、社科院本、五教授本（亦称"游国恩本"）、袁行霈本、郭预衡本、马积高本、北师大本、川大本等均把《水浒传》放在明代文学中去讲述，称此书成书于元末明初。而章培恒、骆玉明先生的《中国文学史》则把《三国演义》和《水浒传》纳入元代文学进行讲述。如果按元代说和元末明初说，那么《水浒传》对后世水浒戏的影响则更为深远。笔者对汉水流域水浒戏与《水浒传》的关系叙说如下。

《挑帘裁衣》，汉剧剧目。清戏、荆河戏亦有此剧，但现均无传本。汉剧《挑帘裁衣》现存本为武汉市汉剧团录本，胡春燕校订，剧作分二场。

---

① 杜建华先生将水浒戏内容分为两类，参见《川剧水浒戏古今谈》，载《戏曲艺术》1998 年第 3 期。

② 为叙述的方便，除本文中特别点明的水浒戏外，一般叙述中的水浒戏均指汉水流域传播的水浒戏。

③ 陈中凡、王利器、黄霖等学者持此说，参见许勇强《百年水浒传成书时间研究检讨》，载《中华文化论坛》2010 年第 4 期。孙楷第亦持此说，他在《水浒传旧本考——由明新安刊大涤余人序本百回本水浒传推测旧本水浒传》一文中写道："元《水浒传词话》为明百回本《水浒传》祖本者，余疑其系元末南方书会所编。何以明之？余前言《水浒传词话》宋有宋本，金有金本，元有元本"（第 93 页），"《水浒》本子，自宋金至元末，为词话时期。自明中叶以还迄于明季，为说散本通俗演义时期"（参见《沧州集》，中华书局 2009 年版，第 93、101 页）。而章培恒、骆玉明先生的《中国文学史》则把《三国演义》和《水浒传》纳入元代文学进行讲述。书中说："我们认为，根据《三国志通俗演义》中作者附加的小字注所提及的'今地名'系指元代地名的情况，以及某些重要地名变更的年代，大致可以判定此书完成于元文宗天历二年(1329)以前，按习惯可以说是元后期。至于《水浒传》，罗贯中也是它的作者之一，对小说作了进一步加工的施耐庵则生活于元末明初。因此，把这两部小说编入元代文学要更合理些。"

④ 20 世纪二三十年代胡适、鲁迅、郑振铎持此说，当代袁世硕、徐仲元亦有论述。

⑤ 周维衍持此说，参见《〈水浒传〉的成书年代和作者问题——从历史地理方面考证》，载《学术月刊》1984 年第 7 期。

⑥ 参见李伟实《从水浒戏和水浒叶子看水浒传的成书年代》，载《社会科学战线》1988 年第 1 期。

⑦ 戴不凡、张国光、石昌渝先后持此说，参见张国光《再论水浒成书于嘉靖初年》等论文，石昌渝《水浒传成书于嘉靖初年考》等论文。

演叙武松赴东京公干，潘金莲感叹命运，埋怨"配了武大是冤家"，在楼上挑帘时，失手落下帘竿，正巧打在西门庆的头上；西门庆恼怒之时，见潘金莲姿色艳丽，马上怒气变作喜气，说："只要她喜打，爱打，把儿的头，莫当作头，当作一个木鱼，放在她的枕头边……敲上几下，我都是喜欢的。"①后来西门庆买通王婆，借裁衣为名，勾引金莲与其私通，汉剧无一般金莲鸩杀武大和武松杀嫂情节。剧作故事见于小说《水浒传》第24—25回，明代沈璟的《义侠记》传奇亦有此情节。京剧有《挑帘裁衣》剧目，徽剧、湘剧、桂剧、粤剧、河北梆子等均有《金莲戏叔》剧目，评剧、越剧有《武松与潘金莲》。

《武松打店》，汉剧剧目，高海山校订，剧作共七场，人物有武松（小生）、孙二娘（武旦）、张青（杂）、小二（丑）、解差甲（外）、解差乙（丑）。剧作演叙武松被发配孟州，途经十字坡，宿在孙二娘店中，孙二娘行刺武松，遭到武松痛打；最后双方道出真情，武松、孙二娘等人一同上了梁山。②另有剧名《十字坡》《孙二娘开店》。从剧名看，一是从武松着眼，称《武松打店》，与《武松打虎》相关照；二是从故事发生的地点着眼，称《十字坡》；三是从孙二娘角度，起名为《孙二娘开店》，故事见《水浒传》第27回"母夜叉孟州道卖人肉，武都头十字坡遇张青"，明代沈璟《义侠记》传奇亦演叙武松故事。《十字坡》为京剧名家盖叫天的代表作，川剧、湘剧、秦腔、河北梆子、大弦子戏均有此剧目。

《快活林》，汉剧剧目，喻俊卿述录，分七场，人物有武松（七小）、施恩（七小）、施忠（三生）、蒋忠（十杂）、宋氏（八贴）、店小二、酒保等。蒋门神蒋忠倚仗张团练势力，夺占施恩在快活林所开酒店。武松发配来此，施恩与其结识，请求为之复仇；武松出于义愤，醉打蒋门神，为施恩收回酒店。③故事见《水浒传》第28—29回，明代沈璟《义侠记》和清代《忠义璇图》改编时有此关目。

《杀惜姣》，汉剧剧目，彭汉廷述录，胡春艳校订，剧本不分场（出），

① 参见《湖北地方戏曲丛刊》第37集，湖北地方戏曲丛刊编辑委员会编辑，湖北省戏剧工作室编印，内部资料，1962年印，第128页。
② 收入《湖北地方戏曲丛刊》第34集，湖北地方戏曲丛刊编辑委员会编辑，湖北省戏剧工作室编印，内部资料，1962年印，第216—333页。
③ 参见《湖北戏曲丛书》第17辑，湖北省戏剧工作室编，长江文艺出版社1984年版，第92—109页。

人物有阎婆（丑）、惜姣（贴）、宋江（外）。剧作演叙晁盖聚义梁山后，感念宋江搭救之恩，派刘唐携黄金与书信，前去郓城县探望宋江；宋江遇到刘唐后，收下书信，即让刘唐回山。宋江归途中遇到阎婆，被拉至乌龙院；阎婆想使宋江与惜姣和好，就将宋江诓至楼上，强关二人于一室。宋江一夜未睡，次晨便早早离去，不慎失落招文袋，被惜姣拾得，发现是梁山书信。当宋江转回来寻时，惜姣以休书、再嫁张文远、按手印等相逼，宋江一一答应，不料惜姣仍要告官，不给他梁山书信，情急之下，宋江杀死阎惜娇，阎婆得知后开始不说，出门后在街上喊"宋江杀人"。湖北越调有《坐楼杀惜》剧目。故事见于《水浒传》第21回"虔婆醉打唐牛儿，宋江怒杀阎婆惜"；明代许自昌《水浒记》传奇第23出"感愤"与此剧情节相同。汉水流域的汉调二黄传统剧目中有《乌龙院》《坐楼杀惜》剧目，西皮二黄兼唱；另有川剧、徽剧《宋江杀惜》剧目，湘剧、秦腔《宋江杀惜》剧目，楚剧、晋剧、上党梆子、河北梆子、武安落子均有此剧目。

汉调二黄剧目《林冲发配》，西皮二黄兼唱①，故事见于小说《水浒传》第八回"林教头刺配沧州道，鲁智深大闹野猪林"。

《翠屏山》，又名《石秀杀嫂》《醉归杀山》，汉水流域戏曲汉调二黄、湖北越调、汉剧等均有该传统剧目，南剧、荆河戏亦有该剧目。汉调二黄传播于汉水流域的安康、汉中等地。杨雄与石秀结拜为兄弟，杨雄让石秀开设肉铺。杨雄妻潘巧云勾引石秀不成，后与和尚裴如海私通，石秀发觉后告诉杨雄；潘巧云及婢女诬告石秀调戏自己，杨雄与石秀绝交；石秀为辨明是非，伺和尚夜出潘室，杀裴如海剥衣以示杨雄；杨雄得知真相后，以还愿为名，定计将潘巧云和使女迎儿骗至翠屏山，勘问奸情后，石秀逼杨雄杀死潘巧云与迎儿，后二人一同投奔梁山。故事见《水浒传》第44—46回，明代沈自晋《翠屏山》传奇专演此事。明代传奇《翠屏山》共27出，依据小说《水浒传》杨雄、石秀故事而加以改编。②清末汉剧汉河下路子还演出全本《翠屏山》，从"酒楼结拜"开始，到"杀山"结束。现存汉剧本仅有《酒楼》《醉归》两出。③汉剧演出本载《湖北地

① 《陕西省戏剧志·安康地区卷》，三秦出版社1994年版，第93页。
② 参见郭英德《明清传奇综录》（上册），河北教育出版社1997年版，第382—383页。
③ 参见中国戏曲志编辑委员会《中国戏曲志·湖北卷》，文化艺术出版社1993年版，第190—191页。

方戏曲丛刊》编印本第五集。南剧有录本藏湖北省戏剧工作室。近世京剧、川剧、秦腔、徽剧、湘剧、桂剧、同州梆子、河北梆子均有此剧目，川剧又名《巧云戏叔》。因剧情有血腥场面，加之表现了落后的女性观，1949 年后曾经禁演。

《时迁盗鸡》，高海山校订，汉剧，共二场，人物有时迁（丑）、杨雄（外）、石秀（小生）、店家。剧作写时迁看到杨雄、石秀杀潘巧云，要求杨雄等带他投奔梁山，途中夜宿祝家庄客店；时迁与店家开了许多玩笑，设计盗杀了店家的报警鸡，最后打倒店家，扬长而去。该剧主要以对话和人物行动为主，唱词较少，属做功戏。① 湖北省汉剧团在新中国成立后和"文化大革命"后对《时迁盗鸡》进行了整理和改编，湖北省汉剧团对演出本的一些情节进行了改动，本剧不分场，演叙时迁、杨雄、石秀投奔梁山，夜宿祝家庄旅店，庄主祝朝奉屯集大量武器，并训练一只报警鸡，专门与梁山好汉为敌。时迁为人机灵善言，机智地戏弄了店家，并偷吃了报警鸡。当店家发觉时，时迁打倒店主，与杨雄、石秀奔上梁山。与高海山校订本相比，该剧做改动地方有二：一是时迁住的客店是庄主祝朝奉所开，屯集大量武器；二是时迁偷吃的鸡是报警鸡，赋予时迁"偷盗"行为的正义性。② 湖北越调传统剧目有《时迁盗鸡》。该故事大略见于《水浒传》第 46 回，情节有差异。京剧剧目有《时迁偷鸡》，一名《巧连环》，川剧、徽剧、湘剧、豫剧、秦腔、同州梆子均有此剧目。豫剧有《扒鸡》。

《时迁盗甲》，亦称《盗甲》，高海山校订，汉剧，共 14 场，人物有徐宁（外）、时迁（丑）、李逵（杂）、燕青（小生）、李俊（生）、四白龙套、四打手、二更夫等。本事见于《水浒传》第 55—57 回及传奇《雁翎甲》。剧演呼延灼摆布连环马，梁山不敌，徐宁可破此连环马，梁山好汉时迁欲盗取徐宁祖传的雁翎金甲。徐宁虽然防范严密，可雁翎甲仍然被盗走。当徐宁追赶时，沿途李逵、燕青、李俊等好汉接应，徐宁无可奈何。汉剧剧本虽然标有 14 场，但大多为过场戏，第三场到第八场仅仅是更夫打更、四白龙套抬金甲下，时迁上下；其他八场台词很少，亦无唱词，属于

---

① 收入《湖北地方戏曲丛刊》第 16 集，湖北地方戏曲丛刊编辑委员会编辑，湖北人民出版社 1959 年版，第 142—157 页。

② 参见《湖北戏曲丛书》第九辑，湖北省戏剧工作室编，长江文艺出版社 1983 年版，第125—142 页。

做功戏。① 此剧并京剧名为《雁翎甲》。湘剧、河北梆子亦有《盗甲》，滇剧有《盗金甲》。②

湖北越调中有《时迁盗鸡》《时迁盗甲》《时迁盗马》（出戏）等剧目。③《时迁盗马》未见剧本，据报道，天津京剧三团国家一级演员胡小毛2006年曾演出《时迁盗马》。

《扈家庄》，湖北高腔，朱吉占藏本，剧分11场，剧作人物较多，有王英（杂）、杨雄（外）、石秀（小生）、李逵（净）、宋江（生）、林冲（二生）、扈三娘（贴）、兵丁、庄丁、女侍等。剧作演叙宋江令矮脚虎王英攻打扈家庄，另派林冲埋伏独龙岗作为接应；王英兵败被擒，扈三娘率女兵、庄丁追赶宋江到独龙岗，林冲用绊马索一齐拿获，打破扈家庄，救出王英，王英要宋江将扈三娘与他做老婆。④ 剧情本事见于《水浒传》第48回，情节不尽相同。京剧剧目有《扈家庄》，一名《夺锦标》，以武旦为主。川剧、湘剧、秦腔均有《打祝庄》。⑤

《三打祝家庄》，京剧剧目，1944年任桂林、魏晨旭、李纶编剧，这部作品取材于《水浒传》第46—50回梁山泊三打祝家庄的故事，在情节上删除了小说中时迁偷鸡、李逵洗劫扈家庄、吴用计赚李应上梁山等内容，从策略斗争的角度，着重表现梁山义军依靠群众，调查研究，里应外合，取得胜利的主题。三打祝家庄的故事构成了宏大的生活画面，剧作把旧的分场制和新兴的分幕制结合起来，将之划分为三幕42场，第一幕10场，第二幕6场，第三幕26场，"幕"的使用，把"一打""二打""三打"的情节段落展现得清清楚楚；三打故事，情节复杂，涉及梁山与祝、扈、李三庄四个方面各色人等，很难采用一人一事的结构方法，于是采用了古典戏剧《清忠谱》式的"众人一事"的剧作模式，登场角色有名有姓者多达34人，是一部典型的"群戏"。延安平剧研究院1945年2月在陕北首演该

---

① 参见《湖北地方戏曲丛刊》第16集，湖北地方戏曲丛刊编辑委员会编辑，湖北人民出版社1959年版，第158—162页。

② 参见陶君起编著《京剧剧目初探》，中华书局2008年版，第192页。该书版本还有上海文化出版社1957年初版，中国戏剧出版社1963年版，1980年重印版。

③ 载阎俊杰、董治平主编《襄樊市戏曲资料汇编》第92—93页，根据书中题词和"编者的话"推测，该书为1987年印刷。

④ 参见《湖北地方戏曲丛刊》第57集，湖北地方戏曲丛刊编辑委员会编辑，湖北省戏剧工作室编印，内部资料，1983年印，第316—320页。

⑤ 参见陶君起编著《京剧剧目初探》，中华书局2008年版，第191页。

剧，1949 年以后，汉水流域的武汉、襄阳、汉中、安康等地纷纷上演，还被改编移植为其他剧种。① 湖北越调《闹江州》(本戏)与《三打祝家庄》在结构上有相似之处，均表现梁山水浒英雄群像，演叙众英雄救宋江小结义的故事。

《李逵摸鱼》(出戏)，湖北越调，不分场(出)，胡金山述录。人物有李逵(十杂)、张顺(七小)、鱼小(小丑)、宋江(六外)、戴宗(三生)。剧作演叙宋江在旬阳楼饮酒无菜肴，李逵到江边摸鱼佐餐；先向为张顺看守渔船的鱼小买鱼，鱼小不卖，被李逵打走；张顺到后，与李逵互相殴打，纠缠不已，宋江、戴宗赶到江边劝阻，二人相认住手。② 本事见于《水浒传》第 36 回及《忠义璇图》。河北梆子有此剧目，京剧剧目为《李逵夺鱼》，湘剧有《李逵闹江》。《李逵打虎》，湖北越调，水浒故事。

《清风山》，荆河戏，刘和喜、曾明才述录，分 16 场，人物较多，有林氏(正旦)、王英(大净)、宋江(须生)、燕顺(须生)、郑天寿(二净)、刘高(小丑)、花荣(须生)、华福(杂须生)、黄信(杂须生)、花妻(小旦)、老院、丫环、车夫、四衙役、四龙套、四打手、花童、花女等。剧作演叙刘高之妻林氏清明节祭祖，被王英掳上清风山欲做压寨夫人。宋江正好在山寨做客，乃央求王英释放林氏回家，宋江亦离开清风山投奔花荣；元宵佳节，花灯大放，宋江出外观灯，被林氏看到，刘高命人拿下拷问；花荣休书求情，刘高不许，反将书信撕掉，花荣大怒，带病将宋江夺回。宋江怕连累花荣，便往清风山躲避，谁知刘高派人又将其捉回。刘高派人报告府尹提拿花荣，王英等闻讯，带兵下山，打败黄信，救出花荣、宋江。③ 剧作内容见于《水浒传》第 33 回"宋江夜看小鳌山，花荣大闹清风寨"，第 34 回"镇三山大闹青州道，霹雳火夜走瓦砾场"。

《战八将》，又名《金沙滩》，湖北越调，胡金山述录，剧作不分场，该剧人物众多，有吴用(一末)、李逵(十杂)、卢俊义(三生)、燕青(七小)、李固(小丑)、卢氏(四旦)、宋江(三生)、张顺(七小)、孙二娘(八贴)、时迁(五丑)、杨志(二净)、花荣(二生)、鲁智深(十杂)、武松(十

① 参见《中国戏曲志·湖北卷》(文化艺术出版社 1993 年版) 第 121—122 页。
② 收入《湖北地方戏曲丛刊》第 75 集，湖北地方戏曲丛刊编辑委员会编辑，湖北省戏剧工作室编印，内部资料，1985 年印，第 197—204 页。
③ 参见《湖北地方戏曲丛刊》第 32 集，湖北地方戏曲丛刊编辑委员会编辑，内部资料，1962 年印，第 131—176 页。

杂)、张青等。剧作演叙宋江用吴用之计,智赚卢俊义上山。宋江将卢俊义骗至梁山脚下,派遣八将轮流大战,最终卢俊义被俘。此剧只演至卢俊义被缚,无上山见宋江等情节。① 南剧《金沙滩》,共有 26 场,胡云霞述录,剧情和叙事重心均有所不同。剧作演叙大名府员外玉麒麟卢俊义既富有万贯家财,又有一身武艺。梁山宋江让吴用携李逵乔装算命先生,到大名府赚卢俊义离家前往山东;当卢俊义行经梁山附近,设伏与卢俊义战,卢不敌,至金沙滩搭船,被阮小七擒至梁山。宋江等人劝其在梁山聚义,卢俊义坚决不从,仍回大名府家中。② 故事见《水浒传》第 61—62 回,情节有所不同。汉剧称《玉麒麟》,京剧称《大名府》,湘剧有《金沙滩》,秦腔、豫剧、河北梆子亦有此剧目。

三　汉水流域水浒戏与元明杂剧、明清传奇

在小说《水浒传》成书以前和之后,出现了许多搬演水浒故事的杂剧和传奇。现存元代及明初杂剧中的水浒戏剧目约有 39 种,其中流传至今的全本共有 12 种,清杂剧 2 种,明代传奇中的水浒戏 6 种。③ 据现有资料,汉水流域水浒戏中有几种是改编自元明杂剧和明代传奇的。

《李逵砍旗》,湖北越调,胡金山述录,不分场,主要写李逵斥责宋江抢民女的故事。人物有宋江(末)、李逵(净)、燕青(小生)、刘德景(丑)、四小兵。剧作演叙在汴京观灯时,李逵落后,宋江派燕青寻找李逵;燕青、李逵二人路过刘家庄,刘德景哭诉宋江抢走其女国秀,李逵大怒,回到梁山砍倒杏黄旗,欲杀宋江。宋江与李逵打赌,又传刘德景一一指认。燕青力主找出假李逵、假宋江,李逵被免死。④

《李逵闯帐》,湖北越调,胡金山述录,不分场,人物有宋江(生)、李逵(净)、杨志(净)、燕青(小生)、四兵。剧作演叙宋江闻报恶霸欺压百姓,传令山寨报名去打不平,众弟兄、众姐妹忙于赏花吃酒,无人下

---

① 收入《湖北地方戏曲丛刊》第 2 集,湖北地方戏曲丛刊编辑委员会编印,内部资料,1958年印,第 174—193 页。

② 收入《湖北地方戏曲丛刊》第 7 集,湖北地方戏曲丛刊编辑委员会编印,内部资料,1959年印,第 205—234 页。

③ 参见陈建平《水浒戏与中国侠义文化》,文化艺术出版社 2008 年版,第 12、30 页。

④ 收入《湖北地方戏曲丛刊》第 46 集,湖北地方戏曲丛刊编辑委员会编辑,湖北省戏剧工作室编印,内部资料,1982 年印,第 323—331 页。

山；宋江恼怒，欲砍倒杏黄旗，火焚忠义堂，解散梁山众人；李逵得知，闯进大帐，诉说当初树旗结义宗旨，自告奋勇，领命下山。①

《活捉三郎》，汉剧剧目。湖北越调、荆河戏也有此剧。宋江杀惜后，阎婆惜的鬼魂不忘旧情，便在夜里赶到张三郎处，拟续前缘，张三知其已死，让婆惜去找宋江；婆惜将张三活捉而去。因表演有恐怖情节，1949年曾被禁演。汉剧《活捉三郎》、清戏单边词的记录本藏湖北省戏剧工作室。该剧剧情并不见于小说《水浒传》，应源于明代许自昌的《水浒记》传奇第31出"冥感"。汉水流域汉调二黄传统剧目中有《活捉三郎》剧目，西皮二黄兼唱。京剧有《借茶活捉》《活捉》剧目，昆剧、徽剧、滇剧、川剧、桂剧、秦腔、同州梆子、河北梆子均有《活捉三郎》。

四　汉水流域水浒戏与《水浒》
续书、独创剧作

在汉水流域传播、上演的戏曲中，亦有一些故事既不见于小说《水浒传》，也不见于元明清杂剧、传奇的水浒戏。这类戏一方面改编自《水浒》续书，另一方面是剧作家、演员假借水浒人物，自出机杼，基本上是自创的作品。

《打渔杀家》，汉剧，分五场，人物有萧恩（六外）、萧桂英（八贴）、丁郎（五丑）、丁员外（二净）、郭先生（五丑）、李俊（三生）、倪荣（十杂）等。梁山英雄阮小二易名萧恩，晚年隐居太湖，与女儿桂英以打鱼为生。当地土豪丁员外勾结常州太守吕子秋，霸占渔区，催讨渔税，萧恩父女困苦不堪。故人李俊携友倪荣来访，遇到丁府家奴丁郎向萧恩催讨渔税，怒而斥退；丁郎回报，又带大批家奴向萧恩强索，被萧恩痛打而逃。萧恩恐招祸，赶至州衙首告，反被县官杖责。萧恩忍无可忍，乃携桂英以献庆顶珠为名，黑夜闯入丁府，杀死丁员外全家，然后逃走。一名《庆顶珠》，又名《讨渔税》。根据《水浒后传》中李俊事改编。京剧、蒲剧、山东梆子、湘剧、徽剧、滇剧均有此剧目。

《武松闹会》，湖北高腔，胡最高、雷金魁、方绪田、黄善富述录，

① 收入《湖北地方戏曲丛刊》第46集，湖北地方戏曲丛刊编辑委员会编辑，湖北省戏剧工作室编印，内部资料，1985年印，第332—338页。

· 37 ·

分为五场，人物有武松（武生）、武大郎（丑）、游女（鸥旦）、货郎（丑）、店家（外）、祝春牛（丑）、李贵（杂）、朱仝、众人、店婆等。二月清明，东岳庙会热闹，武松无事，便去看会；地痞李贵在东岳庙前摆设赌场，输打赢要；武松气恼，大闹赌场，与李贵一群厮打，后得到朱仝之助，得以脱身，未遇伤害。① 唱词大多为七子句，念板生动活泼。此剧剧情未见于《水浒传》和明清其他戏曲。

《李逵磨斧》，湖北高腔，不分场（出），武汉市楚剧团录本，高腔唱词较多，有独唱、对唱。人物有李逵（净）、林冲（生）。剧作演叙林冲投奔梁山，中途遇到李逵磨斧，彼此并不相识，于是开打。后经询问，乃知一个是豹子头林冲，一个是黑旋风李逵，于是一同奔上梁山。此剧开头李逵下山巡查，夸赞梁山景致，与元杂剧《李逵负荆》一开始有类似之处。但整本剧情并不见于《水浒传》和其他剧作。②

《李逵打熊》，湖北越调，张富道述录，剧分二场，人物角色有李逵（杂）、熊精（丑）、女子（贴）。剧作演李逵上山打柴，遇到熊精化身的女子挡住路口，假意调笑，欲要吃掉李逵。李逵在识破后奋力砍杀，熊精抵挡不过，弃剑逃走，李逵拾剑报送宋江。此剧情节不见于《水浒传》和其他明清剧本，熊精幻化倒与《西游记》三打白骨精有相似之处。③

《杀僧除害》，湖北越调，胡金山述录。此剧二场，人物有孙二娘（八贴）、和尚（十杂）、茂烘（五丑）三人。孙二娘在龙凤岭开黑店，和尚住店，用银阔绰。店伙计茂烘，乘夜摸杀和尚，被和尚打败，急呼孙二娘合力杀死和尚。此剧情节不见于小说《水浒传》，亦不见于其他水浒戏，应是民间艺人根据孙二娘开黑店之事再次演绎。剧中孙二娘唱道："奴家青春年二八，铁尺拐子常玩耍。江湖与我送一绰号，取名叫做母夜叉，母夜叉。"然后取板凳坐中场道："家住十字坡，开店又打货。瘦的包包子，肥的熬汤喝。奴乃母夜叉孙二娘，保定宋江仁兄驾坐梁山，访的天下英雄豪杰。"④

---

① 参见《湖北地方戏曲丛刊》第12集，湖北地方戏曲丛刊编辑委员会编辑、印刷，内部资料，1960年印，第174—182页。

② 收入《湖北地方戏曲丛刊》第57集，湖北地方戏曲丛刊编辑委员会编辑，湖北省戏剧工作室编印，内部资料，1983年印，第316—320页。

③ 收入《湖北地方戏曲丛刊》第66集，湖北地方戏曲丛刊编辑委员会编辑，湖北省戏剧工作室编印，内部资料，1984年印，第162—165页。

④ 参见《湖北地方戏曲丛刊》第75集，湖北地方戏曲丛刊编辑委员会编辑，内部资料，湖北省戏剧工作室编印，1985年印，第169—173页。

《斩李虎》，汉剧剧目，又名《忠义堂》，此剧为戏曲中少见的写梁山反对招安的戏。梁山好汉一百单八将中并无李虎其人，但此剧中李虎反对招安的言行十分激烈，比小说《水浒传》中的李逵、林冲反对之声更为明确。武汉汉剧院藏本，载《湖北地方戏曲丛刊》编印本第42集。

《水西门》（本戏），梁山战方腊故事；《火弓弹》（本戏），肖恩及女儿故事；《卖皮弦》（出戏），孙二娘故事；《蒋门神过山》（出戏），梁山好汉与蒋门神相认故事。

五　水浒戏在汉水流域的传播特点

精神文化受种族、环境、时代三种因素的制约。近二十年来，许多学者十分关注文学艺术与地理环境之间的关系。"文学与地理环境之间的关系，实际上是一种互动的辩证的关系。一方面是地理环境对文学的作用或影响，一方面则是文学对特定的人文地理环境的作用或影响。"①不同的地域文化对戏曲总是产生着若隐若现的影响，汉水流域水浒戏是在汉水流域这一特定空间里产生和传播的，汉水流域的城镇和乡村成为水浒故事的重要传播场所，戏班和剧作家改编和重写着水浒故事。汉水流域的水浒戏既具有一般水浒戏的传播和改编特点，又具有这一区域文化的传播和改编特点。

第一，水浒戏一方面扩大了"水浒"故事的传播和互动，另一方面在重写中融入了地域文化的特色。水浒戏传播了中国传统文化中的尚武复仇、行侠仗义精神，水浒戏的丰富内容在一定程度上影响了这一区域的社会人心，影响了这一区域的民风民情，而不同时期的汉水流域文化又影响和决定着水浒戏的传播重心和传播主题。地域文化、人文地理空间影响着剧作家、演员、观众对水浒故事和人物的筛选、重写。人地关系构成地域文化最基本的关系。戏曲的产生和传播，是一种独特的文化现象，亦是文学艺术与地域文化相互转化和积淀的形式和过程。汉水流域文化影响了这一特定区域的戏班对水浒故事和人物的选材和重写，从人物角度看，女性中潘金莲、阎婆惜、王婆、孙二娘等人物最容易"出戏"，围绕她们构思故事、安排关目的戏频频上演；水浒好汉中宋江、武松、李逵、林冲、杨

---

① 曾大兴：《文学地理学研究》，商务印书馆2012年版，第55页。

雄、石秀、时迁等人物比较"上戏"，他们的故事较多，特别是关于李逵和时迁的"折子戏"较多；从题材上看，与北方秦腔、京剧相比，汉水流域戏曲中所表现的水浒英雄复仇的剧作较少，而表现男女风情的故事和滑稽故事往往容易被改编而搬上舞台。水浒戏中的故事情节也存在着地域差异。

第二，汉水流域这一特定的人文地理空间影响着剧作家、演员、观众对水浒戏的剧种选择。从汉水流域水浒戏的地理传播空间看，主要集中于七大传播地：汉中、安康、郧阳、襄阳、南阳、荆门、武汉，汉中水浒戏的主要演唱剧种为汉调桄桄（南路秦腔）、汉调二黄，安康水浒戏的主要演唱剧种为汉调二黄，襄阳和郧阳水浒戏的演唱剧种为湖北越调，南阳水浒戏的演唱剧种主要为豫剧和汉剧①，荆门水浒戏的扮演剧种主要为南戏和汉剧，武汉水浒戏的扮演剧种主要为汉剧。

第三，时代变迁、文化思潮影响着剧作家、演员、观众对水浒故事的筛选、改编。20世纪40年代的延安出现了新编水浒戏《逼上梁山》《三打祝家庄》，五六十年代全国范围内《野猪林》的改编与上演，80年代川剧《潘金莲》的移植与改编，反映了水浒戏与不同时代的文化氛围、人性渴求的对接和呼应。"《逼上梁山》最初是由杨绍萱在1943年9、10月间写成的……改编的过程自然受到了政治意识形态的引领与统摄。"②汉水流域水浒戏的剧目选择也体现出时代的特点：20世纪五六十年代是强调阶级斗争的时代，观众在舞台上看到的是水浒英雄的反抗和复仇；20世纪80年代以后，是呼唤人性解放的时代，演员以身体阐释的是潘金莲的爱情和欲望的合理性；在读图、荧屏和互联网时代，阎婆惜、潘金莲成为一个欲望的符号，一个不断塑造欲望的化身，一个大众的消费品。

第四，水浒戏在京剧、秦腔中大多为大戏、本戏，但在汉水流域改编演出时大多是折子戏，人物较少，场次不多。根据记载、留存剧本和剧目，汉水流域水浒戏大多为"出戏"（折子戏），许多戏不分场，十场以上的戏很少，短剧有利于表演和百姓欣赏。如湖北越调中有水浒戏23种，本戏仅有《闹江州》《十字坡》《祝家庄》《金沙滩》《火弓弹》5种，其余18种为出戏（折子戏）。出戏大多三五个人物，所用的演员较少，便于舞台

① 参见姚寿仁主编《南阳市戏曲志》，中州古籍出版社1992年版，第24—30页。
② 周涛：《民间文化与"十七年"戏曲改编》，广西师范大学出版社2012年版，第29页。

扮演,灵活自如。

第五,与小说《水浒传》相比较,改编自小说前71回的水浒戏较多。也可以说,汉水流域的水浒戏从传播和重写的角度印证了金圣叹的眼光,小说的精彩在梁山英雄排座次之前。明末清初的文学评点大家金圣叹将120回本《水浒传》腰斩成70回本,删去了英雄排座次、梁山大聚义后的内容,以卢俊义一梦作为结局,称为《第五才子书施耐庵水浒传》。尽管学术界对金圣叹腰斩"水浒"有种种看法,但70回本确实是水浒故事的精华所在。谭帆认为,金圣叹"腰斩《水浒》,并妄撰卢俊义'惊噩梦'一节,以表现其对现实的忧虑;突出乱自上作,指斥奸臣贪虐、祸国殃民的罪恶;又'独恶宋江',突出其虚伪不实,并以李逵等为'天人'。这三者明显地构成了金氏批改《水浒》的主体特性,并在众多的《水浒》刊本中独树一帜,表现出了独特的思想与艺术个性"①。汉水流域水浒戏集中改编自《水浒传》前70回,排座次之前的故事以人物为中心,便于在舞台上塑造人物形象,刻画人物性格,而排座次之后的梁山大规模作战不便于戏剧上演,也不贴近普通观众的人生体验。

思考题

  1. 谈谈《水浒传》与水浒戏的联系与区别。
  2. 如何理解明清小说评点与《水浒传》的经典化?
  3. 结合《水浒传》,谈谈中国古代侠义文化。
  4. 汉水流域水浒戏传播的主要特点是什么?
  5. 如何理解潘金莲被不断重写的文艺现象?谈谈你的理解。

拓展阅读

  1. [法]丹纳:《艺术哲学》,人民文学出版社1963年版。
  2. 刘清河:《汉水文化史》,陕西人民出版社2013年版。
  3. 陕西省戏剧志编纂委员会:《陕西省戏剧志·汉中地区卷》,三秦出版社1994年版。
  4. 陕西省戏剧志编纂委员会:《陕西省戏剧志·安康地区卷》,三秦出版社1994年版。

---

① 谭帆:《"四大奇书":明代小说经典之生成》,王瑷玲、胡晓真主编:《经典转化与明清叙事文学》,(台北)联经出版事业股份有限公司2009年版,第49—50页。

5. 陕西省戏剧志编纂委员会：《陕西省戏剧志·商洛地区卷》，三秦出版社 1997 年版。

6. 中国戏曲志编辑委员会：《中国戏曲志·湖北卷》，文化艺术出版社 1993 年版。

7. 湖北省戏剧工作室：《湖北戏曲丛书》，长江文艺出版社 1984 年版。

8. 郭英德：《明清传奇综录》，河北教育出版社 1997 年版。

9. 湖北地方戏曲丛刊编辑委员会：《湖北地方戏曲丛刊》，湖北人民出版社 1959—1962 年版。

10. 王建科：《元明家庭家族叙事文学研究》，中国社会科学出版社 2004 年版。

11. 陶君起：《京剧剧目初探》，中华书局 2008 年版。

12. 陈建平：《水浒戏与中国侠义文化》，文化艺术出版社 2008 年版

13. 曾大兴：《文学地理学研究》，商务印书馆 2012 年版。

14. 姚寿仁：《南阳市戏曲志》，中州古籍出版社 1992 年版。

15. 周涛：《民间文化与"十七年"戏曲改编》，广西师范大学出版社 2012 年版。

16. 王瑷玲、胡晓真主编：《经典转化与明清叙事文学》，（台北）联经出版事业股份有限公司 2009 年版。

诸葛亮与汉中

——试论诸葛亮对汉中战略地位认识的矛盾心理过程

田孟礼

内容提要： 诸葛亮在《隆中对》中，三指汉中，高度关注汉中，是当时东汉末年割据形势的体现；自从诸葛亮出草庐后，未能提出像法正那样的"汉中对策"，以及刘备取汉中，要求诸葛亮增兵，还问计杨洪等，透出诸葛亮对汉中战略地位的重要性已淡却，这是诸葛亮第一次向刘备献策而遭否定，也是由他的工作性质之因素决定的；白帝托孤之后，诸葛亮平定了南中，出师北伐，锁定汉中，一为实现隆中路线；二为观察刘禅执政，朝臣言行，进行人事安排，确保后主地位；三为实现乐毅贤而善兵的自我价值。诸葛亮对汉中战略地位的认识过程：从关注到淡却再到最后锁定，这样一个看似矛盾的心理，实质上正好体现了一个人对事物认识的变化过程，同时也折射出当时三国鼎立局面的逐步形成。

诸葛亮一生大体经历了三个阶段：流寓荆州，隐居待时；隆中对策，出使江东；受命辅孤，南征北伐。在这三个阶段中，除了第一阶段外，其余两个阶段都与汉中息息相关，与之有着密不可分的关系。诸葛亮人生最辉煌的 8 年是在汉中度过的，并最终魂归汉中定军山下。然而，诸葛亮在认识当时汉中战略地位的问题上，经历了一个未出草庐，关注汉中；刘备三顾之后，淡却汉中；最后受命辅孤，锁定汉中。本文试就诸葛亮对当时汉中关注—淡却—锁定这样一个认识过程作一阐述。

一　未出草庐，关注汉中

公元 207 年，刘备三顾草庐，请计于诸葛亮。诸葛亮精辟地分析了当时的天下形势，提出统一天下，应先走联孙抗曹的道路，这就是著名的《隆中对》。在这个对策中直接提到汉中的有两处，有一处比较含蓄隐蔽，需要结合历史才能折射出来。诸葛亮在隆中对刘备说：

> 荆州北据汉、沔，利尽南海，东连吴会，西通巴蜀，此用武之国，而其主不能守，此殆天所以资将军，将军岂有意乎？益州险塞，沃野千里，天府之土，高祖因之以成帝业。刘璋暗弱，张鲁在北，民殷国富而不知存恤，智能之士思得明君。将军既帝室之胄，信义著于四海，总揽英雄，思贤如渴，若跨有荆、益，保其岩阻，西和诸戎，南抚夷越，外结好孙权，内修政理；天下有变，则命一上将将荆州之军以向宛、洛，将军身率益州之众出于秦川，百姓孰敢不箪食壶浆，以迎将军者乎？诚如是，则霸业可成，汉室可兴矣！①

过去解读这段话，从来就没有明确地和汉中联系起来，忽略了诸葛亮对刘备纵论天下时，用借代或隐喻的方法三指汉中。

1. 用"汉、沔"借指汉中。诸葛亮在刘备三顾草庐时，首先向刘备分析了曹操、孙权占据北、南的形势，已成对峙之局。但孙权不足以单独抗衡曹操，是联合的对象。但荆州占据地理形胜的优势，而且掌握在庸主刘表的手里。见于此，诸葛亮提出以荆州为中心，指出"荆州北据汉、沔，利尽南海，东连吴会，西通巴蜀，此用武之国，而其主不能守，此殆灭所以资将军，将军岂有意乎？"这里的"北据汉、沔"，指汉江、沔水。郦道元《水经注》卷27、28、29，分别对汉水、沔水、漾水有较详细的记载，并引西汉经学家孔安国的话说："漾水东流为沔，盖与沔合也。至汉中为汉水，是互相通称矣。"②

刘清河教授在《汉水文化史》里引潘世东先生的《汉水文化论纲》一书称："汉水初名漾水，后因帝尧长子监明（字汉）的汉部族（以其字命名）封迁于此，故改'漾水'为'汉水'。又因监明子刘式在此建立部落大汉国，其族人部分南迁于蜀，汉江上游的大汉国地居中央，故又称'汉中'或汉川；黄帝后裔勉部族的一支迁居汉水上游后，又称'汉水'

---

① 陈寿：《三国志·诸葛亮传》，浙江古籍出版社2006年版，第565页。

② 王国维：《水经注校》，上海人民出版社1984年版，第876页。

为'沔水',称其居地为勉(今勉县);禹治水时,其族的一支褒人随往,后留居勉人之地,又称居地为褒,水为褒水。可见勉、褒之名均因氏族名而来。"

由此可知,《隆中对》里的"北据汉、沔",虽指汉水、沔水,实指汉中郡。当时汉中郡地域广袤,幅员辽阔,班固《汉书·地理志》载:汉中郡是秦统一六国后设立,辖十二县,即西域、旬阳、南郑、褒中、房陵、安阳、城固、沔阳、锡、武陵、上庸、长利。诸葛亮这里的"荆州北据汉、沔",实质上指荆州北据汉中。

2. 用张鲁代指汉中。《三国志·张鲁传》载:"益州牧刘焉以鲁为都义司马,与别部司马张修将兵击汉中太守苏固,鲁遂袭修杀之,夺其众。焉死,子璋代立,以鲁不顺,尽杀鲁母家室。鲁遂据汉中,以鬼道教民,自号'师君'。"这段记载有三点是明确的:一是张鲁据汉中;二是张鲁不依附刘璋,不归益州管辖;三是张鲁自成体系,用鬼卒、祭酒、治头大祭酒,自号"师君"统治汉中。汉中是张鲁的独立王国。《三国志》在记叙张鲁时,都是和汉中联系在一起的,如:

> 张鲁据汉中,三月,遣钟繇讨之。①
> 建安二十年,太祖乃自散关出武都征之,至阳平关。鲁欲举汉中降,其弟卫不肯,率众数万人拒关坚守。②
> 后复超奔汉中,从张鲁。③
> 十六年,益州牧刘璋遥闻曹公将遣钟繇等向汉中讨张鲁,内怀恐惧。④

凡此种种,不再列举。这都说明汉中与张鲁是不可分的。诸葛亮在《隆中对》里为什么不说"汉中在北",而用"张鲁在北"来代指汉中呢?诸葛亮将曹、孙各自评析之后,说到荆州是"用武之国",益州是"高祖因之以成帝业",接下来说"刘璋暗弱,张鲁在北",刘璋和张鲁所统辖的益州、汉中正是刘邦成帝业的发祥地。这里主要是对人的评述。张

① 陈寿:《三国志·武帝纪》,浙江古籍出版社2000年版,第21页。
② 陈寿:《三国志·张鲁传》,浙江古籍出版社2000年版,第172页。
③ 陈寿:《三国志·庞德传》,浙江古籍出版社2000年版,第344页。
④ 陈寿:《三国志·先主备传》,浙江古籍出版社2000年版,第548页。

鲁实行的是鬼道，即"五斗米道"。朝野内外皆知，用张鲁代指汉中更为具体。当时张鲁政权治地在南郑，辖汉中郡和巴郡。所以诸葛亮用"张鲁在北"，就是指汉中。

3. 隐蔽含蓄地暗指汉中。"高祖因之以成帝业"，这个"之"字是代词，从上下文看代指益州。但从历史上看，当时刘邦封汉王，都南郑。《史记·项羽本纪》和《史记·高祖本纪》均说："立沛公为汉王，王巴、蜀、汉中，都南郑。"刘邦的基业地是汉中（即都城南郑），但在当时，益州是刘璋，汉中是张鲁，诸葛亮只有分开说，才符合现实，而在理解上应含有汉中及巴郡，这样才与历史事实吻合。这不是牵强，是还历史的本来。"出秦川"，当年汉高祖刘邦用韩信之计，由汉中从故道出兵围陈仓，实质上就是出秦川，以得天下，非从益州出兵围陈仓。这在《史记·高祖本纪》和《史记·淮阴侯列传》中均有记载。《史记·郦生陆贾列传》说："夫汉王发蜀汉，定三秦。"① 司马迁说："子羽暴虐，汉行功德；愤发蜀汉，还定三秦。"② 所以说，"出秦川"就是指从汉中出师北伐曹魏。

关于暗指汉中，仅从字面上是看不出来的。当时刘二牧集团（刘焉、刘璋）与张鲁集团的矛盾既久且深，这在《三国志·刘焉、刘璋传》中记之明白，此不赘述。对于诸葛亮来说，不可能不知道高祖刘邦是以汉中为基业地而北出秦川，最终夺取天下的。

再从语序上看，首先"荆州北据汉、沔"和"高祖因之以成帝业"，接着出现"张鲁在北"，最后是"出秦川"，这就形成了一个完整的语序链条：

荆州北据汉、沔——高祖因之以成帝业——张鲁在北（汉中）——出秦川

后来的历史证明，刘备在拥有益州、汉中、荆州南三郡后，在地理上形成均势，然后曹、刘、孙三方先后称帝，都不再打恢复汉室的旗号，形成政治均势，三国鼎足实现。

对诸葛亮《隆中对》的解读，不能只停留在表面的文字上，那样就

---

① 《史记·郦生陆贾列传》，上海古籍出版社 1997 年版，第 2053 页。
② 司马迁：《史记·太史公自序》，上海古籍出版社 1997 年版，第 2489 页。

看不清诸葛亮的隆中对策是什么对策了，而要从秦末的历史以及207年东汉末年混乱割据的现实局面去解读，这样就会清楚地发现，诸葛亮早就对汉中有所关注。这是怎么形成的呢？

1. 分析现实。诸葛亮从"自董卓以来，豪杰并起，跨州连郡者不可胜数"的局面入手，分析了当时天下的形势。189年8月，董卓入洛，之后废少帝，立汉献帝，自为相国，挟其子以命诸侯。190年激起关东诸侯纷纷起兵讨伐董卓，于是挟汉献帝西迁长安，不久为王允、吕布所杀，当时"旧京空虚，数百里中无烟火"①。192年，曹操占据兖州，击败青州黄巾军，得降兵3万，自成一个独立集团，与袁绍分离；此年张鲁占据汉中，不久马超反西凉，占据关中；195年，孙策得袁术部曲3万人马，依周瑜所率士族为骨干，后创立孙氏政权，策死权继，凭借长江天险，政权巩固难破；刘备是名儒卢植的学生，又是汉皇帝的同族，在豪强混战中，赢得很大的声望，也结成了一个武强谋弱的独立集团。尤其是199年官渡之战后，袁绍兵败，曹操坐大。从190—208年的近20年里，黄汉流域成为一个大屠场。唯有地处秦岭之南、巴山之北的汉中，没有遭受连年混战的血洗，因而相对安定。张鲁雄踞巴、汉，创立"五斗米道"进行割据统治，"汉川之民，户出十万，财富土沃，四面险固"②，朝廷无力征讨，使得汉中人力资源和粮食资源十分充足，诸葛亮关注汉中也就成了必然。

2. 借鉴历史。公元前206年，刘邦"王巴、蜀、汉中，都南郑"。后出故道而一举夺得天下，建立了西汉王朝。汉中是汉王朝的发祥地。这是一个成功的历史范例，值得借鉴、值得总结、值得从中汲取营养。因为他山之玉，可以温己，更可以启己。诸葛亮在《隆中对》中肯定了刘备"帝室之胄"的身份，地位尊贵，称赞他"信义著于四海"，"思贤若渴"等，说北方老百姓一定会"箪食壶浆"欢迎刘备，借鉴刘邦的成功，刘备就会"霸业可成，汉室可兴"，但一定要拥有汉中。诸葛亮关注汉中也就在情理之中了。

3. 交流信息。诸葛亮自称"躬耕南阳"。首先，南阳在东汉时期号称南都，与京都洛阳齐名，并称宛洛。乐府诗云："驱车策驽马，游戏宛与洛。"东汉是刘秀以南阳颍川宗族集团起家建立的帝王政权，南阳在东汉

---

① 《三国志·孙坚传》裴注引《江表传》，浙江古籍出版社1997年版，第672页。

② 陈寿：《三国志·张鲁传》，浙江古籍出版社2000年版，第171页。

时是国之重地,《汉书·食货志下》说:"于长安及五都立五均官,更名长安东西市令及洛阳、邯郸、临淄、宛、成都市长皆为五均司市师。"还说:"南阳好商贾"。其次,南阳武关道是连接关中平原与江汉平原的枢纽,曾经发挥了特殊的历史作用,"汉王用韩信之计"北定关中之后,"令将军薛欧、王吸出武关,因王陵兵南阳,以迎太公、吕后于沛"①。楚汉相争期间,项、刘在南阳作战,《史记·高祖本纪》对之记述甚详,此不赘述。最后,诸葛躬耕南阳,眼观天下,耳汇四方,结交名师名士,如颍川石广元、徐元直、汝南孟公威等,以及向刘备推荐诸葛亮的司马德操。《襄阳记》载,为结交庞德公,"孔明每至期家,独拜床下,德公初令不止"。可以看出,诸葛亮是躬耕南阳,眼观天下,汇四方之信息,分析形势,等待时机。张鲁在汉中以"五斗米道"实行政教合一,朝野皆知,诸葛亮是不可能不知道的。

二 三顾之后,淡却汉中

诸葛亮自从刘备三顾草庐之后,直到刘备章武三年春,永安病笃托孤,甚至到刘禅登位头两年,在这长达近20年的时间里,诸葛亮淡却了汉中,这从他在《隆中对》中三指汉中,把汉中放在一个极其重要的战略地位上看,其态度是极其矛盾的。

第一,缺乏庞统关于借伐汉中张鲁而夺取益州的预见。建安十六年,益州牧刘璋想借用刘备的力量,以抵御曹操和汉中张鲁的进攻,庞统建议刘备借伐汉中张鲁之名,乘机拿下益州。刘备怕"今以小故而失信于天下",因而感到比较为难,怕有损于其"皇室之胄"和"仁义之主"的形象。庞统则提出"权变之时固非一道所能定也",打开了困扰刘备多年的心结,促使刘备下定决心,义无反顾地进军益州,取代了刘璋。庞统对刘备说:"'荆州荒残,人物殆尽,东有吴孙,北有曹氏,鼎足之计,难以得志。今宜州国富民强,户口百万,四部兵马,所出必具,宝货无求于外,今可权借以定大事。'备曰:'今指与吾为水火者,曹操也,操以急,吾以宽;操以暴,吾以仁;操以谲,吾以忠;每与操反,是乃可成耳。今以小故而失信于天下,吾所不取也。'统曰:'权变之时固非一道所能定

---

① 司马迁:《史记·高祖本纪》,上海古籍出版社 1997 年版,第 254 页。

也。兼弱攻昧，五伯之事。逆取顺守，报之以义，事定之后，封以大国，何负于信？今日不取，终为人利耳。'备遂行。"①

庞统借刘璋伐汉中张鲁，让刘备夺取益州，这是形成三国鼎立最基础的一步。如果刘备不拥有益州，就没有自己的基业地。诸葛亮在《隆中对》中也提出"横跨荆、益"的战略，但诸葛亮此时似乎忘却了这一战略目标，没有像庞统那样提出这一具体的行动谋略。由于张松"内奸"身份被其哥哥告发，刘璋一怒之下处决了张松，而且还向各处守关将领下达文书，不得让刘备通行。这样却正中刘备下怀：于是名正言顺地改打刘璋。到建安十九年夏，刘璋投降了。从此，刘备拥有益州，有了自己的基业地，有了与曹魏、孙吴抗衡的基础。刘备借伐汉中张鲁，在庞统的主谋和法正、张松的"内应"下，取得益州，这对刘备来说，无疑是他一生中最为重要的转折点。刘备从借地盘，到拥有自己的领地，这是一个质的重大转变。但在这样一个事关全局，事关刘备一生的重大转折点上，却没有诸葛亮的发声，显然有些不近常理。刘备对庞统所献借伐汉中张鲁而取益州的上、中、下三计，取其中计而成事。"璋既还成都，先主当为璋北征汉中，统复说曰：'阴选精兵，昼夜兼道，径袭成都；璋既不武，又素无预备，大军卒至，一举便定，此上计也。杨怀、高沛，璋之名将，各仗强兵，据守关头，闻数有笺谏璋，使发遣将军还荆州。将军未至，遣与相闻，说荆州有急，欲还救之，并使装束，外作归形；此二子既服将军英名，又喜将军之去，计必乘轻骑来见，将军因此执之，进取其兵，乃向成都，此中计也。退还白帝，连引荆州，徐还图之，此下计也。若沉吟不去，将致大困，不可久矣。'先主然其中计，即斩怀、沛，还向成都，所过辄克。"②

第二，缺乏黄权对汉中与巴地之间的精辟见解。建安二十年秋七月，曹操破汉中张鲁，张鲁逃往巴中，才投降刘备的黄权，对他进言说："假使张鲁的汉中失守，三巴的声势就大大减弱，如此一来就像把我们蜀地的大腿臂膀割掉一样。"③ 于是刘备以黄权为护军将军，统率各将领前去迎接支援张鲁，虽然张鲁已经回到南郑（今汉中），投降了北方的曹操，但

---

① 《三国志·庞统传》裴松之引《九州春秋》，浙江古籍出版社2000年版，第591页。
② 陈寿：《三国志·庞统传》，浙江古籍出版社2000年版，第591页。
③ 陈寿：《三国志·黄权传》，浙江古籍出版社2000年版，第640页。

蜀兵打败了杜濩、朴胡，占有了巴地。

当时黄权是益州牧刘璋的主簿，在别驾张松建议迎刘备来益州，伐汉中张鲁时，黄权极力反对。于是刘璋把黄权调出去做广汉县长。后来刘备袭夺益州，各郡县望风而降，只有黄权紧闭城门，固守抵抗，等到刘璋投降了，黄权才投降刘备。张鲁投降曹操后，黄权对刘备的谏言，把汉中与巴地、蜀地之间的关系，概括得言简意赅，一语中的，精辟至极。然而，诸葛亮没有从张鲁逃巴中，然后又回汉中投曹这一历史现象中，看出汉中与蜀地及三巴唇齿相依的关系，黄权"若失汉中，则三巴不振，此为割蜀之股臂也"，影响了刘备后来依法正"汉中策论"夺取汉中。这同样是因为诸葛亮淡却了汉中。

第三，缺乏法正对夺取汉中的历史穿透力。建安二十年十一月，张鲁投降曹操，尽献汉中之地。曹操手下主簿刘晔建议他乘机攻蜀，将刘备赶出益州。但是由于曹操急于回朝自封官爵，便否定了进攻蜀地刘备的建议，率大军回到洛阳，留夏侯渊、张郃、徐晃等人守卫汉中。到建安二十年十二月，曹操离开汉中不久，张郃率领部分军队进入益州，打算把巴西地界的百姓驱赶到汉中。巴西太守张飞率军迎战张郃，经过50多天的对抗，张飞击溃了张郃的人马，张郃从小道落荒逃回汉中。张飞打退张郃，让法正看到了曹操部署的缺陷。同时，一个夺取汉中的宏大构想在法正的心中形成。"先主二十二年，正说先主曰：'曹操一举而降张鲁，定汉中，不因此势以图巴、蜀，而留夏侯渊、张郃屯守，身遽北还，此非其智不逮而力不足也，必将内有忧逼故耳。今策渊、郃才略，不胜国之将帅，举众往讨，则必可克之。克之〔之〕日，广农积谷，观衅伺隙，上可以倾覆寇敌，尊奖王室，中可以蚕食雍、凉，广拓境土，下可以固守要害，为持久之计。此盖天以与我，时不可失也。'先主善其策，乃率诸将进兵汉中，正亦从行。"①

法正夺取汉中的策论正合刘备心意。到建安二十三年春，刘备亲率大军向汉中进发。这次进军汉中，法正是刘备的随军军师。经过一年的对峙，刘备终于从曹操手里夺得汉中。刘备夺取汉中之后，才能与曹操、孙权大体上形成三分地理的均势。对于这样一个关键的关键——夺取汉中，诸葛亮同样失声，他没有从张飞打败张郃里看出曹操在汉中部署上的缺

---

① 陈寿：《三国志·法正传》，浙江古籍出版社2000年版，第595页。

陷，而像法正那样向刘备提出夺取汉中的重要策论。汉中在诸葛亮的心目中完全淡出，这是缺乏对汉中构成刘备政权战略性的高瞻远瞩的历史穿透力。

第四，缺乏对刘备夺取汉中的信心。

1. 建安十九年夏，刘璋投降，刘备得益州定蜀之后，任命周群代理儒林校尉。刘备想和曹操争夺汉中，征询周群的意见，周群说："当得其地，不得其民。若出偏军，必不利，当戒慎之!"① 但当时官拜州后部司马的张裕也通晓占候术，而且这方面的才能超过周群，他劝谏刘备说："不可争汉中，军必不利。"② 于是刘备以张裕"谏争汉中不验，下狱，将诛之"。诸葛亮上表刘备，请问张裕到底犯了什么罪，刘备答复说："芳兰生门，不得不锄。"③ 最后张裕被斩首弃市。张裕的"不可争汉中"是动摇刘备夺取汉中的信心，斩杀张裕则表现出刘备誓夺汉中的决心和必胜的信心。然而，诸葛亮上书刘备问张裕何罪，同样表现出诸葛亮对刘备从曹操手里夺取汉中没有信心，否则不会上书刘备问张裕何罪。刘备也看出诸葛亮没有必得汉中的信心，于是回答他说：芳兰虽然是名花香草，但生长在门前挡路，则不得不锄掉。刘备的回答不仅经典，而且也是说给诸葛亮听的，于是诸葛亮再没有出声。刘备斩杀张裕，以表夺取汉中的决心和信心。这是刘备夺取汉中战役之前，诸葛亮缺乏必胜信心的表现。

2. 建安二十四年正月，当刘备进兵汉中，即将交战时，发送紧急军书给诸葛亮，要求尽快调派援军。诸葛亮接到刘备从汉中送达的紧急军书，看后却拿不定主意，他问计杨洪："洪曰：'汉中则益州咽喉，存亡之机会，若无汉中则无蜀矣，此家门之祸也。方今之事，男子当战，女子当运，发兵何疑?'"④

不难看出，诸葛亮对汉中与蜀地重要性的认识，远没有杨洪精准，"益州咽喉""家门之祸"，诸葛亮对发兵之事还心存疑虑，杨洪对诸葛亮说的一席话可以说不仅深化了诸葛亮对争夺汉中的认识，而且在一定程度上挽救了诸葛亮。倘若不听杨洪之言，不发兵，或延迟发兵，贻误战机，诸葛亮恐怕没有好结果。这不仅表现出诸葛亮对刘备夺取汉中缺乏信心，

---

① 陈寿：《三国志·周群传》，浙江古籍出版社2000年版，第627页。
② 同上。
③ 同上。
④ 陈寿：《三国志·杨洪传》，浙江古籍出版社2000年版，第623页。

而且也反映出诸葛亮对当时汉中战略地位认识不足。所幸的是，诸葛亮听从了杨洪的建议，才没有造成刘备夺取汉中的失误。

第五，缺乏对刘备夺取汉中战略地位重要性的认识。如果说，诸葛亮在刘备夺取汉中的战前和争夺战即将打响时，缺乏对争夺汉中的必胜信心，还情有可原；而当刘备夺得汉中时，诸葛亮同样存在着对汉中认识的不足。建安二十四年，老将黄忠在汉中定军山一战中斩夏侯渊，奠定了刘备从曹操手中夺取汉中的决定性胜利。这是刘备夺取汉中的一个标志性事件。后刘备在沔县称汉中王，想拜黄忠为后将军，诸葛亮劝刘备说："忠之名望，素非关、马之伦也，而今便令同列。马、张在近，亲见其功，尚可喻指；关遥闻之，恐必不悦，得无不可乎！"① 然而刘备没有听从诸葛亮之劝，依然让黄忠与关羽、张飞等同列要职，封关内侯。黄忠力斩夏侯渊，奠定了刘备夺得汉中最为关键的一战，在刘备拥有汉中这块丰腴的土地上立下了汗马功劳，怎么封赏黄忠都不为过。刘备清楚，拥有巴、蜀、汉中，这就是当年刘邦夺取天下的基业地，若没有汉中，巴、蜀难以保全。但诸葛亮却没有看到刘备拥有汉中的重要性和战略性，所以对拜黄忠为后将军，与关羽同列提出异议。这充分显示出刘备是一位战略家，而诸葛亮对汉中的把握实际上是缺乏战略性考虑的。

在刘备争夺汉中的战前和争夺战即将打响，以及夺得汉中之后，诸葛亮都表现出对汉中在当时战略地位上认识的淡却和缺乏准确把握。那么，又是什么造成了诸葛亮淡却汉中呢？

其一，诸葛亮出草庐第一次献计被刘备否决，从此变得谨慎。自刘备三顾草庐，诸葛亮随刘备出山后，非常想展现自己的军事才华。但军事实战不等于纸上谈兵，他知道必须慎重，等待机会。建安十三年，刘表病亡，其子刘琮继位荆州牧。紧接着，刘琮背着刘备投降了曹操，这时，刘备的形势突然变得严峻起来。于是，诸葛亮向刘备献上了自己出山以来的第一个计策：攻打刘琮，拿下荆州。然而，令诸葛亮没有料到的是，他的这个献策被刘备当即否定了。"过襄阳，诸葛亮说先主攻琮，荆州可有。先主曰：'吾不忍也。'"②

当时的情形是：刘备不敢攻打。一是刘琮兵力雄厚，襄阳城防坚固，

---

① 陈寿：《三国志·黄忠传》，浙江古籍出版社2000年版，第587页。
② 陈寿：《三国志·先主传》，浙江古籍出版社2000年版，第546页。

强行攻打只会损兵折将；二是曹操大军正在迅速南下，若在襄阳鏖战，必然会遭到刘琮和曹操的内外夹攻，弄不好会全军覆没；三是连关羽、张飞那样勇猛善战的将领都没敢说要攻打襄阳。总之，攻打襄阳在当时情形下来说绝对是一着险招。刘备排除了诸葛亮的计策，做出了撤退的决断。诸葛亮第一次献计就被刘备否定，此后能不变得谨慎吗？

其二，赤壁之战后，诸葛亮负责的是赋税征调，没有机会参与军事决策。"曹公败于赤壁，引军归邺。先主遂收江南，以亮为军师中郎将，使督零陵、桂阳、长沙三郡，调其赋税，以充军实。"① 诸葛亮虽为军师中郎将，但其负责的是赋税征调，远离了军事决策。

其三，刘备取益州后，诸葛亮主要掌管行政大权，没有机会施展军事才华。"成都平以亮为军师将军，署左将军府事。先主外出，亮常镇守成都，足食足兵。"②

其四，诸葛亮不是刘备的"谋主"。庞统死后，诸葛亮并没有因此而取代"谋主"地位。这是因为法正在取益州战役中的卓越贡献，对法正的封赐非常优厚。"以正为蜀郡太守、扬武将军，外统都畿，内为谋主。"③ 法正成为刘备集团的一号谋臣，刘备对法正是言听计从。

其五，诸葛亮对蜀地、巴郡与汉中的地缘关系不很清楚。诸葛亮在北伐出师汉中之前，从未到过汉中，对汉中的山川地形、风物物产，道路状况都没有实际的感知和认知。而法正在"建安初，天下饥荒，正与同郡孟达俱入蜀依刘璋"④，这就是说，法正到过汉中，对汉中与蜀中的地缘关系有较清晰的认识。

综上，这一时期诸葛亮对汉中的淡却也是必然的，是符合认识论的。因为从诸葛亮负责的工作来说，不是赋税征收，征召新兵，后勤运输，就是起草文书、执行刑律或肃清"内乱"；刘备根本没有让他进行过军事方面的战略规划，没有成为"谋主"，也就无法从全局着眼当时整个军事力量和战略考虑，对汉中的淡却，只反映了当时诸葛亮在刘备集团所处的地位以及工作性质。一个人对某地的正确认识和准确把握，必然有一个认识的过程，这才是一个真实的诸葛亮，才符合认识论的一般规律。

---

① 陈寿：《三国志·先主传》，浙江古籍出版社2000年版，第567页。

② 同上。

③ 陈寿：《三国志·法正传》，浙江古籍出版社2000年版，第594页。

④ 同上书，第592页。

三　托孤辅政，锁定汉中

诸葛亮出师汉中，北伐曹魏，五次进攻，一次防御，俗称"五出祁山"，对此本文不作叙述，而是要从另一个层面去解读，去阐述。

蜀汉章武三年（223）春天，刘备病情加重，在永安宫把后事托付给诸葛亮，刘备对他说："君才十倍曹丕，必能安国，终定大事。若嗣后子可辅，辅之；如其不才，君可自取。"①刘备又下诏给儿子刘禅："汝与丞相从事，事之如父。"②刘备对诸葛亮说了绝断之话，但一没有诏书，二没有史官记之。唯刘备给儿子刘禅有诏命。这既是刘备的高明之处，又使诸葛亮十分难为。刘备明知儿子暗弱，诸葛亮若按刘备的"君可自取"行事，却没有凭据，唯刘禅有父先主的诏命，诸葛亮必然落下篡位叛主之骂名。当刘禅即位后，封诸葛亮武乡侯，开府治事不说，"顷之，又领益州牧。政事无巨细，咸决于亮"③。诸葛亮的权力在蜀汉是无人可比的。在这种局面里，诸葛亮的角色很难担当，既要尊刘禅为皇帝，而事事处处还要按自己的意见去办，但又不能让朝臣感到自己凌驾于皇帝之上，落下像曹操"挟天子以令诸侯"的骂名。于是在刘禅登基两年后，也就是朝中之事基本理顺后，便率众南征。

以常理说，诸葛亮南抚夷越之后，保证蜀汉平稳安度是没有问题的，但诸葛亮偏偏又出师汉中，这正是诸葛亮的过人之处，既避免了"挟后主以令朝野"，又彰显了他的奋发进取，以一州之力，而进取曹魏，北定中原。这是浩大之事，难道就没有他图？如果没有，就不是诸葛亮了。

一年后，即建兴五年，诸葛亮又出师汉中。首先，诸葛亮在出师前对刘禅有一上疏，后人称《出师表》。总共745个字，告诫刘禅不要乱来的话占绝大多数，说宫中之事，应与郭攸之、费祎、董允等人商量，"此皆良实，志虑忠纯"，是先帝选拔出来留给陛下的。将军向宠"性行淑均，晓畅军事"，先帝称赞他之能，是大家商议推举他做禁卫军督都的，"营

---

① 陈寿：《三国志·诸葛亮传》，浙江古籍出版社2000年版，第568页。
② 同上书，第569页。
③ 同上。

中之事,悉以咨之"。但只字未提另一位辅政大臣李严,足见诸葛亮与李严之间已有矛盾嫌隙。《出师表》关于出兵理由仅有59个字:"今南方已定,兵甲已足,当奖率三军,北定中原,庶竭驽钝,攘除奸凶,兴复汉室,还用归都。此臣所以报先帝,而忠陛下之职分也。"两相对比,不难看出诸葛亮出师北伐的另一层意义。其次,诸葛亮在上《出师表》后,另有一个奏章给后主刘禅,说:"侍中郭攸之、费祎、侍郎董允等,先帝简拔以遗陛下,至于斟酌规益,进尽忠言,则其任也。愚以为宫中之事,事无大小,悉以咨之,必能裨补阙漏,有所广益。若无兴德之言,则戮允等以彰其慢。"①

然而在《出师表》里则没有上面带点的字,除此之外完全相同:"侍中、侍郎郭攸之、费祎、董允等,此皆良实,志虑忠纯,是以先帝简拔以遗陛下。愚以为宫中之事,事无大小,悉以咨之,然后施行,必能裨补阙漏,有所广益。"

两处对比,《出师表》里就没有"若无兴德之言,则戮允等以彰其慢"的安排,这就很明显地看出,诸葛亮出师汉中,一方面有意锻炼刘禅的执政能力,另一方面则是自己外出,驻屯汉中之后,刘禅身边这些人的言行举止,是不是"尽进忠言",如果没有"兴德之言",就让刘禅杀掉董允这批人。诸葛亮借出师汉中,进一步考察朝中人士,对蜀汉中朝廷的人事进行全面安排。

1. 解决廖立问题,统一出师汉中的认识。廖立少年得志,"年未三十,擢为长沙太守"②。诸葛亮留镇荆州,曾称赞他说:"庞统、廖立,楚之良才,当赞兴世业者也。"③ 诸葛亮把廖立与庞统齐名并称。建安二十年(215),孙权派吕蒙袭取荆州江南三郡,即长沙、零陵、桂阳,廖立时任长沙太守,他不是吕蒙的对手,关羽尚畏惧有勇有谋的吕蒙三分,廖立只好弃城逃走。刘备没有责备他,尚能识才,又委之为巴郡太守。廖立在任上也没什么作为,他恃才傲物,不理郡事。刘备称汉中王,征为侍中,廖立时常说些牢骚话,刘备也都宽容了他。

刘备死后,廖立守灵,竟然带刀在灵前杀人,诸葛亮虽没有追究他,

---

① 陈寿:《三国志·董允传》,浙江古籍出版社2000年版,第608页。
② 陈寿:《三国志·廖立传》,浙江古籍出版社2000年版,第614页。
③ 陈寿:《三国志·廖立传》引裴注《亮集》,浙江古籍出版社2000年版,第614页。

可也不理会他。廖立终于沉不住气，径直向诸葛亮发牢骚，认为自己应为上卿。诸葛亮说："李严尚未为上卿，还轮不到你呢!"① 李严此时地位仅次于诸葛亮，也是刘备临终托孤的顾命大臣之一。所以诸葛亮用李严比廖立，廖立更加不服。他自认为才名"宜为诸葛亮之贰"，根本看不起李严。没想到诸葛亮把他放在李严之下，"常怀怏怏"，与诸葛亮的矛盾日益加深。后诸葛亮从大局出发，缓和矛盾，上表后主，迁廖立为长水校尉。

后来丞相掾李郃、蒋琬到长水，廖立对二人说："大军正当远征，诸位先生好好注意这事。从前先帝不攻取汉中，而去和吴人争南三郡，结果把三郡给吴人攻占，白白劳役官吏将士，无功而回。既然失掉了汉中，又让关羽父子被害，上庸战败，白白失去一方领土。这是关羽仗恃勇名，领军无法，完全凭心意突然而为，所以前后屡次失败丧师。"② 廖立的这番言论无疑是正确的。当李郃、蒋琬把廖立这番话告知诸葛亮后，执政的诸葛亮以"诽谤先帝，疵毁众臣"③ 的罪名，废廖立为平民，放逐到汶山郡。

诸葛亮对廖立的处理，不能说明诸葛亮用人之失，或难做到真正的举贤用人。应具体分析一下，首先是诸葛亮"军当远出"即出师汉中前，廖立这番言论不仅批评了刘备取益州，在得汉中后，在军事政治战略上所犯的一系列错误，而且影射了诸葛亮出师汉中，"苟作栝克，使百姓疲敝"，大有动摇出师汉中之军心的危险。所以，诸葛亮从廖立这个具体人及其利欲熏心的种种表现出发，不得不在出师汉中前，罢免廖立，以示出师汉中的决心不容动摇，用现代话说：统一出师汉中的思想认识。诸葛亮在出师汉中前，明确解决了廖立的问题，为出师汉中扫除了舆论障碍，确保出师汉中的顺利进行。

2. 解决李严问题，除掉摇摆在蜀汉与曹魏间的上层动摇人物。李严（又名"李平"④）同样是刘备白帝永安宫托孤大臣，仅次于诸葛亮为副。"以严为中都护，统内外军事，诣永安宫，拜尚书令。"李严是南阳人，诸葛亮也曾"躬耕于南阳"，按常理说多少会有些顾念。但李严是一个利

---

① 转引自谭良啸、张大可《三国人物评传》，三秦出版社1987年版，第201页。
② 陈寿：《三国志·廖立传》，浙江古籍出版社2000年版，第614页。
③ 同上。
④ 陈寿：《三国志·李严传》，浙江古籍出版社2000年版，第615页。

欲熏心之人，在蜀汉居高官之后，不断扩大家产，追逐权力。他曾劝诸葛亮接受九锡（封建时代帝王对臣子的最高待遇），进爵称王，被诸葛亮谢绝了。难道诸葛亮就没有这样的想法？于是当诸葛亮出师汉中，要李严将所辖部队抽调2万人去协助镇守汉中，李严再三推诿刁难，"穷难纵横"，不但没派一兵一卒，反而要诸葛亮从益州东部划出五郡另置江州，让其出任刺史。难道诸葛亮不会从这个端倪中看出什么？到建兴八年（230），曹真、司马懿率魏国大军分三路进攻汉中，诸葛亮再次命李严率部到汉中增援，要他到汉中坐镇，"命严以中都护署府事"。李严又提出待遇问题，诸葛亮只得上表朝廷任命李严之子李丰为江州刺史。李严这才到汉中。这样一来，虽封了李严之口，使他没有理由不到汉中，但却把兵权交给了他的儿子。诸葛亮对李严的让步，出于彼此都是顾命大臣，应同心协力完成伐魏大业这一考虑。难道诸葛亮从中看不出问题？只是处置李严的时候不到。

李严到汉中后，诸葛亮又不顾臣僚们对李严的议论，让他留守大本营，把处理政事的权力交给了李严。然而，李严在建兴九年（231）诸葛亮挥师再出祁山，李严留守汉中并负责督运军粮，却阳奉阴违，终至贻误军机大事，并嫁祸诬陷诸葛亮。诸葛亮迫不得已上奏后主刘禅曰："臣当北出，欲得严兵以镇汉中，严穷难纵横，无有来意，而求以五郡为巴州刺史（按：应是江州刺史）。去年臣欲西征，欲令平主督汉中，平说司马懿等开府辟召。"① 事情昭然若揭，李严早被魏权臣司马懿看中，并许下开府之事，这样一位摇摆于蜀汉与曹魏之间的高层人物，还能做辅政大臣吗？于是上奏后主罢免了李严，将其流放到梓橦郡。

罢免李严，并不存在通常所说的"一山难容二虎"的问题，即不存在诸葛亮排斥李严，也不是怕李严威胁和动摇自己的地位。诸葛亮对李严一而再，再而三地迁就，并满足他的权力欲，是为确保蜀汉的稳定。但在北伐这个大是大非面前，李严贻误军机，制造矛盾，并嫁祸于诸葛亮，同时公然挑明司马懿要辟召他并要他开府署事。面对这样一个稍不顺从和满足，并随时都有叛蜀投魏的可能性的人，难道能不除去吗？罢免李严，是诸葛亮为蜀汉除去了一个最大的隐患，也是刘备逝后，解决蜀汉朝中人事上被解决的第二人。

---

① 陈寿：《三国志·李严传》，浙江古籍出版社2000年版，第615页。

3. 解决魏延与杨仪问题，免除资深老臣老将干预朝政。诸葛亮出师汉中，让魏延和杨仪同时随军驻屯汉中，让之远离朝廷，是诸葛亮的正确决策。

魏延和杨仪都是刘备称汉中王后得到提拔重用的老将老臣，凭他们二人的资格和个性，留在朝廷很难有人驾驭。诸葛亮借出师汉中，将二人带在身边，这是具有远见的。出师北伐，是蜀汉头等大事，正好是用人之际，也给蜀汉朝廷扫除了刘禅执政的障碍，而且不留任何痕迹，诸葛亮何其高明。

魏延作为当时蜀汉仅存的战将，他"善待士兵，勇猛过人"，曾是刘备称王汉中时亲拔的汉中太守，深得刘备器重。然而，他"性高矜"，傲慢瞧不起人，这一短处导致他以悲剧告终。杨仪这个人，性"狷狭"，在刘备称帝后，东征孙吴，杨仪与尚书令刘巴不和，杨仪被贬为弘农太守。刘巴是三国时第一流的才智之士，可惜，刘巴在刘备称帝的第二年病逝。杨仪对魏延"不假借延，延以为至忿，有如水火"①。二人到汉中后，依然如水火不容。诸葛亮也很难调和这一武一文的资深老臣之间的矛盾。"亮深惜仪之才干，凭魏延之骁勇，常恨二人之不平，不忍有所偏废也。"②

当诸葛亮在建兴十二年出师五丈原，在病中对这两位有如水火的老将老臣，难道就没有想法吗？如果没有想法就不是诸葛亮了。他明白，如果将此二人留给蜀汉，后主刘禅必不能驾驭，同时诸葛亮也无法就地解决他们二人的问题。高明的诸葛亮就在病逝前，制造二人更大的矛盾，只向杨仪面授机宜，并且以文吏委之总督军务及指挥身经百战的骁勇老将魏延，这必然会激怒魏延，给杨仪留下"军便自发"的口实。胡三省在《资治通鉴》卷71中说："亮固知延非所能会矣。"矜高傲上的魏延果然上当被激怒，滑向诸葛亮预见的地步，被杨仪派马岱斩在汉中石马坡。朝廷得知消息，"遂夷延三族"。

对杨仪，诸葛亮早就看出，他是个"性狷狭"的权欲极强的人，他必然会以出师汉中，"当其劳制"，除掉魏延而居功要官。这人留给蜀汉也必然会是个麻烦，诸葛亮早就给后主刘禅一个"密指"，说："亮平生

---

① 陈寿：《三国志·魏延传》，浙江古籍出版社2000年版，第618页。
② 陈寿：《三国志·杨仪传》，浙江古籍出版社2000年版，第619页。

密指，以仪性狷狭，意在将琬，琬遂为尚书令、益州刺史。仪至，拜为中军师，无所统领，从容而已。"①

这样的安排必然会引起杨仪的不满，因为中军师是个闲散的职务，也没有人敢跟他交往。当费祎去慰问他，便抒发怨恨和不满，说："丞相刚去世时，我如果举师投奔魏国，下场难道会落到今天这地步吗？真是令人追悔莫及啊！"

费祎密奏了杨仪的言论，杨仪被废为平民，放逐汉嘉郡。到放逐地杨仪又上书诽谤，言辞激烈，于是下旨逮捕杨仪，结果杨仪自杀。

从整个事件不难看出，诸葛亮在自己形将病逝之时，利用自己的死，以解决魏延，在前已有"密指"，为刘禅做出人事安排，以解决杨仪。诸葛亮对蜀汉之忠诚到何种地步！他的料事如神，是他对魏延和杨仪二人长期观察而来的。民间曾有诸葛亮"死治司马懿"之说，实际上是诸葛亮死后治魏延和杨仪。

综上所述，诸葛亮出师汉中，就不单单是为实现隆中路线，而是要借出师汉中，远离朝廷，以察蜀汉在刘备逝后，刘禅执政期间，所有朝臣武将的言行，对蜀汉人事进行安排，以确保后主刘禅执政朝廷的安定。所以在出师前，对郭攸之、费祎、董允等人都有安排意见，又解决了"诋毁"刘备的廖立；出师中解决了掌管内外军事但摇摆于蜀汉、曹魏间的李严；又在其死后解决了资深老将魏延和资深老臣杨仪的问题。诸葛亮对廖立、李严、魏延、杨仪等人问题的解决，使后主刘禅朝几乎已无位高权重的资深老臣战将，避免挟后主以令朝野人物的存在，确保了刘禅皇位的稳定。这是诸葛亮出师汉中的另一层意义，也是其最为重要的目的。

是什么因素使诸葛亮锁定汉中，直到魂归汉中？

1. 追慕高祖刘邦与"先帝"刘备。首先，诸葛亮《出师表》仅有745个字，而"先帝"一词就用了13次，即"先帝创业""先帝之殊遇""先帝遗德"……直到"先帝之灵""先帝遗诏"，用诸葛亮的话说，出师北伐，锁定汉中，"以报先帝"殊遇之恩。其次，《出师表》也提到"先汉"，即西汉。汉高祖刘邦被项羽封汉王，"王巴、蜀、汉中，都南郑"，由汉中出故道进入关中，夺得天下。刘邦和刘备取得成功，都是由汉中称王起家的，追慕高祖和先帝的足迹是"报先帝""忠陛下""兴复

① 陈寿：《三国志·杨仪传》，浙江古籍出版社 2000 年版，第 619 页。

汉室，还于旧都"的具体体现。

2. 吸纳法正"汉中策论"的深谋良计。建安二十二年，法正向刘备策论取汉中是确保蜀汉平安的建国纲领。汉中，是蜀汉的北大门，进可攻，退可守。诸葛亮驻屯汉中，采取的是进攻的策略，其战略是"蚕食雍、凉，广拓境土"，徐图中原。诸葛亮善于吸纳法正的良策深论，驻屯汉中，同样表现出一位战略家的眼光。延熙六年（243），大将军蒋琬由汉中退屯涪城留兵3万守险。魏将曹爽在第二年率十余万大军进攻汉中不能取。蒋琬退涪，是放弃北伐，转为守土保民，即法正的"固守要害，为持久之计"。费祎继任，执行蒋琬方针，截制姜维蚕食魏境，"与其兵不过万人"①。他对姜维说："吾等不如丞相亦已远矣；丞相就不能定中原，况吾等乎！且不如保国治民，敬守社稷，如其功业，以待能者，无以为希冀徼幸而决成败于一举。若不如志，悔之无及。"② 费祎采取守土保民的方针无疑是明智的。可惜姜维执掌军政大权把进兵的基地从汉中移至沓中，蜀汉不久先吴而亡了。

3. 汉中与蜀中联系便捷。金牛道是古代蜀中通汉中的主要栈道。蜀汉时，诸葛亮对金牛道进行了大规模整修扩建，在剑门关附近修筑了30里长的阁道，故后人多习惯称金牛道为剑阁道。"诸葛亮相蜀，凿石架空，为飞梁阁道，以通蜀汉。"③《元和郡县图志》卷33载："后诸葛亮相蜀，又凿石架空为飞梁阁道，以通行路。"④《舆地广记》说："诸葛孔明以大剑至此，有隘束之称，乃立剑门县。复于阁道置尉以守之。"⑤ 由此可见，金牛道在诸葛亮相蜀后有了很大的改变，而且"于阁道置尉以守之"，确保其畅通无阻。当魏延和杨仪发生冲突之后，"延、仪各相表叛逆，一日之中，羽檄交至"⑥。魏延和杨仪各自的军书，一天就可以到达后主刘禅那里。诸葛亮锁定汉中，也是考虑到与朝廷联系便捷。

4. 出师汉中，北伐曹魏，以实现自比乐毅贤而善兵的自我价值。诸葛亮躬耕南阳，"每自比于管仲、乐毅，时人莫之许之"⑦。管仲是春秋初

① 陈寿：《三国志·姜维传》，浙江古籍出版社2000年版，第651页。
② 陈寿：《三国志·姜维传》及裴注引《汉晋春秋》。
③ 刘琳：《华阳国志校注》，巴蜀书社1984年版，第154页。
④ 李吉甫：《元和郡县图志》，中华书局1983年版，第846页。
⑤ 今本《舆地广记》卷32无此话，转引自《读史方舆纪要》卷66。
⑥ 陈寿：《三国志·魏延传》，浙江古籍出版社2000年版，第618页。
⑦ 陈寿：《三国志·诸葛亮传》，浙江古籍出版社2000年版，第564页。

期一位杰出的政治家，鲍叔牙推荐他为相。他注重选拔人才，治理国家，从此齐国大振。后帮助齐桓公成为春秋第一霸。诸葛亮自随刘备出山的十多年时间里，基本上是在治理刘备集团的行政领域里奋斗，军事方面的才能一直无法得到发挥，即自比乐毅的贤而善兵的一面。乐毅自魏使燕，被燕昭王任为亚卿，后拜上将军，于公元前284年率赵、楚、韩、魏、燕五国兵伐齐，攻下70多座城池，威名各国。诸葛亮托孤辅政后，很快平叛南中，让诸葛亮找到了带兵打仗的感觉，军事指挥才能初露锋芒。"今南方已定，兵甲已足"，可以率领三军，尽快收复中原，消灭曹魏。又恰在这时，魏文帝曹丕逝亡（建兴四年），刘备对诸葛亮说过"君才十倍于曹丕"的话，"丕之于操，万不及也"①。讨伐曹丕的儿子明帝曹睿，应该更没有什么问题。于是，诸葛亮于建兴五年出师汉中，北伐曹魏，书写了他人生治军、正身的一笔，实现了"每自比于管仲、乐毅"的自我价值。

诸葛亮在对待当时汉中的地位，从未出茅庐，关注汉中；跟随刘备之后，淡却汉中；托孤辅之后，又锁定汉中，出师北伐，正好反映出诸葛亮对汉中认识过程的矛盾心理。诸葛亮对汉中的最初认识，无疑出于汉高祖刘邦王汉中，后出故道而夺天下，建立了西汉王朝这一成功的历史范例。这对刻苦求学，胸怀大志，梦想兴复汉室，建功立业的诸葛亮来说，是具有很大吸引力的，他在《隆中对》和《出师表》中都提到汉高祖刘邦。在此之前，诸葛亮从未到过汉中，这时他对汉中的认识只能来自于书本，或老师的讲授、学友的交流，这种认识是最初的，也是最原始的。在出草庐后，他发现现实是非常复杂多变的，并不像求学和书本上所说的那样单纯和简单。刘备当时连益州都没有，更谈不上拥有汉中了。同时，刘备让他负责的是赋税和足食足兵之类的内政管理，进入不了军事决策层，对汉中的淡却，也是正常的，是合乎情理的。这个淡却的过程正好发挥了诸葛亮自比管仲的治理才干；它使诸葛亮从庞统之计、法正的"汉中论策"中得到启迪，从现实中感受到了汉中战略地位的重要；他出师北伐，锁定汉中，这正是诸葛亮的智慧所在。因为智慧总是伴随着认识的。

总之，锁定汉中，北伐曹魏，是诸葛亮超常智慧的展现。他既可以摆脱朝中纷繁的事务，遥控指挥，又避免了挟天子以令朝野的嫌疑，使后主刘禅及群臣没有压力，同时他的军事指挥才华又得到了展现，完美地实现

---

① 陈寿：《三国志·诸葛谨传》，浙江古籍出版社2000年版，第755页。

了"每自比于管仲、乐毅"的自我价值。从历史上看，辅政大臣远离朝廷，一去8年，诸葛亮是第一人。但朝廷之事依然被指挥得井井有条，这是极为罕见的。诸葛亮在淡却汉中之后，又锁定汉中，是对汉中认识的一次深化，表现出了超常的智慧，出众的才华，使他的人生不仅成功，而且完美。诸葛亮把自己一生的荣辱，都同汉中紧紧地连在了一起，最后魂归汉中，这是诸葛亮对汉中最真挚的情怀，是一位智者人生完美的选择。

思考与练习

1. 试析诸葛亮《隆中对》与汉中的关系。

2. 诸葛亮自出草庐后，为什么对汉中表现出了淡却的现象？

3. 怎么看待诸葛亮出师北伐的意义？

4. 怎样评价诸葛亮与汉中的关系？

拓展阅读

1. 陈寿：《三国志》，中华书局2005年版。

2. 范晔：《后汉书》，中华书局2005年版。

3. 司马迁：《史记》，上海古籍出版社1997年版。

4. 范文澜：《中国通史》（第2册），人民出版社1978年版。

5. 刘琳：《华阳国志校注》，巴蜀书社1984年版。

6. 张大可：《三国史研究》，甘肃人民出版社1988年版。

7. 谭良啸、张大可：《三国人物评传》，三秦出版社1987年版。

8. 田孟礼：《读三国志说汉中》，西北大学出版社2012年版。

9. 蓝勇：《四川古代交通路线史》，西南师范大学出版社1989年版。

10. 王开：《陕西古代道路交通史》，人民交通出版社1989年版。

汉水上游的神话传说

刘昌安

内容提要：以汉中为中心的汉水上游及周边地区，孕育了丰富的神话传说。汉水女神、女娲补天、大禹治水、牛郎织女等神话，刘邦、萧何、韩信、彭祖、郑子真、唐公房等传说，圣水寺、戚氏墓、张鲁女庙等遗迹，构成了富有特色的文化系统和文学样式。汉水上游神话传说具有素朴性与真实性、原生性与地方性、融合性与开放性、丰富性与典型性、实用性与实践性的特征和价值取向。汉水上游神话传说有着显著的文化价值，它是汉水上游地区人民乃至整个中华民族宇宙观的反映，也是中国哲学思想发展史的重要组成部分；它是还原汉水上游地区自然与社会历史，充实完善中国历史文化的重要资料；它反映了汉水上游地区人民的科学创造精神；汉水上游神话传说是中国文学发展史的重要组成部分；汉水上游神话传说是民族性格的写照。因此，对汉水神话传说的探寻和研究，不仅能丰富汉水流域的文化内涵，也对中国文学研究和地域文学研究起着重要的作用。

神话传说的研究，传统上是文学研究的重要内容，但后世的研究已涉猎到语言学、历史学、心理学、哲学、思维科学等领域，形成了跨学科的研究态势，具有了多学科的性质。将神话传说与地域文化相结合，进行深入的研究，是学术视野和学术方法的开拓和创新，它既深化了神话传说的文学内涵，又能够在地域文化的视域下，分析其新的文化价值，在文学研究与地域文化研究中具有重要的意义。

中国幅员辽阔，民族众多，丰富的神话传说在各个地区、各个民族中都大量存在着，从洪荒创世到部落战争，从制作工具到战胜自然，从传说人物到历史遗迹，给后人留下了宝贵的精神和物质遗产，使今人在探寻文化源流时，不能不把目光投射到这个深邃的领地。作为中国版图中的腹地，汉水流域是重要的历史文化和神话传说的集散地。汉水全长1532公里，流域面积17万多平方公里，流经地域覆盖陕、甘、川、豫、鄂5省79个县市。丹江口以上为上游，丹江口至钟祥为中游，钟祥以下为下游。在以汉中为中心的上游地区，产生了怎样的神话传说？其内容是怎样的？其特点及文化价值如何？对区域文化的建设有着怎样的意义？这些问题本身就是十分重要的具有学术与现实双重意义的课题。本文针对上述问题作一讨论。

一　汉水上游神话传说研究的意义

汉水上游悠久的历史和丰富的文化遗存，为我们研究神话传说提供了必要的前提条件，其学术意义非常重要。

1. 通过对汉水上游神话传说文化意义的探讨，可以使文学研究者明确汉水上游神话传说的产生、发展，是中华文化与文学产生发展的一个重要组成部分，它既具有汉水上游的文化特色，也与中华文化与文学有着密切的关系。许多情况表明，地理环境、地名的由来与神话传说有关。因此，汉水上游神话传说的地域确定性和传播的广布性，对研究其科学价值便具有了相当的权威性。神话传说中的许多地名、人物事件，据证明，都是有其历史依据的。正如泰勒在《原始文化》一书中所说的："用神话作为人类思想的历史和发展规律的一种手段，是一门科学。"①事实证明，一旦脱离从历史和地理的角度去探索神话传说的轨道，便会失去本民族神话研究的民族特质，其学术的科学意义也就无从谈起了。

2. 汉水上游神话传说研究，不仅具有较强的学术价值，而且会让人们了解这块土地丰厚的文化积淀，更能唤起人们热爱传统文化，弘扬传统文化，发挥传统文化对社会的调节和控制功能，有益于民众的日常生活，有利于建构社会主义和谐社会。尤其是在当前中国的经济建设不断发展，文化事业不断进步的大好形势下，在国家注重文化建设，实现中华民族伟大复兴的历史背景下，区域文化怎样凸显特色，文化产业如何做好做大，是一个十分紧迫的问题。正确地引导可以使这一文化形态

① ［英］爱德华·泰勒：《原始文化》，连树声译，上海文艺出版社1992年版，第275页。

转化为经济的增长点，促进区域文化产业的发展，更有活跃经济的巨大张力。

3. 神话传说的研究，既是高校人文社会科学的重要研究内容，也可以作为精神产品服务社会、服务地方经济社会的发展。高校的教育教学和科学研究，在很大层面上，是怎样融入经济社会的发展，培养适应社会发展的应用型人才，为地方社会的发展贡献力量。因此，开阔学术视野，拓展研究领域，成为高校科学研究的重要方向。身处汉水之滨的陕西理工大学，更应该为汉水流域文化建设作出自己的贡献。

二　汉水上游神话传说研究的现状

20 世纪 80 年代以来，学术界对汉水流域文化的研究，关注度大大超过以往，沿汉水流域的武汉大学、华中师范大学、湖北大学、陕西理工大学、安康学院、湖北文理学院（原襄樊学院）、郧阳师专、湖北汽车工业学院以及南阳师院等，都成立了相应的汉水文化研究机构，一批学人发表了许多有关汉水流域文化的文章。据胡遂生、付鹏发表的《汉水文化研究论文索引》①一文统计，20 世纪 80 年代到 2008 年，关于汉水文化研究的论文有 470 篇，其中关于文学研究的只有 50 篇。后来，胡遂生、付鹏又发表了《1994—2008 年汉水文化研究论文定量分析与研究》一文，对 15 年来汉水文化研究的论文进行了统计分析②，检索出有关汉水文化的文章 761 篇，经过筛选、删除、去重后，涉及人文社会科学的研究论文有 329 篇。从研究的主题看，关于汉水文学研究的论文只有 38 篇，仍处于薄弱地位。从上述两文的统计与分析来看，有关文学研究还不是这一区域文化研究的重点，关于神话传说的研究更是少之又少。虽然在近年来的研究中，研究者也注意到了汉水流域文学研究的重要性，也有极少数的文章涉及神话传说的内容，但因资料的匮乏和研究者关注的重心所在，神话传说的研究论文甚为稀少。

陕西理工大学汉水文化研究中心近年来编辑、出版了《汉水文化研究集刊》，共五集，收文 219 篇，展示了陕西理工大学汉水文化研究在文学

---

① 载《郧阳师范高等专科学校学报》2009 年第 2 期。
② 载《郧阳师范高等专科学校学报》2009 年第 4 期。

艺术、历史文化、经济、社会及教育发展等几个方面所取得的成绩。① 检索这些论文，有关神话传说的文章还是非常有限，只有十余篇，说明该领域的研究还需要进一步加强。

近年来问世的著作，如潘世东的《汉水文化论纲》②、冯天瑜主编的《汉水文化研究》③、王雄的《汉水文化探源》④、张良皋的《巴史别观》⑤、刘清河主编的《汉水文化史》⑥等，也对汉水流域文学进行了分析，有的论文集中有单篇文章进行探索，所做的努力和开拓之功值得肯定。但或许是受到时代学术思潮的局限和研究对象的制约，这些著作皆缺少对汉水上游神话传说的特别关注和整体研究，因此，汉水上游的神话传说还有很大的研究空间。不仅可以在具体的研究对象上需要深入，而且在理论方法上更需要提升，以使汉水上游的文学研究有一个新的局面。

三 汉水上游神话传说的主要内容

汉水是长江最大的支流，是中华文明的重要源头和发祥地之一，其中，汉水上游的重镇——汉中，作为国家级历史文化名城，是汉文化和汉王朝的发祥地。这里承东启西、接南济北、历史悠久，曾孕育了丰富多样的文学因子。以汉中为中心的汉水上游及周边地区，构成了富有特色的文化系统和文学样式。对该地区富有原生态性质的文学内容进行全面梳理，系统研究，可以进一步挖掘中华民族文化发展史上的固有元素，丰富中华文化和中国文学的审美内涵，彰显汉水上游文学的恒久魅力。

这里，在《诗经》时代就有了丰富的文学内容。《诗经》"二南"的很多诗篇都在这里流传，《大雅·旱麓》篇所写的汉山，《沔水》篇所写的丙穴嘉鱼等在今天的汉中境内。在汉水中上游交汇的湖北十堰市房县，产生了

---

① 叶孟理主编：《汉水文化研究集刊》（一），西北大学出版社 2006 年版；王立新主编：《汉水文化研究集刊》（二），西北大学出版社 2009 年版；张社民主编：《汉水文化研究》（三），西北大学出版社 2011 年版；张义明主编：《汉水文化研究集刊》（四），西北大学出版社 2013 年版；刘保民主编：《汉水文化研究集刊》（五），西北大学出版社 2015 年版。
② 湖北人民出版社 2008 年版。
③ 中国国际广播音像出版社 2006 年版。
④ 中国青年出版社 2007 年版。
⑤ 中国建筑工业出版社 2006 年版。
⑥ 陕西人民出版社 2013 年版。

中国的第一个大诗人，周宣王的辅臣、西周的太师尹吉甫。据现代的学者们考证，《诗经》的产地就在房县，尹吉甫还被称为"中华诗祖"。该地区先后收集、挖掘整理出与《诗经》有关的尹吉甫文化资料 100 多万字、录音带 20 多盘、数码录音 200 多 MB 及录像带 30 多盘，拍摄照片资料 3 万多张，挖掘整理尹吉甫在房县的传说故事 50 多个，收集与《诗经》相关的民歌 30 多首，在学界引起了较大的反响。①

在汉水上游的汉中市汉台区、南郑县打造的"一江两岸"生态旅游、休闲娱乐的汉水景观地带，设计者们也将汉水文化元素融入了自然景观之中。属于南郑县辖区的汉水南岸，除了 7 公里长的自然生态休闲园外，还专门修建了一个《诗经》文化广场"。在广场中建有高达数十米的周公雕像，在雕像的台基四周，镌刻了几十首有关汉水流域的《诗经》原文，供人们缅怀周公的恩泽，了解周代文化的丰富内涵。这一"《诗经》文化广场"成为汉水两岸汉中、南郑人民学习、休息的重要场所。从民间的热爱到学者的研究，《诗经》学习和传播已成为汉水上游地区最重要的文化活动，受到了学界和世人的关注。

这里，我们要特别提到《诗经》"周南"中的《汉广》篇。这篇作品中一个优美的女神形象，就是汉水女神——"汉女"："汉有游女，不可求思"，这是中国文学中第一个关于河流的女神形象。对汉水边的这位"游女"，人们不仅仅把她看作是一个具体的女子，而且在后世的学者看来，她就是一位女神，是给汉水人民带来庇护和福祉的神女，并被赋予很多的美丽传说。

在此之后，屈原在被流放汉北时，也受到汉水文化中女神文学的影响，在其后创作的《九歌》里，他所作的《湘君》《湘夫人》及《山鬼》等篇，都有汉水女神的影子。所形成的"湘水女神"系列故事，在源头上，也与汉水女神有着千丝万缕的联系。继屈原之后，宋玉在《高唐赋》中极力描绘的巫山神女，更是汉水女神的延伸和发展。再往后，魏晋时期的文学家曹植在塑造他的女神——洛神形象时，是以汉水女神作为原型比拟和塑造的，《洛神赋》写道："从南湘之二妃，携汉滨之游女。"此后，许多文学家、诗人都有咏叹汉水女神的作品。

---

① 《中华诗祖尹吉甫与诗经传说和故事轰动中日"非遗"保护鄞州论坛》，民俗文化网（http://www.mswhw.cn/whyc/20080942258.html）。

女娲是古往今来在中华大地上流传最广泛、最普及、影响力最大的神话人物之一。据杨利慧博士统计，在全国各民族、各省份中，明确有女娲出现的神话和故事247个，女娲文化遗存1439个，几乎遍及全国各地和各个民族，甚至世界各个民族都对她有所认识和了解。可以说，无论什么时代，什么社会制度，什么政治观点的人都对她充满了钦佩和仰慕之情，给予了普遍而广泛的认同和尊重。[①] 在汉水上游的平利县，流传着关于女娲的故事。"女娲造人""补天""斗猛兽""治洪水""女娲伏羲兄妹成婚繁衍人类"的神话故事和民歌在这里广为流传，也有农历正月初七"女娲生日"，十月初四"伏羲生日"，腊八"女娲兄妹成婚日"的民间祭祀活动。现存的资料表明，巴山余脉女娲山，位于县境中北部，方圆几十平方公里，关于此山，《华阳国志》《新唐书》《路史》《九域志》等历史地理著作均有记录。王子今先生认为："女娲作为传说时代的圣母，在各地多有纪念性遗存，关于传说中其生地、陵墓，以及后世民间纪念祠庙的历史地理记录，存在地域相当辽阔。……陕西安康平利地方与女娲传说有关的文化遗存，记录年代较早，文化影响也较为显著，值得我们特别注意。"他指出，平利女娲传说，最初见于《华阳国志》。2003年10月在汉水之滨安康市举行的"中国平利女娲文化研讨会"上，国内很多学者如萧兵、刘华祝、高大伦、吕微、周晓陆、焦南峰、宋超、赵瑞民、刘晔原、杨利慧等在会上都充分肯定女娲神话传说在陕西平利的诸多证据，也认为女娲文化的发源地是在平利地域。神话研究专家吕微先生在《神话何为——神圣叙事的传承和阐释》中指出："房州在今湖北西部鄂西地区，与金州（安康及平利）相邻，中皇山（女娲山之别称）横跨金、房两州，可将其视为伏羲、女娲神话信仰的集中地带。"[②]

在中国历史和文学史上，大禹集神人与圣王于一体，既有历史人物的真迹，被认为是夏王朝的创始人，又有许多神奇的传说，带有强烈的神话色彩。

大禹和汉水也有千丝万缕的联系，他治理汉水的功绩在汉水流域广泛流传。《尚书·禹贡》篇记载了大禹治理汉水的情况，"嶓冢导漾，东流为

---

① 潘世东：《汉水文化视野下的圣母女娲》，《十堰职业技术学院学报》2007年第4期。

② 李尚海、邹惠珊、黎胜勇：《平利女娲文化研讨会综述》，《汉中师范学院学报》2004年第2期。

汉",正是这一史实的反映。今天的陕西宁强县烈金坝,是汉水的源头,这里有历时千年的禹穴古桂,有一座禹王宫("文化大革命"中被毁),还有一个白岩湾的岩石洞,洞内有巨石,人称"石牛","石牛"的背及臀部有8个古字,后人认为是刻石记功,称为"禹碑"。

除了汉中的宁强县之外,在汉水上游区域安康的旬阳县境内也有大禹的踪迹,这就是"禹穴",坐落在旬阳县东小卖铺。汉水北岸有一洞穴,上面有摩崖石刻,刻有"禹穴"二字。据《兴安府志》记载,相传大禹治水于此息,这也是天下四大禹穴之一。

在许多神话传说故事中,关于天汉、汉水与牛郎织女的记载和传说,是我们研究汉水上游神话传说的重要关注点,也是汉水上游文化的丰富内容。从《诗经·大东》篇所言的"维天有汉,监亦有光。跂彼织女,终日七襄"中可知,"天汉""织女"都与汉水上游有着密切的关系。《诗经》不仅把汉水比作天上的银河,而且织女的形象也以神奇的形式出现,成为后世牛郎织女神话传说的雏形。

与牛郎织女神话传说相联系的还有七夕(七巧、乞巧)节习俗的流传,而且这一民俗文化源自汉水上游地区,并在全国各地有着很多不同的版本。

"七夕节"当始于楚国的汉水流域。明代的罗颀在《物原》中说:"楚怀王初置七夕,妇女是日以彩缕穿七孔针,陈瓜果于庭以乞巧。"在旧题汉代刘歆撰的《西京杂记》(又作晋葛洪撰)中,有"汉彩女常以七月七日穿七孔针于开襟楼,俱以习之"的记载,这是我们于古代文献中所见到的最早的关于乞巧的可靠记载。《孔雀东南飞》中刘兰芝和小姑话别时说:"初七及下九,嬉戏莫相忘。"初七即七月七日,看来当时确实已过起了"七夕节"。

"七夕节"尽管在各地都有流传,但在汉水上游地区,包括今天的陇南地区,还有着浓厚的风俗活动。著名文史专家赵逵夫在《汉水与西、礼两县的乞巧风俗》中认为,乞巧节与秦文化有着密切的关系。① 杜汉华等的《汉水七夕文化考》《"牛郎织女""七夕节"源考》②文章认为,"牛郎织

① 赵逵夫:《汉水与西、礼两县的乞巧风俗》,《西北师范大学学报》2005 年第 6 期。
② 杜汉华、杜睿杰:《汉水七夕文化考》,《襄樊职业技术学院学报》2011 年第 1 期;杜汉华等:《"牛郎织女""七夕节"源考》,《襄樊职业技术学院学报》2004 年第 5 期。

女"传说故事和"七夕节"的主要发祥地是汉水流域的襄阳、南阳，其母体为"郑交甫会汉水女神"和"穿天节"。不难看出，乞巧节的产生和流传与汉水流域有着密切的关系，而且对其他地方都产生了影响。

在这里，古汉台、饮马池、拜将坛等留下了汉家四百年创造者刘邦的历史遗迹。《史记》《汉书》所载的刘邦剑斩白蛇的故事，更是今古传颂，为历代所歌咏。唐人胡曾《大泽》诗云："白蛇初断路人通，汉祖龙泉血刃红。不是咸阳将瓦解，素灵那哭月明中。"①该诗歌颂了刘邦反秦发难的开创之功。现今留下的古汉台，相传是汉高祖刘邦被封汉王的宫廷遗址。清人陈毓彩《汉台》诗曰："赤帝龙兴事已陈，层台巩固尚如新。窗收栈道千峰秀，座览梁州万树春。当日宫殿烟故迹，此时郡国有仁人。迎来便洒随车雨，犹忆三章改暴秦。"在古汉台东南三层台地上，上覆一亭，下有一璞石，因在原府治的月台上，故名"月台苍玉"。相传为汉时宫廷陈设的石鼓。据民间传说，石鼓原是刘邦的上马踏脚石。一次，刘邦上马不慎滑了一跤，十分恼怒，便抽剑砍去一片，即留下现今所见被削的石痕。后人又称之为"试剑石"，南宋著名爱国诗人陆游在回忆汉中生活时，曾写下了"剑分苍石高皇迹""高皇试剑石为分"的诗句。

离古汉台向南不远处，还保存着刘邦拜韩信为大将的"拜将坛"遗址。关于韩信拜将，《史记·高祖本纪》和《史记·淮阴侯列传》都有精彩记叙。而在汉中民间，对萧何推荐韩信、夜追韩信的故事更是传颂不已。相传今天留坝县马道街北的樊河边，便是当年萧何追韩信之处。《汉中府志》载："马道河（褒城）县北九十里，源发驿西山峡中，东流合褒水，古名'寒溪'。昔韩信亡汉至此，水涨不能渡，萧何故追及之。谚曰：'不是寒溪一夜涨，哪得刘朝（炎汉）四百年'。"今河边尚立一碑，是清代嘉庆年间马道驿丞黄绶所立，上书"寒溪夜涨"。此碑右侧相连处，还有一碑，上刻"汉国相萧何追韩信至此"，最早为乾隆年间褒城县事万世谟立，后咸丰年间马道士庶人等重刻立。萧何发现人才，苦口推荐，终于感动刘邦。刘邦重用人才，大胆提拔，使韩信的才能得到了充分的展现，克敌制胜，扫清寰宇，最终建立了大汉王朝。故历代文人名士，对拜将坛这一抔汉土极其仰慕和赞颂。明代侯居坤有诗曰："汉水城南万木丛，高皇曾此拜元

---

① 转引自赵望秦、潘晓玲《胡曾〈咏史诗〉研究》，中国社会科学出版社2008年版，第304页。

戎。兴刘赤帜多多善，拒彻丹心耿耿忠。项蹙乌江功已最，身擒云梦计何穷？登坛旧迹今犹在，千古人怀国士风。"清人张炳蔚诗云："江流咽尽鼓鼙声，谁似淮阴善将兵。学剑早轻万人敌，登坛还使一军惊。从龙几见侯封遂，鹭雉翻教祸水成。猛士飘零王气歇，歌风台下暮云横。"

从这些历史演义和历史遗迹的背后，我们不难看出汉水上游文化的深远与厚重。除此之外，在汉水上游还有关于彭祖养生为民乃至长寿之道的传说、隐而修身济民的郑子真的传说、唐公房修炼得道终而成仙的传说，以及圣水寺汉桂与五龙泉、戚氏墓、张鲁女庙等历史传说和遗迹，从中可以了解汉水上游的神仙品格和文化内涵。

彭祖在历史上被认为是尧时的贤人，但在历史的演变中又是一位得道的仙人，他的长寿在先秦的文献里有不少记载。先秦诸子如《庄子》《荀子》《列子》《吕氏春秋》等，都讲到彭祖在养生治气方面的卓越贡献，在《世本》《大戴礼》《史记》等史书中都有其身世的记载。汉代刘向的《列仙传》、晋代葛洪的《神仙传》也都把彭祖作为神仙看待。

在汉水的支流褒河谷口，留存着汉魏"石门十三品"摩崖石刻，有一方摩崖"石虎"，旁刻"郑子真书"，相传是西汉成帝时汉中的隐士郑子真隐居垂钓之处。由于郑子真隐居不仕，而且三次拒绝权贵王凤的聘请，名动京师，被人称为"谷口先生"。后人有诗称赞曰："汉代名流郑子真，洁身却聘隐垂纶。风高不让严陵濑，褒谷钓台先富春。"

而唐公房的故事更具有传奇色彩。城固人唐公房，是西汉王莽时期人，为郡吏，后学道得仙，服了师傅真人李八百给的丹药，一天中午，带着妻、子、六畜、房屋飞升上天。这一传奇故事，就化为后来"一人得道，鸡犬升天"的典故来源。据说，当唐公房升天时，他女婿外出未归，及婿归，犹闻鸡鸣天上，狗吠云中。唐公房的故事，今尚存一碑，为汉碑，碑上有篆字"仙人唐君之碑"，碑文是隶书，记有唐公房成仙的内容。在东汉时期，有一任汉中太守郭芝，据唐公房"升仙"故事，在此修建一所"仙人唐公房祠"以示纪念，后人又为了表彰郭芝的"善举"，刊立了此碑。据地方史学者推断，碑立于东汉灵帝时期。现今城固的几个地名"升仙村""望仙桥""望仙营"等，都与唐公房的故事有关。

汉水南岸的圣水寺，寺内外有青、白、黄、乌、黑五个龙泉，有"五龙捧圣"之意，故名"圣水寺"。据《南郑县志》载："圣水寺，在中七里坝，建于明嘉靖时。有青、白、黄、乌、黑五泉，黑泉从佛座下流出，余在寺东西。故以泉水盛之器中，见者即知为某泉之水。中有桂株，大四五合抱，开花时，香达数里。"民间传说中有这样的民歌："青龙泉清澈见底，白龙泉白色映天。黄龙泉金光闪闪，乌龙泉乌色灿灿。黑龙泉黑如漆炭，五个泉都有龙蟠。"寺内院中有一株古桂树，相传是西汉初年萧何亲手栽植的，故名"汉桂"。其桂与一般桂树不同，故后人多有题咏石碑留存。①

在有关汉代的传说中，戚氏夫人的故事颇为神奇，至今在汉水边的洋县尚留有戚氏墓，更能引起人们无限的遐想。我们从史料中可知，戚夫人又称戚姬，山东定陶人，汉高祖刘邦的宠姬，生子刘如意，被封赵王。戚姬在刘邦面前劝立其子，使吕后深为嫉妒。刘邦死后，吕后执政，便对戚姬痛下毒手，断手足，去眼，辉耳，饮瘖药，命曰"人彘"，被迫害致死。戚夫人与洋县相关联，是郦道元《水经注》所载之故事："洋川者，汉戚夫人之所生处也。高祖得而宠之，夫人思慕本乡，追求洋川米，帝为驿致长安，并蠲复其乡，更名为县，故又目其地为祥川，用表夫人载诞之休祥也。"②现今洋县戚氏乡戚氏村有一墓冢，相传是戚氏被吕后害死后，族人收尸葬此，为避祸，后人改姓武。在郦道元之后的许多地方志中，都对此加以附会，如《洋县志》《西乡县志》《汉中府志》《续修陕西省通志稿》等都有类似的记载。而今流传在洋县一带的"马铺河与戚娘娘"的民间传说故事，则寄托了后人的追思。

在汉水上游勉县温泉镇光明村惯子山上，有相传为东汉张鲁女的墓冢。《沔县志》《水经注》等方志也有记载。在墓冢处，原有女郎庙，也称娘娘庙。这是因为张鲁在汉中统治30年，政教合一，赢得了民众的拥护，所以立庙祭祀之。清人王渔洋在凭吊张鲁女墓祠后，还写有《女郎庙》诗："朝过女郎道，遥望女郎祠，溪水疑环佩，春山学黛眉，千株丹橘熟，一径碧苔滋。日暮神灵雨，西风满桂旗。"③

在张鲁女的传说中，以《后汉书·郡国志》的记载尤为神奇，言张鲁

---

① 参见南郑县地方志编纂委员会《南郑县志》，中国人民公安大学出版社1990年版，第620页。

② 郦道元注，杨守敬等疏，段熙仲点校，陈桥驿复校：《水经注疏》，江苏古籍出版社1989年版，第2729页。

③ 本节以上引诗出自清严如熤主修，郭鹏校勘《（嘉庆）汉中府志》，三秦出版社2012年版，卷28、卷29、卷30，不再一一标注。

女浣衣怀孕生二龙，死后灵柩升腾到山上，此山就叫女郎山，水旁还有捣衣石。在今天的民间传说中，这一故事更加丰富，说的是张鲁实行"五斗米教"，民间修仙炼道的人很多，连张鲁自己的女儿也出家修道。张鲁安排女儿到汉水边的一座山上修道，修道中经常到水边对着一面大镜子梳妆打扮，然后坐下来洗衣服。汉水里有条龙对她动了心，生了情，在梦中和她幽会。不久她生下一条赤龙，一条青龙。张鲁知道后非常生气，就把女儿赶走了，也不许她们母子相见。张鲁女站在山上经常瞭望，后来这个山就叫观子山，慢慢叫转了，就叫罐子山，现在又叫惯子山。水边留有捣衣石，对面有块大石头，据说就是张鲁女的大镜子，所以人们就叫它宝镜。

四　汉水上游神话传说的基本特征和文化价值

神话传说产生于人类的童年时代，它是人类精神的开端，是民族文化精神最早的土壤，也是最早的文学艺术形式。原始先民的认识是一种直观的、具体的、非理性的认知，但这并不表示它是没有价值的认识，恰恰相反，古代人民的所有智慧都包含在神话传说之中。先民以神话思维解释世界、表达情感，它是以主客浑融为基础、以形象为核心、以情感为特质、以集体性和整体性为表征的原型心理的体现，是一种原逻辑的感性的思维形态。由于汉水上游的地理位置、文化交流、人口迁移诸多因素，其神话传说在流变过程中体现出自己独特的风貌，走出了与其他地方迥异的人文路径。

第一，汉水上游神话传说具有素朴性与真实性的特点。

汉水上游神话传说可以分为两类：一是起源于早期社会的神话，它是先民对自然和社会的诗性解释；二是在不同时期产生的民间故事与传说。无论哪一种情形，这些故事都以最为本色的方式，真实地讲述了汉水上游地区人民的宇宙观、历史观以及他们生产生活的具体状况。

第二，汉水上游神话传说具有原生性与地方性、融合性与开放性的特征。

我们在梳理、研究汉水上游神话传说流变的过程中发现，有些古老的原生神话传说，没有因为历史的风吹雨打而变形、变性，它们依然保持着极强的生命力和原型特征。如盘古开天辟地、女娲补天造人，如银河天汉与牛郎织女、汉水女神、刘邦汉家基业，还有其他林林总总的自然风物、社会故事、生活风俗传说。

第三，文化的多元融合造就了汉水上游神话传说的丰富性与典型性。

在中国自然地理与文化地理上，汉水上游一直是各方争夺的要地，东西南北各种势力都曾在这里激烈交锋，在争斗、征服、融合的过程中，其神话传说也在这里流传并积淀下来。由于汉水上游人口稀少，历史上从湖北、河南、陕西关中，包括西北少数民族都有移民来这里定居。毫无疑问，移民会把他们的风土人情、神话传说也一起带到此地。大凡中国神话传说中的精品几乎都与汉水上游神话传说有关，都在汉水上游流传着。如盘古开天辟地神话，伏羲、女娲婚配与造人神话，女神神话，牛郎织女神话，两汉三国传说故事，张骞通西域和蔡伦造纸的传说，等等。这些都是汉水上游神话传说的精品，也是中国古代神话传说的精华。

第四，汉水上游神话传说具有实用性与实践性的价值取向。

从大的方面说，中国古代神话传说的价值取向突出地表现在神话内容的具体分布上。按照内容，中国古代神话传说大体上可以分为七类：治水神话；英雄神话；部族战争神话；部族始祖诞生神话；创世神话；文化起源神话；自然神话。在现存的这七大类神话中，叙述比较充分具体，内容比较丰富充实的是前四类神话，即治水神话、英雄神话、部族战争神话和部族始祖诞生神话，而叙述比较简略抽象，记录更加零散的则是后三类神话，即创世神话、文化起源神话和自然神话。① 汉水上游神话传说主要是创世神话、治水神话、部族始祖诞生神话、文化起源神话和自然神话，此外还有汉水上游地区独特的、数量众多的历史传说和生活故事等。

汉水上游神话传说构成了一个庞杂而又气象万千的叙事体系，深刻地影响着汉水上游地区文化精神的许多方面，诸如观念、信仰、风俗、艺术、历史、文学等，甚至一直到当今社会，这些神话传说都给予这一地区民族文化心理的发展以相当大的影响。因此，汉水上游神话传说在中华文化发展史上占有非常重要的地位。

汉水上游神话传说的文化价值主要表现在以下几个方面。

1. 它是汉水上游地区人民乃至整个中华民族宇宙观的反映，也是中

---

① 赵沛霖：《中国神话的民族性特征》，《古典文学知识》2000 年第 3 期。

国哲学思想发展史的重要组成部分。

2. 它是还原汉水上游地区自然与社会历史，充实、完善中国历史文化的重要资料。正如有的学者所指出的："中国神话则别具一格，具有多项意义和价值。从总体而言，显示着博大的民族精神和东方的魅力与美质；就其已被历史化的部分而言，则填补了神话与历史之间、神与人之间的空白，成为追溯历史的不可多得的线索；就其已被实用的部分而言，其中凝聚着大量的原始文化信息，可以作为发掘和探索原始神话的凭借。"[①]

3. 它反映了汉水上游地区人民的科学创造精神。汉水上游神话传说中的"人的出世""人脱尾巴""狗和稻种"等神话故事，说明汉水上游地区人民对人类进化、稼穑耕作的认识并非荒诞不经。还有"鲁班造寺""蜀道交通""木牛流马"等大量民间传说，也都反映了汉水上游地区人民高超的技术发明和创造智慧。

4. 汉水上游神话传说是中国文学发展史的重要组成部分。在早期社会，无论是探索自然现象，还是描绘社会活动，最终都会以讲故事的方式表现出来，这样就形成了最早的口头文学，汉水上游神话传说就是这种典型的民间口头文学。这种民间文学形式不但是中国文学源头的一部分，也是中国文学发展史的重要组成部分，是后世历代文学取材的源泉和重要的艺术借鉴。从形式上看，随着社会的发展，以记神记事为主的神话传说，逐渐向以记人或人神结合的方向转化，从而形成史传、戏曲、小说等重要的艺术形式。从内容上看，自《诗经》《楚辞》以来，后世文学作品都有借鉴和引用汉水上游神话传说中的人物、事件、典故的现象，《史记》《古诗十九首》、李白诗作以及明清小说、当代汉水流域作家作品、秦腔和傩戏等，大都对汉水上游神话传说进行了借用，创造了辉煌的文学艺术作品。

5. 汉水上游神话传说是民族性格的写照。汉水上游神话传说以勤劳、善良、敦厚、智慧为基本的价值取向，神话传说中所歌颂的人物具有英雄气概和过人才智，他们诚实、正直、大公无私，绝少欺世盗名之辈。神话传说的作者以肯定、乐观的态度对待人生，即便有时感到了现实的痛苦，也还是要在隐忍和幻想中得到安慰，这就是汉水上游地区人民性格的原型，也是中华民族性格的重要体现。我们的祖先没有像古希

---

① 赵沛霖：《物占神话、原始物占与神化的实用化》，《社会科学战线》1996年第3期。

腊人那样为爱情、享乐、嫉妒、复仇而消耗生命，而是补天平地，治水开路，在生存竞争中与强大的自然力作英勇卓绝的斗争，对未来总是充满了信心和希望。重温这些神话故事，能够提高我们的民族自信心，反思我们的文化性格，激发我们进行新的伟大创造。

思考题

1. 汉水流域文化研究对文学研究有何启示作用？

2. 为什么要了解汉水上游的神话传说？

3. 汉水上游的神话传说有哪些主要内容？

4. 汉水上游神话传说的特征是什么？

5.《诗经·周南·汉广》中"汉有游女"是如何演变为神女的？

拓展阅读

1. 萧樾：《中国历代的地理学和要籍》，广西师范大学出版社 2002 年版。

2. 潘世东：《汉水文化论纲》，湖北人民出版社 2008 年版。

3. 刘清河主编：《汉水文化史》，陕西人民出版社 2013 年版。

4. 王雄：《汉水文化探源》，中国青年出版社 2007 年版。

5. 左鹏：《汉水》，江苏教育出版社 2006 年版。

6. 冯天瑜主编：《汉水文化研究》，中国国际广播音像出版社 2006 年版。

7. 袁珂：《中国神话史》，上海文艺出版社 1988 年版。

8. 陶阳、钟秀：《中国创世神话》，上海人民出版社 1989 年版。

历代文人咏汉中

李宜蓬

内容提要：汉中居秦巴之间，蜀道要枢，历代文人往来不绝，吟咏不断，生动地再现了汉中的山水名胜、历史文化以及风土人情，具有很高的思想价值和艺术成就。历代文人创作的与汉中有关的诗文，不仅是其文学创作的重要组成部分，也是汉中文学与文化的重要组织部分。发掘、整理、宣传、推广这些作品，对于深刻认识汉中的文化地位、提升汉中的文化影响力以及建设特色鲜明的文化名市，都具有重要意义。

汉中北倚秦岭，南屏巴山。重峦叠嶂，平原弥望，风景秀美，物产丰富。巍峨的秦岭挺起中国的脊梁，浩荡的汉江滋养着汉族的血脉；春天的油菜花海令人心旷神怡，秋天的桂树飘香又让人神清气爽——汉中，是中国地理版图中心的一块宝地。汉中地势险要，易守难攻。巴蜀以汉中为屏障，汉中以巴蜀为后方。自汉中北伐可以进取陇右，掌控关中；自汉中南下可以占据巴蜀，驾驭西南——汉中，是中国历史上兵家必争的一方重地。汉中沟通秦蜀，交通便捷。翻越秦岭的道路分别有子午道、傥骆道、褒斜道、故道，翻越巴山的道路分别有荔枝道、米仓道、金牛道，南北蜀道都在汉中交汇——汉中是连接西北西南交通大动脉的一个要地。帝王将相征战于此，留下可歌可泣的业绩；文人学士游历于此，写下传颂千载的诗篇。汉代的司马迁、司马相如，三国的杨修、王粲，唐代的张说、王勃、岑参、杜甫、元稹、李商隐、韦庄，宋代的文同、范成大、陆游，明代的何景明、赵贞吉、王士性，清代的王士禛、张问陶、毕沅、陶澍、林则徐、曾国藩等，都曾亲临汉中，登高览胜。王维、李白、刘禹锡、梅尧臣、苏轼、苏辙、辛弃疾等，也都曾怀想汉中，感慨兴亡。汉中的历史底蕴和自然景观，激荡起文人无穷的才思；文人的诗词题咏，也辉映了汉中的山川大地。

一 汉水出嶓冢，梁山控褒斜——
历代文人吟咏汉中山水

汉中处于汉水与蜀道的交汇点，地理位置十分重要。"嶓冢导漾，东流为汉"（《尚书·禹贡》），汉水自西向东，穿越汉中；"蜀道之难，难于上青天"，蜀道自北向南，纵贯秦巴。汉中的山河壮丽，文人得江山之助，文笔格外雄健；文人的诗兴大发，山水借诗篇而传，山水别具光彩。

汉山，古称旱山，位于南郑县周家坪南侧，是米仓山在汉中境内的主峰。《诗经·大雅·旱麓》描写的就是周人登临汉山祭祖祈福的场景：

> 瞻彼旱麓，榛楛济济。岂弟君子，干禄岂弟。
> 瑟彼玉瓒，黄流在中。岂弟君子，福禄攸降。
> 鸢飞戾天，鱼跃于渊。岂弟君子，遐不作人？
> 清酒既载，骍牡既备。以享以祀，以介景福。
> 瑟彼柞棫，民所燎矣。岂弟君子，神所劳矣。
> 莫莫葛藟，施于条枚。岂弟君子，求福不回。

《旱麓》描写旱山脚下草木丰茂、鸢飞鱼跃的景象，表现君子培育贤才、祭祖得福的喜悦心情。首章前两句以旱山山脚茂密的榛树楛树起兴，带有比意。毛传解曰："言阴阳和，山薮殖，故君子得以干禄乐易。"郑玄笺云："林木茂盛者，得山云雨之润泽也。喻周邦之民独丰乐者，被其君德教。"他们分别从君与民两方面以阴阳调和、草木茂盛隐喻周代君民安乐祥和的景象。"岂弟"（kǎitì），即"恺悌"，和乐平易之意，按照郑玄的解释，是君主"以有乐易之德施于民，故其求禄亦得乐易"，也就是说，因和乐平易而得福，得福而更和乐平易。二者互为因果，"岂弟"之意在不断重复中得以强化。"鸢飞戾天，鱼跃于渊"，飞鸟游鱼在旱山自由活动；"岂弟君子，干禄岂弟"，周人上下一心，团结友爱，《旱麓》赋予了汉中山水以灵性，奠定了汉中山水诗深刻的文化内涵。

嶓冢山，又名汉王山，位于陕西省汉中市宁强县境内，是汉水的源头。《尚书·禹贡》说："嶓冢导漾，东流为汉。"《楚辞·九章·思美人》

云："指嶓冢之西隈兮，与纁黄以为期。"洪兴祖补注："指嶓冢之西隈，言日薄于西山也。"表明古人认为嶓冢山已经是西方极远之处。"导漾自嶓冢，东流为汉川。"（孟浩然《送王大校书》）孟浩然一生隐居于襄阳鹿门山，他依傍汉水中游，忍不住眺望、悬想其源头。元稹曾经亲临嶓冢山，其《渡汉江》自注云："去年春，奉使东川，经嶓冢山下。"中唐诗人羊士谔《赴资阳经嶓冢山》亦描写了自己的亲身经历："宁辞旧路驾朱轓，重使疲人感汉恩。今日鸣驺到嶓峡，还胜博望至河源。"宋人笔下提及嶓冢山最多的是陆游，《怀旧》写嶓冢山头高祖庙的寂寞和江上渔村的幸福生活："嶓冢山头是汉源，故祠寂寞掩朱门。击鲜藉草无穷乐，送老那知江上村。"《十月二十六日夜梦行南郑道中既觉恍然揽笔作此诗时且五鼓矣》更是展现了物是人非的历史沧桑："嶓冢之山高插天，汉水滔滔日东去。高皇试剑石为分，草没苔封犹故处。"汉高祖刘邦的试剑石犹在，可是，一代帝王统一天下的业绩却早已化为尘烟。《独酌有怀南郑》则写出其志在为国杀敌立功的豪情：

> 忆从嶓冢涉南沮，笳鼓声酣醉胆粗。投笔书生古来有，从军乐事世间无。秋风逐虎花叱拨，夜雪射熊金仆姑。白首功名元未晚，笑人四十叹头颅。

陆游一生志在北伐中原，其从戎南郑一段经历虽然短暂，却是其实现报国理想的最佳时机。因此，他无论是在南郑所作还是日后怀念南郑的作品，都充满了昂扬的理想主义情怀和理想无从实现的愤懑。

五丁关，是汉中境内的又一处险关要隘，在今宁强北四十里宽川铺乡。五丁开山的掌故众所周知，"地崩山摧壮士死，然后天梯石栈方勾连"的诗句脍炙人口。清代初年，著名文人王士禛曾经两次入蜀，三历蜀道，对五丁峡的记载非常翔实。《蜀道驿程记》记载其首次入蜀经历五丁峡时的见闻。"五丁峡，一名金牛峡，旧传蜀王遣五丁力士所开，秦因以灭蜀。"这是对五丁峡历史掌故的说明。"峡口悬崖万仞，阴风飒然。入峡即奔峭四合，猿鸟迹绝。水自峡中喷薄而出，人马从水中行，恶石如蛮象狞龙伏水中，时时啮人。"这是对五丁峡凶险的山水景观的描写。"自峡口至五丁关十五里，步步悬缒而上，下峡亦如之，则'伛偻，循墙而走'矣。"这是对五丁峡与五丁关相互关系的说明，指出二者是紧密相连的，五丁峡在北，绵延十五里到五丁关。"传称此为蜀道第一险，信然。"明代的杨慎和王士性两位诗人，都写了题目叫《五丁峡》的诗歌，但是对五丁开山故事的认识却有很大的差异。杨慎别有慧心，非常深刻地指出五丁开山之事实属荒谬，为子虚乌有之事：

> 峡形千仞立苍颜，开辟从来有此山。自是美人倾绝国，不缘壮士启重关。蔡蒙早入梁州贡，庸蜀曾陈牧野间。谣俗流传难借问，丹青遗迹尚斑斑。

杨慎的理由一是"开辟从来有此山"，蜀道上的高山是从古至今都矗立在那里的，并非五丁所开。二是"自是美人倾绝国"，指出有美女的引诱，也不需要壮士打开蜀道，自然就有秦人入侵。如果说以上两点还是推理，那么在第三点上则有了历史依据，"蔡蒙早入梁州贡，庸蜀曾陈牧野间"，指明蜀国与内地在商周时期就有了交往，自然不需要也不可能是秦惠王时代才由五丁开山打开秦蜀交通的。思路非常完善，体现了学者的思辨性。

王士性以五丁开山为实有其事，对五丁开山造成蜀国灭亡的危害，进行了充分的说明：

> 连山跨陇蜀，地险绝跻攀。秦人刻石牛，粪金山谷间。欲诱五丁来，凿石夷险艰。驱牛未至国，引盗已临关。遂灭蚕丛祀，空余五丁山。两崖高巀崒，一水去潺湲。铲石塞路逵，斧痕尚斑斑。黄金与壮士，一去都不还。剩得千秋客，鞭驰若等闲。

五丁壮士力尽而死，却引来了强盗临关，国破家亡，历史的悲剧让人慨叹。如今千百年过去了，唯有后人享受前人的余荫，可以从容地走在蜀道之上，这是五丁开山的意外好处吧。

七盘岭，即今汉中城西的连城山，拔地而起，高大巍峨，又蜿蜒曲折，如有七盘。初唐诗人沈佺期作《夜宿七盘岭》，写下了他在七盘岭夜宿至拂晓的见闻和感触："独游千里外，高卧七盘西。晓月临窗近，天河入户低。芳春平仲绿，清夜子规啼。浮客空留听，褒城闻曙鸡。"尽管蜀道沿线有多处山岭被称作七盘岭，但沈佺期此作以"褒城闻曙鸡"作结，很显然是指今日的连城山一带。

鸡头关，在七盘岭北面，因一块山石突出状如鸡头而得名。晚唐文人孙樵作《出蜀赋》云："陟鸡帻之险巇，下七折之峻阪。"可见，鸡头关与七盘岭连在一起。韦庄入蜀，写下《鸡公帻》一诗，"石状虽如帻，山形可类鸡。向风疑欲斗，带雨似闻啼。蔓织青笼合，松长翠羽低。不鸣非有意，为怕客奔齐。"清代项樟《鸡头关》写其由汉中经鸡头关北上："鸡头初北栈，突上碧云端。侧径临千尺，悬崖折万盘。浓阴真入画，虚籁陡生寒。圣境由来僻，行行著意看。"山高路险，前路漫漫，但是也激发起诗人流连山水的兴致。清代常纪《鸡头关》则写诗人从益门镇入栈，由鸡头关出栈。"入险益门镇，出险鸡头关。"鸡头关向南就是褒谷口，由此进入汉中平原。在鸡头关上正可以看到汉中平原的千里沃野，行人到此，自有一番喜色："意豁神开眼倍明，鸡头关下见褒城。望中沃野真千里，行处坡陀喜乍平。压地黄云秋渐老，宜人绿树雨初晴。故园风景依稀似，立马斜阳无限情。"（常纪《鸡头关望褒城》）

梁山，在汉中城西十公里汉江南岸，绵延逶迤，与汉江平行。汉中，古代称梁州，即与此山有关。中梁山是梁山主峰，在今南郑县高台镇梁山乡。其顶部平缓，东北坡陡直，濒临汉江。山上有寺，寺中有阁，是古人登高望远的一处山水胜地。宋人李儒用有《登中梁山》诗，写出了登上中梁山的空阔之感："路入梁州如砥平，登高远目更增明。霜清木落千山瘦，潦尽江空一水横。"其《中梁山寺》四首，更写出了流连风景的喜悦之情：

　　台殿晻暧山嶕峣，云霞鲜明天沉寥。侧身下望厌尘世，安得羽翼凌九霄。

　　烟峦彩翠霜林红，层楼复阁云雾中。襟怀太爽睡不得，一夜满山铃铎风。

　　群峰南北争嵯峨，如泻大壑翻众波。爱之欲把入图画，世无好手将奈何。

　　上方梯磴绕岩头，谁就孤高更起楼。直望汉江三百里，一条如线下洋州。

中梁山下，山水相连。纵目远眺，山势巍峨，层峦叠嶂；江水蜿蜒，奔流向前。婀娜多姿的图景，自有一番超然物外的气度。

汉水，是长江第一大支流，古时与长江、黄河、淮河并称，萧何引用民间习语，称其为"天汉"，将其比拟为天上的银河。李白《上皇西巡南京歌十首》（之八）云："秦开蜀道置金牛，汉水元通星汉流。"此意与"黄河之水天上来"相类似，赋予汉水以璀璨神奇的气象。岑参《陪群公龙冈寺泛舟》专门写汉江的夜色：

> 汉水天一色，寺楼波底看。钟鸣长空夕，月出孤舟寒。映酒见山火，隔帘闻夜滩。紫鳞掣芳饵，红烛然金盘。良友兴正惬，胜游情未阑。此中堪倒载，须尽主人欢。

龙冈寺，位于陕西省汉中市南郑县梁山镇，东与汉中隔江相望，西接梁山，南带濂津，北临汉江，因山势相随，江流回旋如龙，故名龙冈寺。南朝宋前废帝永光元年（465）就有龙冈寺，唐宋时期已成为人们由汉中乘船赴寺游览观光的胜地。岑参夜游龙冈，江上泛舟，只见江天一色，寺楼倒影，该是多么美好的景色；宾朋宴饮正欢，又是多么欢乐的气氛。如今的汉江两岸，高楼林立，游船往来，光影辉映，依然可以想象岑参当年泛舟的场景。元稹《使东川·汉江上笛》则写出了汉江上闻笛的愁绪："小年为写游梁赋，最说汉江闻笛愁。今夜听时在何处，月明西县驿南楼。"元稹的愁，是思乡的愁，是念友的愁，"七过褒城驿，回回各为情。八年身世梦，一种水风声。"（元稹《遣行》十首之七）因此在汉江上听到笛声，自然引起无边的愁思。而月光下浩渺的汉江，正是诗人无边愁思的象征。

二　岂知高帝业，煌煌汉中起——
历代文人吟咏汉中历史

汉中，物华天宝，人杰地灵。汉初，刘邦都南郑，筑坛拜将，挥师北上，还定三秦，一统天下，开创汉家四百年基业。武帝时，张骞奉命出使，凿空西域，开创了丝绸之路，功在当世，利在千秋。东汉时，李固忠贞报国，违忤权贵，被诬下狱，宁死不屈。汉末，张鲁割据汉中，曹操得陇望蜀；黄忠刀劈夏侯渊，刘备自立汉中王；诸葛亮六出祁山，归葬定军，奠定三国鼎立的局面。两汉三国，是汉中历史上最有光彩的一页，在中国历史上也写下了浓墨重彩的一笔。得汉中者得天下，在汉中，上演了多少兴亡的故事，留下了多少英雄的传说。当历史的烽烟散尽的时候，那些名胜古迹，就成为文人登临怀古的绝好素材，引得后人不断吟咏慨叹。

汉中历史上涌现出来的最早的文化名人并非功臣名将，而是以祸国殃民著称的褒姒。褒姒，西周褒国人，历来被作为周亡的罪魁。《史记·周本纪》记录了周幽王烽火戏诸侯的故事，《诗经·小雅·正月》就有"赫赫宗周，褒姒灭之"之句，屈原《天问》也说："周幽谁诛？焉得夫褒姒？"刘向《列女传》将褒姒入于"孽嬖传"，都表明作者对褒姒的态度，将国家兴亡完全归罪于女人。晚唐诗人唐彦谦《登兴元城观烽火》对此也有发挥："汉川城上角三呼，扈跸防边列万夫。褒姒冢前烽火起，不知泉下破颜无。"他看到当时汉中城外战士列队的声势浩大，设想九泉之下的褒姒看到这种情景是不是也该破颜为笑呢？唐代诗人苏拯在其《西施》诗中提及褒姒、妲己，"在周名褒姒，在纣名妲己。变化本多涂，生杀亦如此。君王政不修，立地生西子。"苏拯深刻地指出并非美女误国，而是君王不修政治，自误其国。清人常纪《褒城口占以李义山有"未免被他褒姒笑"之句因细为之》："烽火颜开事特新，宗周从此入咸秦。当年只爱些儿戏，褒女何曾解笑人。"这也从另一方面说褒姒只是喜欢游戏罢了，并不应该承担周亡的责任。汉中人民对自家的女子褒姒有着深切的同情，如今尽管褒姒故里已经被水库淹没，但是褒姒的故事，却在汉中广泛流传。

萧何、张良、韩信对西汉开国作出重要贡献，刘邦称："夫运筹策帷帐之中，决胜于千里之外，吾不如子房。镇国家，抚百姓，给馈馕，不绝粮道，吾不如萧何。连百万之军，战必胜，攻必取，吾不如韩信。此三者，皆人杰也。"(《史记·高祖本纪》)三杰与汉中，都有重要关系。

西汉开国，萧何论功为第一。"独拜将坛须国士，抡材谁似汉萧何。"(郭钰《感事》)萧何对于刘邦有三点贡献：一是在刘邦被封汉王愤愤不平之时，率先建议刘邦以汉中为根据地，"臣愿大王王汉中，养其民以致贤人，收用巴、蜀，还定三秦，天下可图也"(《汉书·萧何曹参传》)。明代李贤《过汉中》就以此赞誉萧何的功绩："席卷三秦传妙算，势摧西楚见奇才。当时不用萧何策，帝业焉能向此开。"二是慧眼识英雄，月下追韩信，并极力向刘邦推荐，才有了韩信的大展宏图和汉家四百年基业。辛弃疾《木兰花慢·席上呈张仲固帅兴元》感时伤逝，对韩信的战功以及萧何的慧眼慨叹不已："汉中开汉业，问此地，是耶非。想剑指三秦，君王得意，一战东归。追亡事，今不见，但山川满目泪沾衣。"三是在刘邦大军离开汉中之后，萧何留在汉中，发展生产，供给军粮。《史记·萧相国世家》记载："汉王引兵东定三秦，何以丞相留收巴蜀，镇抚谕告，使给军食。"《华阳国志》卷二说得更加明确："高帝东伐，萧何常居守汉中，足食足兵。"南宋诗人阎苍舒《兴元》怀念萧何治理汉中的业绩："褒城之山划天罅，中有深谷春水生。汉家兴亡启鸿业，萧相治国留英声。"可见，到了宋代，汉中人民还怀念萧何的政绩。

刘邦拜韩信为大将，源于萧何的推荐。刘邦筑坛拜将，昭示了对贤才的重视，吹响了反攻的号角，奠定了西汉王朝开国的基础。拜将坛，作为这一历史见证，就成为文人学士登临怀古的绝佳之地。胡曾《咏史诗·汉中》将拜将坛作为汉中历史的最重要见证："荆棘苍苍汉水湄，将坛烟草覆馀基。适来投石空江上，犹似龙颜纳谏时。"时代变迁，英雄远去，草木丛生，而刘邦纳谏的雅量却仿佛还在眼前，则作者对晚唐帝王不能重视人才的失望就在不言之中了。明代何景明作《拜将坛》："汉主西封日，淮阴拜将时。坛场如往日，朝代几迁移。王气风云歇，雄图日月垂。江山吊故国，谁复见旌旗。"该诗主要抒发了物是人非的沧桑和王朝更替的怅惘。清人蒋熏依何景明原韵有和作《韩信拜将台次何景明原韵》，意在赞颂韩信的业绩："逐鹿亡秦后，沐猴归楚时。赖有王孙力，能将霸业移。风云猛士守，江汉大名垂。推毂当年事，飞扬赤羽旗。"明人侯居坤，清人郑日奎、张潮、李柏、张炳蔚、章炬、张正蒙等，都有登临拜将台的怀古之作，多是对风景的描写和对历史兴亡与英雄业绩的感怀。

萧何月下追韩信是历史上的一段佳话。"夜来风雨涨寒溪，丞相追亡驻马蹄。"（金玉麟《马道题淮阴祠壁》）寒溪夜涨是成就这一佳话的先决条件。千年以后，人们在当地竖立一块石碑，大书"汉相国萧何追韩信至此"，以纪念此事。"云连栈阁四天垂，犹剩追韩萧相碑。"（郝浴《过萧何追韩信处》）汉朝开国史上的一段插曲，韩信个人命运的一次转机，就在寒溪发生了，很容易让人产生无限的感慨。有的感慨韩信的命运起落："韩侯勋业有谁同，天汉开基仰战功。钟室便当酬国士，乌江惜早丧重瞳。余生只合从漂母，临死何须说蒯通。凭吊不胜增感慨，萧萧马道起悲风。"（岳钟琪《马道怀古》）有的则聚焦"成也萧何，败也萧何"的决定性因素："国士才无双，丞相功寡二。如何大定余，翻谓谋觊觎？大臣无一言，钟室冤谁议？惟闻绐人时，祸因丞相致。"（陶澍《马道驿萧相国追韩侯处》）一段历史，一方石碑，就将二千年前的历史呈现在诗人眼前，成为汉中的一处名胜。

张良运筹帷幄，决胜千里，《史记·留侯世家》记载："汉王之国，良送至褒中，遣良归韩。良因说汉王曰：'王何不烧绝所过栈道，示天下无还心，以固项王意。'乃使良还。行，烧绝栈道。"张良建议刘邦烧绝栈道，以安定项羽之心，这对于迷惑项羽，起到了很好的作用。宋代著名文人文同在汉中任职期间，曾作《玉盆》诗云："凌晨打马过花村，先玩玉盆到石门。细想张良烧断处，岩前伫立欲销魂。"花村，即今河东店镇。玉盆石，原在褒水中，天成石盆，光洁如玉。上有"玉盆"二字，相传为张良所题。文同见到玉盆石，自然就想到了张良，感怀张良运筹帷幄，对刘邦开创汉王朝作出重大贡献。留坝留侯祠，位于柴关岭南麓，紫柏山东南脚下。相传张良功成身退，在紫柏山隐居，后人在此建留侯祠，以纪念张良。"昔有黄石公，于此习清景。留侯亦明哲，急流退可猛。"（李调元《紫柏山》）张良功成身退，全身远害，受到后人特别的尊崇。很多文人，感叹世事，感怀命运，往往借张良以抒发人在江湖、身不由己的苦闷。明代诗人赵贞吉作《望紫柏山》："紫柏山前车马道，道上红尘灭飞鸟。尘里行人不知老，羯来几度怀山好。年少怀山心不了，年老怀山悔不早。君不见，京洛红尘多更深，英雄着地皆平沉。"此后张佳胤、魏寿期、张问陶、王士性、张铨、傅振商、陶澍、林则徐等都有同题唱和之作，这些诗都在紫柏山的张良庙立碑保存，成为文学史上一个耐人寻味的现象。

武帝时期，张骞横空出世，成为凿空西域的第一人。张骞，汉中城固人，故里在汉中城固县城南2公里处汉江之滨的博望村。张骞墓，位于城固县城以西3公里处的博望镇饶家营村，2014年入选世界文化遗产。开元名相张说《将赴朔方军应制》赞颂张骞以身报国的品格："从来思博望，许国不谋身。"欧阳修则强调张骞引进西域物产的功绩："博望昔所徙，蒲萄安石榴。"（《和圣俞李侯家鸭脚子》）唐人有很多关于张骞乘槎的想象，韦庄《夏口行寄婺州诸弟》："谁道我随张博望，悠悠空外泛仙槎。"表明唐人对张骞出使西域的神奇经历充满向往。宋人对张骞的评论就以批评为主了。北宋名臣王安石《飞雁》诗云："雁飞冥冥时下泊，稻粱虽少江湖乐。

人生何必慕轻肥，辛苦将身到沙漠。汉时苏武与张骞，万里生还值偶然。丈夫许国当如此，男子辞亲亦可怜。"认为张骞是为功名利禄而奔走绝域，以致辞别家人，遭逢苦辛，哪怕是为国献身，也殊为可怜。文同《张骞冢祠》对张骞的评价则更为严苛：

> 中梁山麓汉水滨，路侧有墓高嶙峋。丛祠蓊蔚蔽野雾，榜曰博望侯之神。当年宝币走绝域，此日鸡豚邀小民。君不见武帝甘心事远略，靡坏财力由斯人。

文同认为，汉武帝后来的穷兵黩武、四处用兵，其根源就在于张骞的出使西域引发了汉武帝无穷的欲望，这种观点也得到了同时和稍后的许多人的应和。两宋之际的李弥逊就认为，张骞是为了迎合汉武帝的好大喜功而出使西域的："凿空以开西南之役。自是遣诛求之使，兴问罪之师，殆无虚岁。"（《筠溪集》）南宋时楼钥认为，张骞"奉使有指而多取外国奇物，失侯之后，益言所闻于他国者，以荡上心。帝之黩武以至虚耗，骞实启之，殆汉之罪人也。"（《攻媿集》）这些都可以说是对文同观点的进一步阐发。

李固，字子坚。汉中城固人。东汉中期名臣，司徒李郃之子。历任荆州刺史、将作大匠、大司农、太尉，顺帝驾崩后为梁皇后所倚重，但受到梁冀的忌恨。质帝驾崩后，与梁冀争辩，不肯立刘志（即汉桓帝）为帝，最后遭梁冀诬告杀害。文同作《李太尉固》，赞颂李固的斗争精神：

> 昏雾翳紫极，横霓势光大。妖威集凶冀，忍秽实中赖。奸铤日增剡，谁汝触取害。骄根愈自固，所植利屡昧。容容彼群辅，窜伏皆鼠辈。侧视况示敢，肯复形叹慨。太尉汉中士，气引八极外。岌然处大麓，天下耸风采。自开煮饼祸，贼意已莫快。移书沥愤胆，语激益睚眦。罹冤卒用此，数与六九会。基兹被沈酷，燮免乃天贷。高忠揭万古，宇宙莫能载。垂晶耀简策，粪土视广戒。归来葬境堆，祠冢兹俨在。宏垣敞深豁，巨木森晻暧。神灵皎如日，过者知再拜。同愚忝郡寄，公里曰境内。心期款举像，所顾官有碍。精衷托明酌，举手向东酹。

这首诗以事件发展先后为序，首从顺帝朝梁冀一党独大、权奸猖狂、群僚诺诺的政治生态叙起，言及皇权受制于外庭与后宫，一筹莫展；次及李固领袖清流，自振朝纲，挽狂澜于既倒，严拒与梁冀等人同流合污；再及在与梁冀一党冲突中，李固以生命的陨落与权奸做彻底的决裂；终及其被诛后，归葬城固，举郡悼念，其精神亦流于世间。诗歌高度评价了李固敢于同宦官势力斗争到底、不惜性命的坚贞精神，也写出了后世对李固的认同与褒奖，更表达了愿以李固为榜样的理想。

勉县武侯祠，以其设立时间最早而被称为"天下第一武侯祠"。《三国志·蜀书五》记载："景耀六年春，诏为亮立庙于沔阳。"注引《襄阳记》曰："亮初亡，所在各求为立庙，朝议以礼秩不听，百姓遂因时节私祭之于道陌上。"汉中人民对诸葛亮有着特殊的感情，因此历代奉祀不绝。"定军山前寒食路，至今人祠丞相墓。"(陆游《游诸葛武侯书台》)"白日高悬宇宙名，青山祠庙倚孤城。"(陆之陛《谒武侯祠》)武侯祠位于勉县，因而成为勉县历史文化的标志性景观。诸葛武侯名垂宇宙，与日月同辉，使得武侯祠成为让人仰望的人文景观。历代吟咏勉县武侯祠的诗歌，往往从汉水或定军山入手，这不仅标明了行程，点出了武侯祠的位置，而且为诗歌营造了一个宏阔的自然空间和深远的历史背景。"将星夜落蜀山云，丹旐归来葬定军。"(赵翼《定军山》)赵翼从历史的角度，写出诸葛武侯归葬定军的史实。"天汉遥遥指剑关，逢人先问定军山。"(王士禛《沔县谒诸葛忠武侯祠》)王士禛从心理的角度，写出了对于定军山的向往，这种向往完全是因为那里是武侯祠墓所在地而引发的。"丞相忠魂何处求，定军山北锁松楸。"(陈以勤《拜武侯墓》)陈以勤则直接从对诸葛丞相的缅怀出发，写出了武侯祠墓所处的位置。由此可见，历代文人墨客，途经勉县，都是将拜谒武侯祠和武侯墓作为重要目标。"丞相祠堂何处寻，一庭宗器沔江临。"(王梦庚《石琴》)沔江，即汉江，《诗经·小雅》中有《沔水》一诗，其中有"沔彼流水，其流汤汤"的诗句，因此，诗人不提汉水，而称沔水，则赋予汉水宏阔的气象，展现武侯祠所处的非同凡响的地理位置。"丞相遗迹不可寻，汉南沔水气萧森。"(张潮《武侯庙》)尽管当年诸葛亮的驻屯地已经没有丞相遗迹了，但是汉南沔水萧森的气象，自然会让人怀念先烈。"沔水东流日向西，武侯祠庙背江湄。"(魏际瑞《沔县谒武侯祠》)斜阳晚照，大江东流，武侯祠背倚沔水，余辉黯然，诗人拜谒武侯祠，心境固然沉痛，但是胸襟并不狭隘。"沔水回环汉相宫，行人遥望气茏葱。"(马允刚《谒武侯祠》四首之一)沔水回环，围绕武侯祠，则武侯祠仿佛得山河之助，有神灵加持；而绿树葱茏，云蒸霞蔚，又仿佛自有神灵，让人敬畏。

在坟墓及祠庙附近，历来就有种植松柏的传统。武侯祠内相传有汉柏64株，现存18株，株株挺拔苍翠，因此，在吟咏武侯祠的诗歌里，往往提及四季常青、高大青翠的松柏。"参天古柏俨十围，闭宫却记城南道。"(《雪中过沔谒武侯祠》)参天古柏，愈显出武侯祠的悠久。"武侯遗庙汉江南，乔木森森杂翠岚。"(薛瑄《诸葛武侯庙》)森森乔木的掩映，则让武侯祠备显幽静。"十里定军松柏路，几人挥泪听啼鹃。"(马允刚《谒武侯祠》四首其二)十里松柏路，则体现了武侯祠的深邃。"沔阳城外柏森森，丞相祠堂此处寻。"(马允刚《又谒武侯祠》二首其一)此句明显反用杜甫《蜀相》，虽非佳句，却也写出了勉县武侯祠亦有松柏累累的特点。松柏累累的环境，让武侯祠显得更加庄严肃穆，让人不由自主地产生敬畏之心、吊唁之情。

人们拜谒武侯祠，最重要的是参拜武侯的塑像。"还向纶巾瞻气象，尚留祠庙傍丘陵。"(陆游《诸葛书台》)由此可见，远在南宋时期，武侯祠内就有诸葛亮的塑像。《太平御览》卷七〇二引晋裴启《语林》："诸葛武侯与宣王在渭滨，将战。武侯乘素舆，葛巾，白羽扇，指挥三军，三军皆随其进止。"因此，无论是武侯祠的造像，还是后代的画像，所体现的诸葛亮形象上的最大特点，就是羽扇纶巾，这充分表现了诸葛亮的文人气质和从容风度。"沔阳遗像在，羽扇复纶巾。"(惠隆《谒武侯祠》)羽扇纶巾作为诸葛亮的配饰，体现了他指挥若定、泰然处之的文雅风流。"鞠躬有象真王佐，宁静如神实帝师"(魏际瑞《沔县谒武侯祠》)，"宁静"是表情；"桧柏森森玉露浓，纶巾羽扇仰雍容"(赵希璜《谒武侯祠四首》)，"雍容"是风度；"遗像端严仍羽扇，清风缥缈满灵旒"(马允刚《谒武侯祠》四首其二)，"端严"是气质。三者体现了诸葛亮的内在精神，与羽扇纶巾一起，构成了诸葛亮的整体形象。

诸葛亮以一代文人为当朝丞相，辅佐刘备及刘禅，建立蜀汉王朝，其塑像就体现了他文人气、王佐才、丞相貌及帝王师等多方面的特点。"宗臣遗像千秋在，入庙愀然睹瘁躬。"(李瑍《过沔县谒武侯庙》)诸葛亮鞠躬尽瘁、死而后已的精神让人感动，睹物思人，拜谒诸葛亮的塑像，更能触发人们对诸葛亮的崇敬之情。陆游《谒诸葛丞相祠》(弥牟八阵原上)虽非作于汉中，却充分表现了对诸葛丞相的深厚感情："前年我过沔阳祠，再拜奠俎衰泪迸。洁斋请作送迎诗，精忠大义神其听。"后人祭祀诸葛亮，是感怀其为国为民的"精忠大义"，表达了希望出现忠君爱国的英雄人物以实现国家统一、社会安定的良好愿望。

三　橘柚郁成林，稻苗亦芃芃——历代文人吟咏汉中风物

汉中，地处秦岭巴山之间，高山环抱，沃野千里，这里是中国南北气候分界线、江河分水岭，四季分明、气候温润、冬无严寒、夏无酷暑，橘柚成林，稻麦青青，因此造就了物种的多样性，自古就有天府之称。"秦巴天府，水润汉中"，真切地说明了汉中的地理和气候特点。

春天的汉中，生机勃勃，鲜花盛开。唐代诗人李绅《南梁行》，写出了汉中绿意葱茏的无限春光："江南郁郁春草长，悠悠汉水浮清光。杂英飞尽空和景，绿杨阴重官舍静。"颇有丘迟所写"暮春三月，江南草长，杂花生树，群莺乱飞"的气象。文同《北园梨花》则写出了汉中春天的梨花盛开："寒食北园春已深，梨花满枝雪围遍。清香每向风外得，秀艳应难月中见。"梨花似雪，团团簇簇，一片洁白；梨花胜雪，香气四溢，令人陶醉。陆游《梨花》也写到了多年之后对于汉中梨花的思念："粉淡香清自一家，未容桃李占年华。常思南郑清明路，醉袖迎风雪一枝。"桃李鲜艳，却不能独占花魁；梨花清淡，自有其独特的美。文人对梨花特别欣赏，正体现了淡雅的情趣。

夏天的汉中，凉爽宜人。陆游《蒸暑思梁州述怀》深情地回忆汉中的夏天："从军梁州亦少慰，土脉深厚泉流清。季秋岭谷浩积雪，二月草木初抽萌。夏中高凉最可喜，不省举手驱蚊虻。藏冰一出卖满市，玉璞堆积寒峥嵘。"汉中地处西部，群山环绕，暑热之气，较之江南，自然大为减轻。而且还有藏冰可卖，自然更加清爽。

春色喜人，但是秋天也有秋天的风采。秋天的汉中，果蔬成熟，稻浪扬波。"开怀江稻熟，寄信露橙香。"（唐·郑谷《送祠部曹郎中邺出守洋州》）月白风清，芦荻萧萧，让人心神放旷，"萧条野人庐，篱巷杂蓬苇"（文同《野人庐》）。秋天日寒霜重，寒气逼人，亦让人生出几许凄凉之意。"枯荻微霜风，暮寒声索索。"（文同《荻浦》）秋天寒气逼人，"危亭入幽

深，正在修篁里。坐久寒逼人，暂来须索起。"（文同《霜筠亭》）

汉中的冬天，虽然有雪，却不似塞北的严寒。岑参《赴嘉州过城固县寻永安超禅师房》云："满寺枇杷冬著花，老僧相见具袈裟。汉王城北雪初霁，韩信台西日欲斜。"冬天寺庙里的枇杷依然开花，城外的雪花却带来几许寒意。陆游"雪中会猎南山下，清晓嶙峋玉千尺"（《醉歌》），雪中围猎，寒气逼人，豪情奋发，展现了矫健的身姿和英勇的神态。"我作筹边倚半霄，西山云雪照弓刀。"（范成大《寄题汉中新作南楼》二首之一）登上城楼，眺望西山，云雪映衬弓刀，寒光显现，肃杀之气冲天，刻画了将士厉兵秣马、准备出征的风采。

汉中地处秦岭以南，茂林修竹，是其典型景观。文同画竹，千古传颂。苏轼记载文同教其画竹之法："故画竹必先得成竹于胸中，执笔熟视，乃见其所欲画者，急起从之，振笔直遂，以追其所见，如兔起鹘落，少纵则逝矣。与可之教予如此。"苏辙《墨竹赋》假托文同之口，写其与竹朝夕相伴："始予隐乎崇山之阳，庐乎修竹之林。视听漠然，无概乎予心。朝与竹乎为游，莫与竹乎为朋，饮食乎竹间，偃息乎竹阴，观竹之变也多矣。"此语虽然并非文同的夫子自道，但是也当相差不远。文同在汉中及洋县期间，留恋光景，陶醉于筼筜谷的竹海当中："池通一谷波溶溶，竹合两岸烟蒙蒙。寻幽直去景渐野，宛尔不似在尘中。"（《筼筜谷》）文同另有《筼筜谷》二首，今人分别以"赠竹""竹答"命名之。前首写文同对竹的养护："我昔初来见尔时，秃梢挛叶病襂褷。遮根护笋今成立，好在清风十万枝。"后首写竹对文同的感念："我实仙陂百世孙，二年生长感君恩。近闻官满将归去，更望临时莫洗园。"文同与竹，相依相伴，难以割舍。竹对文同的留恋，正委婉地体现了文同对竹的深情。在文同《守居园池杂题》三十首中，集中刻画竹的有《此君庵》《筼筜谷》《竹坞》《蓳苔轩》《涵虚亭》诸诗。"此君"是指竹，《世说新语·任诞》记载："王子猷尝暂寄人空宅住，便令种竹。或问：'暂住何烦尔？'王啸咏良久，直指竹曰：'何可一日无此君？'"文同直接将竹称为"此君"，表明文同将竹视为朝夕相伴的朋友一般。《守居园池杂题》三十首中的《此君庵》写其爱君之心："谁识爱君心，过桥先到此。"另有一首《此君庵》更是表明文同对竹的态度："我常爱君此默坐，胜见无数寻常人。"竹的美在其形，姿态挺拔，"千舆翠羽盖，万锜绿沈枪"（《守居园池杂题·筼筜谷》）；竹的美在其色，新绿满眼，"丛筠裹圉檐，净影碧如水"（《守居园池杂题·此君庵》）；竹的美在其节，"心虚异众草，节劲逾凡木"（《咏竹》）；竹的美更在其与湖水、菡萏、苍苔、烟雨相辉映。"净影壁如水"（《守居园池杂题·此君庵》），竹影倒影，清丽可人，显示出其纯净之态；"谁开翠锦障，无限点银烛"（《菡萏轩》），绿竹掩映，荷花挺立，显示出其傲秋之姿；"莫撼青琅玕，无时露如雨"（《竹坞》），竹深露重，人迹罕至，显示出其清高之意。另外的《此君庵》则以"斑斑堕箨开新筍，粉光璀璨香氛氲"，写新竹萌生，璀璨氤氲，显示出其勃发的生机；《篔筜谷》则以"池通一谷波溶溶，竹合两岸烟蒙蒙。寻幽直去景渐野，宛尔不似在尘中"，写竹生两岸，烟雨空蒙，显示出其超然物外的意趣。《涵虚亭》写其身处半山之上，在竹林掩映之处，才能看到上山的道路，"石磴抱城回，入竹见虚槛"，作者驻足竹前，欣赏眼前的美景，"前望佳景多，倚筇聊此暂"。诗中写竹，貌似写实，其实更具有哲学意味。涵虚，既是写山高景阔，以见四野之空旷寂寥；又是写竹的中空外直，以见其品格节操；更是写心无俗物，以见精神境界的超脱。结尾两句写作者的欣赏与流连，正可见诗人对竹的喜爱与陶醉。文同《咏竹》一诗结尾写道："若论檀栾之操无敌于君，欲图潇洒之姿莫贤于仆。"可知文同正是在与竹的对视和欣赏中，坚定了人格操守，展现了潇洒风神。

有几首诗，描写汉中风物之美，最为后人所传颂。宋代吴泳作《汉中行》，表现汉中在太平盛世的繁荣景象："汉中在昔称梁州，地腴壤活人烟稠。稻畦连陂翠相属，花树绕屋香不收。年年二月春风尾，户户浇花压醪子。长裙阔袖低盖头，首饰金翘竞奢侈。"韩亿《洋州》虽然描写的是洋县的风光，但是可以作为汉中风情的代表，其叙写十分详尽：

> 梁州邻左右洋川，气候融融别是天。地僻过冬稀见雁，箐深初夏已闻蝉。乡风与蜀微相似，驿路见秦旧接连。骆谷转山围境内，汉江奔浪绕城边。展开步障蘩花地，画出棋枰早稻田。远寺径危攒迸笋，后园池冷软飞泉。秋深满院芭蕉雨，晚色临轩薜荔烟。南浦采蒲当凛冽，西溪踏石向暄妍。夕阳道观鸣钟鼓，夜月人家奏管弦。杨柳影中沽酒市，芰荷香里钓鱼船。珍禽听久名难辨，新果尝余味更全。野渡潮平分浅濑，群楼云散露高巅。喧阗鼓吹迎神社，狼藉杯盘送客筵。慈行清筠霜斗腻，海棠堆艳火争燃。苍崖险峻应藏虎，碧洞阴深恐隐仙。妓女从游持翠盖，士流寻胜擘香笺。戚姬庙宇青芜没，和相诗碑

绿藓沿。三县俗淳宜静理，两衙事简可闲眠。纷华度岁他乡外，幽趣终朝在眼前。不为近颁明诏下，及瓜情愿满三年。

汉中气候温润，物产丰富，风情与四川类似，道路与秦地相连，繁华盛开，稻田整饬，竹笋新生，泉水飞溅。初夏蝉鸣，深秋夜雨。瓜果新鲜，海棠争艳。妓女游玩，士子题诗。风俗淳厚，幽趣怡人。如此美好的景色，安逸的生活，确实是汉中风土人情的写照。

《山南行》是陆游初入汉中有感而发的作品，集中展现了汉中自然风光和历史文化：

> 我行山南已三日，如绳大路东西出。平川沃野望不尽，麦陇青青桑郁郁。地近函秦气俗豪，秋千蹴鞠分朋曹。苜蓿连云马蹄健，杨柳夹道车声高。古来历历兴亡处，举目山川尚如故。将军坛上冷云低，丞相祠前春日暮。国家四纪失中原，师出江淮未易吞。会看金鼓从天下，却用关中作本根。

汉中平原位于秦巴之间，因此道路呈现出东西走向，平川沃野一望无际，麦子青青，桑叶郁郁；汉中风土人情受关中影响，百姓喜欢荡秋千踢蹴鞠；汉中位于抗金前线，也是古来征战之地，因此陆游有意效仿先贤，表达意欲出师关中进而收复中原的伟大理想。

清代王士禛作《汉中府》一诗，将汉中的风光尽数纳入：

> 路绕褒斜梦故国，今朝风物似中原。平芜蹀躞连钱马，近郭参差橘柚村。万叠云峰趋广汉，千帆秋水下襄樊。只愁明日金牛路，回首兴元落黄昏。

首联总写作者经过褒斜道来到汉中，看到汉中山川风物，不由得想起中原大地。颔联写汉中平原广阔，骏马驰行。城市附近，橘柚生长。颈联写峰峦叠嶂，向四川的广汉推进；汉水东去，向湖北的襄樊奔腾。尾联则写出作者南下金牛路，忍不住回首汉中，无限留恋。

"莫道西行蜀道难，老来身喜纵暇观。"（薛瑄《连云栈道中》四首其二)汉中不仅有雄奇的山水，还有沧桑的历史和传诵千古的诗篇。"此身合是诗人未？细雨骑驴入剑门。"（陆游《剑门道中遇微雨》）无数诗人走进了汉中，走进了历史，留给我们无尽的怀念。这些诗篇，有的传播众口，名扬天下；有的摩崖立碑，永久保存；有的散存在方志、别集和总集中，还有待于学者的搜集和整理。"山水林泉之胜，必有待夫骚人墨客之品题赋咏而后显闻"（刘仁本《东湖唱酬集序》），汉中山水奇秀，古迹遍布，尤其是经过文人的反复题咏，很多都声名在外，众所周知。因此，以历代文人吟咏汉中的诗文作为文化底蕴和宣传载体，将单纯的蜀道山水幻化成蜀道文学景观，使之散发出独特魅力，对于发掘汉中的历史文化资源，对于开展特色鲜明的文化名市建设，对于宣传和推广汉中，无疑将起到重要的作用。

思考题

1. 分析《旱麓》开篇"瞻彼旱麓，榛楛济济"与诗歌主题表现的关系。

2. 陆游从戎南郑，对其诗歌创作有哪些影响？

3. 文同画竹，千古传颂；文同咏竹，佳作多多。请分析文同对竹的态度。

4. 参观石门景区，思考如何更好地展现鸡头关、七盘岭的文化内涵？

5. 如何加强历代文人吟咏汉中的诗文宣传，扩大汉中的文化影响力？

拓展阅读

1. 王蓬：《中国蜀道》，中国旅游出版社 2008 年版。

2. 袁永冰：《栈道诗钞》，陕西人民出版社 2010 年版。

3. 孙启祥：《陆游汉中诗词选》，陕西人民出版社 2010 年版。

4. 孙启祥：《汉中历史文化论集》，陕西人民出版社 2011 年版。

5. 郭鹏：《嘉庆汉中府志校勘》，三秦出版社 2012 年版。

6. 冯岁平主编：《蜀道宝藏——中国石门摩崖石刻》，三秦出版社 2013 年版。

7. 李青石：《行吟在诗意时空——唐宋诗人与汉中》，三秦出版社 2013 年版。

8. 付兴林等：《唐宋时期汉水上游作家作品研究》，中国社会科学出版社 2013 年版。

9. 孙启祥等：《文化汉中》，三秦出版社 2014 年版。

卡夫卡《在流刑营》的
人类学仪式阐释

吴金涛

内容提要：《在流刑营》是最具卡夫卡个人风格的小说之一，其中充满了繁复细致而又令人费解的细节描写。从军官对刑罚仪式的讲解与演示来看，它更像是由司令官、军官、士兵、群众和旅行者共同进行的人类学仪式展演活动，神圣、庄严，不容亵渎。作为流放地仪式活动的主角，军官主动承担罪责并引身就义，向旅行者生动地阐释了替罪羊仪式的要义。而与这场仪式活动看似无关的旅行者，通过对刑罚仪式完整过程的观摩和体验，也象征性地完成了一个现代朝圣旅行仪式。

《在流刑营》（或译《在流放地》）是卡夫卡的一篇令人费解的小说。不仅如此，关于它，还存在着一系列误解与误读。在此，笔者无意对这些读解作繁琐的辨析，而只想指出一点，对《在流刑营》的解读，应该立足于小说所提供的人物关系和文学情境，并适当考虑卡夫卡的文化出身。任何离开小说文本，或仅仅从表象上解释这篇小说的做法，都会造成对它的曲解或误读。

就像他的一贯风格，在《在流刑营》中，卡夫卡有意识地斩断了故事与外界的所有联系。在作者笔下，流刑营犹如一座孤岛，从司令官、军官到士兵、群众，他们似乎都是一些单身汉，被人遗忘甚至被抛弃在这蛮荒之地。是什么原因让他们来到这个与世隔绝的流放地？难道仅仅是由于犯罪服刑吗？细读小说就会发现，并非那么简单。军官对那架杀人机器痴迷而又崇拜，他甚至以身犯险，亲自为旅行者演示杀人过程，其认真仔细的解说令人称奇。那么，作者是在渲染暴力和恐怖吗？如果是，那又不是卡夫卡的习惯，因为在军官身上，除了狂热地执行刑纪之外，看不出他有丝毫的暴力倾向。事实上，故事的秘密就隐藏在军官和他所从事的工作当中。罪责无需审判，刑罚毋庸置疑，军官的讲解和行刑明显带有某种宗教性质。因此，从人类学角度看，《在流刑营》更像是一种展演，是由司令官、军官、士兵、群众和旅行者共同进行的仪式活动。

一

《在流刑营》情节并不复杂，主要描写一个旅行者到流放地参观行刑表演，执行刑罚的军官向旅行者详细介绍了由前任司令官精心设计并沿用至今的一架杀人机器。在一个僻静的山谷中，那架机器威严地耸立着。军官告诉旅行者，处决犯人的仪式必须在这里严肃进行，整个过程必须是12小时。军官说，用杀人机器处决犯人的传统审判方式正受到流放地新任司令官的反对，军官认为他已经无力继续维护杀人机器的权威。在他亲自带领旅行者参观对一个士兵的行刑表演时，这个本来的执法者——军官却用杀人机器亲手杀死了自己。最后，旅行者在士兵和犯人的陪伴下，又参观了流刑营的街道、房屋，还有老司令官的墓碑。铭文写道："老司令官长眠于此。他的信徒们为他挖了这个坟，立了这个碑，现在只好隐姓埋名，可以预言，司令官在若干年后又将复活，从这个屋里率领他的信徒重新占领这块营地。请你们相信并等着瞧吧！"①这篇小说一如卡夫卡惯常的风格，隐没事由，冷眼直视，不惧细繁，娓娓道来。

从故事进程和叙事方法看，《在流刑营》具有十分突出的仪式化特征，就是说，卡夫卡醉心于将小说叙事仪式化（这也是卡夫卡的个人化风格，关于这个问题，笔者另文作专题讨论）。在故事背景、人物尤其是细节描写上，《在流刑营》给人以庄严神圣的仪式感，并由此产生巨大的震撼力。在情节处理和节奏把握上，卡夫卡将每个事件细致化、程式化、神圣化，由军官主导的行刑过程犹如一种献祭仪式，对旅行者的郑重接待、对杀人机器的详尽介绍、对士兵的刑罚，以及军官对处决犯人的过程的演示和他的主动献祭……这一切都无不给人以程式化与仪式化的感受，仿佛进入圣

---

① 叶廷芳主编：《卡夫卡全集》（第1卷），洪天富、叶廷芳译，河北教育出版社2000年版，第105页。

地一般，屏住呼吸，正襟危坐，接受洗礼。

关于卡夫卡对细节的钟爱与艺术描写的细致性特点，评论界早已给予密切关注。美国评论家沃伦认为，《在流刑营》"充满了卡夫卡津津乐道的细节"，"小说通过它的写作方法提供的是一种对事实的感觉"①。叶廷芳认为，细节描写的细腻性、真实性与基本情节的荒诞性的结合，形成了卡夫卡的艺术风格。② 在笔者看来，如果从人类学角度看，正是繁复细致的细节描写为仪式展演提供了必不可少的过程，让人如身临其境般地感受、体验仪式所带来的庄重感。在《在流刑营》中，包含了仪式表演所需的一切细节，以及仪式过程必需的细致性。比如，军官向旅行者说明士兵受罚的罪名和原因，刑罚装置——杀人机器——的来历、设计、工作原理，处决犯人的流程，军官为旅行者亲自演示，耙子在犯人身上刻下罪名，以及流放地的各种设施和场景，等等。通过这些鲜明、有力的细节，使得审判与惩罚的神圣仪式建立在真实可感的物质基础之上。

彭兆荣在分析劳伦斯小说叙事的仪式化特征时指出，劳伦斯"在对待一个事件、景物、细节的组织上面都让人有非常庄严而神圣的仪式意象和仪式力量"③，这个观点同样也适用于卡夫卡的《在流刑营》。军官为旅行者详细说明流放地的法律，对士兵的定罪，新任司令官的所谓人道主义与流刑营现行法律的冲突，犯人在行刑过程中的进食……军官一边仔细讲解，一边不动声色地观察旅行者的态度。当他发现后者对行刑过程不感兴趣，有些心不在焉时，他甚至表现出恼怒和烦躁的情绪。在军官看来，对任何一名犯人执行刑罚，这在流放地都是头等大事，是十分神圣和不容轻慢的，必须一丝不苟地进行。作为一个仪式，从内容到形式，它都必须具有神圣性，参与者(包括旅行者)必须严肃认真地对待这个仪式，军官之所以恼恨旅行者就是因为他没有这样做，没有表现出应有的虔诚。

因此，从仪式要素与仪礼程序看，军官的所作所为都带有展演性质，他的一举一动都为旅行者作出了示范。军官精心保管机器图纸，认真维护杀人机器，每次执行刑罚前，他都要洗净双手，完全符合《圣经》对祭礼仪式的要求。《圣经》特别规定参加仪式的人必须洁净，还详细记载了

---

① 转引自叶廷芳编《论卡夫卡》，中国社会科学出版社1988年版，第123页。
② 叶廷芳：《现代艺术的探险者》，花城出版社1986年版，第111页。
③ 彭兆荣：《文学与仪式：文学人类学的一个文化视野》，北京大学出版社2004年版，第80页。

洁净礼的仪式，包括洒水、洗手洗脚、以活水洗濯全身，等等。① 军官在检查机器之后第一次洗手，并用毛巾拭干。第二次是在触摸绘图师之前，当他决定处决自己时，桶里的水被先前的士兵弄脏了，军官"因为此时不能在桶里洗手而感到难过，便想出个解决的办法，干脆把手插到沙土里去——这个替代的办法虽有不足之处，但他只好将就了"②。可以说，军官把仪式的准备、仪式的进行，从审判、定罪到行刑、宣教等每个程式，统统为旅行者展示了一遍，让旅行者欲罢不能。这样一来，旅行者的态度就不得不改变，尽管他始终保持着与仪式的距离，但他由一开始走马观花式的访问者逐渐变成一个设身处地的参与者，向军官询问审判和刑罚的程序，与军官一起讨论仪式细节，就连对待处决方式的态度也由坚持异议到放弃争论，这一切都明显带有仪式性的选择倾向。因此，可以肯定地说，旅行者并非一个访问者，他到流刑营来，就是为了参加一个重要的仪式，甚至包括他的旅行本身也是一个仪式。

二

毫无疑问，军官是《在流刑营》故事的主人公，是在流放地进行的仪式活动的主角。关于军官的身份定位，沃伦认为，他是"旧神学的幸存者，上帝和罪恶的信徒中残留的一员"③；还有人认为："'军官'对应于代以色列人领受律法的摩西，或可兼指恪守律法的犹太教派别。"④这些说法都道出了军官身份的宗教属性，进一步看，毋宁说军官参与甚或主持了流放地的宗教仪式。军官对老司令官的崇拜，军官与新任司令官的歧见，军官对士兵的刑罚，以及军官为旅行者讲解杀人机器的工作程序，都紧紧围绕着"审判／惩罚／净罪"这个中心，形成一个严密的仪式过程。特别是军官的祭献式的自我处决，俨然就是一场"替罪羊"仪式展演。

---

① ［美］伯克富：《基督教教义史》，赵中辉译，宗教文化出版社 2001 年版，第 196—198页。

② 叶廷芳主编：《卡夫卡全集》（第 1 卷），洪天富、叶廷芳译，河北教育出版社 2000 年版，第 101 页。

③ 转引自叶廷芳编《论卡夫卡》，中国社会科学出版社 1988 年版，第 121 页。

④ 孙彩霞：《最后审判的寓言——卡夫卡小说"在流放地"的"圣经"解读》，《外国文学研究》2004 年第 5 期。

作为一个重要的宗教母题，替罪羊的仪式性叙事源自《圣经·利未记》。拿答和亚比卢以凡火献于上帝，不遵圣训而被圣火烧死，渎神之罪降于其父亚伦。从此，亚伦不得擅入圣地，若要进入圣所，必衣服整洁，牵一头公牛，献为赎罪祭牲，牵一只公绵羊献为燔祭。此外，须从邻家选两只公羊，通过抓阄决定一只献为燔祭，一只则为替罪羊。祭司双手抚按替罪羊的头，数念所有人的罪，罪就全归在羊身上。在赎罪日，再将这羊放逐旷野，它便把罪恶带去无人之地。在《圣经》叙事语境中，替罪羊仪式的要旨是"审判／惩罚／赎罪"，在《在流刑营》中的仪式显然与此是暗合的。

在《在流刑营》中，士兵的罪名是不履行职责，不尊重上司。他在为上尉值勤时打瞌睡，上尉拿马鞭抽他的脸，这个人非但不求饶，反而抱住主子的双腿，使劲摇他，并且嚷道："把鞭子丢开，不然我把你吃掉。"所以，杀人机器要用12小时在他背上刻下四个字——尊敬上级。"不尊敬上级"，这个罪名与亚伦父子的渎神之罪是一样的，都是对绝对权威的藐视。拿答和亚比卢不遵圣训而以凡火奉献上帝，父亲亚伦不予纠正和引导，轻浮之心昭然若揭；士兵不忠实地履行自己的责任，而且不但不思悔改，反而变本加厉，试图凌驾于长官之上，其狂妄之态溢于言表。问题的实质在于，他们都犯了"不罪之罪"，也就是原罪。因为根据《圣经·罗马书》使徒保罗的说法，只要人在思想、言语、行为上不合乎神旨的都是罪，而完全顺服神的就是良善的和无罪的。"如果将小说中特意刻在犯人背上的'尊敬上级'四个字与《圣经》无时不在强调的'敬畏上帝'联系起来，我们就会发现'在流放地'就是一则源于圣经的寓言，其中蕴涵着原罪的预定论，敬神的道德律，而最终要指向的则是基督教神学的末日审判"[①]。据此来看，士兵的做法虽属渎职，实为不敬，兹事体大，不容不察！惩罚在所难免，而审判却是简单明了、不容置喙的。旅行者用所谓人道主义对流刑营的审判程序说三道四，结果被军官——驳回。

要对在流放地发生的故事作出通达的解释，难点就在于军官自我处决方式所隐喻的仪式功能。当处决犯人的仪式进行到关键之处，他却呕吐不

---

① 孙彩霞：《最后审判的寓言——卡夫卡小说"在流放地"的"圣经"解读》，《外国文学研究》2004年第5期。

止，秽物弄脏了机器，军官决定停止刑罚，这成了整个行刑仪式的转折点。在长达三分之二篇幅的叙述中，卡夫卡安排了两项主要内容：一是审判与行刑，对象是士兵，他因为蔑视权威而被定罪，成为一个犯人；二是军官的讲解，听众既有旅行者，又包括流刑营所有人员，因为仪式需要群众参与。其中，最值得深究的就是军官喋喋不休的话语。士兵或者其他任意一个人都可以对上司敷衍塞责，当事者还不以为然；曾经节日般盛大庄重的行刑仪式，如今变得寡淡而又轻率；老司令官曾经创设了营地的所有章程，他就是这里的上帝，可新司令官轻而易举地就能废除这些制度……流刑营危机四伏，而这一切恰恰为仪式展演提供了必要的条件。在军官看来，对老司令官——上帝——的崇拜与信仰正在流放地一天天衰落，是众人的渎神之心怂恿新司令官去冒险，他企图用所谓人道主义的名义推翻老司令官的神座，从而陷大家于不义。为今之计，只有通过神圣的仪式，方能拯救众人对老司令官的信仰，而这个仪式岂是一个犯人所能承当的！这就是军官换下犯人，自己爬上机器，自我就义的心理逻辑。显而易见，只有军官还保有着虔诚的宗教心。

接下来的事情则简单明了，且极具震撼力。军官目光炯炯有神，意志坚如磐石，他近乎慢条斯理地安装调试被犯人弄坏的齿轮并关上绘图师的盖子，按部就班地洗手脱衣，从容不迫地爬进机器。军官娴熟地操纵耙子、刑床，并试图将自己双腿捆住，然后绘图器上的钢针就在他的身上跳来跳去，他像替罪羔羊一样镇定自若地接受命运的惩罚，他的英雄气概让在场的人惊呆了，故事也因此进入高潮。"对于英雄来说，至少'替罪羊'的仪式使得小说的叙事因此获得了一种更可丰富的'生命价值'和英雄叙事。"[1]军官以替罪羊之身，主动承担流放地所有人的"不敬"之罪，俨然就是这里的国王，而新司令官的"隐身"和"幕后"的形象定位，恰好对军官的国王身份起到了烘托作用。由于新司令官所持立场有悖于流刑营保持神圣性的客观需要，军官自然而然地取代他，并力图通过自我祭献仪式唤起人们的神圣感。

根据弗雷泽在《金枝》中对阿都尼斯"生/死/再生"神话的分析可知，神主阿都尼斯必须一年一度死去，尔后再行复活，他身上承载着生命的希望，"阿都尼斯之死反映着一种古老的风俗：每年将国王处死以使大自然

---

① 彭兆荣：《人类学仪式的理论与实践》，民族出版社2007年版，第264页。

的生命得到更新"①。由此推论，在《在流刑营》中的军官和老司令官也象征性地经历了"生／死／再生"的生命轮回。老司令官虽已死去，但他的精神却在军官身上得以存续。面对信仰在流放地日益式微的现状，军官坚守职责、严格执法，近乎疯狂地维护老司令官的权威。流放地需要军官这样的替罪羊和祭祀品，需要通过军官的死来涤除人们的罪恶，提升信仰的力量，以实现生命的新一个轮回。所以，军官越是虔诚，越是执着，就越是把自己放在流刑营的公共祭坛上面；他越是慷慨激昂，越是努力挽回流放地的信仰，就越是让自己成为一个拯救者——一个任何没落社会都不可或缺的英雄，一个任何族群都不可或缺的、能够承担责任的首领。而在这一点上，新司令官完全不够格，他只有退居幕后，成为一个形同虚设的头领。

三

正如本文开头所指出的，在《在流刑营》中包含着许多难以解释的事项，除了前面已经阐明的几处外，还有一些地方需要我们进一步加以分析。比如，为什么流刑营设在热带地区的一座荒岛上？流放地的茶馆、码头工人与行刑的山谷、犯人是什么关系？特别是，旅行者对惩罚营的造访有什么意义？显而易见，对于一个短篇小说而言，卡夫卡不会浪费笔墨，这些描写一定有其深层寓意。笔者以为，此处的几个问题，都涉及小说整体上的人类学仪式叙事的审美取向，这些事象都以仪式展演的功能而成为小说叙事的重要组成部分。我们可以把上述问题分成两部分来看。首先，关于流刑营的地理位置和设施，士兵、犯人和工人，包括炎热的气候等，这是旅行者造访的相关对象；其次，是旅行者对惩罚营的考察访问。

事情还得从那架机器说起。老司令官发明的杀人机器在12小时内将罪名刻在犯人身上，并分步骤处死犯人。军官请求旅行者在司令官那里为它说好话，而旅行者认为这种处决方式是残暴的，他拒绝做军官的帮凶。出于对技术制度和老司令官的崇拜，军官让这架机器按部就班地

---

① ［英］弗雷泽：《阿都尼斯的神话与仪式》，叶舒宪编选：《神话—原型批评》，陕西师范大学出版总社有限公司2011年版，第13—14页。

处死自己，但它却十分诡异地在军官身上乱刺，最终将军官杀死。毫无疑问，行刑机器是法的象征，军官就是它所代表的现代工业文明、法律体制和技术制度的牺牲品。"这台机器并非完全技术意义上的机器，具体些说，它是一种刑具，而在深层意义上，它是与社会、文化、历史、宗教、传统，或者整个世界联系在一起的运转机制的象征。"[①]不仅如此，行刑机器还是宗教律法的象征，因为在它面前，犯人的罪行是无需抗辩的，军官说："我裁决时所依据的原则是：罪责总是用不着怀疑的。"[②]只有原罪才是不容怀疑的，也只有怀着虔诚的宗教感情，才会像军官那样一丝不苟地执行刑罚，技术制度与宗教律法就这样在军官身上得到了完美的结合。"在卡夫卡看来，宗教就像那架行刑机器一样，当你相信它时它便运转正常，符合常理；当你不再相信它时它就脱离常轨，变得不可思议、无从把握了。"[③]神秘的宗教律令以机器的世俗性显现在世界面前，机器又因宗教超凡脱俗的气质而获得了神圣性。这种景象颇有点像海德格尔的"上帝／稻草人"之喻，虽然滑稽，却道出了机器文明的实质。

在传统社会里，圣与俗通过宗教礼仪或风俗仪式截然分开，不容混淆。诚如杜尔干所说："圣物是一些截然不同的东西。圣物之所以有这种特点，那是因为圣物与俗物是完全分开的。在一般情况下，这两者没有联系。所有宗教礼仪的目的都是为了实现这种基本的圣、俗分离状态。"[④]与宗教信仰、生活结构有关的一切活动，莫不体现了这种圣俗相隔、泾渭分明的差异性。然而，机器文明与技术制度却极大地改变了人们的生活方式，也抹平了神圣与世俗的阈限。本雅明认为，20世纪是一个"机械复制时代"，他说："技术手段的惊人增长，它们所达到的适用性和精确性，以及它们正在制造出来的理念和习惯使得这一点变得确切无疑：在美的古代工艺之中，一场深刻的变化正日益迫近。"[⑤]阿诺德认为："与希腊罗马

---

① 王炳钧：《传统无意识考古——论弗兰茨·卡夫卡的〈在流放地〉》，《外国文学》1996年第7期。

② 叶廷芳主编：《卡夫卡全集》（第1卷），洪天富、叶廷芳译，河北教育出版社2000年版，第84页。

③ 曾艳兵：《卡夫卡与机器时代——〈在流放地〉解析》，《国外文学》2012年第3期。

④ ［法］E.杜尔干：《宗教生活的初级形式》，林宗锦、彭守义译，中央民族大学出版社1999年版，第329—330页。

⑤ ［美］阿伦特编：《启迪：本雅明文选》，张旭东等译，三联书店2008年版，第231页。

文明相比，整个现代文明在很大的程度上是机器文明，是外部文明，而且这种趋势还在愈演愈烈……关于完美是心智和精神的内在状况的理念与我们尊崇的机械和物质文明相抵牾……对机械工具的信仰乃是纠缠我们的一大危险。"①卡夫卡对此深有体会，他对机器文明的力量感到焦虑。在致菲莉斯的信中，卡夫卡多次提到象征现代技术文明的留声机："我老在想，如果我们住房附近出现一台留声机，那必是我们的末日。"②因为在机器面前，"人失去了尊严，成了一个必须用头脑操作嗡嗡作响机器的工厂工人"③。如此一来，人就成了技术的奴隶，而非上帝的羔羊，人将自己对圣物——上帝——的崇拜，转向了对俗物——机器——的崇拜，就像《在流刑营》中所写的那样，圣与俗浑然一体而难辨其祥。

圣性向俗界沉降，俗物向神圣越界，这就是机器主导下的现代社会的奇特景象。它所造成的一个突出后果就是社会结构的迁移改变，以及由此引发的"边界"突破和"关系"转换。资本、人群、信息、形象都在移动，社会关系与权力关系都在转换和流变，而旅游和旅行文化是最能体现这种"移动性"的现代仪式性行为。本来，旅游或旅行是一个历史概念，在西方宗教传统中，它也是神圣历史的一部分，信徒通过"苦行"来传播福音，实现救赎。而在现代朝圣活动和宗教旅游中，旅游者/朝圣者暂时脱离正常的生活状态，通过所谓的"朝圣旅行"，实现了神圣与世俗的相互转换，他们"去一个神圣的地方祭献，使参加祭献的人在这一段时间内具有神圣的'牺牲化'意义，而参加祭献的人完成一次祭献旅行后就又恢复到日常的生活状态"④。在《在流刑营》中，旅行者正是这样一个现代社会的朝圣者，他对流放地的考察、访问，实质上是一个朝圣旅行的仪式。

卡夫卡之所以把流放地安排在远离社会的小岛上，其中一个隐秘的动机就是将其神圣化。奥斯丁·沃伦说，地球是个流放地，大家都被判有罪；在流刑营，罪与惩罚是预先注定和不容辩驳的，流放地就是人类命运和原罪的隐喻。进一步看，流刑营的行刑机器与宗教、与基督有着重要的关联，"《在流放地》可以看作是和《圣经》中耶稣被钉死在十字架上的故事

---

① [英] 阿诺德：《文化与无政府状态》，韩敏中译，三联书店2008年版，第12页。
② 叶廷芳主编：《卡夫卡全集》（第9卷），叶廷芳、黎奇等译，河北教育出版社1996年版，第96页。
③ 同上书，第204页。
④ 彭兆荣：《人类学仪式的理论与实践》，民族出版社2007年版，第342页。

相关联，是能够激发人们思想的片段，其中死刑执行机所起的作用也就是钉死耶稣的十字架的作用"①，给犯人刻字的钢针就是钉死耶稣的钉子。因此，流刑营是一个神圣的所在，是一个不同于世俗社会且带有宗教意味的特殊场所。旅行者摆脱日常生活，乘船来到流刑营进行朝圣旅行，之后又乘船离开，回归日常生活，完成了如格拉本所说的"世俗—神圣—世俗"这样一个完整的宗教朝圣仪式。在流刑营这个严肃而又神圣的地方，旅行者受到巨大震动。尽管他的人道主义立场自始至终都没有发生改变，但军官为他演绎的替罪羊处决仪式，以及关于老司令官死而再生的预言，都让他的心灵得到净化，让他度过了一段如格拉本所说的"神圣的时光"。

通过以上分析，本节开头的几个问题就可以得到合理的解释。流刑营设在热带荒岛上，是由其神圣性质所决定的。热带的潮湿、疲劳、困顿、等待让"野蛮人"躁动不安，而酋长却可以通过各种神圣仪式，让他的族群保持繁盛的生命力②；流刑营人心浮动，江河日下，老司令官制定的律法正在被人遗忘，而军官通过神圣的处决仪式，让流放地继续保持圣与俗的神秘分界。在这里，茶馆、码头工人代表的是世俗社会，它们与旅行者所代表的"日常生活"是一样的，而行刑的山谷、犯人都是神圣仪式的一部分。这样看来，流放地也有神圣与世俗之分。因此，旅行者对惩罚营的造访既是一个朝圣客的朝圣旅行，作为看客，他又与士兵、工人一起，共同参与了由军官表演的替罪羊仪式，一场人类学仪式展演因旅行者的离开而最终谢幕。

知识链接——什么是文学人类学？

文学人类学，顾名思义就是文学和人类学两个不同学科的交叉与结合。具体而言，就是借鉴和运用人类学，特别是文化人类学的知识视野与理论模式，对各时代、各地区、各族群的文学作品和文学现象进行比较研究，提炼和概括人类文学普遍的内在模式、一般结构、共同规律，并在本体论层面上进一步追问"文学"的含义。

文学人类学结合了文学研究和人类学研究的双重特点。一方面，

① ［德］库斯：《卡夫卡：迷途的羔羊》，张振、刘洵译，大连理工大学出版社2008年版，第75页。

② 王铭铭主编：《西方人类学名著提要》，江西人民出版社2004年版，第353—355页。

它重视对人类文学普遍规律的探讨，这种升华到诗学层面的研究与侧重于文学的美学或心理学研究之间具有共通性；另一方面，文学人类学的目的是，在以族群为单位的前提下，通过多元比较来把握由想象和虚构等表达行为所体现的人类"整体性"，从人类整体的角度和文学的共同性上来进行文学研究。

在西方学界，文学人类学的起源可以追溯到18世纪德国的民间文学研究，一直到19世纪末20世纪初以英国爱德华·泰勒、弗雷泽为代表的神话—仪式学派。接下来，法国的列维—施特劳斯进一步发展了以神话为主要对象的文学人类学研究，并推动文学研究与人类学研究的深度结合。在神话和民间文学的搜集、整理与研究中，出现过许多理论流派，如神话学派、人类学派、心理分析学派、历史地理学派、结构主义学派等。神话学派主要是从语言层面理解并解释神话和民间文学，人类学派主要是从习俗、信仰、宗教、仪式等文化层面来理解并解释神话和民间文学，历史地理学派主要从历史地理层面来理解并解释神话与民间文学，心理分析学派主要是从无意识层面来理解并解释神话与民间文学。

结构主义是20世纪60年代以来西方文学理论界的一股重要思潮，它倡导从总体性和系统性上来探索各学科的内部结构与相互关系，因而被运用在人文学科的各个领域中。在神话和民间文学研究中，法国人类学家克劳德·列维—施特劳斯于1958年发表了《神话的结构研究》，引起学术界的普遍关注。施特劳斯认为，神话是一种文化向它的个人传达某种信息的密码，仅仅从一则神话的自然叙述顺序来阅读，是很难破译这种密码的。要想破译这种密码，就必须解析神话的叙述结构。在施特劳斯看来，一则神话的叙述结构可以被分解成若干互相关联的单元，他把这样的单元称作"神话元"。研究者在解析之后，再将这些"神话元"按照某些表面类似的性质重新装配，重新组织，如果安排组织得当，就可以破译这一神话的密码，理解其所要传达的信息。

在施特劳斯之前，自觉运用类似结构主义的方法，对神话和民间文学研究作出重大贡献的一位学者是俄国的弗拉基米尔·普罗普。他于1928年出版的《民间故事形态学》在民俗学研究中产生过很大影响。普罗普认为，按人物和母题来划分民间故事类型的方法是不严密、不科学的，他提出了按"功能"分类的原则。所谓功能，就是对情节的展开具有意义的人物的行动。普罗普对俄国童话所归纳出的人物的功能、行动的范围和角色都有一定的数目，这样，就从各种民间故事中概括出一个基本的模式，这对于我们理解神话和民间文学的形态与结构有一定的帮助。

综上，从神话学派到结构主义的各个学派，都是从各自的立场来研究神话和民间文学的，尽管它们各有偏颇，但也各有特色，在学术史上占有一席之地。从另一个角度看，虽然它们的研究重点不同，有的强调从语言入手，有的强调从习俗、礼仪入手，有的则强调从心理、地理乃至作品的结构入手，但有一点是共同的，那就是都要采用历史的、比较的方法，都要超越民族范围，进行大规模的对比、分析和综合。正是在这一点上，它们启示了比较文学，并且一直成为比较文学中一个极其重要的领域。

中国文学人类学正是在这样的理论背景上兴起的，代表人物是叶舒宪、萧兵等人。在全面理解上述各学派的基础上，他们重点借鉴新历史主义学派葛伯林格的文化诗学、弗莱的原型批评、卡西尔的文化哲学、接受美学创始人之一的伊瑟尔的文学人类学，还有人类学家恩尼特的文学人类学、波亚托斯的民族志诗学/人类学诗学和马尔库塞等人的实验民族志理论，等等，形成了原型批评和比较神话学研究的侧重点。自20世纪80年代后期开始，神话、图腾、原型、文化模式、原始意象、符号和仪式等术语就频繁地出现于文学研究当中。大体说来，中国文学人类学研究主要包括原型批评、原始主义批评、比较神话研究和仪式研究等几个重点方向。①

（一）原型批评

1957年，弗莱《批评的解剖》一书出版，这是弗莱对弗雷泽的《金枝》、荣格的原型心理学和新历史主义文学批评的整合，从而创造了文学批评中的原型批评。弗莱说："原型分为两类：一类是具有仪式内容的属结构式叙事的原型，另一类是具有梦幻内容，属典型或象征的原型。"②由于原型是文学类型和意象的基础，文学原型大都发生在

① 章立明：《中国文学人类学研究概述》，《民族文学研究》2010年第3期。
② 吴持哲编：《诺思洛普·弗莱文论选》，中国社会科学出版社1997年版，第105页。

前文学的分类形态中，诸如神话、仪式和民俗传说，因此，对原型的追索就构成了一种文学的人类学。

20 世纪 80 年代后期，原型批评在中国风起云涌，首先是一大批人类学、宗教学和神话学著作译介和研究论著陆续出版。1987 年，弗雷泽《金枝》和叶舒宪编选的《神话—原型批评》同时出版；1988 年，叶舒宪与俞建章合著《符号：语言与艺术》《探索非理性的世界——原型批评的理论与方法》和《英雄与太阳——中国上世史诗的原型重构》陆续出版；随后，上海、北京、浙江、四川、山东等地的一些出版社也竞相出版了比较文学丛书和民俗文化丛书。以原型批评为分析工具的文章或专著遍地开花，如叶舒宪《水：生命的象征》、方克强《现代动物小说的神话原型》、陈勤建《文艺民俗学导论》、陈建宪《神祇与英雄》、张建泽《圆形原型的现代演变：初论新时期小说中的圆形人生轨迹》等。

（二）原始主义批评

人类学与其他人文学科的差异，即寻找哲学的、逻辑学的、文本的、我者的、文明的另外一个参照体系，经验的、直觉的、行为的、他者的、野蛮的部分，从这个层面上，可以说人类学是一门他者的人类学。① 在文学创作中，他者成为文学作品刻意表现的对象，在卢梭、伏尔泰、T. S. 艾略特、D. H. 劳伦斯、叶芝、庞德和福斯特等人的作品中，出现了大量的异族文化、异国情调、异域风格甚至具有民族志色彩的内容，文学的人类学化成为一种时尚。因此，从这个角度说，文学的人类学批评就是原始主义批评。

与原型批评的门庭若市相比，中国文学人类学的原始主义批评可谓门可罗雀，这由四个方面的原因所致：一是对原始一词的误解，列维—布留尔晚年在为《原始思维》俄文版补作的序中写道："原始一词纯粹是个有条件的术语，对它不应当从字面上来理解，我们是把澳大利亚土著居民、斐济人、安达曼群岛的土著居民等等这样一些民族叫做原始民族……但是原始之意是极为相对的……我们之所以继续使用这个术语，只是指德国人所说的自然民族而已。"②二是原始主义被意

---

① 章立明：《他者的人类学及其本土化反思》，《学术探索》2003 年第 3 期。
② ［法］列维—布留尔：《原始思维》，丁由译，商务印书馆 1985 年版，第 1 页。

识形态化，中国现当代文学的百年发展史最终涤荡了文学的原始性，确立了现代性的指归，原始主义在当代小说中几无藏身之地。三是原始主义被妖魔化，20世纪90年代，一些具有纪实性质的反映少数民族生活方式的小说被禁止，原始主义成了审丑的代名词。四是原始主义批评没有现成可用的结构与模式，缺乏工具操作性。①

国内原始主义批评实践，主要有译介类，如叶舒宪的《西方文化寻根的"原始情结"》；分析现当代作家作品类，如蔡翔《野蛮与文明的批评与张扬》、方克强《阿Q与丙崽：原始心态的重树》、肖克强《寻根者：原始倾向性与半原始倾向》、赵园《人与大地——中国现当代文学的农民》等，从不同侧面涉及原始主义批评。此外，对于一些具有浓厚民俗意味的作家作品，原始主义批评也给出别样的解读，如沈从文的湘西小说、汪曾祺的小说、萧红的呼兰河传系列、张承志的小说、贾平凹的商州系列小说等。

（三）比较神话研究

弗莱在《伟大的代码——圣经与文学》中写道："文学是神话发展的整体之中不可分割和不可避免的一个部分。"②早期人类学家非常重视对民间口传故事、宗教人士和旅行者们的见闻录、历史资料的破解，对他者的神话传说、巫术方技的搜集和整理，这是比较神话研究的重要契机和切实途径。

国内比较神话研究的一大特色就是对中国上古元典的重新认识，有学者认为，这一学术传统可以追溯到20世纪初期的神话研究。如茅盾引进比较神话学梳理汉族古神话；郭沫若从婚姻进化史角度阐释甲骨文；闻一多从神话、民俗学角度求解《诗经》《楚辞》之难题；李玄伯、卫聚贤从图腾理论入手重述古帝王系谱；凌纯声从民族学旁证出发破解古代礼制风俗；郑振铎借人类学视野透析汤祷传说，等等。针对这个问题，叶舒宪说："100年来，神话学在中国的建立和发展实际上充当了文学人类学研究的奠基作用。"③

---

① 章立明：《中国文学人类学研究概述》，《民族文学研究》2010年第3期。

② ［加］诺思洛普·弗莱：《伟大的代码——圣经与文学》，郝振益等译，北京大学出版社1998年版，第57页。

③ 叶舒宪：《文学与人类学——知识全球化时代的文学研究》，社会科学文献出版社2003年版，第243页。

国内比较神话研究的成果，主要体现在萧兵和叶舒宪等人对中国古典文学的文化破译或诠释方面，如萧兵、叶舒宪的《老子的文化解读》，叶舒宪的《诗经的文化阐释》《庄子的文化解析》等。

（四）仪式研究

敬畏神明、崇拜英雄，并通过特定仪式予以确认，这是先民最重要的价值诉求。在民间，它又得到持续不断的文化书写。卡西尔从文化哲学角度，梳理了作为祭祀的仪式与作为解释系统的神话之间的亲缘关系，并对祭祀予以强调。而人类学家尤其重视仪式，将其视为观察和体验他者社会历史生活的实践场域。卡西尔说："基本的神话宗教情感的真正客观化不是在众神的赤裸裸的偶像中，而是在敬奉神祇的祭祀中……正是祭祀构成神话的原始形态和客观基础。"[①]

当人类学仪式理论进入文学批评视野，文学研究就获得一种新思维，文学化文本与仪式性叙事的关联便成为文学人类学研究的一个新领域。例如，关于《诗经·大雅·生民》中后稷三弃三收的故事，萧兵就将其解释为图腾即位的考验仪式。萧兵还对楚辞各篇章进行仪式性诠释，他认为，"离骚"隐含着光明崇拜的太阳鸟的悲歌；"九歌"是巫术性歌舞，包括人神恋爱和杀人祭神的仪式；"天问"反映的是原始群团赛诗、对歌、破谜的社会行为模式及入社仪式等。

当然，人类学的仪式理论与文学批评并非一回事，文学批评家直接借鉴弗雷泽等古典人类学家对死与再生、丰产与生殖、弑老、替罪羊等母题性仪式理论，援用范热内普的成长仪式与融合仪式理论，引入特纳的阈限理论，对文学文本作出人类学仪式解释，但往往停留在工具和方法运用层面上。

文学人类学是一个新兴学科，在学理上，它还需要一个发展和"认证"的过程。但是，考虑到20世纪以来文学所研究所面临的窘境，进行文学的人类学研究就是一种必要的学术转向。叶舒宪说："到了20世纪后期，在无情的市场社会和新兴媒体的双重夹击下，

---

① ［德］恩斯特·卡西尔：《神话思维》，黄龙保等译，中国社会科学出版社1992年版，第241页。

作为人学的文学逐渐失去了往昔的神圣性和号召力，遇到前所未有的生存危机，甚至出现了文学已死的呼声。"①文学先前那种无所不在、无所不能的神话业已破灭，形式主义的文学内部研究——情节、结构、人物分析已经难以为继。文学必须依赖外部条件才能维持生存，追究作品的文化底蕴，对文学进行文化的、经济的、传统的外部分析，对原型、母题进行跨文本、跨文化的比较研究，似乎可以有效开发文学作品的价值。

文学人类学前景如何，值得我们深切期待。

思考题

1. 如何理解文学的跨学科研究的意义？

2. 文学人类学研究的基本思路是什么？

3. 你认为应当如何解读卡夫卡的小说《在流刑营》？

4. 替罪羊仪式的要义是什么？

5. 如何评价卡夫卡小说创作的价值与影响？

拓展阅读

1. 叶廷芳主编：《卡夫卡全集》（第1卷），洪天富、叶廷芳译，河北教育出版社2000年版。

2. 叶舒宪：《文学与人类学——知识全球化时代的文学研究》，社会科学文献出版社2003年版。

3. 彭兆荣：《文学与仪式：文学人类学的一个文化视野》，北京大学出版社2004年版。

4. 方克强：《文学人类学批评》，上海社会科学院出版社1992年版。

5. ［美］费格生：《俄狄浦斯王——悲剧的行动旋律》，董衡巽译，叶舒宪编选：《神话—原型批评》，陕西师范大学出版总社有限公司2011年版。

6. ［英］弗雷泽：《阿都尼斯的神话与仪式》，叶舒宪译，叶舒宪编选：《神话—原型批评》，陕西师范大学出版总社有限公司2011年版。

7. ［英］弗雷泽：《金枝》，徐育新、汪培基、张泽石译，中国民间文艺出版社1987年版。

8. 冀桐：《卡夫卡作品中的三个神话原型》，《河北师范大学学报》1996年第4期。

---

① 叶舒宪：《文学人类学探索》，广西师范大学出版社1998年版，引言第2页。

9. 吴金涛：《从动物题材看卡夫卡小说的原始主义趣向》，《哈尔滨师范大学社会科学学报》2014 年第 5 期。

10. 王铭铭主编：《西方人类学名著提要》，江西人民出版社 2004 年版。

11.〔瑞士〕荣格：《文学与心理学》，冯川、苏克译，译林出版社 2014 年版。

12.〔加拿大〕弗莱：《批评的解剖》，陈慧译，百花文艺出版社 2006 年版。

中西文学：
文化精神与审美意识辨义

张沁文

内容提要：文化、文学及审美，三者相辅相成。中西方传统文化的形态和内涵，具有明显的特异性。中国传统文化属于伦理型的，具有内向型、和谐、群体意识等性征；西方传统文化属于科学型的，具有外向型、对立、个体意识等性征。由文化衍生出的中西审美意识亦表现出不同的内蕴，诸如忧患与乐生、空灵与追寻、和合与悖逆等，审美表达方式上也呈现出表现与再现、写意与写实等不同特征，这使得中西文学表现出不同的情采意趣。

文学艺术作品所具有的审美超越性，使人们在欣赏、阅读时从日常琐屑的机械状态中解放出来，从而获得一种精神自由。很显然，文学的功能是表情达意、审美愉悦、寓教于乐。而文学文本中积淀最为丰厚的是文化。

人类的延续发展有两个基本的特征和要素：种族繁衍和文化传递。种族繁衍是把一个民族的生命形态保存下来并延续下去，这是一个自然的过程。文化传递是把一个民族的文化形态保存下来并延续下去，这是一个社会的过程。在人类文明传承过程中，文学作品始终是文化传递、文化阐释、文化批判的重要载体和媒质。不同民族、不同时代、不同背景下的文学作品，反映出不同的文化内涵和文化品质。《荷马史诗》中关于阿基里斯愤怒的铺陈和再现，蕴含着西方式个人英雄主义的内在文化意义；贾平凹《废都》中以庄之蝶的求索与疲烦，揭示出中国社会转型期知识分子的特殊心态与人格裂变，蕴藏着一种深厚的文化关怀意识。人类在自身的历史经验中创造了文化，作为精神文化重要内容之一的文学艺术有其感知世界、认识世界、表达自身感受的特殊方式，但在对人类根本性问题的哲学思考上却有着共同的感受和指向，它们切入文化发展的轨道，既受制于文化的发展又参与了文化的创造。文学从本质上讲是一个民族全部经验的产物，是一个民族的精神和性格的表现。

中西方文学从审美理想、审美趣味、文学精神、审美表达和艺术风格等方面有着明显的差异，均表现出独特的个性特征，其中根本的原因是各民族的审美心态、文化形态、文化内涵等的差异和独特个性，从而导致审美理想、审美表达方式的独特性。以此为视角去审视文学文本，自会深悟具有不同民族文化性格和内涵的意旨情趣。

一 中西文化形态和内涵

形态，是指事物的具体表现形式。文化形态，是指不同民族或地区在不同的历史时期或阶段，经过独特的社会历史实践所创造的物质的和精神的财富。作为一种意识形态的特殊表达方式，在此，我们所说的中西文化概念，是指以儒学为主的中国传统文化和以古希腊文化为传统、以基督教为中心的欧美传统文化。从这其深层的文化精神层面上看，中西文化的差异很明显：中国文化本质上是伦理型的，西方文化本质上是科学型的；中国文化是"情"文化，西方文化是"理"文化。从这两种文化的初创期考察，中国的文明发端于宗法社会。农耕社会所形成的宗法观念和宗法制度，强调的是天子的尊严，民族、部落和国家的统一，血亲家族的和合，尊卑等级的神圣，社会角色和伦理修养的重要性。可以说，宗法社会形成了中国伦理型文化的重人伦关系、重道德建设、重和谐温情、重情怀意趣等基本品格。一个人的个性自由可以得不到发展，因为个人的命运和价值往往不取决于个体的智、勇、才，而取决于宗法网络中的关系，取决于对道义和君主的忠诚程度。而西方人是在比较彻底地摧毁了氏族血缘关系的纽带之后走进奴隶社会的。人与人之间的关系由每个公民所占有的财产的多少来决定，这是一种政治法律关系，而不是靠血缘纽带维系的伦理关系。古希腊的雅典民主制度和商业经济方式使西方人养成了崇尚个人自由、权利和平等以及个性发展，崇尚个人幸福、个人爱情，崇尚个人冒险、个人奋斗的特质。可以说，民主政治体制形成了西方科学型文化重个体自由、重发展空间、重对立求真、重科学理性等基本品格。

中西文化有着不同的内涵：内向型、和谐、群体意识；外向型、对立、个体意识。中国传统社会的结构是以家庭为本位的，每个社会成员都不可能脱离这种血缘宗法实体而独立。因而，为了维护社会的稳定，就必须维护家族的稳定。这使历朝历代、上至皇族宗室、下至平民百姓都不可能不以这种血缘宗法关系作为巩固自己统治和家族权利的支柱和根本。从而，自然经济结构与血缘宗法制度对中国传统文化产生了复杂的影响。西方传统文化源自古希腊。古希腊人充满冒险、易动和不可知因素的生活方式，为个体的自由发挥提供了可能性。古希腊人早已有了在海上殖民、贸易和进行海盗劫掠的历史，他们在爱琴海西岸和诸岛屿之间，在东地中海沿岸和非洲之间的海上交往中不断扩张，势头很猛烈。在政治理念上，尤其是在"古典时期"，伯里克利提出了"在法律面前人人平等"的思想。以雅典为首的许多城邦国家实行民主政治，公民享有较多的自由和民主权利，这有力地促进了古希腊文化的发展，也形成了古希腊文化中对人类力量的崇拜，对人的命运的关注，及其以人为本，以人为中心，富于创造精神的思想特征。

中西文化最显著的区别在于：中国文化的内涵是内向型，和谐精神，群体意识；西方文化的内涵是外向型，对立精神，个体精神。中国文化重伦理、崇道德；西方文化重科学，求民主。

应该说，"情"是中国文化的主旋律。中国是最讲人情的国家，情感渗透于社会生活的每个方面，情感缔结了人际关系，情感制约着人的价值取向和心理机制。而这种情感主要是一种伦理情感，是以血缘为根基的。中国文化中这种人伦关系，可以将社会生活中的各种关系转化为情感关系，并衍生出以情感为基础的人情，这种人情在生活中起了互助作用，从而使中华民族形成了具有强烈人情味和巨大牵制作用的伦理实体。中国传统文化中的伦理道德即"仁"，如孟子所言"仁，人心也"，其实"仁"正是一种合乎礼仪、发于心中的情感。一个人在与他人的关系中能够符合礼，就是仁。符合礼，表明他按照文化的规定性处理着人与人的关系。

"理"是西方传统文化的基调。理是一种认识方式，也是一种思维模式，其基本构成和发生过程是通过概念、判断、推理来认识和思考社会、自我、自然和人生、历史等，其基本特征是注重思维的逻辑性、科学性，强调对事物作冷静、理论、抽象的把握。外向型经济方式、商品经济观念早在古希腊时期即已形成西方文化性格的理性特征。亚里士多德指出："人是理性的动物。"社会的通则是"唯理是从"。由于外向型的生活方式，加之民族迁徙，居无定所，人与人之间的关系也是稍纵即逝的。这就形成了西方社会不注重人情而注重理性的特点。

西方文化是个体本位的文化。它注重人本意识，奉行个体本位，以自我为中心，注重个体的人格独立和意志尊严。西方文化主张征服、改造、力取天下。相比之下，求对立，倡自由，崇武力，多变革，促发展，构成了西方文化的基本内涵。

二　中西方审美意识辨异

人类由于不同民族文化的差异，故而审美意识、包括审美理想和审美表达方式都具有一定的民族特征。马克思指出："人的感觉，感觉的人性，都只是由于它的对象化的存在，由于人化的自然界，才产生出来的。五官感觉的形成是以往全部世界历史的产物。"按照马克思的观点，审美能力和审美感受以及审美理想和审美表达只是由于相应的"人化了的自然界"的存在才产生和发展的。人的审美感受不是一种单纯的生理感受，而是和复杂观念联系在一起的带有普遍性、社会性品格的心理感受。而这种心理感受受制于民族文化心理，由此形成独特的审美意识。从认识论的角度来看，审美意识是主体对具有审美价值的客体对象所作出的能动反映；从审美意识的形成过程来看，它是审美主体通过感觉、知觉、想象、情感、理解等心理过程产生的感性和理性统一、认识与感性统一、愉悦性与功利性统一的特殊意识形式。

文学艺术是人类审美形式的集中体现，它是人类最典范的审美形式。文学艺术的创造和鉴赏、批评，与人类文化的创造具有某种"同型同构"性，这使文学艺术及其活动本身具有两个鲜明的文化特征。一方面，它使文学艺术事实上成为一种文化的显现形式。从本质上看，文学艺术正是一种用文字符号标识的文化标记，将存在于特定历史时空中的特定文化世界，在艺术审美的世界凝定下来的一种极端形式的文化存在。另一方面，文学艺术活动本身又是一种文化现象，它是整个大文化系统中的一个环节，是整个文化有机体的一个部分。

中西方不同的文化影响着民族文学中"审美意识"的不同理想、情趣。

（一）内省意识和忏悔意识

中国美学"内省意识"的生成，直接受到以儒家思想为主导的中国文化观念的影响和制约。孔子提出"吾日三省吾身"的主张，并建构了一整套带有十分明显的内倾性特征的文化观念体系。"中庸"原则、儒家"天人合一"的观念，不仅要求人与自然保持和谐一致，同时也要求人与社会、人与人、人与自我保持和谐统一。"和为贵"思想，也正是强调人在协调其与自然、社会、他人和自我的过程中，面对一切不和谐的因素，必须进行自我反省、自我谦让、自我保护和自我调适；通过"内省""自省""克己"的处世原则，来克服现实人生所带来的种种困难。要保持心理平衡，维系自我稳定，极力避免冲突，让一切既在或潜在的对立因素，全都消融在主观心理的平静安宁之中，消融在积极入世和对现实充分肯定的达观愉悦之中。中国文化这种内倾性文化观念，影响了中国美学审美意识的建构，使中国美学也将"和谐"作为最高境界的审美理想。总体审美风格是，在内倾性的导向中呈现出优雅、宁静、精致，以及怨而不怒、悲而不伤的审美形态。这种"内省"的审美意识，指导着中国美学实践不论是对外部的再现与反映，还是对内心世界的表现与抒发，都力图通过内省的方式，即内心体验和感悟的方式，来传达对世界、人生、社会的真实感受和认识理解。

中国美学将"内省"作为审美意识建构的重要内容，使得中国美学总是洋溢着中国文化的"中和"精神，即在审美意识建构中，要求通过内心的体验、反省、领悟等过程，把一切内外在的矛盾因素，全都消解在对现实人生的充分肯定之中，以获得对人生意义的领悟及达到和谐的满足感。反映在艺术表现上，这种审美意识就强调情与理、景与情、物与我之间的和谐统一，要求主体保持"乐而不淫，哀而不伤"的审美态度，不将主客体强烈对立起来。所以，中国传统美学偏重于对主体实践与客观规律相和谐统一的追求，具有理想与现实、感性与理性、内容与形式、再现与表现的完整、和谐、统一的审美特征。

中国美学的"内省"审美意识，依据"中庸""和谐"的哲学理念，在确定人与自然、社会、自我相互之间的审美关系时，呈现出两个方面的走向。其一，与中国文化的"入世"精神相联系，在导向政治伦理层面的向度中，以始终不忘忧国忧民的情感方式，将国泰民安、政通人和的社会政治理想，置于"内省"审美意识的中心。在相关的艺术审美理想建构中所采用的艺术策略是以人化自然、人化社会、人化万物的方式来表现心中的理想，使所构筑的艺术世界能够更好地作为社会人生的象征，强化对于社会伦理和谐之美的理想与信念的追求。其二，与中国文化的"出世"精神相联系，在遭遇失败、理想破灭时，通过"内省"审美方式而导向内心世界，或退居田园、解甲归隐，或弃绝世事、看破红尘，以此来消解人与自然、社会、他人和自我之间的紧张对立关系，用"穷则独善其身"的道德伦理规范自律，高扬具有楷模意义的德性化人格意志。在相关的艺术审美理想建构中，其艺术策略是以自然化人、社会化人、万物化人的艺术把握方式，表现属于自由本质的丰富人性，使所构筑的艺术世界作为人的本质力量的显现，更好地作用于社会现实人生。

中国美学的"内省"审美意识表现在艺术审美实践中，注重的是艺术审美的理性调控功能、直观把握功能和意境创造功能。

理性调控功能，即要求在处理主客体冲突时，强调通过理性节制，使主客体形成良性互动的和谐关系。譬如，在情与理的关系上，尽管中国美学总体上是一种偏重于情感抒发的表现性美学，但同时也认为，任何情感的抒发都必须受到"理"的制约，如不加理性调控，"情"就可能泛滥成灾而流于肤浅。所以，中国美学讲究"发乎情，止乎礼义"，通过"内省"审美意识，中国美学创造了一整套独具特色的审美范畴，如意境、风骨、韵味、神韵等，形成了中国美学的模糊性、直观性、领悟性的审美特点。悟，就是"内省"审美意识所包蕴的直观认识、所把握的审美功能。这种功能使中国美学在整体的审美追求上，多偏重于智性的情感抒发，具有一种不为单纯的再现、模拟所束缚的艺术想象力。意境创造功能，则是通过主体感悟方式，构成物与我、情与景、情与理和谐统一的审美意境。它要求以感性的、客观的对象为依凭，但又必须超出感性的、客观的个别事物，趋向本质的、必然的理性内容，暗合客观的规律性。因此，意境创造功能在感性与理性相统一中，就表现为在有限的个别现象形式中展现本质的、必然的无限丰富深广的内容，从而使审美具有丰富性、多义性和不可穷尽性的特征。

中国美学的"内省"审美意识，在强调主客体浑然一体的审美建构中，把主体的感悟、体验当作了艺术表现与传达的一个重要内容。这样，将主体的感悟、体验所得，精致地、抒情化地表现与传达出来，往往会使得中国美学总是善于在天人感应的抒情氛围中，透露出一股超凡脱俗的气质，从而显得格外悠远、细腻、隽永、精致。这种艺术表现与传达，一般不刻意模拟现实，而是强调审美意境的刻画与追求。

而西方美学"忏悔"审美意识的生成，也直接受到了自身文化观念的影响与制约。西方文化是一种在剧烈斗争中发展的文化，其特点是崇尚个性与自由，富于冒险性与开拓性，讲求技术与力量，具有批判和怀疑精神。在人与自然、人与社会、人与人、人与自我的基本关系中，西方文化所强调的往往不是作为主体的人去努力适应外部世界，而是崇尚斗争与抗衡。因此，在西方文化观念里，人与环境是分裂的，人的感性与理性也是分裂的。为解决这种分裂状态，西方文化找到了上帝，只有上帝才是至高无上的。上帝创造了世界，创造了人，主宰一切，处在分裂之中的人，必须向上帝忏悔、赎罪。在西方文化中，"原罪"意识是一个重要的概念，即自我在现实中发生了异化，与上帝原本设计的自我（"本我"）有了疏离感，需要通过灵魂的忏悔来消除来自现实的异化，实现向"本我"的回归。西方文化的这种观念深深地影响了西方美学，使之总是以"对立"（崇高）作为最高境界的审美理想，总体审美风格是在外倾性的导向中，注重通过以写实、反映、再现、模拟的方式，来对外部世界作出反应。面对主客体的分裂，"忏悔"审美意识提倡在灵魂的撞击震荡中寻求心灵的净化与超越，最终获得精神升华与行为完善。

西方美学的"忏悔"审美意识则对应于一种形而上的哲学思辨审美机制，即在对人与自然、社会、他人和自我的认识与把握中，多侧重于对人的自身命运的思考，表现出对存在合理性的关注之情。注重在生理—心理层面上，以心灵冲突、分裂的形式，直面自我，直面人生，通过忏悔而打破平庸麻木的心理和谐，获得对世界、对人生的感知与体悟。西方美学的"忏悔"审美意识，强调了由个人的焦虑上升到对自然、社会和人类自身命运进行终极思考的审美重要性，并由此构筑了关于痛苦人生的哲学思想，展现出人时常会被"抛入世界"的生存忧虑感。同时，又以个体生存绝望的情绪，与人生虚无感相结合，把寻找精神归宿的终极关怀，置于个体不断被毁灭又不断被放置的人生历史链条上，从中不断获得新的历史内涵。西方美学的"忏悔"审美意识，在艺术审美形态上，呈现出"真"与"美"的结合，具有浓厚的对于合规律性的表现倾向和看重崇高的审美趣味。它的负面效应是，由于主客体的分裂和对立，往往容易出现走向极端的现象，如个体与社会的对立，强烈的个体意识及其放任自由、漫无矩度的现象，对社会也造成了极具破坏性的影响。

西方美学的"忏悔"审美意识，在导向对人的存在意义进行形而上哲学思辨的过程中，将主客体的分裂推向了极端，也呈现出两种走向：一是与西方文化所推崇的"酒神"精神相联系，崇尚感性，追求肉体的沉醉，表现出对感性生活、肉体存在的无条件肯定；二是与"日神"精神相联系，崇尚理性，追求精神沉醉，表现出对理性世界、对人的存在意义进行形而上的哲学思辨的迷恋。"酒神"精神的审美形态是粗犷的、狂放的、无节制的感性形态；而"日神"精神作为"酒神"精神的对立面，其审美形态则是宁静的、理智的、充满智慧的理性形态。西方美学所推崇的"酒神"精神与"日神"精神，与中国美学所推崇的"入世"精神与"出世"精神不同：后者是相互补充、相互渗透的——"入世"与"出世"在本质上是统一的；而"酒神"与"日神"则是相互对立的，是西方文化在感性与理性分裂之中得到充分发展的结果。建立在这个基础之上的"忏悔"审美意识，则使这种对立在走向心灵净化层面的同时，也走向了理性反思的层面，从而使西方美学在对立分化中走向了崇高。

西方美学的"忏悔"审美意识，表现在艺术审美实践上，所注重的则是审美的感性沉醉、理性分析和典型塑造等方面的艺术功能。

感性沉醉，是西方美学感性与理性分裂的结果。由于忏悔要求通过灵魂的冲撞来面向上帝倾诉，以消除来自现实的异化，实现向"本我"的回归；这样，反映在艺术审美过程中，就要求有一种"狂喜"的情绪体验，要求在痛苦的倾诉中获得超凡脱俗的审美愉悦和感性沉醉。"狂喜"的感性沉醉，不同于那种情理交融、灵肉统一的"乐"，而是忏悔之后的灵魂净化、情感净化，它拒绝感知经验，拒绝理智引导。与此相联系，"忏悔"审美意识的另一极走向理性分析，则是为了克服狂热的感性沉醉及非理性、下意识冲动所带来的负面效应。理性分析注重艺术的写实、反映、再现和模拟等功能，偏重于对客观对象的分析与逻辑演绎。注重理性分析，导致了西方叙事美学的发达，使之更加注重审美空间结构的建构，并结合表现、心理、情感、时间等要素来进行艺术典型的塑造。

西方美学的"忏悔"审美意识，是在主客体分裂的审美建构中，把对审美对象的真实再现、分析、刻画，典型塑造，当作了艺术再现与传达的一个重要内容，要求完整地再现对象，塑造真实的自我，思考和分析人在现实中被异化的本源，探寻存在的意义。这使得西方美学尤为注重艺术的结构性、反映性功能，旨在引导审美过程走向形而上的思考层面，从中获得对现实社会人生的批判性建构。对结构性、反映性的强调，使西方美学注重事物的普遍之理。这个"理"，就是规律，就是事物的结构。西方美学把艺术所构筑的世界当作了自我拯救、自我完善的神圣之道，当作了对于现实人生进行严峻审视的重要形式。

（二）忧患意识和乐生意识

"忧患意识"是中国传统文化积淀形成于民族审美意识的美善结晶。中国文化心理结构的核心是群体意识，在伦理传统上是"群体"对自我的决定，不像西方文明的伦理传统是行为中的自我决定论。儒家的人生理想是先兼济天下，不果则追求独善其身。从政治上讲，群体意识使得政治家们把为君为民为国为节当作最高境界，其政治活动不是自身政治理想的实践，而是为邦国君主尽忠，为社会群体效力，屈原、文天祥、林则徐等都是忠君报国的典型；从伦理观上讲，群体意识使人按社会的要求行事，尽量缩短个体与群体的距离。在传统社会的文化氛围里，无论贵族、农民，还是官僚、手工业者，都把儒家的纲常视作规范，谨守并遵从之。群体意识形成了忧患意识。古代文学中有着太多的抒发不为君主所用（即不能成臣的）的苦闷之诗词歌赋。"居庙堂之高则忧其民，处江湖之远则忧其君""忧国忧民""位卑未敢忘忧国"，是民族忧患意识的集中体现，也都是志士仁人的高尚情操。杜甫、诸葛亮、范仲淹等人的诗文大都沉郁忧患，这与儒家的入世哲学和传统文化密切相关。同时，群体意识在道德观上还形成了"慎独"的观念，即不能有违背群体的隐私，哪怕单居独处，也要以公众的一般道德标准约束自己的行为。

而忧患意识由于主体在现实中理想的难于实现（这主要是由于传统社会政治的超稳定形态，使得冲击这一超稳结构的各种思想火花和革新行为被"中和"），在中国文学的表现形态上，忧患意识沉积为泛悲剧感。不能实现自己的理想，意味着遇上了一个比自己更强大的力量来反对自己。自己战胜不了反对的力量，而又要坚持自己的理想，就必然会产生悲剧意识。儒家理想为人们指出了一条"正心、诚意、修身、齐家、治国、平天下"的自我实现道路，实际上也经历了三个层面：自我身心修养——宗法责任、光宗耀祖——参与政治、使国泰民安，四方安康。第一个层面是前提和基础，第二到第三个层面须通过"游"这一途径，游士的宦游过程暗伏着多种悲剧意识的可能。"游"使中国文学产生了一种特有的悲剧意识，呈现出伤别、乡愁、闺怨、相思等系列悲剧意识模式；自然人性使中国文学产生了与礼相冲突的系列爱情悲剧意识模式；政治理想的难于实现使中国文学产生了系列政治悲剧模式，等等。屈原和《离骚》，几乎成为中国文化和文学的悲剧精神的象征。屈原以自己的"内美"、先祖所赋予的神圣使命，以儒家的思想建构，完全接受了修身、齐家、治国、平天下的理想以及这个理想所包含的伦理意义和雄心壮志。忧患并且悲剧，被从政治核心中抛出，跌进理想失落的深渊，但心依旧："路漫漫其修远兮，吾将上下而求索。"

"乐生意识"是西方文化积极进取精神的延伸。"乐生"源自西方文化的自由追求意识。这里的"乐生"指在审美理想和审美情趣上，注重生命意志，注重生活情趣，追求自我发展，追求自我实现。"乐生意识"造就了西方文学中独立的自我、自由的自我、扩张的自我。在西方文学的源头——希腊神话和英雄史诗中，虽然在诸神和英雄身上代表着部落民族利益的集体意识，但在自我意识方面则以个人为主。以宙斯为首的诸神可以说是享乐的、不负责任的；阿基里斯个人的愤怒是《荷马史诗》的主题。创造生活和尊重生活显然比负重理想而忧患更具现实性。因此，西方文学的审美意识是建立在否定现实、强调自我主观能动性之上的，自我情感的抒发不论是热情的还是忧伤的，积极的还是消极的，都注重探究自己的内心世界，自己的欢乐、焦虑，是心灵世界的真实流露。同时，西方人追求自我，始终没有从现实世界中脱离出来；离开了所占有的客观物质世界，就无法获得自身价值的确认，因此为了实现自我而将自我扩张于自然界和人类生活的各个领域。征服自我，征服社会，以竞争扩张为主题的自我意识贯穿于西方文学之中，从最初的古希腊神话中普罗米修斯盗火给人类，到《圣经》里亚当违背上帝意志去偷吃禁果，都体现出对物质世界强烈的探知愿望。

（三）空灵意识和追寻意识

"空灵"本来指文学艺术创作的一种美感形态，是作品中显示出来的弹性和灵气，它是在蕴义内涵、形象意境、氛围文笔、艺术风格等方面显示出来的一种美感形态。在此指中国文学和审美意识重艺术精神、重情感意趣的特性，以及一种形而上的"出世"思想。"空灵"在此实际上是一种借喻。陶渊明能够陶醉于"采菊东篱下，悠然见南山"的氛围中，这决不是个人心性爱好问题，而是对悲愤意识和失落情怀的消解。儒家提出"达则兼济天下，穷则独善其身"，然而在具体的现实中，并不是人人都能仕运亨通的，求仕的、宦游的、被君舍弃的……甚至越有才能、越有抱负，困境就越大。困境即为"穷"，"穷则独善其身"。也就是说，儒家理想中同样指出了"达"与"穷"两种情形下的人生境界。"穷"时则更应保持高尚的节操。至于"穷"时的悲剧意识，人们往往会自觉或不自觉地引入一些能使自己心境平静下来的因素，或者通过一种价值的转移，或是寻找一种心理的补偿物，或寻找一种安慰物。

据此，（士人们所创造的）中国文学的审美情趣呈现出一些空灵性特点。比如，中国文学常以仙和仙界折射人伦社会，表现出一种超越悲剧、超越现实的浪漫情怀。《庄子》的真人至人淡泊逍遥，《楚辞》的神富丽堂皇，《儒林外史》的狐仙通灵，等等。"自然"在中国文学中也常作为消解悲剧情怀和移情寄情的重要因素。儒家提倡自然物的比德功能，松、竹、梅、菊等在中国文化中历来是高洁的象征；伤春悲秋是为怀；自然山水的灵秀或拙美，并且将山水、禅意、艺术、审美融为一体，在中国文化中充分地显示了山水的消解功能，王维即是典型例证。另外，酒以其醉意给士人们带来的摆脱日常束缚的解放感，梦以其对现实的补偿作用等，成为中国文学审美趣味之"空灵感"的重要因素。在中国文化中，酒是人生快乐的一个非常重要的因素，"对酒当歌，人生几何"，酒的解放感一方面使人忘掉处境和道德束缚，另一方面是精神上真正的舒展。陶渊明酒中的真味使他体悟到文化的盈虚之道，因而决心在伪乱之世中独善其身，显示出一种高风亮节、乐天知命的人格力量。求仙不成的李白"梦中往往游仙山"；《桃花扇》用人生如梦来缓释悲剧情怀。

中国文学审美理想之"空灵"，更表现为对意境的追求。中国美学具有两种最高境界：一是以儒家为代表的强调社会关怀和道德义务的境界；二是以佛老为代表的注重内心宁静、平和与超越现实的境界。从而中国文学多注重情趣与意象的契合之诗境、情境与处境的糅合，谓之意境。

"追寻意识"是西方文学及其审美意识中崇尚自由、追寻、发展精神的集中体现。我们知道，古希腊的科学型、自由型文化精神，经过文艺复兴、启蒙运动的传承，那种赞美生活、歌颂人生，讴歌人类的勇敢、聪明和智慧；站在宇宙的高度审视人与自我的搏斗，从而礼赞人性悲壮的崇高，体现以人为本、执着现实、积极进取、勇于追求的乐观精神和人本精神，成为西方文化的根本内涵之一。作为西方文化另一渊源的基督教，其文化的重精神重道德以及仁爱原则、救赎意识，又对近代新兴资产阶级形成巨大的影响力。基督教伦理的最高原则是"爱"，它的心向天国式的隐士情怀和道德迷情，在圣化了的《圣经》故事里，为西方文学提供了一系列原型。中世纪传说中的"圣杯"，以及诸多骑士寻找圣杯的故事，在西方文化中越来越成为一种仪式性表述，从此滋生出追随、寻找、复归等文化意义。

这样，经过西方古典叙事文学的积淀，经过西班牙"流浪汉小说"的潜在导引，西方小说和叙写个体奋斗型诗歌等在情节模式、立意主题、人物塑造等方面，形成一种广义的"流浪汉文学"模式，其表现范式为"离家——入世——追寻——成功（或失败或毁灭）"。其主题意趣是个人奋斗、个体自由、独立意志；其艺术效应则由于作品在"游迹"中广泛涉猎了社会生活层面的内容，以及作者进步的人道主义文化人格的渗透，往往对社会及其意识形态进行反思、审视、批判、思考。在审美表达和艺术模式上，西方"旅程式文学"所表现出的追寻意识以事系人，重视旅程空间的动态性和个人行动、个人奋斗，注重事件发展过程的真实性和故事性。从审美效果上看，表现出一种动态美、冲突美，为读者展示出一个广阔的视野和思维空间。同时，"旅程式文学"所表现出来的渎神意识、民主法制意识、自省与忏悔意识等深层文化内涵，分别灌注于追寻式、发展型艺术典型的文化人格之中，这也正是我们在阅读时所应注意的。中世纪的《神曲》，象征着但丁从地狱到天堂的追寻之路。从文艺复兴始至近代文学，"追寻意识"更是被作为一条主线。堂吉诃德追寻人间理想，《巨人传》追寻着关于人、自由的理想，鲁滨逊追寻着资产者的品格和精神。《汤姆·索亚历险记》《老实人》《双城记》《红与黑》《包法利夫人》《高老头》，乃至于20世纪的《老人与海》，等等，无不贯穿着强烈的追寻意识。

由此，追寻意识集中体现了西方传统文化的内涵，它往往围绕着自由意识、主体自由意志的实现、参与生活和享受幸福的价值观、反思社会改变现实的叛逆精神等方面的文化精神而展开。

（四）和合意识与悖逆意识

中国文学及其审美理想主要体现出一种"中和之美"。因为在群体意识制约下，个体的精神既不能作用于客观自然的奥秘，也不能指向自由想象的愉悦，而只能被看作君主政治、群体意识实现的工具。中国古代诗歌不像西方诗歌那样率直，而以委婉、意境取胜；叙事文学中构置的冲突应该能有效解决，即使很激烈，也应在高潮之后趋于中和，更应"无伤大雅"。比如，乱伦的题材在中国古代文学中是极少见的，"善有善报，恶有恶报"是中国传统叙事文学的基本情节模式。行为得当与否，取决于是否符合忠、孝、节、义的伦理道德规范。窦娥之冤死亦使六月飞雪，恶人也终于有了恶报；即使奇书《金瓶梅》，作恶多端、风流而失人性的西门庆，终于暴死红尘，其中和的道德劝诫意味足警世人。在中国传统叙事文学中，基于儒家理想和忠孝节义的道德信律，即使悖道与抗争型情节与人物，也多被"中和"，呈顺从型。中国文学中所显示的人生价值和意义是最大限度地限制自我、服从伦理规范、承担责任和义务。四大古典名著无一例外。《三国演义》是典型的道德演绎，《水浒传》《红楼梦》《西游记》虽不乏抗争的人物和精神，但或招安纳降，或归于佛门，或消隐自修。极富文化内涵的文学精神、审美理想所产生的影响极其深厚。

"悖逆意识"指西方审美理想和情趣之矛盾对立情结与冲突美的追求与特点。古希腊人冒险于海上，征战于陆地，到斯巴达去捉奴隶，到埃及去进口粮食，形成了契约型的人际关系，积淀了争强好斗、对立求真的民族性格。正由于这种科学的态度、外向型的心理趋向、求真的精神、个体意识等文化基因，西方审美意识和审美趣味更突显了美丑的尖锐对立和冲突。在个人追求的"旅途"中，敢于"悖逆"，敢于反传统、斗传统、变传统，表现出辩证运动的特点。莎士比亚是典型的善恶论者，他的文学审美意识外化为广泛的人性关怀。四大悲剧中满台陈尸，勇敢的抗争，尖锐的冲突，悲壮的死亡，为西方文学在近代以后提供了审美范例。

就文学母题而言，西方文学紧紧围绕着人在宇宙中的地位，注重再现生命个体与各种崇高力量的抗争与挣扎，文学形象多标榜追求、抗争型人物；文学风格上有着浓烈的悲剧色彩。西方文学中常见的母题较多：诱拐、叛逆、谋杀、通奸、仇恨、嫉妒、背叛，等等。这些母题在不同的文学情境中，作为文学主题而带有明显的主观色彩。在"悖逆"文学中，伦理道德往往退居次要地位，而主要的价值观是"人的实现"。西方抗争型人物形象几千年来一直贯穿于文学史的始终。从古希腊的诸神形象，到亚当、夏娃，再到简·爱、于连、娜拉、安娜·卡列尼娜……构成了形象系列。这正是西方个体性文化使然。

三 中西方文学不同的审美表达

人类文明史必然是从自然人向社会人发展而最终迈向"审美人"的历史过程；人类的全部历史就是感觉不断解放，不断"人化"，不断走向自由的过程。艺术审美活动作为人类实践的超越层面，是一种创造性的、自由的、生成的活动。文学艺术是自由的集中体现，它的创造性使人从自然存在中超拔出来。文学的审美表达是对人的自由的阐释和寄托。法国作家普鲁斯特说："作家的责任和任务就是当好翻译。"翻译什么呢？"翻译人的存在状况和自由理想。"对中西方文学而言，审美理想和审美趣味的差异，必然导致不同的审美表达方式。

（一）表现与再现

中国文学在审美表达上以表现为主。中国的叙事文学在审美表达上同样是传神写意，重情含蓄。施耐庵的长篇小说《水浒传》是一部著名的描写农民起义的优秀作品，它有如一幅宏阔的英雄史画卷。作者重在"表现"，即不以历史史实为桎梏，而是紧扣一个"逼"字，写一百零八位英雄同归梁山"替天行道"的转变和发展过程。小说的"情志"在于从"逼"写到"反"，从"反"写到"义"，从"义"写到"忠"。所以叶昼说："《水浒传》文字原是假的，只为它描写得真情出，所以便可与天地相始终。"李贽也认为，《水浒传》"只是个象，象情象事。画家所谓传神也"。

西方文学在审美表达上以"再现"为主。如西方诗大半以爱情为中心，主要是缘于个人主义和自由意识，以及乐生的文化心理。说尽了一个诗人的爱情史，也就说完了他的生命史。在表现手法上，西方诗歌善于详尽地描叙，对人物的容颜、体态、风采、服装都作客观描绘，重在形似，所以长篇诗较多，给人一览无余之感。诗风上热情奔放、率真大胆，富含文思哲理，幻想奇特，境界开阔。如雪莱的《西风颂》，通过对西风在天空、大地、海洋中摧枯拉朽的气势的叙写，咏出了"如果冬天已经来临，春天还会遥远吗"的绝唱。全诗以铺陈和再现"风势"为主，自然地融入感情，和谐逼真。西方叙事文学（小说和戏剧）同样体现了"再现"的审美表达方式。比如西方传统小说，以个性自由和个性解放为基本点，通过多种艺术形象（即追寻者），在冲突中抨击教会和封建制度的违反人性和违反自然。在审美表达方式上，多叙追求自由、实现人生之事，情节铺排，结构缜密，以情节曲折取胜，吸引读者对主题进行思考和想象。例如《鲁滨逊漂流记》写一个被弃荒岛的青年，居然一个人顽强地生活了下来，并且在28年后成了这里的"统治者"。情节曲折，但作者尽叙其真，把"谎话说得很圆"。同时，西方小说注重对内心的挖掘，而且要直接表现人物的思想感情，西方小说的发展过程正是不断探索人物内心的过程。在近代小说中，《红与黑》《安娜·卡列尼娜》等都是其典范。在审美趣味上，西方小说不同于中国小说写庭园模式的静态美，以作伦理透视，而是以旅程模式，即以追寻主人公追求的过程为序，重在再现冲突美和动态美，循着人物的运动轨迹，在运动中描写旅途的人和事。如英国作家菲尔丁的长篇小说《汤姆·琼斯》、西班牙作家塞万提斯的长篇小说《堂吉诃德》等。

（二）写意和写实（意境化与典型化）

中国文学在审美表达上注重写意，即意境化手法。意境论，是中国文学追求的、重在表现的美学思想结晶。中国的古典美学思想从一开始就注重物感说，重在抒情和表现，认为文艺的本质在于创造形象以写意抒情。中国文论从先秦开始，以"言志说"为发端，奠定了其基本走向。它始终沿着"表现""写意"这一基本方向向前发展衍化。从言志说、神韵说、童心说、性灵说一直延续到近代。

即使叙事文学，譬如戏剧、小说、散文等文学作品中亦有强烈的"表现""写意"倾向，如《西厢记》《窦娥冤》《红楼梦》《聊斋志异》等就颇有诗的境界，金圣叹批点《西厢记》，认为有意境之处就达几十处；脂砚斋评《红楼梦》，也多次说到意境。《红楼梦》创作是极重意境的。一方面，大观园里那些主人公经常作诗，如林黛玉的《葬花吟》，贾宝玉的《芙蓉女儿诔》等，分明是用"洒泪滴血，一字一咽，一句一啼"写成的。这样一些诗、词、曲，构成了小说中艺术意境的组成部分。另一方面，《红楼梦》的艺术意境，主要是因为它处处洋溢着诗情画意，抒情诗的味道极浓。作品第二十五回，写贾宝玉一早起来没有看见小红，便走出房门，东瞧西望，一抬头，只见西南角上游廊底下阑干上似有一个人倚在那里，"却恨面前有一株海棠花遮着，看不真切"。这一"隔花人远天涯近"的意境，是同贾宝玉的性格和心境交融在一起的。

意境是性格的组成部分，性格也是作家创造意境的手段，而意境则是作家塑造性格的手段。在中国古典文学中，从先秦诗赋，汉魏乐府诗，唐诗宋词元曲到明清诗词小说等，意境美，是其突出的审美特征。意境美，原本是诗歌特有的审美范畴。唐代柳宗元之《江雪》"千山鸟飞绝,万径人踪灭。孤舟蓑笠翁,独钓寒江雪"。写群山、小径、孤舟、寒江、白雪,点缀着一个头戴斗笠、身披蓑衣、手持钓竿的老翁。初"看"是一幅山水画,细品则可见蕴含在短短20字内的物象之境:诗情;诗人寄情于景,借江雪来抒发自己失意的抑郁感受,借渔翁来寄托自己孤傲清高的情怀。

西方文学在审美表达上注重写实,即典型化的手法。西方传统文学不论是诗歌,还是小说、戏剧,都注重直白的叙述,情感的表达直抒胸臆,善于构筑曲折复杂的情节,并注重结构的奇妙与完整,同时,善于捕捉和挖掘人物心灵,注重心理刻画和描写。西方的思维传统习惯于把现象分解成若干要素,原则上不要求对整体作全面的涵盖,总是把住一个方面或一个层次,分头进行单独的迅猛掘进。从文学的认识原理和意义功能上看,西方文化传统中的科学和法制,是以宇宙的自我法则和客观规律为基础的。在西方文学中,写实就是关注人与自然的关系,人与客观规律和宇宙法则、原理的关系,努力达到将生活表象上升到思辨哲理的层次高度,而不仅仅是从局部的道德或功利标准来评事论人。这种文学努力的重要表现就是西方文学从《荷马史诗》以来,就开始"真实地"写具有多种性格的形象。在文学实践中,西方文学走过了一条逐渐将个体的人视作核心,愈益对其关怀备至的道路。

总之,中国文学极重"象"(意境),以至无"象"不成诗,不成文,以写意为主;西方文学以戏剧性情节方式和表现手法,构置形象,揭示意旨,以写实为主。

四　中西方文学经典解读

中国古代诗歌是中国古典艺术辉煌时代产生的、无法企及也不可再造的经典文本。诗美,是审美客体的生活美与审美主体心灵美的综合艺术表现。中国古典小说以其天地妙章表现世态人心,它与古代文化的诸多因素形成错综复杂的关系,构成了或者独立发展或者交叉影响或者此起彼伏或者并列称雄的流变演进大格局。小说之美,在于叙说生活,表现情态,启悟人生,扬弃美丑。

中国古代艺术中以表现为审美表达的主要方式、以意境为主要形态的中国文学意义的生成与运作机制,是中国伦理型文化的艺术阐释,是中国诗文文化的内在精蕴，具有东方艺术精神的全息性。

【经典解读一】 "诗圣"杜甫：忧患斯世·沉郁隽永

杜甫被尊为一代诗圣，有诸多理由。除了作为一代"诗史"作者的艺术贡献而被人们所普遍认同外，恐怕要算杜甫更为正统的忧患意识和儒家积极入世的伦理政治情怀，以及杜诗对于人本的关怀意识了。

就杜甫的文化人格而言，他出身于"奉儒守官"之家，较早受到儒学伦理文化的熏陶。他所处的时代是唐帝国由盛而衰的一个急剧转变的时代。公元 755 年的"安史之乱"实际上是这一转变的关键性事件，出身于特权家庭的杜甫经历了所谓开元盛世，也经历了"安史之乱"的全过程。杜甫成为一个成熟的文化人，是在他结束了"读书破万卷"和北游交友的生活之后，进入长安十年困守时开始的，他的"致君尧舜上，再使风俗淳"的政治理想难于实现，但是，他积淀于文化人格中的儒家政治理想"穷则独善其身，达则兼济天下"，不在其位，也要谋其政。故此，十年困守的结果，使杜甫变成了一个忧国忧民的具有强烈爱民意识和忧患意识的文化人。在后来的陷贼与为官、弃官、漂泊西南的生活经历中，杜甫始终保持了儒家的入世思想主流，并且完善了他的文化人格：忧国济天下，强烈的议政意识，忧民惜民，深厚的爱民意识，外忧而内达的心性，永不衰退的政治热情，坚忍不拔的顽强性格，胸怀开阔的乐观精神。构成杜甫崇高人格的要素在于：面对现实的态度，坚强乐观的意志品质，热爱生活的情怀。这一切都使杜甫用一生的意志，铸成其文化—政治人格：从功利关怀个人的悲辛到伦理关怀民族的危苦，终而达于审美关怀和生命关怀之境。

就杜诗的审美追求而言，杜甫惯于用儒家入世的"社会我"代替道家出世的"个体我"，念念不忘"致君尧舜上，再使风俗淳"的政治理想，始终丢不开"穷年忧黎元，叹息肠内热"的忧患意识。他目睹了"朱门酒肉臭，路有冻死骨"的社会不公正现象，而且身遭离乱，在历经了多次仕途失意的打击后，趋于成熟冷静，胸怀也更为博大，以历史学家的眼光审视周围的灾难和悲剧，用他的诗进行艺术记录，为后世提供了一段饱和着情感，渗透了血泪的历史。诗人本身既属于这段历史，又超越了这段历史，成为它的体验者和记录者。他深谙"诗言志"的功能，为社会代言，替百姓呐喊，给现实作记录。从这个意义上说，杜甫可成为中国历史上第一位现实主义"诗史"作者。他的超脱苦难、升华苦难和在苦难中忠贞不渝的

"社会我"角色，勤勉地进行着艺术创作，把忧患、情感、希冀、理想都放进了他的艺术世界里。

杜甫诗歌的风格，历来被公认的最显著的特征是"沉郁顿挫"。时代环境的急遽变化，个人生活的穷愁困苦，思想感情的博大深厚，以及表现手法的沉着蕴藉，是形成这种风格的主要因素。在审美表达上，杜甫诗歌还形成了"感"与"哀"的抒情风格。感，即"野人旷荡无面颜，岂可久留王侯间"，忠君但更要济民；哀，即"穷年忧黎元，叹息肠内热"，"尚思未朽骨，复睹耕桑民"。杜诗意境深远，蕴藉沉郁隽永。在叙事诗中，他善于寄情于事；而在抒情诗中，则往往寄情于景，融情入景，使情景交融。况且，杜甫极善锤词炼句，发誓"语不惊人死不休！"难怪后人称他为"子美集开新世界"了。

"古今七言律第一"——《登高》，是杜甫有名的一首七言律诗。56 岁的杜甫流寓夔州，生计艰窘，疾病缠身；而这偏远的山区风急云飞，虎啸猿啼，大江东去。感念自己一生漂泊，历尽艰辛，一直未能报效君王，而今白发苍苍，生命已如夕阳西下，徒添无限悲哀。于是写下千古名诗《登高》："风急天高猿啸哀，渚清沙白鸟飞回。无边落木萧萧下，不尽长江滚滚来。万里悲秋常作客，百年多病独登台。艰难苦恨繁霜鬓，潦倒新停浊酒杯。"

这首诗集中了"秋天"和"大江"这两个杜诗中最富于想象和联想的意象，全诗景象苍凉阔大，心情沉郁哀伤。那急风、高天、啼猿、清沙、飞鸟、落木、长江，无不饱含着诗人对国家和身世的辛酸和忧虑、悲愤。

诗的前四句写秋景，是秋日登高时的所见所闻。开首两句从细处着笔，写"风急""天高""猿啸""渚清""沙白""鸟飞"六种意象，而这些意象又非登高时不能得。这六种意象并非并列的，而是作六层转折：秋天风劲，且是登高，站在高处，所以风"急"；秋季天高气爽，晴空如洗，所以天显得格外"高"。这是诗人登高时的感觉。夔州一带多猿，啼声凄切，所以使人觉得"哀"，而这里的"哀"字很重要，它是本诗的基调，构成了审美意境。这是登高时的"耳闻"。秋天景物萧疏，从上向下看，洲渚是凄清冷落的，沙滩是白净的一片；鸟儿在水面回旋地飘飞。这是登高时的"俯视"。诗人用工细的笔触，似用六个镜头，从多方面写出了深秋的特点和感受，给下面悲秋创造了条件。颔联从大处落墨，写整体景物，以壮景写悲情，以虚传神。"无边"二字，景象壮阔，可见秋意之深，肃杀之气已遍临天下；"不尽"二字，写其旷远深杳；"滚滚"二字，展现出大江东去的赫赫声威。这一片萧索苍凉的自然景色，已涂上了诗人的感情色彩。

因此，后面四句就抒写他秋日登高而触发的无穷感慨。颈联以"悲秋""登台"全面点出了登高的题意。悲秋，是全诗之眼，诗眼一经点出，则前半之"猿啸""鸟飞""落木萧萧""长江滚滚"等景象，无不足以兴悲。"登台"是作诗的立足点。诗中所有景象，或近或远，或动或静，都从此点出意境。尾联回扣补充了颈联的具体内容，感情也更深沉，久客他乡，则备受艰难，自己对于环境，对于现实，对于世事，自会十分愁恨、恼恨、怨恨。全诗情景交融，意境深远。景是登高时所见之景，景中已蕴含诗人的情；情是登高见景时所引发的情，情因景而不得不发，浑然一体，意境深远。全诗以"悲""秋"为主意象，悲而忧，忧而深，深而沉。

杜甫所悲何事？按照宋人罗大经的理解，其一，秋天是令人悲的；其二，他乡作客，可悲；其三，秋天在他乡做客，尤可悲；其四，经常作客，更可悲；其五，离家万里，又添一层悲；其六，无亲无友，独自登高，触景伤怀，实在是悲；其七，重九佳节，无任何乐事，连酒也不能喝了，焉能不悲；其八，以多病之身去登高，见此摇落萧条景象，自会愈增悲感；其九，年过半百，一事无成，使人越想越悲，悲不自胜。沉郁之情自见于沉郁诗风之中。

进一步看，杜甫之悲，是一种伤怀和忧患意识及生命意识的集中体现。悲秋以伤怀，诗人深怀对"同步艰难"之忧虑，念己无以报效君国，而今忧国情怀更重。这是悲秋意象的一层意义。悲秋，是诗人秋日萧索情景中寄客他乡之情之感，"游"之意象由此而生。杜甫悲愁之处在于，作为游仕，既有寄托思乡思故之情，更有念国忧民之虑，这正是作为"游仕"的杜甫文化人格中的真情流露。悲秋，更在于"哀"，与其说风急天高猿啸渚清沙白、萧萧落木、滚滚长江令人哀伤凄厉流逝之情，不如说鬓白多病的杜甫此刻尤其感念生命之易逝，人生之夕阳将至，徒有一腔报国忧民之情却要随生命的消逝而付诸东流。这是诗人强烈的生命意识与忧患意识，入世情怀的艺术写照。其情其景令人感怀。

由此，一个满头白发、满腔悲愁、病体衰老的诗人，一个忧患斯世，悲愁于深秋登高望远而聊寄情怀的形象展现在读者的面前。谁能不说它是一首千古绝唱！

【经典解读二】 《红楼梦》审美阅读和文化解析

《红楼梦》是一部典型的中国式长篇小说。它围绕着四大家族的悲欢离合，紧扣豪门深院，展示并审视了中国封建社会末期的政治文化、诗词文化、伦理文化，写出了人之所以为人的种种本能性表现，揭示出人性的深处和细部。作者对这一切真实的人性作出了审美评判，表现出儒家所倡导的推己及人、以仁爱之心度人的宽广的道德情怀。

作者曹雪芹的文学观念和审美追求，在于"真正情理之文"，并且追求一种诗情画意般的意境，这不仅体现在人物整体形象的塑造上，而且还体现在具体情节、场面的描写上，更体现在营造作品的象征性意象氛围上。其小说创作沿袭中国文学的传统审美表达方式，以表现为主，刻意追求形神兼备。曹雪芹的个人生活经历了从锦衣玉食到饥寒交迫的重大变故，饱尝了人生的酸甜苦辣。他满怀悲剧意识，这表现在对人生意义的失落感、悲凉感、人格被否弃的哀痛感上。他的"满纸荒唐言，一把辛酸泪。都言作者痴，谁解其中味"，实则揭示了《红楼梦》中那人性失落、悲凉纷扰的世界，使其对人世的流向、出路产生了深深的恐惧和担忧，并从心底升起一股无尽的悲剧感。

曹雪芹的理想人格恰是老庄思想。可以说，曹雪芹通过艺术梦想消解了他的悲凉意识、他的壮志难酬的悲剧感。曹雪芹又具有深厚的泛爱意识。他的童心、爱心体现在伦理观念层面上即为悔罪意识，体现在审美观念层面上即为悲剧意识；而体现在人性观念层面上则为泛爱意识。曹雪芹在《红楼梦》中寄托了他的情怀。

无论红学界有多少种关于《红楼梦》主题的诠释与解读，我们觉得，《红楼梦》是一部人性关怀的小说，作品里充满了一种浓厚的人文关怀精神。沿着曹雪芹的思想逻辑，由关心和思考女性的唯美存在与悲苦命运，关注和检讨人性的菁芜杂陈和扭曲畸变，进而反省和寻觅生命本体的自身价值和最终归宿，是其审美表达之必然。不妨说，曹雪芹是一个不断探究他自身以及他的同时代人的"存在物"，他通过他所建构的《红楼梦》，通过他所塑造的贾宝玉形象，不断地查询和审视那群少男少女及其他人的生存状况，并对那个"末世"的"人类生活"采取了毫不含糊的批判态度。由于时代大气候的原因，由于封建礼教的气息还很浓厚，贾宝玉在自我解放的途程中经历了太多的苦闷、彷徨、奋斗与挣扎，并最终迷失了自我，陷入了人生的无常，命运难期的悲观厌世主义泥淖中。但是，曹雪芹毕竟没有让他的贾宝玉屈服，没有皈依到封建家长为他设计的人生模式中去。他所代表的"自我解放"的方向是有积极意义的，是具有深刻的认识价值的。

而曹雪芹所营造的"自我解放"氛围，依然被包裹在中国封建社会末期的传统伦理文化的大气候之中。《红楼梦》对人的关照与关怀一是体现在对"大观园世界"的创造上，说明了曹雪芹对美好的现实人生的热恋，对纯情、和谐的理想境界的向往，体现了他对"人"的青春的关怀和对幸福的关注。"大观园"理想，既是一种美在人境相和谐，表明天人合一与人生和谐的理想，又是一种美在纯情与亲睦，人与人（众女儿们）之间亲睦与和谐，表现中华和合文化与宗法伦理理想，也是一种美在相对自由、美在文化情趣的人生理想。二是体现在《好了歌》《好了歌解》的创作上。这是作者"经历了一番梦幻"之后对整个人类生存意义的悲剧性体悟，体现了他对人的价值的关怀。《好了歌》及其"解"，否定了功利主义人生观、拜金主义人生观、享乐主义人生观、未来主义人生观，同时是作者对万千现实人生悲剧的佛学诠释与关照。三是体现在关于贾宝玉归宿的安排上。这是作者替他笔下的主人公所做的一种"无奈的选择"——遁入空门，体现了曹雪芹对人类的前途和命运，尤其是青年一代的出路的痛苦思考与追寻，是一种终极关怀。在作品中，贾宝玉一方面耕情播爱，满足着他的"生活之欲"，而另一方面却万般无奈地目睹着"破败死亡之象相继"。家的失却和心之灰冷以及情之无着，使他这样一个"不自由的人"的理想走向寂灭，终而出家。这又未尝不是曹雪芹的一声"文化叹息"。

《红楼梦》是中国小说情节模式的典范。它可以说是一部典型的"庭园小说"（有别于西方的旅程小说）。庭园模式强调的空间是户内，小说的故事情节主要发生在家庭里，庭园成了对应故事情节的空间坐标系。其特点是通过对宗法制家庭式人物及其关系的伦理道德透视，表现一种伦理性或伦理性文化的主题和意义。《红楼梦》中的大观园就是一个著名的庭园。在这庭园中，又有很多小庭园，如怡红院、潇湘馆、蘅芜院、稻香村等，形成园中有园，园外连园的建筑组群，它们对应于小说的情节群，人物足不出户，在此演绎着封建家族的没落和人物的悲剧命运。庭园模式以人系事，重视庭园空间家庭内外复杂的人伦关系。它以血亲关系安排故事，矛盾冲突集中在家庭内部，在静态中用伦理道德来协调人际关系，制约人的异端行为。《红楼梦》描写贾家、史家、王家、薛家四大家族互相联姻，一荣俱荣，一损俱损。作者通过贾家五代人及其社会关系突出地显示了由盛至衰的家族历史和一代不如一代的亲子关系。总之,《红楼梦》在中国小说情节结构方面是典型的集大成者。

【经典解读三】　莎士比亚《哈姆雷特》解析

莎士比亚是文艺复兴时期名不见经传的剧作家,但他是天才的艺术家,他"属于所有的世纪"。

莎士比亚的审美理想,基于人文主义新思想,他说:"美、善和真,就是我全部的题材,'美、善和真',用不同的词句表现;我的创造就在这变化上演示,三题一体,它的境界可真无限。"(《十四行诗》105 首)可见,人文主义真、善、美,是莎士比亚的审美理想。他站在资产阶级立场上,提出了通过道德改善产生开明君主,并依靠开明君主自上而下解决各种社会矛盾,建立理想社会制度的政治理想;他提出了通过忠诚、信任、互爱,建立一种和谐的社会关系的伦理道德理想。他的戏剧艺术世界,旨在展示人性的善恶与美丑,给观众或读者一种痛苦和快乐、憎恶和怜悯的混合情感,让你自己去分辨哪些是美的、善的,哪些是恶的、丑的,以激发人们对丑、恶的谴责,对美、善的追求,使人们的精神向"美、善和真"的境界升华。罗密欧、朱丽叶、苔丝德蒙娜、考狄利娅、哈姆雷特等"善"的代表最后都被"恶"扼杀了,但他们的"善"的理想却永留人间,他们那种对美、善理想的追求精神不正鼓舞、激励着每个时代、每个国度的人们吗?

莎士比亚的审美表达方式,正如他在《哈姆雷特》中所言:"自有戏剧以来,它的目的始终是反映自我,显示善恶的本来面目,经它的时代看一看它自己演变发展的模型。"他继承了古希腊现实主义文学"模仿""再现"的审美表达方式,提出了"镜子说""模型说"。莎士比亚的"自我"的模型和"自我"的镜子,其"自然"、其蕴含是广泛的。它既包括自然界中的"自我",又包括时代、人生的现实,也包括人物的内心世界。莎士比亚既善于模仿自然,又善于反映自然的本质。

莎士比亚的戏剧艺术世界,充满着善与恶的永恒话题。他善于大胆地探索人性中最隐秘的禁区,深层地开掘着人物的内心世界,人物的崇高或卑鄙的透明的灵魂,震撼着我们的心灵,痛苦、恐惧、敬畏、怜悯,仿佛我们的灵魂也经受着作者的剖析。他没有怜悯,毫不留情地揭示出人性的变异。

我们在莎士比亚悲剧里看到的往往是罪恶的肆虐和不可抗拒地毁灭一

切的力量。正义的人性在罪恶的情欲世界里挣扎、抗争，一切戏剧情态都被置于尖锐的冲突中。莎士比亚的艺术天才恰恰在于他捕捉或开掘了人类情欲中那些最主要、最普遍、最令人关心的种类和方面，从而使他的悲剧内容具有了超越时代的人类普遍性，因而也就具有了永恒性。四大悲剧写出了一个又一个阴谋与罪恶的过程，而他把所有的情感意志都集中在对人性的关注与关怀上。莎士比亚往往带给他的观众或读者如此的审美顿悟：一个哈姆雷特倒在了罪恶与阴谋的血泊中，更多的人将据此更执着地探索人生，铲除邪恶；一个麦克白堕落于情欲的无度里，更多的人将从此"恐惧"震颤中走向人性的美善。莎士比亚希冀人能从不健全的有缺陷的人性中解放出来，从丑恶人性所致的罪恶世界中挣脱，达到真、善、美的境界，达到自由的境界。

《哈姆雷特》是一部颇多歧义的伟大剧作，其原因就在于哈姆雷特形象的多种意象，即"一千个读者就有一千个哈姆雷特"。而哈姆雷特其人其事历代震撼人心的内涵在于：哈姆雷特就是"人"，"人的生命"。他的十分活跃的自我意识、自我关照、自我求证，就是人的自我意识、自我关照、自我求证。"人"始终是文化的一个基本主题。人类从诞生之日起，就孜孜不倦地关注自己的命运，求解人与自我、人与社会、人与思维之间的复杂关系，窥探和思索人自身的奥秘。

悲剧《哈姆雷特》诞生在 16 世纪与 17 世纪之交，这正是英国文艺复兴时期的光明面迅速逆转、人文主义理想与现实社会的矛盾冲突急剧地向纵深发展的历史时期。莎士比亚的人文主义思想虽面临着严峻的考验，但终究未被危机意识所压倒。莎士比亚把自己的人文主义思想意识与新的世界观、人生观，融化在哈姆雷特形象塑造的全过程中。哈姆雷特是一个关于"人""人性"的追寻者的典型形象。他执着地思考、追寻人生意义的自我求证精神，传达了莎士比亚作为"时代的灵魂"的心声，甚至表达了文艺复兴时期人的觉醒，走进文化人对人的价值、人的权利、人的自由的追求，以及关于人的"异化"的沉思与迷惘中。哈姆雷特王子并不能被简单地划归为贵族阶级，因为他拥有先进的人文主义思想。这种先进的人文主义思想按其实质来说，属于新兴资产阶级范畴，可是它又常常超越这一范畴，试图自我扩张为全人类的代表。在《哈姆雷特》这一悲剧中，王子关于人的生存意义的沉思连同他孜孜不倦的自我求证，自有其特殊的个性，却又概括着关注、探索人的命运与奥秘的普遍意义。王子从在人文主义大学(思想储备)求学到回国奔丧(对阴谋与丑恶的初感),从装疯窥视(证实阴谋与丑恶)到安排戏中串戏(证实了阴谋与丑恶,对人进行思考和批判),从关于人的伦理哲学沉思到短剑一挥同归于尽,等等,他全方位地展示了关于"人"的求索和追寻的过程。哈姆雷特是另一类的西方式英雄。

在剧中,莎士比亚按照其"镜子说""模型说"的文艺观,借鉴历史故事,演绎出全新的时代模型:社会黑暗、政治腐败、道德沦丧、民怨沸腾、危机四伏,一个"长满了丑恶莠草"的环境。在这样一个"开放式"环境里,主人公哈姆雷特"单枪匹马"地开始了自己痛苦的思索与追求的过程。这种情节结构模式,正是西方再现式、写实性的审美表达方式的具体化和形象化。

【经典解读四】 司汤达《红与黑》解意

司汤达是法国伟大的现实主义作家。司汤达的审美心理机制和心理原型是独特的。他出身于平民家庭,自幼深受启蒙思想的熏陶,对封建专制和教会势力深恶痛绝,可以说,个人主义、英雄主义、自由主义的时代特征和文艺复兴以来的人文主义文化,对司汤达的审美心理和文化人格形成了直接而深刻的影响。自由平等是他的社会政治理想;在人的价值观念上,他肯定人的自我力量,主张维护人的基本生存权利,强调个体的人身自由。从个性特征上看,司汤达沉着稳重,这与他从小缺乏母爱的孤独、冷漠的家庭生活有关。敏感、多疑又善于自我克制的个性特征,任何极细微的事情都会引起司汤达情感的波澜和内在的自我审视。他特别喜欢研究人的性格和心理。他具有内省型的心理气质和内向型的审美心理机制。他追求自由、平民意识、自我观念、痛恨等级观念、反抗精神、英雄主义的文化人格,积淀了司汤达自由与叛逆、英雄主义的审美理想。司汤达的人生格言是"不自由,毋宁死"。应该指出,司汤达所追求的"自由",是对人的生存状态的终极关怀,他从社会—历史的表层上升到了文化—哲学的高度。对他来说,"自由",至少包含了人身自由、心灵自由和人格自由三个层面的内涵。这"自由",不仅包含了社会政治内容,包含了欧洲近代人文主义、启蒙主义的理性文化观念,也蕴含了20世纪的现代文化基因。

作为一个中小资产阶级知识分子,不稳定的社会经济地位,决定了司汤达的思想特征。在政治思想上,司汤达是坚定的拿破仑分子,他始终拥护资产阶级革命和拿破仑政治,坚持用启蒙思想歌颂自由、平等和民主。

在哲学思想上，接受启蒙思想和爱尔维修的唯物主义哲学思想。他把自爱与爱人融于一体。

司汤达继承了西方现实主义传统，提出文艺应像一面镜子的现实主义主张，认为文学必须反映人民的现实状况，适应时代要求；文艺应像镜子一样，不回避现实矛盾，直面人生，要有勇于揭露现实矛盾、剖析生活弊端的批判精神；同时，他认为文学需要想象并创造理想。这种思想、人格、审美心理机制和心理原型以及文艺主张，制约和形成了他的审美理想和审美表达方式。他善于构置具有反叛精神、追求独立与自由的个人英雄的艺术典型，通过对社会现实的"镜子"般反映，为人物的活动提供典型环境和场所，表现平民意识、自我观念和反抗精神。司汤达的小说艺术注重人物心路历程的描述，人物的心理冲突往往成为小说的内在情节；善于揭示人物的心理冲突及其社会心理根源，集中于人物性格"自我运动"的源泉，塑造出一系列成功的"追寻者"的典型形象。

长篇小说《红与黑》中的于连·索黑尔正是司汤达心理原型的艺术再现。尽管批评界对于连形象有着仁者见仁、智者见智的不同看法与批判，我们说于连是一个在英雄意识、自由追求和实现人生等方面的探索者、追求者，恐怕不会有太多异议。实际上，于连的性格是复杂的，是"圆形的"。他的性格中有着确立自我、向往民主、善心不泯、生性敏感、刚强坚毅等要素，同时又具有反抗与妥协、自尊与自卑、雄心和野心、正直与虚伪等矛盾层面。

从唯利是图的父兄之家"逃离"，进入市长家，遇到瑞那夫人；从神学院的"爬行"到侯爵府的委曲求全与获得爱情，直到最后不见容于这样的等级社会，而被送上断头台，于连在其短暂的一生中，以非凡的热情投入个人奋斗之中，以惊人的聪慧去实现他的抱负和野心，以反抗和妥协的方式同上流社会周旋，以少有的勇气去克服心理上的障碍和现实中的凶险。然而，这一切并不能改变其命运。于连虽然有对统治阶级的反抗意识和行动，但他终究不是大革命时代的"正宗"英雄，只能成为与整个社会作战的不幸的人。于连一生的奋斗，是在法国19世纪前期波旁王朝复辟、等级观念抬头、民主思想受压、贵族势力猖獗、唯利是图风尚兴盛这一特定社会环境中进行的。作为一个平民出身、地位低下的文化人，于连要确立自我、改变现状，实则是叛逆反抗行为，必然会导致上流社会的愤怒、压制与于连本人的悲剧。

于连其实是司汤达的精神自传式人物。司汤达把他自身的文化人格，政治的、伦理道德的理想赋予于连，甚至把自己的个性赋予了于连。司汤达生前寂寞，他于是让于连惊天动地地"代己"追求，虽轰轰烈烈，终而失败，但并没有寂灭，相反，这未尝不是一种艺术的实现！

《红与黑》的主线即是对个性和自由的追求。于连实际上是一个"在途中"的追寻者和"精神流浪汉"，他追寻的是自我人格的独立和身心的自由，他要展现和维护的是作为英雄的品格。因此我们看到，在初到市长家时，于连忍受不了贵族夫人对他的关心，他认为这是对他的侮辱；他要占有夫人，不是因为爱情，而是为了尽一个英雄的职责，把市长高傲的心"捣个粉碎"；他不允许玛特儿小姐轻视他，他更不允许瑞那夫人背叛他；更何况，他决不容忍周围的人（上流社会的人）用一系列的阴谋和高傲对待他，等等。于连的追求过程，是对人的尊严的维护，是司汤达人本意识、自由意识的审美表达和艺术再现。

思考题

1. 如何理解中西方文化的形态和内涵？

2. 试比较中西方不同的群体意识与个体意识的文化价值。

3. 中西方审美意识有何差异？

4. 结合作品，简析中国文学中"和合"主题的意义。

5. 结合作品，简析西方文学中"追寻"主题的意义。

拓展阅读

1. 张法：《中西美学与文化精神》，中国人民大学出版社 1989 年版。

2. ［美］许倬云：《中国文化与世界文化》，贵州人民出版社 1991 年版。

3. 王宁编：《全球化与文化：西方与中国》，北京大学出版社 2002 年版。

4. 何兆武：《中西方文化交流史论》，中国青年出版社 2001 年版。

5. 李泽厚：《华夏美学》，广西师范大学出版社 2001 年版。

6. ［美］约翰·拉塞尔：《现代艺术的意义》，江苏美术出版社 1993 年版。

7. ［俄］瓦西里·康定斯基：《论艺术的精神》，查立译，中国社会科学出版社 1987 年版。

8. ［法］米·杜夫海纳：《审美经验现象学》，韩树站译，文化艺术出版社 2000 年版。

文化批判与美学救赎：
审美现代性的社会景观

徐向阳

内容提要：审美发生学的事实表明审美经验中人们是以有用先于审美快感的观点去对待事物的，中西方视美善为一体，善为美的本质。当审美作为一种内省经验来认识，对象的形式感不再成为某种概念的逻辑思考时，美从而超越一切现行价值体系而获得自足和独立。审美时尚夸示阶级荣耀的西方消费文化研究论调轻视了审美独立于阶级之上的公共资源性质。法兰克福学派意识形态批判理论旨在揭露当代资本主义权力的意识形态运作方式。当把相对于传统主流文化处于优势地位的大众文化简单地归结为意识形态的"霸权"，将商业对艺术文化生产的影响视为单一化和平庸化而否认艺术自身的规定性时，势必会造成对文化现象普适性与差异性的内在误读。审美现代性致力于对日常生活平庸状态的批判，审美消解了西方传统美学的崇高，审美艺术承担了宗教"救赎"的超越功能，进而对大众审美生活进行先锋性的引导。甄别适于中国本土的审美异质因素，立足中国传统美学本体，合理转化西方异域理论的有效成分，对当下的文化生活范式的建设有着积极的意义。

自古希腊以来，对美的功利性进行讨论的风气就很盛行，人们常将美学归为伦理学的范畴。毕达哥拉斯和贺拉斯都承认诗可以给人以快感。就艺术的起源而言，雄霸西方诗学 800 年的亚里士多德的"模仿说"，如何逼肖地模仿自然，如何密切地关注形式成为艺术的根本任务。亚氏表现悲剧效果的"Katharsis"理论，本质上是功利主义的，并在《形而上学》《政治学》中将美与善等同而论。无独有偶，17 世纪法国的新古典主义被称为文艺规范主义，戏曲理论倾向于艺术的教育功能，高乃伊、拉辛认为，文艺可以净化观众心灵，提高人的道德品质。英国经验主义和大陆理性主义美学家们也常将美善混同，前者认为美是"完善"，后者认为"美在愉悦"，这种情况一直延续到 18 世纪的康德时代。康德非功利审美观、席勒"游戏说"成为压倒以往一切的审美理论的经典话语，"能否以无利害的态度去静观一件事物是人和动物性欲望的分水岭"①。然而功利的审美观依然是一个不可忽视的维度。当美君临人世时，犹如艺术之道被凌驾于技艺之下而美善难分。

中国艺术中功利的美学观占据着支配地位，在艺术世界里，文学被赋予"载道言志""经国大业""安邦定国"的人生责任和政治情怀，诗歌中言情雅玩、娱性自适的成分被关注艺术于人生现实作用的教化功能所悬置，非功利的审美观始终处于边缘化的地位。由于文学艺术承担着"经夫妇，成孝敬，厚人伦，美教化，移风俗"的重要任务，善的内容就被视为品鉴艺术优劣的重要元素，审美经验中洋溢、充盈着政治道德意识，并成为一种长久的文化积淀，使中国美学从发轫之初就散发着浓郁的伦理气息。

一 感性的回归：康德审美的意义

在中国传统社会特殊的历史文化语境里，一方面，对社会人生的强烈关注始终是中国知识分子的潜在使命；另一方面，现实政治从外在规范文学行为的同时并有效地被内化为一种自觉意识。虽然意识形态对作家创作心理进行规范在很大程度上束缚了个体的理性探索和求真意志，然"道之充焉，行乎天地，入于渊泉，无不之也"②。自 19 世纪末的文论启蒙话语强调对社会人生的直接干预以来，梁启超倡导"文学革命论"，认为艺术具有熏、浸、刺、提四种作用，寄希望于文学的"新民"，从而达到社会改良之目的。而深受康德、叔本华审美非功利影响的王国维虽反对文艺的教化作用，但是仍创立了以"慰藉"为中心的诗学命题。当意识形态占据生活主流的时候，正如周扬在第一次文代会上所指示的，"毛主席的《在延安文艺座谈会上的讲话》规定了新中国的文艺方向，并以解放区文艺工作者的自觉实践证明了这个方向的完全正确，深信除此之外再没有第二个

---

① 朱狄：《当代西方美学》，人民出版社 1984 年版，第 267 页。

② 郭绍虞：《中国历代文论选》（第 2 册），上海古籍出版社 1979 年版，第 256 页。

方向了，如果有，那就是错误的方向"①，从而导致"近百年来现代文论在文学价值上始终存在着功利与审美的纠缠，文学的审美价值和功利价值被分开了：政治功利是目的，而审美不过是实现政治功利目的的手段"②。艺术上升为革命旗手，爱美沦落为修正主义。

现代性是一个充满矛盾的复合体，文化系统之间的相互冲突在审美活动中体现得尤为显豁。现代美学研究逐渐摆脱了传统学院派狭隘的审美范式，转向一种对社会政治和意识形态干预的鲜明立场。"在现代性的冲突中，审美承担了极其重要的角色。"③审美现代性力图置身于一种深广的社会文化视域里，体现出政治或道德的价值论倾向。伴随着社会现代化进程中工具理性和世俗主义的泛滥，在社会和文化观念逐渐丧失了赋予生活以意义的能力而成为碎片时，美学研究、文化研究的兴起进而促进了人们对现代性问题的反思，社会理论所具有的批判性价值和反思功能被进一步强化。而通常认为中国的审美现代性是审美独立意识与工具意识之间的纠葛，实际上，中国审美现代性存在着审美工具主义、审美独立主义、审美娱乐主义与审美批判主义四大范式，且其命运各不相同。④

当美学作为一门学问最初被确定时，鲍姆加登给美学命名就是为了纠正被大陆理性主义所强化的理性，从而赋予审美以感性和直观，因为它是获得真理的唯一途径。自德国古典美学以来，康德美学以审美的无功利性彰显了一种审美鉴赏的乌托邦性质。席勒以"游戏说"关注于审美弥合现代人性分裂的功能，审美可使感性的人成为理性的人，也只有在审美状态下才能将世界与个人分开。黑格尔进而认为审美具有令人解放的性质。康德认为"快适"和"善"都是客观事物在起主导作用，主体是被动或从属的，鉴赏判断中愉悦的普遍性却表现为主观的。他认为，美应该从认识和道德中分离，成为一个特殊的领域。康德区分了快适、善和美存在与发生的文化心理基础，认为"快适带有以病理学上刺激为条件的愉悦，善不只是通过对象的表象，而且是同时通过主体和对象的实存之间被设想的联结来确

①　北京大学、北京师范大学、北京师范学院中文系中国现代文学教研室编：《文学运动史料选》（第5册），上海教育出版社1979年版，第684页。
②　姜文振：《百年文论功利与审美纠缠的理论启示》，《南都学刊》2005年第1期。
③　周宪：《审美现代性批判》，商务印书馆2005年版，第6页。
④　寇鹏程：《中国审美现代性的四大范式及其命运》，《西南大学学报》2010年第1期。

定的，带有纯粹实践性的愉悦。而美则是静观的"①。在哲学层面上，快适使一切生物体产生快乐（如痛感、痒感），是建立在个体感受之上的判断。善具有被尊敬、被赞成的东西，存有对一种客观价值的评判，它对一切有理性的存在物都适用。而美则摆脱了客观存在的左右，是一种不同于官能快感和理性愉悦的状态，"既没有感观的利害也没有理性的利害来对赞许加以强迫"②，并不以概念为目的，所以是自由的。

然而，艺术在超越生理快感的愉悦时并不否认包含生理快感的因素，美感和快感并不是泾渭分明、水火难容的。在对客观对象的欣赏中，不同的主体有不同的选择和偏嗜，中国古人认为，外物能否成为现实的审美对象，取决于它能否涵射主体的道德观念，并发展出先秦以来的"比德"原理。在审美对象的选择性上，主体选择那些有助于激发人美感的因素或原则，"物沿耳目""触景契心""心物交感"，通过耳目等感觉器官感应外物，进而兴发美感。在这里，并不意味着快适的快感是审美快感的基础，而是表明美感和快感之间是一种龃龉磨合的扭结状态。感观快感和道德上的善，对于快适和善的愉悦又往往与利害相关联，"在满足审美欲求得到时，生理的快感同样可能浸透在情感心理的审美愉悦之中，但前者处于附属的地位"③。康德说："一切快乐即使是由那些唤醒审美理念的概念引起的，都是动物性的，即都是肉体上的感觉。"④精神的自由引起了肉体上的松弛，这样"诸感觉（它们没有任何意图作根据）的一切交替着的自由游戏都使人快乐，因为它促进着对健康的情感"⑤，从而达到"善摄生者不蹈死地"⑥的境界。同时，康德还考察了音乐和笑料两种带有审美理念的游戏，发现艺术乃是一种超越生理的愉快之情，"是那肉体中被促进的生命活动，即推动内脏和横膈膜的那种激情"⑦的和谐运动而加强精神上的愉快。从而并不否认包含生理快感的因素，相反，它是健康和无害的，实现了用"心灵掌握肉体"。

依康德和叔本华的观点，我们在客观对象中获得的是一种没有利害感

① ［德］康德：《判断力批判》，邓晓芒译，人民出版社2004年版，第44页。
② 同上书，第45页。
③ 刘纲纪编：《当代美学评论》，湖北人民出版社2003年版，第181页。
④ ［德］康德：《判断力批判》，邓晓芒译，第181页。
⑤ 同上书，第177页。
⑥ 冯达甫：《老子译注》，上海古籍出版社1991年版，第116页。
⑦ ［德］康德：《判断力批判》，邓晓芒译，第178页。

的观照和愉悦。在美的领域中排斥了利己的东西，在美的理想中"它不允许任何感观刺激混杂进它对客体的愉悦之中，但却可以对这客体抱有巨大的兴趣"①。虽然康德的兴趣不在于论证美与善的关系，出于建构哲学体系的需要，他还是以专章论述了"美作为德性的象征"这一问题。伊格尔顿认为，"康德与要使道德审美化的狂热的浪漫主义冲动毫无关联：道德法则是被提升为纯粹的美的魅力的最高法庭。即便那种美在某种意义上是道德法则的一种象征。"②康德将美区分为纯粹美和依存美，后者以对象所要表现的概念为前提。对纯粹美的鉴赏主要是一种"静穆观照"的态度，它意味着自我与对象之间存有一定的距离。康德的审美心理距离是纯粹精神上的，它使我们拥有对物质世界的"抚慰性幻想"。"在这里，自我与各种欲望相分离，事物本身当成目的，作为一种观照价值，审美所提供的镜像中，审美主体面对美的客体时进而在自身发现统一和和谐。"③

同样，与康德审美非功利论调保持对话的居约（J. M. Guyan）认为，康德美学将美和实用分开而贬低实用性，人为地分离了工业与艺术的联系。审美愉悦同样也具有社会性，美与合乎需要是不可分割的。桑塔耶那是对"审美无利害观念"概念抨击最为猛烈的现代美学家，他指出，某种审美的鉴赏就像其他物质享受一样，是有关利害的，正如对音乐的演奏，对它的鉴赏就是消耗性的。在中国，鲁迅以警顽之语告诉当代人："在一切人类所以为美的东西，就是与他有用——于为了生存而和自然以及别的社会人生的斗争上有着意义的东西。功用由理性而被认识，但美则凭直感底能力而被认识。享乐着美的时候，虽然几乎并不想到功用，但可由科学底分

---

① ［德］康德：《判断力批判》，邓晓芒译，第 72 页。

② ［英］伊格尔顿：《美学与意识形态》，广西师范大学出版社 1997 年版，第 71 页。

③ ［英］李斯托威尔：《近代美学史述评》，上海译文出版社 1980 年版，第 86—91 页。审美观照的理论在 18 世纪末康德《判断力批判》"静穆观照"学说提出之后大量涌现，自 19 世纪以来先后出现了费希纳"自下而上"的实验方法、维塔泽克（Witasek）原子心理学研究方法的心理学美学，出现了立足主观主义的表现论、快乐论、游戏论、外观论和幻觉论、移情论、折中论等流派。英国剑桥的一批学者如 C. K. 奥格登、I. A. 理查兹、詹姆斯·伍德合著的《美学的基础》认为，美感经验是"非个人的""没有利害感的"；G. 赛芬列区分了美与欲望的分野，认为美亦如宗教一样是一种精神需要；E. 布洛赫认为，审美态度的特点是纯粹精神上的距离，美感经验不同于愉快，更不同于效用。O. 屈尔佩溯源于叔本华，认为审美态度区别于其他态度的核心在其观照性，在于它把事物的本身当成目的，从而具有了"观照价值"；R. 缪勒—弗莱恩费尔斯区分了一般艺术观赏者两种极端的心理类型，即阿波罗型和狄俄尼索斯型，"旁观者"（Zushauer）的类型与"扮演者"（Mitspieler）的类型，将叔本华派"纯粹观照"和里普斯派"纯粹感情"的观点进行调和，在审美过程中这两种心理态度是共生的。

析而被发现。所以美底享乐的特殊性，即在那直接性，然而美底愉快的根柢里，倘不伏着功用，那事物也就不见得美了。"①

二　思想谱系：审美现代性之由

审美活动作为一种心物的交流过程，常游离于意识形态，当身体作为一个现代性审美物件时，人的身体以审美活动物质载体的形式成为西方美学众多理论和讨论的中心。即关注人的身体状态，复归濒临异化的人性。在科学世界中，"无论我们是激烈地肯定还是否定技术，我们仍是受制于技术，是不自由的"②。我们甚至对技术的本质茫然无知。尼采宣告"上帝死了"，我们"现代人"是一群"无家可归者"，在"重估一切价值"的呼声下，面对西方世界日益理性化的科学进程，他提出了审美的"酒神精神"的方案来填补宗教衰落的现实。正如韦伯所说的，审美为现代性社会提供了某种世俗的"救赎"意义。在文艺美学研究中，对美学原理和审美经验的研究常与意识形态问题联系在一起。19世纪，法国哲学家特拉西在《意识形态概论》中最早提出"意识形态"一词，并将其定义为"考察观念的普遍原则和发生、发展规律的学说"。20世纪30年代法兰克福学派承袭了马克思《德意志意识形态》中的批判性理论和《1844年经济学哲学手稿》中的异化理论，意识形态被提升为作为科学、文化、技术理性等层面的一个历史唯心主义的范畴，旨在强调意识形态批判资本主义现存文化秩序的使命。韦伯的现代性理论从文化层面揭示了现代社会的工具理性对社会生活的彻底颠覆，宗教的缺失造成了人们的生存困境，生命的意义成为诘难现代人的首要命题，而文学艺术则作为一种召唤性结构进入人们的期待视野，"审美与性爱成为一种'救赎'之途"③。赫勒概括了马克思的现代性观念，认为它包含着理性化与功能主义，现代世界变得不可思议，人的存在也成为一个偶然性的问题。基于对席勒以审美教育培养审美力，张扬人的天性的主张，马克思以来的激进主义者如马尔库塞、卢卡契、葛兰西抨击工业资本主义所带来的将人的总体性予以机械、呆板、削平、抽空的

---

① 《鲁迅全集》（第4卷），人民文学出版社1981年版，第263页。

② Martin Heidegger, *The Question Concerning Technology* (Harper & Row Publishers , Inc. , 1977), p. 4.

③ 周宪：《审美现代性批判》，商务印书馆2005年版，第25页。

本质，传达出救民于水火、挽大厦于将倾的战斗性姿态。

自西方启蒙运动以来，面对知识与信仰的分裂，人作为思维主体处在与自然客体世界分化的总体性格局中审美一方面为人类主体提供了丰富的意识形态模式，另一方面又为人类感性的重塑提供了某种幻象。在文艺战线，马克思的文艺思想更多突出的是文艺的革命性、阶级性、政治性、工具性等方面的内容，文学的自律性、娱乐性、消遣性等方面的东西却被有意无意地忽视或排除了。"审美反映就是审美创造，文学艺术介入平庸世俗生活而肩负起自我否定、自我批判、自我暴露的功能，克服日常生活的琐碎单调，使生活更加人道化和完善化。……作为乌托邦或梦幻共同体的文学艺术在提供人们虚构世界同时，根本上是作为不完满的现实或异化现实的不相容的对立物而存在的，超越性成为艺术的深层本质。"①马克思认为是私有制导致了人的异化，只有彻底废除私有制，才能解放一切属人的感觉和特性。

"审美现代性是一个蕴含了深刻人道主义内涵的概念"②，西方马克思主义学者对人的日常生活被消费主义全面控制，人沉溺于物欲和情欲中全面异化的惨象充满忧郁。20世纪30年代以来在德国逐渐形成的法兰克福学派，可谓当代西方马克思主义最重要、影响最大的一个学派，该学派通过对现代派艺术的深刻阐释和对审美自律原则的反驳，进而把握审美形式与现代生活的紧密关联。以"马克思主义的现代化者"自居的马尔库塞对发达工业社会进行批判，对资本主义文化进行着无情"革命"。马尔库塞把现代知识领域的冲突理解为逻各斯和爱洛斯的对抗，呼唤对爱欲（eros）或新感性的解放，从而克服人陷入"单向度"的泥潭。法兰克福学派社会批判理论的倡导者霍克海默、弗洛姆、阿多诺还把批判的锋芒指向大众文化，阿多诺认为，在垄断资本主义下艺术已经商业化了，甚至音乐也充斥着拜物教的性质，艺术的本质遭到冲击，失去了超越和救赎的功能，艺术的乌托邦彼岸被污染。艺术以其自身的审美特性必须负载起抵制工具理性及其物化的现实作用，从而保留对现存社会进行深刻反思和批判的功能。在西方文学的现代经典中，从卡夫卡《变形记》到约瑟夫·海勒的《第二十二条军规》，从爱略特《荒原》到乔伊斯《尤利西斯》，莫不表明一种身份和

① 代迅：《文学理论与批评实践》，重庆出版社2004年版，第48—88页。
② 周宪：《审美现代性批判》，商务印书馆2005年版，第71页。

立场，就是文学要抵制一种日常生活自动化的庸俗倾向，对人的生存境况作出种种审美化的假定性悬设。现代艺术在市场实用价值挤压下恪守自身的自律性的同时，又面临着商业化大众艺术的威胁，由此而引申出一个审美的现代性矛盾。

霍克海默和阿多诺在《启蒙辩证法》中尖锐指出现代大众被工业化奴役、宰割的惨象，并对之予以"无情的敌视"。"文化工业的产品到处都被使用，甚至在娱乐消遣的状况下，也会被灵活地消费。但是文化工业的每一个产品，都是经济上巨大机器的一个标本，所有的人从一开始，只要他还进行呼吸，他就离不开这些产品。……社会上所有的人都接受文化工业品的影响。"①大众文化凭借现代传媒客观上把持着文化主流，使大众丧失自由选择的空间和自我决断的能力，审美原则和艺术理想屈从于交换原则和利益标准。"他们看不起下里巴人式的大众文化，并对大众阶级乐趣中的直率和真诚缺乏同情。"②大众文化的盛行包含着对历史人文理性的摧毁，以貌似温和的形式顺从着现存意识形态，它的出现是西方文化自我变异与现代工具理性肆意膨胀的结果。

大众文化以反启蒙的姿态消解了传统文化对人类终极命运的关注，审美与艺术却伴随着现代理性社会的发展而获得了独立的现代性意义。作为法兰克福学派的代表，阿多诺、马尔库塞等所提倡的审美主义的精神救赎成为在尼采"上帝死了"之后的信仰皈依。受卢梭思想的影响，法兰克福学派悲壮地树起对现代西方文化进行批判的祭旗，由对现代科技文明的抵触转向对中世纪田园牧歌式浪漫的回想，流露出情绪的惶恐和理论本身的捉襟见肘。对意识形态的批判应从整体文化的立场出发，而不应只局限于高雅文化的范畴，似乎在更深层面上缺乏艺术反抗和解放力量的恰是精英主义文化。任何文化样态都是历史性的生成概念，阿多诺没有看到大众文化的兴盛乃是一种历史的必然。"纯而又纯的高雅文化，其实从来都没有存在过，高雅文化从它诞生的第一天起，自身内部就蕴含有大众文化的因素了。"③文艺复兴时期的意大利、明代晚期中国南方市民文化的兴起都是这样的范例。列夫·托尔斯泰在《艺术论》中指出，与知识、思想不同，

---

① 霍克海默、阿多诺：《启蒙辩证法》，重庆出版社1990年版，第118页。

② ［英］迈克·费瑟斯通：《消费文化与后现代主义》，刘精明译，译林出版社2000年版，第2页。

③ 陆扬、王毅：《大众文化和传媒》，上海三联书店2000年版，第24页。

艺术天生就属于所有人，"艺术和理性活动的区别在于：艺术能在任何人身上产生作用，不管他的文明程度和受教育程度如何，而且图画、声音和形象能感染每一个人，不管他处在何种进化阶段上"。基于普适性的考察，大众文化存在的深广并非只局限于"愚民"，同样也蔓延于知识界。阅读经典名著之余，消遣侦探小说、言情故事也是并行不悖的选择。传统意义上所谓的严肃文化和通俗文化的界限并非冰火难容，文学的边界向其他学科领域挪动，变得更加模糊和不确定。获恶谥之名的《金瓶梅》在问世之时却获"奇书""外典"的头衔；连今天英国皇家也喜欢的"辣妹"音乐应归何类？是严肃音乐还是流行音乐，学者们至今没有得出一致的结论。就像人的审美欲求是多样化的一样，"对那些看够了合规则的美的人来说，作为换换口味，才是令人喜欢的"。"只消让他试一试一整天待在他的胡椒园里，便领悟到：当知性通过合规则性而置身于它到处都需要的对秩序的兴致中，这对象就不再使他快乐，反倒使想象力遭受了某种讨厌的强制。"①

霍克海默在《批判理论》中指出，"反抗的要素内在于最超然的艺术中"。什么是"最超然的艺术"？艺术的自律和反抗是相悖的吗？对于大众文化缺乏自律性和反抗性的指控，舒斯特曼反驳道：艺术的自律性和反抗性都不是艺术的本质，而是一种特别的意识形态，是一定历史阶段的产物。② 艺术就是乌托邦，作为梦幻共同体的文学艺术在提供意义世界的同时，根本上是作为对不完满现实的对立物而存在的。面对日常生活审美化的时代变迁，经典美学的文化立场和理论视域已经转换，美学已经逐渐突破过去那种就美论美的狭隘窠臼，而渗入各种人生实践中。如伽达默尔开创的体验论美学，在对当代人生存活动的解读中强调美学介入现实的力量。传统文学关注的重心是人的精神价值和心灵世界，它排斥精神性审美愉悦之外的各种生理快感和功利诉求，以一种悲悯的情怀不断探寻人之德性的超越性升华。喜剧在传统文化视域里是等而下之的，在文化的权力附属关系上，依特定的文化阐释模式，则存有一种主体——客体、支配——被支配的关系，它是文化本体内部的歧视和霸权。然而，大众文化由于将

---

① ［德］康德：《判断力批判》，邓晓芒译，人民出版社 2002 年版，第 80 页。
② ［美］理查德·舒斯特曼：《实用主义美学》，彭锋译，商务印书馆 2002 年版，第 259 页。

市场原则作为导向，以被消费为目的，迎合大众的需要，便具有了一定的时尚性和扩张性，它以商品交换的等价原则置换道德理性，以压抑意识的无害释放、缓和人与社会的二元对立，以优胜劣汰的自然选择不断推动文化产品的扬弃更新。于是，大众文化在现代社会里具有其不可替代的功能和作用。

三 "文化工业"批判理论：大众 审美文化的纵声喧嚣

对当代大众审美文化的意识形态批判是法兰克福学派的"文化工业"批判理论的主要武器。按照法兰克福学派的看法，"文化工业反映了商品拜物教的强化、交换价值的统治和国家垄断资本主义的优势。它塑造了大众的鉴赏力和偏好，由此通过反复灌输对于各种虚假需求的欲望而塑造了他们的幻觉。因此，它所起的作用是：排斥现实需求或真实需求，排斥可选择的和激进的概念或理论，排斥政治上对立的思维方式和行动方式。它在这样做时是那么有效，以至于民众并未认识到发生了什么事。"①

依阿多诺的看法，工业化制造的艺术产品以虚伪的个性化掩隐了工业生产的标准化，大众的审美理想遭庸俗平板价值观念的戕害。一方面，大众的审美感知和鉴赏判断的能力被无情解构；另一方面被意识形态的阴谋所俘获，大众丧失了理性的家园而在神话般的镜像世界里得到虚幻的满足。知性顺从于被美学和艺术包装的视觉话语，个体与其"生存的真实条件"间的关系被再现为一种想象的关系，使主体在产生虚幻感的同时却又不能认识到这种意识的梦幻性。阿多诺认为，在谎言和神话包裹下的大众文化意识形态具有极强的操纵性，大众文化通过制造幻象、提供声色之乐使大众在物质消费与感观同化中放弃反抗。通过这种隐性的方式来操纵大众的意识，从而起到维护现有政治、经济权利结构的作用。如马尔库塞所声援的，大众文化所蕴涵的拜物教性质颠倒了文化商品与人的关系，人的"第一天性"泯灭了，消费社会通过报纸、电视、广告创造了人的"第二天性"，人成为物的奴隶，彻底被商品化了。于是乎，大众在快感中忘却了

---

① ［英］斯道雷：《文化理论与通俗文化理论导读》，杨竹山等译，南京大学出版社2001年版，第71页。

现实的失意和痛苦，成为消极待宰的羔羊。艺术的欣赏成为商品的消费，审美的愉悦成为感观的享乐。艺术的唯一性被大众文化的机械复制所解构，正如本雅明所言，艺术的"韵味"缺失了，艺术的膜拜价值和审美距离被消解，艺术的否定和救赎功能遭到了世俗化的堕落。文艺作品从仪式的崇高殿台上坠落，沦为意识形态的囚徒。无独有偶，哈贝马斯也认为，资本主义的大众文化通过消磨人们的业余时间，从而让一种支离破碎的日常意识成为意识形态的统治形式，达到预防阶级意识形成的目的。文化工业取消了文学所具有的叛逆与反思，艺术的自足性颓然消逝。于是，艺术内在的丰富性消逝了，个性成为幻象，人性濒临缺失。

通俗音乐和其他诸种流行艺术的生产和消费构成了法兰克福学派所关注的当代大众审美文化的基本内容。阿多诺站在精英文化的立场上反对商业文化的世俗性和平民性的审美趣味。作为虚伪个性化文化工业的化身，阿多诺之所以痛恨通俗音乐，是因为这种平民艺术冲垮了高尚艺术的闸门，败坏了整个社会的审美趣味和价值观念。他对通俗音乐的这种解剖基于古典音乐和先锋音乐的对比。据他的看法，"严肃音乐每一细节都从乐曲的整体以及它在那个整体中的地位获得了意义，而通俗音乐中的任何部分都可以被任意替换"①。标准化的生产模式阻断了个体意志的审美想象能力，使艺术丧失了应有的难度，欣赏的张力也随之消逝，从而导致大众趣味的标准化和主体创造能力的消亡。据此，阿多诺的观点可表述为：通俗音乐是标准化和商品化的象征，已被意识形态化了，而严肃音乐却义无反顾地抵制着机械复制。血统纯正、充分个性化、卓尔不群是其固有品格，惊世骇俗的先锋艺术可以唤醒人的主体意识，把人从习见的盲从中解放出来。

作为对法兰克福学派大众文化理论的学术理解，晚年的卢卡契认为，文化工业表面上是"告诉消费者最好的冰箱或最好的剃刀是什么"，而实质上是一个"意识的控制问题"②。与"文化工业"理论同声相应，作为伯明翰学派领袖的斯图亚特·霍尔的意识形态编码理论就是这方面的成果。如霍尔所言，大众媒介造就了当代资本主义主要意识形态的体制，

① ［英］斯道雷：《文化理论与通俗文化理论导读》，杨竹山等译，南京大学出版社2001年版，第75页。
② Theo Pinkus 编：《卢卡契谈话录》，龙育群、陈刚译，湖南文艺出版社1991年版，第46—48页。

它凭借凝聚社会霸权代码的生产而发挥作用。大众文化文本常作为封闭性结构而获得"优先阅读"。霍尔认为，电视文本有三种优先阅读方式，即三种解码立场。从葛兰西霸权理论生发的第一种立场即"主导霸权"立场最接近法兰克福学派的观点，即必须通过编码来优先指示社会生活、经济、政治权利以及意识形态之上的秩序。这意味着电视等媒体作为阿多诺所批判的文化工业的一部分，是一种向大众灌输虚假需求的意识形态共同体。

在阿多诺看来，艺术生产的标准化所带来的抑郁状态表征了发达资本主义社会大众日益败坏的口味。其实，阿多诺所说的通俗音乐的标准化，并非商业性的艺术所独有的特征。伯尔纳·吉安德隆认为："他忽视了文体性产品与功能性产品的内在差别，错误解释了音乐生产对工业标准化的偏好。"[①]作为普遍性的文体性产品（文本）必须在功能性产品（物质媒介）上实现销售或占有。阿多诺没有区分文本生产标准化与功能性产品标准化的内在区别，从而影响了他的批判理论在政治上的有效性。在历时性水平上，口耳相沿的固定模式、狂欢化话语、非理性情绪等常被作为民间艺术所具有的典型特征被沉淀下来。或者说，所谓"标准化"现象不一定是商业的要求，而同样可能是民间或平民艺术所分有的。阿多诺断言传统的西方音乐是落后的，乃其和弦与乐调体系比西欧古典音乐更为简单原始的缘故。然而，必须注意到一个事实：传统音乐在流行音乐的某些范围内一直发挥着作用，在节奏、韵律和口语表达上还出现了部分叠加，而这并不表明后者是前者程序符码的平面化雷同。难道说对某种音乐形式规程的借鉴就表明该种音乐本身就落后于前者吗？中国流行音乐文化的发生始于20世纪80年代初，作为大众文化的重要组成部分，由外来文化引发的流行音乐在中国大陆的盛极一时非如精英文化所抨击的那样一无是处。相反，大众对流行音乐自由意志的强烈认同，足以证明当代中国流行音乐文化创始阶段固然受到西方商品拜物教的影响，但并没有一开始就完全堕落到知识精英们所指责的人生意义虚无、作品平庸媚俗的罪恶深渊里。作为文化精神的代言人，崔健的歌曲即是极好的例证，而这被视为商业文化的替身时，岂不障碍重重？

---

① 陆扬、王毅编选：《大众文化研究》，上海三联书店2001年版，第219—221页。

四 美感的回归：重构文化生活范式

美感发生的过程乃是一个摆脱了粗野本能和强烈情欲的结果。艺术的发生断然不是一种自然主义的素朴表征，也不是刺激—反应式的机械摹拟，而融入了复杂的人生体验、联想和虚构、情感天赋、时代背景等复杂因素。达尔文视性为艺术发生的本源，斯宾塞、费尔优恩（Verworn）则着眼于游戏、巫术。在原始民族的艺术里，模仿和记忆服从于艺术家自由的创造性想象，艺术家把他受到外界印象刺激所产生的主观观念表现出来。原始艺术更多地以实用为目的，膜拜与禁忌相结合、巫术仪式与日常劳作相渗透，与残酷的生存竞争相较量，其艺术未能完全从生物的利害关系中解脱出来。

自 1750 年鲍姆嘉通以"感性学"对抗理性主义以来，西方美学主张感性的审美精神对抗功利、物欲消费对人崇高尊严感威胁的话语不绝于耳。在亚里士多德、康德、席勒那里，即审美被泛化的时代以前，审美对知、意的调和及人格完善具有重要意义。现代艺术审美以其非实在的虚幻性表现为一种现实功利的超越，审美对象只存在于"虚幻的时间与空间之中"，它以幻象的形式唤起主体的审美态度。在康德美学中，审美有着巨大的功能，"审美使人类主体集中于对易受影响的、有目的的现实的想象关系上，使主体愉悦地意识到自身内在的统一，并且把主体确认为伦理的代言人"①。审美保证了主体之间自发的而非强制性的一致，提供了预防日常社会生活自动化乃至异化的情感纽带。艺术作为一种价值形象的体现乃是为了激发观赏者内心的感情，这种目的本身是有功利意味的。同时，艺术作品又进一步激发生活或文化的诸种价值判断，如宗教感、道德超越情怀等。从整个审美活动来考察就不难发现：审美之前，审美主体受到审美趣味的制约，在审美感兴阶段包含着主体的价值观念和道德意识，在审美过程中利害感以无意识的形式渗透在审美感受中，带有强烈的功利色彩。正如实证主义美学家杜威所言："审美决不是没有欲望的，而是它完全渗透在知觉经验中。面对审美的结果，同样也是具有功利性的，审美主体对审美对象进行审美判断时，满足了个体生命的精神需要，是一种心理

---

① ［英］伊格尔顿：《美学与意识形态》，广西师范大学出版社 1997 年版，第 89 页。

上的愉悦感。"①除了审美的瞬间无利害关系外，整个审美活动都具有利害的因素和性质。从人类学的角度来看，文化的历史是积淀在大众文化中自发地存在着的，从寻求沟通到语言的产生，从生理快感到审美快感的转化。文化哲学家卡西尔指出，文化是人创造的符号，美之所以无需任何复杂而难以琢磨的形而上学理论来解释，乃是因为美和艺术产生于模仿。作为产生审美快感的源泉，模仿是人类儿提时代的天性。文化以普遍性为前提，在康德看来，审美判断的普遍有效性与必然有效性基于先验的人类共通感，"凡是那没有概念的普遍令人喜欢的东西就是美的"。② 列夫·托尔斯泰同样认为，"反常的艺术可能是人民所不理解的，但是好的艺术永远是所有的人都能理解的。"③艺术的感染力能使读者意识到他与艺术家之间的界限泯灭了。

"日常生活审美化"命题的提出，面对传统美学在审美泛化的事实面前，韦尔施在《重构美学》中认为，美在当今被降格了，浅薄泛滥的"伪审美"令人目眩、神迷，失去自我。大众文化不是消费主义和享乐主义的代名词。法兰克福恪守艺术的自律性，追求康德超功利美学观，认为艺术不能屈从于时代，而应该保持自身的自律和目的。其实，审美经验中何尝不潜伏着功利的成分呢？艺术一方面对现存社会给以定性的否定，一方面形成的理想与现实间的张力对异质化世界的超越，使得艺术不仅是一种自由创造，同时也成为一种变革社会秩序的力量。大众不是沉默的缺场者，他们固然不可直接左右文化的生产，却可以左右它的消费。费斯克主张发扬大众文化的政治功能，他要求通过理解大众文化来"指出大众文化的政治潜能"。不过，与法兰克福学派相反，他认为，"大众文化是围绕着大众与权力集团之间各种形式的对立关系加以组织的"，因此极力强调大众文化所蕴涵的大众的对抗性和差异感。与宏伟激进的变革目标相比，大众变革的目标是"温和与直接"的。④ 虽然，大众文化关注的是日常生活领域的琐屑杂务，但千万不可忽视这种微观力量，毕竟它为宏观政治的种子保留了一片肥沃的土壤。

---

① 刘纲纪编：《当代美学评论》，湖北人民出版社 2003 年版，第 187 页。
② ［德］康德：《判断力批判》，邓晓芒译，人民出版社 2002 年版，第 54 页。
③ 伍蠡甫主编：《西方文论选》，上海译文出版社 1979 年版，第 437 页。
④ ［美］费斯克：《理解大众文化》，王晓珏、宋伟杰译，中央编译出版社 2001 年版，第188—226 页。

　　法兰克福学派在大众文化的全盘否定中忽视了蕴涵于日常生活当下的审美特质，否定了文化价值的人类有效性。他们所倡导的精英文化流露出与大众文化相类似的单一化倾向，这使得其建构的理论大厦在逻辑理路上是矛盾的。总之，当旧的文化秩序崩溃，雅俗之分被填平后，艺术的消费趣味实际上处于一种和平流动的状态。文化形式和文化活动的领域并非变动不居，应该重视在接受雅俗文化过程中因审美想象、审美理解的不同而存在的个体差异。虽然我们在评价具体的文艺作品时还可以指出其品味的高低，但是这种品味的高低已经不同于精英与大众对立时代的雅俗之分，因为这种品味只是一种个人趣味，不再象征文化等级和秩序。T. S. 艾略特认为，甚至包括睡梦在内，文化已涵盖了一个民族的全部生活方式。立足于文化整体的高度，倡导文化民主，这对建立多元文化共存的和谐生态是有积极意义的。俄国文艺理论家 K. 拉兹洛戈夫说："理想的情况应该是这样的，即每一作品都能找到它的所有读者、听众和观众，而每一读者、听众和观众也能得到他所感兴趣的艺术作品。"①重视文化现象内在的普适性与差异性，对法兰克福学派的大众文化理论作出科学理解，对当下的文化建设将有所裨益。

　　在一个永不终结的无限过程中，人的身体、感性和欲望等非工具理性概念如何抗拒日常生活的暴力恐怖。面对当今日常生活审美化的论调，网络游戏、COSPLAY、粉丝文化、韩流、广场舞等作为一种与传统言志载道对峙的审美范式，随着传媒影像的普及，正日益渗透到日常消费的每个角落并改变着人们的思维方式和审美原则。"歌谣文理，于世推移"，审美功利主义在一个生成又扬弃的过程中被不断激起回响，精英主义和先锋派以其话语权利超越日常生活并臆造出乌托邦的现实。康德美学作为西方古典美学通向现代美学的转折，在康德第三大批判《判断力批判》中以审美救赎取代宗教救赎，知性与自由以趣味判断作为沟通，将想象力与诸认识能力和谐统一的审美判断将人类从分裂走向完整的状态。美是自由的象征，审美自律原则的确立奠定了美的神圣性，审美判断获得了自身独立的地位，实现了对既存现实的超越。百年以来，王静安、梁启超、朱光潜等美学家已经形成了富有西方色彩的中国美育理论，蔡元培先生"以美育代宗教"的口号依然回萦耳畔，在审美现代性与中国传统美学的碰撞、冲突

———————
① ［俄］K. 拉兹洛戈夫：《人与艺术》，章杉译，《世界电影》1999 年第 4 期。

下如何激活古典学术进而将之纳入时代精神的框架内，在艺术的灵性世界里，缪斯开启了一扇面向未来的窗户。关注生命体验，不削足适履地被动迎合西方理论，从感发、兴会中感通物我人情，与西方审美思想互补互证，产生碰撞的光火。既保持特色，又能从本土经验开出一条新路，使审美现代性理论成为中国现代以来美学理论体系中重要的思想来源，正是我们不断深入思考和努力探索的问题。

思考题

1. 康德审美超功利思想在中国古典美学中有无理论回响？

2. "文化工业"与传统艺术审美之间的差异是什么？

3. 当代大学生如何提升审美能力？康德美学的当代理论困境是什么？

4. 中国传统美学在当下断裂了吗？为什么？

5. 柏拉图为什么说"美是难的"？

6. 大学生要做"为己之学"还是"为人之学"？

拓展阅读

1. 李泽厚：《美的历程》，三联书店 2009 年版。

2. 徐复观：《中国艺术精神》，商务印书馆 2010 年版。

3. ［英］鲍桑葵：《美学史》，张今译，广西师范大学出版社 2001 年版。

4. ［俄］瓦西里·康定斯基：《论艺术的精神》，查立译，中国社会科学出版社 1987 年版。

5. ［美］本雅明：《机械复制时代的艺术作品》，王才勇译，江苏人民出版社 2006 年版。

6. ［美］赫伯特·马尔库塞：《审美之维》，李小兵译，三联书店 1989 年版。

7. ［英］特里·伊格尔顿：《当代西方文学理论》，中国社会科学出版社 1988 年版。

8. ［美］约翰·费斯克：《理解大众文化》，王晓珏、宋伟杰译，中央编译出版社 2006 年版。

唐诗宋词误读与正辨

付兴林

内容提要： 唐宋时期许多经典诗词在赏读过程中，常会因对一些词、句、意境审度不清，理解不透，而出现偏离作者本意、过度联想发挥、不能准确揭示旨意等问题。王勃《送杜少府之任蜀州》中的"城阙"不是指代京城而应代指蜀地，并借此显现作者慰安朋友的良苦用心。杜甫《登岳阳楼》首联非为"喜初登"之意，而是表达了喜忧参半、酸楚自嘲的感情；颔联亦非单纯雄浑壮美的写景句，而是饱含家国动荡不宁的沉痛悲壮之句。对苏轼《蝶恋花》节候时序的误判，导致对作者所要抒发的伤春复喜夏感情体察不清，进而对"天涯何处无芳草"的本义产生误解。对李清照《醉花阴》"薄雾浓云""瑞脑销金兽""佳节又重阳""帘卷西风"等词句，也都存在误读浅解、参透不尽等问题。

唐诗和宋词作为"后世莫能继焉者"①的文学经典，自诞生之日起，即引起了历朝历代读者、学者赏读品评的浓厚兴致。不同时代的学人，依据各自所处时代的文学思潮、诗论主张、审美趣尚对一首首优秀的唐诗宋词进行着不厌其烦的阐释、解读。文学阅读、鉴赏是一个再创造的过程，它需要调动欣赏者、评说者的主观能动性，力求尽可能地将文本中所蕴含的思想、艺术等魅力揭示出来，使读者从中寻绎、捕捉诗人、词人的胸襟禀赋、睿智才情、创作个性。然文学阅读、鉴赏是见仁见智的审美活动，不同的读者对同一作品的体悟、研判可能会得出大相径庭的结论。虽然学界有"诗无达诂""作者之用心未必然，读者之用心何必不然"的古训，但如何既忠于作家原本的创作意图，又能将文本所蕴藏

---

① 王国维：《宋元戏曲史·自序》，上海古籍出版社 1998 年版，第 1 页。

的审美价值加以深掘、揭示，这往往是摆在研究者面前一个不得不认真对待的课题。事实上，我们在解读一些唐诗宋词经典文本时，常会不自觉地出现一些偏差，使之延续后世，贻误众人。本文拟以王勃的《送杜少府之任蜀州》、杜甫的《登岳阳楼》、苏轼的《蝶恋花》（花褪残红）、李清照的《醉花阴》（薄雾浓云）为考察中心，对名家的名篇被误读、曲解略加举证和辨正，以期引起读者、学者对唐诗宋词经典文本正确解读、品鉴的关注与重视。

一 王勃《杜少府之任蜀州》误读与正辨

王勃是"年少而才高，官小而名大"[1]的初唐四杰之一，虽在世仅 28 个春秋，但成就斐然，在初唐诗歌律体化进程及诗风改变过程中作出了不容忽视的贡献。《全唐诗》收录其诗 89 首，而传颂后世、影响至巨的当属《杜少府之任蜀州》。诗云：

> 城阙辅三秦，风烟望五津。与君离别意，同是宦游人。海内存知己，天涯若比邻。无为在歧路，儿女共沾巾。[2]

关于该诗的成就，不同时代、不同阶层的读者、学者均予以认同、赞同，但在具体诗句的注解、阐释和对浑融意脉的理解、把握方面，却明显出现了一些偏差和不尽如人意的地方。

首先，对首句"城阙辅三秦"的解读就存在较大问题。朱东润主编的《中国历代文学作品选》关于此句的注释为："城阙，指长安。宫门前的望楼叫阙。辅三秦，以三秦为辅，言在三秦的中枢。今陕西省一带地区，古为秦国。项羽灭秦，分其地为雍、塞、翟三国，故称三秦。"[3]郁贤皓主编的《中国古代文学作品选》关于此句的注释为："城阙：宫门前两边的楼观，又称宫阙。此处指长安。辅三秦：以三秦为护卫。三秦：秦汉之际，项羽分秦国故地为雍、塞、翟三国，总称三秦，此处指长安

---

[1] 闻一多：《唐诗杂论》，上海古籍出版社 1998 年版，第 20 页。
[2] （清）彭定求：《全唐诗》，中华书局 1960 年版，第 676 页。
[3] 朱东润：《中国历代文学作品选》（中编，第 1 册），上海古籍出版社 1980 年版，第 7—8 页。

附近的关中之地。"①袁行霈主编的《中国文学作品选注》关于此句的注释为："'城阙'句：谓长安为三秦所护持。城阙：指长安。三秦：指今陕西关中一带。据《史记·项羽本纪》，项羽入关，将关中分为雍、塞、翟三部分，立秦降将章邯、司马欣、董翳为王，故称三秦。"②倪木兴在《初唐四杰诗选》中对此句的注释为："城阙(què 却)：城郭、宫阙，指长安。辅：护持，拱卫。三秦：泛指长安周围的关中大地。项羽灭秦后，将关中分为雍、塞、翟三国，故称三秦。"③在《唐诗鉴赏辞典》中霍松林对该句的解释为："第一句写长安的城垣、宫阙被辽阔的三秦之地所'辅'(护持、拱卫)，气势雄伟，点送别之地。"④显然，无论是自 20 世纪 80 年代以来国内高校先后通行的三套教材选本，还是 20 世纪 80 年代初由诸多学界名家通力撰写的权威鉴赏辞典，抑或是 21 世纪初关于"初唐四杰"的诗歌选本，对"城阙辅三秦"的词义、句意均作出了相类似的理解、阐释。然而，这样的解读却让人难以接受和信服。

问题的关键聚焦于对"城阙"的理解上。倘若依照上面引文先将"城阙"解读为代指京城长安的话，那么首句可直译为：京城长安辅佐、护持着三秦大地，或意释为三秦大地辅佐、拱卫着京城长安。显然，直译的结果有逻辑错误，是不合情理的；意译呢？绕弯转折大体不错，可这样的解读究竟与诗题和整个诗章存在着怎样的关联呢？或者说，它在表情达意方面起到了什么作用呢？毫无疑义，这样的解读只能使该句游离于整个诗章之外而成为毫无意义的无谓之句，整个诗章将难免出现辞杂情散、意脉断裂的问题。看来，我们需要重新检视对"城阙"一词的理解了。

毋庸讳言，"城阙"一词在唐诗中不时会出现，依据前后语境，有的特指京城长安。如王勃的《晚留凤州》有云："宝鸡辞旧役，仙凤历遗墟。去此近城阙，青山明月初。"⑤此为王勃 20 岁那年，因戏作《檄英王鸡》文而触怒高宗，被逐出沛王李贤府，离长安入蜀，途经宝鸡时所写的对故都

---

① 郁贤皓：《中国古代文学作品选》(第 3 卷，隋唐五代部分)，高等教育出版社 2003 年版，第 18—19 页。

② 袁行霈：《中国文学作品选注》(第 2 卷)，中华书局 2007 年版，第 232 页。

③ 倪木兴：《初唐四杰诗选》，人民文学出版社 2001 年版，第 26 页。

④ 萧涤非、程千帆、马茂元：《唐诗鉴赏辞典》，上海辞书出版社 1983 年版，第 22 页。

⑤ 倪木兴：《初唐四杰诗选》，人民文学出版社 2001 年版，第 45 页。

怀念和对自身遭遇感叹的一首诗。其中的"城阙"，显指京城。又如骆宾王的《帝京篇》有云："山河千里国，城阙九重门。不睹皇居壮，安知天子尊?"①此为骆宾王上元三年(676)从武功主簿调任明堂主簿前，投赠于吏部侍郎裴行俭，以描绘京城的繁华壮丽、上流社会奢侈豪华、皇亲国戚相互倾轧、下层社会优游宴乐、知识分子困顿失意的一首诗。其中的"城阙"，自然指京城。再如杜甫的《自京赴奉先县咏怀五百字》有云："彤庭所分帛，本自寒女出。鞭挞其夫家，聚敛贡城阙。"②这是天宝十四年(755)十一月初，杜甫官定右卫率府兵曹参军后，离京探家路过骊山华清宫有感而后写的一首诗。其中的"城阙"，无疑是指京城。然不是所有的"城阙"均指京城长安，有时"城阙"泛指一般城池或城镇。如杜甫《野老》有云："长路关心悲剑阁，片云何事傍琴台? 王师未报收东郡，城阙秋生画角哀。"③这是上元元年(760)秋天，杜甫身居浣花溪畔时创作的忧念东都洛阳去岁再次失陷至今尚未收复、于萧瑟秋风中又闻成都城头画角低回哀鸣的一首感时咏怀诗。诗中的"城阙"，显然是指成都而非指京城长安。又如韦应物《澧上寄幼遐》有云："寂寞到城阙，惆怅返柴荆。端居无所为，念子远徂行。"④此为建中元年(780)夏，韦应物养疾鄠县西郊之善福精舍时，赴鄠城拜访朋友幼遐不得而归所写的一首诗。其中的"城阙"，肯定不是指代京城，而应指代鄠县县城。再如韩愈《题楚昭王庙》有云："丘坟满目衣冠尽，城阙连云草树荒。犹有国人怀旧德，一间茅屋祭昭王。"⑤此为韩愈于元和十四年(819)二月二日，因谏阻宪宗迎佛骨遭贬潮州刺史，途经襄阳郡宜城因感发楚昭王恩德不泯而作的一首诗。其中的"城阙"，自非指代京城。

　　"城阙"一词在古典诗歌早期用法中，亦非代指京城。《诗经·郑风·子衿》有云："挑兮达兮，在城阙兮。一日不见，如三月兮!"⑥此为《子衿》中的第三章，描写的是一位陷入爱河的女子，老早来到相约幽会的城阙，蹀步徘徊焦急等待他的情郎出现时的神态和心理。我们知道，《诗

①　倪木兴:《初唐四杰诗选》，人民文学出版社2001年版，第205页。
②　(清)仇兆鳌:《杜诗详注》，中华书局1979年版，第269页。
③　同上书，第748页。
④　孙望:《韦应物诗集系年校笺》，中华书局2002年版，第199页。
⑤　钱仲联:《韩昌黎诗系年集释》，上海古籍出版社1994年版，第1107页。
⑥　程俊英、蒋见元:《诗经注析》，中华书局1991年版，第254页。

经》的体制是按风、雅、颂编排的。十五国风，即十五个诸侯所统治地区的乐歌，多为里巷歌谣之作。郑国统辖的区域有过迁移。公元前 806 年，周宣王始封其弟友于郑，即郑桓公，治地在今陕西华县东。周幽王时，桓公迁家属、部族、财产等至虢、郐之间。郑武公于公元前 770 年即位，攻灭郐与东虢，建立郑国，始居新郑，即今河南省新郑县。作为郑国的一首乐歌，《子衿》篇中所出现的男女约见的地方——城阙，显然不是在京城，而只能是指郑国国君所治的华县东或新郑城池的城门楼。其实，"城阙"不是京城的专指而是指城门两边的观楼，早在唐代儒学大师孔颖达的《五经正义》中就说得十分清楚。孔氏在析解《子衿》时云："城阙兮谓城之上别有高阙非宫阙也。"①基于此，笔者认为，"城阙辅三秦"中的"城阙"一词，未必定作京城讲而不可作他解。

若依据王勃《送杜少府之任蜀州》的创作意图和诗情内蕴来分析、研判，"城阙"一词代指蜀州的都会成都或杜少府任职的郡县城池，于情于理才十分恰切便当。唐人惯例，"莫不重内官，轻外职"②。《唐会要》卷68《刺史上》有云："京职之不称者，乃左为外任；大邑之负累者，乃降为小邑；近官之不能者，乃迁为远官。"③王勃作此诗时身在长安、职为京官，而他的杜姓朋友却要离开繁华富庶的政治、经济、文化中心长安，远走蜀地，前去就任某县县尉。对于仕宦现状优于、胜于朋友的王勃，自当借助送别诗掏心掏肺地对朋友劝勉一番、慰安一番、鼓励一番，以淡化乃至消除朋友离京赴蜀所产生的飘转失意之感。王勃在抒发离情别意时，一反历来送别诗惯多哀回缠绵、感伤难舍之窠臼，出之以高旷爽朗、飞扬健举之格调。于诗中，诗人用尽思力，以情为先，宽心为上，降低自己身段，拉近彼此距离，消弭京蜀差距，对朋友可谓极尽体贴、抚慰之能事。一开篇，诗人即擒题点题、慰心顺气：你只身前往一个对京都所在的三秦大地发挥着重要作用、作出突出贡献的地方去做官，你走后我会不时牵挂着你、想念着你以致驻足京城、翘首以望你所在蜀地那边的风光。从体式上讲，律诗的首联是不需要作对的，但本诗首联却是精工的对句，予人以典雅整饬、持重郑重之感，很好地收到了文式为情韵服务的审美效果。从

---

① （清）阮元：《十三经注疏》，中华书局 1980 年版，第 345 页。

② （宋）王溥：《唐会要》，中华书局 1955 年版，第 1198 页。

③ 同上书，第 1199 页。

抒情的角度讲，诗人旨在打消朋友飘转江湖、远走蜀地的顾虑、不满，充分利用蜀地物产丰饶、对京师发挥着重要作用的理性认知，告慰、安慰朋友不要看轻了此次任职，因他所去之处是大有可为的英雄用武之地，而不是对京师无所助益辅佐的偏僻蛮荒之地。从结构上来看，第一句关合你——蜀州——京师，第二句则关合我——京师——蜀州，一来一往，铢两悉称，既满足、切合题面要求，又收到情致往复的绵绵效果。

接下来的三联均是按照这一基调、手段来完成慰安、劝勉之意的。颔联"与君离别意，同是宦游人"，用流水对化骈为散，捆绑感受借己遣彼，既展现出离别时分友朋之间斩不断的浓浓深情，又收到同呼吸共命运、拉近彼此情感距离的抚慰效果：我与你在此分别的感受啊，同样是离开家乡到异域他乡为宦做官的况味呀！试想，当即将作别京城到蜀地任职的朋友听到这样的吟唱感叹，感伤中是不是会觉得陡然舒坦而好受些呢？这正是王勃聪敏、高明的地方，他主动把自己与朋友绑缚在一起，以此消解朋友的失落和郁闷感。颈联"海内存知己，天涯若比邻"，同样破骈用散，以流水对的方式将朋友间的感情紧紧地连缀、铸缩在一起，收到一种情感如流水一样不能中断的曼声长叹的抒情效果：四海之内存在一位知心朋友的话，即使是远在天涯海角，彼此之间的情感距离就如同比邻而居一般温暖、亲切、深厚、近便呀！这里，诗人以心理距离消解空间距离，以彼此引以为知音同调给予朋友遥远的征程、偏僻的驻守、寂寥的府差以聊可慰问的情感力量，以及好男儿志在四方，本当舍弃安闲、追求高远的精神鼓舞。至于尾联"无为在歧路，儿女共沾巾"，仍然是在劝告、鼓励朋友，抛却儿女情长、慷慨洒脱地面对离别、迈步征途、迎接未来。

综上所述，当换一个思路将"城阙"理解为指代蜀州的都会或城池时，我们就会避免解读中的牵强、别扭、芜杂，甚至诗句之游离、意绪之无谓，我们才能顺着同一个方向理清、理顺整个诗章的情感脉络，也才能把《杜少府之任蜀州》纳入感情真挚、意脉流畅、情韵浑成、意境俊爽的精品范围。

二　杜甫《登岳阳楼》误读与正辨

大历三年(768)冬十二月，杜甫由湖北江陵、公安一路漂泊流转来到湖南的岳州。他登上名闻遐迩的岳阳楼，极目远览、放笔书怀，写下了著名的《登岳阳楼》。

　　　　昔闻洞庭水，今上岳阳楼。吴楚东南坼，乾坤日夜浮。亲朋无一字，老病有孤舟。戎马关山北，凭轩涕泗流。①

　　对于这首诗，历来注家、论者、学人都视为是杜甫晚年极具笔力、满怀才情的代表作品。然而，在对该诗的解读上，一些有影响力的注本和选本、通行的高教作品选等却于前半部分出现了误读错释，以致连带影响了对该诗整体创作构思、意境合成的研判。如仇兆鳌《杜诗详注》云："上四写景，下四言情。昔闻、今上，喜初登也。包吴楚而浸乾坤，此状楼前水势。下则只身漂泊之感，万里乡关之思，皆动于此矣。《杜臆》：三四已尽大观，后来诗人，何处措手？下四只写情，方是做自己诗，非泛咏岳阳楼也。黄生曰：末以凭轩二字，绾合登楼。"②萧涤非《杜甫诗选注》云："这里有海内名胜洞庭湖和岳阳楼，一天，杜甫独自登上这座楼，没有问题，他并不是来痛哭的，但是壮阔伟丽的湖山和万方多难的现实，是这样不相称，这样矛盾，使他始而喜，继而悲，终而涕泗横流。"③朱东润《中国历代文学作品选》在"解题"部分云："这诗写登岳阳楼时所见景象和身世之感、忧时之情，悲慨之中，具有雄伟壮阔的意境，是历代传诵的摹写洞庭湖的名作之一。"④郁贤皓《中国古代文学作品选》在"解题"部分云："杜甫以得偿宿愿的愉快心情登楼，前半写景极为雄浑壮阔，尤其是颔联二句，'气压百代，为五言雄浑之绝'（刘辰翁《批点千家注杜诗》卷一五），成为千古传诵的名句；后半写情，叹身世，忧国事，却极为凄楚悲哀。意境由雄阔转悲窄，抑扬顿挫，声律细密，为杜甫晚年代表作。"⑤袁行霈《中国文学作品选注》在"解题"部分云："诗中将得偿夙愿之喜、身世凄凉之感、国事时局之悲相融合，写景极为开阔雄浑，抒情则倍见寥落感

　　① （清）仇兆鳌：《杜诗详注》，中华书局 1979 年版，第 1946—1947 页。
　　② 同上书，第 1947 页。
　　③ 萧涤非：《杜甫诗选注》，人民文学出版社 1979 年版，第 319 页。
　　④ 朱东润：《中国历代文学作品选》（中编，第 1 册），上海古籍出版社 1980 年版，第 146页。
　　⑤ 郁贤皓：《中国古代文学作品选》（第 3 卷，隋唐五代部分），高等教育出版社 2003 年版，第 128 页。

伤，境、情之间互相映衬，在艺术上达到极高造诣。"①叶嘉莹在解读该诗首联时说："早听说过祖国的山川中有这么广大美丽的一个湖，也很早就向往过这个湖，而今天我真的来到岳阳楼上。你要知道，'昔闻'和'今上'之间代表了他自己多少怀思向往的感情以及经过怀思向往后，真正来到此地的欣喜！"②类似的解析体悟还有不少，这里不再一一列举。上引文献所涉及的诸位均是成就斐然的治杜大家或研究古典文学的专家，其所取得的成就令晚辈后生难窥其堂奥，必须认真学习参悟。不过，笔者以为，在对杜甫《登岳阳楼》的评析这点上，上述诸家的观点似有值得商榷研讨的地方。

仇氏的解析既立足于诗章的整体结构，又着眼于诗句的具体意蕴，应该说是颇具启示性、代表性和权威性的观点。但是，这里面存在以下几处需要慎思细酌的地方。

首先，"昔闻洞庭水，今上岳阳楼"是否表达的是"喜初登也"之意呢？正如诗中所述，早年即听说过洞庭湖的浩渺宽广，今天居然就实现了多年的夙愿梦想，登上了雄峙湖边的岳阳楼。可是这样的理解恰恰抽掉了诗章的主心骨，忽略了诗人所要表达的真实感情。我们知道，杜甫一生可谓志向远大、期许颇高，然却命运不济、乖舛多艰。他的后十年，从漂泊至成都起，就未有过较长时段像样的安稳日子。可以说，生活将杜甫及其一家抛到了生活底层，使他经受着颠沛流离、寄居求助、委屈辛酸的多重考验。第一，疾病缠身。杜甫晚年患有肺病、风痹、疟疾、消渴、耳聋、臂枯等多种疾病，并成为困扰、消磨其身心与斗志的重要因素。如大历元年（766）作于夔州的《返照》云："衰年病肺惟高枕，绝塞愁时早闭门。不可久留豺虎乱，南方实有未招魂。"③又如大历二年（767）作于夔州的《登高》云："万里悲秋常作客，百年多病独登台。艰难苦恨繁霜鬓，潦倒新停浊酒杯。"④第二，思乡难归。随着年岁的老大和身体每况愈下，杜甫渴盼落叶归根，回到洛阳故居，但世事艰难，变化大于计划——朝北趋南、欲东还西，回乡的愿望搁浅在逃难奔走的一叶小舟上。如大历元年（766）作于夔州的《秋风二首》（其二）云："不知明月为谁好？早晚孤帆他夜归。会将

① 袁行霈：《中国文学作品选注》（第2卷），中华书局2007年版，第376—377页。
② 叶嘉莹：《叶嘉莹说杜甫诗》，中华书局2008年版，第203页。
③ （清）仇兆鳌：《杜诗详注》，中华书局1979年版，第1336页。
④ 同上书，第1766页。

白发倚庭树，故园池台今是非？"①又如大历三年（768）暮秋作于公安的《暮归》云："南渡桂水阙舟楫，北归秦川多鼓鼙。年过半百不称意，明日看云还杖藜。"②第三，仰人衣食。杜甫自乾元二年（759）七月，抛弃华州司功参军携家远走秦州起，一直过着四处投亲靠友、寄人篱下、仰人资助、觅求接济的生活，这使他看人脸色、屈心降志、多所不堪。如永泰元年（765）作于忠州的《题忠州龙兴寺所居院壁》云："空看过客泪，莫觅主人恩。淹泊仍愁虎，深居赖独园。"③又如大历三年（768）作于江陵的《秋日荆南述怀三十韵》云："苦摇求食尾，常曝报恩鳃。结舌防谗柄，探肠有祸胎。苍茫步兵哭，展转仲宣哀。饥藉家家米，愁征处处杯。休为贫士叹，任受众人咍。"④再如大历三年（768），诗人流落于江陵、公安一带所作的《久客》云："羁旅知交态，淹留见俗情。衰颜聊自哂，小吏最相轻。"⑤第四，漂泊不定。杜甫先后在成都、梓州、阆中、忠州、云安、夔州、江陵、公安、岳州等地或长或短地生活过，十年之中始终过着辗转事主、无根徙居的生活。如永泰元年（765），杜甫去成都而舟下渝忠时创作的《旅夜书怀》云："飘飘何所似，天地一沙鸥。"⑥又如大历三年（768）夏作于江陵的《水宿遣兴奉呈群公》云："归路非关北，行舟却向西。暮年漂泊恨，今夕乱离啼。"⑦再如大历三年（768）冬，诗人由公安舟行去往岳阳时作的《晓发公安》云："舟楫眇然自此去，江湖远适无前期。出门转眄已陈迹，药饵扶吾随所之。"⑧第五，兵乱世艰。军阀混战、外族侵凌，致使国无宁日、家无安处、民不聊生，杜甫对此忧念忡忡、难以释怀。如大历元年（766）作于夔州的《宿江边阁》云："鹳鹤追飞静，豺狼得食喧。不眠忧战伐，无力正乾坤。"⑨又如同年同地所作的《白帝》云："戎马不如归马逸，千家今有百家存。哀哀寡妇诛求尽，恸哭秋原何处村。"⑩凡此种种，

---

① （清）仇兆鳌：《杜诗详注》，中华书局 1979 年版，第 1482 页。

② 同上书，第 1915 页。

③ 同上书，第 1226 页。

④ 同上书，第 1906—1907 页。

⑤ 同上书，第 1936 页。

⑥ 同上书，第 1229 页。

⑦ 同上书，第 1895 页。

⑧ 同上书，第 1938 页。

⑨ 同上书，第 1469 页。

⑩ 同上书，第 1350 页。

杜甫飘转流落于岳阳的时空、心理背景可想而知。而岳阳亦非杜甫出峡的目的地和最终的落脚地，他的前程、归宿究竟在哪里，其至连他自己也不清楚，也无从选择。"花近高楼伤客心，万方多难此登临。"①我们有理由认为，当诗人携带着四处漂泊、有家难归、艰难求生的心境登上岳阳楼时，他的内心定然五味杂陈、感慨万千，岂能生出得偿夙愿、实现梦想的庆幸与兴奋？毫无疑义，他没有撇开内心抑郁、焦虑的底色而酿成独享快意的理由。在笔者看来，早年听说而产生的强烈向往之情，蕴含的是主动追求的心劲与无忧无虑赏玩的轻松；现今的登临，却饱含着被动趋之的无奈和何曾料想竟至于此的沉重。是故，当杜甫登上岳阳楼时，咀嚼、品味着早年的梦想，对照感慨而今的处境，他自然是悲喜交集、满心酸楚、自嘲自轻的，而决非是"喜初登也"的自在、自得、自庆。

其次，"吴楚东南坼，乾坤日夜浮"是否为"状楼前水势"的单纯写景之句？是否构成"雄浑壮阔"的意境？也许抛开这首诗的创作背景、创作心境，将这两句诗单独抽离出来，我们会毫不迟疑地得出写景阔大、笔力劲健、意境雄浑的结论。但是，文学创作实践告诉我们，任何作品都是作家内心情怀、精神气度、审美趣尚、个性禀赋的艺术结晶，它脱离不了生命主体的感受处境，离不开创作主体赖以存在的社会环境。正如我们上面所论及的，杜甫来到岳阳是被动的、无奈的，他大约压根儿也没有料到他会以这样一种境况登临岳阳楼，面对洞庭湖。剥离掉杜甫的种种遭际与复杂心态、社会的动荡不宁与千疮百孔，单就字面来说，确有与孟浩然"气蒸云梦泽，波撼岳阳城"相媲美的雄浑壮丽。然而，此一时彼一时。孟浩然所处的时代乃泱泱大国云蒸霞蔚、咳唾生辉、四海清平、万国来朝的盛世。是故《唐诗纪事》卷23记载，好大喜功、感觉正好的唐玄宗在听了孟浩然"不才明主弃，多病故人疏"这样不合时宜、大煞风景的自诵后，龙颜不悦，遂道："卿不求朕，岂朕弃卿？何不云气蒸云梦泽，波撼岳阳城！"②但是，历史的发展早已脱离了既定的轨道，偏离到一个让人应对不暇、无所适从的坎坷曲折的道路上。延续八年的"安史之乱"给唐王朝以沉重的打击，收复两京后持续发酵的异族侵凌、藩镇割据、群盗四起，使黎民百姓惨遭祸害，社会秩序无法恢复，社稷江山动荡不安。就在杜甫登

---

① （清）仇兆鳌：《杜诗详注》，中华书局1979年版，第1130页。
② （宋）计有功：《唐诗纪事》，上海古籍出版社2008年版，第348页。

临岳阳楼前，战争的浓云正笼罩着西北，异族的铁爪正伸向京师。《资治通鉴》卷 224 载：（大历三年）"八月，壬戌，吐蕃十万众寇灵武。丁卯，吐蕃尚赞摩二万众寇邠州，京师戒严；邠宁节度使马璘击破之。……九月，壬申，命郭子仪将兵五万屯奉天以备吐蕃。……壬午，朔方骑将白元光击吐蕃，破之。壬辰，元光又破吐蕃二万众于灵武。……吐蕃闻之，释灵州之围而去。戊戌，京师解严。……十一月，丁亥，以幽州留后朱希彩为节度使。郭子仪还河中。元载以吐蕃连岁入寇，马璘以四镇兵屯邠宁，力不能拒……而使子仪以朔方兵镇邠州。"①由此可见，时局远未靖宁安泰，心境怎会平稳顺适。那么，忧国忧民的杜甫此时此刻登上岳阳楼，纵览洞庭湖的烟光水色、浩渺宽广时，岂能只顾眼前的景色而无半点的触动、联想？答案应是否定的。所谓"戎马关山北，凭轩涕泗流"者，显然是身在此而念在彼、外于景而内于情的沉郁顿挫之句。在杜甫的眼中、情感世界里，"吴楚东南坼，乾坤日夜浮"又岂能全是赏心悦目的美景壮境？应该说，杜甫在这两句表面看来气大势雄、含深纳广的诗中，隐含的是国家罹难遭变、四海分崩离析、天地风雨飘摇、社稷动荡悬坠的深重忧虑。所以，"吴楚东南坼，乾坤日夜浮"不是单一的写景之句，它是包含着作者沉重情感的亦景亦情、景情交融的悲壮之句，是实景与真情、眼前景与心中虑交织混杂的悲痛之句。这正如叶嘉莹所指出的那样："就在'乾坤日夜浮'的浩荡无涯之中，他同时唤起我另一种感受——天地都在动荡之中；从而产生进一步的联想——他自己的流离颠沛和整个国家的动荡不安。国家经历了多少次战乱，而他自己一生漂泊，至今没有止息。所以，他在那样的雄伟浩荡之中表现了一种动荡不安的感受，写实而有象征的意味。"②此景此情，令人不由得想起一首大家都熟悉的经典歌曲《前门情思大碗茶》中的两句歌词："谁知道它醇厚的香味儿，饱含着泪花。"

如果我们弄清了这两句诗的延展含义、功用，那么，所谓"上四写景，下四言情"，"只身漂泊之感，万里乡关之思，皆动于此"，"意境由雄阔转悲窄"的观点，应该说存在着体悟不到位、论说嫌牵强、名为抬高实则贬损的缺憾和不足。因为在首联奠定情感基调后，整个诗章完全笼罩在其精神氛围之中，至颔联、颈联、尾联，一气呵成，略无点逗，情脉贯

---

① （宋）司马光：《资治通鉴》，中华书局 1997 年版，第 1828—1829 页。
② 叶嘉莹：《叶嘉莹说杜甫诗》，中华书局 2008 年版，第 204—205 页。

通，意境浑成。

三　苏轼《蝶恋花》(花褪残红)误读与正辨

苏轼在词坛上的贡献主要体现在他开启了一代有深远影响的豪放词风上，以其词的充分社会化、士大夫化取得了新天下人耳目的审美效果，实现了指出向上一路、使弄笔者始知自振的实践旨归。尽管如此，苏轼的婉约词却不容忽视，这不仅因为这类词占据了苏词数量的绝对优势，更在于其婉约词所取得的成就甚至并不比专事婉约者所取得的成就逊色。《蝶恋花》(花褪残红)就是一首轻倩婉美、耐人咀嚼的上好佳作。

> 花褪残红青杏小。燕子飞时，绿水人家绕。枝上柳绵吹又少。天涯何处无芳草。　　墙里秋千墙外道。墙外行人，墙里佳人笑。笑渐不闻声渐悄。多情却被无情恼。①

对于这首词想必读者都会认为此乃"天生好言语"，从而百读不厌、爱不释口。但是，一些论者在对词句加以解读鉴赏时，却存在未尽其妙，甚或与原作固有之意抵牾相左之处。

最大的问题当属对上片创作理路、构思的误判谬解。具体说来，上片写景，景中带情。然而，这里所写之景究竟是衰败之景还是衰败与新美交错之景呢？这里所抒之情究竟是哀伤之情还是哀伤与欣喜兼有之情呢？诸多的鉴赏文章有鉴于词中有"花褪残红"和"枝上柳绵吹又少"之句，便作出景乃衰景、情乃哀情之判断。如"上阕伤春，写红花凋谢，青杏初结，紫燕轻飞，绿溪绕舍，柳絮飘扬，芳草无边的春末夏初景象，充满了'流水落花春去也'之感"②。又如"上片写景。推出的是一组不断转化空间视角的'近镜头'：褪红的残花、初结的青杏、翻飞的乳燕、绕舍的绿水、吹绵的柳絮。无边的芳草。这一个个拆散下来不成片断的意向，串结起来，构成了一幅撩人愁思的暮春初夏的景象，读者的遐思亦随之喷涌而

---

① 邹同庆、王宗堂：《苏轼词编年校注》，中华书局 2002 年版，第 753 页。
② 唐圭璋：《唐宋词鉴赏辞典》，江苏古籍出版社 1986 年版，第 413 页。

出：落花流水春去也。"①再如"上片写伤春情绪。'花褪'句，点明了暮春时节，并隐隐含蕴着作者伤春的情绪。'燕子'两句，写秀丽的水乡春景。'枝上'两句，写春天即将逝去的景色，有着惜春的情怀。上片铺叙了四种富有特征的景物，其中有三句是描写暮春衰景的，这些令人忧郁的景色中，寄寓着词人的浓重感情色彩。"②诸家所解自有可取之处，然明显存在着疏漏和误判。

毋庸讳言，上片的确写了衰景，抒了哀情：春花凋残，褪尽红艳；柳絮飘飞，日渐稀少。面对此景，孰能不生春光殆尽、美质难久之伤春、惜春之情。然而，如果仅将视线聚焦于此，是未能尽察苏词写景抒情的全部真谛。因为在上片中，除了"花褪残红""枝上柳绵吹又少"这一句半是在写衰景、抒哀情外，其余的"青杏小""燕子飞时""绿水人家绕""天涯何处无芳草"这三句半无一是在写衰景、抒哀情，而是明显朝着另一审美方向变调铺写：青涩的小杏已悬挂枝头，轻俊的燕子在翻飞穿梭，碧绿的溪水环绕人家流淌，放眼望去四周天边弥漫着青翠的芳草。很显然，这里所写实为乐景，所抒实为喜情，未有丝毫衰败之景、哀伤之情的痕迹。

一些学人论者尽管亦作出苏轼所写乃春末夏初之景象的判断，但却未能对上片之景象作二元观；只突出强调了春末美质凋残、人情哀伤的成分，然未参透初夏陈迹消退、新景复生，从而逗起人心绪朗畅、神情愉悦，带给人美的感受和美的享受的成分。导致一些学人论者作一元观处理的主要原因，笔者以为，乃是受到了传统单一化创作经验、审美习惯之影响而未能完全读懂苏词用心着力之处造成的。纵观中国古典诗词的创作长河，其间比比皆是吟咏四时景色、抒发不同感受的作品。春花、夏雨、秋气、冬雪，或衰或美，或残或妍；春心、夏情、秋意、冬趣，或赏或伤，或喜或惜。在难以穷尽的古典诗词中，形成了描写四时之景的创作范式：要么是春景，要么是夏景，要么是秋景，要么是冬景；要么赞、要么怨，要么喜、要么惜，要么美、要么悲，要么唱、要么伤。这也就是说，绝少出现两种不同时令景象同时出现在一首作品中的情况，亦绝少出现两种不同情感倾向同时发抒于一首作品中的情形。正因古典诗词创作存在这一范式，故而文学鉴赏亦顺理成章、以此类比地作单一化处理，从而忽视了那

---

① 程自信、许宗元：《宋词百科辞典》，安徽教育出版社1994年版，第759—760页。
② 谷闻：《婉约词》，西北大学出版社1994年版，第99页。

些打破传统范式、力求创造生新的努力。可以说，苏词被人误读曲解，正与一些论者不能突破局囿、正视作品、尊重作家有关。

总之，在上片，苏轼写了两种景，抒了两种情，即春末之景、夏初之景，惜春之情、喜夏之情。春末夏初之景一并写之，惜春喜夏之情兼而抒之。这是苏词的创造，是苏轼对古典诗词创作范式的改造，是苏轼对古典诗词审美意境的拓展及审美层面的丰富。如果读者不能发现、读懂这一点，甚而忽视、漠视这一点，那么该词的艺术魅力、创造价值不免要缩水打折，进而会影响对该词创作主题的研判，以及对该词结构特色的梳理归纳。

南宋著名词人史达祖曾创作一首题为"咏春雨"的《绮罗香》。上片有句云："做冷欺花，将烟困柳，千里偷催春暮。"下片有句云："临断岸、新绿生时，是落红、带愁流处。"①史氏之作，通过对料峭春雨浇打春花、困扰柳丝、催促春光飞逝衰歇的描写，以及对丛绿新叶勃然而生、姹紫嫣红飘谢逐流的渲染，表达了浓郁的伤春惜春之意。在该词中，春雨是摧残春景、驱尽春光的外在力量，新绿是红花凋残殆尽的醒目参照体。显然，作者埋怨春雨、新绿，惋惜红艳、伤痛春逝之意甚明，因为作者在春雨与春光、新绿与落红之间明显融贯着一种难以消弭、调和的对立情绪。与史词意境相较，我们不难发现，苏轼只是依据时令转换的自然节奏，写到了春的将逝、夏的来临，抒发了既伤春复喜夏的两重心情。这是一种本真的自然生态观，是一种客观平和的写实笔法。况周颐《蕙风词话》云："真字是词骨。情真、景真，所作为佳。"②《蝶恋花》一词最为突出的创作特色即是写景真切、抒情本色，体现出顺时而为、尊重物态人情的自然美。这里，春景与夏景之间只有对接相续而没有张力，伤春与喜夏之间只有随顺坦易而没有孰是孰非。坡公之眼力、之胸襟、之性情、之趣尚由此可见。

《蝶恋花》一词赏读中的另一问题是对"枝上柳绵吹又少。天涯何处无芳草"两句的过度联想与职能误解。

《蝶恋花》一词，具有苏轼以理入词、以词说理的特点。该词的上片在暮春衰景——"花褪残红""枝上柳绵吹又少"与夏初美景——"青杏小""燕子飞时，绿水人家绕""天涯何处无芳草"的整体性比照描写中，

---

① 唐圭璋：《全宋词》，中华书局1965年版，第2325—2326页。
② 唐圭璋：《词话丛编》，中华书局1986年版，第4408页。

揭示了宇宙间万物周流、此消彼长、新陈代谢的客观规律。春光渐逝固然令人惋惜，但在夏天来临、推陈出新中所展示出的乐观开朗、奋进有为的力量与气象仍值得肯定与赞赏，这正如葛晓音所指出的："虽然花褪残红，柳絮稀少，春天已随芳草到了天涯，但是'天涯何处无芳草'给人的感觉却不是春天完结的悲伤，而是处处都能给人希望的启示，写得深情绵邈而又爽朗豁达。"①

　　文学鉴赏是对文学创作的再创造，所以不同的读者对同一词篇或同一词句的理解有着"这一个"的独特性，因为他们往往会将自己的独特处境、彼时心境与作品进行联系、比附甚至对作品本无之意加以发掘、衍生，从而达到以他人酒杯浇自己块垒之目的。苏轼的侍妾王朝云对上片"枝上柳绵吹又少，天涯何处无芳草"就有着与苏词的固有之意不甚相符乃至相左的体认。《林下偶谈》载："子瞻在惠州，与朝云闲坐。时青女初至，落木萧萧，凄然有悲秋之意。命朝云把大白，唱'花褪残红'。朝云歌喉将啭，泪满衣襟。子瞻诘其故，曰：'奴所不能歌者，枝上柳绵吹又少。天涯何处无芳草也。'子瞻翻然大笑曰：'是吾正悲秋，而汝又伤春矣。'遂罢。"②王朝云乃苏轼于熙宁七年（1074）在杭州通判任上所买之侍女，后成为其侍妾。苏轼第二任妻子王闰之于元祐八年（1093）去世后，王朝云实扮演着苏轼第三任妻子的角色，并于绍圣元年（1094）陪伴苏轼远走惠州贬所，直至绍圣三年（1096）七月五日身染瘟疫病逝于惠州。《蝶恋花》一词创作于"绍圣二年乙亥（一〇九五年）春"③，即苏轼贬谪惠州的第二年春天，苏轼命朝云执杯唱词当为是年秋天。依据《林下偶谈》所记，苏轼在秋霜初降之时，心生凄凉悲秋之意，遂拟与朝云举杯驱愁遣愁、唱曲释怀取娱。然不曾料想，朝云"歌喉将啭，泪满衣襟"，令苏轼大惑不解，遂诘其若何乃尔。当朝云道其所以不能启齿竟词之原委后，苏轼由惑转笑，调侃朝云多愁善感。苏轼命朝云把杯唱曲的用意实与朝云"泪满衣襟""不能歌"的差池表现相左有异，这从苏轼"诘其故""翻然大笑"的举动神情不难判断确认。也许对于任天而动、随缘自适、豪放旷达的苏轼来说，因时为人嫉、命运多

①　葛晓音：《唐诗宋词十五讲》，北京大学出版社2003年版，第240页。
②　颜中其：《苏东坡轶事汇编》，岳麓书社1984年版，第208页。
③　邹同庆、王宗堂：《苏轼词编年校注》，中华书局2002年版，第754页。

舛、接连遭贬，本就算不得什么，无非是人生旅途的变奏曲，其或是催生悲壮情怀的调味剂。然对王朝云来说，苏轼由黄州而惠州、由京师而岭外、由学士而逐臣的迁转剧变，以及由此带给苏轼的损辱难堪，实难让她承受，不能不引起她心境的抑郁、愁绪的堆叠，以致当苏轼意欲以《蝶恋花》消解悲秋之意时，她却委屈痛楚到难以启齿张嘴的程度，并声言"奴所不能歌者，枝上柳绵吹又少，天涯何处无芳草也"。在朝云的审美视域中，那飘飞殆尽的柳絮多么像苏轼日甚一日的身世遭遇、欲振无力的悲凉处境，那长满天涯海角的绿草多么像无时不在、随处可触、推排不开、蓄满心头的寂寥愁怨。两句关于暮春初夏的写景之句，被朝云赋予了承载身世之悲的意蕴、理趣。这就难怪她"日诵'枝上柳绵'二句，为之流泪，病极犹不释口"①了。

王朝云对苏词的体味出乎苏轼的意料、期待，而今人对苏词的泛用不仅有别于苏轼之本意，亦与王朝云的体味大异其趣。在日常生活中，每当我们身边的朋友在感情上遭遇挫折而不能自拔时，我们常常用以安慰、鼓励对方的常用语大多是"天涯何处无芳草"，以此劝慰朋友靓妹随处有、帅哥多的是，劝告朋友不要死心眼地吊死在一棵树上，劝说朋友要坚强、洒脱、自信、放眼天涯。今人对苏词如此应用不仅与王朝云对词意的生发延展大有不同，更与苏轼的本意大相径庭、绝去甚远。是故木斋在《苏东坡研究》中云："朝云'泪满衣襟'是加上了她自己的人生体验，而后人常常将'天涯何处无芳草'作洒脱语，亦是为我所用。一首好词、一句好诗给人的联想和启迪，恐怕就是诗人自己也始难料及的。"②由此可见，"天涯何处无芳草"一句所蕴含的意趣、所折射的哲理是不断迁变、不断发酵、不断增殖的。

文学鉴赏活动中强调读者的主观能动性。但再创造、再挖掘的过程，应该恪守合情入理的原则，不能想当然，更不能强自解说，随意追加大意。有的论者在解读、鉴赏《蝶恋花》一词时，就存在脱离作品实际的拔高做法，如"前段写伤春，后段写伤情，都是用来反映'行人'（作者自己）在贬谪途中失意的心情。"③又如"这首词借'佳人'以抒发胸中郁结

---

① 唐圭璋：《词话丛编》，中华书局1986年版，第1178页。
② 木斋：《苏东坡研究》，广西师范大学出版社1998年版，第137页。
③ 胡云翼：《宋词选》，上海古籍出版社1982年版，第89页。

之情，表达的还是意欲匡世济时的丈夫之气"①。再如"《蝶恋花》借伤春的传统题材抒写自己贬谪途中失意的心情"②。出现此类论断，应与论者误把王朝云之意当成苏轼之意有关，也与论者未能恰如其分地把握苏词中原有的和可有的理趣有关，更与论者所秉持的微言大义的儒家诗论观有关。

四 李清照《醉花阴》（薄雾浓云）误读与正辨

李清照是中国古典诗苑中首屈一指的女性词人，她的《醉花阴》（薄雾浓云）更是一首脍炙人口、情真意切的名篇。该词的创作背景是，赵明诚离家远走，李清照独守空闺。然在对词篇的解读阐释中，有的学人未能准确捕捉词中主旨与词人精神，以致出现或理解错误，或体悟偏差的问题。

> 薄雾浓云愁永昼，瑞脑销金兽。佳节又重阳，玉枕纱橱，半夜凉初透。　东篱把酒黄昏后，有暗香盈袖。莫道不消魂，帘卷西风，人似黄花瘦。③

在理解上存在问题的首先体现在首句"薄雾浓云愁永昼"上。谷闻认为："'薄雾'两句，描写一系列美好的景物、美好的环境。"④但笔者以为，这一句不单单是写景之句，它是在借写景传情，是以沉闷的天气烘托犹豫的心境。迷蒙的雾霭弥漫在居室四周，凝重的浓云堆浮在天空，灰暗阴沉的外在景象压抑得人心襟难开，禁不住产生白天太长的厌烦情绪。所以，"薄雾浓云"四字，是通过抒情主人公心境过滤、染色后的景象，或者说是抒情主人公心中之愁云惨雾外化所产生的"亦真亦幻"之景。此句采用由景入情、借景衬情的艺术手法，将独守空闺、寂寞无聊的愁绪借天地之景予以透露，从而为全词罩上了阴郁的基调。

其次体现在"瑞脑销金兽"一句上。有一些大家仅以为，这一句表现

① 谷闻：《婉约词》，西北大学出版社1994年版，第99页。
② 葛晓音：《唐诗宋词十五讲》，北京大学出版社2003年版，第240页。
③ 王仲闻：《李清照集校注》，人民文学出版社1979年版，第34—35页。
④ 谷闻：《婉约词》，西北大学出版社1994年版，第155页。

了时光的漫长和词人的孤独寂寞。如徐有富认为："从她不时去看香炉里的瑞脑(一种香料)燃烧了多少(也即时间过去了多少)的细节中，我们可以感受到她简直是度日如年。"①又如平慧善认为："眼看瑞脑在香炉里渐渐消融，既表现了时光的漫长，又表现了词人的寂寞无聊。"②再如冯海荣认为："'瑞脑销金兽'写夜晚时间推移。"③但笔者以为，这样的理解过于简单和浅显，有必要再行参悟以达言而尽之。从字面意思看，该句写室内的铜香炉里正慢慢燃烧着瑞脑香料。离情别意干"瑞脑""香炉"何事？作者是否在此刻意夸富显贵？答案是否定的。这一句实包蕴着多层的审美意蕴。笔者以为，除客观展示室内陈设，意欲以环境之真实强化其情怀之可信外，还兼具以下三层意思：其一，袅袅青烟萦绕如缕，拂之难去，触目惊心，以此象征思绪推排不开、割舍难断。其二，抒情主人公之所以留意正在燃销着的瑞脑，是因为独处空闺的她此刻也如同一点点不断销熔着的瑞脑一样，一刻不停地强忍着离情的折磨、煎熬。同呼吸、共患难的处境，使李清照的眼神别具一种痛苦的指向性。其三，室内无人陪伴，唯瑞脑、香炉及缕缕青烟耳，孤寂之身、之情若见。

再次还体现在"佳节又重阳"一句上。这一句是本词中最难解的一句，故而很多鉴赏类文章要么语焉不详，要么一带而过，当然也还有解读不当的情况。如平慧善认为："'佳节又重阳'三句写夜晚的孤独寂寞，'每逢佳节倍思亲'，一个'又'字，表明词人与亲人分别已久，独自度节已非一回了。"④其意是说，李清照与丈夫赵明诚分别已过了一佳节，眼下又到了另一佳节重阳节。又如胡云翼认为："又到了重阳佳节。"⑤其意是说，李清照与丈夫赵明诚天各一方的时间已足一年，从别后再次到了一年一度的重阳节。这样的理解未尝不可，但未免抽掉了重心而有简化之嫌。事实上，这句中的"重阳"是关键词，但"又"字更值得玩味。笔者以为，"又"字在此处起递进嬗变和加重语气的作用。索然寡居时，碰上一般的节日譬如说端午节也还罢了，可恰巧碰上的是重阳节。自王维《九月九日忆山东兄弟》一诗诞生后，重阳节就被赋予了

① 唐圭璋：《唐宋词鉴赏辞典》，江苏古籍出版社 1986 年版，第 673 页。
② 程自信、许宗元：《宋词百科辞典》，安徽教育出版社 1994 年版，第 874 页。
③ 陈邦炎：《词林观止》，上海古籍出版社 1994 年版，第 432 页。
④ 程自信、许宗元：《宋词百科辞典》，安徽教育出版社 1994 年版，第 874 页。
⑤ 胡云翼：《唐宋词一百首》，上海古籍出版社 1978 年版，第 80 页。

新的内涵——倍思亲，即于此刻渴望与亲人相聚团圆之意甚浓。新的意蕴从此凝固成一种文化情结，于重阳佳节就自然涌现于离人的脑海。所以，这个"又"字解读为"却又是"更为妥帖。此句用现代汉语讲即是"佳节，却又是重阳佳节"，或"佳节，这重阳佳节"。就整个词义讲，分离的时间上限已被"重阳"特殊的节点冲淡到可被忽视的地步，如若不信，试将词句改为"佳节又清明"或"佳节又端午"读读看，诗味、韵味将荡然不存。因此，在"佳节又重阳"这句中，词人非唯强调分离时间之长久，而是意在突出所遇此节情怀之浓郁。这样讲不仅关合题旨，而且唯此思亲怀人之情方显浓烈与特出。

最后还体现在"帘卷西风"一句上。"帘卷西风"一句，看似闲笔，实乃别有用心。从语序上看，它是"西风卷帘"的倒文；从词义上说，即西风渐紧，掀卷门帘。然这些都无足轻重。其紧要之处乃在于它以此渲染出一种凄清悲冷的意境。风卷门帘（无论布帘还是竹帘），其势大矣；门帘为风所卷，前后、左右、上下摇晃翻卷，其抖动、摩挲所发出的阵阵冷落之声伴着秋风荡起耳边、回响心头。因此，这一句实为此时此地境象的一个细笔描写，它为极写心中之情构造了一种悲凄的氛围。凄紧之风与冷清之声两相交合，写足了环境、气氛，真可谓幽细凄清、声情双绝。然一些赏析文章，将此句描写的立足点圈定在屋内而非院内，如裴斐在《别是一家词》中认为："后片'东篱把酒'系回叙，落笔仍在室内；'有暗香盈袖'，恰好'帘卷西风'，又望见门外东篱之菊，因以自比，遂成绝唱。"[1]又如关立勋认为："帘外，冷风残菊；帘内，倩人憔悴。"[2]再如胡云翼认为："别说忧愁不伤人啊，当西风吹动帘子时，你瞧，屋里的人比篱边的菊花还要消瘦呢！"[3]持类似见解的还大有人在，这里不再赘列。上述理解似通而词味已淡，因此不为笔者所苟同。纵观全词，作者是以室内、户外下笔落墨来谋篇布局的，即上片写室内，下片写户外；从意境的配置方面讲，抒情主人公虽情苦但神不弱。试想，畏缩于帘内之人与伫立于秋风冷声、暝色苍茫中之人，悲苦之情怀孰更甚？凄清之意象孰更突出而富有神韵？因此，倘不如是体味，那么这一句与"人似黄花瘦"所构成

① 济南市社会科学研究所：《李清照研究论文选》，上海古籍出版社 1986 年版，第 99 页。
② 关立勋：《宋词精品》，北京燕山出版社 1995 年版，第 158 页。
③ 胡云翼：《唐宋词一百首》，上海古籍出版社 1978 年版，第 81 页。

的意境将大受耗损而难打折扣。

关于李清照《醉花阴》一词，可说道的当不止这些。但上述问题乃最为突出和不得不辩的关键要掖。

以上是本文所涉及的为读者所喜闻乐见的四首唐诗宋词误读与正辩的个人浅见。也许任何作品的解读阐释都难以在忠实原作与挖掘文本应有之义间找到恰当的平衡点，也许力求推陈出新的解说仍然不能满足众多读者的赏析口味，但这样的尝试只要态度是严谨的、初衷是善良的、方法是科学的，都具有其积极的学术价值和实践意义，理当肯定和提倡。故此，笔者不揣学浅识陋，斗胆查误返正、自成己说，疏漏失误之处还望前贤后学指谬再正。

思考题

1. 你认为王勃《送杜少府之任蜀州》中的"城阙"代指何处？在抒发离情别意方面该诗有何独特之处？

2. 谈谈你对杜甫《登岳阳楼》首联、颔联及整首诗浑融意境创造的理解。

3. 苏轼《蝶恋花》（花褪残红）上片描写的节令时序及作者的心情为何？"天涯何处无芳草"在苏轼、王朝云、今人的审美视域中的意义有何嬗变？

4. 你认为《醉花阴》（薄雾浓云）中的"佳节又重阳"一句该如何解读？作者运用哪些艺术手段完成了伤离怨别的主题？

拓展阅读

1. 闻一多：《唐诗杂论》，上海古籍出版社 1998 年版。

2. 施蛰存：《唐诗百话》，上海古籍出版社 1987 年版。

3. 陈贻焮：《杜甫评传》（上、中、下），北京大学出版社 2003 年版。

4. 叶嘉莹：《叶嘉莹说杜甫诗》，中华书局 2008 年版。

5. 莫砺锋、童强：《杜甫传》，天津人民出版社 2001 年版。

6. 赵海菱：《杜甫与儒家文化传统研究》，齐鲁书社 2007 年版。

6. 林语堂：《苏东坡传》，陕西师范大学出版社 2006 年版。

7. 王水照、朱刚：《苏轼评传》，南京大学出版社 2004 年版。

8. 木斋：《苏东坡研究》，广西师范大学出版社 1998 年版。

9. 葛晓音：《唐诗宋词十五讲》，北京大学出版社 2003 年版。

10. 陈祖美：《李清照评传》，南京大学出版社 2011 年版。

11. 康震：《康震评说李清照》，中华书局 2007 年版。

12. 邓红梅：《李清照新传》，上海古籍出版社 2005 年版。

13. 杨雨:《莫道不消魂:杨雨解秘李清照》,陕西师范大学出版社 2008 年版。

14. 付兴林:《悲喜交错景情真,理趣横生构思巧——苏轼〈蝶恋花〉赏读辩误》,《陕西理工学院学报》2010 年第 4 期。

15. 傅兴林:《情深调苦,艺雅技高——再读李清照〈醉花阴〉》,《汉中师范学院学报》1996 年第 2 期。

《三国演义》的现代启示

雷　勇

内容提要:《三国演义》是中国小说史上第一部长篇历史小说，也是对中国人的精神世界及社会生活影响最为深远的一部文学巨著。就编创模式而言，《三国演义》是一部典型的"世代累积型"创作，它累积成书的过程就是各种文化成分不断交融、整合的过程，罗贯中以自己的天才将来自雅、俗两个不同层面的文化融为一体，并按自己的主体认识、价值观念和艺术好恶加以扭合，从而使作品具有十分丰富的文化蕴涵。《三国演义》是中华民族千百年传统文化、传统心理的结晶，同时对民族文化、民族精神的传承和发展起着重要的启示和促进作用，在当今社会，仍有非常重要的现实意义。

一　"拥刘反曹"——《三国演义》的基本情感取向

《三国演义》主要写的是三国时期的政治和军事斗争，作品的叙事角度是在刘备一方，或者说作者是站在刘蜀的立场上来审视这段历史的，因此，"拥刘反曹"是小说最明显的情感取向。小说着重描写的是蜀、魏两大集团的矛盾和斗争，而刘备一方始终被放在正统地位，对刘备集团的主要人物作者都给予正面的、充分的展示，特别是对仁君贤相的代表人物刘备、诸葛亮，忠义的化身关羽，骁勇的战将张飞、赵云、马超等，都不惜笔墨，作了精心的刻画，使他们成为家喻户晓的完美典型。相对而言，魏、吴集团的谋士、将军们则因没有太多的露面机会而黯然失色。从叙事时间的安排来看，作者的倾向性也十分明显，全书 120 回，时间跨度 97 年，其中关于刘蜀集团的叙述占了 90 多回，而且从桃园结义到诸葛亮病逝五丈原，共 51 年的历史用了 104 回的篇幅，其中诸葛亮从出山到病逝，前后 27 年竟洋洋洒洒写了 67 回，而诸葛亮死后的 46 年历史，只写了 16 回就草草结束了。小说的重点放在前 50 年，尤其是诸葛亮活跃在政治、军事舞台上的 27 年里。全书的倾向性不言自明。

是以刘蜀集团为正统，还是以曹魏集团为正统，这是历来三国历史书写中争议最大的问题，不同时代、不同地位的人，对此问题都有不同的回答。如西晋陈寿的《三国志》"帝魏寇蜀"，东晋习凿齿的《汉晋春秋》则变之为"尊汉抑魏"；北宋司马光的《资治通鉴》以曹魏为正统，南宋朱熹的《资治通鉴纲目》则以刘蜀为正统。实际上，无论是拥曹还是拥刘，都是特定时代诉求的体现。西晋、北宋立国于中原，自然要尊也曾立国于中原的曹魏为正统。赵匡胤夺天下于孤儿寡妇之手，有点像曹丕，因此在北宋也没有人敢指责曹魏政权来得不地道。至于东晋、南宋，偏安一隅，自然愿意以蜀汉自比，这样才能以恢复中原来召唤民众、收拢民心。元代的情况有些特殊，异族的残酷统治使民族意识大大加强，蜀汉政权也成了汉民族的象征，这时出现的元杂剧和《三国志平话》，对曹魏都毫不客气地大贬特贬。面对史家或尊曹或尊刘的争执，面对民间比较一致的拥刘反曹倾向，罗贯中按自己的标准作出了判断和抉择。用政治的天平来衡量时，他肯定了魏、蜀、吴三国在争取人心、重视人才方面各有其正确的战略和策略，小说不仅对刘备、孙权，也对曹操的雄才大略予以肯定。但是，当作者用道德的标准来衡量时，天平就明显地偏向于刘备一方。小说中反复强调："天下者，非一人之天下，乃天下人之天下，惟有德者居之。"[1]这可以说是罗贯中政治伦理思想的核心，而刘备正是"德"的代表。刘备与曹操虽然都是雄居一方的军阀，但从历史记载和民间传说看，刘备比较仁厚，曹操比较奸诈。刘备的劣迹不多，而且留下了携民渡江、三顾茅庐等佳话。相反，曹操却有不少恶行，如"宁我负人，毋人负我"的自白，"割发代首""梦中杀人""借人头压军心"的诡计，为报父仇而杀人数万，"泗水为之不流"[2]的暴行。"拥刘反曹"主要体现的是民间的立场。

作为蜀汉政权的开国之君，历史人物刘备既有"明君"之誉，又有"枭雄"之称，但在《三国演义》中，刘备是作为"明君"的典型出现在读者面前

---

① 罗贯中：《三国志通俗演义》，上海古籍出版社 1980 年版，第 574 页。
② 范晔：《后汉书·陶谦传》，中华书局 1965 年版，第 2367 页。

的。罗贯中以历史人物为原型，同时根据民众对政治家的要求，按照自己的政治理想和审美倾向，精心塑造了这个人物形象，使之具有较强的理想化色彩。

《三国演义》中的刘备颇具君子风范，"仁慈宽厚"是他性格的基调。《三国演义》第一回写刘备与关羽、张飞桃园结义，其誓词便赫然标出"上报国家，下安黎庶"①八个大字。这既是他的政治目标，又是他高高举起的一面道德旗帜。从此，宽仁爱民、深得人心就成了刘备区别于其他政治集团领袖的显著标志。他担任安喜县县尉时，便"与民秋毫无犯，民皆感化"。督邮索贿不成，欲陷害他，百姓纷纷为之苦告（第2回）。此后任平原相，已被誉为"仁义素著，能救人危急"（第11回）。陶谦临终，以徐州相让，刘备固辞，徐州百姓"拥挤府前哭拜曰：'刘使君若不领此州，我等皆不能安生矣！'"（第12回）曹操擒杀吕布，离开徐州时，"百姓焚香遮道，请留刘使君为牧"（第20回）。这表明他占据徐州的时间虽然不长，却已深得民心。后来他又一次遭到严重挫折，不得不到荆州投奔刘表，受命屯驻新野时，他仍以安民为务，因此"军民皆喜，政治一新"（第34回）。新野百姓欣然讴歌道："新野牧，刘皇叔；自到此，民丰足。"（第35回）而最能体现刘备这一特点的还要数第41回"刘玄德携民过江"中的描写：

> 建安十三年（208），曹操亲率大军南征荆州，刘琮不战而降，刘备被迫向襄阳撤退，新野、樊城"两县之民，齐声大呼曰：'我等虽死，亦愿随使君！'即日号泣而行。"到了襄阳城外，刘琮闭门不纳，蔡瑁、张允还下令放箭。魏延路见不平，拔刀相助，开了城门，放下吊桥，大叫："刘皇叔快领兵入城，共杀卖国之贼！"刘备见魏延与文聘在城边混战，便道："本欲保民，反害民也。吾不愿入襄阳。"于是"引着百姓，尽离襄阳大路，望江陵而走。襄阳城中百姓，多有乘乱逃出城来，跟玄德而去。"如此撤退，显然有违于"兵贵神速"的军事原则，于是众将都说："今拥民众数万，日行十余里，似此几时得至江陵？倘曹兵到，如何迎敌？不如暂弃百姓，先行为上。"刘备明知

---

① 陈曦钟等辑校：《三国演义会评本》，北京大学出版社1986年版。本文《三国演义》引文除注明者外，皆引自本书。

此言有理，却泣而拒之曰："举大事者必以人为本。今人归我，奈何
弃之？"行至当阳，果然被曹操亲自率领的精兵赶上，十余万军民顿
时大乱。刘备在张飞保护下且战且走，天明看时，身边仅剩百余骑，
不禁大哭道："十数万生灵，皆因恋我，遭此大难；诸将及老小，皆
不知存亡。虽土木之人，宁不悲乎！"这一仗，刘备在军事上一败涂
地，而在道义上却赢得了极大的胜利。从此，刘备的"仁德爱民"更
加深入人心，并成为他迥别于其他创业之君最大的政治优势。

除"仁德爱民"之外，作品还竭力渲染了刘备的敬贤爱士，知人善任。
其中，他对徐庶、诸葛亮的敬重和信任，都写得十分生动感人，尤其是对
他与诸葛亮鱼水关系的描写，更是具有典范意义。

历史上的徐庶，归属刘备的时间不算长，除向刘备推荐诸葛亮外，
在政治、军事上发挥的作用也不算大，《三国志》只有这样一段简单的
记载：

> 徐庶见先主，先主器之……曹公来征……先主在樊闻之，率其众
> 南行，亮与徐庶并从，为曹公所追破，获庶母。庶辞先主而指其心
> 曰："本欲与将军共图王霸之业者，以此方寸之地也。今已失老母，
> 方寸乱矣，无益于事，请从此别。"遂诣曹公。①

而在《三国演义》中，刘备一见徐庶便坦诚相待，拜为军师，委以指
挥全军之责。在先后打败吕氏兄弟、曹仁之后，刘备更视徐庶为天下奇
才。而当徐庶母亲被曹操囚禁，辞别刘备时，刘备虽然难以割舍，但为顾
全其母子之情，仍忍痛应允。这时，孙乾劝刘备不要放徐庶归曹，他说：
"元直天下奇才，久在新野，尽知我军中虚实。今若使归曹操，必然重
用，我其危矣。主公宜苦留之，切勿放去。操见元直不去，必斩其母。元
直知母死，必为母报仇。力攻曹操也。"刘备拒绝了这个建议，说："不
可。使人杀其母，而吾用其子，不仁也；留之不使去，以绝其子母之道，
不义也。吾宁死，不为不仁不义之事。"分别的前夜，"二人相对而泣，坐
以待旦"。次日一早，刘备又亲送徐庶出城，置酒饯行；宴罢，仍"不忍

① 陈寿：《三国志·蜀书·诸葛亮传》，中华书局1982年版，第912—914页。

相离，送了一程，又送一程”。直到徐庶骑马远去，刘备还立马林畔，"凝泪而望"（第36回）。这些描写尽管主要是为"走马荐诸葛"和"三顾茅庐"作铺垫，却足以见出刘备求才之诚。

对于刘备对诸葛亮的高度信任与倚重，《三国演义》更是作了浓墨重彩的描写。刘备请诸葛亮出山之事在《三国志》中只有简单的一句："由是先主遂诣亮，凡三往，乃见。"①而《三国演义》却以两回半的篇幅，反复皴染，将"三顾"的过程写得极为委婉曲折。刘备初见孔明，便屈尊"下拜"；听罢隆中对策，先是"避席拱手谢"，继而"顿首拜谢"；乍闻孔明不愿出山，当即"泪沾袍袖，衣襟尽湿"；及至孔明答应辅佐，又不禁"大喜"。这些充满感情色彩的细节，把刘备求贤若渴的诚意渲染得淋漓尽致。诸葛亮出山以后，刘备对他更是高度信任，让他最大限度地发挥了自己的才能。

总之，宽仁爱民和敬贤爱士这两大品格的充分表现，使《三国演义》中的刘备形象摆脱了以往通俗文艺中的草莽气息，成了古代文学作品中前所未有的"明君"范型。

二 "忠义"——《三国演义》的核心价值观

三国时代是一个人才辈出的时代，罗贯中在描述那段波澜壮阔的历史进程的时候，也始终坚持以人为中心，因而塑造了一系列栩栩如生的人物形象，正如毛氏父子所言，读《三国演义》给人一种"入邓林而选名材，游玄圃而见积玉，收不胜收，接不暇接"②之感。那么，面对众多的英雄，如何确定其优劣高下？为了解决这个问题，作者打出了"忠义"的旗号，把它作为臧否人物、评判是非的主要道德标准，这充分体现了作者的审美观念。

中国传统文化的基本模式是"伦理—政治"型文化，在长期的发展过程中，形成了一系列道德、伦理观念，诸如忠、孝、仁、爱、礼、义、廉、耻等，其中"忠"和"义"是最基本的两种道德规范。"忠"要求下对上的无条件服从，它是制约上下关系，其中最主要的是君臣关系的一种道德规范；"义"则要求人与人之间的信任与真诚，它是制约朋友关系、兄弟

---

① 陈寿：《三国志·蜀书·诸葛亮传》，中华书局1982年版，第912页。
② 陈曦钟等辑校：《三国演义会评本》，北京大学出版社1986年版，第7页。

关系的一种道德规范。作为封建时代的道德理想，二者是互补互协、难以分割的统一整体。但随着"义"不断被赋予新的时代内容，二者之间也常常发生矛盾，甚至互相排斥。在《三国演义》中，作者崇尚的是"忠"和"义"的完美结合，如在开宗明义的第一回就大写特写了"桃园结义"这一情节，刘、关、张结义的誓词是："同心协力，救困扶贫，上报国家，下安黎庶。"在这里，"上报国家"指"忠"，"下安黎庶"为"义"，可以说，桃园结义的道德内容就是"忠义"。然而，从小说的具体描写来看，作者更强调的是"义"。在小说中，所谓"匡扶汉室"是一种传统的"忠"，王允以及抗曹而死的董承、伏完等，就是这种精神的体现。但对割据一方的群雄来说，"忠"只是一种口号，而"天下者，非一人之天下，乃天下人之天下也"，则成为各派政治力量的思想武器。因此，《三国演义》对"不忠"的行为也并不一概加以贬斥。如刘璋手下的两员大将，张任不降，孔明斩之以全其忠义之名；严颜感张飞之义，不仅自己投降，还将部下皆唤出投降。两人所走的路截然不同，但在小说中都表现得正气凛然。可见，在"忠"与"义"的对立统一中，"义"的地位都在"忠"之上，与对"不忠"行为的有条件的原宥不同，对于"不义"的行为，是毫无通融的余地的，小说中对袁术、吕布之流的厌弃均是由于这个原因。

《三国演义》中的"义"是一种包含了"忠"的义。它也具有多重性，这在刘、关、张的关系中，尤其是在关羽形象上体现得最为突出。在小说中，关羽是"义"的化身，被毛氏父子称为"义绝"，从与刘、张桃园结义起，他们就患难相扶，福祸与共。当死守下邳，身陷绝地时，关公决心仗义而死，此时，张辽举三罪证明其死毫无价值，于是关公提出三个条件。当三个条件得到应允后，他便降了曹操。这时，关羽就面临一个真忠义与假忠义的严峻考验。曹操费尽心机，"小宴三日，大宴五日"，赠金银，送美女，赠宝马，封侯赐爵，试图收服关羽，而关羽在得知刘备的下落后，便毅然挂印封金，闯关斩将，投奔刘备而去。"义不负心，忠不顾死，是大丈夫之志也。"连曹操也说："云长封金挂印，财贿不以动其心，爵禄不以移其志，此等人吾深敬之。"（第27回）败走麦城，关羽处于内无粮草、外无救兵的绝境，这时孙权派诸葛瑾来劝降，关羽大义凛然地说："玉可碎不可改其白，竹可焚而不可改其节，身可殒，名可垂于竹帛也。"（第76回）在生死存亡的关头，决不改变结义时的誓言，至死忠于蜀汉，义于刘备，这种"千金不易"之志，显示了关公灵魂之美。

然而，关羽又有"义释曹操"之举，这一点历来受人指责，但它却倾注了作者的心血，不仅凸显了关羽重义的品格，而且深化了"义"的主题。在关羽身上，"义"是高于一切的，他的"忠"是以义为基础的。曹操对关羽有恩，也可以说是关羽平生的一大知己，尤其是成全了他的忠义之志，因此，关羽明知军令在身，却甘冒杀头之险，弃盖世之功，置刘备一统大业于不顾，在华容道上放走了惶惶垂泪的曹操。这突出地表现了他为"义"而甘于牺牲自我的精神。毫无疑问，从政治斗争的角度看，释放曹操之举是原则性错误，但这却是作者为塑造关羽这个性格复杂的"义绝"典型写下的最为浓重的一笔。对这一从根本上违背集团利益的行为，不仅刘备原谅了关羽，作者也为之大作文章，不仅在回目中称之为"关云长义释曹操"，还在作品中借"史官"诗称赞道："彻胆长存义，终身思报恩。威风齐日月，名誉振乾坤。"毛氏父子在评改本的回末也赞曰："拼将一死酬知己，致令千秋仰义名。"（第50回）这里关羽所表现出来的"义"就完全是出于一己之私的哥们义气，尽管作者对此赞赏有加，但毕竟因私废公，与关羽一贯标榜的春秋大义是矛盾的。

这种"义"的复杂性在刘备身上也有充分体现。作品中的刘备冷静理智，气度恢宏，素有逐鹿中原、复兴汉室的大志，但这一步步处心积虑的谋略，却因关羽之死而发生了逆转，由于他对"不求同年同月同时生，但愿同年同月同时死"的兄弟情义的执着，不惜违背诸葛亮所定的策略，将十多年来苦心经营的蜀汉事业置之不顾，执义要为关羽报仇，他认为"朕不为弟报仇，虽有了万里江山，何足为贵?"于是，一切谏言都失去了效用，在强烈的感情冲动下他贸然发起了伐吴之战，虽然最终以失败而告终，自己也病逝于白帝城，但他用自己的生命成全了"结义"之情，从而赢得了千古美名。

总之，罗贯中的"忠义"观既融合了下层民众的观念和情感，又不可能越出封建思想的藩篱。他所谓的"忠"，常常指一心不贰地为封建王朝奔走效劳，甚至只是为某一集团的领袖卖命捐躯；但也常常指对国家、民族的忠贞不贰，对理想、事业的矢志不渝，鞠躬尽瘁。他所谓的"义"，用在政治原则上，有时是封建纲常的代名词，有时又是坚持真理、鞭挞邪恶的同义语；用在人际关系上，常常是不讲原则，以个人恩怨为转移，但也常常是对平等互助的真诚追求，这就使《三国》中的"忠义"呈现出复杂的状况。

三 "诸葛亮崇拜"与当代核心价值观的构建

在汉中的三国名人中，诸葛亮是知名度最高、影响也最大的一位。北伐曹魏，"兴复汉室"，这是诸葛亮在隆中决策时制定的战略，同时也是他一生的理想，因此，在平定南中，重新结好东吴之后，诸葛亮即于公元227年春亲临汉中，开始了长达8年的北伐。234年2月，诸葛亮发动最后一次北伐，与司马懿在五丈原相持半年后病卒于军中，遗令归葬勉县定军山。诸葛亮在整个中国也是家喻户晓的人物。历史人物诸葛亮是三国时期一位杰出的政治家、军事家，他高瞻远瞩，励精图治，清正廉明，克己奉公，为蜀汉事业鞠躬尽瘁、死而后已，不仅在当时被人们敬重，在后世也深受推许。客观地说，历史人物诸葛亮的文治武功是相当有限的，就功绩和历史地位而言，中国历史上超过他的政治家、军事家可以举出数十位，然而，就在老百姓中的知名度和影响力而言，则无人能出其右。在中国社会里，一直存在着诸葛亮崇拜的现象，从文化学的角度来看，这种现象绝不是偶然的，它是多种文化心理积淀的结晶。

（一）诸葛亮是中华民族崇尚智慧的文化心理的结晶

在中国文化中，诸葛亮是"智慧"的代名词，其智慧主要表现在神鬼莫测的用兵上。那么，诸葛亮真的善用兵吗？对此，历来都有争论。争论的源头是陈寿的《三国志·诸葛亮传》，在传中所附陈寿的《表上诸葛氏集目录》说：

> 然亮才于治戎为长，奇谋为短，理民之干，优于将略。[1]

在传后总评中，陈寿又说：

> （诸葛亮）可谓识治之良才，管、萧之亚匹矣。然连年动众，未能成功，盖应变将略，非其所长欤？[2]

---

[1] 陈寿：《三国志·蜀书·诸葛亮传》，中华书局1982年版，第930页。
[2] 同上书，第931页。

　　这两段话都是说诸葛亮治理国家具有杰出才干，可以和管仲、萧何相提并论，但应付事变、出奇制胜，却非所长，在军事上，诸葛亮并无过人之处。

　　对陈寿这番评价，历来学者评价不一，有的人认为，陈寿是存心诋毁诸葛亮，但更多的人相信陈寿说的就是事实。但无论历史上诸葛亮的谋略如何，当诸葛亮由历史走进艺术的时候，这个原本谋略平凡的政治家却逐渐变成了用兵如神的人物，奇谋为短变成了奇谋为长。魏晋之际，历史人物诸葛亮就已"声烈震于遐迩"，产生了重大的社会影响。诸葛亮去世以后，不仅蜀汉人民对他深切怀念，而且中原地区也流传着不少关于他的传说。但此时诸葛亮主要是作为政治家而被热烈歌颂的，如陈寿在《上诸葛亮集表》中所说："其秋病卒，黎庶追思，以为口实。至今梁、益之民，咨述亮者，言犹在耳，虽《甘棠》之咏召公，郑人之歌子产，无以远譬也。"[1]

　　到了东晋、南北朝时，诸葛亮的社会影响日益扩大，关于他的故事传说又有了新的发展。在反抗民族压迫的形势下，诸葛亮在传说故事中首先被描绘成军事才能非常突出的人物。晋王隐的《蜀记》记载了郭冲所说的有关诸葛亮的五个故事，力陈诸葛亮的"权智英略"，其中第三个故事就是"空城计"，这个故事表现了诸葛亮在敌我力量极为悬殊的情况下，神情自若，不动一兵一卒就使比自己力量强大20倍的敌人疑惧而退。这是《三国演义》中"空城计"的蓝本。东晋史学家孙盛的《魏氏春秋》记载了诸葛亮送妇人衣服羞辱司马懿之事。习凿齿《汉晋春秋》又写了司马懿"畏蜀如虎""死诸葛走生仲达"等事。这个时期关于诸葛亮的故事还突出了他临阵时从容不迫、风流儒雅的神情风度，人们对他的评价是"名士"、名将，传说中颇有怪异化，如识破曹操的刺客、木门道"张郃死此树下"、八阵图等。

　　唐代，诸葛亮由名相、名将变成了"智将"，《四分律钞批》甚至还说"诸葛亮于时为大将军"[2]。主要突出其智，不仅在两军对垒时"魏家唯惧孔明，不敢前进"，而且他死后还运用计谋来制造假象和错觉，使敌人心生恐怖而不敢交战。宋、元时期，诸葛亮在说书艺人的加工下，

[1]　陈寿：《三国志·蜀书·诸葛亮传》，中华书局1982年版，第931页。
[2]　引自朱一玄《三国演义资料汇编》，百花文艺出版社1983年版，第53页。

具有了新的色彩："卧龙仙"，"人也、神也、仙也"①，身份成了军师、师父。

在《三国演义》中，罗贯中在前人的基础上作了艺术加工，把诸葛亮写成一个政治、军事、经济等方面的全才。他首先是位战略家，其智慧表现是能根据形势正确地制定战略方针，如未出茅庐，就确定了"北让曹操占天时，南让孙权占地利，将军可以占人和。先取荆州为本家，后取西川建基业，以成鼎足之势，然后可以图中原也"（第 37 回）的三分战略；征南之役，确定了"攻心"战略；北伐中原，有鉴于魏国的实力，则采取了稳定局势，平定后方，逐步打击敌人的方针。在战术的运用上更是灵活多变，有鬼神莫测之机。从出山到病逝五丈原，一共 27个春秋，中间经历过无数次的艰难险阻，数以百计的战斗，凭着他的忠心和智慧，在很多情况下，以寡敌众，以少胜多，变劣势为优势，取得了一个又一个胜利。博望烧屯，初试锋芒，是诸葛亮"初出茅庐第一功"。赤壁之战，诸葛亮大显身手，他只身前往江东，舌战群儒，以犀利的辞锋，尽挫江东群英；"智激孙权""智说周瑜"，使东吴集团下决心建立孙刘联盟，共同抗曹；又巧调鲁肃，使他为其所用，避过了周瑜一次又一次的谋害。蜀汉政权建立后，他更是南征北讨，每一次战斗都使诸葛亮的智慧得到充分的展示，即使是在失街亭这样的大败之后，作者也立刻安排了"空城计"一节使诸葛亮的智慧在这失误之中显得更超出寻常。此外，书中写他上知天文，下晓地理，"草船借箭""借东风""安居平五路"以及制造"木牛流马"、死前布置的锦囊妙计，等等，都是极力表现他的"智"。

从历史上的"名士"到小说中的"智绝"，经过众多民间艺人的艺术加工，尤其是罗贯中的极力渲染，诸葛亮就成了"智慧"的化身。

（二）诸葛亮是中华民族传统美德最完美的体现者

与曹操、司马懿等不同，诸葛亮超人的智慧是和崇高的道德紧密联系在一起的。无论是历史上诸葛亮其人，还是小说中的诸葛亮形象，事功并非是使他人生价值独放异彩的根本原因，诸葛亮形象的深层意义和他人生价值的内核，是他悲剧人生中所体现出来的伟大人格。"志于道"必须"据于德"，所谓"修身、齐家、治国、平天下"，人格修养是自我实现的基

---

① 《三国志平话》，钟兆华：《元刊全相平话五种校注》，巴蜀书社 1989 年版，第 426 页。

础，是最大限度地实现人生价值的根本。这是从孔孟到历代贤哲所反复强调与终生追求的人生境界，也是有志之士塑造理想人格的根本。诸葛亮之所以可敬可叹、可歌可泣，并在《三国演义》中占据绝对的中心地位，使功勋盖世的曹公、周郎、司马氏以及大批身手不凡的辅臣谋士为之逊色，就在于诸葛亮具有使他最大限度地实现人生价值的无与伦比的人格力量。清代乾隆皇帝在《题琅邪五贤祠》一诗中写道：

> 孝能竭力王详览，忠以捐躯颜杲真。
> 所遇由来殊出处，端推诸葛是全人。①

按中国传统的道德来衡量，诸葛亮的确可以称得上是个"全人"。对于中国传统道德，有所谓"四维""八德""三纲""五常"等不同的表述，但其中最重要的不外乎两条：一是"忠"，二是"义"。所谓"忠"，就是忠君，但在很多时候，忠君和爱国是紧密相连的。诸葛亮对刘备、对蜀汉政权可谓忠心耿耿，至死不渝。白帝城托孤时，刘备对诸葛亮说："君才十倍曹丕，必能安邦定国，终定大事。若嗣子可辅，则辅之；如其不才，君可自为成都之主。"（第85回）这可能是刘备的肺腑之言，既有试探，也寄予厚望。诸葛亮则诚惶诚恐，汗流遍体，泣拜于地曰："臣安敢不竭股肱之力，尽忠贞之节，继之以死乎!"从此，诸葛亮便牢记托孤之重，忠于职守，辛勤谋划。他五月渡泸，深入不毛，七擒孟获，平定南中；以法治蜀，足食足兵；六出祁山，北伐中原，以完成刘备的未竟事业。后因刘禅的猜忌，加上变异数起，屡次伐魏不果，使他身心交瘁，积劳成疾，即使如此，他还认为自己愧对先帝重托，深有负罪之感。诸葛亮以自己"鞠躬尽瘁，死而后已"的行为，实现了他"竭股肱之力，尽忠贞之节"的誓言，表现了对蜀汉事业的无限忠诚。

诸葛亮的"义"也感人至深，在他身上最明显的体现就是对部下、对百姓的关心。诸葛亮在许多场合，反复宣称刘备的队伍是仁义之师，他们始终认为"举大事者必以人为本"。当阳大败，刘备对数万跟随他的"赴义之民"，不忍相弃，甘与同败，诸葛亮认为，这是"大仁大义"的表现。在取得益州后，诸葛亮及时地提出加强法治，抑制豪强，安定社会秩序，使

① 引自谭良啸《历代咏诸葛亮诗选注》，四川人民出版社1988年版，第161页。

民众能休养生息。他征南中，实行攻心为上，军事辅之的政策，使孟获等心悦诚服，保证了南中地区的长治久安，并给该地区带去了先进的生产技术，促进了少数民族地区的经济发展，社会进步。他行军作战，纪律严明，秋毫无犯，即使在死后，在定军山"显灵"，仍然惦记着"两川生灵"，警告钟会不得妄加杀害。

在个人品行方面，他也做到严格的道德自律。诸葛亮生活俭朴廉洁，出山之前，以躬耕为食，出山之后，虽高官厚禄，但仍然过着淡泊生活。在弥留之际，仍然强调："臣死之日，不使内有余帛，外有赢财，以负陛下。"①诸葛亮治蜀以严为主，他不饰短，不避亲，开诚布公，明法理事，使人感其情而服其诚，李严、廖立因贻误军机、诽谤朝政，被诸葛亮贬为庶民，后诸葛亮死，二人"闻之痛之，或泣或绝"②，这也是诸葛亮人格力量的感召使然。此外，他的谦和、宁静、自尊、自爱也给人们留下了很深的印象。这些传统美德与人民大众的心是息息相通的。

（三）诸葛亮是中华民族自强不息精神的典型代表

诸葛亮是一个高度理想化的人物，但同时也是一个悲剧式的英雄。对诸葛亮悲剧的解释众说纷纭，史学家多认为是性格悲剧、历史悲剧，而小说家则更愿意将它归之于命运悲剧，《三国演义》就是这种说法的代表。在作者看来，得其主，不得其时，这是诸葛亮悲剧的根本原因。在诸葛亮出山之前，司马徽就曾为他感叹："卧龙虽得其主，不得其时，惜哉！"（第37回）诸葛亮的朋友崔州平闻刘备"欲见孔明，求安邦定国之策"，也笑着说："公以定乱为主，虽是仁心，但自古以来，治乱无常。……至今……干戈又复四起，此正由治入乱之时，未可猝定也。将军欲使孔明斡旋天地，补缀乾坤，恐不易为，徒费力耳。岂不闻'顺天者逸，逆天者劳'、'数之所在，理不得而夺之；命之所在，人不得而强之'乎？"（第37回）司马徽所说的"时"，正是崔州平所说的"由治入乱之时"，要"定乱"求治，实非易事，这就是"数"和"命"，亦即客观形势。诸葛亮也明知曹操占天时，"拥百万之众，挟天子以令诸侯，此诚不可与争锋"，因此他在隆中决策时就制定了"北让曹操占天时，南让孙权占地利，将军可占人和"（第38回）的策略。然而所谓的"人和"也没能持续多久，随着荆襄

---

① 陈寿：《三国志·蜀书·诸葛亮传》，中华书局1982年版，第927页。
② 成都武侯祠《蜀汉丞相诸葛武侯祠堂碑》。

已失，刘、关、张早逝，隆中两路北伐的计划落空，形势比预计的更不利于蜀，诸葛亮自己也不得不承认："先帝创业未半而中道崩殂，今天下三分，益州疲敝，此诚危急存亡之秋也。"①

得其主，不得其时，"人事"与"天命"的乖违，使诸葛亮难有兴周旺汉式的辉煌建树，可是，在时命乖违的艰难环境中，他却"知其不可为而为之"，表现了积极进取的精神，最大限度地实现了自己的人生价值。中国文化的基本精神之一是刚健有为，它是人们处理天人关系和各种人际关系的总原则，早在孔子时代，就已经提出刚健有为的思想。孔子十分重视"刚"的品格，他说，"刚毅木讷近仁"②，刚毅即坚定性，他高度肯定临大节而不夺的品质，认为是刚毅的表现，所谓"三军可夺帅也，匹夫不可以夺志也"，便是其生动写照。在孔子心目中，刚毅和有为是不可分割的，有志有德之人，既要刚毅，又要有历史责任感和时代使命感，他强调知识分子要有担当道义、不屈不挠的奋斗精神。《易传》对刚健有为、自强不息的思想作了经典性的表述："天行健，君子以自强不息"，这就是说，天体运行，健动不止，生生不已，人的活动乃是效法天，故应刚健有为，自强不息，这充分肯定了发挥人的主观能动性的作用。作为封建社会知识分子理想的诸葛亮，他的一生表现出了民族心理结构上最积极的一面。这种精神能促人振作、催人奋进，因而具有积极的意义。诸葛亮的这种精神，对历史上坚持抗战、抵御外侮的爱国军民有着极大的感召力。如两宋之际，抗金名将宗泽仰慕诸葛亮，临终之际含恨长吟杜甫"出师未捷身先死，长使英雄泪满襟"的名句，三呼"过河"而死。民族英雄岳飞在精神上更是与诸葛亮息息相通，在成都武侯祠至今还保存着岳飞手书的《出师表》石刻。文天祥对诸葛亮十分称颂和敬仰，他在被元军俘获而北上燕京途中，写下了这样的诗句："至今《出师表》，读之泪沾巾。汉贼明大义，赤心贯苍穹。"③既颂扬诸葛亮，又借以抒发自己坚定不移的爱国志向。

（四）诸葛亮是中国知识分子理想人格的典范

诸葛亮被知识分子接受，与诗人和小说家的努力有很大的关系。唐

---

① 诸葛亮：《前出师表》，见《诸葛亮集》，时代文艺出版社 1995 年版，第 5 页。

② 杨伯峻：《论语译注》，中华书局 1980 年版，第 143 页。

③ 文天祥：《怀孔明》，引自谭良啸《历代咏诸葛亮诗选注》，四川人民出版社 1988 年版，第 99 页。

代，诸葛亮已成为诗人们吟颂的热点，据载，咏诸葛亮的有50多人，诗100余首，而诸葛亮形象的最后完成则应归功于《三国演义》。这些诗人、小说家根据自己的理解接受了这个历史人物，同时又根据自己的理想重塑了诸葛亮形象，使这个人物成为自己理想人格的化身。

中华民族传统文化心理结构的核心是儒道互补，体现在知识分子的人生态度上则是"穷则独善其身，达则兼济天下"[1]，受这种思想的影响，中国知识分子大多很注意出处去就，《三国演义》对诸葛亮出山的描写就着力于此。东汉末年，社会动荡，军阀混战，每个人都在寻找自己的位置。有志图王者则招贤纳士不遗余力，胸怀大志者则出谋划策争先恐后，卖身投靠者有之，背主求荣者有之，而诸葛亮独以"淡泊""宁静"自守，躬耕南阳。在刘备初顾茅庐时，听到了这样一首歌："凤翱翔于千仞兮，非梧不栖；士伏处于一方兮，非主不依。乐躬耕于陇亩兮，吾爱吾庐；聊寄傲于琴书兮，以待天时。"（第37回）这正是诸葛亮高洁人格的象征，这种守道不辱的品格，适应了知识分子的文化心理。

其次，中国知识分子都特别强调人格的独立，因此，他们的最高理想不是做帝王而是做"帝王师"。"帝王师"的提法最早见于《孟子》，而《史记·留侯列传》中黄石公"读此则为帝王师矣"的话，更对后世文人产生了极其深远的影响，辅佐一位名主，借其实现自己的抱负，最终出将入相，这是古代知识分子最理想的人生道路。如唐代大诗人李白曾写下"如逢渭水猎，犹可帝王师"（《赠钱征君少阳》）的诗句，宋代词人辛弃疾也有"一编书是帝王师"（《木兰花慢》）的豪情。然而，在现实的政治生活中，这种理想始终像是一个美丽的梦，因而诸葛亮形象就成了最辉煌的楷模，尤其是他与刘备那种亲密无间的"鱼水关系"，更是让世世代代的知识分子羡慕不已。因此，诸葛亮自然就成为知识分子心中的偶像。

四 《三国演义》悲剧人物的启示

《三国演义》写了一些高度理想化的人物形象，从各个方面展示了他们的品格，给后人树立了学习的榜样，无论是关公的"义"，还是诸葛亮

---

[1]　杨伯峻：《孟子译注》，中华书局1960年版，第304页。

的"忠"，都成了中国优秀文化的一种符号，在社会主义核心价值观重建中具有积极的意义。除了这些作者倾心颂扬的英雄外，小说也塑造了一批反面角色，他们或因为性格缺陷，或因为个人品格，不仅招致了自身的悲剧，也给后人留下了很多思考。

（一）魏延的性格悲剧

建安二十四年(219)，刘备和曹操相持数月后，终于击退曹操，彻底占据了汉中。接下来，刘备即位汉中王，将治所迁到成都。同时，刘备考虑选拔一员重将镇守汉中。当时的舆论都认为，这个重任非猛张飞莫属，但出乎人意料的是，刘备却看中了另外一个人，将其提拔为"督汉中镇远将军，领汉中太守"①。刘备选中的这个人，就是魏延。枭雄刘备看出众人不服，就大会群臣，并当众问魏延："今委卿以重任，卿居之欲云何？"魏延毅然答道："若曹操举天下而来，请为大王拒之；偏将十万之众至，请为大王吞之！"②刘备点头说好，众人也很钦佩他的豪壮气概。

据《三国志·魏延传》记载，魏延，字文长，义阳人。当初随刘备入蜀，屡立战功。被任命为汉中太守后，独当一面，抗击曹魏。魏延坐镇汉中的八年，正是蜀汉"危急存亡之秋"，关羽荆州之失，刘备夷陵之败，使本来就弱小的蜀汉在军事上受到了沉重的打击，而南中少数民族的叛乱也给蜀汉政权的稳固带来一定的威胁。为确保汉中，魏延审时度势，根据汉中的地形特点，采取了固险重守的战略，史载：魏延采用所谓的"重门"之法，即依据地势，在汉中周围的险要之处以土木筑围，"皆实兵诸围以御外敌，敌若来攻，使不得入"③。魏延的苦心经营，确保了蜀汉北大门的安全，为诸葛亮平定南中解除了后顾之忧。后来诸葛亮北伐，对魏延也非常倚重，经常让他带领先头部队。建兴八年，魏延在阳溪大破魏将郭淮，因功升为征西大将军，进封南郑侯。

魏延不但作战勇猛过人，而且抱负不凡。随诸葛亮出征，他多次提出要领兵万人，直取长安，和诸葛亮在潼关会师。据《三国志·魏延传》注引《魏略》：

---

① 陈寿：《三国志·蜀书·魏延传》，中华书局1982年版，第1002页。

② 同上。

③ 同上书，第1065页。

夏侯楙为安西将军，镇长安。亮于南郑与群下计议，延曰："闻夏侯楙少，主婿也，怯而无谋。今假延精兵五千，负粮五千，直从褒中出，循秦岭而东，当子午而北，不过十日可到长安。楙闻延奄至，必乘船逃走。长安中唯有御使、京兆太守耳，横门邸阁与散民之谷足周食也。比东方相和聚，尚二十许日，而公从斜谷来，必足以达。如此，则一举而咸阳以西可定矣。"①

应该说，魏延直取长安的奇袭战略是相当高明的。现代的军事研究者对魏延这一战略给予了很高的评价，批评诸葛亮过于谨慎持重，不肯采纳。但这样一位良将最终却落了个悲剧的下场，不仅身死族灭，而且还落了个叛逆的恶名。

历史上魏延被杀是场悲剧，这场悲剧主要是由他的性格造成的，这就是所谓的"性矜高"。这主要表现在两个方面：其一是和诸葛亮的关系。如上所述，魏延曾提出从子午道出兵伐魏的建议但没有被诸葛亮采纳，于是，"延常谓亮为怯，叹恨己才用之不尽"②。其二就是和杨仪之间尖锐的矛盾。《三国志》记载，一般人看他勇猛过人，都让他三分，只有杨仪偏偏不买他的账，两人闹得势同水火，诸葛亮也拿他们没办法。闹得时间长了，结果也就可想而知了，性格谨慎的诸葛亮对性格狂傲、一心想冒险的魏延一万个不放心，其他同事和魏延的关系也不会好，这就为魏延种下杀身之祸。诸葛亮病危时秘密召集杨仪、费祎、姜维商议自己死后退军事宜，决定让魏延断后，姜维次之，如果魏延不从命，军队便自行撤退。诸葛亮死后，费祎去探问他的意向，他理直气壮地说："丞相虽亡，吾自见在。府亲官属便可将丧还葬，吾自当率军击贼，云何以一人死废天下之事邪？且魏延何人，当为杨仪所部勒，作断后将乎！"③这话传到杨仪那里，他当然不肯听从魏延的指挥，共同击贼，而是按原定部署退军。魏延头脑一热，竟率部抢先南归，烧了阁道，断了杨仪归路，准备收拾杨仪。接下来，魏延、杨仪都向成都上表，指责对方反叛。刘禅分辨不清，而朝中大臣都怀疑魏延。杨仪发兵攻打魏延，叱责魏延在诸葛亮尸骨未寒时就自相

① 陈寿：《三国志·蜀书·魏延传》，中华书局1982年版，第1003页。
② 同上。
③ 同上。

残杀，魏延的部下一听都散去了，魏延逃到汉中，被杨仪派来的马岱追杀。一代名将竟落得这样的下场。

就史书中的记载来看，当时的舆论认为魏延只是自视甚高，以为可以在诸葛亮死后取代他，又想借机杀掉死对头杨仪，如此而已，他并不是真想背叛蜀汉。但《三国演义》里的魏延却是另外一种样子。一方面，《三国演义》用不少篇幅写魏延的勇猛，另一方面则说他天生就具有反骨，诸葛亮料定他日后必反。耐人寻味的是，《三国志·魏延传》写诸葛亮死前，魏延梦到自己头上生角，问赵直，赵直解释说："麒麟有角而从来不用，这个梦是预兆不须征战，敌军就会自己失败。"出来却对人说："角之为字，刀下用也；头上用刀，这是非常凶险的征兆。"①到了《三国演义》里，赵直的解释变成："此大吉兆：麒麟头上有角，苍龙头上有角，乃变化飞腾之象也。"而魏延的反应是"大喜曰：'如应公言，当有重谢！'"在古代，龙一般象征着皇帝，《三国演义》这样一改写，就证明了魏延确实有造反的野心，诸葛亮当初一点也没看错。于是，魏延就变成了天生的反贼胚子，那么他的死就是死有余辜了。

（二）见利忘义的吕布

"人中吕布，马中赤兔"，这在中国民众中可以说是家喻户晓。的确，论武力，三国武将中大概没有一个是吕布的对手，《三国演义》中虚构了一段虎牢关"三英战吕布"的情节，以张飞之勇猛、关羽之神威，二人合斗吕布竟占不了上风，可见他确非浪得虚名。然而，这样一个英勇无敌的英雄，在小说中却是作为一个令人讨厌的反派形象出现的，而遭人厌弃的主要原因是他的品行太差，其中最主要的就是见利忘义、反复无常。在第三回里作者就借李肃之口对他做了定评："勇而无谋，见利忘义。"其他人物也多次谈到这一点，如袁术说"奉先反复无常"（第19回），陈登说他"轻于去就"（第16回），曹操也说，"吾素知吕布狼子野心，诚难久养"（第16回）。吕布虽然武艺超群，但最初只是个当差之人，因被丁原看重才得到重用，吕布对丁原感激不尽，因而认他为义父。但吕布只因贪图一匹骏马，一些金银财物，就忘恩负义，杀了丁原。董卓对他十分宠信，但他又因为一个女子，而同第二个义父翻脸，最终亲手杀了董卓。在他走投无路的时候，刘备收留了他，并给了他一块安身之地，但不久他就趁刘

---

① 陈寿：《三国志·蜀书·魏延传》，中华书局1982年版，第1003页。

备、关羽外出时夺取了刘备的徐州，并最后把刘备赶走，自任徐州刺史。建安三年，曹操亲自征讨吕布，吕布被活捉，最终在白门楼被缢死。这种见利忘义、反复无常的人，早已为天下英雄所不齿，眼中容不得半粒沙子的张飞每次见到他都非常恼恨，总是叫他"三姓家奴"，动不动就要和他大战三百回合。就连一向待人宽厚的刘备，也因他的人品太差，而在吕布被曹操俘获求他发一言相救时，却对曹操说了这样一句话："公不见丁建阳、董卓之事乎?"（第19回）一句话提醒了曹操，吕布终于被勒死。

《三国演义》中吕布的性格特征和史书中的记载大体相符，但也有独特之处，主要是极力突出了他的勇。在元杂剧和《三国志平话》中吕布的武艺也很高，但还不是张飞的对手。到了《三国演义》中，他的勇猛大大超过了众人，如对"三英战吕布"的大写特写，一方面突出了刘、关、张的英雄气概，一方面也衬托出吕布盖世无双的武艺。作者使吕布有了无双的武艺，也具有英俊的相貌，同时又大力刻画了他卑下的灵魂，外表的美和心灵的丑形成了巨大反差，给读者很大震撼，同时由这个形象上也可以开掘出一点关于"人"的思考。

《三国演义》对吕布早已有了一针见血的定评："勇而无谋，见利忘义。"（第3回）此语来源于《三国志·魏书·吕布传》的传末"评曰"："吕布有虓虎之勇，而无英奇之略，轻狡反覆，唯利是视。"

思考题

1. 中国传统文化对《三国演义》的创作有什么影响?

2. 结合诸葛亮或关羽形象，分析《三国演义》是如何对来自雅、俗两种不同途径的素材进行整合与重构的。

3. 如何看待《三国演义》中的"义"?

拓展阅读

1. 陈曦钟等辑校：《三国演义会评本》，北京大学出版社1986年版。

2. 雷勇、蔡美云：《三国闲谭》，中国文史出版社2009年版。

3. 熊笃、段庸生：《〈三国演义〉与传统文化溯源研究》，重庆出版社2002年版。

4. ［俄］李福清：《三国演义与民间文学传统》，上海古籍出版社1997年版。

5. 陈翔华：《诸葛亮形象史研究》，浙江古籍出版社1990年版。

6. 刘海燕：《从民间到经典：关羽形象与关羽崇拜的生成演变史论》，上海三联书店2004年版。

7. 沈伯俊：《三国演义新探》，四川人民出版社 2002 年版。

8. 于学彬：《说三国　话人生——〈三国演义〉风云人物败因浅说》，解放军出版社 1999 年版。

9. 关四平：《三国演义源流研究》，黑龙江教育出版社 2001 年版。

10. 纪德君：《明清历史演义小说艺术论》，北京师范大学出版社 2000 年版。

武侠小说的文化生态

徐　渊

内容提要： 武侠小说能否在当代继续生存与发展，文化生态上存在着极其有利的一面。中国人牢固的"侠"崇拜情结以及当代中国宽松的文化语境是前提，当代对"见义勇为"的大力倡导和对文化的认同与坚守是现实需要，武侠小说自身在恪守传统侠义精神的同时又在不断创新中发展的良好传统是根本。它们共同构成了武侠小说在当代社会仍将继续存在并发展的文化生态。

武侠小说在港台继金庸、梁羽生、古龙之后，虽有温瑞安、黄易的不俗表现，但总体渐趋式微，所以金庸说："现在的困难是没有人愿意写武侠小说了，而且因为年代久远，今天的年轻人很难鲜活表现那个年代。……突破点我自己也在找，但是没有找到。"①而在新世纪初的中国大陆虽然也有一批专事武侠小说创作的作家及作品出现，但对大陆武侠小说的创作现状，陈平原的基本判断是"目前的武侠小说写作处于低潮"②。金庸小说在 20 世纪 90 年代末至新世纪初的经典化过程中，也曾遭到极为严厉、酷烈的批判，被认为是精神鸦片和粗制滥造之作而应与其所代表的武侠小说一道被抛弃。于是，武侠小说在当代社会的生存与发展前景问题备受学界、作家及读者关注。那么，武侠小说的生存与发展前景究竟如何？从武侠小说的文化生态看，既有有利于武侠小说生存与发展的一面，也有不利于武侠小说生存与发展的一面。着眼于有利于武侠小说存在与发展的

---

① 张英：《学问不够是我的一大缺陷》，《南方周末》2003 年 7 月 31 日第 C21 版。此文是记者张英对金庸的采访。

② 杨瑞春：《金庸反省"道义"》，《南方周末》2003 年 1 月 29 日第 C18 版。此文是记者杨瑞春对陈平原的采访。此判断虽已过去十余年，但仍基本适用于当下的武侠小说创作情况。

文化生态，似乎不必过于担心武侠小说的生存与发展问题，但同时必须正视不利于武侠小说生存与发展的文化生态，或改变之，或超越之，如此，武侠小说方能更好地生存、发展。限于篇幅，本文主要对有利于武侠小说生存与发展的文化生态作一探讨。

一 牢固的"侠"崇拜情结

"侠"一词语最早见于韩非的"儒以文乱法，侠以武犯禁"（《五蠹》），这是比较明确的，而"侠"的起源在学界却有很多说法，如时代上的春秋战国说，社会出身上的儒说、出于墨说、出于士说、出于游民说等，当代学者则多主张"气质说"，如刘若愚认为："游侠为人大多是气质问题，而不是社会出身使然，游侠是一种习性，不是一种职业。"[1]徐斯年说："'侠'作为一种具有特别气质的人，起源甚早，见诸典籍，至少春秋时即已不乏典型。"[2]无论"侠"的起源有无明确的时代及社会出身，或者将其归于个人气质，都说明"侠"在中国的存在久已有之，至少在春秋战国时期已非常普遍。在先秦史籍如《左传》《国语》《战国策》中，即记述了众多具有"侠气"的人物如季札、鲁仲连、唐雎等，而在《史记》中则以"游侠列传""刺客列传"形式记述了郭解、朱家、剧孟、曹沫、豫让、聂政、荆轲等游侠或刺客，在《汉书》"游侠传"中除仍记述了朱家、剧孟、郭解等人外，又增加了楼护、陈遵、原涉等人。史书记述之"侠"当然已是散文之"侠"，因必然渗透着史家个人的阐释与评价而与"侠"之真实存在情况有一定出入，但实录成分更大，确凿地证明了"侠"作为历史人物在春秋战国及秦汉时期真实而具体地存在过。因为后世史家不再为游侠立传，所以难以在《后汉书》以后的正统史书中再找到"侠"之真实存在的实迹。然而，一方面，虽然正统史书没有记述，但不等于"侠"在现实生活中就不存在，也不等于如某些历史学家所说，因为汉代文、景、武三代都对游侠有过直接或间接的打击而致使其没落或消亡，如陈平原所说："东汉以后游侠未必就真的魂飞魄散，

---

[1] 刘若愚：《中国之侠》，上海三联书店 1991 年版，第 3 页。
[2] 徐斯年：《侠的踪迹——中国武侠小说史论》，人民文学出版社 1995 年版，第 4 页。

只不过不再进入正统史家的视野而已。"①因为"侠"既然是气质问题而非职业、阶层问题，那么在中国历朝历代实际上并不缺乏具有"侠"气质的人，轻财轻生、重交受诺、打抱不平、同情弱者的人在现实生活中大有人在。另一方面，也是更重要的，"侠"在正统史书中亦即作为散文之"侠"消失的同时却在后世作为诗歌之"侠"、小说之"侠"、戏曲之"侠"得到了表现和描写。魏晋六朝诗歌中即有不少咏侠的诗篇，如曹植的《白马篇》、张华的《游侠篇》、陶渊明的《咏荆轲诗》、鲍照的《代结客少年场行》等。在魏晋六朝志怪小说中也有一些侠义色彩浓厚的作品，如《搜神记》中的《三王墓》，《搜神后记》中的《比邱尼》，《世说新语》中的《周处》等。在唐代，不仅出现了数百首一流文人创作的咏侠诗，如骆宾王的《从军行》《咏怀》，卢照邻的《刘生》《长安古意》，王昌龄的《少年行》《塞下曲》，王维的《少年行》《陇头吟》，李白的《侠客行》《白马篇》，高适的《邯郸少年行》《古大梁行》，杜甫的《壮游》《少年行》，孟郊的《游侠行》《灞上轻薄行》，韩愈的《刘生诗》《利剑》，柳宗元的《古东门行》《咏荆轲》，温庭筠的《侠客行》《赠少年》，等等，而且在唐传奇中出现了数十篇与"侠"有关的小说，如《昆仑奴》《无双传》《聂隐娘》《红线》《虬髯客传》等，刻画了一批凭神秘剑术、法术而扶危济困、报恩复仇的侠士形象，并对后世产生了重要影响。"侠"在宋元时期主要表现于文言短篇武侠小说和话本小说里。文言短篇武侠小说主要见于宋人《江淮异人录》和《太平广记》中的数十篇作品，如《李胜》《洪州书生》《张训妻》等；话本小说在宋元时代比较繁荣，其中有不少是武侠小说，虽因说话的"底本"无存而没有直接流传下来，但在明人编辑加工的白话小说集中可见其风貌与神韵。明代是白话小说的高度发展期和繁荣期，白话武侠小说也随之得以发展和繁荣，无论是白话短篇武侠小说还是白话长篇武侠小说都有长足进步。其中，白话短篇武侠小说主要见于《清平山堂话本》《京本通俗小说》以及"三言""二拍"等白话小说集中，如《赵太祖千里送京娘》《杨谦之客舫遇侠僧》《宋四公大闹禁魂张》等；长篇白话武侠小说则主要是划时代巨著并对后世产生了巨大影响的《水浒传》。此外，"侠"在明代还出现在文言短篇武侠小说集《剑侠传》《续剑侠传》《女侠传》等以及戏曲中。"侠"在元杂剧中已有之，

① 陈平原：《千古文人侠客梦》，北京大学出版社2010年版，第5页。

如《李逵负荆》《黄花峪》等，但无论是曲目还是对侠客的刻画，都不及明代戏曲，如《宝剑记》《义侠记》《南柯记》《邯郸记》《紫钗记》等，不仅曲目众多，而且对侠客的描写更加充分。"侠"在明末至清晚期主要出现在长篇武侠小说中，如受《水浒传》影响而产生的《水浒后传》《后水浒传》《荡寇志》等，以及《禅真逸史》《世无匹》《包公案》《施公案》《彭公案》《三侠五义》《七侠五义》《儿女英雄传》《济公全传》《小五义》等。同时，文言短篇武侠小说也非常盛行，许多著名文人如王士禛、袁枚、纪昀等都曾致力于此，而最高成就自是蒲松龄的《聊斋志异》，其中有大量篇目涉及行侠仗义的故事。此外，"侠"在戏曲中也有表现，如《锦衣归》《万寿观》《人中龙》《女昆仑》等传奇中的侠客形象。进入现代，民国时期的武侠小说空前繁荣。20世纪初期即有林纾的《侠客谈》，孙玉生的《仙剑五花侠》《嵩山拳叟》，范烟桥的《忠义大侠传》《侠女奇男传》，李定夷的《僧道奇侠传》《武侠异闻》等。20年代，则有平江不肖生向恺然的《江湖奇侠传》《近代侠义英雄传》，赵焕亭的《奇侠精忠传》《英雄走国记》，姚民哀的《山东响马传》《四海群龙记》，顾明道的《荒江女侠》《草莽奇人传》，文公直的《碧血丹心》系列等；三四十年代，又有还珠楼主李寿民的《蜀山剑侠传》《青城十九侠》，王度庐的《鹤惊昆仑》《卧虎藏龙》，白羽的《十二金钱镖》《武林争雄记》，郑证因的《鹰爪王》《边城侠侣》，朱贞木的《七杀碑》《虎啸龙吟》等。民国时期的武侠小说无论是创作者人数之多还是作品数量之丰都是前所未有的。同时，由于现代报纸、电影形式在以上海为中心的中国都市的出现和发展，一方面，上述武侠小说作品多是先在报纸上连载然后再结集出版；另一方面，这些作品大多被改编、拍摄成电影，如根据向恺然《江湖奇侠传》拍摄的《火烧红莲寺》，共18集，这就使得武侠小说这一原本平民化的文体不仅因为大众媒体报纸和电影而更加平民化、大众化，而且催生了中国本土电影类型"武侠片"，使"侠"成为电影之"侠"而存在。50年代，在港台出现了以金庸、梁羽生、古龙作品为代表的"新派武侠小说"，并在六七十年代达到顶峰，之后则有温瑞安的"平民武侠"、黄易的"玄幻武侠"。这一时期的作品不仅数量巨大，而且也多是在报纸上连载后再出版，并被改编、拍摄成电影，同时，由于电视媒体的发展，很多作品又被拍摄成电视连续剧，电视之"侠"从此出现。随着电子游戏技术的成熟和引进，90年代以后，武侠游戏在台湾开始出现，并在欧美日韩游戏的冲击下始终占据一席之地而拥有众多的玩家。据台湾学者龚鹏程统计，"现有电子游戏版武侠小说可考者，计有七十五款"，如金山软件的《剑侠奇缘》，华义国际的《侠客列传》《再战江湖》，智冠科技的《武林盟主》《中华英雄》《金庸群侠传》《神雕侠侣》①等。而在大陆，因为观念的解放和意识形态的相对弱化，从80年代始特别是90年代以来，"侠"重新进入人们的视野。如在学界，金庸小说受到关注且被以经典命名，并由此带来对武侠小说的重新定位，关于"侠"的著书立说不断；在出版界、创作界，不仅陆续有正版金庸小说及新派武侠小说其他作家作品的出现，而且有大陆作者创作的武侠小说作品在一些刊物上刊发。尤其是专门刊发武侠小说的刊物《今古传奇·武侠版》于新世纪之初创刊，并以此为核心阵地，形成了一支以凤歌、小椴、时未寒、步非烟、沧月、沈璎璎等人为代表的年轻化、知识化、专业化的作家队伍，发表了一批不俗的武侠小说作品，"大陆新武侠"的概念因此被提出。同时需要注意的是，当网络文学在90年代开始兴起之时，网络武侠小说随之出现，并有发表武侠小说相对集中的网站如"榕树下""清韵书院"等，而"在这批新的武侠作家中，很多原本就是网络写手，他们往往先将自己的作品发表于网络，在网络中获得了一定的影响力，从而被期刊关注，因此列入新武侠作家群"②，这就意味着"侠"又进入网络而成为网络之"侠"。在影视界，武侠影视剧的制作也成为大陆影视创作者越来越热衷的一个选择，很多名导演、名演员开始涉足武侠题材，或改编，或创作的武侠影视剧作被不断推出，而据金庸小说改编的同名影视剧作更是一再出现在银屏上，并创造了极高的收视率。在教育界，王度庐的《卧虎藏龙》和金庸的《天龙八部》（第41回"燕云十八飞骑，奔腾如虎风烟举"）于2004年进入高中《语文读本》，成为中学生可以在课外毫无顾忌地进行阅读的对象。大陆作者、影视创作者、读者和观众对"侠"的记忆被重新唤醒，对"侠"的热情被极大地调动和激发起来且空前高涨。

从上述粗略描述中可知，在中国古代社会，"侠"既是历史的真实存在，也是文学想象的存在。作为历史的真实存在，东汉之前有正统史书记

---

① 龚鹏程：《侠的精神文化史论》，山东画报出版社2008年版，第297—300页。
② 汤哲声：《中国当代通俗小说史论》，北京大学出版社2007年版，第230页。

述可证；作为文学想象的存在，则既见于散文、诗歌也见于小说、戏曲，在小说中既见于长篇、短篇也见于文言和白话。如果说散文之"侠"主要是证明了"侠"的历史真实存在，诗歌之"侠"主要是文人抒发个人的侠义情怀，那么小说之"侠"、戏曲之"侠"则主要是通过侠客形象的刻画、塑造表达对"侠"的认可和宣扬，并使"侠"这一形象得以在更大空间、更广泛群体中传播。文学想象之"侠"当然不是凭空产生的，它依赖于缺乏平等、公正、正义而多强权、暴力、欺压的专制社会现实和"侠"的历史真实存在，以及在此基础上形成的对"侠"的需要的广泛而深刻的社会心理。进入现代，小说之"侠"依然表现蓬勃，而随着新媒体的不断出现，"侠"又进入报纸、电影、电视、游戏、网络，成为报纸之"侠"、影视之"侠"、游戏之"侠"、网络之"侠"，因为这些媒体更具大众性，所以对"侠"的传播影响更大。从现实之"侠"到文学之"侠"，从散文之"侠"到诗歌、小说、戏曲之"侠"，从小说之"侠"到报纸之"侠"、影视之"侠"，再到网络之"侠"、游戏之"侠"，"侠"在千年演变中非但不曾有消退迹象，反而更显愈演愈烈之势。陈平原认为，只有"从司马迁的《史记·游侠列传》说起"，才能明白"到底是哪些文化传统以及大众心理，推动着千百年来中国人的游侠想象。今天谈论侠客如何从小说转移到影视及电子游戏，如果了解当初游侠如何从列传转移到诗文，再转移到戏曲与小说，当有更加通达的见解。不同时代的中国人，任由侠客在不同媒介及文体中自由游走，可见其趣味所在"[1]。这种趣味主要在于，"侠客形象代表了平民百姓要求社会公正平等的强烈愿望，才不会因为朝代的更替或社会形态的转变而失去魅力"[2]。正因为侠客形象是社会公正平等的象征，是勇敢、独立、自由的符号，是平民百姓源于困厄现实的内心向往，所以，产生于中国古代专制社会现实的"侠"才能如此自由而又频繁地出入于各种文体、媒体，既充分体现和满足了国人关于"侠"的心理需要，又不断激发和强化了"侠"崇拜的民族心理，并积淀成集体无意识而影响至今。单从武侠小说而言，这种影响至今并仍表现出的强烈的"侠"崇拜心理，既是武侠小说产生并在各个时代盛行的接受基础，又是武侠小说在当代生存、发展的根本性前提。若以大陆而论，压抑已久的"侠"崇拜心理的复苏时间并不算

① 杨瑞春：《金庸反省"道义"》，《南方周末》2003 年 1 月 29 日第 C18 版。
② 陈平原：《千古文人侠客梦》，北京大学出版社 2010 年版，第 7 页。

长，当下又面临着比较宽松的文化语境，应该正是大陆武侠小说创作、发展的一个良好时机，大陆作家的智慧和才能在武侠小说创作领域完全可以也应当能自由、尽情地展示，大陆有理由成为"后金庸"时代武侠小说创作的重镇。温瑞安在论及武侠小说于香港已式微，而于大陆则将繁荣时说："中国大陆市场，随经济开放后也开放了的文化市场，其中武侠是拥有极大的号召力和支持力的。……武侠小说其实方兴未艾。"①此断语是有道理的。

二 现实文化需要

严家炎在论述"文化生态平衡和武侠小说命运"，并进而言及大陆从 20 世纪 50—70 年代末因取缔以武侠小说为代表的侠文化而造成文化生态失衡的危害时，曾列举数个报纸上报道的新闻事实加以说明，如公共汽车上歹徒抢劫而无人反抗，列车上坏人劫掠、侮辱妇女而人们视若无睹，儿童落水围观者上百却无人救援，记者安珂与偷盗者博斗致伤而无一人相助，等等。而这又绝非个案，"据粗略统计，从 1979 年到 1983 年，报刊上报道的这类触目惊心的事实就有一百七十多起。一个多么突出的社会现象！"②这还仅仅是 70 年代末至 80 年代初的情形。若从当下社会现实看，助人慎行、诚信缺失、道德沦丧、价值观混乱的现象更加严重，上述情形的发生更加普遍，只要翻开报纸、打开电视或点击网页，类似的新闻报道不绝于目。例如，2011 年 10 月 13 日在广东佛山发生的"小悦悦事件"，2 岁女童王悦遭两车碾压，7 分钟内有 18 人从车祸地点经过却都视而不见，直至拾荒者陈贤妹施以援手，但为时已晚，王悦最终因抢救无效而死亡；2013 年 7 月，陕西西安一位老人因车祸被卷入车底。很多路过此地的行人都停下来驻足观看，还有人不断拿手机拍照发微博，但就是没人打 120 施救。2014 年 6 月 15 日，湖北仙桃一老人在超市门口遭一中年男子当街殴打，围观群众很多却无人上前阻止，也无人报警。2014 年 12 月 5 日，在南阳市通往社旗县的一辆长途大巴车上，22 岁女孩刘某在车上遭一男子猥亵。在女孩反抗并向大巴车司机求救要求报警时，该司机没有及时施

① 温瑞安：《寻找有射灯的舞台》，《今古传奇·武侠版》2005 年第 6 期，第 61 页。
② 严家炎：《金庸小说论稿》，北京大学出版社 2007 年版，第 9—10 页。

救，车内多数乘客也处于观望状态，女孩最终被犯罪嫌疑人拖下车，遭到殴打。2014年12月6日，广西藤县一女子站在桥梁栏杆外欲跳桥，距该女子约30米处挤满了围观的群众却无人伸出援手，该女子最后跳桥失踪，等等。所有事件发生时，无一例外都是冷漠围观者众而热心伸出援手者寡。再如始于2006年的"彭宇案"又因近年来同类事件频发而导致全国范围内热议的"老人摔倒扶不扶"问题，一个原本很简单、不该成为问题的问题却成为全国范围内热议的事情，无论是其产生还是讨论中很多人的"不扶"或"看情况"的选择都值得深思。造成这一普遍社会现象的原因肯定是多方面的，但遭受抢劫不能反抗、目睹恶行置若罔闻、眼见危困不去救助等行为，无论如何都是见义勇为精神丧失的一种表现。当然，见"义"而勇为者亦有人在。例如上述的安珂、陈贤妹。再如，2009年10月24日下午，长江大学文理学院的40多名同学在荆州宝塔河江段的江堤上野炊时，英勇救助落水的2名少年，陈及时、何东旭、方招3名大学生因此献出宝贵生命；2014年5月31日下午，江西宜春市三中高三学生柳艳兵在公共汽车上遭遇歹徒挥舞菜刀砍人，遂上前夺刀，因此受伤而耽误高考，等等。客观地说，近年来，见义勇为者的人数较之以前有大幅提升，但相对于默默忍受者、冷漠围观者、看热闹起哄者，见义勇为者仍然显得太少。问题是，天灾人祸总会发生，暴力恶行总会出现，为一己利益而滥用权力者、欺压良善者总会存在。倘若关键时刻，没有人挺身而出，危难之际没有人奋不顾身，需要有人见"义"勇为时而没有人敢于担当，那么社会和谐、人心向善、正义昭彰将难以实现。因此，社会需要弘扬正气。而要弘扬正气，一方面，需要全社会范围内涌现出更多凡见"义"必勇为者并蔚然成风，另一方面，需要政府大力提倡见义勇为。事实上，从政府层面来说，早在1993年6月，由公安部、中宣部、中央政法委等部委联合发起成立的带有官方性质的全国性公益社会团体"中华见义勇为基金会"即以成立，其宗旨是"发扬中华民族传统美德，弘扬社会正气，倡导见义勇为，促进社会主义精神文明建设，加强社会治安综合治理和构建和谐社会"，该基金会由公安部主管；之后，各省乃至市县由公安部门主管的"见义勇为基金会"也于20世纪90年代或21世纪初陆续成立，其宗旨与中华见义勇为基金会宗旨大同小异。各基金会也都有自己的《章程》和《见义勇为人员奖励和保护条例》，其职能主要是表彰并奖励见义勇为者、宣传见义勇为英勇事迹、保护见义勇为者的权益等。具有官方性质的"见义勇为基金会"在全国"遍地开花"式地广泛存在,既说明官方对于"见义勇为"充分认可的态度,也表明"见义勇为"在当下之于和谐社会构建何等珍贵和重要。应该说,无论是全国性的中华见义勇为基金会还是各省乃至市县的见义勇为基金会,在倡导见义勇为、弘扬社会正气方面发挥了极其重要的作用,近年来见义勇为者人数呈现上升趋势与此有关。

无论是社会现实需要还是政府大力倡导,"见义勇为"这一中华传统美德都应在当下得到继承和光大,这就意味着侠义精神的彰显与宣扬具有了极大的释放空间。因为侠义精神的核心内涵正是见义勇为。司马迁在《史记》中对"侠"有两段著名的阐述:"救人于厄,振人不赡,仁者有采;不既信,不倍言,义者有取焉。"(《太史公自序》)"今游侠,其行虽不轨于正义,然其言必信,其行必果,已诺必诚,不爱其躯,赴士之阨困,既已存亡死生矣,而不矜其能,羞伐其德。"(《游侠列传》)充分肯定了"侠"的重诺守信、舍生取义、救人于困厄而不自夸本领和功德的美德,其核心正在于见义勇为而不惧自我生死。司马迁此论与此前"侠"的历史真实存在虽然有一定的出入,如龚鹏程所言,"司马迁写的,根本不是什么客观的历史,里面充满了意义的选择、判断与对历史的诠释。而这种诠释,当然又跟诠释者司马迁本人的意义取向、价值观有密切的关联"①,但后世论"侠"多以此为据。因为人们希望"侠"就是这样的,能够见义勇为而济危扶困、除暴安良、锄强扶弱,能够伸张正义而成为社会公平、平等的守护者。可以说,侠义精神即等同于见义勇为。也因此,尽管在后世的文学想象中"侠"被赋予了更多的品质,但大都是在"见义勇为"这一核心内涵基础上的延伸与拓展,"见义勇为"始终是文学想象之"侠"所着力刻画与表现的,所不同者只在于所为之"义"的区别。例如在金庸小说中,既有胡斐为钟阿四一家打抱不平诛杀凤天南而显示的济危扶困、除暴安良之"义",也有郭靖保卫襄阳而显示的抵抗侵略、为国为民之"义",更有萧峰不惜自杀身死而显示的消弭战争、追求民族友好相处之"义","义"虽不同,但都是见"义"而勇为。而从侠义角度看,现实生活中的各种见义勇为行为都是侠义行为,所有见义勇为者都是"侠"者,他们虽然没有文学之"侠"所具有的超凡武功,但能够济厄扶困、救助弱小,敢于打抱不平、伸张正义,如金庸举例所说:"我写的武侠只是一种精神。这种

---

① 龚鹏程:《侠的精神文化史论》,山东画报出版社 2008 年版,第 7 页。

'侠'指的是见义勇为,遇到不平的事能够挺身而出,甚至不惜牺牲个人的一切。中央电视台评选'2002年度感动中国的人物',我是评委之一。我选那位女财会学者。她发现有家上市公司年报作假,就站出来揭露,那家公司就与她打官司,她被那家公司搞得很惨。她不是女侠,也不会'降龙十八掌',但她的精神与'侠'一脉相传。"①既然侠义精神因其核心内涵是"见义勇为"而应彰显和宣扬,作为"侠"之主要载体的武侠小说自当承担大任,如此,武侠小说在当代社会也就有了广大的施展空间。小说之"侠"见义勇为于幻想的江湖世界,作为审美对象既丰富了现实读者的精神世界又对其正义感的树立产生着影响;现实之"侠"见义勇为于真实的社会人生,既是武侠小说生存发展的文化土壤又能弘扬社会正气,两者交相辉映并相互激发、影响,当能使武侠小说在当代勃然而兴。

当代社会是一个文化既相互融合又多元存在的社会。随着全球经济一体化和文化交流活动的日益频繁和密切,文化融合是不可避免的,但文化融合不应该是某一文化对另一文化的完全侵蚀和同化,也不应是某一文化对另一文化的完全接受而放弃自己,而应是在保留各自特点前提下的融合并在融合中不断更新、发展。因此,面对外来文化特别是西方强势文化,认同与坚守中国文化传统显得非常重要,如此方能既有融合又不失本土文化特色。"侠"文化作为中国传统文化的子文化,其本身不仅是中国传统文化的重要组成部分,而且与儒、道、墨等中国主流文化传统亦有非常密切的关系,所以,对文化的坚守与认同,"侠"文化自在其列。只要"侠"文化不灭,武侠小说就不会灭。同时,武侠小说所承载、宣扬的固然是"侠"文化,但又不止于此,因为武侠小说的包容性极强,它既可兼具英雄、侠客、言情、历史、传奇、战争等,又可融侠、儒、道、法、墨、佛、医等文化知识与精神于一炉;它既可完全立足于中国本土,又可广泛吸收外来文化的一些优秀元素。在这一方面,金庸小说体现得非常充分。如严家炎所说:"金庸武侠小说包含着迷人的文化气息、丰厚的历史知识和深刻的民族精神。作者以写'义'为核心,寓文化于技击,借武技较量写出中华文化的内在精神,又借传统文化学理来阐释武功修养乃至人生哲理,做到互为启发,相得益彰。这里涉及儒、释、道、墨、诸子百家,

---

① 万润龙、韩宏:《衣要尺度米须斗量——"华山论剑"说金庸》,见葛涛、谷红梅、苏虹《金庸其人》,第84—85页。

涉及千百年来中华民族众多的文史科技典籍，涉及传统文学艺术的各个门类如诗、词、曲、赋、绘画、音乐、雕塑、书法、棋艺等等。作者调动自己在这些方面的深广学养，使武侠小说上升到一个很高的文化层次。……我们还从来不曾看到过有哪种通俗文学能像金庸小说那样蕴藏着如此丰富的传统文化内容，具有如此高超的文化学术品位。"①金庸小说所以能雅俗共赏而影响巨大，是与金庸小说强烈而浓厚的文化传统信息具有密切关系的。从这个意义上说，武侠小说在文化的坚守与认同方面所产生的作用是不容忽视的。而且，就武侠小说而言，它本身就是中国化、本土化的小说形式。因此，在当今这样一个既重文化交流与融合，又重本土文化继承与宣扬的时代，武侠小说这一能够蕴涵并展现中国传统文化特色和精神的民族文学形式，理应得以生存与发展。

三　武侠小说自身不断创新的传统

武侠小说自身具有良好的传统。这主要包括两个方面：一是对侠义精神的固守；二是根据时代特征，不仅在写作技巧、创作手法上不断有所突破和创新，而且在侠义精神内涵乃至整个作品思想意蕴上不断有所增添、丰富或提升，从而既承继了武侠小说一以贯之的文化血脉，又适应了不同时代的需要和读者的阅读心理。例如，唐代崇尚事功，尚武好勇，观念开放，任侠风气浓郁，佛道宗教意识强烈。作为武侠小说真正开始的唐传奇中的作品，所塑造的侠形象或因路见不平而行侠如《义侠》中之剑客，或为报主恩而行侠如《昆仑奴》中之磨勒，或为报知遇之恩而行侠如《无双传》中之古押衙，或为复仇而行侠如《谢小娥》中之谢小娥等。济危扶困、不畏强暴固然是侠之本色，但"侠客为'报恩'而行侠，这基本上是唐代小说家的发明，与古侠的行为风貌大有距离"②，因为，在司马迁的区分中，"刺客"是报恩者，而"游侠"则是施恩者，即是说，"刺客"与"游侠"在唐传奇中已合流；唐传奇中的侠客既有男侠也有女侠，如红线、聂隐娘等，这也是此前所没有的，而无论是男侠还是女侠，平日里隐藏形迹于世，行侠之后即刻遁去，既神秘又与现实有距离感；在行侠手段上，侠客

---

① 严家炎：《金庸小说论稿》，北京大学出版社 2007 年版，第 172 页。

② 陈平原：《千古文人侠客梦》，北京大学出版社 2010 年版，第 24 页。

多凭剑术、法术且二者往往混杂，"以武行侠"的观念基本形成；由于已经是真正的小说，故事情节安排便较为曲折离奇。明代的城市化带来市民经济的日益繁荣，也随之产生了市井细民的思想情趣和审美需求，源于宋代的"话本"小说至明代亦更加成熟兴盛，因此在形式上，不仅产生了白话短篇武侠小说如"三言二拍"中的很多作品，而且出现了长篇武侠小说如《水浒传》；侠形象塑造在表现济危扶困、报恩复仇传统侠义精神的同时，又反映出新兴市民的趣味，如《赵太祖千里送京娘》中的赵匡胤、《宋四公大闹禁魂张》中的宋四公、《杨温拦路虎传》中的杨温，较之唐传奇中隐迹神秘而飘逸超脱的侠客，他们就存在于现实社会之中，有普通人的各种感情欲望，而且往往因行侠而显迹发达。"施恩必然得报，行侠一定得利，而且这种回报和利益都兑现得很快。这不仅仅是外加的因果报应公式，而且往往成为小说中侠义人物选择义举的内在动机，权衡得失的精心盘算"①，所以明代侠客形象具有浓厚的世俗功利色彩；武功描写既有超自然的剑术、法术，也有徒手相搏术、刀术、棍棒术以及轻功等较为真实的功夫，并以后者为主；作为"话本"小说需要吸引读者和观众，所以小说情节更加曲折跌宕，侠客行侠过程被渲染得更加细致逼真。武侠小说在清代较之以往的不同之处主要在两个方面：一是受清统治者"剿抚兼施"政策影响而产生的侠义公案小说；二是风月传奇与武侠小说合流而产生的儿女英雄小说。前者以《施公案》《彭公案》《三侠五义》为代表，表现的是侠客在清官的率领下为民申冤、为国锄奸的精神。因为有清官这面旗帜相护，侠客的行侠仗义之举显得名正言顺而具有存在的合理性，但也因此失去为"侠"的独立性；后者以《侠义风月传》《绿牡丹全传》《儿女英雄传》为代表，表现的是侠客兼具"英雄至性"和"儿女心肠"的风骨，将行侠仗义与男女情爱融为一体。虽然此类小说因充满浓厚的封建名教色彩而使侠客的爱情拘囿于忠孝节义，但此前"侠不近女色"的形象塑造方式就此被打破。如此塑造侠形象所带来的不仅是侠形象的改变，而且产生了叙事结构的改变。前者以同一个清官连接所有断狱故事以及侠客从而获得长篇小说的整体感，不同于以往主要是描述一人一事的短篇小说结构；后者则将侠客的行侠与爱情共同作为小说的叙事线索。武功描写上不仅有剑术刀术，而且有各种拳掌之术以及暗器，同时极力渲染打斗场面和过程且招式清

---

① 徐斯年：《侠的踪迹——中国武侠小说史论》，人民文学出版社1995年版，第77页。

楚，这与清代武术的发展和普及如太极拳、八卦掌、螳螂拳、形意拳等著名拳种已形成并盛行有极大关系。近现代，官府腐败，政治黑暗，国家衰落，丧权失地，更有长达十余年的日本对华的觊觎和入侵。在此社会背景下，民国时期的武侠小说不仅盛况空前，而且"表现出爱国主义的情怀，讽世刺俗的议论，豪迈刚健的风格"①。如平江不肖生向恺然"在他的小说中把'家国之忧'，把近代以来的民族忧患意识加进去"，"把'侠义'和'民族尊严'结合起来"②，于《近代侠义英雄传》中塑造了大刀王五和霍元甲人物形象；文公直的"碧血丹心"系列"针对民族危亡的现实，抒发侠烈的民族大义，沉痛慷慨，充满阳刚之气"③；即如还珠楼主李寿民也在其充满奇幻色彩的《蜀山剑侠传》中借由正邪两道之争而邪不胜正，表达了自己对时代的关注和"匹夫之责"。在武功描写上，向恺然首分"内家"和"外家"，即"内功"和"外功"，并充分肯定"内家"，从此开启了武功描写的一个新时代；在人物塑造上，受五四新文学影响，更加注重人物性格刻画与表现，如此不仅将"侠"从清代朝廷附庸的状态下解放出来从而恢复了"侠"的独立性、自由性，而且"侠"成为小说中的主要人物并因坚实的性格依据而更显真实丰满；在叙事结构上，不仅有顾明道、王度庐将"侠"与"情"更加深入、细致、有机地结合起来，从而开创了男女双侠共闯江湖的模式，而且有文公直、朱贞木将"历史"引进武侠小说从而开启"江山"与"江湖"相结合的结构格局；在叙事技巧上，亦采用了诸多现代小说技巧，如顾明道《荒江女侠》采用"限制叙事"的方法，开此法在武侠小说运用中未有之先河，等等。汤哲声认为，民国时期武侠小说的繁荣主要源于两次大规模的创新运动："第一次创新运动是由向恺然的《江湖奇侠传》引发的。这部创作于1923年的作品使得中国武侠小说的创作从'江山'转向了'江湖'。……从'江山'转向'江湖'给武侠小说带来的最大好处是拓展了小说的传奇空间。"其实质"实际上是一次'文体的融合'"，"基本思路是以中国传统的神魔、奇幻小说架构武侠小说"；"第二次创新运动是由朱贞木的《七杀碑》完成的。《七杀碑》的最大贡献是将武侠故事与历史故事结合了起来，使得武侠小说历史化。"它"是一次'学科

① 罗立群：《中国武侠小说史》，辽宁人民出版社1990年版，第195页。
② 范伯群、汤哲声、孔庆东：《20世纪中国通俗文学史》，高等教育出版社2010年版，第159—160页。
③ 同上书，第195页。

的融合'。朱贞木实际上是把历史学科引入武侠小说创作中来。历史学科的介入给予武侠小说美学构成的最大贡献是'真实性'，似乎历史就是这么构成的。对武侠人物来说，打斗之中多了几分历史兴亡的内涵，豪杰之气中有了更多的英雄气概。"①此说甚是，也很有高度。兴起于20世纪50年代的以金庸、梁羽生为代表的"新派武侠小说"，既直接承继于民国武侠小说又有超越性的创新。一方面，助人为乐、伸张正义的传统侠义精神和爱国主义、民族主义的伟大情怀得到更充分的宣扬，人物形象得到更丰满鲜活的塑造，人性、人情、人性得到更深刻的揭示，武功得到更加充满想象力的出神入化的描写，侠与情、历史与武侠叙事结构得到更加娴熟自如的运用，叙事技巧得到更加多样而灵活的施展；另一方面，也是更重要的，金庸等人将武侠小说带入了文化的境界。金庸小说无疑是最具代表性的。"金庸的小说博大精深，无体不备。金庸写武打，有'赤手屠熊搏虎'之气概；写情爱，有'直教人生死相许'之深婉；写风景，有'江山如此多娇'之手笔；写历史，有'一时多少豪杰'之胸怀。更难能可贵的是，金庸在这一切之上，写出了丰富的文化和高深的人生境界。他打通儒释道，驱遣琴棋书画、星相医卜，将中华文化的博大精深和光辉灿烂以最立体最艺术的方式，展现在世人面前。"②汤哲声认为，金庸等人把武侠小说带到文化境界是20世纪中国武侠小说的第三次大规模创新运动，这次创新运动是"文化的融合"③。从唐传奇中的武侠小说到新派武侠小说，其演变发展过程及其在各个历史时期的具体呈现当然非常复杂，非上述简略勾勒所能尽显，但从中已可看出，武侠小说正是在既保持侠义精神的固有文化血脉而又不断创新中不断发展的。

武侠小说自身发展的这一良好传统，使武侠小说在各个时代既不失本色，又充满活力。以此观之，武侠小说在当代社会应当有进一步的发展。事实上，当前"大陆新武侠"的多数作者也的确承继了武侠小说这一良好传统，具有超越前人武侠小说文本的意识与自觉。例如凤歌在谈及《昆仑》创作情况时说："初衷是写个侠客，写着写着就变成了数学家，再写着写着就成了将军了，有时候纯属是为了躲避前人的套路，但仍然没有完

① 汤哲声：《中国现代通俗小说思辨录》，北京大学出版社2008年版，第70—73页。
② 范伯群、汤哲声、孔庆东：《20世纪中国通俗文学史》，高等教育出版社2010年版，第270页。
③ 汤哲声：《中国现代通俗小说思辨录》，北京大学出版社2008年版，第73页。

全避开。"①《昆仑》的小说技法可能比较传统，但庆幸的是：梁萧这个人物并不太传统。比如他的血性和进取心，尤其是他对科学的执著追求，按照自己的意志，尽量挑战作为一个宋时人的局限性。这在传统的人物中是比较少见的。"②韩云波对《昆仑》评价甚高，认为《昆仑》是在"改良"基础上的"革命"，既继承传统，同时又以科学主义、理想主义与和平主义对立于港台新武侠小说的哲学主义、现实主义和民族主义，从而极富创新性、飞跃性，它的连载和出版，"无疑是包含着观念与技巧巨大创新的武侠新高潮的标志性事件"，"若干年后，当我们回顾21世纪大陆新武侠时，也许会将《昆仑》和1958年金庸《射雕英雄传》的出现相比"③。小非谈创作《宋昱外史》时也说："我坚持认为《宋昱外史》的写法决不同于任何一部传统武侠小说，甚至带着明目张胆的颠覆企图——从江湖格局的古怪设定，到正邪之间的另类互动，再到武功作用的推翻重建，处处都躲避着常规的局限——而这里边最大的反叛，很可能就是作者在推进小说的同时，将写作时的私人愉悦不加节制地暴露在读者的面前，把武侠小说当成先锋文学来写。……事实上，这么做无非是在尝试着有所突破。"④沧月则试图在武侠与动漫、游戏的结合中有所创新，她说："武侠的时代是否已经过去，如今是动漫游戏的时代么？有些茫然若失。虽然我同样喜爱看动漫、打游戏，但也依然留恋影响了我少年时期、令我心灵震撼的武侠。……在读了无数遍今古旧作之后，某日，我在电脑前画着图纸直到深夜，心中忽然冒出一个念头：为什么不把那些杂七杂八的东西消化一二，变成别样形式的武侠呢？如果这样一种风格的武侠，能够同时获得动漫和游戏读者的认同和支持，是不是可以把一些人从日本动漫那边拉回来呢？……《夜船吹笛雨潇潇》，《碧城》，《剑歌》，《东风破》……以及去年开始倾力写作的长篇《镜》，便是我试探着迈出的一个个脚印——毕竟这样的路，之前无有前例可循，之后也不知会否有同道之人。"⑤其他如小椴、燕歌、步非烟、沈璎璎等也都有各自立足于创新的创作追求与尝试。

① 凤歌：《凤舞昆仑》，《今古传奇·武侠版》2005年第7期。
② 同上。
③ 韩云波：《而今迈步从头越——评〈昆仑〉》，《今古传奇·武侠版》2006年3月上半月刊。
④ 小非：《写作是快乐的学习过程》，《今古传奇·武侠版》2005年第17期，第8页。
⑤ 沧月：《动风漫影新武侠 沧海明月共潮生》，《今古传奇·武侠版》2004年第7期。

虽然不能说所有的创新努力与追求都一定能带来创作的成功，但正因为有了超越前人武侠小说文本的意识与自觉，而今大陆武侠小说的创作已初显蓬勃之势，致有"大陆新武侠"的界定。

总之，中国人牢固的"侠"崇拜情结以及当代中国宽松的文化语境是前提；当代对"见义勇为"的大力倡导和对文化的认同与坚守是现实需要；武侠小说自身在恪守传统侠义精神的同时又在不断创新中发展的良好传统是根本。它们共同构成了武侠小说在当代社会仍将继续存在并发展的文化生态。

思考题

1. 除文中所说外，有利于武侠小说在当代生存与发展的文化生态还有哪些表现？
2. 侠义精神与社会主义核心价值观有无契合之处？
3. 不利于武侠小说在当代生存与发展的文化生态有哪些表现？
4. 你认为武侠小说在当代有无必要继续存在与发展？
5. 你能否见义勇为？

拓展阅读

1. 韩云波：《"后金庸"武侠》，西南师范大学出版社 2013 年版。
2. 陈平原：《千古文人侠客梦》，北京大学出版社 2010 年版。
3. 徐岱：《侠士道：金庸小说与中国精神》，北京大学出版社 2009 年版。
4. 龚鹏程：《侠的精神文化史论》，山东画报出版社 2008 年版。
5. 严家炎：《金庸小说论稿》，北京大学出版社 2007 年版。
6. 韩云波：《中国侠文化：积淀与传承》，重庆出版社 2005 年版。
7. 廖可斌：《金庸小说论争集》，浙江大学出版社 2000 年版。
8. 徐斯年：《侠的踪迹——中国武侠小说史论》，人民文学出版社 1995 年版。

当代陕西小说创作的几个问题

陈一军

内容提要：当代陕西小说创作成就辉煌，涌现了不少小说大家，他们给读者奉献了不少优秀作品；其中的许多问题引人深思，此处选取几个进行探讨：一是路遥小说的广泛受众性，着重分析路遥小说作品，尤其是《平凡的世界》，特别受读者欢迎的原因；二是贾平凹名著《废都》的结构问题，不少人认为"牛的絮语"破坏了《废都》结构的完整性，其实，这是没有审慎面对文本话语的结果，是一种误解；三是路遥、陈忠实、贾平凹的"故乡情结"。和莫言一样，路遥、陈忠实、贾平凹在小说创作中以"故乡为血地"，深切体现了故乡生命体验是他们小说创作的坚实基础，由此出发他们便实现了艺术创造的大境界。

一 路遥小说的广泛受众性

路遥是中国当代重要作家，路遥小说的广泛受众性是中国当代文学引人注目的一个重要现象。

中篇小说《人生》发表于《收获》1982 年第 3 期。发表伊始，《人生》就产生了相当广泛的影响。虽然不免引起一些纷争，但评论界的主调是肯定和赞扬这部作品。评论家蔡翔当时著文高度肯定了这部作品，认为它"具有极其广博的社会内容和极其复杂的思想容量……以悲剧的形式……表现出现实主义的深刻性"[①]。评论家雷达明确"赞赏《人生》"，认为它"毫无

---

① 蔡翔：《高加林和刘巧珍——〈人生〉人物谈》，李建军、邢小利编选：《路遥评论集》，人民文学出版社 2007 年版，第 9 页。

疑义是一部有现实主义深度的作品"①。王愚也持类似观点。而李劼直言《人生》是一部"足以跻身世界名著之林的杰作"②。经过这些评论家的肯定和激赏，《人生》在路遥小说中的地位很快得到巩固，成为路遥小说创作中的一座"高峰"。后来，学术成就很高、影响很大的陈思和主编的《中国当代文学史教程》辟专节讨论了路遥的《人生》，《人生》便通过高校课堂影响到大批青年读者。

不同于《人生》，路遥《平凡的世界》长期为"文学精英集团"所漠视，但却受到广大普通读者的热烈追捧和欢迎，成为影响力巨大的"常销书"。这在多次读者调查报告中清晰地反映出来。"1978—1998年大众读书生活变迁调查"评选出的"到现在为止对被访者影响最大的书"中，《平凡的世界》排名第六，为调查公布的前28部作品中唯一入选的"新时期以来的当代小说"。唐韧等人1998年进行的"茅盾文学奖获奖作品调查"显示，《平凡的世界》是20部获奖作品中读者购买最多也最喜欢的作品。邵燕君两次在北京大学学生中所作的调查"显示了大体类似的结果"③。这到底是为什么呢？

邵燕君对造成这种现象的原因进行了细致分析。《平凡的世界》在全书还未完成的时候就开始在中央人民广播电台热播，后又以榜首位置获得"第三届茅盾文学奖"，得到官方主流话语的青睐。这部在"官方"和"民间"都"轰轰烈烈"的作品，却不为以现代西方理论为主要资源、由批评家和研究者组成的"文学精英集团"所重视，实际上是一个"文学场"的问题。《平凡的世界》的"常销书问题"就是在诸种"错位"中形成的。虽然恪守传统现实主义风格的《平凡的世界》为文学精英所忽视，却暗合了广大读者的认同机制。邵燕君如是说："经过'五四'以来现实主义文学的长期影响，特别是经过'社会主义现实主义'文学的强力'打造'，现实主义的审美规范已经内化为读者深层的阅读期待，它正是过去教育体制长期濡染的结果，是一种潜在的市场资源。"在先锋文学和普通读者之间形成巨大

---

① 雷达：《简论高加林的悲剧》，李建军、邢小利编选：《路遥评论集》，人民文学出版社2007年版，第19页。

② 李劼：《高加林论》，李建军、邢小利编选：《路遥评论集》，人民文学出版社2007年版，第70页。

③ 邵燕君：《〈平凡的世界〉不平凡——"现实主义常销书"生产模式分析》，《小说评论》2003年第1期。

鸿沟时，像《平凡的世界》这样的作品的读者却"完全可以根据自己的审美能力做出自信的判断"，"他们也倾向于把自己心中'经典'的位置留给这样的作品"①。

路遥创作《平凡的世界》是在"清醒状态"之下的坚定选择，这一点也为邵燕君注意到了。路遥自己说得明白，他之所以在《平凡的世界》中坚持传统现实主义的创作方式，是丢开"文学界"和"批评界"，"直接面对读者"的结果；"这才是问题的关键。读者永远是真正的上帝"。而这一点在市场原则尊重普通读者阅读口味的情形下得到了全面的落实。

对这个问题的深入认识有必要重温邵燕君对"常销书"概念的界定。邵燕君说，"常销书"的影响不只表现在稳定的销量上，更加表现在对读者认同机制"长期、深度的契合"上。"其认同不是停留在愉悦、猎奇等较浅的层次上，而是在人生观、社会观等深层价值观念上。"②

要更好地理解邵燕君的上述分析需要结合具体小说文本。《平凡的世界》充斥着作者的诸多感慨和议论。比如，孙少平在原西中学"失恋"后，他的好朋友金波为他鸣不平，背着他把顾养民痛打了一顿。然而，事后什么都没发生，顾养民没有报复……一系列事件刺激孙少平进行了深刻的反省。这个时候作者议论道："这是第一次关于人生的自我教育。这也许会在他以后的生活中发生深远的影响……"孙少安到原西县找田润叶，两个人走在街上，孙少安内心充满了亲切的兄妹感情。作者这样感叹："人活着，这种亲人之间的感情是多么重要，即使人的一生充满了坎坷和艰辛，只要有这种感情存在，也会感到一种温暖的慰藉。假如没有这种感情，我们活在这世界上会有多么悲哀啊……"孙少安和别人结婚以后，田润叶内心波涛翻滚，极度痛苦，作者议论道："人生中还有什么打击能比得上年轻时候的失恋对人的打击呢？那时候，人常常感到整个世界都一片昏暗。尤其像田润叶这样的人，她尽管在县城参加工作，但本质上说仍然是一个农村姑娘。"李向前在野外酒醉出车祸，一位路过的师傅救了他，连姓名都没留下就离开了。作者这样感慨："这位无名者做了一个普通人应该做的事情以后，就在我们的面前消失了。但愿善良的读者还能记住他……"

---

① 邵燕君：《〈平凡的世界〉不平凡——"现实主义常销书"生产模式分析》，《小说评论》2003 年第 1 期。

② 同上。

这样的感慨和议论并不难懂，是经过了中国教育体制长期濡染的读者极容易认同和接受的，会在他们心灵深处产生强烈的共鸣。自然，这不是浅层次的"愉悦"和"猎奇"，而是涉及人生观、社会观的深层问题。而路遥又以极为贴己的话语形式表达出来，令人倍感温暖。这已经是邵燕君所说的关乎个体存在的"个人记忆"的表达形式了，自然更容易为读者所接受。但是，我们还应该看到问题的另一面。《平凡的世界》诸多的感慨和议论虽然切合了读者的接受习惯，却造成了过于封闭的接受性，在作者的感慨和议论之外再难从文本故事中阅读出更多的东西，事实上在关怀广大普通读者的同时也在一定程度上迁就了他们的阅读"惰性"。虽然对一般读者而言，《平凡的世界》也可能得到关于人生的"启迪"和"教导"，但得到更多的是温暖、舒心和共鸣。在促使人们深度思考和积极探究方面，《平凡的世界》是不足的。这也是"文学精英集团"不甚看好《平凡的世界》的原因。在这一点上，《平凡的世界》比不上《人生》。

然而，《平凡的世界》满载了青春和理想，这却是让人颇为动情的。这也成为这部小说颇受普通读者欢迎的一个原因。邵燕君结合读者调查的情况这样分析："《平凡的世界》在读者中深受欢迎最主要的原因是这部作品对农村生活的真实描写和主人公艰难奋进的个人经历在读者中引起极大的情感共鸣……"作品里那套扎扎实实的现实描写背后有一种非常光明乐观的"聪明、勤劳、善良的人最终会丰衣足食、出人头地、光宗耀祖"的信仰，"成功地创造了一种乌托邦式的意识形态幻觉"。这为如今面临现实困境、在社会下层苦苦挣扎打拼的广大农村青年"带来了难得的温暖和有力的抚慰"①。

邵燕君的这一看法是颇有见地的。然而对她的论说还有必要作进一步补充。这就是不能把《平凡的世界》仅仅囿于传统现实主义的范畴。《平凡的世界》还是一部具有浓厚浪漫主义情调的作品，其中富于罗曼蒂克的故事情节会让在艰难中奋斗的青年获得"想入非非"的满足感。而作品中许多人物身上所拥有的体现着人类自然状态的那份纯朴、率真、执着的品格，更是和人性深处那种隐秘、强直的需求打通了，在纷乱芜杂、物欲横流、人性变异的社会环境中给人提供了一个疏散的渠道。所以，考察《平

---

① 邵燕君：《〈平凡的世界〉不平凡——"现实主义常销书"生产模式分析》，《小说评论》2003 年第 1 期。

凡的世界》颇受普通读者欢迎的原因，不能不考虑这部作品的浪漫主义风格。这也就意味着不能无视这部作品中所表现的丰富的陕北民间文化的因素。事实上，陕北民间文化在给《平凡的世界》赋予浪漫主义特质的同时，还极大地丰富了作品的表现方式，极度扩张了作品的艺术内涵，使作品的艺术魅力大大增强。如果局限在现实主义的范畴看《平凡的世界》，看到的可能是这部作品对社会现实的意义。但是，如果着眼于民间文化以及它所突出的浪漫主义风格，那么，我们会看到一种独特的地方文化和地域人生存在方式，看到它如何以其古老的品格沟通了人类共同的东西。不过，有些问题我们不必太深究，有时回到"表面"反而能把问题看得更清。《平凡的世界》既然作为小说形式，它的趣味性也就是很重要的了。虽然邵燕君论述《平凡的世界》的"常销书"模式时强调的是作品和读者的深层呼应关系，而有意贬低了"浅层次"的愉悦和猎奇的性质，但是我们在这里还是要强调一下后一个方面。我们重申，"愉悦""猎奇"的性质对小说是重要的。《平凡的世界》中那样丰富的民间文化、民间歌谣给作品带来的是不一般的"愉悦"和"猎奇"的效果。试想，假如去掉了《平凡的世界》中的民间歌谣，代之以冗长的描述，效果会是怎样的呢？毋庸置疑，作品会失去许多趣味性，其内涵和地域特性也会极大地受损。这里不妨用浪漫主义大师司汤达的话作结，司汤达说："浪漫主义是一种艺术创作方式，它以当代人的习俗和信仰为旨归，目的在于为人们提供尽可能多的愉悦。"①看来，包括信天游在内的丰富的民谣为路遥《平凡的世界》带来的是艺术趣味这一根本旨归，这应该是《平凡的世界》特别受广大读者欢迎的一个非常重要的方面。

二 贾平凹《废都》的结构问题

　　《废都》问世已经二十多年了。1993 年，《废都》连同《白鹿原》《最后一个匈奴》《八里情仇》《热爱命运》一起，奏响了"陕军东征"②的号角。然而，从那时起，《废都》就备受非议。虽然在时间的淘洗中《废都》已沉淀

---

① 转引自张旭春《再论浪漫主义与现代性》，《文艺研究》2002 年第 2 期。
② 白烨：《挡不住的文学崛起：作为文学、文化现象的"陕军东征"》，《当代文学研究资料与信息》1994 年第 3 期。

为一部当代文学经典，然而从她来到世间就有的毁誉却让人们容易戴上有色眼镜对她品头论足。于是，即使在今天，《废都》似乎仍然是一部有着这样或那样缺点的"经典"，其中，结构问题便是指陈《废都》缺失的一个焦点。专注这一问题的人们认为，《废都》语言的精美、视角的穿透力、人物性格的复杂、意蕴的丰厚等都不成为问题，但是，掺杂在文本中的"牛的絮语"却割裂了小说文本结构的统一性，严重伤害了小说文本的艺术整体感。果然是这样的情形吗？

　　检查所谓"牛的絮语"对《废都》文本结构所造成破坏的时候，发现不少读者内心隐藏着对"牛"这一角色的排斥性。通观《废都》这一小说文本，所有的重要角色都是人类，却唯独"牛"这一"动物"形象掺和其中，显得那样突兀和别扭。其实，这是那些读者的接受心理使然。在中国现当代文学史上，拿牲畜作为小说角色的本就稀少，这就在不少读者心中形成了较为狭隘的小说角色观。如果要追究这其中的深层原因，就会涉及在长期历史发展中所形成的人类中心论思想。这样看问题的时候，已经使探讨切入了人类的集体无意识。以这种思想和心理看来，让牛这样的动物晃动在"芸芸众生"中总是扎眼的现象。但是对这一问题还不能停留在这样泛泛的层面，因为中国现当代文学史上以动物作为角色的创作毕竟存在，单就新时期小说创作而言，即有张贤亮《邢老汉和狗的故事》，史铁生《我的遥远的清平湾》等。但是，这两部作品都属于乡土小说，"狗"和"牛"的存在在这两部作品中与小说主人公以及作品的整体氛围完全获得了一致性，而且，这两部作品中的牲畜尽管着笔不少，但是始终没有获得在作品中的完全独立位置，却主要作为表现主人公情感命运的附属物而存在。这其实契合了人们的接受习惯，更不要说会冒犯人们的深层无意识了。但是，贾平凹在《废都》中不是这样做的；贾平凹在《废都》中让一头奶牛在城市中晃来荡去，且以人类的眼光和意识对城市忧心忡忡，在作品中完全以独立的姿态存在，这就难免会让不少读者深感诧异和不适了。

　　然而，贾平凹《废都》中牛的设置实在是自然的。从生存的角度看，人类从来就和大自然处在一种同生共荣的状态里，所以让牛进入都市叙述中，并没有什么不可以。这也是近几年生态批评的态度和观点。当《废都》中的牛进进出出西京的时候，西京这座古老而年轻的城市和大自然的脐带就接续上了，而且这本身是西京这座古老城市的命脉，试想这座古城在历史上的景象，不就是牛羊成群地从这座古老都市的城门进进出出吗？

所以，贾平凹在《废都》中敷设这样一头奶牛大有深意，他企图以这样一个自然生命贯通西京文明的古今。不仅如此，贾平凹在《废都》中赋予奶牛以完全独立的角色地位，也显示了贾平凹博大宽厚的生命意识。贾平凹是从美丽的商州走出来的，这是一块天地生灵伴生混同的地方，人们对待杂花野草、动物禽鸟都有一种亲和敬畏之心，① 人类古老的泛灵论在这里还是活生生的事实，贾平凹《废都》中庄之蝶对牛的态度就是这种风俗的生动体现。虽然我们从唯物论的角度看，这种态度是站不住脚的，但恰恰是这种文化思维体现了人类生存的本体论维度，其中蕴含着最为现代的思想因素。这种意识特点构成包括贾平凹在内的新时期不少当代作家文学叙述最为闪光的内容之一，陈忠实、莫言都在这个队列里面，这是一种宝贵的人类意识和宇宙情怀。看来，不少读者针对《废都》的奶牛角色所产生的抵触情绪实际上暴露了现代人过于自负和狭隘的生命态度。但是我们不妨以庄子的语句来诘问："子非鱼，安知鱼之乐？"

在《废都》中，牛与庄之蝶的生命还存在同构的一面。《废都》几次描写庄之蝶趴到奶牛胯下吮吸牛乳的情景：

> 牛是依了庄之蝶的建议来到西京城里，庄之蝶又是每次趴下身子去用口吮吃，牛对庄之蝶就感激起来，每每见到他便哞叫致意……②

这哪是一个大名鼎鼎作家的做派？分明是山野孩童的做法。贾平凹这样塑造庄之蝶同样是颇具深意的。他赋予庄之蝶真率质朴的生命本色。对庄之蝶来说，这头奶牛具有了根的意义。在小说文本中，庄之蝶是潼关那边的人，就是贾平凹直言的"山里人"③。因此，庄之蝶便存在乡土生命的缘由，也便有了乡土人生本色纯真的特点，"土"便成为他的命根。④ 这种生命特性让庄之蝶始终对自然深存敬意并对一切怀揣"忘我之仁心"⑤。这是庄之蝶生命最为可贵的地方，但也成为庄之蝶人生悲剧的重要根源。一

① 李咏吟：《莫言与贾平凹的原始故乡》，见雷达主编、梁颖编选《贾平凹研究资料》，山东文艺出版社 2006 年版，第 106 页。

② 贾平凹：《废都》，北京出版社 1993 年版，第 55 页。

③ 赵学勇：《"乡下人"的文化意识和审美追求》，雷达主编、梁颖编选：《贾平凹研究资料》，第 95 页。

④ 费孝通：《乡土中国·生育制度》，北京大学出版社 1998 年版，第 7 页。

⑤ 唐君毅：《中国文化之精神价值》，广西师范大学出版社 2005 年版，第 137 页。

方面，因为庄之蝶真纯朴素的生命质素，庄之蝶颇富于同情心，不管什么人，只要对他有所求，庄之蝶都会尽可能地帮助他。作为大作家的庄之蝶没什么架子，高低贵贱的人都可以接近他。可以说，成为大名鼎鼎作家的庄之蝶仍然具有典型的平民情怀，这便使他内心存在一种"泛爱主义"。但是，在庄之蝶业已生存和面对的环境里，他的这种泛爱主义具有相当的危险性。庄之蝶对此却没有警觉。庄之蝶身处的已经是活泛的诡谲的欲望的市场环境，而他又是一个名人，潜藏着巨大的能够被人利用的社会和商业价值，所以，他在唯利是图的社会法则面前弄不好就会被人"绑架"。在庄之蝶的传统趣味和艺术性格与现实社会产生较大错位的情况下，他被商业利益"绑架"终于由可能性演变为现实性。因此可以说，庄之蝶遭遇了现实生存的困境，终于陷落在现实存在的泥沼中。当然，庄之蝶的人生本来就存在缺憾，他的现实婚姻如同行尸走肉，没有一点儿生机趣味，这让他在市场欲望的环境里，在"泛爱"的偌大的交际圈子里极容易"出轨"，结果将他带入"秩序"混乱和崩溃的境地。在这个意义上，庄之蝶的社会悲剧又包裹着人性的悲剧。

可见，奶牛的生命与庄之蝶的生命紧密相连，成为理解庄之蝶生命内涵的重要抓手，因而也成为理解《废都》的一个关键。不仅如此，奶牛角色的设立还赋予《废都》深沉的哲学品质，使《废都》成为思考人类文明演进的厚重之作，也让《废都》呈现的人的生命情怀和意识得到极致表达。《废都》揭示了一个重要思想。因为庄之蝶趴在奶牛身下吮乳的"亲密感"，奶牛在感激之中便"真的有了人的思维，以哲学家的目光来看这个城市了"。这即是说，只有人类真正亲近自然，才会倾听自然的心声，才会得到审视自己生存现状的另类眼光和新生的智慧。

想要彻底消解《废都》的所谓结构问题，还需要从"牛的絮语"的叙述技巧和艺术手法的角度进行探讨。"牛的絮语"的若干片段实际上是《废都》采用魔幻现实主义手法的结果。魔幻现实主义是富有魔力的奇异幻想与现实社会批判的融合。我们知道，在现实生活中，牛是无法像人那样思考的。但是贾平凹在《废都》中这样做了，于是那头奶牛便成了"精"，获得了魔力，会说人话了，且有了高深的思想，构成《废都》魔幻叙事最显眼的部分。贾平凹这样做，除了前面提到的理由外，还有就是想以新异的方式表现所要着意表达的东西。但是贾平凹这样做是符合整个小说文本特征的，与小说文本其他部分构成了内在有机的联系。

神秘其实是《废都》文体的突出特点。在小说文本的开头，贾平凹就给它确定了神秘的基调。小说是以西京城内生长出一束奇花和天上出现四个太阳这两桩奇事起头的，这两件事都和西京这座十二朝古都的悠远历史紧密联系在一起。仔细辩驳起来，生活本身具有一定的神秘性，在生活中西京所发生的事情并不是完全没有可能。但是，贾平凹在《废都》中连缀西京的历史，着意叙述这样两件奇奇怪怪的事情，显然有着设置小说氛围、满足小说主题"虚构"的必要。作为十二朝古都的西京，储纳了深厚的历史文化，它们不乏美好、精致的成分，但也有不少斑驳陆离、奇幻诡谲的东西，比如，寺观僧道的高深莫测与故弄玄虚，一些人士热衷用周易打卦，西京每一处都散落着神秘的历史遗迹——连古城墙下的一块断砖都蕴涵今古，稀罕古玩到处都是……所有这些对西京来说原本都是正常的，但是在市场欲望的浮华时代都变味了，在人们的利益角逐中发散出陈陈的历史的腐朽气息。正像《废都》中从头至尾在老城墙头回响的埙声，发出寂寥而悲哀的调子。

这便是《废都》颓废神秘的基调。

在《废都》中，孟云房是一个重要角色，和庄之蝶构成深刻的"互渗"关系。作为文化人的庄之蝶，对传统文化是颇为心仪的。在一定意义上，热衷八卦、神神叨叨的孟云房便成为庄之蝶生命的延伸，构成庄之蝶生命特征的一个重要方面。这种将庄之蝶生命深层意识的重要方面外化的做法，更加为《废都》编织了一张厚实而神秘的大网，庄之蝶本人也成为这张神秘大网最为纠结的中心。

显然，在《废都》这样神秘的气息中，设置魔幻的"牛的絮语"就是自然而然的了，甚至出现了相得益彰的效果。奇奇诡诡的《废都》自然不多一个成精的牛，也就是说，《废都》中"牛的絮语"是有机融合在这一小说文本神秘的叙述中的。而且，和小说文本中其他神秘颓唐的内容相比，"牛的絮语"成为冷眼旁观的睿智的警醒的话语，这就在文本中构造了一种张力，产生对衬、辩驳效果，有效地丰富了《废都》的艺术内涵。"牛的絮语"给《废都》以真正具有启示录一样的未来的力量。

通过以上几个方面的论述，《废都》的所谓结构问题应该能够彻底解决了："牛的絮语"不但不构成《废都》艺术的缺憾，反而凸显了贾平凹小说创作的艺术匠心；《废都》的结构是不成问题的。这样一来，《废都》在语言的精美、视角的穿透力、人物性格的复杂性、作品意蕴的丰厚之外又平添了一条，即结构的精巧。长期牙磣读者的一个结构问题消除后，好比水落石出，展现的是一个集社会历史审视、民族文化反思、人性纠结呈现、人类发展思考于一体的涵蕴复杂的精美文本。《废都》当之无愧属于当代中国文学的"经典"。

三 路遥、陈忠实、贾平凹的"故乡情结"

路遥、陈忠实和贾平凹小说创作的一个突出特点是鲜明的地域特色，这其实透露了几位作家浓重的"故乡情结"。这样，"故乡情结"就成为我们理解他们小说创作的一个关键点。本文对比莫言小说创作来谈论这一问题。

莫言在《生死疲劳》中表达过这样的思想：对于文学创作者而言，"故乡是血地"①。这实在道出了莫言文学创作的缘由和症候。莫言就是被"生他养他"的高密东北乡鼓动着从事小说创作的。故乡过往的情感记忆在他的小说作品中飞舞、回旋，形成莫言小说世界感觉充沛的独特魅力。莫言在创作上和自己的故乡真正构成血脉贯通的连接。莫言在文学创作上最为了不起的成就是，面对灾难丛生的历史记忆和被陈陈繁复的社会意识所遮蔽的现实，发掘了真实的生命，还原了历史和现实的本来面目，最终赋予其作品"大悲悯"的精神情怀，这是莫言走向伟大的情感基础。莫言之所以能够做到这一点，主要是因为故乡的赐予。可以说，"故乡是血地"一语道破了莫言小说创作的秘密。因此，"故乡是血地"便成为破解莫言小说创作的有效密码。

莫言的这种文学创作法则在几位著名的陕西当代作家身上同样得到了生动体现。首先谈谈路遥的创作情形。

路遥是陕北人，他的作品具有浓郁的陕北地方特色，是陕北独特的风土人情滋养了路遥的小说创作，决定了路遥小说创作的根基主要是他长期的乡村生活和乡土人生体验。

路遥在 20 世纪 70 年代末期就开始了文学创作，他早期的作品还受着"革命现实主义"的牵制。但是路遥成功地实现了突围，他具有代表性的作品，比如《人生》《平凡的世界》，都是将根深深地扎在陕北的土地上，

---

① 莫言：《生死疲劳》，作家出版社 2006 年版，第 443 页。

依照路遥自己在家乡的深厚生活体验结构和展开。路遥的文学创作和柳青的文学创作无法隔离；无疑，路遥的文学创作是从柳青那儿出发的，他的《人生》等作品深受《创业史》的影响，但是，路遥的《人生》并不像《创业史》那样运用国家时间的视角，而是以传统时间，更多地包含了"从一个地方的角度来切入对一个村庄的讨论"，"回到个人主义的实践形式"，从而与"十七年"文学明显地区别开来。① 这也就意味着路遥的创作主要回归了生活，参与了他对自己独特的生活和生命体验的表达。这样的写作方式显然已经是一种突破僵硬社会意识观念的活动，如同获得了陈忠实在写作《初夏》失败时所感悟到的东西。在《初夏》创作失败时，陈忠实意识到：写作"必须面对生活的直接的感受性，而不能依赖于生活中任何既定的人物，让他去限制作家的创作思维"②。某种程度上显然可以做这样的类比，路遥创作《人生》的巨大成功，正是因为路遥面对了他生活的直接感受性，所以他在80年代初期就能把握"高加林"那样复杂矛盾、富于生命张力的痛苦的灵魂。

作为一个有知识的青年，路遥在农村有过很长时间的人生经历。他曾经一度完全是一个普普通通的底层老百姓，一个农民。所以，作为一个农民，作为一个农民的儿子，路遥对"中国农村的状况和农民命运的关注尤为深切"，"这是一种带着强烈感情色彩的关注"③。这也决定了路遥创作的路径，成就了他的《人生》和《平凡的世界》。因此，"以深深纠缠的故乡情结和生命的沉重感去体验和感知生活"，创作出"沉郁、厚重"品格的作品就成为路遥小说创作的基本风格。④ 这样，路遥便主要成为故乡形塑的作家，如同陕北大地上生长出的树木向空中伸展，借此开拓了自己的创作空间。"土著"便是路遥最醒目的标识，"'土著'的人文（地域文化）滋育着他，路遥便受到了陕北地域文化的深刻影响，主要接受的也是农民文

---

① 蔡翔语，参见程光炜、杨庆祥编《重读路遥》，北京大学出版社2013年版，第179—182页。

② 李遇春、陈忠实：《走向生命体验的艺术探索》，雷达主编，李清霞编选：《陈忠实研究资料》，山东文艺出版社2006年版，第61页。

③ 路遥：《生活的大树万古长青》，雷达主编，李文琴编选：《路遥研究资料》，山东文艺出版社2006年版，第5页。

④ 李文琴：《路遥生平》，雷达主编，李文琴编选：《路遥研究资料》，第3页。

化，这成为路遥的文化根脉所在"①。我们在阅读《人生》时，能够深切感受到这种文化的冲动，不管是人物品行和命运的把握，还是叙述人富有感情的议论，都显示着故乡的人事体验所生发的思索和感悟。有论者认为，路遥有乡恋情结，其始发点"是由故乡景物和童年记忆凝结而成的精神氛围，是由离别勾连出的惆怅苦恋，其中土地、家庭和亲人是乡恋情结最富有吸引力的磁场"，路遥据此形成了"具有强烈乡土意识的价值判断"，并且"深层流露出一种对城市文明的拒斥和排他心理"②。诚然如此。

陈忠实的文学创作也由柳青等人的"革命现实主义"文学出发，但是创作《初夏》失败的教训很快促使他摆脱旧的模式，开拓自己的新路，终于寻找到了"属于自己的句子"③。陈忠实曾经十分强调自己在创作《白鹿原》的过程中阅读了大量的中外名著，收集整理了白鹿原周围三县的大量文史资料，这似乎削减了故乡在他创作中的分量。但这只是表面现象，实质的东西其实和路遥、莫言并无两样。陈忠实自己这样说，他醉心阅读的时候，中外名著和白鹿原发生了这样或那样的奇妙感应，似乎直接复活了他少年时的乡村生活经验。④ 陈忠实对故乡的依恋并不比其他作家浅。创作《白鹿原》时候的陈忠实选择了一种极致的书写方式，就是回到灞河边的老家创作。这应该不只是求得一个宁静的写作环境，而是祈求从心灵深层唤醒对于故乡生命的记忆。这在陈忠实自己的言语中得到了印证。陈忠实说，他创作的根本动因是"那种独特的生命体验的深化"，那种思索刚一发生，"首先照亮的便是心灵库存中已经尘封的记忆……"⑤这种尘封的记忆便是陈忠实在家乡积淀的生命体验和情感。于是，陈忠实"干脆回归老家，彻底清静下来，去读书，去回嚼二十年里在乡村基层工作的生活积蓄，去写属于自己的小说"⑥。

① 李继凯：《矛盾交叉：路遥文化心理的复杂构成》，雷达主编，李文琴编选：《路遥研究资料》，第62页。

② 赵学勇：《路遥的乡土情结》，雷达主编，李文琴编选：《路遥研究资料》，山东文艺出版社2006年版，第92—94页。

③ 陈忠实：《借助巨人的肩膀》，雷达主编，李清霞编选：《陈忠实研究资料》，山东文艺出版社2006年版，第94页。

④ 李国平、陈忠实：《关于四十五年的答问》，雷达主编，李清霞编选：《陈忠实研究资料》，第47页。

⑤ 李星、陈忠实：《关于〈白鹿原〉与李星的对话》，雷达主编，李清霞编选：《陈忠实研究资料》，第22页。

⑥ 陈忠实：《我的文学生涯》，雷达主编，李清霞编选：《陈忠实研究资料》，第63页。

所以，陈忠实放弃仕途，沉醉于创作，是出于对文学的热爱，但更加出于对他生活的美丽富饶的渭河平原边沿地带的土地和人民的热爱。因为在这里，陈忠实有了对生活和生命的深沉体验，他把"与农民的血肉联系和将这种血缘与精神上的联系上升为感知世界"，对世界进行审美艺术的把握，由对农民心理结构的了解上升到对民族心灵结构的把握。① 因此，陈忠实对中外名著的阅读和文史资料的整理不过是为了明晰、通透他在故乡生活体验中所获得的生命的意义。因此陈忠实才说："当我在草拟本上写下《白鹿原》的第一行字的时候，整个心里感觉已经进入我的父辈爷辈老老爷辈生活过的这座古塬的沉重的历史烟云之中了。"② 于是，他便将写作定义为："对于作家来说，他是用作品和这个世界对话的，作品其实就是他的从生活经验进而到生命体验的一种展示……"③看来，贺桂梅对运用陕西方言写下的《白鹿原》的评论是颇有见地的。贺桂梅说："陈忠实的《白鹿原》其实选择的是一个血缘和地缘的共同体，更接近民族主义叙事的内涵，是文化上的认祖归宗，是一个老父亲的'家'。"④

对于贾平凹来说，故乡对于他的创作的意义一如莫言，这不仅体现在其作品中，也体现在作者本人的不断申诉中。贾平凹是陕南人。陕南的环境秀丽、清幽，这里的"山石和明月"一直影响着贾平凹的生活，也左右着贾平凹的创作，⑤ 赋予贾平凹创作"诗意的灵动性"⑥。陕南又是南北文化汇聚的地方，南方的楚文化给贾平凹创作带来了神秘感，而北方的儒家文化和贾平凹的"童年生境与生存压力"⑦相糅合，使贾平凹无法忘情于现实，促使他持续关注改革情境中的农民命运。所以著名评论家雷达这样说道："贾平凹的创作主要是指向对中国农民的历史命运、道德品质、意识情绪的不倦探索这个总目标的，是以不断向中国农民巨大复杂的情感世界

---

① 王仲生：《从与农民共反思走向与民族共反思》，雷达主编，李清霞编选：《陈忠实研究资料》，第 123 页。

② 陈忠实：《我的文学生涯》，雷达主编，李清霞编选：《陈忠实研究资料》，第 67 页。

③ 汪健、陈忠实：《文学是一种沟通》，雷达主编，李清霞编选：《陈忠实研究资料》，第 79 页。

④ 贺桂梅语，参见程光炜、杨庆祥编《重读路遥》，北京大学出版社 2013 年版，第 226 页。

⑤ 贾平凹：《山石、明月和美中的我》，雷达主编，梁颖编选：《贾平凹研究资料》，山东文艺出版社 2006 年版，第 4 页。

⑥ 孙德喜：《走向诗意的灵动性》，《兰州大学学报》(社会科学版) 2002 年第 3 期。

⑦ 李清霞：《童年生境与生存压力：贾平凹文学创作的动力机制》，《宁夏社会科学》2002 年第 2 期。

掘进为特色的。"①而贾平凹自己说得干脆利落,他说:"我能写什么呢,长期以来,商州的乡下和西安的城镇一直是我写作的根据地……我的出身和我的生存的环境决定了我的平民地位和写作的民间视角,关怀和忧患时下的中国是我的天职。"②这就是这位"山里人"③质朴的告白。在一定程度上可以说,贾平凹作品的生活底色、伦理取向、审美风格诸多方面都是故乡商州的赐予,连语言也不例外。贾平凹说:"在陕南,民间土语是相当多的,语言是上古语言遗留下来的,十分传神,笔录下来,又充满古雅之气。"④贾平凹作品的语言就是那么自然、灵动、传神和雅致,这原来是积淀了生活、文化和自然氤氲之气的结果,贾平凹由此穿越民间、沟通民族、走向人类的阔大境界。⑤

这里自然不能忽视现代阅读在这几位陕西籍作家创作中的重要性。前文已经表明,陈忠实在创作《白鹿原》前后阅读了大量中外文学名著,并且翻阅了大量文史资料,显示着阅读在陈忠实文学创作中的重要意义。至于路遥,可以说的上是当代陕西籍作家中读书最多的人之一,阅读对他的文学创作的意义自然不能低估。而从贾平凹创作《废都》《白夜》等作品的情况看,古今中外文学名著在他的文学创作中留下的痕迹清晰可见。这几位陕西籍作家的阅读行为,一如莫言,让他们获得了历史和现代眼光,敞明了他们各自故乡人生体验的意义和价值。但是,也一如莫言,他们各自的故乡生命体验在他们的创作中始终拥有坚实的基础性地位。

路遥、陈忠实、贾平凹的小说创作和莫言一样,主要属于乡土小说创作,因此,他们在小说创作的动力、作品意蕴开掘和书写的方式等方面都具有某种共通性。他们都以自己的故乡作为创作的根据地,以自己长久在故乡获得的生活和生命体验作为建构作品的渊源和最重要的法则,从而使他们的创作和故乡建立起了血脉相通的深沉关系,因而,"故乡是血地"作为根本创作原则在这些作家面前都是成立的。其实,何止这几位作家,

---

① 雷达:《模式与活力》,雷达主编,梁颖编选:《贾平凹研究资料》,山东文艺出版社2006年版,第56页。

② 贾平凹:《高老庄·后记》,太白文艺出版社1998年版,第413页。

③ 赵学勇:《"乡下人"的文化意识和审美追求》,雷达主编,梁颖编选:《贾平凹研究资料》,第95页。

④ 贾平凹:《关于语言》,雷达主编,梁颖编选:《贾平凹研究资料》,第22页。

⑤ 贾平凹:《四十岁说》,雷达主编,梁颖编选:《贾平凹研究资料》,第17页。

对于那些卓有成就的新时期的乡土作家而言，依靠故乡长久积蓄的生命体验作为根本创作原则的写作方式都具有普遍的意义，因而，对于新时期乡土小说创作而言，"故乡是血地"便获得了重要的文学史价值。

思考题

1. 怎样理解《平凡的世界》的广泛受众性？

2. 《人生》与《平凡的世界》在路遥小说创作中各自具有怎样的地位？

3. 怎样评价《废都》？

4. "故乡情结"对路遥、陈忠实、贾平凹小说创作具有什么重要意义？

5. "故乡是血地"这一创作原则对建构中国当代文学史具有什么重要意义？

拓展阅读

1. 路遥《人生》和《平凡的世界》。

2. 陈忠实《白鹿原》。

3. 贾平凹《废都》。

4. 李建军、邢小利编选：《路遥评论集》，人民文学出版社 2007 年版。

5. 雷达主编，李清霞编选：《陈忠实研究资料》，山东文艺出版社 2006 年版。

6. 雷达主编，梁颖编选：《贾平凹研究资料》，山东文艺出版社 2006 年版。

7. 程光炜、杨庆祥编：《重读路遥》，北京大学出版社 2013 年版。

8. 李继凯：《秦地小说与"三秦文化"》，商务印书馆 2013 年版。

新中国成立后新文学家的
旧体诗词写作

李仲凡

内容提要： 新中国成立后，不少新文学作家因为种种原因，不能发表或写作新文学。正是旧体诗词满足了他们的写作欲望。旧体诗词也成为他们宣泄情感、寄托情怀的有效载体。他们的旧体诗词，也成为研究者了解这些新文学家精神世界不可或缺的窗口。新文学家旧体诗词的存在，丰富了文学史，避免了新文学一家独尊的局面。新文学家的旧体诗词在当代文学史上发挥了不可替代的作用。许多新文学体裁无法或不便表现的内容，旧体诗词反倒因为先天的优势，承担了新诗、新文学所无法承担的功能。20 世纪中国的新旧文学在表现对象、文学功能等方面的这种互补性，使得新文学家有了在新旧文学之间腾挪转换的自由空间。

"五四"新文化运动之后，白话文学取代了文言文学在文坛上的正宗地位。但新文学并没有能够"一统天下"，把旧文学完全赶出历史的舞台。各种旧体文学，如文言赋、章回小说、传统戏曲剧本、旧体诗词曲等仍然有不少旧学功底深厚者或传统文化爱好者写作。在某些特定的历史时期，旧体文学甚至成为作家们首选的写作文体。和其他旧体文学样式相比，旧体诗（包括诗、词、曲）的作者恐怕在各类旧体文学作者群体中最为庞大和广泛。现当代的旧体诗词作者群体社会身份各种各样，职业背景差别也非常大，既包括旧式文人、书画艺术家、政治家、学者，还有为数不少的新文学家，如胡适、鲁迅、郭沫若、郁达夫等。在各类旧体诗词写作群体中，与现当代文学史关系最为密切的无疑当属文学家的旧体诗词写作。而在新旧文学家这两个群体中，新文学家旧体诗词作者明显多于纯粹的旧式文人，他们在文学史上的影响力也远非旧式文人所可及。

在现当代文学史上，相当多的作家在新文学创作之余写作旧体诗词。除了上文列出的数位之外，以新文学著称而兼写旧体诗词的，还有朱自清、茅盾、老舍、田汉、沈从文、钱锺书、叶圣陶、施蛰存、聂绀弩、欧阳予倩、王统照、胡风、臧克家、何其芳、萧军、端木蕻良、姚雪垠、赵树理、周立波，等等。其中有些人，如鲁迅、郁达夫、田汉等被公认为旧体诗词写作的大家。他们的旧体诗词写作达到了比较高的艺术水平。

因此，新文学家的旧体诗词在整个 20 世纪中国诗歌史和文学史上就显得非常独特，很有研究的价值。一方面，新文学家写作旧体诗词，正表明了 20 世纪中国文学刚好处在一个新旧交替、过渡的特殊时期；另一方面，新文学家的旧体诗词与 20 世纪新文学的关系错综复杂，既有矛盾和对抗，也有互动、渗透与和解。

一 新文学家旧体诗词的写作环境

新中国成立之后，"五四"之后成名的新文学家，在各种历史环境下，写作了为数不少的旧体诗词。这里有一份并不完全的统计：《茅盾全集》12 卷收茅盾所做诗词 145 首，写于 1940 年冬至 1980 年 11 月间，包括各种形式的旧体诗词 123 首，词 22 首。中国戏剧出版社 1984 年版的《田汉文集》第 12—13 卷为诗词卷，共收旧体诗词 787 首。张桂兴编注的《老舍旧体诗辑注》修订版收有老舍旧体诗 150 题 334 首。乐齐、孙玉蓉编的《俞平伯诗全编》收录了俞平伯近 700 首旧体诗词。时代文艺出版社 2002 年版的《臧克家全集》，收有臧克家从 1942 年到 2001 年写作的旧体诗 320 首（293 题）。以上三位的旧体诗词，都有超过半数作于新中国成立之后。从上述数据中我们可以知道，新文学家在新中国成立后写作的旧体诗词数量在他们整个旧体诗词写作中所占的比重。

新中国成立后，新文学家旧体诗词作者可以根据不同经历分为以下几个群体：第一个群体，主要有郭沫若、茅盾、田汉、老舍等人。这些人在新中国成立后的大部分时间里受到了新政府的礼遇，在文化界担任重要职务。他们对共产党充满感激，对新中国充满热爱。旧体诗词写作与他们的新文学写作有很大的同质性，在思想倾向、风格上大体相似。同样，因为工作上的便利，他们有机会到全国各地甚至世界各地游历。这个群体写的记游诗较多。第二个群体，主要有俞平伯、沈从文、钱锺书等人。这个群体的作家或者因为与当时文艺界的领导阶层有政治、人事等的龃龉，或者不能及时调整写作风格以适应新社会，他们在新中国成立后被当时的文学界边缘化，新文学写作基本终止，不再从事专业创作，成为当代文坛的隐士。旧体诗词写作是他们自遣的重要方式。第三个群体，代表人物有胡风、聂绀弩、吴祖光等人。在新中国成立后他们有的也曾是主流文化的一分子，受到优待。但是因为历史的捉弄而受到不公正的待遇，被抛进监狱、农场、干校，精神和肉体都受到了残酷的打击和迫害，是逆境中写作旧体诗词的代表。他们的旧体诗词写作有很强的私人写作和地下写作的特点。这个群体的旧体诗词在艺术上对传统旧体诗词突破的力度最大。这三个群体主要是从人生遭际的角度划分的，他们的边界并非一成不变。能够进入主流文学圈子和受到优待的作家，有时也会被莫名其妙地"挂起来"，成为"靠边站"的人物。

　　新中国成立后写作旧体诗词的新文学家，每个人学习和写作旧体诗词的情况也不尽相同。有的新文学作家在新中国成立前即已经成为旧体诗词的行家里手，被公认为是旧体诗词写作的大家，如田汉、郭沫若等人。有的是在新中国成立后才开始正式写作旧体诗词的，如沈从文、臧克家等人。有的人从未中断过旧体诗词写作，如钱锺书。有的虽然以前写过旧体诗词，中间却因为各种原因中断了，后来才又因为某种机缘重新写起了旧体诗词。茅盾即属于这种情况。茅盾的旧体诗词，在新中国成立前多作于抗战时期，新中国成立初期一度中断了旧体诗词写作。重新写作旧体诗词始于 1958 年 8 月，这一年 8 月 9 日，茅盾写了《观北昆剧院初演〈红霞〉》(二首)，8 月 12 日，又写下《曲艺会演片段》(四首)。新中国成立后，叶圣陶先生在新政府任职。当时，颇有一些报刊、会议、单位和个人请叶圣陶题词。叶圣陶性情平易，从不拒绝人家的请求，发表的诗词于是渐渐多起来。《田汉诗选》收录的旧体诗作，写于 30 年代以前的极少，三四十年代的也不多，绝大部分是 50 年代和 60 年代初的作品。张桂兴作为老舍旧体诗的整理者，他对老舍旧体诗在创作时间上的分布有这样的描述："老舍一生除去 1950 年至 1958 年间期间至今尚未见其有旧体诗作外，其余各个时期均有不同数量的旧体诗发表。其中，有两个阶段为爆发期：一是 1939 年至 1942 年；一是 1958 年至 1965 年。"①1939 年至 1942 年正

---

① 张桂兴：《代序》，张桂兴：《老舍旧体诗辑注》，中国国际广播出版社 2003 年版，第 3 页。

是抗日战争时期，是文学界民族形式"复活"的高潮。1958 年至 1965 年之所以成为老舍旧体诗写作的爆发期，与当时的诗歌界对于民族旧形式的重新评价有关系。新中国成立后，老舍将近十年未写旧体诗，直到 1958 年在《北京日报》发表《元旦试笔》两首，自此一发不可收拾，写下了大量旧体诗词。沈从文 1961 年末有一次江西之行，从那时起，他开始了旧体诗词的写作。冯至、臧克家等人较为正式或较为集中的旧体诗词写作，主要是从新中国成立后开始的。郭沫若和钱锺书等人在新中国成立前后都有大量的旧体诗词作。

本章所讨论的旧体诗词作者主要限定为新文学作家。即指"五四"后主要写作新文学（包括新诗、现代散文、小说、戏剧等），或以新文学作品闻名于世的作家。这个范围限定首先排除了非文学家旧体诗词作者，如以毛泽东、潘天寿等为代表的政治家或艺术家群体；其次排除了以旧体文学写作名世的诗人，如以陈三立、柳亚子等为代表的旧文人作者群体；最后也排除了在新中国成立前即已离世的作家，如鲁迅、郁达夫、朱自清、闻一多等旧体诗词写作群体。现代文学时期即以新文学作家的形象登上文坛，进入当代文学时期而又写作旧体诗词的新文学作家。这种限定的意义一是使研究的对象相对集中；二是专注于既有的现当代文学研究格局中相对薄弱的部分；三是研究文学家而不是非文学家的旧体诗词，没有从文体的角度切入这一研究课题，主要是考虑到集中在文学家作品的研究上更有价值。

二　旧体诗词与新文学的互补互动

新文学家在新中国成立后新旧体诗词都写的个案不在少数。何其芳、田汉、冯至、臧克家、老舍都是如此。这种新旧诗兼写的情况在新文学家中最为普遍。另一种情况是停止新诗写作，只写旧体诗词。如俞平伯、沈从文、胡风、聂绀弩等。俞平伯在新中国成立前以新诗居多，也有一些旧体诗，新中国成立后则只写旧体诗。沈从文新中国成立前出过新诗集，没有怎么写过旧体诗词。新中国成立后沈从文完全停止了新诗的写作。1961 年恢复诗歌写作，但此后写作的一直都是旧体诗词。胡风新中国成立初期还写过《时间开始了》等新诗。自从受到批判之后，他不再写作新诗，转而写作旧体诗词。聂绀弩的情况和胡风相似。第三种情况是新中国成立前诗歌写作以旧体诗词为主，新中国成立后仍继续写作。如钱锺书等。

新文学家虽然在写作新文学作品的同时，又写作旧体诗词，但他们对新旧文学的文体特点、文体功能的区分往往是非常明晰的。在新文学家的观念中，新旧文学有着各自不同的定位。早期著名新诗人康白情就说过："我以为就是一种形式的东西，也各有其独具的精神，如诗如词如曲，以至新诗，'新词'，'新曲'，都该各有领域，不容相混。"①可以看出，在一些新文学家心中，新旧诗之间的界限分明、壁垒森严。新旧体诗词分别承担了不同的文体功能。那么，诗人的文体选择实际上体现的是他们对新旧体诗词功能的不同需要。有些感情表达用旧体，有些用新文学样式。既有文体本身的差异，也有诗人想要收到不同效果和达到不同目的的考虑。为了显示自己的新，则用新体。为了私密性或含蓄，则用旧体。这实际上是一个新旧两栖作家的文体选择和转换问题。

首先，新文学家在无法进行新文学创作时，常常会把旧体诗词作为他们述怀明志的载体。旧体诗词因为在表现对象、发表方式等方面与新文学体裁有明显的不同，在很大程度上形成了与新文学体裁互补的局面。新文学家会根据情况的变化，在新文学与旧体诗词之间自由转换。如果条件许可，他们就创作新文学；在"文化大革命"条件不允许的情况下，就写作旧体诗词。例如，"文化大革命"期间，茅盾因为属于"靠边站"的人物，没有公开发表过一篇文章，但这并不意味着他没有创作。1970年其夫人去世之后，茅盾写作了许多感怀的旧体诗词。

因为新旧体文学各自有着不同的文体优势，新文学体裁明了易懂，容易扩大影响，但新文学体裁本来就是现代大众传播媒介催生的产物，在传统的传播方式，如口头、书信等方式下毫无优势可言。因为新文学体裁一般都篇幅较长，需要借助现代传播媒介，否则无法实现有效的传播。而旧体诗词在诗人的发表权利被剥夺的情况下，可以很便捷地被口头传播或私人传阅，是最易于传播、扩大影响的文体之一。在没有大众传媒可以利用的情况下，传统诗词反而显得得天独厚。作家发表条件的恶化、"倒退"，促使他们在文体上也做出"倒退"，选择了更为古老的旧体诗词。旧体诗词体裁短小，字数不多，费时、费纸都不多，便于记诵、便于记录、便于

① 康白情：《新诗底我见》，《新文学大系·建设理论集》，上海文艺出版社1980年版，第332页。

传观，等等，都促成了它在艰苦甚至恶劣的写作环境下被诗人作为首选的文体。

但是旧体诗词也有自身的文体限制，聂绀弩在 1982 年 10 月 25 日致舒芜的信中说："律诗这东西，是个小而简单的文学形式，发挥一点小感情、小心理状态及物理状态的小文字游戏。对于曲折深微的东西就很难表达。"①所以，如果新文学家新旧体文学写作之间的转换是被迫的，这种转换就可能是失败的。

老舍在新中国成立之后，由于环境的变化，无法静心写他喜爱的小说，因而写了不少旧体诗词。对此，他说："我的才力，假若我真有点才力的话，大概是小说的，而非诗歌的。"②聂绀弩的情况和老舍的有些相似。彭燕郊有一段评述聂绀弩的话："绀弩的旧体诗也是现代中国独特的文化现象。晚年他只给我们留下这一丛奇葩，而他本应该为我们留下满天彩霞的伟观。'千古文章未尽才'，让我们说什么好呢！"③在对聂绀弩的旧体诗词加以肯定的同时也表示了遗憾。

旧体诗词写作，对有些新文学家来说，只不过是他们在特殊情境下的无奈选择，并不一定能够最大限度地发挥他们的艺术才能。尤其是对于那些文学志趣和创作才能主要在新文学而不在旧体诗词的作家而言，旧体诗词与其说是他们自由表现的舞台，不如说是束缚和局限他们的锁链。

其次，新文学家对旧体诗词与新文学写作往往有不同的定位。对于适合在公开场合发表的情感，或者需要在公开场合表态，他们也会选择新文学体裁。而当诗人身处逆境，既需要抒发个人的感情，又不能过于直白的时候，他们就会借助于旧体诗词。旧体诗词既可抒怀明志，又不易授人以柄。一般的新文学体裁难以满足诗人的这种需求。

旧体诗词还可以满足新文学家抒发某些特殊的艺术情致的需要。聂绀弩说："我觉得旧诗可爱的地方也正如此。若即若离，可解不可解。说能完全道出作者心情，却距离很远；说简直不能道出，气氛情调却基本上相近。有时心里想说的话，凑不成一句；有时由于格调声韵之类的要求，却

---

① 聂绀弩：《1982 年 10 月 25 日致舒芜信》，罗孚：《聂绀弩诗全编》，学林出版社 1999 年版，第 487 页。

② 老舍：《写与读》，《老舍生活与创作自述》，人民文学出版社 1982 年版，第 321 页。

③ 彭燕郊：《"千古文章未尽才"》，《读书》1991 年第 10 期。

自来一两句连自己也想不到的好句。这都比散文和白话诗更迷人。"①

有时新文学家为了收到不同的艺术效果，也会在新旧体之间转换。如臧克家说他的诗歌写作："我暗中在比较新旧体诗的短长。我觉得，新诗在表现时代与现实生活方面，容量大，开拓力强，但失之散漫，不耐咀嚼。古典诗歌，精美含蕴，字少而味多。当然，我个人并没有放弃新诗，专写旧体诗。……我老早就有这么一个想法：有些境界，用新诗写出来淡而无味，如果出之以旧体，可能成为精品。"②

最后，新文学家既写新文学又写旧体诗词，他们的新旧体文学创作的风格互相影响，写作能力也会互相迁移。老舍说他的新文学受到了旧体诗词写作的影响："我没有诗才，既没有写成惊人的诗歌，也没有产生过出色的鼓词，可是诗歌的格律限制，叫我懂得了一些造句遣词应如何谨严。……写散文，文字须在我脑中转一个圈或几个圈，习写诗歌，每个字都需转十个圈或几十个圈儿。"③旧体诗词在形式方面有比新文学更为严格的规范，学习和写作旧体诗词，会培养新文学家严谨的写作态度，提高遣词造句的能力和技巧，这些能力和技巧，在作家们的新文学写作中也会体现出来。

反过来也是一样，新文学家的新文学修养，也会影响到他们的旧体诗词创作。有人总结聂绀弩旧体诗的特色时说："绀弩的诗由于有着十分突出的个人风格和十分精彩的艺术特色，被不少人称为聂体，或绀弩体。用一句话来概括，他是以杂文入诗。"④

新文学家的旧体诗词，既受到他们个人新文学创作的影响，也受到整个新文学风尚的制约。正如黄修己所言："新与旧既相颉颃又相渗透，这才是历史的实相。"⑤

在具体的诗人个案方面，俞平伯是一个很典型的例子。俞平伯因为新旧体诗词的功底都相当深厚，所以他能够在新旧体诗词中较为自由地调动新旧两种诗学资源。朱自清在《〈中国新文学大系·诗集〉导言》中评价俞

---

① 聂绀弩：《致高旅信》，罗孚：《聂绀弩诗全编》，学林出版社 1999 年版，第 491 页。
② 臧克家：《自道甘苦学旧诗》，《诗刊》1988 年第 4 期。
③ 黄苗子：《老舍之歌——老舍的生平和创作》，《新文学史料》1979 年第 3 辑，第 246 页。
④ 罗孚：《聂绀弩诗全编·后记》，罗孚：《聂绀弩诗全编》，学林出版社 1999 年版，第 621 页。
⑤ 黄修己：《旧体诗词与现代文学的啼笑因缘》，《中国现代文学研究丛刊》2002 年第 2 期。

平伯说：“俞平伯氏能融旧诗的音节入白话，如《凄然》；又能利用旧诗里的情景表现新意，如《小劫》。”①这说明俞平伯很早即能够做到新旧体诗的融合。而俞平伯后来的旧体诗写作，则仍然显示出了强烈的新诗的影响。叶圣陶说俞平伯：“他后来写的旧体诗实是由他的新体诗过渡的。”②用新诗理念写旧体诗，这是新诗出现以前的旧体诗诗人中不可能出现的情况。吴小如评价他老师俞平伯的旧体诗时说：“他晚年写旧体诗依然是沿着他以前写新体诗的路子，这也就是说，先生并未忘记他早年大声疾呼过的那些诗歌理论。只是由于作者处境不同，读者对象也屡有改变，先生才由写新体诗转为只写旧体诗的。我以为，先生晚年之所以离开新诗营垒，并非悔其少作，而是用其所长。”③也就是说，俞平伯晚年的旧体诗词，仍是以他本人早年对新诗的构想作为指导，只不过实现的方式由新诗改回旧体诗词罢了。

新文学家的旧体诗词写作，也会受到包括新诗在内的新文学风尚的左右，胡迎建说：“白话诗的兴起，从另一方面，刺激了旧体诗作者向通俗易懂方向发展，采取现代新语汇和句法，而又不失传统之美，努力在新旧诗之争中做出有积极意义的探索，以说明旧体诗还有发展前途。”④

洪子诚在谈到当代新诗时说道：“诗服务于政治，诗与现实生活、与‘人民群众’相结合，是当代诗歌观念的核心。……诗的这一性质、功能的规定，在五六十年代，衍生出诗体的两种基本模式。一是强调从对写作主体的经验、情感的表达，转移到对‘客观生活’，尤其是‘工农兵生活’的‘反映’，而出现‘写实性’的诗。……直接呼应现实政治运动的要求，则产生了当代的‘政治抒情诗’。支持这种诗体模式的，是强调感情抒发的浪漫主义诗观。何其芳、艾青在50年代初对诗所下的‘定义’，在很大的范围里被认同。”⑤实际上，五六十年代的新诗观念，在很大程度上也是当时能够公开发表的旧体诗词的观念。许多公开发表的旧体诗词，

---

① 朱自清：《〈中国新文学大系·诗集〉导言》，杨匡汉、刘福春：《中国现代诗论》（上编），花城出版社1985年版，第242页。

② 叶圣陶：《俞平伯旧体诗钞·序》，《俞平伯全集》（第1卷），花山文艺出版社1997年版，第380页。

③ 吴小如：《序言》，乐齐、孙玉蓉：《俞平伯诗全编》，浙江文艺出版社1992年版，第8页。

④ 胡迎建：《民国旧体诗史稿》，江西人民出版社2005年版，第171页。

⑤ 洪子诚：《中国当代文学史》，北京大学出版社1999年版，第57页。

明显地具有"政治抒情诗"的色彩。从这种意义上讲，当代新诗塑造了当代旧体诗词，尤其是公开发表的旧体诗词。新诗的两种基本模式，也是公开发表的旧体诗词的两种基本模式。

三　新中国成立后新文学家旧体诗词的价值和意义

　　新文学家所写的旧体诗词的价值，最突出地体现在它们是当代文人生活真实而宝贵的记录之上。新中国成立后新文学家所写的旧体诗词，因为写作的私人性，在许多方面，往往比他们的新文学创作更真实地记录了当代中国的社会变迁和人们的精神世界。一些无法在现代小说、新诗、话剧中表现的内容，我们反倒经常可以在旧体诗词中找到。新文学家的旧体诗词在许多场合下充当了历史的"书记员"。屠岸说田汉："他的一千多首旧体诗，用极其卓越的艺术手法记录了从'五四'到'文革'半个世纪的波澜壮阔的历史，可以当历史来看，是当之无愧的现代'诗史'。"[①] 不仅田汉，其他许多新文学家的旧体诗也可以作为"诗史"来读。也许单独的某一两首诗只能记载历史的一些零星片段，但是，只要我们把新文学家们的旧体诗当作一个整体来考察，就可发现，新文学家新中国成立后的旧体诗，最真实地记录了中国的当代历史变迁。从政治运动到个人遭遇，从社会主义的工农业建设，到诗人家庭、友朋的变故，都可以在新文学家的旧体诗词中找到真实的记录。

　　第一，新文学家的旧体诗词真实地记录了新中国成立后不同战线上发生的重大事件、重大变迁。从新中国成立、反右运动、"大跃进""文化大革命"到粉碎"四人帮"，在新文学家的旧体诗词中都有所反映。除了这些重大的政治事件、运动之外，一些当时引起关注的事件也被新文学家的旧体诗词所记录。

　　第二，新文学家的旧体诗词，真实地记录了新中国成立后作家们的坎坷遭遇。新中国成立以后，新文学家中的不少人有被批斗、抄家、下放、劳改、关押的经历。从他们的旧体诗词中，不但可以了解诗人们的辛酸和痛苦，也可以知道当时整个社会的人情世故。

---

　　① 屠岸：《田汉作为诗人在中国的地位》，《中国戏剧》1998 年第 3 期。

第三，新文学家的旧体诗词，也是一部新中国文化人的心灵史。新文学家因为受到社会的某种压抑或不公正待遇，而对社会产生了某种不满或怨气，需要借旧体诗词表达、排遣内心不能为外人道或不宜说得过分明白的情绪。新文学家旧体诗词真实地记录了新文学家们的这些"可解不可解、可道不可道"的情绪和思想。

第四，新文学家在逆境之中，对亲情自然格外重视，加之写亲情的作品也不容易招致麻烦，所以写亲情的旧体诗词也就格外多。吴祖光说："社会地位被剥夺，也失去了和家人亲友见面的权利。但是有个家还是被承认的，因此就该有权抒发思家之感情，这就是我为什么写这种题材的诗最多的原因。对家庭、亲人的怀念是永恒的主题；在那个可怕又可憎的环境里，应该说，这是一种最温柔敦厚的题材了。自然有些诗超出了这个范围，也在所难免。"①

第五，新文学家的旧体记游诗，在记录新文学家们旅行见闻的同时，也从一个侧面真实地记录了新中国的巨大变化。中国古代诗歌中即有为数不少的记游诗。在新中国成立之后，新文学家的足迹不但遍布大江南北，而且延伸到了海外，以记游诗的形式记录了他们在各地的见闻。老舍、茅盾、田汉、叶圣陶、萧三等人在新中国成立后都有相当数量的旧体记游诗。其中，田汉的旧体记游诗，更是占到了他整个旧体诗词数量的一半左右。新文学家的旧体记游诗真实地记录了新文学家们的足迹，真实地记录了祖国各地的新面貌，也真实地记录了中国人民与世界各国人民之间友好交往的真情厚谊。

新文学家旧体诗词写作最大的文学史意义在于，以其自身的存在表明20世纪并不是许多人眼中纯粹的新文学世纪，而是一个新旧交替的世纪。洪子诚说："我们习惯于把文学历史，看成是不断的'进化'的链条，而组成这一链条的，则是一系列的断裂性阶段。这种理解，其实妨碍了将'历史性'引入我们的研究之中。不断划分阶段，不断把每个阶段宣布为'新的起点'，不断掩盖新的阶段与过去的关联。"②事实上，20世纪仍然是一个新旧文学的过渡时期。19世纪中国新文学逐渐加速萌生，但仍然是旧文学占主导地位。在20世纪的中国文学中，新文学并没能做到一统天下。

---

① 吴祖光：《自序》，《枕下诗》，山西人民出版社1981年版，第3页。

② 洪子诚、静矣：《五六十年代文学的意义》，《北京文学》1998年第7期。

在这个时期，新文学逐渐进入了文坛的前台，但旧文学样式仍然广泛存在。这是一个新旧共存、互动的过渡时期。因为旧的教育体制、方式在这个世纪才刚刚开始退出历史舞台，20 世纪的许多新文学家都接受了系统的、良好的旧式教育，传统文学修养和训练的功底扎实（许多人兼治古典文学研究。鲁迅、毛泽东、郭沫若、闻一多、朱自清等都是如此）。20 世纪的许多新文学大家，身上兼有新旧文化的双重影响，他们具有写出地道旧体诗词的潜力。

20 世纪新旧体诗词的共存，成为汉语诗歌史上非常关键的过渡阶段。在这个过渡阶段里，因为新旧体诗词的互相学习、影响，形成了两种诗体之间不同历史时期或深或浅的交融。新旧体诗词相互成为对方宝贵的艺术资源。

旧体诗词在文学史上发挥了不可替代的作用。许多新文学体裁无法或不便表现的内容，旧体诗词反倒因为先天的优势，而承担了新诗、新文学无法承担的功能。20 世纪中国的新旧文学在表现对象、文学功能等方面的这种互补性，一方面使得新文学家有了在新旧文学之间腾挪转换的自由空间。在新中国成立后，不少新文学作家因为种种原因，不能发表或写作新文学。正是旧体诗词满足了他们的写作欲望。旧体诗词也成为他们宣泄情感、寄托情怀的有效载体。他们的旧体诗词也成为研究者了解这些新文学家精神世界的不可或缺的窗口。另一方面，新文学家旧体诗词的存在，丰富了文学史，避免了新文学一家独尊的局面。

新旧诗歌的互动，在 20 世纪中国文学发展史上是一种常态，促成了新诗对自身发展道路的反思和调整。新旧文学相互影响，对新诗既是一种补充，也是一种制衡。正是因为新文学家与旧体诗词相关的学习、训练、写作经历，使得他们在新诗的价值评判和未来走向上多了古典诗学这一参照系。

新文学家的旧体诗词写作也是推动新文学发展的重要力量。新诗之所以会向传统诗歌靠拢，既是因为古典诗歌遗产的巨大吸引力，也是因为 20 世纪旧体诗人们在旧体诗词上所取得的创新和成就，现代人写作旧体诗词的成功，在某种程度上逼得新诗人向旧体诗词学习。如新中国成立后新诗向古典和民歌的靠拢，虽然更多的是受古典诗歌遗产的影响，但当代人的旧体诗词写作示范作用也功不可没。新文学家的旧体诗词写作，与新中国成立后的新诗发展讨论也是互动的。新中国成立后一度宽松的旧体诗词写作氛围，促使、鼓励新文学家写作旧体诗词，但同时他们的旧体诗词写作也无疑在一定程度上左右着新诗讨论的方向。如在20世纪50年代，格律化成为当时诗人和新诗理论家们讨论的热点问题，就与当时新文学家们重新点燃的旧体诗词热情有关。

新中国成立后的文学家，流派性质的团体不复存在。文学家之间的交流，旧体诗词充当了重要的角色。文人之间的唱和、问候等，更多地依靠旧体诗词。这是新的历史背景下新文学所无法承担的。洪子诚在分析新中国成立后文学出版环境的变化时指出："可以这样说，几乎没有一个重要刊物延续到了1949年之后。1949年之后自然新创办了许多刊物，但是刊物的性质有了很大变化。这是一个重要的、标志性的现象。说它重要，是基本上结束了晚清以来以杂志和报纸副刊为中心的文学流派、文学社团的组织方式。现代意义上的文学社团和文学流派，随着期刊性质的改变，基本上结束了。"①在文学家的社交和人事方面，旧体诗词在一定程度上填补了新文学所留下的空缺。

在讨论新文学家旧体诗词的价值和入史问题时，除了现在学界普遍关注的现代性的有无之外，还应该注意到它无法被定性或归入现代性的层面。跳出"现代性"的框框之后，我们可以看到新文学家的旧体诗词更为丰富的一面，而不再仅仅为它的现代性做意气之争。我们不能为了争取新文学家旧体诗词的文学史地位而把它的所有方面都说成现代性的。事实上，对现当代不同的旧体诗词写作群体，我们应该有不同的态度和策略。如果仅从文体的角度讨论旧体诗词的入史问题，那么，我们就不必在纯粹的新文学史中为旧体诗词去争什么地位。在仅仅从时间概念上限定入史范围的综合性文学史以及专门的旧体文学史或旧体诗词史中，我们可以使旧体诗词登堂入室甚至对其大书特书。这一点恐怕是当前争论各派都忽视了的一个至关重要的前提。如果一方所指的文学史是狭义的新文学史，另一方所指的文学史又是综合性的、新旧兼容的文学史，各人心目中的文学史并不相同，那么，这样争论的意义不会很大。但是具体到新文学作家的旧体诗词，情况则有些不同。因为新文学家身份的特殊性，他们已经进入了文学史。一方面，考虑到新文学家创作的完整性，我们无法把他们写作旧体诗词的半个身子拒之门外。另一方面，新

---

① 洪子诚：《问题与方法》，三联书店2002年版，第206页。

文学家旧体诗词一直作为新诗的重要背景之一，与新文学共时互动。无论新旧文学史，都应该写入新文学家的旧体诗词。以新文学为中心的文学史观应该彻底改变了。

在新文学家的旧体诗词的评价问题上，因为新文学家旧体诗词的复杂性，我们需要至少两个参照系的帮助。一个是纵向的参照系，即用历史的、发展的眼光，从古代诗歌的这一条线来观照现代人的旧体诗词作品。另一个是横向的参照系，即从现当代文学(尤其是新文学)的角度，从比较的、共生的视角考察新文学语境下的旧体诗词写作。

目前学界对新文学家旧体诗词各种评价的分歧很大，有的甚至互相对立，欣赏的则褒之上天，厌恶的则贬之入地。有的以为文学史非写其不可，有的则以为其根本没有资格进入文学史。这既有文学史观的差异，又有对现代旧体诗词了解程度不同等原因，更根本的原因恐怕还是在评价现代旧体诗词时所用的参照系的不同。从不同的视角观察同一个文学现象，得出的结论自然有所不同。仅仅从古典诗歌的参照系来看，自然可以得出现当代人旧体诗词在诸多方面对传统诗歌的超越。而单从新文学的角度去看现当代旧体诗词，又觉得它保守甚至反动。正是研究者参照系的偏执造成了评价的偏误，只见树木，不见森林。因此旧体诗词的评价需要一种综合的、立体的参照系。新文学家旧体诗词自身的特点需要这种复合型的视角。新文学家的旧体诗词在新的参照系下将会得到更加客观、全面的认识和评价。

另外，在对新文学家旧体诗词做出价值判定时，对之过分吹捧是不恰当的。研究者不能因为个人喜好或者觉得它们重要而忽视其平庸的一面。新文学家的旧体诗词既有精品，也有许多泥古的(滥调套语，毫无新意)、平庸的、应景的作品。新文学家的旧体诗词中还有不少歌功颂德、图解政治，甚至干脆以标语口号入诗的例子。

至于旧体诗词的未来，有的学者非常乐观，有的学者则比较悲观，如黄修己就认为："旧体诗词之所以在20世纪能有收获，因为这一世纪的前半叶还培育了不少国学修养相当不错的人才，还有大师级人物。但是到了下半叶，国学几乎衰亡。现代大学中文系学生，甚至教授，能写文言文的可能寥寥无几，有的还不会读古文。因此以文言文为工具的旧体诗词，缺乏发展前景。'五四'时鲁迅宣告文言文'气绝'，早了点。但在21世纪，倒真可能'气绝'。旧体诗词的'惯性滑行'，越来越慢，总会有停止前行的时刻。"①其实，只要将来的文学家中还有旧体诗词的爱好者、练习者，就一定还会有人继续写作旧体诗。只是恐怕不易再有20世纪旧体诗的这般热闹场景了。因为教育体制变了，社会环境也变了。21世纪之后的中国文学，才开始进入更为纯粹的新文学时代。

思考题

1. 新文学家在新中国成立后写作旧体诗的背景与心态是怎样的？
2. 新诗的发展对在新中国成立后旧体诗写作有何影响？
3. 当代新文学家旧体诗与古典格律诗相比，艺术上有何新变？
4. 在新中国成立后新文学家旧体诗的价值何在？

拓展阅读

1. 钱理群、袁本良：《二十世纪诗词注评》，广西师范大学出版社2005年版。
2. 王珂：《百年新诗诗体建设研究》，上海三联书店2004年版。
3. 朱文华：《风骚余韵论——中国现代文学背景下的旧体诗》，复旦大学出版社1998年版。
4. 刘士林：《20世纪学人之诗研究》，安徽教育出版社2005年版。
5. 孙志军：《现代旧体诗的文化认同与写作空间》，华中师范大学2004届博士学位论文。
6. 刘志荣：《潜在写作：1949—1976》，复旦大学出版社2007年版。
7. 李怡：《中国现代新诗与古典诗歌传统》，西南师范大学出版社1994年版。

---

① 黄修己：《新文学家旧体诗应入文学史说》，《粤海风》2001年第3期。

论三种不同性质的假借

——兼论古今字与通假字的区别

刘忠华

内容提要：从字的常规记词职能及职能转变与否的角度看待字词关系，将假借分为"六书"假借、改变记词职能的假借、通假字三类。"六书"假借是给词配备书面专用文字的一种方法，所借字是借表之词的常规用字。改变记词职能的假借，与原来该词的专用字记词表义的职能发生了交接转移，构成古今字，古字（原来该词的专用字）与今字（起职能替代作用的假借字）分别是同一个词（或义项）前后两个不同时代的常规用字。通假字与借表之词的意义无关，只是临时借用而非借表之词的常规用字。

传统语言文字学从文献用字的角度提出古今字、通假字等概念并着重进行区别，把字词关系的研究引向深入。但是，文献语言使用假借字的现象较多，相当一部分古今字的古字和今字、通假字的"本字"都与假借关联，不同学者看问题的角度不同、侧重点有异，就会出现不同意见，古今字与通假字的范围及划界问题上的分歧由此而来。鉴于对不同职能假借字的定性与古今字和通假字的划界有密切关系，本文以假借现象为线索，以字词关系及字的常规职能为着眼点，将假借现象分为三类，即"六书"假借、职能替代作用的假借、用字通假，分别揭示其本质特点，从中看出古今字、通假字所具有的本质区别。

一 "六书"假借

"六书"理论中的假借专指"本无其字，依声托事"的借字记词现象。"六书"假借是满足书面记录的需要，实现书面语词有定字，字表专词的重要手段。它和象形、指事、会意、形声一起，都是为语言中的词配备专门书写符号的基本方法。汉代人把"六书"假借与象形、指事、会意、形声并列视为"造字之本"，是着眼于汉字的记词功能，从写词法的角度看问题而得出的结论。①

从文献用字的实际看，"六书"假借字与借表之词的关系稳固，是借表之词的常规用字。第一，一部分"六书"假借字始终是借表之词的专用字，如表示第一人称代词的"我"，花费的"花"，其他的"其"，表示方位的"东""西"等都是专用假借字。第二，一部分"六书"假借字，后来被分化字或另外某个假借字所取代，但是在未被取代之前，依然是借表之词的专用字，如在分化字"避""僻""譬""嬖"未造出之前，专用"六书"假借字"辟"，第二人称在先秦只借用"女"字，后来才改借"汝"字。第三，小部分"六书"假借字，在文献中会被另外一个假借字临时或偶尔替代一下，但是"六书"假借字的基本职能未变，如"犹如"义的"犹"字是"六书"假借字，古籍中偶尔也借用"由"字，但"犹"字始终是"犹如"义的专用字。鉴于"六书"假借字与专造字（本字）的表词职能一致，裘锡圭称之为"准本字"②，赵诚则称之为"音本字"③。

"六书"假借字与"本有其字"的假借有本质区别：前者是"造字"标词的手段，旨在创建新的字词关系，"六书"假借字具有专职性。后者系改字标词，是对已有的字词关系的破坏，区别为职能的转移交接（古今字）与临时性的替代（通假字）两种情况。

二 记词职能的转移交接——古今字构成的假借

某词在"本有其字"（指词的本字或专用假借字）的情况下，又借用另外一个字来表示，如果这个后来借用的字取代了原来那个字的全部或部分职能，成为该词（或某一义项）的专用字，即原来那个专用字与后来使用的假借字之间发生了记词职能的转移与交接，则属古今字。具体又分作

---

① 刘忠华：《关于"六书"假借》，《古代语言文字探索》，西北大学出版社 2008 年版，第157—163 页。

② 裘锡圭：《文字学概要》，商务印书馆 1988 年版，第 193 页。

③ 赵诚：《本字探索》，《古代文字音韵论文集》，中华书局1991年版，第79页。

两类：

1. 假借字替代本字，本字与借字构成古今字。如：

"谊"，《说文》："人所宜也。"是"仁义""道义""情谊"等义的本字。"义"，《说文》："己之威义也。"是"威仪"义的本字。"仪"，《说文》："度也。"本义为"法制"，引申为"善也""宜也""匹也"等义。后来借"义"字表示"谊"之"仁义""道义"义，又借"仪"字表示"义"之本义。"谊""义""仪"三字的记词表义职能发生转移，有了新的分工。段玉裁把表义职能有转移交接关系的一组字视作古今字，其于《说文》"谊"下注："按此则谊、义古今字，周时作谊，汉时作义，皆今之仁义字也。其威仪字，则周时作义，汉时作仪。"强调："凡读经传者，不可不知古今字。古今无定时，周为古则汉为今，汉为古则晋宋为今，随时异用者谓之古今字。"①

"厶"，《说文》："奸衺也。韩非曰：仓颉作字，自营为厶。"是"公私"义的本字，段注："公私字本如此。""今字私行而厶废矣。"在"公私"的意义上，后来借本来表示禾苗之名的"私"取代了本字"厶"。

"桼"，《说文》："木汁，可以髹物。"为"油漆"义的本字。"漆"，《说文》："水，出右扶风岐山。"河流名，指漆水。后来借"漆"取代了"桼"。

"伯"，《说文》："长也。"指古代统领一方的长官。"霸"，《说文》："月始生霸然也。"指阴历每月初始见的月亮（或月光）。"魄"，《说文》："阴神也。"指魂魄。从文献用字的情况看，先是借"霸"替代"伯"，后又借"魄"表示"霸"的本义（段注："后代魄行而霸废矣"）。"伯"与"霸""霸"与"魄"记词职能发生了转移交接。

"彊"，《说文》："弓有力也。"引申为凡有力之称。"强"，《说文》："蚚也。"段注："叚借为强弱之强。"在"强弱"的意思上借字"强"取代了本字"彊"。

"内"，《说文》："入也。从口，自外而入也。"段注："又多假纳为之矣。""纳"，《说文》："丝湿纳纳也。"段注："古多叚纳为内字。"在"纳入"的意思上，借"纳"取代了"内"。

"辠"，《说文》："犯灋也。……秦曰辠侣皇字，改为罪。"段注："罪本训捕鱼竹网。从网非声。始皇易形声为会意，而汉后经典多从之，非古

---

① 段玉裁：《说文解字注》，上海古籍出版社 1981 年版，第 94 页。

也。""罪",《说文》:"捕鱼竹网。从网,非。秦以罪为辠字。"从秦代始借字"罪"取代了本字"辠"。

"敚",《说文》:"闭也。"段注:"杜门字当作此,杜行而敚废矣。""杜",《说文》:"甘棠也。"段注:"借以为杜塞之杜。"在杜塞的意思上,借字"杜"取代了本字"敚"。

"鄦",《说文》:"炎帝太岳之胤,甫侯所封,在颍川。""鄦"本来表示地名,后来借"许"字表示。段注:"鄦许古今字。""汉字作许,周时字作鄦。""许",《说文》:"听也。"段注:"许,或假为所,或假为御""又为鄦之叚借字"。按,借"许"表示"鄦",出现了职能转移与交接;借"许"表示"所""御"只是临时偶尔假借,"所""御"二字的常规职能未变。

"敶",《说文》:"列也。"段注:"此本敶列字,后人假借陈为之,陈行而敶废矣。""陈",《说文》:"宛丘,舜后妫满之所封。"段注:"俗叚为敶列之敶,陈行而敶废矣。"在列阵、陈列的意义上本字是"敶",后改用借字"陈"来表示,两字的记词表义职能转移交接。

"凥",《说文》:"处也。从尸得几而止。""居",《说文》:"蹲也。"段注:"凡今人居处字古只作凥处。居,蹲也。凡今人蹲踞字古只作居。""今字用蹲居字为凥处字,而凥字废矣,又别制踞字为蹲居字,而居之本义废矣。"按,"凥"为表示"居处"义的本字,"居"是"蹲踞"义的本字,借"居"取代"凥"字,发生职能交接转移,又另造"踞"字取代"居"字而表示"蹲踞"义。

"何",《说文》:"儋也。""荷",《说文》:"芙蕖叶。"在"担""负荷"的意义上本字是"何",后借"荷"来表示,"何"与"荷"发生了职能转移交接。段注:"何"之"今义行而古义废矣。"段注指出"何"亦借为"呵",是临时偶尔假借。"何"与"荷"是古今字的关系,"何"与"呵"是通假字与本字的关系。

"衛"是"将帅"义的本字,《说文》:"衛,将也"。"達"是"率领"义的本字,《说文》:"達,先道也。"周代文献中借用"率"字表示"将帅""率领"义,而不用本字"衛"和"達",汉代又改借"帅"字来表示。

按,《说文》:"率,捕鸟毕也。象丝罔,上下其竿柄也。"段注:"按此篆本义不行。凡衛训将衛也,達训先导也,皆不用本字而用率,又或用帅。"《说文》:"帅,佩巾也。"段注:"佩巾本字作帅,叚借作率也。……后世分文析字,帨训巾,帅训率导、训将帅,而帅之本义废矣。率导、将帅字在许书作達、作衛，而不作帅与率。"①"衛"下段注："将帅字古只作将衛，帅行而衛又废矣。""達"下段注："经典假率字为之。……故书帅为率。郑司农云：率当为帅。大郑以汉人帅领字通用帅，与周时用率不同故也。此所谓古今字。……聘礼注曰：古文帅皆为率。"

可见，在"将帅""率领"的意义上，周时借用"率"字，汉时改借"帅"字，字的记词表义职能发生了转移交接。先是"衛""達"与"率"构成古今字的关系，后来"率"与"帅"又构成古今字的关系。

"唱"，《说文》："导也。"是"倡导"义的本字，后来借"倡"表示。"倡"，《说文》："乐也。"是"歌唱"义的本字，后来借"唱"表示。"唱"与"倡"发生了职能的交接与转移。在"倡导"的意义上"唱"与"倡"是古今字的关系，在"歌唱"的意义上"倡"与"唱"是古今字的关系。

"诎"，《说文》："诘诎也。"段注："屈曲之意。""屈"，《说文》："无尾也。""诎"为"屈伸"义的本字，后借"屈"表示。段注："今人屈伸字古作诎申，不用屈字，此古今字之异也。"

"欿"，《说文》："歠也。"是"吃喝"义的本字。"喝"，《说文》："潵也。"后来借"喝"取代了"欿"。

"喫"，《说文》："食也。""吃"，《说文》："言蹇难也。"后来借"吃"取代了"喫"。

"闲"，《说文》："隟也。"段注："门开而月入。门有缝而月光可入。皆其意也。"引申为"闲暇""清闲"义，后来借"闲"专门表示引申义。《说文》："闲，阑也。从门中有木。"段注："引申为防闲，古多借为清闲字。"

"誂"，《说文》："相呼诱也。"是"挑唆"义的本字，后来借"挑"字表示。段注："按后人多用挑字。"《说文》："挑，挠也。从手兆声。一曰撓也。"段注："挑者，谓拨动之。《左传》云挑战是也。"

"休"，《说文》："没也。"表示没入水中，后来借"溺"字表示。段注："此沉溺之本字也。今人多用溺水名字为之，古今异字耳。"《说文》："溺，溺水。自张掖删丹西至酒泉合黎，余波入于流沙。"段注："按今人用为休。"

"蹎"，《说文》："跋也。"是"颠簸""跌倒"义的本字，后借"颠"取代了"蹎"。段注："经传多叚借颠字为之。"《说文》："颠，顶也。"

---

① 段玉裁：《说文解字注》，第289、737页。

"缡",《说文》:"曰丝介履也。"段注:"谓以丝介画履闲为饰也。"引申为"分离""离别"义,后来借本来表示"離黄"(仓庚鸟)的"離"取代了"缡"。为了简化,现代又改借"离"(《说文》:"离,山神也,兽形。")取代了"離"。

一个词的本字与假借字之间如果有职能的转移交接,假借字成为后来该词(某一义项)的常规用字,就是古今字而不是通假字。学术界以往把"本有其字"的假借(包括"本有本字"的假借)笼统地当做通假①,有人进而把假借字取代本字的情况当做"一种特殊的通假字"②,这是通假字与古今字界限不明的主要原因之一。

2. 某词原来的假借字被另外一个假借字所替代,两个假借字构成古今字。如:

表示第一人称,先借"予",后借"余"。"予",《说文》:"推予也。象相予之形。""余",《说文》:"语之舒也。从八,舍省声。"从文献用字情况看,《诗》《书》用"予"不用"余",《左传》用"余"不用"予"。段玉裁承郑玄之说,视为古今字。《曲礼》:"朝诸侯分职授政任功,曰予一人。"郑玄注:"觐礼曰伯父寔来,余一人嘉之。余予古今字。"段注:"凡言古今字者,主谓同音,而古用彼今用此异字。……余予本异字异义,非谓予余本即一字也。"③

又如,表示第二人称先借"女",后改借"汝";在率领、将领的意义上周代借用"率",汉代改借"帅"字;在分离、离开的意思上,先借"離"字,后借"离"字。

先后记录同一个词的两个假借字出现职能的转移交接,记词职能变化以前所使用的那个假借字是前一时代的常规用字,记词职能变化以后所使用的那个假借字是后一时代的常规用字。现代学者把古今字限制在"有造字相承关系"的范围内④,不符合郑玄以来对古今字的传统认识和训诂实际。两个假借字发生职能转移和交接的情况与通假截然不同,通假字对借表之词而言,不具有常规用字的资格。

---

① 张双棣等:《古代汉语知识教程》,北京大学出版社 2002 年版,第 65 页。
② 仲洁、赵兵战:《一种特殊的通假字——兼论通假的定义》,《宁夏大学学报》2001 年第 6 期。
③ 段玉裁:《说文解字注》,第 49 页。
④ 洪成玉:《古今字辩证》,《首都师范大学学报》2009 年第 3 期。

三 临时性的替代——别字性质的通假

某词在"本有其字"即本有专造字或专用假借字的情况下，又借用另外一个字来表示，这个后来被借用的字只是临时、偶尔记录该词，为成为该词(或某一义项)的专用字(常规用字)，原来那个专用字的职能没有变化，依然是该词(义项)的专用字，这个临时、偶尔借用的字相当于"别字"，称作通假字。与通假字相对的那个专用字，一般叫做"本字"。不过通假字的"本字"可能是专造字，也可能是专用的"六书"假借字，与文字学意义上的本字同名异实，要注意区分。具体有两类：一是假借字临时、偶尔替代专造字；二是假借字临时、偶尔替代专用假借字。

1. 假借字临时、偶尔替代专造字。在同一个词或词的同一个义项上，本字与假借字是常规用字与临时别字的关系，各自的常规记词表义职能未变。如：

"岂"，《说文》："还师振旅乐也。一曰欲也，登也。"其专用作表示反诘义的副词，是"六书"假借。"觊"，《说文》："饮幸也。"是"希冀"义的本字。从"岂"与"觊"的记词职能看各有分工。文献中借"岂"表"觊"只是临时借用，如《楚辞七谏》："追悔过之无及兮，岂尽忠而有功。"

"疲"，《说文》："劳也。"是"疲敝""疲劳"义的本字。段注："经传多假罢为之。""罢"，《说文》："遣有罪也。"文献中多借"罢"代"疲"，如《左传·昭公三年》："庶民罢敝而公室滋侈。"《国语·周语》："不夺民时，不蔑民功，有忧无匮，有逸无罢。"但是，在"疲敝""疲劳"的意义上，专用字是"疲"，"罢"只是临时借用，未取得当用正字的资格。

"毋"，《说文》："止之也。"是表示禁止意义的专用副词，义为"不要""别"。"无"，《说文》："亡也。"引申表示"没有"，与"有"相对。在先秦文献中，或者借"无"表"毋"，或者借"毋"表"无"。如《孟子·梁惠王上》："王无罪岁，斯天下之民至焉。"《左传·僖公四年》："无令舆师陷入君地。"两句中"无"都表示"不要"的意思，是"毋"的假借字。朱骏声《说文通训定声》："无，假借为毋。"又如，《墨子·非命》："言而毋仪。"《史记·酷吏列传》："舍毋食客。"在"没有"的意义上，"毋"是"无"的假借字。

实际上，"毋"是否定副词，在"不要"的意义上是常规用字，"无"是动词，在"没有"的意义上是常规用字。借"毋"表示"没有"、借"无"表示"不要"都只是临时、偶尔借用。之所以把这种互借现象当做通假，是因为这两个字的常规记词表义职能没有改变。

"劢"，《说文》："并力也。""戮"，《说文》："杀也。""僇"，《说文》："痴行僇僇也。"表示"行动迟缓"义。文献中有时借"僇"表"戮"，借"戮"表"劢"。（1）"僇"通"戮"，如《礼记·大学》："辟则为天下僇矣。"段注："大学借为戮字。荀卿书同。"（2）"戮"通"劢"，如《史记·商君列传》："戮力本业，耕织致粟帛多者复其身。"此处表示"并力"义，本字应是"劢"。又如《墨子·尚贤》："与之戮力同心。"孙诒让："戮，劢之假借字"。段注："劢力字亦叚戮为劢。"

"僇""戮""劢"三字各有分工，常规记词表义职能未变，所以是通假。

"才"，《说文》："艸木之初也。从丨上贯一，将生枝叶。一，地也。"段注："引伸为凡始之偁。"该字用作范围副词（表示"只，仅仅"）、时间副词（表示"刚刚"）、名词（表示"才能"），是专用字，文献中借"财""裁""哉"通"才"的情况，是通假。

"财"，《说文》："人所宝也。"文献中通"才"，表示才能。如《孟子·尽心上》："有成德者，有达财者。"焦循："财，即才也。"《说文通训定声》："财，假借为才。"

"裁"，《说文》："制衣也。"文献中通"才"。（1）表示"只有"，如《汉书·匈奴传》："遂复都单于庭，然众裁数万人。"（2）表示"仅仅"，如《战国策·燕策一》："寡人蛮夷僻处，虽大男子，裁如婴儿。"（3）表示"刚刚"，如《聊斋志异·促织》："手裁举，则又超忽而跃。"

"哉"，《说文》："言之闲也。"语气词。文献中通"才"，表时间，如《书·康诰》："惟三月哉生魄。"

在"只，仅仅"和"才能"的意义上，常规用字是"才"，而不是"财""裁""哉"，换言之，假借字"财""裁""哉"没有取代"才"而成为当用正字，故视为通假。

"匪"，《说文》："器，似竹筐。"段注指出"有借匪为斐者""有借为分者""有借为非者""有借为彼者"。（1）"匪"通"斐"，表示有文采貌，如《诗·魏风·淇奥》："有匪君子，如切如磋，如琢如磨。"毛传："匪，文章貌。"（2）"匪"通"分"，表示"分别""分赐"。《说文通训定声》："匪，假借为分。"如《周礼·地官·廪人》:"掌九谷之数,以待国之匪颁,赒赐稍食。"郑玄注:"匪,读为分。"(3)"匪"通"非",否定副词,如《诗·齐风·鸡鸣》:"匪鸡则鸣,苍蝇之声。"《诗·大雅·烝民》"夙夜匪解。"(4)"匪"通"彼",代词,如《左传》引《诗·小雅·小旻》:"如匪行迈谋",杜预注:"匪,彼也。"按,本字"彼"是专用假借字。

"匪"与"斐""分""非""彼"的常规记词表义职能各不相同,借"匪"表"斐""分""非""彼"只是偶尔、临时的,"匪"没有成为借表之词的当用正字,故属通假。

2. 假借字临时、偶尔替代专用假借字。两个假借字各自的常规职能未变,在同一个词或某个义项上,有常规用字与临时借字之别。如:

"吴""虞""娱"三字的常规记词表义职能各不相同。"吴",《说文》:"姓也。亦郡也。一曰吴,大言也。"表示姓;地名;大声说话。"虞",《说文》:"驺虞也。"本指兽名。此字本义失传,专用于表示"猜度""忧患""欺诈"等义,是"六书"假借,段注:"此字假借多而本义隐矣。""娱",《说文》:"乐也。"段注:"古多借虞为之。"

"虞人"(古代掌管山泽的官员)之"虞"是"六书"假借字,文献中借"吴"表示"虞人"之"虞",属别字性质的通假,如《石鼓文吴人》,据郭沫若考释:"吴人即虞人"。表示"娱乐""安乐"义,专用字是本字"娱",文献中偶有借"虞"通"娱"的例子,属于别字性质的通假,如《国语·周语下》:"虞于湛乐。"

"犹",《说文》:"玃属。"其作为"犹如"义的常规用字,属"六书"假借。文献中偶借"由"代"犹",属别字性质的通假。如《孟子·梁惠王上》:"民归之由水之就下。""由"通"犹",表示"犹如"。《孟子·公孙丑下》:"王由足用为善。""由"通"犹",表示"尚且"。

"虽",《说文》:"似蜥蜴而大。"专用作表示让步关系的连词,是"六书"假借。"唯",《说文》:"诺也。"表示应答,又专用作副词(表示"只",或表示希望、肯定语气)。文献中偶尔借"唯"通"虽",如《荀子·性恶》:"今以仁义法正为固无可知可能之理耶?然则唯禹不知仁义法正,不能仁义法正也。"杨倞注:"唯,读为虽。"

"彼",《说文》:"往,有所加也。"其专用作指示代词,是"六书"假借。文献中偶有借"匪"通"彼"的情况,属别字性质的通假,如前文所举"如匪行迈谋"。

"鳏"，《说文》："鱼也。"段注："鳏多叚借为鳏寡字。"其专用于表示"无妻的老人"之义，是"六书"假借。"矜"，《说文》："矛柄也。"文献中有借"矜"通"鳏"的情况，如《诗·大雅·蒸民》："不侮矜寡，不畏强御。"《集韵》："通作鳏。"

"常"，《说文》："下帬也。从巾尚声。"段注："今字裳行而常废矣。""引申为经常字。""尝"，《说文》："口味之也。从旨尚声。"专用表示时间副词(表示"曾经""经常"义)，是"六书"假借。文献中借"常"通"尝"，属别字性质的通假，如《荀子·天论》："日月之有饰，风雨之不时，怪星之傥现，无世而不常有之。"

对两个假借字记录一词的现象，要从是否专用字(常规用字)、是否发生了职能的转移与交接两个角度作考察。两个字的记词表义职能没有发生转移，有常规用字与临时借字之别者，是通假。学术界有人把通假字的"本字"也限定在专造字范畴，认为只有"有本字的假借"才是通假，进而认为"如果常用的甲字并非本字，那偶尔借用的乙字也不是通假字"[1]。这种观点忽视了通假字的本质特点。

四 通假字与古今字的区别

从文献用字的表象看，古今字、通假字与其本字都是甲乙两字记录一词(或一个义项)，从字用属性看，可能一是本字、一是假借字，可能都是假借字。但是，从字词关系和常规用字的角度看，古今字与通假字截然不同。但是就现阶段的研究看，两者的认定和划界还有异议：一是古字与今字的交替即古字的沿用是否应该看作通假字。二是有本字的假借是否要区分为古今字与通假字两类，或者一律当作通假字。我们认为，只有把握古今字与通假字的本质特征，才能将其彻底划分开。

从意义上看，古今字的"今字表示的意义在今字产生以前一直是由古字承担的"[2]，今字取代古字或承担其某一义项，从而与古字构成同义字(词)；从记词职能看，古字与今字在同一个字或意义上都是常规用字，只不过有古今(先后)之别和职能的交接转移关系罢了。通假字与其"本

---

① 李运富：《论汉字的记录职能》(下)，《徐州师范大学学报》2003 年第 2 期。
② 张劲秋：《从古今字看汉字的特点和规范》，《语言文字应用》1999 年第 3 期。

字"的常规职能各不相同，通假字与借表之词的意义无关，不是借表之词的常规用字，相当于"别字"。①

为能彻底划分开，需要注意两点：

第一，交替使用的一组字如果是古今字，则必然存在先用甲字后用乙字、乙字替换甲字职能的历史事实。就某词或某个意义而言，甲乙两字分别是其前一时代和后一时代的常规用字。交替使用的一组字如果是通假字，与其"本字"的关系则不存在先后使用和职能替换的历史，其中一字始终是常规用字，另外一字不具备借表之词常规用字的资格。

第二，古字与今字有一个共同义项，使用状态下的互换是同义变换。而通假字与其"本字"在常规情况下，记词表义职能各不相同，使用状态下的互换只是临时替换，脱离上下文，同义关系随即解除。

《汉语大字典》区别对待"齐"与"剂"的关系（古今字）以及"齐"与"脐""跻""齑""济"的关系（通假字）②，就是因为"齐""剂"之间有职能的转移交接，"调配""调节""剂量""药剂"等义本来用"齐"，后来另造了"剂"字分担了"齐"的上述意义。"齐"与"脐""跻""齑""济"之间没有记词表义职能的转移交接，"齐"字不曾具有独立承担"脐"（表示肚脐）、"跻"（表示升，登）、"齑"（表示酱菜）、"济"（表示成，止息）字意义的职能，"脐""跻""齑""济"的意义与"齐"没有传承关系。前文所举借"许"代"鄦"，两个字的常规职能发生了转移交接，形成古今字，而借"许"代"所"、代"御"只是临时偶尔假借，各自的常规职能没有发生变化，因而是通假。

从意义角度看，通假的本质体现在句子所要表达的意义是"本字"所有而通假字所无的，古今字的本质在于今字的意义是古字所有的。所以今字出现后文献作者根据习惯而沿用古字的情况不是通假。但是古今字的古字往往还具有今字所没有的另外的意义，如果在文句中该用古字表示别的意义时却用了今字（句子所要表达的意义不是今字所具有的），也是通假。如"知""智"古今字，文献中有借"智"通"知"的情况，《墨子·耕柱》："岂能智数百岁之后哉！"在"知道"的意义上，该用"知"而用了"智"，就

---

① 赵小刚：《论通假》，《兰州学刊》1993 年第 6 期。
② 汉语大字典编辑委员会：《汉语大字典》，四川辞书出版社、湖北辞书出版社 1990 年版，第 4783 页。

是通假，因为"智"没有"知道"之义。又如，《诗·小雅·大东》："舟人之子，熊罴是裘。"郑玄注："裘当作求，声相近故也。"按，《说文》："裘，皮衣也。从衣。象形。""求，古文裘。"段注："此本古文裘字，后加衣为裘，而求专为干请之用。""求"本义是皮衣，假借为"干求""求取"义的"求"，给本义另造了分化字"裘"字。"求"与"裘"构成古今字，借"裘"表示"求取"义的情况就是通假，因为"求取"义的专用字是"求"，"裘"没有"求取"义。古今字的今字作为通假字而通古字的情况，从侧面体现了通假的本质。上述现象的存在只是个别，不影响古今字与通假字的划界。

总之，从字的常规职能及常规职能变与不变的情况来看待假借以及由假借引起的字词关系的变化，有助于看清不同用字现象的本质，并将不同类型的假借及用字现象区别开来。依本文分析可见，"六书"假借不同于"本有其字"的假借；"本有其字"的假借因为有职能转移与临时借用之别，不应该笼统对待。假借所致文字职能的交接转移属于古今字范畴，临时借用属于通假字的范畴。采用共时与历史相结合的原则，对共时阶段交替使用的一组字进行历时考察，弄清楚记词职能、字词关系及用字特点，则是分辨古今字与通假字的重要方法。

思考题

1. 什么是"六书"假借？"六书"假借的主要功能是什么？
2. 如何看待"本有其字"的假借？
3. 什么是通假？通假字与"六书"假借字的本质区别是什么？
4. 什么是古今字？古今用字的不同与通假有什么区别？

拓展阅读

1. 刘忠华：《关于"六书"假借》，刘忠华：《古代语言文字探索》，西北大学出版社 2008 年版。
2. 刘忠华：《古今字与通假字的划界问题及划界困难的原因探析》，刘忠华：《古代语言文字探索》，西北大学出版社 2008 年版。
3. 李运富：《论汉字的记录职能》（上、下），《徐州师范大学学报》2003 年第 1、2 期。
4. 洪成玉：《古今字辩证》，《首都师范大学学报》2009 年第 3 期。
5. 徐莉莉：《论"假借"与"通假"》，《天津师范大学学报》2002 年第 5 期。
6. 刘新春：《古今字再论》，《语言研究》2003 年第 4 期。

7. 张双棣：《论假借》，《辞书研究》1980 年第 2 期。

8. 陆锡兴：《通假字管见》，《辞书研究》1981 年第 3 期。

9. 陆锡兴：《谈古今字》，《中国语文》1981 年第 1 期。

10. 刘又辛：《通假概说》，巴蜀书社 1988 年版。

11. 洪成玉：《古今字》，语文出版社 1995 年版。

敦煌文学概说

许 松

内容提要： 敦煌文学是中国古代文学的重要组成部分，即就敦煌文学中的变文这一种文学类型而言，宋元以后的话本、鼓子词、诸宫调、词话、弹词、鼓词等说唱文学，尽管名称、体制有一定差异，却都与变文有很深的血缘关系。敦煌文字包含了抗争与归隐、真挚与活泼的内容，呈现出锤炼与质朴相得益彰的行文风格。了解敦煌文学，对于文学院学生深刻了解中国古代文学，了解国际显学"敦煌学"，有着积极的作用。

　　三光昨来转精耀，六郡尽道似尧时。田地今年别滋润，家园果树似茶脂。河中现有十碾水，潺潺流溢满百渠。必定丰熟是物贱，休兵罢甲读文书。

　　这是敦煌文书伯3500上记载的诗，歌颂敦煌地区在张议潮的统治下，政治清明如尧舜之时、水渠灌溉通达、农作物丰熟喜人的太平景象。这景象像极了杜甫笔下的开元盛世：

　　忆昔开元全盛日，小邑犹藏万家室。稻米流脂粟米白，公私仓廪俱丰实。九州道路无豺虎，远行不劳吉日出。齐纨鲁缟车班班，男耕女桑不相失。

　　三十年前，河西走廊的张掖市还遍布芦苇荡，一千余年前的敦煌，也不同于今天的样子，《敦煌廿咏·半壁树咏》："高柯笼宿雾，密叶隐朝霞。二月含青翠，三秋带紫花。"经过一代又一代本地人民和各地移民的耕耘灌溉，敦煌，河西走廊上的明珠，褪掉了"万古不毛发，四时含霜雪"的荒凉，披上了生机葱绿的色彩。

敦煌，敦者，大也；煌者，明也。地处甘肃省河西走廊西段的敦煌，如同它"大明"的含义一样，闪耀着迷人的魅力。它是中国地理版图上的西部遐边，这里有著名的阳关，"劝君更尽一杯酒，西出阳关无故人"，阳关往西，无复故人，敦煌往西，难遇春风。正是孤处西陲的敦煌莫高窟，保存了丰富无比的中国中古时期的壁画、雕塑等美术作品，也保存了中古时期总数大约5万卷的写本及印本文献资料。大约11世纪中期，这些文献资料被封存于莫高窟第十七窟中，直到800年后，1900年6月22日，因为看守莫高窟的王道士打扫洞窟而重见天日。遗憾的是，这些珍贵文书的极大部分，被英国人斯坦因、法国人伯希和、日本人橘瑞超、俄国人奥登堡等从王道士手中以低廉的价格购买并贩运到国外，造成许多年"敦煌在中国，敦煌学在国外"的痛苦局面。所幸，随着国外资料的整理公布、中国学者奋起直追的努力，扭转了敦煌学的局面。

作为敦煌文献中数量巨大的敦煌文学文献，有一些是传抄中原文人的诗词作品，如伯2492抄写白居易《新乐府》诗16首，伯3597抄写白居易诗歌《夜归》《柘枝妓》。这些作品与传统文献内容基本一致，不作为敦煌文学的专门范围，而许多仅存于敦煌文书中的文学作品，则呈现出异样的精彩。下文按照表述的内容，分别介绍。

一 抗争与归隐

保家卫国是崇高的进取，如周绍良《补敦煌曲子词》第八首：

> 大丈夫汉，卫国莫思身。单枪匹马盘阵。尘飞草动便须去，无复进家门。
> 两阵壁，隐隈处，莫潜身。腰间四围十三指，龙泉宝剑靖妖氛。手持来，献明君。

没有哀怨出征，而是枕戈待旦但求一战，李白的"愿将腰下剑，直为斩楼兰"（《塞下曲》），本词中的主人翁"龙泉宝剑靖妖氛"，都表现出了勇敢临敌的高贵品质。如此闪耀着视死如归的战斗精神的篇章，在敦煌文学作品中还有许多：

平夜秋火凛凛高，长城侠客逞雄豪。手持钢刀亮如雪，腰间恒垂可断毛。

——斯5637《何满子》

少年将军佐圣朝，为国扫荡狂妖。弯弓如月射双雕，马蹄到处祲云消。

休寰海，罢枪刀，银鸾驾□上超霄。行人南北尽歌谣，莫把尧舜比今朝。

——伯4692《望远行》

敦煌文学作品中还有表现巾帼英雄豪情壮志的作品，如周绍良《补敦煌曲子词》第九首：

女人束装又何妨，装束出来似神王。宁可刀头剑下死，夜夜不便守空房。

她再也不愿意空守寒闺，对明月而自伤，她愿意随丈夫过着晓战随金鼓，宵眠抱玉鞍的沙场生涯，在天苍苍野茫茫的天宇间，与丈夫并肩杀敌。妇女若健儿，卓立在刀尖，这慑人的气势与袁行霈《中国文学史》(2)所记载的《李波小妹歌》颇相类似：

李波小妹字雍容，褰裙逐马如卷蓬。
左射右射必叠双。妇女尚如此，男子安可逢！

这些英伟绝伦的战争诗歌，其价值何在？宗白华《唐人诗歌中所表现的民族精神》一文有精彩的阐释：

邵元冲先生在他的《如何建设中国文化》一文里说："一个民族在危险困难的时候，如果失了民族自信力，失了为民族求生存的勇气和努力，这个民族就失了生存的能力，一定得到悲惨不幸的结果。反之，一个民族处在重大压迫危殆的环境中，如果仍能为民族生存而奋斗，来充实自己，来纠正自己，来勉励自己，大家很坚强刻苦的努力，在伟大的牺牲与代价之下，一定可以得到很光荣的成功！"……然而这种民族的"自信力"——民族精神——的表现与发扬，却端赖于文学的熏陶。……唐代的诗坛有一种特别的趋势，就是描写民族战争文学的发达……初唐诗人的壮志，都具有并吞四海之志，投笔从戎，立功塞外，他们都在做着这样悲壮之梦，他们的意志是坚决的，他们的思想是爱国主义的，这样的诗人才可称为"真正的民众喇叭手"！①

可以说，敦煌文学中的战歌，其英伟的价值在于彰显了民族自信力，虽然受吐谷浑、甘州回鹘等政权的侵袭，虽然曾被吐蕃政权控制达 70 年之久，以汉族为主要成分的敦煌人民，始终不曾失去民族的自信力，创造了璀璨如繁星的敦煌文化。

空林一叶飞，秋色满天地。在山与水之间徜徉，在顿去尘世的匆忙与惊恐后，求得心灵的安然，也是敦煌文学中常常表现的主题。

> 浪打轻船雨打篷，遥看篷下有渔翁。蓑笠不收船不系，任西东。
> 即问渔翁何所有？一壶清酒一竿风。山月与鸥长作伴，五湖中。
>
> 卷却诗书上钓船，身披蓑笠执鱼竿。棹向碧波深处去，几重滩。
> 不是从前为钓者，盖缘时世掩良贤。所以将身岩薮下，不朝天。
>
> 云掩茅庭书满床，冰川松竹自清凉。幽境不曾凡客到，岂寻常。
> 出入每交猿闭户，回来还伴鹤归庄。夜至碧溪垂钓处，月如霜。

这三首《浣溪沙》词作中的主人，迫于时世溷黯——"不是从前为钓者，盖缘时世掩良贤。所以将身岩薮下，不朝天"而归隐，并且近于士大夫的归隐情怀。他拥篇籍光华："云掩茅庭书满床，冰川松竹自清凉"，他雅怀清高："幽境不曾凡客到，岂寻常。"这种高怀雅量同于刘禹锡《陋室铭》的"谈笑有鸿儒，往来无白丁"，显得超逸而不可爱。相比起来，下

① 宗白华：《艺境》，北京大学出版社 1987 年版，第 86—87 页。

边的《山僧歌》便可爱多了：

> 问曰居山何似好？起时日高睡时早。山中软草以为衣，斋食松柏随时饱。卧崖龛，石枕脑，一抱乱草为衣祆，面前若有狼藉生，一阵风来自扫了。独隐山，实畅道，更无诸事乱相扰。只向岩前取性游，每看飞鸟作忙闹。念佛鸟，分明叫，啾啾唧唧撩人笑。豹鹿獐儿作队行，猿猴石上打筋斗。林中鸣，种种有，更有提壶沽美酒。寒号常闻受冻声，山鸡攀折起花枝。贪看山，石撅倒，不能却起睡到晓。时人笑我作痴憨，自作清闲无烦恼。粮木子，衣结草，卤莽贼来无可盗。行住坐卧纤毫无，影逐身随移转了。悟真如，没生老。人人尽有菩提道。

软草为衣，松柏为食，侣猿鸡而友豹鹿，任真性了无挂碍地飞扬在山水云烟间。宋代雷震《春晚》写道："草满池塘水满陂，山衔落日浸寒漪。牧童归去横牛背，短笛无腔信口吹。"无论是真性无碍的高僧，还是悠然童真的牧童，将解脱了尘垢的冰莹心化入深醇的山水与野村，才成就了隐居的天趣。"凭一种无挂无碍到处为生的感情，接近了自然的秘密。我爬上一个山，傍近一条河，趟到那无人处去默想，漫无涯涘去做梦，所接近的世界，似乎皆更是一个结实的世界。"①

二　真挚与活泼

真挚是对人世间亲情友谊与爱情的执着眷恋，"为什么我的眼里常含泪水？因为我对这土地爱得深沉"（艾青《我爱这土地》），有时候则是对"当时只道是寻常"（纳兰性德《浣溪沙》）的事物的沉痛追念，敦煌歌辞《辞娘赞》便是这方面的代表：

> 好住娘，好住娘。
> 娘娘努力守空房，好住娘。
> 儿欲入山修道去，好住娘。

---

① 沈从文：《从文自传》，江苏人民出版社 2014 年版，第 134 页。

　　　　兄弟努力好看娘，好住娘。

　　　　儿欲入山坐禅去，好住娘。

　　　　回头顶礼五台山，好住娘。

　　　　五台山上松柏树，好住娘。

　　　　正见松柏共连天，好住娘。

　　　　上到高山望四海，好住娘。

　　　　眼中泪落数千行，好住娘。

　　　　下到高山青草里，好住娘。

　　　　豺狼野兽竟相亲，好住娘。

　　　　乳哺之恩未曾报，好住娘。

　　　　誓愿成功报娘恩，好住娘。

　　　　爷娘忆儿肠欲断，好住娘。

　　　　儿忆爷娘泪千行，好住娘。

　　　　舍却爷娘恩爱断，好住娘。

　　　　且随袈裟相对时，好住娘。

　　　　舍却亲兄与热弟，好住娘。

　　　　且随师生同戒伴，好住娘。

　　　　舍却金瓶银叶盏，好住娘。

　　　　且随钵盂青锡杖，好住娘。

　　　　舍却槽头龙马群，好住娘。

　　　　且随虎狼狮子声，好住娘。

　　　　舍却治毡锦褥面，好住娘。

　　　　且随乱草与一束，好住娘。

　　　　佛道不远回心至，好住娘。

　　　　全身努力觅因缘，好住娘。

　　关于人间的温暖，《诗经·小雅·常棣》说："妻子好合，如鼓琴瑟。
兄弟既翕，和乐且湛。"①这位出家修行的僧人难以割舍血肉同胞："舍却
亲兄与热弟"，更割舍不了父母的慈爱，他再三叹息："兄弟努力好看娘"
"乳哺之恩未曾报""爷娘忆儿肠欲断，儿忆爷娘泪千行"，这与《诗经·小

---

　　①　程俊英：《诗经译注》，上海古籍出版社2004年版，第252页。

雅·蓼莪》①篇中的孝子有共通的痛楚：

> 蓼蓼者莪，匪莪伊蒿。（一丛莪蒿长又高，不料非莪是蒿草）
> 哀哀父母，生我劬劳。（可怜我的爹和娘，生我养我太辛劳）
> 蓼蓼者莪，匪莪伊蔚。（高高莪蒿叶青翠，不料非莪而是蔚）
> 哀哀父母，生我劳瘁。（可怜我的爹和娘，生我养我太劳累）
> ……
> 父兮生我，母兮鞠我。（爹呀是你生下我，娘呀是你哺育我）
> 拊我畜我，长我育我，（抚摸我啊爱护我，养我长大教育我）
> 顾我复我，出入腹我。（照顾我啊挂念我，出门进门抱着我）
> 欲报之德，昊天罔极！（如今想报爹娘恩，没想老天降灾祸）

即便对于艰难相随，风雨不弃的牲畜，敦煌文学的作者也寄寓痛入骨髓的悼怀，斯1477《祭驴文》：

> 吾忆昔得太行山，一场差样：天色莽莽荡荡，路遥跷跷岂岂；碎石里欲倒不倒，悬崖处踉踉跄跄；投至下得山来，直得魂飞胆丧。又忆得向阳（扬）子江边，不肯上船：千堆万托（拖），向后向前；两耳卓朔，四蹄拳挛。教人随后引桔（掊），吾乃向前自牵。烂缰绳一拽拽断，穷醋大一闪闪翻。踏碎艎板，筑损船舷；蘸湿鞋底，砦（裁）破衫肩。更被旁人大笑，弄却多少酸寒。
> 吾乃私心有约，报汝勤恪：待吾立功立事，有官有爵，虽然好马到来，也不牵汝买（卖）却。遣汝向朱门里出入，瓦宅里跳跃。更拟别买□皮，换却朽烂绳索，觅新鞍子以备，求好笼头与着。准拟同受荣华，岂料中途疾作。呜呼，道路茫茫，赖汝相将；疲赢若此，行李交妨。肋底气膺膺，眼中泪汪汪；草虽嫩而不食，豆虽多而不尝。小童子凌晨报来，道汝昨夜身亡。

蹇驴虽寒碜，陪伴经岁年。日暮秋风渡，白雪远溪边。对于如亲人一般的驴，作者悲悝不已，写下了这篇凄恻奇文，使后世读者，能一睹而感

---

① 程俊英：《诗经译注》，上海古籍出版社2004年版，第340—341页。

恸，千载同悲，何其有幸。

文学史中的商人，常常是被批判的对象，白居易《琵琶行》中的琵琶女控诉自己的商人老公："门前冷落鞍马稀，老大嫁作商人妇。商人重利轻别离，前月浮梁买茶去。去来江口守空船，绕船月明江水寒。"唐代的李益《江南曲》也用调侃的语调讽刺商人："嫁得瞿塘贾，朝朝误妾期。早知潮有信，嫁与弄潮儿。"真是嫁商人便等于守空闺了。如人饮水冷暖自知，商人也有他特定职业的艰辛与无奈，敦煌《长相思》便是描写商人对命运的控诉与对家乡的热爱：

> 旅客在江西，寂寞自家知。尘土满面上，终日被人欺。
> 朝朝立在市门西，风吹泪□双垂。遥望家乡长短（肠断），此是贫不归。

上文所述，是满含深情的作品，读来令人感慨。相映成趣的是，敦煌文学中不乏俏皮诙谐的作品，如同婴孩欢笑，清脆悦耳。

> 可连（怜）学生郎，其（骑）马上大唐。
> 谁家有好女，嫁以（与）学生郎？　　　　　　——斯1824

把少年学郎严肃读书之余的活泼可爱，浮现于纸端，令人回想起自己的童年时光。

敦煌还保存了一篇赵洽的《丑妇赋》：

> 畜眼已来丑数，则有此一人。帽飞蓬兮成鬓，涂嫩菫兮为唇。无兮利之伎量，有姤毒之精神。天生面上没媚，鼻头足津。闲则如能穷舌，馋则伴推有娠。耽眠嗜睡，爱釜憎薪。有笑兮如哭，有戏兮如嗔。眉间有千般碎皱，项底有百道粗筋。贮多年之垢污，停累月之重鞁。严平未卜悬知恶，许负遥看早道贫。

这一段写丑妇外貌之丑，大意是说："我平生所看到的丑人，算得上这个女人了。鬓如飞蓬，又脏又乱；嘴唇肥厚，涂抹狼藉。本事不大，却嫉妒、狠毒。天生丑陋，鼻涕常挂鼻尖。空闲时长舌鼓簧，搅弄是非，夸耀显能；嘴馋就假装成怀有身孕。成天睡觉，好吃懒做。笑起来如同号哭，说话好像骂人。两眉之间有千万道皱褶，脖颈上有许多暴起的粗筋。浑身上下是垢污，脚上手上有成年累月的裂口。著名看相人严平、许负不用推算已知道可憎，远远看一眼已料到是个穷命鬼。"①中国文学从诗经开始，多注意于表现"手如柔荑，肤如凝脂，领如蝤蛴，齿如瓠犀。螓首蛾眉，巧笑倩兮，美目盼兮"（《诗经·卫风·硕人》）②的美态，敦煌《丑妇赋》无疑给予我们新奇的阅读体验，成为文学史上女性书写的瑰玮奇篇。

三　锤炼与质朴的融合

敦煌文学的作者往往具有较好的文学修养，但是面对教育水平不高的人民大众，文学创作者必须使作品远离案头文学的精致有余而活泼生动不足，于是呈现出雅与俗、巧与拙的交融并行，体现出别样的风味。今以敦煌变文为例，详细解析。

（一）《伍子胥变文》的巧拙

敦煌文学以变文价值最大，而《伍子胥变文》是变文中的艺术价值卓著者。《伍子胥变文》体现着许多高超的艺术手法，首先是能够熟练地使用联绵词来营构对偶。"行步獐狂，精神恍惚"，"獐狂"是叠韵词，形容慌张怕惧貌；"恍惚"乃双声，意为失志彷徨的模样。二者双声叠韵构成讲读吟诵的声乐美感，同时意义又互相呼应，把伍子胥迷茫不知所从，行为慌张恐惧的栖惶窘境活脱脱邈真出来。

"铁骑磊落以争奔，勇夫生狞而竞透。……长枪排肩直竖，森森刺天；犀角对掌开弦，弯弯写月。""磊落"，双声词，众多貌；③"生狞"，叠韵词，狠悍不驯的意思。④吴国勇士盛壮无前的军威、不破楚国誓不还的杀气，凭借着"磊落""生狞"二词，轩轩生气翔翥于笔墨之外！"森森刺天""弯弯写月"又以两个重音词来描状长枪的威严、角弓的劲猛。"森森"一词有"众多"义，如唐吴筠《步虚词》之二："真朋何森森，合景恣游

---

① 伏俊琏：《敦煌文学文献丛稿》，中华书局 2011 年版，第 187—188 页。
② 程俊英：《诗经译注》，上海古籍出版社 2004 年版，第 88 页。
③ 项楚：《敦煌变文选注》，中华书局 2006 年版，第 97 页注 40。
④ 黄征、张涌泉：《敦煌变文校注》，中华书局 1997 年版，第 51 页注 402。

宴";有"肃冷"义,如唐白居易《赠能七伦》"涧松高百寻,四时寒森森"①,杜甫《姜楚公画角鹰歌》"杀气森森到幽朔"②,有此众盛的长枪利戟,岂能不令敌人"彻骨森森"!

《伍子胥变文》写景的能力非常高明,并常常暗示着主人翁的心情和命运。如写伍子胥欲渡江时:"唯见江潭广阔,如何得渡。芦中引领,回首寂然,不遇泛舟之宾,永绝乘查(楂)之客。唯见江鸟出岸,白鹭争飞,鱼鳖纵横,鸼鸿芬泊,又见长洲浩汗,漠浦波涛,雾起冥昏,云阴暧叇。树摧老岸,月照孤山,龙振鳖惊,江豚作浪",整个世界都处于动荡中,江鸟、白鹭、鱼鳖、鸼鸿、江豚都在躁动,波涛与迷雾也散播着阴郁的气息,加上冷月下枯树孤山的映衬,无不暗示着伍子胥心中的不安与阴郁。与这一切相反的是渔人载伍子胥渡江时的景物描写:"日月贞明,山林皎亮。云开雾歇,霞散烟流。岸树迎宾,江风送客。远望沙旁白鹭,薄暮拟欲归林。"上文躁动的江鸟变为了归林的白鹭,"雾起冥昏,云阴暧叇"变为了"日月贞明,山林皎亮。云开雾歇,霞散烟流",薄暮的江滨,斜阳、晚霞、轻波、白沙、飞鹭构成了多么迷人的景色,而伍子胥的明亮心境亦在这迷人的景色里渐浮渐高,亦暗示着伍子胥的前途将从此转折,如同雾散霭开之后的烟霞绚烂!

《伍子胥变文》的作者有极深的传统文学功底,他能很熟练地使用倒装的修辞手法结撰精妙的隔句对,他能将诗人成句信手拈来,文中"断弦犹可续,情去意实难留"即化用王僧孺《为姬人自伤》诗的"弦断犹可续,心去最难留"③。"犹如四鸟分飞,状若三荆离别"则透露出作者对《续齐谐记》《孔子家语》等子史书籍的熟稔。变文开头铺写楚国强盛的"外典明台,内升宫殿。南以天门做镇,北以淮海为关,东至日月为边,西以佛国为境。开山川而回地轴,调律吕以变阴阳。驾紫极以定天阙,感黄龙而来负翼。六龙降瑞,地象嘉禾;风不鸣条,雨不破块。街衢道路,济济锵锵,荡荡坦坦,然留名万代",神韵颇合辙于《战国策·秦策一》的"大王之国,西有巴蜀汉中之利,北有胡貉代马之用,南有巫山黔中之限,东有肴函之固。田肥美,民殷富,战车万乘,奋击百万,沃野千里,蓄积饶

---

① (清)彭定求:《全唐诗》(第7册),中华书局1999年版,第4730页。
② (清)仇兆鳌:《杜诗详注》,中华书局1979年版,第924页。
③ 逯钦立:《先秦汉魏晋南北朝诗》,中华书局1988年版,第1768页。

多，地势形便，此所谓天府，天下之雄国也"，① 从中不难看出作者传统文学的涵养。

为了使文本更好地服务于文化知识普遍不高的民众，作者似乎故意舍弃深厚的"雕龙雕花"的细致功夫，以一种生硬雕琢与粗犷奔放相结合的风格行文。比如"饿乃芦中餐草，渴饮岩下流泉"，意思是相对仗的，而遣词则磊落不顾，若换做骈体作家自然会成为"饿乃芦中餐草，渴即岩下饮泉"。精则精当矣，然非带着泥土气息的变文气质！"屋无强梁，必当颓毁；墙无好土，不久即崩；国无忠臣，如何不坏?"每一联的后半句文字不对而意脉相对。

在作者对质朴文风的自觉追求下，势必会出现一些不尽如人意的描写，有的句子显得手法低拙，用语浅俗无味，甚至上下联语义重复单调。譬如"眉如尽月，颊似凝光，眼似流星，面如花色"，此句有意模拟《诗经·卫风·硕人》"手如柔荑，肤如凝脂，领如蝤蛴，齿如瓠犀，螓首蛾眉，巧笑倩兮，美目盼兮"。郑玄认为，《硕人》是说"庄姜容貌之美，所宜亲幸"②，虽皆取眼之所习见、身之所常知之美物，却具体而形象，在当时已然是很优美的譬喻，但在后来的学者看来《硕人》此处摹状尚未尽美，钱锺书在《管锥编》里说："(《硕人》)'手如柔荑，肤如凝脂，领如蝤蛴，齿如瓠犀，螓首蛾眉。巧笑倩兮，美目盼兮'；……《鄘风·君子偕老》：'扬且之皙也'；……《郑风·野有蔓草》：'清扬婉兮'；……《齐风·猗嗟》：'抑若扬兮'；……然卫鄘齐风中美人如画像之水墨白描，未渲染丹黄。《郑风·有女同车》：'颜如舜华'，'颜如舜英'，着色矣而又不及其它。至《楚辞》始于雪肌玉肤而外，解道桃颊樱唇，相为映发，如《招魂》云：'美人既醉，朱颜酡些'，《大招》云：'朱唇皓齿，嫭以姱只。容则秀雅，稚朱颜些'；宋玉《好色赋》遂云：'施粉则太白，施朱则太赤'。色彩烘托，渐益鲜明，非《诗》所及矣。"③钱锺书此文指出《诗经·卫风·硕人》"手如柔荑，肤如凝脂，领如蝤蛴，齿如瓠犀"之语虽巧于设喻，却拙于设色，所以笔下的美人如水墨白描，缺少光彩照人的美丽。《伍子胥变文》此句取法《硕人》，所取范本甚为质朴，且造语又不能有"昭

① 张清常：《战国策笺注》，南开大学出版社1993年版，第57页。
② 李学勤主编：《十三经注疏·毛诗正义》，北京大学出版社1999年版，第224页。
③ 钱锺书：《管锥编》(一)，三联书店2008年版，第160—161页。

哲之能"①，如雾中观花，隔烟对月，不能明了。譬如"颊似凝光"之句，光有多种色，凝光具体如何，只凭臆想，难得具体。"面如花色"，亦是模糊不清，梨花白，桃花红，牡丹花朵露下浓，花花不同，色色各异，面如花色又具象如何？这有些近似于赋体文学描写美人，全凭想象，绝少细致入微的观察，于是几乎全是身段、皮肤、眉毛、嘴唇、牙齿的肤浅描写，如《昭明文选》卷十九的宋玉《神女赋》："貌丰盈以庄姝兮，苞温润之玉颜。眸子炯其精朗兮，瞭多美而可观。眉联娟以蛾扬兮，朱唇地其若丹。素质干之实兮，志解泰而体闲。"同卷《登徒子好色赋》云"眉如翠羽，肌如白雪，腰如束素，齿如含贝"，如出一辙，以之形容天下美人皆可适用，所以学者称赋体文学中的美人多为"蜡像美人"，丽则丽矣，了无生气，何能动人！赵昌平《从初盛唐七古的演进看唐诗发展的内在规律》有这么一段论述："四杰歌行的铺写多承接赋体夸饰的传统，多凭想象，虽然壮伟，却时有类同之感；那么，盛唐人七古即情即物的歌唱，更显得戛戛独造，壮伟而不肤廓，表现出奇丽的时代特征。"②如果说，敦煌文学中形容美色多凭想象，粗袭成语，少有创获的话，那么，敦煌文学文献的作家们对丑的描绘，则真达到了戛戛独造、活灵活现的地步。《八相变》有一段描绘老人的话"发白如霜，鬓毛似雪，眉中有千重碎皱，项上有百道粗筋。双目则珠泪长垂，两手乃牢扶拄杖，看人不识，共语无应"③，作者犹如拿起一个显微镜细细观察老者的眉上皱纹、脖间粗筋、眵眯眼屎，风中佝偻，无不惊人眼目，叹为杰文。《敦煌赋校注》中收有赵洽《丑妇赋》一首，也是天地间奇文字，前文亦有论述。赵洽《丑妇赋》同《金刚丑女因缘》《八相变》真可称为描状丑态的奇篇，他们能目窥细微之处，将一个人的丑态做显微镜似的放大处理，鲜活地托出人物形象，这是上述陈词滥调的状美之文所不能比拟的。

《伍子胥变文》中另如"风尘惨面，蓬尘映天"一句，短短八个字里出现两个"尘"字，反映出作者的粗疏大意。"龙蛇塞路，拔剑荡前；虎狼满道，遂即张弦"，这两联句子里，两个上半句"龙蛇塞路"与"虎狼满道"是相对仗的，下半句则仅仅"拔剑""张弦"相对，"荡前""遂即"失对。"石

① "昭晢之能"出自《文心雕龙》中"明诗"篇，意即"鲜明显豁"。见郭晋稀注释《文心雕龙》，岳麓书社 2004 年版，第 48 页。

② 赵昌平：《赵昌平自选集》，广西师范大学出版社 1997 年版，第 18 页。

③ 黄征、张涌泉：《敦煌变文校注》，中华书局 1997 年版，第 510 页。

壁侵天万丈，入地藤竹纵横"亦是"石壁侵天"与"入地藤竹"失对。

(二)《破魔变》的巧拙

《破魔变》讲述佛祖释迦牟尼以佛力击退魔王波旬的轮番进攻，又化解了三位魔女的色诱，最终以慈悲之心感化、降服他们。该篇变文情节波澜起伏，描写细腻入微，佛祖与外道形象丰满动人，是一篇文学性很强的变文。《破魔变》写魔王进攻如来时有一句"先铺叆叇之云，后降泼墨之雨"，上下构成一个对仗的骈句，但是细分析之，这里"叆叇"与"泼墨"对仗并不精切，有三个方面的原因。

其一，"叆叇"为叠韵联绵词，所谓联绵词是不能分割的词，一旦分割开，其意义便会发生改变，比如"猎猎起微风"，"猎猎"乃是拟状风声，而一旦拆开来，单独的"猎"字便成了打猎、涉猎等意思。与"叆叇"相对仗的"泼墨"却并非严格意义上的联绵词。此为一不工整。

其二，"叆叇"二字皆为云旁，如果为求精切，"后降泼墨之雨"可以改为"后降淋漓之雨"或者"后降滂沱之雨"，如此一来"淋漓""滂沱"同为"氵"旁的联绵词，正可与同为"云"旁的"叆叇"相对仗，如此遣词更显得巧夺天工、笔补造化，《秋胡变文》"道路崎岖，泉源滴沥"中"崎岖"与"滴沥"即是偏旁相对也。"淋漓""滂沱"用来摹状水泉，先唐已有先例，例如南朝梁范缜《拟〈招隐士〉》："欻窣兮倾欹，飞泉兮激沫，散漫兮淋漓。"①另如宋初鲍照《苦雨诗》"连阴积浇灌，滂沱下霖乱"②和南朝梁刘孝绰《秋雨卧疾诗》"寂寂桑榆晚，滂沱瞳不晞"③皆是以"滂沱"状雨势。"叆叇""泼墨"的偏旁不相偶俪。此为二不工整。

其三，"叆叇"一词其平仄为"仄仄"，相对仗的词的平仄以"平平"为最宜，然而泼墨的音调"平仄"，于平仄韵调亦失对。不如用"淋漓""滂沱"等皆为平声韵的联绵词。此为三不工整。

本变文作者撰构骈句的手法极为娴熟，如有当句对兼双句对的"行云行雨，倾国倾城"，此骈句引用宋玉《高唐赋》"妾在巫山之阳，高丘之阻，旦为朝云，暮为行雨，朝朝暮暮，阳台之下"④与《汉书》卷九十七《外戚

① 逯钦立：《先秦汉魏晋南北朝诗》，中华书局1988年版，第1678页。
② 同上书，第1306页。亦见钱仲联《鲍参军集注》，上海古籍出版社1980年版，第396页。
③ 同上书，第1842页。
④ (梁)萧统撰，(唐)李善注：《文选》，上海古籍出版社1986年版，第876页。

传上》"李延年侍上起舞，歌曰'北方有佳人，绝世而独立，一顾倾人城，再顾倾人国。宁不知倾城与倾国，佳人难再得'"①的典故，用心极深而不着斧凿痕迹。作者此处对仗不精切的原因大约有两端：一则是出于听众的易于理解考虑，用"泼墨之雨"比"淋漓之雨""滂沱之雨"更易于理解。变文本身是在转变表演中进行演说的故事，虽然经常配以图画，但主要还是听觉的艺术而非视觉的艺术，所以，让听众听明白是一个极为重要的要求。二则是为了保持变文朴茂的行文特点。变文生于民间，虽然变文不乏具有较高文化修养的底层文人进行创作，但是考虑到传播方式、听众的接受能力以及对原始文风的皈依，变文的作者虽然有能力创作出对仗精工的骈句，但是却经常放弃此种"妃黄俪白"的严格追求，而故意撰写仅仅是意义上对仗的骈句，如本篇《破魔变》中的"洗多年之腻体，证紫磨之金身"，下句"紫""金"皆为颜色词，而上句并无颜色词以对应。再如，"昭王之世，协祥梦于千秋；壬午之年，弃皇宫于雪岭"，"千"为数词，当对数词，例如杜甫著名的《绝句》"窗含西岭千秋雪，门泊东吴万里船"即是"千秋"对"万里"。但在变文中"千秋"与"雪岭"相对，从严格的骈文对仗标准来审量，有驴唇马嘴之龃龉，但从变文韵散结合、文质兼顾的行文要求来看，又确有锤炼不离质朴的天然风姿。

敦煌，这座孕育了伟大文学的西部边城，在大漠孤烟直，长河落日圆的苍茫凄凉中，吞吐壮伟之气，也吞吐壮伟的文学，丰富了中华民族的文学长河，深远地影响了宋元话本、明清小说、白话诗的书写模式。沾溉中国文化的国人，当读到苏东坡"西北望，射天狼"的词文时，应以深情的目光，远眺西北，情慰敦煌。

思考题

1. 敦煌文献的发现与流失情况？

2. 简析敦煌文学作品中的战争诗及其意义。

3. 以具体例子，分析敦煌文学质朴与锤炼并重的文学特点。

拓展阅读

1. 伏俊琏：《敦煌文学总论》，甘肃教育出版社 2013 年版。

---

① （东汉）班固：《汉书》，中华书局 1962 年版，第 3951 页。

2. 颜廷亮：《敦煌文学概论》，甘肃人民出版社 1993 年版。

3. 项楚：《敦煌诗歌导论》，巴蜀书社 2001 年版。

4. 任半塘：《敦煌歌辞总编》，上海古籍出版社 2006 年版。

5. 项楚：《敦煌变文选注》，中华书局 2006 年版。

6. 伏俊琏：《敦煌赋校注》，甘肃人民出版社 1994 年版。

唐代全国各地民间纸文化

——以敦煌地区为中心

武玉秀

内容提要： 纸是在经历了甲骨、竹简、缣帛之后逐渐形成的中国古代重要的书写媒介。西汉时期就出现了纸，然而直到蔡侯纸的出现才为纸的广泛使用带来了契机。古代纸的计量单位用"张"或"枚"。不管是从种类及用途而言，纸在唐代发展都达到了历史之最高峰。按照用纸群体的社会分层来划分，则可分为宫廷用纸和民间各地用纸。兹重点讨论唐代全国各地的民间纸文化。唐代全国各个地方政府都设有官方造纸机构及官方纸案管理机构，如敦煌文献中就有遗存的关于地方官方管理机构之纸案制度之重要的实证资料。唐代全国各地以当地所产之适合造纸的植物纤维来造纸，原料有麻、茧、楮、藤、桑、檀、竹、苔、麦秆等。唐代全国各地著名的艺术性纸张有桃花纸、红笺纸等，其中最著名的是薛涛纸和泥金碧纸。唐代纸的用途得到了更大的开发，纸张不但是书法艺术的物质载体，还被广泛运用于丧葬、生活用品、工艺品、绘画以及商品包装等领域。

汉字书写的历史源远流长，承载书写文字的媒介，从材质而言，大体经历了甲骨、竹简、缣帛、纸这几个阶段。时至今日，这四类书写媒介都有历史遗存，其中仍被现代人广泛使用的是纸。

一　早期的纸

（一）纸发明以前的书写材料

在谈论纸之前，先来看一下其他几种书写媒介及其被逐渐淘汰的历史原因。甲骨需采用特殊的动物躯壳，而此物并非取之不尽，故而随着竹简的发明，逐渐被淘汰。由于历史久远，遗存现今的甲骨文片之数量比起其他几种书写材料是较少的。后来甲骨逐渐被竹简所取代，宋人苏易简《文房四谱·纸谱·叙事》记载："周礼有史官掌邦国，大事书于策，小事简牍而已。"①古又用札，《释名》曰："札者，栉也，如栉之比编之也，亦策之类也。"元人费著《笺纸谱》亦云："古者书契，多编以竹简。"②竹简因比较容易获得，故而在纸发明以前曾被大量广泛地使用。再来看缣帛，"幡纸，古者以缣帛，依书长短随事截之，以代竹简也。"③汉初已有幡纸代简，《三辅故事》记载："卫太子以纸蔽鼻。"幡纸已经称名为纸，《释名》曰："纸者，砥也，谓平滑如砥也。"④可见，纸前汉已有之。汉成帝时有赫蹄书诏，据史书记载，汉成帝赵婕妤好好妒，后宫中有佳丽生儿八九日，赵婕妤命令宫中行走的宦官拿着上有封诏的小绿箧给狱中妇人。此妇人打开小箧，发现里面有药二枚，赫蹄书曰："告传能努力饮此药。"孟康曰："赫蹄，染黄素令赤而书之，若今黄纸也。"⑤应劭亦曰："赫蹄，薄小纸也。"由文献可知，初时幡纸还不通用，只在宫廷及社会上层流行，这大概是因其原料以丝织品为主，"古谓纸为幡，亦谓之幅，盖取缯帛之义也。"竹简和帛这两种书写材料都有其致命的缺陷，"简太重，缣稍贵"，故而因纸的出现而逐渐退出历史舞台。

（二）蔡侯纸的出现

纸是用以书写、印刷、绘画或包装等的片状纤维制品。古人造纸，先取植物类纤维质之柔韧者，煮沸捣烂，和成黏液，匀制漉筐，使结薄膜，稍干，用重物压之即成。根据历史文献记载和考古实物证据，中国在西汉时期已发明了造纸术，并且已经制造出植物纤维纸。东汉中期，蔡伦对造纸技术进行革新。蔡伦是汉和帝时宦官，字敬仲，元兴元年（105），他用树皮及敝布、渔网以为纸，随后他将这项改进发明汇报给皇帝，皇帝非常赏识他的这项发明，下诏命此纸为"蔡侯纸"。因蔡伦是以木肤、麻头、敝布、渔网等为造纸的原料，这些物品价格又比较低廉，故被社会各层所接受，因而广为流传起来。蔡伦虽为宦官，却有此异才，他对造纸术的改

---

① （宋）苏易简：《文房四谱》，中华书局1985年版，第49页。
② （元）费著：《笺纸谱》，中华书局1985年版，第1页。
③ （宋）苏易简：《文房四谱》，中华书局1985年版，第50页。
④ 同上。
⑤ 同上书，第57页。

造发明促进了其家乡造纸业的发展。宋代时枣阳县南尚有蔡伦故宅，彼土之人仍多能造纸，庾仲雍《相州记》云："应阳县蔡子池南有石臼，云是蔡伦舂纸臼也。一云耒阳县。"①为了纪念蔡伦改造发明这一技艺，后代造纸匠人专门立庙祭祀他。元代之时，蔡伦庙在大东门雪峰院。庙虽然不很壮丽，但是每逢年节之时，香火不绝。蔡伦以后，后代亦不乏造纸的名家，汉末左伯，字子邑，也擅长造纸，故萧子良《答王僧虔书》赞颂他道："子邑之纸，妍妙辉光。"②

（三）古代纸张的计量单位

古代纸张的计量单位多用张，据《东宫旧事》记载："皇太子初拜，给赤纸缥红麻纸，敕纸各一百张。"③古纸一"张"称一"枚"，"自隋唐已降，乃谓之枚。"④虞预（豫）表云："秘府有布纸三万余枚，不任写御书，乞四百枚付著作史，写起居注。"⑤金荣华《敦煌写卷纸质之考察》一文在谈到"纸的用量"时指出：

> 敦煌文书无论是卷子或册叶本，系将纸逐张黏接而成。由于古代纸张并不充裕，用纸力求俭省，故重要文书多记有用纸数量，亦可做为日后审查文书有否残损的根据。敦煌文书题记中，常记有用纸数量，尤以佛经居多。计量纸的多寡，大抵以"张"为单位，偶有用"枚"者；亦有仅记数目，而无计量单位者。⑥

古纸有时又用番计量，据唐冯贽撰《云仙杂记·梦裁锦》引《文笔襟喉》记载："萧颖士少梦有人授纸百番，开之，皆是绣花。又梦裁锦，因此文思大进。"

二 唐代全国各地造纸的机构设置及各地名纸

唐代各地都设官方造纸机构，以对纸进行再加工。即便是在隋唐王朝

---

① （宋）苏易简：《文房四谱》，中华书局1985年版，第52—53页。
② 同上书，第53页。
③ 同上书，第51页。
④ 同上书，第50页。
⑤ 同上。
⑥ 林聪明：《敦煌文书学》民80，台北新文丰出版公司1991年版，第97页。

的边远地区，只要有纸的需求，就需要有"纸师"负责造纸。下面我们重点来看一下敦煌地区的纸张使用制度。

（一）唐代地方官方造纸机构的设置——以敦煌地区为例

敦煌文书中时见用纸的记载，P. 4640 号《己未年至辛酉年（899—901年）归义军衙内破用纸布历》记载：己未年四月十四日"又城东赛神用画纸叁拾张"。五月"十一日，赛神支画纸叁拾张"。"廿三日，百尺下赛神支钱画［纸］肆拾张。"六月十七日，"同日，赛神画纸壹帖"。"廿日，平河口赛神用画纸叁拾张。"P. 6002《归义军张氏辰年乾元寺诸色斛斗入破历算会牒》一三行："纸壹帖，准麦伍斗。"P. 2059 背《沙州净土寺同光三年和长兴二年诸色入破历算会牒》记载："纸一张，均以麦粟一升计算。"P. 2689《僧义英等唱卖得入支给历》一一行："法海纸一帖，四斗。"施萍婷《日本公私收藏敦煌遗书叙录（二）》介绍京都藤井有邻馆收藏之写本：藤井7—东文7，名称：残帐四行，本文如下：

陆疋纳马价，伍疋纸价。

壹佰陆拾疋大练，□□肆佰文。计陆拾肆贯叁拾叁疋马价，壹拾肆，请得突厥纳马价及甲价。

贰拾疋小练换得拾疋纸价，捌拾叁疋纳进马价。

说明：纸很薄。据池田温先生考证，此件为开元十六年（728）庭州轮台县钱帛计会稿。① 据这段文字我们可以推知当时纸价之昂贵。

毛秋瑾《唐开元十六年（728）西州都督府请纸案卷》一文主要探讨了敦煌纸案的有关情况，指出："在敦煌吐鲁番出土文献中，有一组文书值得书法史研究者注意。这组文书共有十件，是唐代开元十六年二月至八月西州几次请纸事务的牒文粘连起来的案卷。这组文书以墨迹写本的形式留存至今，分别收藏在上海博物馆、中国历史博物馆及日本龙谷大学图书馆。这些写本能让我们了解唐代地方官吏的书法面貌，也能使我们对唐代官方的用纸制度有所了解，同时文书中所涉及的纸张名称，也为书写工具的研

---

① 施萍婷：《日本公私收藏敦煌遗书叙录》（二），《敦煌研究》1994 年第 3 期。

究提供了材料。"① 兹将有关内容简录如下，以帮助我们了解敦煌地区纸案的情况。

这组文书共有十个写本，分别记录了不同的请纸事务和处理过程，按时间先后顺序排列，编号分别为：（一）上博 31；（二）大谷 5839；（三）黄文弼文书 35；（四）大谷 4882；（五）大谷 5840；（六）大谷 4918a；（七）大谷 4918b；（八）大谷 4919；（九）大谷 5372；（十）大谷 5375。兹以（一）上博 31 为例考察文书的书写程序和书写者。录文如下：

（前缺）

1. 健儿杜奉牒。

2. □（参）军资给卅张，楚

3. 珪示。　　　五日

（中空）　　　　　　　（沙）

4. 上抄纸

5. 　右件纸，今要上抄，请处分。

6. 　　　　　开元十六年三月日，健儿杜奉牒。

7. 　　付录事参军王沙，给伍

8. 　　拾张，楚珪示。

9. 　　　　三日

（中空）　　　　　　（沙）

10. 录事司

11. 案纸肆伯张　次纸壹伯张

12. 　右缘推勘，用纸寔繁，请更给前件

13. 纸，请处分。

14. 牒件状如前，谨牒。

15. 　　开元十六年三月　日。史李艺牒。

16. 　　录事参军王沙安

17. 付司，楚珪示。

18. 　　　　六日。

---

① 孙晓云、薛龙春主编：《请循其本：古代书法创作研究国际学术讨论会论文集》，南京大学出版社 2010 年版，第 201—212 页。

19. 三月六日，录事使

20.　　　录事参军，沙安付。

21.　　　检案，沙白。

22.　　　　　　　六日。

23.　牒，检案，连如前。谨牒。

24.　　　　三月　日，史李艺牒

25.　　　　　并检料过，沙白。

26.　　　　　　　六日。

27.　　　纸肆拾张

28.　　　右检二月五日得健儿杜奉状，请前件纸上抄。

29.　　　纸伍拾张

30. 右检三月三日得健儿杜奉状，请前件纸上抄。

31. 案纸肆伯张　次纸壹伯张

32. 右检得录事司状，请上件纸推勘用。

33. 牒，件检如前，谨牒。

34.　　　三月　日，史李艺牒。

35.　　　　录事司等三状所请纸，

36.　　　　　各准数分付取领，附谘。

（后缺）①

　　"健儿"是指唐代开元以后长期戍守边远地区的雇佣兵。后面两行字迹较大，"楚珪"为人名，即张楚珪，时任西州都督，"示"是"批示"的意思。②
　　再如（二）大谷5839：这一文书分为两部分，前半部分是兵曹法曹请黄纸之事，后半部分则为河西市马使米真陀请纸笔的牒文。录文如下：

（前缺）

1. □□（楚珪）示。

2.　　　廿七日。

　　① 孙晓云、薛龙春主编：《请循其本：古代书法创作研究国际学术讨论会论文集》，南京大学出版社2010年版，第202—203页。
　　② 同上书，第203页。

3.　　　五月廿日日，录事使

4.　　　录事参军沙安付。

（中空）　　　　　　（沙）

5. 牒，检案连如前，谨牒。

6.　五月　日，史李艺牒。

7.　兵法两司请纸。各准数

8.　分付取领。谘。沙安白。

9.　　　　　　　　廿七日

10.　　　　依判，谘。希望示。

11.　　　　　　　　廿七日。

12.　　　依判，谘，球之示。

13.　　　　　　　廿七日。

14.　　　依判。楚珪示。

15.　　　　　　　廿七日。

（中空）　　　　　　（沙）

16.　开元十六年五月廿七日

17.　　　　史　李艺

18.　录事参军沙安

19.　　　　　史

20.　五月廿日受，即日行判。

21.　　录事使。

22.　　录事参军自判

23.　　案，为兵曹法曹等司请黄纸，准数分付事。

（中空）　　　　　　（沙）

1. 案纸贰伯张　次纸壹伯张　笔两管　墨一挺

2. 牒：真陁今缘市马，要前件纸笔等，请准式处

3. 分，谨牒。

4.　　　　开元十六年五月　日，河西市马使米真陁牒。

5.　付司。检令式，河西节度

6.　买马，不是别敕令市。计不

7.　合请纸笔，处分过。楚珪

8.　示。　　　　　　廿九日

9.　　　　　五月廿九日，录事使

10.　　录事参军沙安付

11.　　检案，沙白。

12.　　　　　一日。

（沙）

13. 牒，检案连如前，谨牒。

14.　　　六月　日，史李艺牒。

15.　　　检，沙白。

16.　　　　　一日。

17.　案纸二百张　次纸一百张　笔两管　墨一挺

18. 右得河西市马使牒，请上件纸墨等。

19. 都督判：检令式，河西节度买马，不是别

20.　敕令市，计不合请纸笔，处分过者。依检

21.　前后市马使衢中郎等，并无请纸笔等

22.　处。

23. 牒，件检如前，谨牒。

24.　　六月　日，史李艺牒。

25.　　承前市马，非是一般。或朔方

26.　　远凑，或河西频来。前后

27.　只是自供，州县不曾官给。

　　　　　　　　　（沙）

28.　既无体例可依，曹司实

（后缺）①

　　由这些纸案文书可以看到，纸在敦煌地区是很贵重的物品，下级官吏在有用纸的需求时，要通过请纸的方式向上级官员提出申请。上级官员通过审核之后，对请求纸张的数目及是否给纸做出裁定。由此可见，纸作为稀有物品，其使用是要经过严格审查的。这也从一个侧面反映了纸制作之不易，在当时地处边远的敦煌地区，纸也远不如中原地区充裕，尚不能达

---

　　① 孙晓云、薛龙春主编：《请循其本：古代书法创作研究国际学术讨论会论文集》，南京大学出版社 2010 年版，第 207—208 页。

到如今的随意书写亦供大于求的状态。

（二）唐代全国各地造纸的原料

从造纸的原料来看，东汉蔡伦用木肤、麻头、敝布、渔网造纸。魏晋以后，造纸的材料更加丰富，有茧、楮、藤、桑、檀、竹、苔、麻、麦秆等。唐代全国各地以当地所产之适合造纸的植物纤维，大抵"蜀中多以麻为纸，有玉屑、屑骨之号；江浙间多以嫩竹为纸；北土以桑皮为纸；剡溪以藤为纸；海人以苔为纸；浙人以麦曲稻秆为之者脆薄焉，以麦膏油藤纸为之者尤佳"①。下面我们分别探讨一下。

1. 麻——蜀地麻纸

唐人尤好用蜀纸，这在唐代的诗文中有大量的记载。李贺《湖中曲》有"越王娇郎小字书，蜀纸封巾报云鬟"②之句；李贺《昌谷诗》（五月二十七日作）有"石钱差复藉，厚叶皆蟠腻。汰沙好平白，立马印青字。……溪湾转水带，芭蕉倾蜀纸"③之句；李贺《许公子郑姬歌》（郑园中请贺作）有"长翻蜀纸卷明君，转角含商破碧云"④之句，此诗句乃赞颂郑歌姬说唱王明君变文的生动情形；韩偓《寄恨》有"秦钗枉断长条玉，蜀纸虚留小字红"⑤之句；韩偓《横塘》有"蜀纸麝煤沾笔兴"⑥之句。关于蜀地适宜产纸的原因，元代费著在《笺纸谱》中说道：

> 易以西南为坤位，而吾蜀西南重厚不浮，此坤之性也。故物生于蜀者，视他方为重厚，凡纸亦然，此地之宜也。府城之南五里，有百花潭，支流为一，皆有桥焉。其一玉溪，其一薛涛，以纸为业者家其旁，锦江水濯锦益鲜明，故谓之锦江。以浣花潭水造纸故佳，其亦水之宜矣。江旁凿白为碓，上下相接。凡造纸之物，必杵之使烂，涤之使洁，然后随其广狭长短之制以造。研则为布纹，为绫绮，为人物花木，为虫鸟，为鼎彝，虽多变，亦因时之宜。⑦

---

① （宋）苏易简：《文房四谱》，中华书局1985年版，第53页。
② （清）曹寅：《全唐诗》，中华书局1960年版，第4406页。
③ 同上书，第4422—4423页。
④ 同上书，第4435页。
⑤ 同上书，第7842页。
⑥ 同上书，第7832页。
⑦ （元）费著：《笺纸谱》，中华书局1985年版，第1页。

由上文可见，蜀地产好纸是因地制宜，出产名纸也就不足为奇了。

麻纸常被用来书写佛教经卷，《唐语林·文学》记载："长安菩萨寺僧弘道，天宝末(751—756)，见王右丞为贼所囚于经藏院，与左丞裴迪密往还。裴说贼会宴于太极西内，王闻之泣下，为诗二绝，书经卷麻纸之后。弘道藏之，相传数世。"其词云："万户伤心生野烟，百官何日更朝天？秋槐叶落空宫里，凝碧池头奏管弦。"又云："安得舍尘纲，拂衣辞世喧。倏然策藜杖，归向桃花源。"[①]孟郊《读经》诗有"垂老抱佛脚，教妻读黄经。经黄名小品，一纸千明星"[②]之咏。黄纸就是指上文提到的宫廷所用黄麻纸，指染黄的麻纸，以防虫蠹。特别是宫廷书写的佛经，尤好用小麻纸。据 S.1048《妙法莲华经》卷第五题记：

1. 上元三年(762)十一月五日，弘文馆楷书成公道写。
2. 用小麻二十一张，
3. 装潢手　解善集，
4. 初校禅林寺僧慧智，
5. 二校禅林寺僧慧智，
6. 三校禅林寺僧慧智，
7. 详阅太原寺大德神符，
8. 详阅太原寺大德嘉尚，
9. 详阅太原寺寺主慧立，
10. 详阅太原寺上座道成，
11. 判官司农寺林署令李德，
12. 使朝散大夫守尚舍御阎玄道。

黄麻纸后来在民间也开始盛行，敦煌石室写经大部分为黄纸，金荣华在《敦煌写卷纸质之考察》一文中谈到"敦煌文书的用纸"之"纸的材料"时指出："敦煌文书的主要材料为纸，虽然时代久远，由于在石室中封闭多年，未受日光、空气、水分与虫蛀的侵蚀破坏，其保存状况颇为良好，数量甚且多达四万余件以上，实是研究中国古纸的极佳资料。考敦煌使用的

---

① (宋)王谠撰，周勋初校证：《唐语林》，中华书局1987年版，第122页。
② (清)曹寅：《全唐诗》，中华书局1960年版，第4267页。

纸，除少数自外地(如蜀地、洛阳等中原地区)输入外，大抵为就地取材，多以麻、楮、桑为其材料。至若竹纸，乃是长江流域的特产，甚少见于敦煌文书之中。东晋六朝的写本，多用麻纸；隋唐时，除麻纸外，尚有楮皮纸和桑皮纸；五代之时，则以麻纸居多。"①

2. 藤纸——剡溪古藤纸

藤纸使用的历史由来已久，据《元和郡县志》卷二十六记载："由拳山，晋隐士郭文举所居旁有由拳村，出好藤纸。"剡纸就是藤纸，尤为唐代文人所乐用，文人屡有吟咏之句，顾况有《剡纸歌》，文曰："剡溪剡纸生剡藤，喷水捣后为蕉叶。欲写金人金口经，寄与山阴山里僧。"② "皮日休之友吴恩王府参军徐修矩者，守世书万卷。皮日休优游自适，借取其书数千卷，未一年，悉偿夙志，酣饫经史，或日宴忘饮食。"日休因写《徐诗》，有"宣毫利若风，剡纸光于月"③之句。荆州人崔道融有《谢朱常侍寄贶蜀茶剡纸二首》，之二有"百幅轻明雪未融，薛家凡纸漫深红。不应点染闲言语，留记将军盖世功"④之句。齐己《谢人自钟陵寄纸笔》有"霜雪剪裁新剡硾，锋铓管束本宣毫"⑤之句。皇甫松《非烟传》曰："临淮武公业，位河南功曹参军，爱妾曰：'非烟'，北邻子赵象窥见，慕之，象取薛涛诗，以剡溪玉叶纸写之，达意于非烟，烟复以金凤纸题诗酬之。"

因剡纸被广泛使用，造成剡溪古藤被过量砍伐，舒元舆有感而发，因作长篇《悲剡溪古藤文》，文略曰：

> 剡溪上绵四五百里多古藤，株枿逼土……予以为本乎地者，春到必动。此藤亦本于地，方春且死。遂问溪上人有道者，言溪中多纸工，刀(斧)斩伐无时，劈剥皮肌以给其业。……今为纸工斩伐，不得发生，是天地气力为人中伤。致一物疾疢之若此，异日过数十百郡。泊东洛西雍，历见书文者，皆以剡纸相夸。予悟曩见剡藤之死，职止由此。此过固不在纸工，且今九牧士人。自专言能见文章户牖者，其数与麻竹相多。……言偃卜子夏文学。陷入于淫靡放荡中，比

① 林聪明：《敦煌文书学》民 80，台北新文丰出版公司 1991 年版，第 90 页。
② (清)曹寅：《全唐诗》，中华书局 1960 年版，第 2950 页。
③ 同上书，第 7028 页。
④ 同上书，第 8210 页。
⑤ 同上书，第 9579 页。

肩握管，动盈数千百人，数千百人，人人笔下动成数千万言，不知其为谬误。日日以纵，自然残藤命易甚。(其)桑叶波波频杳，未见止息如此。则绮文妄言辈，谁非书剡纸者耶。纸工嗜利，晓夜斩藤以鬻之。虽举天下为剡溪，犹不足以给，况一剡溪者耶？以此恐后之日，不复有藤生于剡矣。……予所以取剡藤以寄其悲。①

3. 蚕纸

以蚕茧造纸，因王羲之《兰亭序》而名垂青史。王羲之永和九年（353），制《兰亭序》，乃乘乐兴而书，用蚕茧纸、鼠须笔。遒媚劲健，绝代更无。唐太宗后得之，洎玉华宫大渐，语高宗曰："吾有一事，汝从之，方展孝道。"高宗泣涕引耳而听，言："得兰亭序陪葬，吾无恨矣。"②然而，太宗皇帝的陵寝却在五代时被盗，据《新五代史·温韬传》记载："见宫室制度宏丽，不异人间，中为正寝，东西厢列石床，床上石函中为铁匣，悉藏前世图书，钟、王笔迹，纸墨如新，韬悉取之，遂传人间。"③此后《兰亭序》真迹也就不知流落何方了。

唐时尚存于世的用蚕纸书写的名家名迹，还有三国吴皇象及一姓谢的道士的书法，据《述书赋》记载：

皇象，字休明，广陵人。终侍中，吴青州刺史。今见带名章草帖一表七行，并写春秋哀公上第二十九，卷首元年余自二年至十三年尽，尾足，其纸每一大幅有一缝线连合之，六元凯押尾云：此是蚕纸，紫薄有脉，似桦皮，以诸蚕，此类殊有异者也。

《述书赋》又载：

有姓谢名道士者，能为蚕纸，尝书《大急就》两本，各十纸，言词鄙下，跋尾分明，徐、唐、沈、范，踪迹炬赫，劳茹装背，持以质钱。贞观中，敕频搜寻，彼之钱主封以诣阙，太宗殊喜，赐缣二百疋。怀琳乃上别本，因得待诏文林馆，故在内之本有贞观印焉。顷年，在右相林甫家，后本在张怀瓘处，寻转易与李起居。

---

① （宋）苏易简：《文房四谱》，中华书局1985年版，第61页。
② 同上书，第56页。
③ （宋）欧阳修撰：《新五代史》，中华书局1974年版，第441页。

　　唐代的书法名家怀素也喜好用茧纸，据朱逵（一作遥）《怀素上人草书歌》载："秋毫茧纸常相随，衡阳客舍来相访。"① 唐代诗文中也有不少诗句谈到书写用茧纸的，如李商隐《无愁果有愁曲》有"白杨别屋鬼迷人，空留暗记如茧纸"之句，无愁曲，北齐歌也。天宝十三载（754），改无愁为长欢。② 韩愈有《李员外寄纸笔》诗，文曰："题是临池后，分从起草余。兔尖针莫并，茧净雪难如。莫怪殷勤谢，虞卿正著书。"李员外，即李伯康，时任郴州刺史。③ 李郢《春日题山家》有"漠漠蚕生纸，涓涓水弄苔"④之句。"蚕生纸"指茧纸，"水弄苔"指苔纸。

　　4. 苔纸

　　晋武赐张华侧理纸。本草云："陟厘味甘，大温无毒，止心腹大寒，温中消谷，强胃气，止泄痢，生江南池泽。"陶隐居云："此即南人用作纸者。"唐本注云："此物乃水中苔，今取为纸，名为苔纸，青黄色味涩。"《小品方》云："水中粗苔也，音陟厘，陟厘与侧黎相近，侧黎又与侧理相近也，又云即石发也。"薛道衡《咏苔纸》有"今来承玉管，布字转银钩"⑤之句。李郢《春日题山家》有"漠漠蚕生纸，涓涓水弄苔"⑥之句，此处苔即指苔纸。

　　5. 楮皮纸

　　楮（chǔ），木名。落叶乔木。皮可做纸。《山海经·西山经》："其阴多檀、楮。"亦借指纸，董越《朝鲜赋》："有楮、墨以供唱酬。"唐高宗永徽中（650—655），有定州僧修德，欲写《华严经》，先以沉香积水种楮树，等树长得有两手合围那样粗的时候，砍伐此树取其皮造纸。⑦ 黟歙间多良纸，歙纸就是楮皮纸，有"凝霜于心"之号，复有长者，可五十尺为一幅。这种纸是歙州造纸工人连续数日修理楮皮，然后放在长船中浸泡，数十人举起来抖揉上面的水分，旁边还有一人击鼓做节拍，然后放在大熏笼中焙干它，于是自首至尾，此长纸匀薄如一。⑧ 由此可见，此纸的制作是相当

----

① （清）曹寅：《全唐诗》，中华书局1960年版，第2135页。
② 同上书，第365页。
③ 同上书，第3840页。
④ 同上书，第6852页。
⑤ （宋）苏易简：《文房四谱》，中华书局1985年版，第54页。
⑥ （清）曹寅：《全唐诗》，第6852页。
⑦ （宋）苏易简：《文房四谱》，中华书局1985年版，第54页。
⑧ 同上书，第53页。

繁杂考究的，制成后其价格亦必不菲。

6. 香皮纸

此纸事见《岭表录异》卷中："广管罗州，多栈香树，身似柳，其花白而繁。其叶如橘，皮堪作纸，名为香皮纸。灰白色，有纹如鱼子笺。其纸慢而弱，沾水即烂，远不及楮皮者，又无香气。"①此纸又见《北户录·香皮纸》："罗州多栈香树，身如柜柳，其华繁白，其叶似橘皮，堪捣为纸，土人号为香皮帋。作灰白色，文如鱼子笺，今罗辨州皆用之。小不及桑根竹膜纸（睦州出之。）"由以上两则材料可以推知，香皮纸在其出产地一带是相当有名气的。

7. 衡阳五家纸

大历间人郭受曾为衡阳判官，与杜甫相交友，杜甫有《酬郭十五判官诗》，郭受有《寄杜员外》诗，诗前小序曰："员外垂示诗，因作此寄上。"诗曰："新诗海内流传久，旧德朝中属望劳。郡邑地卑饶雾雨，江湖天阔足风涛。松花酒熟傍看醉，莲叶舟轻自学操。春兴不知凡几首，衡阳纸价顿能高。"诗中小注云："衡阳出五家纸，又云出五里纸。"

8. 宣纸

因产于宣州府（今安徽泾县）而得名。《历代名画记》云："江东地润无尘，人多精艺。好事者常宜置宣纸百幅，用法蜡之，以备模写。古人好拓画，十得七八，不失神彩笔迹。亦有御府拓本，谓之官拓。"②由此可见，宣纸是作拓作画之好材料。

9. 婺州纸

《唐书》记载杜暹为婺州参军，秩满将归，吏以纸万张赠之，暹唯受百幅。人叹之曰："昔清吏受一大钱，复何异？"③

唐代全国各地造纸的材料还有很多，有绵纸，据《元和郡县志》载，江南道衢州（信安上）元和贡绵纸。李商隐《河阳诗》："半曲新辞写绵纸，巴西夜市红守宫。"④有穀纸，据《旧唐书·萧赜传》载，"初从父南海，地多穀纸，仿敕子弟缮写缺落文史。"⑤有芨皮纸，谢康乐《山居赋》云：剥芨

① （唐）刘恂：《岭表录异》，中华书局1985年版，第13页。
② 同上书，第57页。
③ 同上书，第56页。
④ （清）曹寅：《全唐诗》，中华书局1960年版，第6238—6239页。
⑤ （后晋）刘昫等：《旧唐书》，中华书局1975年版，第4482页。

岩椒，言芨皮可为纸，未详其木（本）也。① 有榖树皮纸，《广州记》："取榖树皮熟捶堪为纸，盖蛮夷不蚕，乃被之为褐也。"② 又有桑根竹膜纸，"桑根竹膜纸，睦州出之。"

由唐代全国各地这十几种纸的材质可见，唐代造纸多以植物纤维为主，各地就地取材，选取最适合造纸的材料制作各具特色的纸张，以满足宫廷及民众书写的需求。这也正是造物由水土之典型代表；恰如《唐国史补》所言："凡造物由水土，故江东宜纱绫宜纸者，镜水之故也。蜀人织锦初成，必濯于江水，然后文采焕发。郑人以荥水酿酒，近邑与远郊美数倍。齐人以阿井煎胶，其井比旁井重数倍。"③

（三）唐代各地艺术性名纸

1. 概述

唐人用纸留下了很多美谈，唐冯贽撰《云仙杂记·纸封九锡》引《事略》："（薛）稷又为纸封九锡，拜楮国公、白州刺史、统领万字军、界道中郎将。"《唐国史补》记载，纸之妙者，"则有越之剡藤苔笺，蜀之麻面、屑末、滑石、金花、长麻、鱼子、十色笺，扬之六合笺，韶之竹笺，蒲之白薄、重抄，临川之滑薄。又宋亳间有织成界道绢素，谓之乌丝栏、朱丝栏，又有茧纸。"④ 如其中之鱼子纸者，窦冀《怀素上人草书歌》有"鱼笺绢素岂不贵，只嫌局促儿童戏"⑤ 之句。又如蚕茧纸，在韩愈与孟郊《城南联句》中，韩愈有"书饶罄鱼茧"之句，鱼茧，鱼茧纸，以渔网、茧丝为之，故云，韩曰：鱼、茧，皆纸也。

唐代纸张稍有改制、带有美观性质的称"笺"，长庆中王智兴为徐州节度，一日，从事于使院会饮赋诗，智兴召护军俱至，从事屏去翰墨。智兴曰："适闻作诗，何独见某而罢？"复以笺陈席上，小吏亦置笺于智兴前，于是引毫立成云云，四座惊叹。《徐州使院赋》："三十年前老健儿，刚被郎中遣作诗。江南花柳从君咏，塞北烟尘我独知。"唐代文人有雅好笺纸者，如"唐韦陟书名如五朵云，每以彩笺为缄题，时人讥其奢纵。"⑥

---

① （唐）段公路：《北户录·附校勘记》，中华书局1985年版，第42页。

② （宋）苏易简：《文房四谱》，中华书局1985年版，第59页。

③ （唐）李肇、赵璘：《唐国史补·因话录》，上海古籍出版社1957年版，第65页。

④ （唐）刘恂：《岭表录异》，中华书局1985年版，第60页。

⑤ （清）曹寅：《全唐诗》，中华书局1960年版，第2134页。

⑥ 同上书，第52页。

唐人又好以艺术性纸张送人者，齐己《谢人惠纸》诗有"烘焙几工成晓雪，轻明百幅迭春冰。何消才子题诗外，分与能书贝叶僧"①之句。徐灵府《言志献浙东廉访辞召》有"多媿书传鹤，深惭纸画龙"②之句。唐代诗歌之成就达到了历史之最高峰，不但人能做诗，神仙鬼怪也有能作诗者，笔记中每有此类记载，其中就有赞及艺术性纸张者，兹引两例证之。其一，大历中，有士人独行凤凰台，见一男子与妇人相和而歌，追而观之，乃二兽也，一类豕而高，一类龙而小。《凤凰台怪和歌四首》之一有"总间总有花笺纸，难寄妾心字字明"③之句。其二，甘露寺鬼朱衣者《西轩诗》有"握里龙蛇纸上鸾，逡巡千幅不将难"之句。④

2. 文人自造艺术性名纸

历来文人喜自造纸，宋张永自造纸墨。⑤据《法书要录》载："萧公，名诚，兰陵人。梁之后起家奉礼郎，开元初，时尚褚、薛，公为之最，拜右司员外郎，善造斑石文纸，用西山野麻及虢州土穀，五色光滑，殊胜子彭。"又有洪儿纸，《云仙杂记·洪儿纸》条引《童子通神录》载："姜澄十岁时，父苦无纸，澄乃烧糠协竹为之，以供父。澄小字洪儿，乡人号洪儿纸。"下面我们来介绍唐代最为著名的几种艺术性纸张。

(1)红笺

蜀王仁裕撰《开元天宝遗事·风流薮泽》："长安有平康坊，妓女所居之地，京都侠少萃集于此，兼每年新进士，以红笺名纸游谒其中。时人谓此坊为风流薮泽。"⑥"裴思谦及第后，作红笺名纸十数幅，诣平康里宿焉。诘旦，一妓赋赠诗一首。"⑦白居易《写新诗寄微之偶题》卷后有"写了吟看满卷愁，浅红笺纸小银钩"⑧之句；《除夜言怀兼赠张常侍》有"唯恨诗成君去后，红笺纸卷为谁开"⑨之句；《开元九诗书卷》又有"红笺白纸两三

---

① (后晋)刘昫等：《旧唐书》，中华书局 1975 年版，第 9581 页。

② 同上书，第 9639 页。

③ 同上书，第 9828 页。

④ (清)曹寅：《全唐诗》，中华书局 1960 年版，第 9786 页。

⑤ (宋)苏易简：《文房四谱》，中华书局 1985 年版，第 53 页。

⑥ (五代)王仁裕等：《开元天宝遗事十种》，上海古籍出版社 1985 年版，第 79 页。

⑦ 同上书，第 9030 页。

⑧ 同上书，第 5036 页。

⑨ 同上书，第 5255 页。

束，半是君诗半是书。经年不展缘身病，今日开看生蠹鱼"①之咏；《谢李六郎中寄新蜀茶》诗亦有"红纸一封书后信，绿芽十片火前春"②之句。由此可见，白居易尤其喜好用红笺。窦梁宾《喜卢郎及第》有"手把红笺书一纸，上头名字有郎君"③之句。李洞《寄窦禅山薛秀才》有"白衫春絮暖，红纸夏云鲜"④之句。韩偓《厌花落》："书中说却平生事，犹疑未满情郎意。锦囊封了又重开，夜深窗下烧红纸。红纸千张言不尽，至诚无语传心印。"⑤花蕊夫人徐氏(一作费)《宫词》之一有"内人承宠赐新房，红纸泥窗绕画廊"⑥之句。王建《闲居即事》有"小婢偷红纸，娇儿弄白髭"⑦之句。

由这些众多的诗句可见唐五代文人雅士对红笺之喜爱。究其原因，大概是由于红色色彩明丽，能提高人的审美情趣，无形之中增加了一种欢快的气氛。时至今日，每当有喜庆节日的时候，红纸也是用得最为普遍的。这或许正是继承了唐代以来喜好用红纸的历史传统。

(2)谢公笺及薛涛笺

元人费著《笺纸谱》云："纸以人得名者，有谢公。所谓谢公者，谢司封景初师厚，师厚创笺样，以便书尺。俗因以为名。谢公有十色笺：深红、粉红、杏红、明黄、深青、浅青、深绿、浅绿、铜绿、浅云，即十色也。"杨文公亿《谈苑》载："韩浦寄弟诗云：'十样蛮笺出益州，寄来新自浣花头'，谢公笺出于此乎？"⑧

薛涛纸，唐代各地风骚雅士也有各自自制的艺术性纸张，比较有代表性的是"宋花笺"，更为著名的是薛陶在宋花笺基础上制作的是"薛陶笺"。《资暇集》卷下"薛陶笺"条记载：

> 松花笺代以为薛陶笺，误也。松花笺，其来旧矣。元和初，薛陶尚斯色，而好制小诗，惜其幅大，不欲长(剩长之长)，乃命匠人狭

---

① (五代)王仁裕等：《开元天宝遗事十种》，上海古籍出版社1985年版，第4854页。

② 同上书，第4893页。

③ 同上书，第8994页。

④ 同上书，第8284页。

⑤ 同上书，第7840—7841页。

⑥ 同上书，第8678页。

⑦ 同上书，第3394页。

⑧ (元)费著：《笺纸谱》，中华书局1985年版，第1—2页。

小之。蜀中才子既以为便，后减诸笺亦如是，特名曰薛陶笺，今蜀纸有小样者皆是也，非独松花一色。

薛涛，字洪度，在唐代女才子中是一个很具代表性的人物，其本长安良家女。随父宦，流落蜀中，遂入乐籍，辨慧工诗，有林下风致。韦皋镇蜀，召令侍酒赋诗，称为女校书，出入幕府，历事十一镇，皆以诗受知。暮年屏居浣花溪，着女冠服，好制松花小笺，时号薛涛笺。元微之使蜀，严司空遣涛往事。因事获怒，远之，涛作十离诗以献，遂复善焉。涛因作《十离诗》，之一《笔离手》有"越管宣毫始称情，红笺纸上撒花琼"①之句。

关于薛涛其人及造纸事，元人费著《笺纸谱》记载颇为详细，兹引文如下：

> 纸以人得名者，有薛涛。薛涛，本长安良家女，父郧，因官寓蜀而卒。母孀，养涛及笄，以诗闻外。又能扫眉涂粉，与士族不侔，客有窃与之宴语，时韦中令皋镇蜀，召令侍酒赋诗。僚佐多士，为之改观。期岁，中令议以校书郎奏请之。护军曰："不可。"遂止。涛出入幕府，自皋至李德裕，凡历事十一镇，皆以诗受知。其间与涛唱和者，元稹、白居易、牛僧孺、令狐楚、裴度、严绶、张籍、杜牧、刘禹锡、吴武陵、张佑，余皆名士，记载凡二十人，竟有酬和。涛侨止百花潭，躬撰深红小彩笺，裁书供吟，献酬贤杰，时谓之薛涛笺。晚岁居碧鸡坊，创吟诗楼，偃息于上。后段文昌再镇成都，太和岁，涛卒，年七十三。文昌为撰墓志。涛所制笺，特深红一色尔。涛以笺名可矣，虽良家女，乃失身为妓。韦尹欲官之，段尹志其墓焉。何哉？时幕府宾客，多天下选，一时纵适不少敛。大抵唐藩镇不度，皆习然也。涛固得之，而诸公似以涛失云。②

薛涛笺制成之后，尤被唐人雅士所好。王邕《怀素上人草书歌》："斑管秋毫多逸意，或粉壁，或彩笺，蒲葵绢素何相鲜。忽作风驰如电掣，更

---

① （清）曹寅：《全唐诗》，中华书局 1960 年版，第 9043—9044 页。
② 同上书，第 1—2 页。

点飞花兼散雪。"①蜀人何兆《赠兄》云："洛阳纸价因兄贵,蜀地红笺为弟贫。南北东西九千里,除兄与弟更无人。"②郑谷《蜀中三首》之二有"蒙顶茶畦千点露,浣花笺纸一溪春"③之句。鲍溶《寄王璠侍御求蜀笺》:"蜀川笺纸彩云初,闻说王家最有余。野客思将池上学,石楠红叶不堪书。"④李商隐《送崔珏往西川》有"浣花笺纸桃花色,好好题诗咏玉钩"⑤之句。唐彦谦《红叶》有"蜀纸裁深色,燕脂落靓妆"⑥之句。韦庄有著名的《乞彩笺歌》,文曰:

> 浣花溪上如花客,绿暗红藏人不识。留得溪头瑟瑟波,泼成纸上猩猩色。手把金刀裁彩云,有时翦破秋天碧。不使红霓段段飞,一时驱上丹霞壁。蜀客才多染不供,卓文醉后开无力。孔雀衔来向日飞,翩翩压折黄金翼。我有歌诗一千首,磨砻山岳罗星斗。开卷长疑雷电惊,挥毫只怕龙蛇走。班班布在时人口,满袖松花都未有。人间无处买烟霞,须知得自神仙手。也知价重连城璧,一纸万金犹不惜。薛涛昨夜梦中来,殷勤劝向君边觅。⑦

（3）云蓝纸

造纸须有法可依。段成式,字柯古,河南人。世客荆州,宰相文昌之子也,以荫为校书郎。研精苦学,秘阁书籍,披阅皆遍。历尚书郎、太常少卿,连典九江、缙云、庐陵三郡。坐累,退居襄阳。有《寄温飞卿笺纸》小序曰:"予在九江造云蓝纸,既乏左伯之法,全无张永之功,辄送五十板。"诗曰:

> 三十六鳞充使时,数番犹得裹相思。待将袍袄重抄了,尽写襄阳掘拓词。

---

① （清）曹寅:《全唐诗》,中华书局1960年版,第2133—2134页。
② 同上书,第3354页。
③ 同上书,第7742页。
④ 同上书,第5537页。
⑤ 同上书,第6150—6151页。
⑥ 同上书,第7690—7691页。
⑦ 同上书,第8043—8044页。

（4）霞光笺

元人费著《笺纸谱》云："伪蜀王衍赐金堂县令张蠙霞光笺五百幅。霞光笺，疑即今之彤霞笺，亦深红色也。盖以胭脂染色，最为靡丽。范公成大亦爱之，然更梅溽，则色败萎黄，尤难致远，公以为恨。一时把玩，固不为久计也。"①

（5）桃花笺纸

唐代著名者有桃花笺纸，"桓玄诏平淮，作桃花笺纸，及缥绿青赤者，盖今蜀笺之制也。"②《云仙杂记·桃花纸》条引《凤池编》："杨炎在中书，后阁糊窗用桃花纸，涂以冰油，取其明甚。"张蠙《南康夜宴东溪留别郡守陆郎中》有"桃花纸上待君诗，香迷蛱蝶投红烛"③之句。张蠙，字象文，清河人。初与许棠、张乔齐名。登乾宁二年进士第，为校书郎、栎阳尉、犀浦令。入蜀，拜膳部员外，终金堂令。

（6）泥金碧纸

唐五代时期，由于佛教信仰的盛行，金银泥等名贵材料也被用在佛像的装饰上，如穿戴的佛衣很多就是绣造的，沈从文《泥金银技术在一般工艺上的发展》一文认为："金银直接施用于服饰上则晋南北朝是个重要阶段。当时由于宗教迷信，使得许多信徒近于疯狂地把所占有的大量金银去谄媚神佛，装饰庙宇。除佛身装金外，还广泛应用于建筑彩绘、帐帷骑幡各方面。因佛披金襕袈裟传说流行，捻金织、绣、绘、串枝宝相花披肩于是产生，随后且由佛身转用到人身的披肩上。唐代的服饰广泛用金，就是在这个传统基础上的一种发展。"④金银泥也被用在写佛教经文，通常是绀纸配金泥，指用金泥书写经文或绘佛菩萨等像于绀纸上。其材料，或以银泥代替金泥。绀纸为青而含赤色之纸。除绀纸外，尚有紫、黄、珠、白等色之纸。此类以金泥书写经文、绘制佛像的做法，起源不详，但依《佛祖统纪》卷三十七，梁朝中大通三年（531）、五年（532）及中大同元年（546）等条，皆有金字经，故可知以金泥写经的时代颇早，而当时所用之纸虽不详，然或依金字的对照而选配颜色。此法乃为表现庄严华丽，故非应用于

---

① （元）费著：《笺纸谱》，中华书局1985年版，第1—2页。
② （宋）苏易简：《文房四谱》，中华书局1985年版，第49页。
③ （元）费著：《笺纸谱》，第8081页。
④ 沈从文：《花花朵朵 坛坛罐罐——沈从文谈艺术与文物》，江苏美术出版社2001年版，第95页。

一般的写经，而多用于为祈愿而写（愿经）之类。据日本圆仁的《入唐求法巡礼行记》所载：

> 开成五年七月二日：……瞻礼已毕，下阁到普贤道场，见经藏阁大藏经六千余卷，惣是绀碧纸、金银字、白檀玉牙之酽。看愿主题云："郑道觉，长安人也。大历十四年（779）五月十四日巡五台，亲见大圣一万菩萨及'金色世界'，遂发心写金银字《大藏经》六千卷"云云。①

现存的有五代后周显德三年（956）金银泥经文《妙法莲华经》，纸本，纵27—27.6厘米，卷装，苏州市博物馆藏。

题记：妙法莲华经卷七

1. 时显德三年岁次丙辰十二月十五日，弟子朱承惠特舍净财，收赎。

2. 此古旧损经七卷，俻金银及碧纸，请人书写，已得句义周圆，添续良。

3. 因，伏愿上报四重恩、下救三涂苦，法界含生，俱沾利乐，永充供养。

《妙法莲华经》为卷轴装，共七卷。经卷出自"经生"之手，用泥金写在碧纸（即磁青纸）上，每卷引首有"经变"画一幅，也是泥金绘成。五代遗留下来的泥金碧纸写经极为罕见，《妙法莲华经》的书法，也有很高的艺术性，写经字体为楷书，笔画端严秀整，是研究五代时期民间书法的宝贵资料。

---

① ［日］圆仁撰；顾承甫、何泉达点校：《入唐求法巡礼行记》，上海古籍出版社1986年版，第127页。

三 唐代纸的新用途不断开发

从汉代以来，纸张逐渐成为主要的书写材料。由于纸被广泛运用，为了使用之便，首先要裁剪，《云仙杂记·渍纸》条引《文房宝饰》："以竹梢甘露和天南星，渍纸一宿，裁之，刀去如飞。"裁剪好之后，就可以应用了。至隋唐时期，纸张不但是书法艺术的物质载体，还被广泛运用于生活用品、工艺品、绘画以及商品包装上。

（一）生纸用于丧葬

纸首先有生纸、熟纸之分。宋邵博撰《闻见后录》：近世薄书学，在笔墨事类草创，于纸尤不择。唐人有熟纸、有生纸。熟纸，所谓妍妙辉光者，其法不一；生纸，非有丧故不用。退之《与陈京书》云："《送孟郊序》用生纸写。"言急于自解，不暇择耳。今人少有知者。① 生纸是未经过精细处理的粗纸，多用在丧葬时。俗烧的纸钱大概是使用生纸。唐封演《封氏闻见记·纸钱》：

> 今代送葬为凿纸钱，积钱为山，盛加雕饰，异以引柩。按，古者享祀鬼神有圭璧币帛，事毕则埋之。后代既宝钱货，遂以钱送死。《汉书》称"盗发孝文园瘗钱"是也。率易从简，更用纸钱。纸乃后汉蔡伦所造，其纸钱魏、晋以来始有其事。今自王公逮于匹庶，通行之矣。凡鬼神之物，取其象似，亦犹涂车刍灵之类。古埋帛；今纸钱则皆烧之，所以示不知神之所为也。②

又据《旧五代史·周书·太祖本纪》记载：

> 累谕晋王曰："我若不起此疾，汝即速治山陵，不得久留殿内。陵所务从俭素，应缘山陵役力人匠，并须和雇，不计近远，不得差配百姓。陵寝不须用石柱，费人功，只以砖代之。用瓦棺纸衣。临入陵之时，召近税户三十家为陵户，下事前揭开瓦棺，遍视过陵内，切不

---

① （宋）邵博撰，刘德权、李剑雄点校：《邵氏闻见后录》，中华书局1983年版，第218页。
② （唐）封演撰，赵贞信校注：《封氏闻见记》，中华书局2005年版，第60—61页。

得伤他人命。勿修下宫，不要守陵宫人，亦不得用石人石兽，只立一石记子，镌字云：'大周天子临晏驾，与嗣帝约，缘平生好俭素，只令着瓦棺纸衣葬。'若违此言，阴灵不相助。"①

（二）生纸用于书画等的装裱及包装

生纸还用于书画的装裱，据《历代名画记》载：

> 背书画勿令用熟纸。背必皱起。宜用白滑漫薄大幅生纸，纸缝先避画者人面及要节处，若缝之相当，则强急卷舒有损。要令参差其缝，则气力均平，太硬则强急，太薄则失力。绢素彩色不可捣理，纸上白画，可以砧石妥帖之。仍候阴阳之气调适，秋为上时，春为中时，夏为下时。暑湿之时不可也。②

包装使用，杜甫《阌乡姜七少府设脍戏赠长歌》有"落砧何曾白纸湿，放箸未觉金盘空"③之句。抚州有茶衫子纸，盖裹茶为名也，其纸长连。自有唐以来，礼部每年给明经帖书（见《茶谱》）。④ 据《大唐新语》卷十三记载：益州每岁进柑子皆以纸裹之。他时长吏嫌纸不敬，代以细布。既而恐柑子为布所损，每怀忧惧。俄有御史甘子布使于蜀，驿吏驰白长吏："有御史甘子布至。"长吏以为推布裹柑子事，惧曰："果为所推！"及子布到驿，长吏但序以布裹柑子为敬。子布初不之知，久而方悟。闻者莫不大笑。子布好学有文章，名闻当代。⑤ 王建《贫居》："蠹生腾药纸（一作箧），字暗换书籤。"⑥唐冯贽撰《云仙杂记·诗成裁窗纸》条引《逢原记》载："段九章诗成无纸，就窗裁故纸，连缀用之。九章，字惠文。"

（三）用于庭居生活及军事领域

造纸技术的新改进，促使纸张产生了新的用途，纸衣、纸被、纸帐，乃至纸铠、纸甲、纸箭等，另外还有纸鸢。《新唐书·徐商传》卷一百三

---

① （宋）薛居正等：《旧五代史》，中华书局1976年版，第1503—1504页。
② （宋）苏易简：《文房四谱》，中华书局1985年版，第56页。
③ （清）曹寅：《全唐诗》，中华书局1960年版，第2281页。
④ （唐）封演撰，赵贞信校注：《封氏闻见记》，中华书局2005年版，第57页。
⑤ （唐）刘肃撰，许德楠、李鼎霞点校：《大唐新语》，中华书局1984年版，第191页。
⑥ （宋）薛居正等：《旧五代史》，第3392页。

"商表处山东宽乡，置备征军，凡千人，襞纸为铠，劲矢不能洞。"①徐夤有《纸被》诗："文采鸳鸯罢合欢，细柔轻缀好鱼笺。一床明月盖归梦，数尺白云笼冷眠。披对劲风温胜酒，拥听寒雨暖于绵。赤眉豪客见皆笑，却问儒生直几钱。"②徐夤又有《纸帐》诗："几笑文园四壁空，避寒深入剡藤中。误悬谢守澄江练，自宿嫦娥白兔宫。几迭玉山开洞壑，半岩春雾结房栊。针罗截锦饶君侈，争及蒙茸暖避风。"③

(四)用于雕版印刷的印纸

晚唐以后，印刷术普及，社会上不再如唐代那样需要靠誊写抄经的"经生字"，唐人在楷书及狂草方面的成就已处于巅峰，使人难以超越，宋人致力于行书，追求字外韵致，意趣盎然。④ 印刷术到后来逐渐取代了写经。冯贽《云仙散录》引《僧图逸录》："玄奘以回锋纸印普贤像施于四方，每岁五驮无余。"645 年(太宗贞观十九年乙巳)，玄奘由印度回国。《本草拾遗》云："印纸剪取印处烧灰水服，令人绝产。"⑤陆龟蒙《奉酬袭美苦雨见寄》有"得高歌破印纸，惯曾掀搅大笔多"⑥之句。《旧唐书·卢杞传》载，德宗时"明年六月赵赞又请税间架算除陌……市主人牙子各给印纸，人有买卖，随自署记。"⑦

又有一种斜界纸，路德延《芭蕉数岁时作传于都下》诗有"一种灵苗异，天然体性虚。叶如斜界纸，心似倒抽书"⑧之句。"斜界纸"大概也是跟雕版印刷有关而得名的。

有了纸和笔，为了长久使用，《文房宝饰》记载纸不染墨之法，"治纸之昏，而不染墨者，用雨点螺磨纸，左右三千下，其病去矣"。使用纸之后，接下来就有了保养的问题。《云仙杂记·书册以竹漆为糊》条引《白氏金锁》记载书籍之保养，曰"凡书册以竹漆为糊，逐叶微摊之，不惟可以久存字画，兼纸不生毛，百年如新，此宫中法也"。关于砚墨笔纸的保养，《云仙杂记》引《文房宝饰》"养砚墨笔纸"条载："养笔，以硫黄酒舒

① (宋)欧阳修等：《新唐书》，中华书局 1975 年版，第 4197 页。
② (宋)薛居正等：《旧五代史》，中华书局 1976 年版，第 8174 页。
③ 同上。
④ 王伯敏主编：《中国美术通史》第 4 卷，山东教育出版社 1987 年版，第 190 页。
⑤ (唐)封演撰，赵贞信校注：《封氏闻见记》，中华书局 2005 年版，第 57 页。
⑥ (清)曹寅：《全唐诗》，中华书局 1960 年版，第 7228 页。
⑦ (后晋)刘昫等：《旧唐书》，中华书局 1975 年版，第 3715 页。
⑧ (宋)薛居正等：《旧五代史》，中华书局 1976 年版，第 8255 页。

其毫；养纸，以芙蓉粉借其色；养砚，以文绫，盖贵乎隔尘；养墨，以豹皮囊，贵乎远湿，逢溪子遵之。"从砚墨笔纸各自的特性进行相关的保养，不失为文雅之举。

尽管前人研究唐代纸的文章有王仲荦《唐五代的纸墨笔砚的制造和改进》①、石谷风《谈宋代以前的造纸术》②两篇算是较有代表性了，但是笔者读过此文之后，觉得意犹未尽，有感而发，因而写成此文。由于个人学识所限，或有不当不完整之处，有俟方家之士更为指点。

思考题

1. 纸为什么能替代其他书写材料而流行于后世？
2. 蔡伦在纸张的发明上起了怎样的作用？
3. 唐代的民间纸为何种类如此繁多？
4. 未来中国纸张将会向怎样的方向发展？
5. 敦煌藏经洞出土的用于书写或绘画的纸张在唐代纸张艺术中占有怎样的地位？

拓展阅读

1. 杨永德：《中国古代书籍装帧》，人民美术出版社 2006 年版。
2. 刘仁庆编：《造纸与纸张》，科学出版社 1977 年版。
3. 刘仁庆等：《纸张解说》，中国铁道出版社 2004 年版。
4. 邓中和：《书籍装帧创意设计》，中国青年出版社 2004 年版。
5. ［法］弗雷德里克·巴比耶：《书籍的历史》，广西师范大学出版社 2005 年版。
6. 耿相新：《中国简帛书籍史》，三联书店 2011 年版。
7. 李致忠：《简明中国古代书籍史》，北京图书馆出版社 2008 年版。
8. 雷绍峰、杨先艺：《中国古代艺术设计史》，武汉理工大学出版社 2002 年版。

---

① 《中华学术论文集》，中华书局 1981 年版，第 167—175 页。
② 《文物》1959 年第 1 期。

中国玉文化与传统审美

许净瞳

内容提要： 玉最初指美丽的石头，之后根据玉的特质，剔除不合适的矿物，将概念缩小，自商周时期开始，特指和田玉。玉文化也随着玉器的使用，经过了祭器、礼器、饰物和玩物四个发展阶段。虽然玉在人们生活中的地位不断发生着变化，但是古人对它的道德审美和文学审美一直延续不断。明末清初，翡翠被引入中国，清雍正朝以后，其影响扩大，渐渐与和田玉在玉器使用上分庭抗礼，但在文化地位上尚未与之比肩。时至今日，玉被分为软玉和硬玉两类，各由和田玉与翡翠分别为其代表，与之相伴的玉文化则由于各种原因而模糊不清，无法被今人了解。

　　古人云："玉入其国则为国之重器，玉入其家则为传世之宝。"自玉有别于其他石头出现在人们的视野始，与之相伴而生的文化也开始慢慢发展。经过岁月的拣选，玉石之美被众人认同，进入生活，谱进歌曲，写入诗文。《诗经·郑风·有女同车》云："有女同车，颜如舜华，将翱将翔，佩玉琼琚。"①《离骚》亦曰："何琼佩之偃蹇兮，众薆然而蔽之。"②至此而后，诗歌里，玉与君子、与美人、与美好的品德便结下了不解之缘。

　　东汉许慎《说文解字》曰："玉，石之美者。有五德润泽以温，仁之方也；䚡理自外，可以知中，义之方也；其声舒扬，专以远闻，智之方也；不桡而不折，勇之方也；锐廉而不忮，洁之方也。"③他从文字定义上将矿物特质与伦理审美联系在一起，将五种重要的品德与玉石相比附，使当时

---

① 朱熹：《诗集传》，中华书局 2011 年版，第 133 页。
② 洪兴祖：《楚辞补注》，中华书局 2012 年版，第 12 页。
③ 许慎撰，段玉裁注：《说文解字注》，上海古籍出版社 1988 年版，第 338 页。

人更加重视玉及其所代表的意义。那么中国的玉文化究竟是怎样演变的？它又是如何从一种矿物成为一种精神象征和德行符号的？

一　玉石的分类

根据亚洲宝石协会的数据分析，玉主要分为硬玉和软玉两类。一般来说，软玉主要指的是中国的传统玉石——和田玉，硬玉中的一种是出产自缅甸的翡翠。然而"玉"这个字最初的指代对象到底是哪一类矿物？

（一）玉的特质

经古文字学家和考古学家的共同努力，能够知道"玉"最早出现于甲骨文和金文中。1986 年，张光直根据考古最新发现和文献的重新解读，认为中国的石器时代与青铜器时代之间还存在着一个玉器时代。[①] 这一说法自提出后，引起了很大的反响，或辩或驳，聚讼纷纭。其实，中国人很早就发现了玉石的特点而将其用于工作，考古发现证明，大约在 1.2 万年以前，原始先人就已经使用由蛇纹石制作的砍砸器，他们用玉石制作工具，认为玉石比一般的石头硬，因此也就开始将玉石与其他石头区分开，硬度便成了玉石的第一个特质。而制作玉器，必然要找到更硬的石头，所以《诗经·小雅·鹤鸣》有云："他山之石，可以攻玉。"不过，并非所有硬的石头都是玉，比如黄铁矿的摩氏硬度为 6—6.5，和玉石的硬度相近，由于其色泽极类黄金，而被称为"愚人金"而非被归入玉类，可见，能够被称为"玉"的矿石还必须有其他特点。

《说文解字》定义玉是比较美丽的石头，玉这种矿物要怎样才算是美丽呢？很显然，美丽的石头大多颜色鲜丽、形状可爱，然这些不是定义玉的必要条件，很多矿物如寿山石、青金石，它们的颜色都是艳丽可人的，但是硬度不足，只能被称为"石"。由于古代玉有广义与狭义之分，广义的玉涵盖了很多矿物，包括孔雀石、堇青石、玛瑙等，而狭义的玉仅指和田玉。因此，现在人们在介绍这些矿物时，大多会说它们是古代常用的一类玉料。另外，许慎赋予玉石的五德之一是温润通透，石头大多粗糙，故而无法满足这一条件的矿物也被排除开来。

---

① 张光直在《中国青铜时代》中提出石器时代、玉琮时代和青铜时代的观点。

（二）玉的种类

根据考古发现以及文献记载可知，新石器文化时期的玉不仅包含矿物意义上的玉，玛瑙、石英、松石等美石也被归于这一类，这时候的玉更多的是广义的概念。同时，他们也会根据矿物主要的不同特质加上修饰词，比如水玉、黄玉、刚玉等。由此可见，原始先民使用玉器时略显随意。而汉字曾造出从玉的字近 500 个，这又表明先民们对于玉以及类玉矿物有了一定的概念和区分。

现代珠宝学按照玉石的矿物成分将玉分为两类：硬玉和软玉，当今流行的翡翠是硬玉，而传统的和田玉为软玉，硬玉（Jadeite），为钠铝硅酸盐，硬度为 6.5—7，半透明到不透明，粒状到纤维状集合体，成致密块状。软玉（Nephrite），是含水的钙镁硅酸盐，硬度一般在 6.5 以下，韧性极佳，半透明到不透明，是纤维状晶体集合体。这两种玉外形很相似，硬玉的比重（3.25—3.4）大于软玉（2.9—3.1）。这个划分标准代表了当今珠宝界对于玉类的主流观念。

中国传统上习惯按照产地的不同来区分玉和石，由此又挑选出极有代表性的四种名玉：新疆的"和田玉"、河南南阳的"独山玉"、陕西西安的"蓝田玉"及辽宁岫岩的"岫玉"。和田玉玉质为半透明，抛光后呈油脂光泽，主要分布于新疆莎车—塔什库尔干、和田—于阗、且末县绵延 1500公里的昆仑山脉北坡，共有 9 个产地。其矿物组成以透闪石—阳起石为主，并含有微量的透辉石、蛇纹石、石墨、磁铁等矿物质，形成白色、青绿色、黑色、黄色等不同色泽，多数为单色玉，少数有杂色。摩氏硬度在5.5—6.5 之间。独山玉又称"南阳玉"或"河南玉"，产于南阳市城区北边的独山，故也可简称为"独玉"。独山玉质坚韧微密，细腻柔润，光泽透明，色泽斑驳陆离。有绿、白、黄、紫、红、白 6 种色素 77 个色彩类型，是玉雕的一等原料。以细粒结晶为主；颗粒比较细，粒径小于0.05mm，隐晶质，质地细腻，坚硬致密，呈现出玻璃或油脂光泽，摩氏硬度在 6.0—6.5 之间。蓝田玉，是中国开发利用最早的玉种之一，迄今已有 5000 多年的历史，早在新石器时代即被开采利用，古蓝田玉原生玉矿尚未找到。现代开采的蓝田玉矿床位于蓝田县玉川镇红门寺村一带，距县城约 35 公里，含矿岩层为太古代黑云母片岩、角闪片麻岩等。玉石为细粒大理岩，主要由方解石组成。蓝田玉属蛇纹石化的透辉石类矿石，矿物主要构成成分有蛇纹石化的大理石，透闪石、橄榄石及绿松石、辉绿石、水镁石等形成的沉积岩。摩氏硬度在 3—4 之间，是四大名玉中硬度最低的玉类。岫玉产于中国辽宁省岫岩，属蛇纹石，以其质地温润、晶莹、细腻、性坚、透明度好、颜色多样而著称于世，自古以来一直为人们所垂青和珍爱。它形成于镁质碳酸岩的变质大理石中，外观呈青绿色或黄绿色，半透明，抛光后呈蜡状光泽，硬度为 3.5 度至 5 度。新石器时代红山文化所用玉材，产于岫岩境内细玉沟，俗称老玉，为透闪石软玉。商代妇好墓出土玉器多数玉材与岫岩瓦沟矿产岫玉近似。瓦沟矿岫玉开采历史悠久，储量丰富。为我国当前主要产玉矿区，产量占全国 60% 左右。这四种玉在不同的历史时期根据产量的多寡和交通运输的便利与否而各有不同比重的使用概率。

从中国传统上挑选的四大名玉可见，古人对于玉的概念与现代珠宝学有很大的差异，国际标准注重宝石的矿物成分和比重，中国传统分类更多地带着直观感受。当然，根据章鸿钊先生的中国珠宝学集大成之作——《石雅》可知，中国传统上对玉石观念的归纳其实比较宽泛而随意，先人们对于玉石的分类远没有如现在这样简单狭隘。那么，玉石在文化中、文学作品中，必定也有着不同的风貌。

二 文化的流变

杨伯达先生曾经根据使用者的不同将玉文化分为巫玉时代、王玉时代和民玉时代三个阶段。陈英吸收杨先生的成果后，在其著作《中国玉文化》中将玉文化分为巫玉、官玉和民玉三个阶段，研究视角仍在使用者的身份上，故论调与杨伯达相似。若立足于玉的用途以及玉本身，则可以发现玉文化的分期远没有这么简单。

（一）饰玉

从出土玉器考证，公元前四五千年左右的浙江余姚河姆渡文化、辽河流域红山文化等新石器文化便已开始使用玉器，大约有三千年的历史。在这漫长的岁月中，玉器并非一开始就处于高位，对其作用的认知也没有后世那么清晰。

河姆渡文化遗址出土的原始艺术品品种丰富，题材广泛，用处多样。其中玉石类制品就有许多，如管、珠、环、饼等。珠、环等饰品大多用玉和萤石制成，在阳光下闪烁着淡绿的光彩，晶莹美丽。先民们在串做装饰品时，还会加一些兽类的獠牙或犬牙以及鱼类的脊椎骨等作为修饰，这体现了原始先民们的审美倾向。同时，也表明河姆渡文化时期的人们对于饰品的材质并无多少选择，主要根据其获得的便利性以及数量来串联出成品。不过，他们有意识地将玉石器进行打磨和穿孔，这样既保留了矿石原有的实用价值，又发现了其美观的效果。如果说，拣取自然的石块，进行用石打石的处理，说明古人类已经学会了制造和使用工具，那么，磨光和穿孔则意味着中华古代先民不仅已经能够制造高一级的工具，而且在思维当中产生了带有观念形态的内容。而充分发掘一件物品各种价值的行为，展现了新石器时代文化的独特风貌，这一行为可以说是划时代的标志。

当原始先民们把那些色泽晶莹的玉石，经过耐心细致的打磨，制成带有一定意义的形状，并钻上一个小孔，穿上自己捻的小绳，将它套在颈项上或挂在胸前时，说明古人正进行着美的追求，标志着人的思想中有了信仰和寄托。玉石具有无比的美丽，无比的坚硬，无比的价值，它与上古先民思想中至上的祖先、至上的自然力、至上的鬼神的观念自然而然地联系在一起了。玉石的各种特质也在这一次次拣选、打磨、穿孔等活动中被发现，古代护身符一类的东西正循着这一自然过程而产生。在此后的社会发展进程中，由此产生了许许多多和玉紧密关联的神话和传说，这表明在古时候人们的思维想象当中，一块不同于石质物品的美玉，它与天地四方、与神祇仙妖、与万物生灵有着说不尽的联系和影响力量。人们对于玉的作用以及本质的认识在不断发展，对于玉的用处也在渐渐改变，这是一个很重要的飞跃。大量古代的文字记载和大量的出土文物，都证明着这样一个史实：一块玉、一件件小小的饰物、一点最原始的审美意识和一种最早的信念和虔诚，正不断地被赋予新的含义，发掘着新的作用，并终于孕育了中国特有的玉文化。

（二）祭玉

古语说"玉不琢不成器"。可以说，玉的文化主要还是在玉雕工艺上才会得以体现。任何一块好的玉石，经过人工雕琢，才被赋予新的价值和魅力。我国的玉雕工艺源远流长，为世所公认。早在旧石器时代，我们的祖先就已经用玉、石等矿物制作像镞、矛、刀、斧、铲等一类的生产工具，随着时间的推移，经过河姆渡人对于玉石的拣选和使用，生活在红山文化时期的先民们已经能够较为熟练地使用雕刻技术制作各式各样的玉雕物品。

据考古发掘显示，红山文化的玉器已出土近百件之多，这些玉器使用的材质较多的是辽宁岫岩县细玉沟透闪石类的玉材，材料质地细密，硬度较高，色泽均匀。玉的颜色有苍绿、青绿、青黄、油黄色等，也有玲珑剔透的碧玉和纯白色玉。这一时期的玉器极有特色，其造型深厚凝重，图像描画概括洗练，显示出不同于其他文化玉器特征的神韵。如动物造型的猪龙、玉龟、鸟等兽形玉器，既能生动地表达动物的特点，又展示出原始先民那拙朴豪放的艺术个性。此外还有勾云形玉佩、箍形玉、棒形玉等造型，显示了先民们丰富的想象力和优异的创造力。

玉图腾的概念在此时渐渐形成，具体实物可见赤峰出土的C形玉猪龙、玉鬼、玉鱼等，这表现出中华民族的先民曾经用带有某种含义的玉雕制品作为民族的标志。历史文献也曾有许多这方面的记载，如其事可见《拾遗记》卷一《少昊》。玉石是当时人类用得最多、最广泛的物质，被推为天地之精，既美观又实用。因此，上古之时，先民将玉雕琢成鸟兽等各种图案，作为图腾崇拜，而且围绕着图腾标志，还产生了一些原始的公共活动，如包括原始音乐、原始歌舞在内的巫术礼仪活动等。玉图腾是一种远古文化和意识形态。

纹饰是一个时代思想观念、审美意识和信仰的产物。解读纹饰、掌握各个时代的纹饰特点，便能比较准确地了解这一时代的文化内涵。红山玉器常常采用压地线浮雕、凸弦纹、浅浮雕几种方式，有些压地浅浮雕若隐若现，眼视不甚清晰，手摸感觉明显，凸弦纹在多数红山玉器上都会见到。红山玉器的工艺过渡自然，表面光泽细腻，大多无玻璃光泽。不论动物或器物，一般都有穿孔，方便携带。这些新出现的鱼、龟、鸟、兽面、兔、蚕等形象的玉雕佩饰并非装饰品，大多用于祭祀。中华民族从来没有专门的一神论信仰，所以常见的夔龙纹、蟠螭纹、云雷纹等都代表着先民对于自然对于民生的祈求。所谓靠山吃山靠水吃水，所以不同地域发掘出来的祭祀用玉的形状和纹饰也有不同，古人精湛的玉雕技法使玉文化渐渐开始产生发展。

巫术是古代人类社会活动的一种重要形式，礼天祈福，祭祀祖先，等等。《周礼·春官·宗伯第三》曰："若国大旱，则师巫而舞。"这说明巫术活动一般都是由巫师带领一群人边唱边舞边敲打玉石。《尚书·舜典》曰："击石拊石，百兽率舞。"这描述了古人进行巫术活动的情景，即敲击矿物发出有节奏的音响，人们模仿着百兽的动作，开始狂热地舞蹈。玉坚韧胜于其他石料，是当时制作乐器的最好材料，由此，古人把声音舒扬这一特征作为衡量玉石的标准。原始歌舞和巫术礼仪活动在原始社会还是混为一体的，但到了新石器时代后期，便开始一分为二，渐渐发展成上层建筑的两个独立部分，那时候的原始歌舞演变为"乐"，巫术礼仪演变成"礼"。到阶级社会后，更演化为文学艺术和行政典章两大主体。玉从参与歌舞、巫术礼仪活动而成为中国古文化的重要组成部分。

（三）礼玉

早在良渚文化之前，原始先民们就把玉看作天地精气的结晶，使玉具有了不同寻常的宗教象征意义。而后良渚先民用玉礼拜四方，有璧、琮、璜、环、珠等器形，又有象征神权的玉琮和象征军权的玉钺等，这些玉器大部分出土于良渚文化的各类墓葬。玉器是良渚先民所创造的物质文化和精神文化的精髓。良渚文化的玉器，达到了中国史前文化之高峰，其数量之众多、品种之丰富、雕琢之精湛，在同时期中国乃至环太平洋地区拥有玉传统的部族中独占鳌头。

良渚文化的玉器制造承袭自马家浜文化的工艺传统，并吸取了北方大汶口文化和东方薛家岗文化各氏族的经验，从而使玉器制作技术达到了当时最先进的水平。[①] 其中，反山墓地出土的玉器有璧、环、琮、钺、璜、镯、带钩、柱状器、锥形佩饰、镶插饰件、圆牌形饰件、各种冠饰、杖端饰等，还有由鸟、鱼、龟、蝉和多种瓣状饰件组成的穿缀饰件，由管、珠、坠组成的串挂饰品，以及各类玉珠组成的镶嵌饰件等。各类不同用处的单件玉器以及玉组件，反映出先民们对于玉器用途的充分发掘以及喜爱，同时，里面大量出现的用于天地四方祭祀以及部族大型典礼活动的玉器，说明玉文化已经由祭玉文化进入礼玉文化阶段。

另外，反山墓地出土的玉器中有近百件雕刻着花纹图案，工艺采用阴纹线刻和减地法浅浮雕、半圆雕以至通体透雕等多种技法。图案的刻工非常精细，有的图案在1毫米宽度的纹道内竟刻有四五根细线，可见当时使用的刻刀相当锋锐，工匠的技术也是相当熟练的。[②] 中国文化有礼有节有度的特色由此渐渐开始显现。此时，大至璧琮，小至珠粒，均经精雕细琢，打磨抛光，显示出良渚文化先民高度的玉器制造水平。玉器的图案常

---

① 卢兆荫：《古玉史话》，社会科学文献出版社2011年版，第16页。
② 同上书，第18页。

以卷云纹为地，主要纹饰是神人兽面纹，说明原始先民摆脱了随意的泛神祭祀，开始了有针对性有主次的专神祭祀活动，他们所祈求的也不再仅仅是一人一族的温饱安全，而有了更高的追求。

随着历史的变迁，时至殷商，以和田玉为主体的玉器工艺美术新时代登上了华夏民族的玉坛，取于自然、用于帝王宫苑的玉制品被看作显示等级身份地位的象征物，成为维系社会统治秩序所谓"礼制"的重要构成部分。同时，玉在丧葬方面的特殊作用也使玉具有了无比神秘的宗教意义。

（四）佩玉

商周时期，佩玉是贵族的身份象征，无身份不得使用。而玉器祭祀也被明文规定写进礼制。《周礼》曰："以玉作六器，以礼天地四方，以苍璧礼天，以黄琮礼地，以青圭礼东方，以赤璋礼南方，以白琥礼西方，以玄璜礼北方。"然而进入春秋时期，社会结构经历剧变，新兴的士阶层对于社会的安定产生了一定的不良影响。

由于玉的外表及色泽，人们把玉本身具有的一些自然特性比附于人的道德品质，作为所谓"君子"应具有的德行而加以崇尚歌颂，更是中国人的伟大创造。因此，玉是东方精神生动的物化体现，成为中国文化传统精髓的物质根基之一。鉴于此，孔子很有创造性地提出了君子比德于玉的观点，《礼记·聘义》云："子贡问于孔子曰：'敢问君子贵玉而贱珉？何也？为玉之寡而珉多欤？'孔子曰：'非为玉之寡故贵之，珉之多故贱之。夫昔者君子比德于玉。温润而泽，仁也；缜密以栗，智也；廉而不刿，义也；垂之如坠，礼也；叩之，其声清越而长，其终则诎然，乐矣；瑕不掩瑜，瑜不掩瑕，忠也；孚尹旁达，信也；气如白虹，天也；精神见于山川，地也；珪璋特达，德也；天下莫不贵者，道也。'《诗经》云：'言念君子，温其如玉。故君子贵之也。'"孔子用比附的方法，将君子的每一种美好品德与玉的每一个特质进行联系，借此辨析了玉与非玉矿物的区别。儒家贵玉思想还表现出"君子无故，玉不去身，君子于玉比德"的观念，由于儒家学派的提倡，贵族佩玉之风更盛。而士阶层虽非贵族，但是他们一直努力回归这一阶层，因而当他们佩戴上玉组件后，便不得不以贵族也就是君子的要求来规范、约束自己的行为，从此佩玉的人群不断扩大，而玉文化的地位开始有了滑坡。

（五）服玉

汉代，上至皇室下至贵族，纷纷采用各种玉料制作的礼器、装饰品和美术品。西汉初年的玉器继承了战国时代的传统，并有所发展。西汉中期以后变化更大。根据器形和用途的不同，西汉玉器可分为三大类：礼玉、葬玉和玉饰。商周的六种"瑞玉"，除璧、圭外，大都废弃不用；组成"组玉"的各种玉佩，其种类和数量也都随着服饰的变化而逐渐减少。

在奢侈风尚以及厚葬风气之下，葬玉和随身玉制装饰物的种类增多。尤其是在羽化登仙以及蝉蜕重生观念的影响下，玉衣的使用从武帝时期开始盛行。玉衣制度记入国史，《后汉书·礼仪志》曰："登遐，皇后诏三公典丧事。……守宫令兼东园匠将女执事，黄绵、缇缯、金缕玉柙如故事。"又曰："诸侯王、列侯、始封贵人、公主薨，皆令赠印玺、玉柙银缕；大贵人、长公主铜缕。"不同的阶层地位对于玉衣的规格也有所控制，然而原本用于沟通天地神明的玉器，变为包裹躯壳的器皿，可见玉文化内涵的扩充。

东汉时期，道教风行，随之而起的是道士们对玉器用法的改良，他们用玉制作法器，甚至提倡饵服玉粉末用于长生，这种做法对于玉文化而言，既扩大了使用者的范围，同时也将玉从神坛拉回人间。两汉时期玉器的表面花纹从以抽象主义为主变成以写实主义为主。纹路连绵而圆润，圆雕、高浮雕、透雕、刻细线的玉器也增多了。这些变化反映了汉代社会的变化以及风俗和思想的变化。在中国玉器史上，汉代实是承前启后的一个过渡阶段。

（六）饰玉

一直以来，玉为石中精华，乃是天地灵气聚集的体现，这样的观念并未消失，所以玉器虽然地位有所下移，但是它作为制作礼制用品的材料仍然持续着。同时，延续自东汉末年的玉可以避邪除祟和延年益寿的观念也在发展。战乱频仍，朝代更迭频繁，医疗条件落后，魏晋开始，人们习惯佩戴玉佩以保自身。

魏晋六朝的人们相信玉具有超自然的力量，认为将玉制品供人佩饰或使用，可增加精神上和心理上的抵抗力量，防御邪气的侵袭，扫除鬼祟的祸患，保障人和物的安全和吉祥。这种说法在古文献中的记载也很多。例如《拾遗记·高辛》载："丹丘之地有夜叉驹跋之鬼，能以赤马瑙为瓶盂及乐器，皆精妙轻丽，中国人有用者，则魅不能逢之。"同时相信，玉有使人长生不老的功能，相信通过食玉和服用玉类可以实现永远年轻。这一观念宣扬和使用得最多的大约要推道家的学术和法术了。东晋的文学家、炼丹家和医药学家葛洪所著炼丹术集大成之作《抱朴子》，专门论述了修仙之术，其中《仙药》一卷说："玉亦仙药，但难得耳。"又说："服金者寿如金，服玉者寿如玉。"可见，在当时人的心中玉也是一种可致长生的仙药，带有莫可名状的神奇力量。

隋唐时期，借玉器辟邪求仙的观念仍持续运作着，人们习惯佩戴各类玉饰于身，如玉簪、玉钗、玉梳、玉镯、玉佩等，既可以妆饰自己，同时也可求得一定的心理安慰。各种玉制品屡见于各类文学作品以及历史文献中。

（七）玩玉

宋承五代余续，延续了唐代以玉为饰的习惯，同时由于金石学的发展，以及考古活动的盛行，当时发掘出不少青铜器物，普通士大夫家不能藏，只得雕凿玉石仿品自娱。同时期，辽、金与两宋互相挞伐又互通贸易，经济、文化交往十分密切，玉器艺术共同繁荣。北宋末年，徽宗赵佶的嗜玉成瘾，工笔绘画的发展，城市经济的繁荣，各族异地民间交流的频繁，写实主义和世俗化倾向的加深，都直接或间接地促进了宋辽金玉器的空前发展。宋辽金玉器实用装饰玉占重要地位，"礼"性大减，"玩"味大增，玉器更接近现实生活。例如北宋的花形镂雕玉佩，南宋的玉荷叶杯，女真、契丹的"春水玉""秋山玉"，都是代表这一时期琢玉水平的佳作，这些类型玉器的出现也表明玉文化不再高高在上，需待人敬仰和礼拜，人们开始懂得赏玩玉器之美。

元代玉器承延前代的艺术风格，采取起突手法，其典型器物是渎山大玉海，随形施艺，海神兽畅游于惊涛骇浪之中，颇具元人雄健豪迈之气魄。而明清时期作为中国玉器的鼎盛时期，其玉质之美，琢工之精，器形之丰，作品之多，使用之广，都是前所未有的。明清皇室爱玉成风，大型玉器摆件是这两朝最流行的玉器玩物，大禹治水山子堪称绝品。定陵出土的明代玉玺、清代的菊瓣形玉盘、桐荫仕女图玉雕，也都是皇室用玉的代表，而其时民间玉肆也十分兴隆，盐商、徽商等商人巨富纷纷加入玩玉的行列。苏州专诸巷是明代的琢玉中心，当时号称"良玉虽集京师，工巧则推苏郡"。

明清玉器千姿百态，茶酒具盛行，随着诗文类雅文学模仿前贤风潮的兴起，仿古玉器层出不穷。明清玉器借鉴绘画、雕刻、工艺的表现手法，汲取传统的阳线、阴线、平凸、隐起、起突、镂空、立体、俏色、烧古等多种琢玉工艺，融会贯通，综合应用，使其作品达到了炉火纯青的艺术境界。

玉文化历经七千余年的持续发展，经过无数能工巧匠的精雕细琢，遭遇历代统治者和鉴赏家的使用赏玩，得到礼学家的诠释美化，最后成为一种独具中华特色的文化样式，玉也便成了人生不可缺少的精神寄托。

三 文学的审美

玉和中国民族的历史、政治、文化和艺术的产生与发展有着密切的关联，它影响着中华民族世世代代的观念和习俗，影响着中国历史上各朝各代的典章制度，影响着一大批文人墨客及他们笔下的辉煌巨作。"玉"字在古人心目中是一个美好、高尚的字眼，在古代诗文中，常用玉来比喻和形容一切美好的人或事物。如以玉喻人的词有玉容、玉面、玉女、亭亭玉立等；以玉喻物的词有玉膳、玉食、玉泉等；以玉组成的成语有金玉良缘、金科玉律、珠圆玉润、抛砖引玉等；有关玉的民间传说和故事如"和氏璧""鸿门宴""女娲补天"等；一部感人至深的《红楼梦》，更是曹雪芹把人生的理想寄托在了一块顽石美玉里，使得对玉的爱在传统文化中再一次获得了尊崇。

（一）玉质之美

唐代王翰的《凉州词》写到了"葡萄美酒夜光杯，欲饮琵琶马上催"，这里提到的"夜光杯"就是用和田白玉雕琢而成的杯壁极薄的酒杯，这种玉在月色下可发出晶莹的光芒，与杯中的葡萄美酒相映成趣，美轮美奂，令诗人酒兴大发。

唐代诗人李商隐有"蓝田日暖玉生烟"的诗句，以如梦似幻的意象写出了爱情无可奈何的忧郁与迷离。刘禹锡也有"清越敲寒玉，参差叠碧云"这样的句子，他虽然描述的是砚台，然而所用意象全取玉至美的特质，以此来体现柳宗元寄给他的那方砚台的美丽以及柳氏本人如玉一般的品格。

宋代诗人戴复古在《题郑宁夫玉轩诗卷》云："良玉假雕琢，好诗费吟哦。诗句果如玉，沈谢不足多。玉声贵清越，玉色爱纯粹。作诗亦如之，要在工夫至。辨玉先辨石，论诗先论格。诗家体固多，文章有正脉。细观玉轩吟，一生良苦心。雕琢复雕琢，片玉万黄金。"戴氏虽然论述的是诗歌的创作技巧，但是他以玉石的雕琢之工、纯粹之色、清越之音来比喻诗歌创作历经打磨以后所形成的如同玉雕一样美丽的作品，是十分形象而且有效的。

（二）品格之美

《诗经·秦风·小戎》云："言念君子，温其如玉。"赞美男子的性格美好温和如同玉一样润泽迷人。《诗经·卫风》也称："有匪君子，如切如磋，如琢如磨。有匪君子，如金如锡，如圭如璧。"她形容自己心中的好男子是外表庄严娴雅，性格光明堂皇，为人宽厚大方，靠着车上横木时幽默风趣又文采风流。

喜欢以鲜花香草比附君子的屈原也在《九歌》中感慨道："瑶席兮玉瑱，盍将把兮琼芳。"瑶，石之次玉者。琼，玉枝也。说的就是己修饰清洁，以瑶玉为席，美玉为瑱，何不痛快畅饮。《左传·襄公十五年》中则用一篇不足百字的文章表现出宋国正卿子罕的君子风尚。文章记述的是，春秋时，有人送给子罕一块宝玉，并说："这是经过玉工鉴定过的，绝对是宝玉，我今天特意献给您。"而子罕却正气凛然地说："此玉虽是宝，但我以不贪为宝。"遂坚辞不受。可见，春秋战国时期，人们已经开始有意识地以玉来比拟人格品性高洁清净。这种比喻手法在孔子、荀子等人的玉德说形成中起到了一定的支持作用，这样的比喻方式也一直在文学作品中延续着。王昌龄甚至喊出了"洛阳亲友如相问，一片冰心在玉壶"的呼声。

《红楼梦》中林黛玉题帕诗中有"抛珠滚玉只偷衫，镇日无心镇日闲"，还有"半卷湘帘半掩门，碾冰为土玉为盆"，探春有"玉是精神难比洁，雪为肌骨易销魂"，贾宝玉写有"出浴太真冰作影，捧心西子玉为魂"，薛宝钗和史湘云分别创作出"淡极始知花更艳，愁多焉得玉无痕"和"神仙昨日降都门，种得蓝田玉一盆"的诗句。在海棠诗社中，用玉的风骨、玉的精神、玉的美丽来比喻白海棠，同时显示出每个人不同的思想感情和性格特征，也体现了曹雪芹想要表达的人物品格之美。

（三）情感之美

元末明初有一部脍炙人口的杂剧《玉梳记》，亦作《对玉梳》，全称为《荆楚臣重对玉梳记》，写的是扬州秀才荆楚臣爱恋"松江府上厅行首"顾玉香的爱情故事。顾、荆二人相爱两年，情投意合，但此时荆楚臣的金钱用尽，遭鸨母羞辱，并被逐出。顾玉香鼓励荆楚臣赴京应试，考取功名，临别时，玉香将珍爱玉梳"掐做两半"，二人各持一半作为信物。荆楚臣走后，玉香相思忧烦，"茶饭少进，脂粉懒施"，"朝忘餐食无味，夜废寝眼难合"，闭门拒客。后来玉香逃出妓院，赶往京都去寻找荆楚臣，途中遭富商柳茂英拦截，持刀相逼。正好赶上楚臣状元及第，正赴任路过，便将玉香救出并与之相认。顾、荆二人团聚，将玉梳"令银匠用金镶就"永存留念。这部戏剧模仿南戏《荆钗记》而成，却将荆钗换做玉钗，成就玉合人圆的佳话。

明代剧作家高濂的《玉簪记》也向人们讲述了一段关于玉簪的爱情喜剧。南宋书生潘必正在临安应试落第，到金陵女贞观探访身为观主的姑母。大家闺秀陈妙常因避靖康之难，投至观中为女道士。在琴声和诗才的相互感发下，潘、陈二人互通情愫，成其好事。观主察觉，遂逼侄儿再赴科考，并亲自送其登舟起行。陈妙常急忙雇舟追赶恋人，两人在江上互赠玉簪和鸳鸯扇为信物。后潘必正考中得官，与陈妙常结为夫妻。

明代著名戏曲作家汤显祖所作的《紫钗记》更是用女主人公所佩戴的紫玉金钗向人们讲述了一个曲折而美好的爱情故事。陇西才子李益，游学长安，与霍王府小姐霍小玉在元宵节上偶遇，小玉不小心将紫玉钗丢失，李益正好捡到。两人互生情愫，便成了亲。婚后虽然屡经波折，戏曲最后以奸人得惩，好事成双做结。可见在中国历代文学作品中玉与美好的爱情息息相关，玉石洁白如雪的颜色即代表了爱情中忠贞守节的两人，那剔透晶莹的质地也代表了人们心目中未曾被世俗污浊的美好情感。

发源于新石器时代早期而绵延至今的玉文化是中国文化有别于世界其他文化的显著之处。李约瑟评价说，中国人"对玉的爱好，可以说是中国文化特色之一。三千多年以来，玉的质地、形状和颜色一直启发着雕刻家、画家和诗人们的灵感"。它是中国传统文化的一个重要组成部分，玉具有温润莹泽、缜密坚韧的美感和实用功能。随着玉器的使用，以之为中心载体的玉文化不断发展变化，其延续时间之长，内容之丰富，范围之广泛，影响之深远，是许多其他文化难以比拟的，深深影响了古代中国人的思想观念，成为中国文化不可缺少的一部分。历代诸子百家以儒家学说诠释和田玉并赋予"德"的内涵，于是，玉有十一德、九德、五德之说得以广泛传播，并被全社会所接受，成为中国玉器久盛不衰的精神支柱。这种寓德于玉、以玉比德的观念把玉和德结为一体；同时，又将玉与君子结缘，物质、社会、精神三合一的独特玉意识是我们华夏民族的思想建树，成为中国玉文化的丰富思想和精神内涵。玉文化包含着中华民族精神，有

"宁为玉碎"的爱国民族气节；"化为玉帛"的团结友爱风尚；"润泽以温"的无私奉献品德；"瑜不掩瑕"的清正廉洁气魄；"锐廉不挠"的开拓进取精神，时至今日，这些精神仍然是我们的行为规范，值得继续提倡。

思考题

1. 《诗经》中的"玉"具体指的是哪一类矿物？

2. 唐宋时期，古人对于玉石的使用范围作了什么样的改变？

3. 明清时期出现的新兴玉种是什么矿物，简要介绍这种玉类使用的历史。

4. 结合诗歌，谈一谈古代玉器的颜色偏好以及选择。

5. 结合历史论述玉文化在中国传统文化中的地位。

拓展阅读

1. 臧振：《中国古玉文化》，中国书店 2001 年版。

2. 姚士奇：《中国玉文化》，凤凰出版社 2004 年版。

3. 杨伯达：《中国玉器全集》，河北美术出版社 2005 年版。

4. 古方：《中国古玉器图典》，文物出版社 2007 年版。

5. 李飞：《中国古代玉器纹饰图典》，浙江古籍出版社 2008 年版。

6. 常素霞：《中国玉器发展史》，科学出版社 2009 年版。

7. 章鸿钊：《石雅》，百花文艺出版社 2010 年版。

8. 莫离：《玉器图谱》，湖南美术出版社 2011 年版。

9. 殷志强：《中国玉文化》，中华书局 2012 年版。

探访蜀道的体会

王　蓬

内容提要： 由天梯云栈构成的古老蜀道，在数千年间穿越着秦巴大山，也如同万里长城、京杭大运河一样穿越着中国历史文化的重重关山，在人类的生存、争战、迁徙、邮传、贸易、交流诸多领域积淀着一份厚重、独特而又有些神秘的文化，有待人们去探幽发微，去览胜揭秘。长期生活于斯、熟稔于斯的作家王蓬曾以秦巴大山为背景，写出过长篇小说《山祭》《水葬》，又于20世纪90年代始探访蜀道，毕十年之功，全程走完多条汉唐古道，对古道诸多功用、沿途群众生活状态做了详尽考察，细致描绘，创作出《山河岁月》《秦蜀古道》《中国蜀道》等专著及多集蜀道纪录片。产生了广泛影响，并获柳青文学奖。本文系作者多年探访蜀道，创作出蜀道系列作品的体会，对学生不无裨益。

本文主要讲述我探访蜀道的体会。选这个题目是因为大家在位于汉中的陕西理工大学学习，应对这片土地有所了解。汉中为穿越秦巴大山、沟通中原与大西南的蜀道必经处，历史上许多重大事件、重要人物都与蜀道紧密相关，大家了解一下蜀道，再利用假日去褒斜道与古汉台石门十三品展室看看，可能会对汉中这片土地加深理解和认识，也是知识和阅历的积累。

一　探访蜀道的起因

蜀道写作，看似偶然，细思还是有许多因由的，首先，我已在这片土地上生活了半个世纪，从青少年起就与秦巴大山，与古褒谷打交道，日后写作，也与我植根这片土地有关，尤其是长篇小说《山祭》《水葬》直接以秦巴大山为背景，已涉及古道。最早写蜀道是在1985年，那时，我正在北京鲁迅文学院学习。利用创作假在秦岭深处留坝文化馆写长篇小说《山祭》，老也写不完，心情深感沉重。于是便利用间隙写了一组八篇有文化色彩的散文，意在表现山区婚丧、习俗、民居、饮食、服饰等方面的变迁。留坝为历代蜀道必经之地，受其启发，便将这组散文命名为《古栈道风情系列》，先是在《汉中日报》连载，接着《人民日报》海外版也转载了，我很受鼓舞。这组文章现在被收入《中国蜀道》，这应该说是探索和写作蜀道之始。尽管离蜀道的真正内涵还相距甚远，当时也没有打算继续跟进，但这次偶然的尝试却为日后的蜀道写作拉开了序幕。

从1984年春天到1988年夏天，我先后在鲁迅文学院和北京大学学习，那会正是文学新潮不断，国外各种书籍也被介绍到国内，萨特、加缪、罗丹、马尔克斯……很多。我在北大图书馆还看到了一本《房龙地理》，采用文学的手法描写山川河流、城镇乡村，自然景物都被赋予了生命，他甚至像给我们介绍某位朋友某个人一样去介绍美国、日本、比利时或澳大利亚，讲这个国家的方位、历史、物产、习俗或者与某个国家的情仇恩怨，让人在十分轻松中认识了庞大而复杂的国家。这种写法一下子就吸引了我，觉得许多过去不好表达的东西都在心中鲜活起来。我到处买这本《房龙地理》，当时没有买到，却在三联书店买到了史念海的《河山集》第二集，现在已买到《河山集》第九集。说来惭愧，我这才知道史念海是我们国家历史地理学的奠基人之一，读这些大家的作品能受到各方面的启迪。比如，我们对唐代的理解往往是以唐诗、书法、绘画、歌舞为视角的，觉得那是一个强盛的时代，但史念海的文章却是从长安的地理环境谈起，他考证出那时是整个地球的温暖期，植被茂密，禽兽成群，人类开发有限，秦岭以北、长安四周八水环绕、湖泊星罗。我们现在视为国宝的熊猫那时在秦岭北侧就能生活，《唐书》上有武则天向日本使臣赠送熊猫的记载。这就开拓了我们对唐代长安的了解空间。阅读这些作品给我的最大启发或者说收获是，开始用文化的眼光来看待自己生活的这片土地，并且总结出要想深入认识、了解这片土地的两条线索：一条是沟通南北、穿越秦巴大山的蜀道，因为几千年间，举凡影响这片土地历史进程的重大事件、重要人物、人口迁徙、物资集散莫不与古道相关；另一条是由西向东、贯通汉中全境的汉水，从根本上说，正是汉水这条母亲河造就了美丽丰饶的汉中盆地，我们赖以生存的各种谷物、农畜产品乃至衣食住行莫不与汉水相关。这种想法或者说认知一旦产生，便再也挥之不去，产生了全程踏访蜀道和汉水的念头。

但是，从北京学习回来，并没有付诸实践，一方面是手边缠着几部中篇小说和人物传记，另一方面还缺乏考察蜀道或汉水的必要准备。直到1991年，我一下子出了四本书：长篇小说《水葬》、中篇小说《黑牡丹和她的丈夫》、传记文学集《流浪者的奇迹》、散文集《乡思绵绵》。现在回头看，截至那时，已经创作、出版两部长篇小说、十几部中篇小说和传记文学、50多个短篇和100多篇散文，也就是《王蓬文集》前四卷的主要部分已完成。下一步该怎么走，似乎到了一个十字路口。其实也可以继续沿着纯文学的道路走下去，事实是当时还酝酿过一部长篇，写一个家族半个世纪里的起落沉浮，列了提纲，勾画了人物表，甚至还试写了两章，因为当时一个朋友约稿，是四川文艺出版社的，他看了《山祭》《水葬》之后，专程到汉中谈这事，在他来之前我赶写了两章，想让他把握一下文本和语境。他看后觉得挺有信心，说这次争取写出个有动静的获个奖什么的。但他走后，我却怎么也鼓不起劲来写了，因为从写作的第一天起，我从来就没有想过要为获奖去写作，由于性格和对文学的理解，这种心态一直影响到后来。一想到朋友的期待，一想到为获什么奖，反而泄了劲，感觉腻味。所以陈忠实写《白鹿原》一直保密，说像蒸馍馍一样，不能把气泄了是有道理的。

二　如何进行蜀道写作

这就起了踏访蜀道的念头。其实，汉中最早探访蜀道的是汉歌的画家张维铮，他骑自行车跑了几趟，回来画了蜀道长卷，我看了很受启发，觉得该行动了，我那时在市群艺馆，写了个考察蜀道的报告，还找分管文化的崔专员批了一下。恰在这时，时任汉中市委（今汉台区委）宣传部部长的黄建中倡导，得到市委市政府的支持，要拍摄蜀道系列电视片，《栈道之乡行》邀我撰稿，双方一拍即合。参加的人还有博物馆的王大中、王景元，电视台的丁利、程建平，再就是刘建、张洁、方勇等，还有周忠庆、张维铮也参与过，大家对拍摄蜀道全力支持，充满激情。接下来，褒斜道、金牛道、陈仓道、傥骆道、米仓道，北至五丈原，南至都江堰，四川广元、甘肃成县、夜闯江口、翻越牛岭，搭制仿古栈道，拍摄婚嫁场景，孔雀台遇险，明月峡踏浪，1992年几乎跑了一年。由于承担撰稿工作，我除了全程参加拍摄外还要阅读各种资料，这才真正接触到蜀道的内涵底蕴，感到开始阅读一本无尽的大书，给人的启迪是多方面的。一般来说，阅读涉及古道、古文字、金石的学术史料，会感觉很枯燥，我国学术泰斗王国维曾把学术研究划为三个境界，通俗地说就是：味同嚼蜡；废寝忘食；独上高楼。山西作家韩石山也把人生分为三个阶段：青春作赋；中年治学；晚年搞乡邦文献。意思是人年轻时有激情有想象适宜搞文学创作，中年有积累和阅历不妨研究学问，晚年为家乡留点文字。踏访蜀道时，我四十多岁，人到中年正好治学，接触这些史料时，毕竟搞了多年文字工作，从小喜欢文史，很快就能融入其间，尤其是一边踏访一边阅读、文献与遗址遗迹结合，容易弄得清楚明白，取得事半功倍的效果，还能发现问题，比如严耕望教授的《汉唐褒斜道考》体大思精，是研究汉唐时期褒斜古道的重要文献，但其中有个观点：斜谷长、褒谷短。当我们全程走完褒斜道时就发现其观点不对，斜谷仅70余公里，褒谷长达200余公里。这位大学者客居香港，一生并未到过褒谷，所以出错了。有的学术文章写得很美很有文学性，比如杨涛的《褒斜栈道美学试析》，从美学角度谈古蜀道的逶迤之美，使人很受启发。这就与文学的性质衔接起来了，我们不可能把深奥的学术问题讲给群众听，只能采用清楚明白的语言加以讲述，争取做到雅俗共赏。所以在写脚本时没有太费事，最初定为10集，叫《栈道之乡行》，我在张良庙写了两个月，拿出初稿。我和担任导演的丁利拿到中央电视台去征求意见，中央电视台副台长洪民生和艺术部主任藏树青都看了脚本，很感兴趣，提出两个方案：一个按10集拍，地方台播；再搞一个小时精编版，由中央台播，精编版叫《栈道》。在一个小时内要说清中国古代足以和万里长城与京杭大运河媲美的古道，确实要下功夫，就像写精粹的短文一样不容易。他们提醒的两句话现在我还记得：一是要把水分榨干，多余的废话一个字也不要；二是要把蜀道真正的精髓挖掘出来，表现到极致，让再搞的人止步。后来基本上按这个原则去努力，以10集播出，又将5万字、10集的脚本精练到不足1万字，请赵忠祥配音，首播是在第四届蜀道及石门行研讨会上，国内外专家来了100多位，上海复旦大学杨征泰教授、西北大学李之勤教授、中共中央党校王子今教授、上海博物馆的陶喻之等都是国内研究古道的著名专家，对《栈道》片予以充分肯定，还成为互赠书信的朋友。日本专家还提出要购买，这个片子应该是成功的，很长时间内被作为宣传汉中的接待节目。片子搞完，大家对蜀道的热情不减，黄建中又挑头在褒谷口修复了一段栈道，虽然不长，但很精致，栈道的各种形制齐全，邮亭驿置皆备，关键是开汉中修栈道风气之先，而且引发了蜀道热、修栈道热，像石门水库、黄花河等，这又带来了蜀道旅游热。

动笔之前或者说写作之中，我多次思考的一个问题是：怎么写？写给谁看？原因是蜀道被发现、存在已有数千年之久，最有力的证据是"郑人南迁""褒姒北嫁"以及蜀人参加牧野之战，这些历史事件载入了史册，没有引起争议，专家亦认可。只是散见于典籍，且为文言叙述、只言片语、过于简单而已。除专家或业内人士外，极少人涉猎。蜀道也就留下种种谜团，鲜为人知。考虑自20世纪五四运动始，白话文新文学肇始已近一个世纪，读者多接受新式教育。因此，蜀道写作受众应为最广大的读者，也就是说，采用白话且是准确、简洁、生动的文学语言。做到这点的前提是：我自己应先吃透史料，将其梳理得清楚明白，甚至了如指掌，才有可能在枯燥难懂的典籍与广大读者之间架起桥梁。也就是应以史学的视角看蜀道，以文学的笔法写历史。这就为我的蜀道写作定下了框架与准绳。

在多年多次的蜀道探访中，写作规划也逐步完善。计划整部书稿应包括坐落于秦巴腹地，与蜀道通塞兴衰紧密相关的马道镇、江口镇、华阳镇、嘴头镇四座古镇；为蜀道必经的牛岭、凤岭、柴关岭、兴隆岭四道山岭；始终与蜀道为伴的褒水、斜水、傥水、骆水、沮水、酉水、嘉陵江、西汉水八条河流；以及对子午道、傥骆道、褒斜道、陈仓道、金牛道、米仓道、荔枝道七条古道的探访。整部作品就如修建一个院落，正房偏屋、四梁八柱、门庭过道、门窗斗拱都矗立起来了，那些门敦、瓦挡、滴水、踏步也就不难配置了。正好用蜀道沿途群众的生存生活状态、风物风情来装饰点缀，力争做到化深奥艰涩为明白通晓，雅俗共赏。

2000年，我把与蜀道相关的作品结集为上、下两卷，60万字的《山河岁月》由太白文艺出版社出版。省作协和出版社还联合召开了研讨会。会前，我还有点忐忑不安，这些作品在写作中尽管做了种种努力，力图使枯燥的史料鲜活，使逝去的往事为当代人所理解，我把这些作品定位为非学术性的文学作品，尽可能挖掘人物内心深处的精神与情感，注意文字的感染力，对史料能不引用的尽量不引用，非引用不可的也融进叙述之中，不特别作出注释注解，让读者没有中断之感，注意表述的节奏感和音乐性，宁快勿慢，雅俗共赏，以便吸引更多的读者，这些努力的效果如何？

能否让文学界认可？这些都在未知之中。

2000 年 4 月，陈忠实带着 40 多位作家评论家来汉中，大家畅所欲言、评说短长，对蜀道作品中的文化含量给予了充分肯定，对作品对我个人说了许多热情的赞语，我宁可把这些溢美之词看作是一种鼓励，牢牢记住大家所指出的不足。大家希望，如有机会再次出版，一是文章要再纯粹一些，把收入《山河岁月》中与蜀道无关的内容删去；二是依据蜀道踏访顺序编排，能够给更多的踏访者与旅游者提供方便。

在这次研讨会召开前后，《山河岁月》受到陈忠实、余秋雨、贾平凹、熊召政、聂鑫森、查舜以及古道研究专家王子今、陶喻之、赵宇共等多位名家的高度赞许，认为《山河岁月》是一部事关中国文化建设的大气之作。对我来讲，最大的收获是坚定了信心，要把蜀道写作进行到底。还有一个收获是由蜀道写作引发了丝路写作，早先是无意识的西行，2000 年后成了有目标有目的的行动：多达 20 次西行，完成了《从长安到罗马——汉唐丝绸之路全程探行纪实》《从长安到拉萨——唐蕃古道全程探行纪实》，形成了包括蜀道、丝路与唐蕃古道系列。同时，蜀道写作并没有放弃，计划也十分明确，这就是不留死角，凡是能想到的没有去的地方尽量去，应该补写的文章尽量补写，为重新编辑出版做准备。我整理了一下，在《山河岁月》之后写出的作品有：

2000 年探访祁山道，撰写了《沧桑祁山道》《烟雨麦积山》《蜀道栈阁寻访记》；2001 年撰写了一组六篇《蜀道明珠张良庙》；2002 年探访陈仓道后撰写了《陈仓古道说风云》；2003 年重走褒斜道，撰写了《褒姒铺访古》《龙潭坝往事》《青木川传奇》；2004 年再访金牛道，去陇南探访古仇池国遗址，撰写了《漫漫古道通古国》《清风明月通天府》《翠云长廊接秦蜀》《锦绣成都》；2005 年与王景元、张尚忠步行翻越凤岭，撰写了《暮春云树越凤岭》；还两次探访嘉陵江新老源头，写出了《嘉陵古道探源记》《嘉陵新源藏区考》等。这次收入《中国蜀道》的作品，有 15 篇是《山河岁月》里没有的，也基本上做到了凡是能想到和该去的地方都去了，该补写的文章也都补写了；而且按从长安到成都的顺序做了编排，以便给读者和旅游者提供阅读和旅游上的方便。此外，对补写的这些文章，我在文本上也做了努力，自觉地坚持《山河岁月》研讨会上人们所指出的长处，比如李锐教授指出，对拓片世家环境的描写有探访者的新鲜感，有吸引力，有意识的追求；再就是冯岁平馆长评论说，看了《山河岁月》留下的最大印象是思想性，这使我颇受鼓舞，因为陈忠实的《白鹿原》按评论家李星的标准就是收获了思想。我理解，思想应是一种识见，不仅是《史记》上怎么说，《汉书》上怎么说，关键是自己怎么认识，尽量将深层思考供献给读者；再就是文字，应尽量清楚明白，有节奏感和美感，包括题目在内。两篇一组追求工整对仗：《马道驿忆旧》《龙潭坝往事》《沧桑祁山道》《烟雨麦积山》《清风明月通天府》《翠云长廊接秦蜀》等，目的是通过这些努力做到替读者着想，与市场接轨。这点想到做到都不容易，文章总是自己的好，但好坏还是要由读者和时间来检验的，关键是要把作品写好。有人说出版社只看名家，但名家怎么来的，是奋斗出来的，陈忠实早先的中篇集《四妹子》，出版社迟迟不出，出了也卖不出去，他下决心历经六个寒暑，写出《白鹿原》，征服了读者，发行了数百万册。数百万读者是不可能收买的，只能靠作品的魅力去征服。出版社当然要出他的作品。我们不能怨天尤人，要怨只能怨自己没下功夫，除了写好作品外，还要随和，要好商量。

比如《中国蜀道》的出版。过去，我并不认识这家出版社的任何人，2006年偶然在报纸上见到中国旅游出版社出了一套秘境之旅丛书，有《湖南凤凰》《江西婺源》等，这都是一些有特色的地方，我想汉中也有特色，何妨一试，就寄了一册《品读汉中》给这套丛书的编辑组，说希望加盟。不久就接到电话，说作品收到，觉得可以。但要按出版社的要求编排，《品读汉中》26万字，他们的书一般20万字，图片要占8万字篇幅，我就请他寄来一本书，按照他们的要求编了一本《陕西汉中》，首版6000册，反响不错。正好2006年去北京开文代会，我与责编王建华第一次见面，编辑都有职业特点，就是希望自己在众多的来稿中发现有价值的作品。在交谈中我们双方很谈得来，我不失时机地谈到蜀道写作，还寄去了《山河岁月》，让他们了解这本书的价值。王建华是很有经验的资深编辑，在对蜀道写作表示欣赏时，也从出版图书的角度、读者的角度，提出修改建议，要求内容长短结合，深入浅出，增强亲历、亲闻、亲见，贴近现场也就贴近了读者。我也基本上按这个要求选编了这本书，《山河岁月》60万字，与蜀道无关的4部人物传记全部删掉，同时，已经出过的文章也尽量回避，加进新写的15篇，《陕西汉中》在编排修订上狠下了一番功夫。篇目确定后，又逐篇修改，把引用过多或重复的史料尽量删去，添进人物与生活场景，尽量使文章鲜活。然后根据内容，按蜀道顺序编排。

责编提出为方便旅游者，要写蜀道旅游咨询。我考虑，为方便读者研究，增添了蜀道参考书目。汶川地震发生后，王建华先生又建议说，因蜀道通往四川，最好添上这个内容。正好我8月去北戴河，我让他把终校稿寄去，在《生命之路》《旅游资讯》《内容简介》三处加了关于汶川地震的内容。目下，见到这本书的同志和我自己都十分满意，封面、编排、印刷都美观大方。所以一本书的出版是作者和编辑共同努力的结果，需要商量，更需要互相理解和支持。从1985年在秦岭腹地创作系列散文"古栈道风情"，到2015年完成七集历史文化纪录片《汉中栈道》（西安出版社2015年版，中央电视台纪录频道拍摄），前后达30年之久。所出成果有：10集历史文化专题片《栈道之乡》（汉中电视台1994年6月）；蜀道专著《山河岁月》（上、下两卷，60万字，太白文艺出版社1999年版）；《中国蜀道》（中国旅游出版社2008年版）；《王蓬文集·蜀道卷》（中国文联出版社2006年版）；《秦蜀古道》（三秦出版社2009年版）；《栈道栈道》（西安出版社2015年版）。其中系列散文"古栈道风情"1985年获汉中地区行署文艺成果汇报一等奖；电视片精编版《栈道》1994年中央电视台及多家省台播放，并获陕西省电视专题片一等奖；《中国蜀道》2010年获陕西省第二届柳青文学奖，另外还有不少单篇蜀道作品奖项。

2010年12月8日，第二届柳青文学奖颁奖仪式在西安隆重举行，这是陕西最高也是最具权威的文学奖。此前，评委会告知，《中国蜀道》系列文史行走作品，因不设此类奖，可按散文类申报。结果，全票通过，其授奖词为：

《中国蜀道》以生动的史诗般的力量唤醒我们的记忆，使可与万里长城、大运河相媲美的中国蜀道，穿越中国文化数千年，以多姿多彩的意态凸显在读者面前。

柳青文学奖评委会
2010年12月8日

我要说的是蜀道写作，而不是获奖。蜀道写作使我各方面都受益匪浅，不仅改变了我写作的方向，由文学而蜀道，由蜀道而丝路，直至唐蕃古道。从某种意义上讲也改变了我的人生轨迹，因为我由此接触了更广阔的生活、更广阔的天地和更广大的人群。从对蜀道和丝路的探访与写作中，我切实地感受到人类的文明源远流长，文明的传承点点滴滴，不绝于缕，需要我们锲而不舍地从小事做起，人生短暂，认真做好一件事就不简单。

三　继承缺失的文明

生活中常有这样的情形，我们做的某件事情，当时只是出于一种激情与冲动，却未必了解其间的全部意义，经过岁月的沉淀，阅历的增长，方才能梳理、感悟得较为清楚明白。

比如，我在翻阅蜀道的资料时，无意中见到1934年抗战前夕，修西汉公路时，一位叫张佐周的工程师保护石门古迹的往事。其时，我们正为古道沿途古迹损毁而惋惜。于是，我本能地感觉这是一件极有历史文化内涵的事情，应该下功夫去发掘，去整理，去写成一篇可以公诸世并能引发人们提高保护文物意识的作品。至于这件事情所涵盖的意义，并没有过多思考。当时想得最多的是如何寻访、了解、梳理事情发生的始末，尤其是想着要去采访一位年龄超过我的父辈、学贯中西的学者式专家，如何与他对话，怎么沟通和交流，这是做好这件事情的基础。首先要了解他们生活的那个时代，了解他们当时的思想与情感状态，西汉公路修筑的背景；其次要尽可能地寻找到当事人的回忆文章及相关资料。

为此，我邮购了中国文史出版社出版的全套40卷本的《文史资料选辑》以及1985年创刊至1995年的所有《抗日战争研究》，翻阅了省市交通志书，寻访到仍然活在人世的多位知情者，这项工作持续了三年之久。从1992年春至1995年秋，由我撰稿的《栈道》已在中央及省电视台播出并获奖，又参加了《蜀道及石门石刻国际学术研讨会》，有论文入选，还就蜀道及相关学术问题与上海复旦大学古代驿栈专家杨征泰教授，西北师范大学《丝绸之路》主编季成家先生，上海博物馆陶愈之先生等通信对话。这样，我才感到有些底气了，才正式与张佐周先生联系。在获得应允后，又列出了详尽的采访提纲，尽量删繁就简，扼要挈领，以便能顺利采访这位学者型的专家。

第一次与张老见面便带上了传奇色彩。

原本已经约好时间，不想赶到上海张老家时，却被告知张老于前一天生病住华东医院了。我即刻赶往华东医院，去了高干住院楼，电梯行至七楼，有人上下，电梯门闪开的瞬间，我突然见到楼梯间有位护士搀扶着一位老人，尽管我从未见过张老，但那一刻我仿佛有心灵感应似的，认定这就是张老。于是，快步下电梯上前询问，果然就是张老。

采访时，在最初的几个问题问答之后，我们仿佛已经成为忘年交的朋友。比如，张老回忆说，担任留坝至汉中段工程测量设计队队长的开始时并不是他，而是一位姓什么的……一下子想不起来了。

"是不是张昌华？美国留学生，学工程设计的。"

"对对，就是张昌华，他后来不干了，我才接手，还配了个副手叫刘承先。"

"刘承先解放后当了中央交通部副部长。"

"是啊，修西汉公路那会他刚从学校毕业，年轻也肯吃苦钻研。"

至此，张老已知道我是有备而来的，他特地看了我一眼，说"你了解的还不少"。

接下来事情就好办了，任何问题，任何对话，不需要解释，只要说完，对方便都能心领神会，甚至互相提醒和补充60年前发生的事件与相关人物，相当顺利地完成了采访。几个月后，当我拿出5万余字的中篇传记《功在千秋——记一位保护国宝的公路专家》，征求张老意见时，张老仅有简短的回信：很真实，把我想到和没想到的都写出来了，末尾，又添了一句：文笔很好。

这篇作品先后被北京《人物》《中国交通》、湖南长沙《人民公路报》、甘肃《丝绸之路》和《汉中日报》《衮雪》连载、转载，陕西省作协开了专题研讨会，也发表了不少评论，一致肯定了这部作品。用陕西作家赵宇共的话说："这样的报告文学或许能胜过一部长篇小说。它给人的文化启示，表明文字艺术远有影视手段所不能揭示得深刻。"中共中央党校历史教授、中国秦汉史研究会会长王子今来信说："《功在千秋》读过，感叹万分。作家介入文物考古与古道研究现象本身就是创新，深感欣慰。"上海市博物馆副研究馆员陶喻之评介说："文章叙及张老生平事迹，旁及金石、交通、抗战近现代史轶事，资料翔实，内涵宏富，关键是有卓识，无论于史家、研究者或广大读者，均有神益。"宁夏文联副主席、著名作家查舜认为："《功在千秋》材料翔实，文笔老道又透出浓浓的书卷气。读罢，产生一个想法，就是这样体裁的文章真是作用非凡，因为其真实性，人们会当史料珍藏和传颂下去，又因为它的文学性，给人许多美的享受。"

关于《功在千秋》的评价有很多。越多，我内心深处倒愈感到不安和沉重，因为我发现或者说深深感觉到包括我们这些作家、评论家、学者、研究人员在内的不止一代人和张老的那代人相比，有一种明显的缺失——文明的缺失。而我花了三年时间，只不过刚刚进行了一点补课。

我在接触到这一素材之初，就心存疑惑，石门石刻不仅从宋代始就为欧阳修、苏东坡、赵明诚、康有为、杨守敬、孙中山、于右任……这些历代大师大家所推崇，中国首版《辞海》二字又集自《石门颂》，在国内外享有盛誉，新中国成立后被列为全国首批重点文物保护单位。但在"文化大革命"中，放弃了勘探 10 年之久、在石门上游 10 里左右的老君崖坝址。在仅距石门石刻 50 米处修建石门水库，虽经省市文物部门有识之士奔走呼吁，凿迁了最珍稀的《汉魏十三品》，但褒斜道石门以及众多摩崖石刻，以及长达 10 华里的褒谷二十四景、褒姒故里全部被库水所淹。

而当年修筑西汉公路的背景却是：第一次淞沪抗战爆发，曾有将西安作陪都之设想，这促使最高当局对陕西交通的关注，拟订修筑西(安)兰(州)、西(安)汉(中)两条公路。其时，著名军事家蒋百里(科学家钱学森之岳父)提醒蒋介石：中日必有一战，要警觉日寇模仿 800 年前蒙古铁骑灭南宋的路线：避开黄河天险，翻越秦岭，占领汉中，再攻川鄂。必须采取抗战军力"深藏腹地"，拖住日寇，打持久战，等候英美参战，方能最后取胜。事实证明，蒋介石采纳了这一战略建议。

如是，由中央直接拨款，从全国数省抽调工程技术人员，这在全国尚属首例。西汉公路是作为国家军备命脉考虑的，其工期、路况一直为最高当局所关注，其时也并无文物保护法规，那么张佐周们却偏偏架桥改道，不仅完整地保护了石门古迹，还恐危及石门对岸的山崖，巧凿连环三洞，又恢复了一段栈道，建一仿古亭阁，为褒谷平添壮景，究竟是出于主动还是被动？其间有无争执、矛盾，或者说曲折？

当年，在上海张老寓所，我特地提出这个问题："当时，你们几位对架桥改道、保护石门有无争议？""没有争议！"张老回答得十分干脆。"当时，我们一见到石门，就感到了不起，老祖先在几千年前就干出这么伟大的工程，再是那些石刻，《石门颂》《石门铭》都是我早就敬仰的书法珍品，小时习帖就知道。所以，我向赵老、孙老汇报后，他们到现场去看，一致认为石门是老祖先留下的国宝，保护是理所应该的事情。"

恰是没有争论，恰是这样的一致性，体现出一种眼光、胸襟与文化，体现了一种达到一定境界与文明程度的修养。这就不能不让人关注赵祖康、孙发端、张佐周们生活的那个时代了，他们几乎都出生于清末民初，几千年封建帝制在辛亥革命的枪炮声中轰然坍塌。但中国传统文化的精华又在幼时接受的私塾教育中传给了他们。在他们成长的青少年时代，"甲午惨败""天津教案""八国联军攻占"一系列割地赔款、丧权辱国惨案的发生，举国震惊，千年睡狮猛醒。其时，正在北京参加考试的举子，也就是今天所说的青年知识分子在康有为、梁启超等人的鼓动下，"公车上书"开戊戌变法近代维新之先声。之后五四运动爆发，"德先生"（民主）、赛先生(科学)的呼声响彻云霄，在"科学救国""实业救国"思潮的感召下，一大批青年人或赴欧美或渡东洋。比如主持修建西汉公路的赵祖康、孙发端、张佐周都曾先后留学美国，这就使得他们一方面承继了中国优秀的传统文化，另一方面掌握了西方的先进科学技术，更重要的是西方现代科学民主的思想与精神也由此在他们身上生根，真正地构成了与时俱进的一种现代文明。这就为他们在保护石门石刻时那种没有争论、一致同意的人文情怀做出最好的诠释。这种文明绝非虚拟，而是体现在各个方面。10年前，我去上海张老家，在四川北路的一座楼屋里，进门坐定，就能感受到一种知识分子家庭所独有的特色，简朴而富有书卷人文气息，安静而又有生气。在交谈时，张老及子女亲友均能随口引用古典诗词，并不时地用英语说明国外的观点，既有传统道德，又富科学民主，唯独没有那种"革命化"的偏执与浮躁。

如果以我们熟悉的文学界"五四"之后新文学肇始所造就的一批大师为例，就更能说明问题了。胡适留学美国，鲁迅、郭沫若、茅盾、郁达夫、胡风留学日本，巴金、艾青留学法国，蔡元培留学德国，徐志摩、老舍留学英国，再是林语堂、梁实秋、朱自清、闻一多、冰心、朱光潜、田汉、萧乾、王统照、成仿吾、黎烈文等皆有早年入私塾学习打下国学基础，又有外出留学的经历。他们至少精通一门外语，学贯中西，满腹经纶，大都曾为执教一方的知名教授，他们或结社团，或办刊物，造就了中国新文学的煌煌气象，也造就了"鲁、郭、茅、巴、老、曹"这些为世人公认的文学大师。

我们今日文坛固然有以所谓"五七"战士和"老三届"构成的中坚，但绝对缺少对国学的专攻和国外留学的阅历，实际上也是一种"文明的阙失"。

话归原题。拙作《功在千秋》发表时，张老已经 86 岁，对于一位学贯中西、历经风云的老人来讲早已是宠辱不惊，心态十分平静了。但老人来信谈及修西汉公路的 3 年是他长达半个多世纪筑路生涯中最有历史文化意义的一段，这让人十分欣慰。之后的 10 年间，我与张老也仅是春节互致问候，2000 年世纪之交，张老寄来一张照片，白发红颜，十分健康，我也祝老人长乐永康。

乙酉年春，张老因病仙逝，终年 96 岁，唯一遗愿是希望安息在西汉公路边。后经上海博物馆陶喻之先生倡导，在古褒谷为张老立碑塑像，上海有关方面及家人亦愿前来，安放骨灰，举行座谈，张老还有一批当年拍摄的古褒谷图片，可以举办图片影展，以纪念往事，启迪后人，这无疑是一桩极富历史人文情怀的好事，也是一种对文明的承继，真正是功在千秋。事情虽好，但涉及公路交通，文化文物，且又属水利部门管辖，诸多单位，加上一笔不小的费用，绝非我个人或文联所能左右，幸好此事获得汉中市人大常委会主任郭加水的支持。他亲自出面与相关单位协调，问题自然迎刃而解了。再就是毕竟时代进步了，文物保护意识也提高了，近年来，大家都认识到若是修建水库不受"文化大革命""极左"思想的干扰，坝址仍选石门古迹上游十里的老君崖，既能建成水库灌溉沃野，又能保护石门石刻这座举世公认的艺术宝库，及褒姒故里、褒谷二十四景，说不定会有申报世界历史文化遗产的资格，至少也是人皆趋之的旅游热点了。正视历史，亡羊补牢，警钟长鸣，犹未晚矣。

由是，为当年保护石门石刻的张佐周先生立碑塑像便获得汉中市委、人大、政府、政协主要领导、相关单位及各界人士的积极支持与响应，仅40 余日便大功告成。碑刻及陵地选在褒谷景区当年张老所开新石门故地，依山临水、开阔向阳，有仿古栈道通达，有张老故友赵祖康摩崖题刻"虎视梁州"相伴，足可安慰亡灵，寄托情怀。

揭碑之日，张佐周先生家人及上海人大、记者从沪赶来，影展隆重，座谈热烈，其子孙在张老当年施工故地，目睹精致朴素的陵地，巍峨庄重的碑刻，连连拍照，感激万分。汉中党政领导、各界人士亦云集褒谷，多日阴雨的秦岭云散雾开，太阳进出云层，褒谷顿显明丽，一束朗朗的日光投下，把那精致朴素的陵地、庄重大方的碑刻勾勒得格外醒目。但愿这金石刻就的文字能铭记那段不该遗忘的往事，能承继不该缺失的文明。

思考题

1. 你在游览石门栈道时有过哪些感想？

2. 经过汉中境内的古栈道主要包括哪几条？它们各自的走向如何？

3. 你认为文学创作和史学创作的区别是什么？

4. 你认为如何利用汉中地域文化来充实自己的大学生活？

拓展阅读

1. 王蓬：《山河岁月》（蜀道专著两卷），太白文艺出版社 1999 年版。

2. 王蓬：《中国蜀道》，中国旅游出版社 2008 年版。

3. 王蓬：《唐蕃古道》，三秦出版社 2009 年版。

4. 王蓬：《秦蜀古道》，三秦出版社 2009 年版。

5. 王蓬：《从长安到罗马——汉唐丝绸之路全程探行纪实》，太白文艺出版社 2011 年版。

6. 王蓬：《从长安到拉萨——唐蕃古道全程探行纪实》，西安出版社 2012 年版。

7. 王蓬：《栈道栈道》，西安出版社 2015 年版。

8. 王蓬：《汉中栈道》（七集历史文化纪录片），西安出版社 2015 年版。

文学是一种生命修行
——关于阅读、写作、语言的一些浅见

李汉荣

内容提要： 古人把读书作为悟道、修行、养心的途径和方式，作为熏陶情操、提升性灵的一种精神修炼。不是为求势利而读书，恰恰是为了去势利心而读书，是为了参悟天地精神、修养人生大道而读书，这样读书，才会读出真人、高士，读出大智慧，读出高格调。写作源于爱，爱人生，爱大自然，爱真善美，爱语言，包括对写作的爱。但写作最核心的动力，也就是写作者最主要的情结，是对时间的崇拜。崇拜时间，奉时间为自己最伟大的偶像，这是古今中外真正写作者的动力资源。对那些视写作如生命的人而言，每一个字都对应着他们内心所感受到的某种情境，一个字一个精神实体，一个字一个心灵意象，一个字一个命运境遇，没有虚拟，很少借代，字字都浓缩着情感，都能落实到心里。有限的文字记录、传达、暗示着他们对天地万物无限的敬畏和感通。

一　谈阅读

（一）为什么要读书

"孔夫子搬家——尽是书"，民间常用这句话来形容某家藏书多，某人学问深，用圣人来比拟爱书者，可见人们对书和读书人的推崇。

"万般皆下品，唯有读书高"，对这种极端的说法，我们常常理解为是鼓吹上智下愚，蔑视劳动者。我以为这是一种误读。我倒觉得这是在文化相对不普及、读书尚局限于士大夫阶层的古代，读书人渴望"圣贤书"尽快得到传播，渴望有更多的人加入读书行列而发出的一种急切的吁请，用今天的话说就是"呼唤读书"，只不过嗓门略高了一点而已。也颇类似现今的广告，为了争取较多的受众和效益，难免会把好话说得过头一些。

读书的价值怎么说也是不过分的，至少是无害的。倘若谁说："万般皆下品，唯有睡觉高""万般皆下品，唯有麻将高""万般皆下品，唯有混日子高"，我想，没有几个人会认同，因为它不是真理，也丝毫不包含对某种精神境界的追求和激情。

至于"书中自有黄金屋，书中自有颜如玉"之类，其用心也是劝人读书，境界却低多了，它把读书作为获得实利的敲门砖，不仅降低了书的精神品格，也丑化了读书人的形象，那样的读书人岂不是财迷、官迷、色迷？这类读书"广告"把读书作为一项投资买卖进行宣传，实在是对书的歪曲，杜撰者本人也很可能是一些境界不高、情调低俗的酸儒或俗儒。它令人想到当今一些充满市侩味道的奸商广告。

只有真正的读书人才会理解读书的意趣，也才会真正享用书、接受书对人生的浸润和照耀。"腹有诗书气自华"，这句古诗说出了读书的深味和真趣。书，保存着古往今来最优秀人物的智慧、才情和精神，读书，就是在有限的生命里与无限的历史和人类精神进行交流和对话，千万年的乳汁和阳光自书中涌出，灌注此刻的某一颗灵魂，诗书入胸，情怀湛然，气度高华。我们的古人把读书作为"悟道""修行""养心"的途径和方式，作为熏陶情操、提升性灵的一种精神修炼。不是为求势利而读书，恰恰是为了去势利心而读书，是为了参悟天地精神、修养人生大道而读书，这样读书，才会读出真人、高士，读出大智慧，读出高格调。

书有层次，不入流的书不能算书，只是印刷垃圾而已，在追名逐利的商业社会里，在印刷越来越容易的今天，在人人可以上网发帖的互联网时代，这样的印刷垃圾和文字泡沫是越来越多了。即使入流的书，也有不同的品位，人生苦短，书海无边，我们只能尽量选择那些不朽的经典、上乘的好书作为自己的精神口粮。书有层次，读书也有不同的层次：较低层次的读书是为求实用，中等层次的读书是为满足好奇心，较高层次的读书则是为了求得精神的升华和生命的充实。当然，这三种层次也常常是兼而有之的。比如，为了防治感冒而读一本医书，或读菜谱以改善饮食，或读金融类书籍以了解货币战争的黑幕，了解资本的运作秘密，也借此提高自己的投资能力；想了解天文学的新进展而读一本有关恒星演化的天文书；更多的时候，是为灵魂的需要而读书，为灵魂寻找源泉，为精神寻找通道，在喧嚣纷繁无序的生存之上，为生命寻找到一种内在的秩序和清洁的空间，这样，才能把那颗漂泊、慌乱的灵魂安顿下来，使之产生定力，增长智慧。可以说，最高境界的读书，就是"为灵魂寻找居所"。

我们和人交往，总是有选择的。势利的人以利益为选择的依据和归宿，他对人的选择其实是对利益的选择。真正的读书人对人的选择则是对心智和精神的选择，也就是对品位的选择。了解一个人的品位，一个最便捷也较可靠的方法是看他读什么书，看他的藏书，一般说来，爱读好书、善书的人，其心地和气质总是要脱俗一些，"书卷气"会洗刷掉世人易染的"市侩气"。读书的人除了生活在"当下"的世界里，他的内心里还有另外一个更加深邃辽阔的精神世界，那是由古今中外的圣贤、哲人、艺术家构筑的无限丰富的"内宇宙"，他穿着现代的时装，呼吸着城市污染的空气，而他的神思却可以追溯远古，重返盛唐，看见陶渊明的悠然南山，听到李白在月光下的咏叹，感受到杜甫"茅屋为秋风所破"的苍凉心境，触到李清照"梧桐更兼细雨"的黄昏秋意……他不仅占有当下这一小段时间，他通过读书，可以和更久远的、已经流逝了的时间建立联系，把人类数千年数万年的生命时空纳入个体的生命时空中，这样，他生命体验的密度、深度、高度和强度就无限地增加了，他在一生里度过了十次、百次、上千次人生。读书人常常给人以"出世"之感，他并非是辞别了此世，而是以此世的心胸接纳了"往世"的记忆和精神，并铸成深邃的情怀和目光，审视现世，参与人生，激浊扬清，弃黑守白。而不读书的人只囿于"当下"现实利益的狭隘空间，心胸和眼界里尽是流行色，上下五千年、纵横八万里都与他无关，街上流行什么，就追逐什么，他的心也变成了一条足音杂沓、烟尘四起的街道，堆满了当下的杂货和垃圾，独不见从远处和高处投来的永恒的精神亮光。

读书能益智，能养心，读书还有一个功能：解毒。尤其是在商业社会里，利欲滔滔，烟尘滚滚，文化也变成了逐利、消费的工具，大众传媒日益被商业控制，沦为促销机器，广告文化、消费文化以甜软的、媚俗的、妖艳的、煽情的调子，诱导欲望，刺激消费，这种所谓的消费文化以培养"购物狂""消费狂"为目的，它遵循的是利润原则和享乐原则，它绝不关心或甚少关心灵魂和精神领域的事情，这种文化最终会把人塑造成没有灵魂只有本能欲望的"消费机器"。因之，商业文化是带毒的文化，我们每日都在呼吸和吞吐着这种文化，精神怎么会不被它毒化？我们居所的空气混浊了，有空气净化器来对付；房间干燥了，有空气加湿器来调节。那么灵魂呢？精神呢？它们带了病毒怎么办？它们干燥、荒芜、龟裂了怎么办？没有一种高科技能解决灵魂的问题。

唯有书。它是灵魂的解毒剂、滋补剂，是情感发育的维生素和蛋白质，是精神升华的飞行器和登天梯，是寂寞人生最可靠的伴侣。

（二）多读好书能提升人生境界和幸福指数

1. 没有真正的阅读，就没有丰富深沉的精神世界

一个人的阅读史构成了一个人的精神史。不能想象一个不读书的人会有真正丰富深沉的精神世界。

古人说："世上数百年老家，无非积德；天下第一等好事，还是读书。"可见，读书与积德，从来就是国人推崇的盛事善举。

读好书可以澡雪灵魂，升华情操，启迪智慧。宋代诗人黄庭坚说："士大夫三日不读书，则义理不交于胸中，对镜觉面目可憎，向人亦语言无味。"另一位大诗人苏东坡说："腹有诗书气自华。"喜欢读书的人身上，总有一种高洁的书卷气，书卷气多了，市侩气就少了，浮躁气也就少了，定力和智慧就增长了。

我国人均阅读量很低，现状堪忧。中华民族自古崇尚读书、热爱读书，成就了数千年绵延不绝的伟大文明。遗憾的是，如今国人却不爱读书了。犹太人每人每年平均读书 64 本，德国 56 本，日本 48 本，韩国 46 本，我国年人均读书不到 1.5 本。长此以往，我们民族的精神道德水准和文化想象力、创造力将会大大减弱和衰退。因为人类数千年创造的高深思想和伟大智慧都在书本里保存着，不读书，意味着这些伟大的遗产和宝藏被闲置和遗忘了，人们身在宝山却不识宝，沉溺于碎片化、快餐化的信息泡沫里，而这些过眼烟云般的碎片信息是无助于心灵的塑造和创造力的培养的。我们必须改变这种令人忧虑的境况，我们每一个人都应该养成崇尚书香、热爱读书的习惯。文科学生更应成为"读书破万卷，下笔如有神"的学者和才子。

2. 男人多读书，会增加他的精神深度和人格魅力

男人多读好书，会提升他的智商、情商、德商和灵商，他会成为一个有深邃思想、深沉感情和担当精神的人，在世俗层面上也容易走向成功。一个爱读书的男人，会形成自己比较高尚而稳定的价值观和人生观，他会变得富于美感、正义感和同情心，在生活中不会随波逐流，不会趋炎附势，深邃的思想使他具有了批判的眼光和笃定坚守的"道"，即使有时候难免"势"大于"道"，他也不会轻易弃"道"而趋"势"，即使"势"如浊浪，

他可能会被浊浪一时迷惑或席卷，但却不会放弃心中的"道"，"道心"如金子，沉入河底淤泥，仍保持着金子的本色。这就是历史长河里那些虽九死而未悔、可能被淹没一时而终究为历史保存了恒久精神价值的赤子情怀和君子人格。

3. 女子多读书，会升华气质，取得由内及外的美容效果

女人多读好书，会使她变得更智慧，气质更优雅，读书还会对女人产生特殊的美容效果，一个人是因为可爱才美丽的，而不是因为美丽才可爱，那些金玉其外、败絮其中的徒具浮华躯壳而内在空虚的所谓"美"，是令人失望和厌恶的。读书可以让女人心灵纯净、气质高贵，"相由心生"，这就由内及外地改变和美化了女人的容貌，这是任何化妆品绝然起不到的美容功效，因为没有一种化妆品能够为心灵美容，为气质加分。而且女人读书可以带动孩子读书，带动家庭读书，可以提升整个家庭的文化品位和家风，有学养有教养的女人是男人的老师，也是孩子的第一任老师，可以影响自己孩子一生的命运和人品。

4. 每个人，每个家庭，都应该有个书房

对于每一个人、每一个家庭来说，都应该有一个书房，有一个精神空间，有丰富的家庭藏书，有阅读的习惯和氛围。中外古今，文史哲科，好书皆藏，博览群书，这样，上下五千年，纵横八万里，都浓缩在你家里了，不朽的思想，一流的大师，高贵的心灵，古往今来的文采，海阔天高的智慧，都照耀着你，滋养着你，陪伴着你，在这个由你经营的"谈笑有鸿儒，往来无白丁"的书香之家里，你的精神世界还会贫乏吗？人生境界还会低俗吗？你的孩子还会输在起跑线上吗？

毫无疑问，有好书相伴，你和你的家庭，将是有福之家和积善之家，因为，好读书，读书好，读好书，将会大大提升我们的人生境界和幸福指数。

（三）书的演变与人类文化长河浅涉

法国著名诗人瓦雷里说过这样一句话："世界的存在只是为了一部书的完成。"人类的历史就是写书的历史。观天书，阅地书，写人书。一代代人走来又走去，消逝于苍茫的雾中，时间的洪流无情地冲刷了人们的足迹，所幸留下一册册书页。书是人类精神的化石，通过它，可以窥见人类文化演变的轨迹。

1. 上古：神灵之书

上古时代，人们只能在石头、甲骨、树皮、竹简上作一些有限的记录，文字十分精炼简约，寥寥数语便浓缩一个巨大的时空。天大的事有时也只有几个字的记载。那时，天地混沌神秘，无限苍茫的大自然，在尚未完全从混沌中走出来的人的眼里，就是一个巨大的神灵的存在，万物有灵，万物皆灵，人与万物接触，就是与神灵接触，无所不在的神灵，使那时的人们无时不生活在神秘的体验中，巫师、占星士、占卜者，就是当时最有文化的人，他们提供和记录的多是人神交接的神秘经验。

所以，上古时代的文化是神秘文化，上古时代的书也是神秘的书。那时的人们生活在与我们完全不同的境遇中，眼所见、耳所闻、心所感，都充满了神秘和惊奇，还没有那么多人为的东西把他们从自然、宇宙中分离出来，他们和宇宙万物—宇宙万灵血脉相连、灵魂相通，睁眼闭眼都看见宇宙大神在凝视、考验他们，他们对万物和自身命运充满了恐惧、敬畏和神秘感。这样的生存境遇和天人关系，用文字记录下来，必然是神秘的书，我们看上古时代的书，如《山海经》《易经》等，无不有这种神秘感。上古文化是神秘文化，也是神性文化。

2. 中古（含近代）：诗性之书

后来，人渐渐从自然中分离出来，由于文化的积累、发育，人对宇宙万物的"命名"过程逐步展开，万物有了符号，人与物、事与物、物与物之间的关系也渐渐有了人给予的解释，即"说法"。人对宇宙万物的恐惧感缓解了，代之而来的是人对宇宙万物更多地持一种审美的态度和心灵的感动，神秘感还是充分的，只不过已不像上古那样把一切都视为神灵而畏惧之、膜拜之，而是把万物和自身的存在作为一种心灵观照的对象，从中获得某种心智的领悟、审美的惊喜、诗意的感动。

这时候，上古时代漫长的神灵崇拜所积淀的迷狂、神秘的情感和经验，已中和、内化为中古时代丰富的心灵和充沛的情感。诗的太阳升起来，这是一个诗情勃发、灵感如潮的时代。万物、宇宙不再是令人敬畏、恐惧的神灵，而是令人感动、欣悦的诗。江河流淌着诗的韵律，山岳巍峨着诗的意象，积雪闪动着诗的灵光。花开成诗眼，鸟飞成诗行，月亮与诗人碰杯，迢迢天河流进一颗感动的诗心，便化作对宇宙万象拥抱的激情和澄明无涯的诗意想象。

有限的技术和适度的文明没有破坏人们得自大自然的纯真灵性，男耕女织、青山碧水、四时田园为诗意的发现提供了层出不穷的景观和审美资源——从中古到近代，在东方，尤其在中国，一直是这种诗意的栖居和诗意劳作。文人诗人们记录了这一切，即使他们有时也写散文，写小说，写戏剧，虽说文体不同，但传达的一律是那种诗性的感动和感悟。在大多数情况下，写作者们都很严肃，他们视写作为"千古事"，以经得起时间考验、不被岁月的流沙掩埋而能流传于后世为他们最高的欣慰，所以中古到近代诗人作家们除少数之外，大多数都不高产，节制的、严肃的写作保证了他们的写作质量，因为诗不可能铺天盖地，诗是天地间最好的灵性和品质。最好的、最精粹的文字才可以用来记录诗。他们用有限的写作呈现了无限丰富的诗意，由于写作没有泛滥成灾，这就保持了写作的纯洁，保持了公众对写作者的信任和期望。这要感谢当时诗人文人们对写作的神圣感和对语言的敬重感，也要感谢当时没有太多的印刷品和发表园地。中古（包括近代）的文化是诗意文化。这时候的书，也多是诗意浓郁的书。

3. 官能迷狂的现代盛宴

在当今，技术、商业、互联网控制了世界，我们已渐渐与自然隔绝，神灵早已远离我们，诗意也如这个世界的珍稀物种一样，越来越少，越来越稀薄。我们生活在人造物堆积的空间里。眼所见、耳所闻、心所感，都是人的制造物以及制造物的制造物。包围我们的生存物象，已不同于远古的灵象和中古的意象，而是实实在在的物象，它唤起的也不是心的感动，而是对这些物的消费属性的了解，也就是说，它唤起的不是我们审美的心情，而是消费的冲动，最终转化成购买欲，落实为一种商业行为。当今的文化已是一种商业文化，它已很少或不再有灵魂，消费就是它的灵魂。它没有了对天地万物神圣的追问和感动，科学和技术已包揽了天地万物的所有领域，"知识"无所不在，"灵魂"的空间没有了，信仰的位置没有了，"科技神话"消解或遮蔽了人对存在的敬畏。人们相信知识和技术能揭开万有之谜，并给人类带来持久的福利——虽然从根本上说，宇宙是一个永远不可索解的大神秘，但被自己的制造物包裹的人类，多数很难剥离这种对技术的迷信，更不用说会达到更高的智慧境界了。更高的智慧境界是"不知之知"，是对于有限的、人的"小知"的超越，而达到一种"不知"的境界，是人对宇宙万物在更高的境界上归于敬畏，那是一种"无言"之境。

现今文化的属性是商业的，其制作手段是工业的，故称为"文化工业"。此种文化以市场需求为动力,源源不断地制造"产销对路"的文化消费品,并以最新的技术手段进行快捷的、大批量的复制,当代文化产品甚至可以进行无限复制。一本畅销书,一支歌曲,一段视频,一部电影,都可以无限复制,在某个阶段里垄断着消费者的胃口,并刺激和塑造着他们的趣味,为下一轮文化卖点制造更广大的市场和更时髦的受众。这样的文化已毫无美感可言,它主要是刺激受众的官能,造成迷幻的快感效应,即使有一点美感,那也是制作者制作出来的效果,而非心灵感动所呈现出来的那种微妙的美感。此种文化已没有了心灵,它是用技术手段合成的官能的迷幻药。对应于人对大自然的穷尽式开发,此种文化和功能就是对人的本能、欲望进行穷尽式开发。

当今的文化制作者大多数是受雇于文化工业的员工,他们的工作就是制作产销对路、有卖点的文化商品。不管他们承认或不承认,自觉或不自觉,客观地说,他们已是文化工业里的雇佣,是商业文化里的制造商,从他们动笔铺纸或打开电脑或扛起摄像机或亮开歌喉的那一刻起,他们已经开始为"文化工业"打工了,也就开始在文化市场上经商了。大多数的文化制作,已谈不上什么感动或发现,更多的是在做文字或意象的搬运,或者说是从事文字意象的复制。有不少电脑写作者,每天出产一二万甚至三万字,几乎就是十部《道德经》、五部《论语》,这样的文字能有什么真诚的情意和可信的经验?更不要谈什么真理或诗意了。随着网络的普及,会有更多的人进行文字的搬运和复制,会有更多的、铺天盖地的"文本"席卷我们越来越拥挤、越来越被过剩的信息洪流冲刷激荡的生存空间。也许,这样的写作是有害的,它们提供源源不断的语言垃圾和信息垃圾,戕害本来就不多的性灵,挤压本来就负重的生命,窒息脆弱的美感和朴素的真理。也许,在滚滚滔滔的信息漩涡里漂流、挣扎,却总也找不到真理的岸,找不到心灵的方舟,在信息的汪洋里沉浮一生以至被席卷淹没——这大约就是电子时代人们的命运。

这就是电子时代的商业文化。它是一种技术文化(从制作方式上讲),是一种消费文化(从功能上讲),是一种没有灵魂的、非诗性的文化,是一种反文化的文化(从本质上讲)。

神性文化—诗意文化—商业文化,我们终于看清了人类文化演变的轨迹。

与神灵在一起,我们创造了神性文化;与自然在一起,我们创造了诗意文化；与技术和商业结盟，我们制造而且继续大规模地制造着商业文化。

以文化的方式消解漫长的古典时代所积淀的文化的神性和诗性，使世界变成一堆物，使人变成消费物的物，最终以文化取消文化，把人造就成非人非物的怪异的、疯狂的物种，这就是当今或以后的文化。

4. 沿波溯源或顺流而下，且看时间的大手笔

知道了这些，肯定是痛苦的。时间不可逆转，文化的长河不可能返回到那芳草鲜美、落英缤纷的古典的河湾。该忍受的要忍受，该顺从的要顺从，该拒绝的——当然也许对方强大得足以吞没逆向而动的任何意图以至于无力表示拒绝，那我还可以坚持一些什么，以对抗这个我不能完全认同的现实，同时我也维持了某种价值的存活——哪怕是这种价值的回光返照。

这是可能的。人不仅是寄存于空间的生物，他还是神游于时间之河的灵物。我们不妨逆流而上，沿波溯源，去察看时间的上游或中游，那动人的波光，那纯真丰茂的诗意水草，那幻象的云雾弥漫的幽谷高天，那里，先人们怀着虔诚敬畏的心情为万物命名，与万物同在，即便一声叹息，一曲劳作中的对歌，几笔岩壁上的刻画，都是神性和诗性的，都足以证明：诗意栖居的方式，是生命最好的方式，造物者造这无限的宇宙，大约就是为了呈现诗意……

"世界的存在只是为了一部书的完成。"最好的书，我们或许已经写出，或者尚没有写出。但现在这种"写"法（我说的是文化的性质和方式），恐怕写不出什么像样的书。或许，整个世界的过程都在写不同章节，合起来，就是一部无所不包的大书？

这样一想，我们对时间仍存有信心。毕竟，谁也不知道"时间"这位大师，他到底要写些什么？我们且看时间的大手笔。

（四）怎样阅读：以阅读王维诗歌为例

1. 禅心诗眼

在群星满天的唐代诗人中，王维是一位很特殊的诗人；若论诗的艺术性，在唐诗乃至整个中国古代诗歌史上，王维诗的艺术成就是很高的，他是我国山水田园诗的艺术大师。

先说他为何特殊。在古代，文人士子大都有自己的精神信仰和道德理想，或崇儒，修身以济世；或向佛，自度兼度人；或尚道，抱朴而怀素。

其实，数千年里，大部分知识分子和普通中国百姓，绝不像现在人们这样没德行：除了信钱和权外，什么都不信。古时可不是这样的。古时的中国人，儒释道并非仅仅是孔庙、佛寺、道观里的经书和说教，而是普及了的信仰和道德，像空气一样弥漫在生活中，渗透在人们的心性里，经久不息地塑造了中国人的心灵和情感。即使有的人并不明确信什么，其心里还是有潜在信仰的，因为儒释道已经成为人们"道德的底稿"和精神的基因。文人诗人整体上都笼罩在儒释道所构成的精神文化这一大气层之下，只不过有的更多儒家风范，如杜甫；有的更显道家风骨，如李白；而被称为诗佛的王维，当然身上就更多了佛的清光。

那么，既然所有文人诗人都有精神的信仰，王维信佛，又有什么特殊呢？

古代大部分文士倾向或认同某种信仰，主要是吸纳其道德元素和文化元素，内化于自己的德行和著述中，但未必真的像善男信女那样，在仪轨上严格谨守。而王维的特殊正在这里：他不仅在精神上皈依了佛教，而且在日常修持和生活方式上，完全是一个虔诚、标准的佛教徒。

王维的母亲就是笃诚的佛教徒，王维自小沐浴在佛香和经声里，自小受母亲的言传身教，这对他精神世界的影响是刻骨铭心的。王维早年积极入世，考取进士，入朝做官，安史之乱期间和以后，他遭遇天下变乱和仕途打击，虽未完全退出官场，仍作为朝廷官吏拿着俸禄，但也只是象征性地应个卯，因为长安城离终南山不远，他多数时候都是远离都城，在终南山的辋川一带隐居山林，信奉禅宗，吃素守斋，诵经坐禅，严格修持，在优美恬静的山水田园里修身养性，消融自我，安顿心魂，过着居士清修的生活。《续高僧传》记载："松生石上，水流松下。王公焚香净石……"《旧唐书·王维传》记载："……斋中无所有，唯茶铛药臼经案绳床而已。焚香独坐，以禅诵为乐。"他在《山中寄诸弟妹》一诗中，这样描述他的修行生活："山中多法侣，禅诵自为群。城郭遥相望，唯应见白云。"我远离尘嚣，隐遁深山，和众僧侣们诵经修行，远在城里的弟妹们啊，你们遥望高山，望见了什么呢？你们是看不见我的，只看见那满山的白云。是的，那个俗界的王维已经不见了，他已和山水林泉清风白云融为一体了。

作为佛教徒的王维，其修持的严格，从这件事上可见一斑：王维30岁左右的时候，妻子病故，"妻亡不再娶，三十余年孤居一室，屏绝尘累"(《旧唐书·王维传》),直到 61 岁逝世。他生前交往的也多是僧人居士,很少与名利之徒有什么瓜葛,而与他的心灵长相往来的,就是那笼罩着佛光禅意的山水林泉,琴诗书画,天籁自然。

2. 空灵悠远的诗意世界

日日禅诵清修,悟道吟诗,又时时置身于山水田园、白云清泉之间,这样长期的修炼,可想而知,这位佛徒兼诗人,其内心世界和性灵趣味,已达到了怎样纯净、空灵和高妙之境?加上他过人的天赋、丰厚的文化修养和深湛的悟性,他诗歌艺术所抵达的高深而悠远的境界,就是可期待的了。

王维对我国古典诗歌最大的贡献,就是创造了一个充满禅意但又可感可悟,如仙境般空灵悠远,凡人也可以转身进入的诗意世界。

试读《鹿柴》:"空山不见人,但闻人语响。返景入深林,复照青苔上。"

早年我读此诗,觉得没什么深意,没什么了不起,不就是夕阳返照、空山幽寂吗?及到后来,反复诵读和揣摩,我才有了较深一点的体悟,这是一首多好的诗啊!它的意境是那样的朴素、简洁、空远和清澈,若是高调一点说,这首仅 20 个字的诗,呈现和暗示的却是对生命本质的顿悟和对永恒宇宙的宿命观照。其内涵之丰富、意境之高远,超过了现今那些用废话拼凑起来的徒具块头、意蕴稀薄的所谓长篇大作。

我们若是走进深山,都会有这样的体验:山谷深深,山峦重叠,空山寂寥,世界静如太古,突然,不知从哪片林子或哪个幽谷,传来人说话的声音,那人语与山岩相遇相撞,又变成了此起彼伏的回声,那人语于是被放大、被拉长,仿佛有许多人、许多物都在传递一句惊世话语。那回声与你擦肩而过,你也似乎加入了对那句人语放大和传递的阵列中,你也成了回声的制造者。很快,那人语和回声静了下来,无边山色融化了那人语,无限时空删除了那回声,空山,又回复到以前的静,那太古般的静,就像这深山从来没有出现过人语人声一样。这时,只看见夕阳的余晖照进林子里,又从枝叶间漏下,静静地照在青苔上。而那厚厚青苔,已不知是从多少万年的腐殖土里生长出来的,哦,在这万古千秋的宇宙里,在这无边的荒凉和寂静里,人是什么呢?人,就是无边寂静中的那声插嘴,那声人语;人能做什么呢?人能做的,就是发出那声"人语响",就是看到那返照。而发出又怎样?看到又怎样呢?发出就发出了,没发出也无妨;看到就看到了，没看到也无妨，这都不会给空山和宇宙增添什么或减少什么，你瞧：在寂静的空谷和林子里，返过去照过来的，还是那不多不少的幽幽天光，还是那不生不灭的渺渺返照。

诗中，那位观察者始终没有出现，但无疑他是这一情景的目击者，他听到了那短暂的人语，他沐浴了那短促的返照。他孤独吗？他忧伤吗？他绝望吗？因为在此时此山间，他目击了时光流逝的拐点，数声人语之后，半个夕阳沉没，天地浑茫，万物消隐，发出人语的人，不知所终；看见返照的人，不知所终。只有寂静的宇宙和寂静的空山，重复着万古的寂静。那么，那位始终没有出面的观察者，他此时的心境是什么呢？作为绝尘出世之人，他那空远的心，无关风月，无关悲喜，他的心境超越了世俗的所谓悲喜，他的心境是一片湛澈和宁静，因为宇宙的玄机和生命的深意，在这一刻已经向他敞开和呈现，他的心已洞悉了天地之心。一颗洞悉了天地之心的心，已然与天地合一。这一刻，他体验到了剔除一切妄念和尘垢，找到自己的透明本心的那份空灵、自由、辽阔的感觉，体验到人的本心与宇宙、与更高的真理融合为一时的那种通脱和圆融。此时他无悲无喜，因为他超越了悲喜。这时候，他领悟了生命的意味和宇宙的真相，他体验到从幽深的本心里生起的那种无关风月、无关功利、无以言说的大喜悦，这就是妙不可言的禅悦和无上法喜。

3. 清净自在的审美愉悦

《辛夷坞》："木末芙蓉花，山中发红萼。涧户寂无人，纷纷开且落。"

这是一首同样会被人小看的诗，可笑我当年就无知地以"过于简单"妄评之。古人说最好的诗文当具备这样的品格："状难写之景，如在目前；含不尽之意，见于言外。"这首诗倒没有什么难写之景，却在极有限的文字里蕴藏着不尽之意。

那树梢顶上的花儿，静静地开了，开得那么热烈和红艳；在这深涧幽谷，渺无人烟之地，花儿，就那么纷纷地开着，纷纷地落着，花影落在花影上，那么唯美和安详；这情景就像静夜的月亮走过清空，月光落在月光上，那么轻盈和自在，并不因无人仰望或注视，月光就减少一丝清辉。也像那幽谷山泉，清流自地底涌出，碧波接纳着碧波，绝不会因为没有鸟儿临水照镜，没有幽人掬水而饮，这泉水就克扣一勺一滴。

这是寂寞的热烈，这是平淡的沸腾，这是震耳欲聋的寂静，这是万物的自性圆满，这是不需要看客的生命演出，这是不需要目的的审美晕眩，这是不需要结论的哲学思辨，这是不需要旅伴的精神历险；这是一场幸福的灾难，不需要救援；这是一次美丽的崩溃，不需要同情；这是此刻的自己与更高处的自己举行婚礼，不需要祝贺；这是正在悄悄举行的盛宴，不需要别人买单，这是心灵在自己盛情款待自己；这是一个自然之物在内心里度过的节日，这是一个自在生命在完成自己以后，自己目送自己走远，自己目送自己离开自己，到自己的更远处去，到自己的更深处去，到永恒那里去。

这首诗暗含着对佛的生命哲学的深刻理解。佛曰：一念觉即佛，一念迷即凡；佛是觉悟了的众生，众生是未觉悟的佛。佛曰：境由心造，心由念生；去妄归真，明心见性；明心则觉，见性成佛。那纷纷开且落的花儿，正是觉悟之花，性灵之花，智慧之花，自性圆满之花。它开了落了，都不是为了博取谁的认同或欣赏，它是自在、自为、自足的，它开了落了，就像一曲音乐，从寂静中响起，缭绕天际，然后默默地回到寂静。

再看《竹里馆》："独坐幽篁里，弹琴复长啸。深林人不知，明月来相照。"

在深深的竹林里，一个人时而弹琴，时而吹口哨，不是为了让人欣赏，只有明月才是最高洁的知音，它从天上远道而来，着迷地看着我忘情陶醉，我也望着这天上的知音，陶醉着它的陶醉。我和月亮，就这样悠然地、陶然地彼此对望着，望见了天地之心，望见了永恒。

这其实是一个人在与天地精神相往来，类似庄子的"心斋""玄览"和"神游"。明月是天地之心，一颗洗尽纤尘的诗心，与明月对望，实则是最好的人心（禅心），与最清澈的天心的相遇相融。这一刻，天地间万虑尽消，一尘不染，唯有深湛的觉悟和透明的欣悦，笼罩和抚慰着天心人心。这同样是只可意会不可言传的禅悦和法喜，是超越世俗悲喜的大自在和大喜悦。

这首诗不可不读，《书事》："轻阴阁小雨，深院昼慵开。坐看苍苔色，欲上人衣来"。

雨天，蒙蒙轻阴笼着阁楼，正好在安静的深院里诵经禅坐，大白天也不想打开院门。走下阁楼禅房，就静坐在院子里，久久凝视积年的青苔，看着看着，那浓郁的苍翠之色，仿佛就要漫上衣服，漫进心魂，将人整个儿也染绿，变得像时光一样苍翠古老。

就那么一地青苔，诗人却感受到了无限的悠远和幽邃！在禅心和佛眼里，青苔岂止是青苔？那是时光的堆叠，那是"悠久"的暗示，从亘古漫向亘古；那同时是一种无声的偈语，让你静下来，慢下来，最好停下来，听听时间的足音，看看"无常"的表情，当无常停下来，也有这深绿的表情。那么，坐下来吧，邀请疾奔的时光也坐下来，在不停的流逝和无休止的"动"里，体验这万古一瞬的"绝对静止"；这一刻，混沌的宇宙和激荡的万事万物都静下来，停靠在这无限幽深的意境里。

4. 对生命的澄怀观照

归隐修禅之后的王维，是否就心空如镜、情淡如水了呢？

他毕竟是诗人，诗人不同于"看破红尘凡间事，一心逍遥了此生"的一般僧侣。若不是怀有"无缘大慈，同体大悲"的慈心大愿，即使出家人中，也有不少人只是个"自了汉"，自己出离苦海而未必关怀仍在苦海里挣扎的众生，这是一些自度而不度人的自私俗僧。诗人兼僧人的王维，既有出世之大觉大悟，也保持着济世的大慈大悲。诗人兼僧人者，必是将彼岸幻梦与人间情思集于一身的人。他岂可没有超常之深情？是的，若论才思和智慧，王维绝对是高人；而若论情怀和心肠，王维绝对是善良、深情的好人。

且读这首《观别者》："青青杨柳陌，陌上别离人。爱子游燕赵，高堂有老亲。不行无可养，行去百忧新。切切委兄弟，依依向四邻。都门帐饮毕，从此谢亲宾。挥泪逐前侣，含凄动征轮。车徒望不见，时见起行尘。余亦辞家久，看之泪满巾"。

你看，诗人的悲悯情怀何等深沉！他看见百姓离别的悲伤：父母已老，家境贫寒，儿子不出外打工就没法生活，出外又担心在家的老人，但为了生计，只好离家远行，临别依依，含悲上路，车行渐远，唯见行尘。诗人见此情景，想起自己也是远离故乡的人，不觉为之泪流满面，泪水，把毛巾都打湿了。在这首诗中，我们发现唐朝也有到远方城市打工的农民工，可见百姓生存之不易，古今一也。

我们一定还记得，王维那首脍炙人口的名篇，《九月九日忆山东兄弟》："独在异乡为异客，每逢佳节倍思亲。遥知兄弟登高处，遍插茱萸少一人。"

多么情深意长，这是作者17岁时的作品。可见，年轻时的王维，是怎样一个深情的人。对人世用情深者，一旦将这深情倾注于天籁自然，必然对生命和宇宙生出深沉的觉悟与幽微的感怀。当他皈依了信仰，一心求道向佛，他对人间的深情深意，就在佛的智慧照拂下，深化和提炼成了对天地万物之神奇存在的澄怀观照，对更玄妙的宇宙意境和生命美感的悠然心会和深情认领。

诗情，禅意，法喜，这是上苍赐予人的最高级的精神礼物，得此"三宝"者，是享天福的人。王维，就是一个享了天福的人。他用佛眼看天地，看山水，看草木，看生灵，他看见的一切，都经禅心的照拂和提炼，而化成一片禅意；他的心，常常悲悯着苦难众生，到了后期，则时时沉浸于禅悦和法喜之中。但他一点也不自私，他没有私享那份大喜悦。他把它们提炼成意境悠远、寄托遥深的诗篇，让千年万载的人们共享。他的诗，实乃是精神修行的记录，是内心法喜的投影。

二　谈写作

（一）写作者的情怀和立场

过眼烟云，指人世间那些大大小小、五花八门的速朽的玩艺儿。

我们常常以"过眼烟云"评判物事，这流露了我们对速朽的不屑，对不朽的渴望。

其实，我们多数时候都在忙着制造过眼烟云。

埋怨了那些泡沫文字，我不能保证我笔下流出的就不是文字的泡沫。文学作品的传世率是如此的低，据说在这个复制的时代，在这个一切都可以策划、制作的电子时代，也许10万篇文字也难有1篇能传之于后世。

我不大清楚"时间"的工作方式。但我知道时间的法宝就是：最大量地淘汰，极少量地保存。时间是个白发苍苍的老神仙，他见多了沧海桑田，他练就了一双火眼金睛，他掌握着开启天道人心的钥匙。没有谁能控制或贿赂他。他端坐于上界，俯视着尘寰，手里捧着一张不留情面的清单，他不间断地用减法减去了他认为无足轻重的一切和似乎举足轻重实则毫无分量的一切，然后他只保留一个非常小的小数目。他说：这条泡沫滚滚的河流里，就这么点金子。

我们曾经被那五彩的泡沫迷了双眼，乱了心性，我们以为，泡沫就是河流的风景，于是我们也从浮浅的心里、浮浅的语言池塘里捧出一批批泡沫，使河流的风景更其热闹更其盛大。我们忘了，在层出不穷的泡沫下面，在泥沙深处，在疼痛的河床的最疼痛的穴位里，才沉淀着那么一点金子。

在叫卖的时代，在所有行当都崇尚"推销战略"的商业社会里，在"酒好也怕巷子深"的市场上，文学，又怎能幸免商业的影响和异化？

这是文学的幸，还是不幸呢？或许，我们终于也能够借助市场的中介和推销，及时地享用和领略同代人的精神产品。如果曹雪芹生在今日，他那"披阅十载，增删五次"的杰作也不会长久沉没民间而不闻于当世，很可能完稿不到一星期就以精装豪华本畅销于城乡书市，曹兄也会频频露脸于荧屏，款款签名于广场，并且一举获稿酬百万千万，一举脱贫而成为大款巨腕，他那一栋纸上红楼足以赚回十座地上洋楼。这是"幸"，其实"不幸"已在其中了。试想，市场在窗外喧嚣，股票在纸边飞扬，曹兄能否还有"蓬牖茅椽，绳床瓦灶，并不足妨我襟怀"的淡泊？能否还有"晨风夕月，阶柳庭花，更觉得润人笔墨"的雅兴？能否还有"披阅十载，增删五次"的谨严和耐心？这都是问题。更要命的是，市场无时不在消解着作家的纯正写作信念和对永恒的情结，对"当下"的过分认同降低了他的审美品格和文本质量，稀释了他内心积淀的悲剧性体验——由市场和商业文化塑造出来的公众一般都拒绝悲剧，而热衷于消费，哭和笑都是消费，前者是煽情，后者是取乐。如果一边盯着市场一边写作，你的文字也就仅有"卖个好价钱"的商业价值。如果曹兄生在今日，他会不会遇到这些困扰呢？我们还能不能指望他写出千古不朽的《红楼梦》呢？这都是很难说的，我以为。

由此可见，在市场条件下，要坚持纯正的写作立场是不容易的。当然，比起高度集权的年代，作家只能依附于某张"皮"，只能用某种意识形态话语从事言不由衷或似是而非的写作，市场条件下的写作者毕竟有了选择的自由。你可以市场行情作为自己的写作蓝图，奉行"短篇不过夜，中篇不过周，长篇不过月"的高效益营销战略，为公众餐桌上提供即食即饮的快餐饮料，也为造纸厂提供源源不断的纸浆原料。你也可以像曹雪芹那样，沉潜于内心的沧海，打捞人生的沉船和语言的珠贝，为无常的人世修一座不朽的红楼。法国的普鲁斯特似乎也是这样的，他肺不好，不大适应巴黎市场的空气，于是常常端坐于拉严了窗帘的屋子里，这种隐居有助于他把生活转化为艺术，他从记忆的矿脉里挖掘出人生的化石，他教给人们某种回忆过去的方式。

据说，随着电子时代的降临，文化也成为一种制造业，即所谓的"文化工业"，一切都可以大批量生产和复制，制作一本书已是手到擒来的小把戏了，君不见，大凡只要识几个字的，谁不能当个"作家"？网上写作、网上阅读，更使文学变得如同玩电子游戏一样好玩了。前不久台湾一诗人来信说：年轻人都上了网，网上写诗，网上聊天，一次性消费多好玩，谁还读书看杂志？我想，这大约也是人类寻求的"解放"吧，灵和肉的负担，物质和精神的压力，对生存意义的追问，统统解除了，只剩下了玩，只剩下"生命不能承受之轻"。到了这"轻"真的是不能忍受了，人们是否再回到本真的生命体验，剔除太多的遮蔽物，看见生的荒原和死的深海，看见万物和宇宙的苍凉高旷，那时候，人们是否才会重新对生命产生敬畏，产生类似于宗教体验般的终极关怀？

在这么个消费的时代，在这么个公共想象空间被瓦解的时代，在这么个物质主义大合唱的时代，文学何为？

据说，电子时代将动摇和改变文学的美学基础。这是可能的，最大的改变可能就是文学越来越多地受雇于商业，变得越来越非文学，也即是文学的诗性品质将越来越薄弱，因了媚俗或媚雅，因了要讨大众的喜欢要卖个好价钱，文学的真诚、高贵、质朴、纯粹、优美等品性将被削弱，文学是否会成为一种类似于"语言时装"的东西？

如何让古老的母语在新的语境下重新获得活力，在普遍胡言乱语的商业世界里，让我们亲爱的母语能以更鲜活的语感更纯正的语调，说出我们的内心和对生存的体验——我想，我们这些握笔写字的，重要的责任就是保护自己的母语。这古老的母语啊，她穿越了万古千秋，以她独有的语调和神韵叙述了大地上一代代人的命运和梦想，现在她突然来到一个更为陌生、复杂、喧嚣的境地，她被机械包围了，被电子包围了，被商业包围了，被技术语言、广告语言、新闻语言包围了，她被英语包围了，被日语、被法语包围了……她书写过《诗经》《楚辞》，她吟唱过"唐诗""宋词"，她叙述过《红楼梦》的故事，她甚至能把那些林妖狐仙聊成一部动人的传奇，而今天，她似乎失语了，她似乎失去了从容叙述的能力，从山水田园里提炼出的语言，似乎很难在商业的广场上说出有诗意的句子。

我们感到了母语的痛苦，当自己的语言处在痛苦境地的时候，我们很难嘻嘻哈哈地闲聊天。当母亲患病或休克的时候，她的孩子不该急于去新婚旅行或购置节日礼物。我们感同身受地为母亲的痛苦而痛苦，细心守护母亲，为她煎药，为她把脉，为她做人工呼吸，为她寻找更多的绿色食品；当母亲康复时，当母亲的肺叶又恢复了和大气层的联系时，当母亲的心脏重又和海洋的潮汐发生共振时，当母亲如梦初醒般地说出了她死去活来的感受以及对眼前这个世界的全新体验时，终于，我们看见了母语的再生。

于是，我似乎知道了写作者该做的事情和他能做的事情——

诗人，他简直就是母语的守护神或者警卫。他不容忍强权或商业的暴力对语言的伤害。他写诗，就像在一条浑浊的河流里逆流而上，寻找清澈的语言源头。他写诗，他经由语言的幽径返回到自己的本心，语言也在那一刻显得无比纯粹。一首真正的诗，不仅记录了诗人由生存世界向诗意世界超升的过程，也呈现了语言由物象符号到心象符号的净化、还原过程。一首真正的诗，乃是诗人所置身的生存境遇里语言所揭示的最高的心灵景象。诗是有限语言的无限运用，故而，一首诗也是语言在它的境遇里所拥有的最好语感和最大容量的言说，它经历了那个境遇却不被其伤害和遮蔽，它借助存在的石头磨砺了自己也加强了自己。

散文家，他似乎做着和诗人类似的工作，所不同的是，他比诗的"感性的抽象"多了一些感性的具象，多了一些细节和现场感，多了一些日常事务，但如果散文仅止于唠叨这一切，它将沦为应用文或家庭录像脚本。散文的长处在于它在诗意世界和实用世界之间，发现或呈现了一个广阔的不乏诗意又不仅是诗意的"日常世界"，散文的魅力就在于这种日常性和诗性的杂呈状态。如果仅有诗，没有散文，我们将只会抒情和玄想而不会叙述不会体认日常的意味。散文在诗的高迈、纯粹之外，为我们保留了一个日常世界，也使我们有了一颗"平常心"，又不乏诗的意味。

小说家，他大约觉得诗过于纯粹，而省略了存在的混沌；散文过于精致闲逸，而简化了生存的深渊、高峰、沼泽地。于是小说家们在叙述的冒险里，要捕捉住生存的密码，揭示人生的真相。伟大的小说家用一个故事，一个人的遭遇，折射一群人甚至所有人的命运。我们每一个人都在他的笔下死去或再生。小说家在叙述中冒险，语言也在叙述中冒险，使历经沧桑的语言有了新的叙述能力，去面对无穷尽的沧桑。

这样，在大量的过眼烟云后面，也许会渐渐生成（或显现）一些文学的青山。

（二）写作的核心动力：时间崇拜

写作源于爱，爱人生，爱大自然，爱真善美，爱语言，自然也包括对写作这件事情的爱。这些说法都对，也已经成为常识了。但我总觉得这说法还没有说到点子上，还没有点中最主要的穴位。说法太普泛，太原则化，就等于没说。如同谁说"吃饱了不饿"，这话很对，可惜是一句废话。说得太正确的话，大都是废话。

写作源于爱，又有哪一件事不是源于"爱"呢？比如，商人爱钱，官人爱权，名人爱名，英雄爱他的宝剑，美人爱她脸上的那颗美人痣，屠夫爱他的屠刀，小孩爱他的玩具……

我觉得写作最核心的动力，也就是写作者最主要的情结，是对时间的崇拜。

崇拜时间，奉时间为自己最伟大的偶像和帝王，这是古今中外真正写作者的动力资源。

杜甫诗云："尔曹身与名俱灭，不废江河万古流。"杜甫一生经历了巨大的历史动荡和人间苦难，阅尽了"朱门酒肉臭，路有冻死骨"的不公正社会的黑暗和罪恶，他本人也与最底层的人民一道颠沛流离，饱饮了那个时代最苦的苦酒，在这"感时花溅泪，恨别鸟惊心"的苍茫时分，他内心里始终坚持着一个强大的信仰：唯有诗能战胜苦难和死亡，诗会把他的身影和身影里的大地江河交给时间去珍藏，他的诗将随时间一道流传下去。一切都可以被摧毁，帝王霸业，不可一世的权贵，得意忘形的金钱，都会被时间一扫而空，唯有时间不可摧毁，被时间收藏的诗不可摧毁。因此他说："尔曹身与名俱灭，不废江河万古流"，他的诗正如那滚滚江河，浩荡天地，万古奔流。对时间的信仰保证了杜甫对诗的持续终生的"敬业精神"，他把每一滴心血都交给了诗，他的诗是诗情、诗才、诗艺的最完美的结晶。即使在逃难途中，他也未曾一日中断诗的写作。狼烟、烽火、落日、残月，都一一化作苍凉的诗行。当他有了一段短暂的闲适生活时，他惊喜地从自然风物和日常起居中感受到那么丰富细腻的温情和逸兴："留连戏蝶时时舞，自在娇莺恰恰啼""细雨鱼儿出，微风燕子斜""花径不曾缘客扫，蓬门今始为君开"……他把每一次心跳都化作了诗的韵脚，凡他经历和感受到的一切，都变成了诗，变成了时间的见证和记忆。杜甫的一生是"高效率"的一生，任何遭遇对他而言都是一种有效的投入，他的诗心会把它们转化成感天动地的诗，时代给他多少苦难和孤寂，时间就将在他这里收获多少诗的珍珠。"语不惊人死不休"，这是诗人对诗，对时间的宣誓。他的诗感动了当时，也感动了千古。对时间的崇拜，使诗人充分经历了他所身处的时代，又超越了那个时代。苦难的时代留下了破碎的江山和饥饿的人民，诗人杜甫却为后世留下了完整的诗卷和丰富的记忆。

　　杜甫如此，又有哪一个伟大的文学家、诗人不是如此呢？屈原遭放逐，但他相信时间不会遗弃他香草丹橘般的美德，楚王可以修改法令，岂能修改时间的律法？最终是时间战胜了权力，被放逐的屈原在时间中得到永生。但丁被驱逐出佛罗伦萨，在流浪途中，他握紧苦难授予他的如椽大笔，建筑了包罗万象、贯通人神的地狱、炼狱、天堂。时至今日，我们仍能感受到那饱经沧桑的灵魂，一步步达到真理与至爱境界所体验到的内心的宁静和幸福。

　　"虽九死而未悔""衣带渐宽终不悔，为伊消得人憔悴"……这些伟大的写作者何以如此痴心？

　　他们崇拜时间。

　　不错，我们都栖居在空间中。空间是我们上演喜怒哀乐、生老病死戏剧的场所。大部分人都只有对空间（戏台）的体验，却少有或没有对时间的体验。戏剧演完了，演员也就谢幕、消失了，又有同样或不同样的戏剧由别的角色上演，如此周而复始，轮回不已。空间只临时保管我们的肉体，时间却保存着我们的灵魂，时间使我们拥有无限延展的精神生命，一个精神富有的人不只占有活着的这一小段时间，他通过阅读和信仰，通过智性沉思和审美沉浸，通过心灵漫游和精神创造，他通过种种内在的灵性生活，将无穷的时间纳入他的生命时空和内在体验之中，他和已经死去的先人们一同经历了无数次死亡，他和尚未出生的后人们一同经历了无数次诞生，他的内心是一片古今共存、生死共舞的无涯际的梦幻汪洋。他生命体验的密度、广度、深度和强度因此而无限地增加了。杰出的写作者，就是为流逝的岁月保存记忆、为后人们留下遗嘱的人，就是为速朽生命和漂泊灵魂打造不朽方舟的人，我们生命中有价值的时刻，那些有光泽的灵魂，一旦放进了这样的文字之舟，就会随着时间一道驶向永恒。

　　崇拜时间，使这些纯粹的写作者拥有了卓然独立的生命品格和贯彻终生的内心历程。物欲横流，不会修改他精神的河床；蝇飞狗跳，不会移动他内心的古琴；塌方的山体只会使他体验到岩石的疼痛，却不会降低他生命的海拔；汹涌的泥石流，使他在平庸的教科书和浅薄的时政报道之外，读到另一种触目惊心的社会地质学和精神气象学；股市飞涨，物价飞涨，流言满天，仰起头来，他看见横贯千秋的银河仍那么不慌不忙地从容流淌；病毒流行的季节，他保持了与假药的距离，与庸医的距离，从月亮的脸上，他读到了怜悯的情感，月亮啊，你才是一枚永不失效的清凉膏药，世世代代贴在高烧的穴位上，治疗着大地的狂躁症。一枚恐龙蛋，使他看到时间的无情和多情，在毁灭的同时，它毕竟留下了这椭圆形的欲望，而在我们的生命中，有多少蛋将被打碎，将会成灰，又有多少蛋将被时间捧在手中，出示在另一片旷野？

崇拜时间，使他们省略了别的东西的诱惑，比如流行的面具、流行的帽子、流行的赌博、流行的掌声、流行的花环……他们义无反顾地为生命刻碑，为心灵立传，"为永恒服役"。

崇拜时间，使他们把写作看得神圣，他们把写作的尺度定位在严格的高水准上，他们心无旁骛地专注于内心的体验和艺术的修炼，他们视写作为"千古事"，时间是他们的监工和终审，他们不敢敷衍时间、荒芜千古，他们要对时间负责，对千古负责。古代的写作者大都有这种"千古"意识，所以他们总有杰作留传下来。

不为"时间"写作，只为"时尚"制作，这是商业社会写作者（码字者）的普遍心态，千方百计迎合时尚，讨好市场，只图卖个好价钱，手中的笔变成风中的毛竹，俯仰摇摆，都是招徕。文字垃圾铺天盖地，精品杰作寥若辰星。置身于这泡沫泛滥的沙滩上，我倍加怀念那些崇拜时间，为永恒留言的写作者们。

他们崇拜时间，时间的海水漫过他们的内心，留下盐、贝壳、珍珠和沉船的碎片，以及沧海桑田的往事。

崇拜时间，最终他们变成了时间。

（三）诗意和美感的源泉

我理解，所谓写作者，就是内心里洋溢着丰沛的诗意又善于领略诗意，内心里充盈着美感又善于发现美感的人。写作，就是呈现诗意和美感的一种方式。

诗意和美感，在每一个人的天性和情感里都或多或少或强或弱或显或隐地存在着。

人，活在天地间，活在万物的怀抱中，活在无限苍茫神秘的宇宙中，活在文化和历史中，活在对已知事物的感受中，活在对未知领域的想象中，活在对生的感恩对爱的感动里，有时也活在对死的恐惧和遐想中。

哲人说：活出意义来。

诗人说：人，应该诗意地栖居在大地上。

我想，诗意、美感应该是我们活着的意义。当然，人活着，还有责任、义务、道德和事业。但我想，那些在日常生活中让我们感到诗意和美感的时刻，那些令我们陶醉、沉浸、升华的时刻，那些让我们变得纯洁、高尚、美好的事物，常常让我们感到活着的珍贵和可爱，每每在这时候，我们便会感到活着的意味和意义。

人生的最高欣慰和快乐，不是在物质的追逐和满足中能够获得的。人，不过一百来斤的重量，在无穷宇宙面前无疑极其渺小，对物质的享用终归有限，而且，人在与物质世界进行能量交换的时刻，并不是人"最有意义"的时刻，因为我们知道，任何生物都能与物质世界进行能量交换。

人生的最高欣慰和快乐，来自心灵的感动，当我们向万物敞开怀抱的时刻，当我们与美好的人、美好的事物相遇并投去深情凝视的时刻，我们才会感到欣悦和幸福；有时，我们也会与痛苦的事物和不幸的命运遭遇，我们因此感受到世界的另一面，看到蓝色海水后面那幽暗血腥的深渊，我们的生命体验由此获得深化，在对痛苦的感受和承担中，我们会在喜剧甚至闹剧后面，发现世界的悲剧本质和生命的悲剧美。我们同样会感到灵魂被净化后的深沉觉悟，对人、对生命、对万物，我们会更多一些同情和热爱。

而所有这一切都是因为我们发现了生存的诗意和美感。

诗意何处寻？美感何处寻？

中国古人说："外师造化，中得心源。"这里的"造化"即是大自然，"心源"就是我们的内心世界。我们不妨把无边的大自然叫做"外宇宙"，把无边的内心叫做"内宇宙"。诗意和审美，即来自人的"内宇宙"和"外宇宙"相互吐纳、相互映照的时刻。

我凝视静夜的星空，星空也凝视我，星空进入了我的内心，有限的我与无限的宇宙星空融为一体，我常常被一种"无限感"所震撼，这个时刻，我感到我与万物同在，与永恒同在，我的内心变得澄明浩瀚无际无涯。我的一本诗集《驶向星空》就记录了我的这些体验。

我常常漫步于山间、田野、林中、水畔，有时就静坐在溪水边或仰躺在树林里，看白云倒映于水面，耐心地洗涤着它们各种样式的衣衫，我的心也变得清洁透明；我从瀑布的声浪里感受到一种壮烈的情怀；我从野画眉、布谷鸟的叫声里学到一种说话和写作的方式，这就是：率真和自然。我喜爱一切鸟，我觉得鸟语是值得推广的"世界语"；我爱青山，尤其是雨后的青山。宋代词人辛弃疾的两句词说出了我对青山的感觉。他说：

"我看青山多妩媚，料青山看我亦如是。"我爱白雪，我爱虹，我爱夜空中的月亮，我爱蜻蜓和蝴蝶，它们是花和草的知音和伴侣，它们款款的影子出没在大自然里，也出没在古今中外的诗文里；我爱动物，牛马羊狗猫松鼠鸡鸭鹅，世上没有卑贱的动物，因为万物同源，众生平等。你仔细注视，会发现它们的体态神情是那样美那样和谐，而它们目光中的忧郁和感伤又令人同情，我常常痴想着，它们能与我交流一点什么，谈谈对生命的理解和对命运的看法。我爱一切植物，植物以它们无尽的绿色和果实美化了这个世界，也喂养了这个世界，我写过许多关于自然界的散文和诗歌（包括《山中访友》等），当我写自然界的任何事物的时候，内心里总是充满着感动和感恩，一片落叶也会在我笔下呈现出它亲切细密的脉纹，我像是看到了大自然的隐秘手相，甚至，一片雪、一声虫鸣、一阵雨打玻璃的声音，都会在我心底溅起情感的涟漪，我总是努力用语言挽留这些微妙的、深切的、诗意的时刻。

鲁迅先生曾说："无穷的人们，无限的远方，都与我有关。"这无穷，这无限，包括无穷的诗意和美感，也包括无限的忧患和同情。写作，就是与天地精神相往来，就是万物皆备于我，就是深刻的同情、流着眼泪的沉思和心灵的关照。写作的时刻，正是你的心与众人之心、与万物之心、与天地之心，相互倾听、相互映照、相互交融的时刻。所谓写作，就是这样一种心灵的工作，就是换他心为我心，换天地心为我心。

每次写作，我总是打开窗子，眺望一会儿朦胧的远山，如果恰逢一声鸟叫，我的诗文便有了清脆生动的开头；如果在夜晚写作，我就先在空旷宁静的地方，仰望头顶的星空，聆听银河无声的波涛，宇宙无穷的黑暗和光芒便滔滔地向我的内心倾泻，我深深地呼吸着那从无限里弥漫而来的浩大气息，然后，我开始诉说（写作就是诉说），向心灵诉说，向人群诉说，向时间和万物诉说。语言被心中的激情和宇宙的浩气激活，语言行走和飞翔起来，语言有了只有在这个时候才有的动人的表情和语调，就这样，我的心，在语言的原野上走向远处和深处。每当这时候，我便感到，万物和宇宙都参与了语言的运动。

（四）素材怎样变成作品

这一刻，我回到精神的故乡

——记《外婆的手纹》的写作

随年龄增长的是越来越多越来越稠密的回忆。

正如西哲所说："神话是一个民族的记忆，记忆是一个人的神话。"

与科学的前瞻思维很不一样，文学常常是向后看的，我甚至固执地以为，文学就是回忆的一种方式。

这也不难理解，一个人的童年，就如人类的早年一样，离自然最近，离摇篮最近，离母亲最近，离神秘最近，离神性最近，离梦最近——而这些美好的东西，都会随时光的流逝和文明的推进而逐渐淡漠甚至丧失，挽留住它们，就是挽留住我们灵魂的根，挽留住生命中最本真的部分。

神话、童话、传说、诗，乃至一切真正的文学艺术，都是这种挽留。

我们的民族是农耕民族，漫长的农耕岁月和田园生活构成了我们的记忆和文化。即使在工业化和城市化快速推进的今天，这种记忆和文化依然是我们灵魂的原型和底色。

就如我本人，虽然早已住进了城市，但仍然留恋乡村和田园，烦躁的时候就会想起故乡月夜的宁静，纷乱的时候就会想起故乡原野的质朴和单纯，内心有贪念的时候就会想起昔日乡亲们那清贫、安详的性情。有时做梦，还会梦见小时候在林子里采蘑菇，在小河里打水仗，在村头稻草垛里捉迷藏的情景。

我甚至觉得，人的最美好的故事都是在小时候创造的，长大了，有了许多经历，甚至很复杂的经历，但美好的故事却越来越少，因为这些经历里功利的、世故的东西多了，纯真的、情感的元素少了，心灵不愿意接纳它们。不被心灵接纳的东西，很难成为感人的、有意味的故事。

我的童年和少年都是在乡村度过的。乡村，是我记忆的伊甸园。我无意美化乡村，那里有贫苦，有蒙昧，但是，它的田园、山水、古老的建筑、淳朴的民风、善良的乡亲、鸡鸣狗叫的声音，拥绿叠翠的原野，白云缭绕的远山，一路哼着民谣潺潺而去的小河……这一切足以抵消物质的匮乏，而成为一个人灵魂的粮食，成为他精神世界的最初底稿。

而在这自然背景里，永远定格着的最生动的形象，总是人的形象。

许多人走了，变成了背影。

在众多背影里，有一个背影时常回过头来，她在寻找她走过的岁月，在寻找我。

她就是我的外婆。

外婆出生于中医世家，面相刚毅，举止端庄，读古书，信佛——这是后来才知道的，当时只觉得外婆能干、手艺好，她每次到我们家来，都要为她的孙子们做针线活，我记得做得最多的是鞋垫。

在《外婆的手纹》一文中，我已描述了她的手艺、她缝织时的场景和心境，在此不再赘述。

需要补充的是，我小的时候，在我的故乡，几乎家家户户的每一个妇人，每一个女孩，人人都会做针线活，都有绣花的手艺。甚至有一些男人，也会缝衣服、绣花。平常，人们都穿得陈旧，很多人衣服上都打着补丁，灰暗，构成了那个年月的底色和背景。但人们仍然有着单纯的快乐和对生活的简单期待——生活不得不受现实禁锢，但梦想常常高出生活，每当逢年过节，人们都会不约而同地穿上最好看的衣服，儿童、女孩、妇人们，都穿着绣花的衣服。连最穷人家的破衣服上，也补上了新鲜的补丁。这是手艺的展览，也是梦想的展览。

现在想来，那时，人们不仅在生活中延伸着一种源远流长的手艺，也延伸着一种源远流长的文化和美德。在缝衣绣花的时候，通过一针针一线线的细致劳作，人们其实是在重温某种心境某种意味，这种心境和意味只有通过某种具体的动作和器物才能体会和抵达。打一个补丁，不只是修补了衣服的漏洞，也是在修复生活的残缺和心灵的创伤；绣一朵花，不只是装饰日子的暗淡，更是一种祈祷，一种期待，一种于默默中对梦境、对情感、对生活的美好设计。

我们常常说，过去的人们总是那样古朴、安详、沉静、内敛、重礼仪、重情感、重操守。我想，这些美德的获得，与农业文化的自然环境和生活方式有关。天人合一、四时如画的美丽山水田园，陶冶了人们的性情；那种缓慢的、温馨的、充满了人伦细节的日常生活，构成了人们细密柔软的内心世界和朴素美感。在工商社会和网络信息社会里，具有这些美德和美感的人将会越来越少。

前些天回老家看望生病的老母亲，在小时候疯跑过的原野、小河、山湾转了一圈，大有"山河不可复识"之感，用一般的眼光看，当然是"形势大好"，我也承认，日子是好过了。然而，内心更深的感受却是复杂的，所谓进步后面付出的代价很大，物质的尚可弥补和替代，而精神的、人文的、内心的东西，有些一旦失去就再也不可再现和复得，真正是"一别永恒再不相见"了。比如，小河边那些如童话里的小木屋般温暖美丽的水磨房再也找不见了，过去家家户户门前都有的打豆浆的小手磨再也找不见了，那些走村串户的瓦匠、墙匠、铁匠、木匠、银匠、编织匠……再也找不见了，那安静地在屋檐下、在场院里、在树荫下、在溪水边、在鸟声里，含着微笑凝神地做针线活，将情感和目光一针一线织成手艺的母亲的形象与姑娘的形象再也找不见了。这些动人的场景，这些古老的风情，这些代代传承的民间艺术，都被现代化的大批量、标准化、格式化、市场化的制造业所快速取代，以它们为载体的文化和精神也正在快速消失。

是的，一种场景、一种风情、一种技艺，都由长久的岁月和生命积淀而成，它们是构成一种文化的元素和灵魂。

水磨房的消失，伴随着那转动的轮子、飞溅的水花、飘洒着粮食颗粒的芳香，而流传千载的水边的传说和故事也永远消失了。

匠人们的消失，意味着那走村串户，连接古今的技艺、风情和歌谣也永远消失了。

绣花针的消失，意味着乡土最深情、最细腻、最专注的目光永远消失了，而今，我们再难看到那种贤淑、端庄、温柔的母性身影和眼神了。

那能让我们静下来、慢下来的动人意象越来越少了。

奔走在燥热的高速路上，我渴望在一个清凉、纯真的瞬间逗留，辨认一下来去的方向，看一眼一言不发的永恒天空在对我暗示什么。

在我写作《外婆的手纹》这篇文章的时候，我感到了一种美好、深沉、温情的逗留，古典的单纯、朴素、宁静和深情笼罩了我，我身心安泰、肝胆相和、表里一致。我有一种"万物皆备于我"的透明的圆融。

这一刻，我返璞归真，我回到了精神的故乡……

三 谈散文

散文是语言的散步，是诗性含量很高的文体。

什么是散文？散文就是散文，如同问什么是诗一样。最好的回答只能是：诗就是诗。这就排除了非诗、伪诗以及那似诗而非诗的东西，诗为它自己立法，诗之外没有诗的标准和依据，诗就是语言达到的最高状态以及这最高状态的语言里所呈现的诗人的性情、精神、感悟。如果谁要问：什么是梦？也只能回答说：梦就是梦。如果真要知道梦，在梦外说梦是说不清的，除非你也做梦。

当然，散文不像诗那样玄妙，也不像梦那样不可触摸。诗很像做梦。散文很像梦醒后对梦的追忆，虽然抓取的只是梦的轮廓和碎片，远不如梦那样幻美、逼真和传神，在梦中一个背影都是有表情的，一块石头的纹路都毫末可辨，一个电一般闪灭的眼神都传达着明晰而深邃的微妙信息。散文既然是梦醒后对梦的追思和记录，它遗漏的恰恰是最具梦幻特征的细节和情境，它保留的只是梦的大概，是梦里面的"写实"部分。如果说诗很像梦，则散文就是梦的说明，也即是诗的说明。这说明总是走样的、遗憾的，甚至是粗浅的，但总算把那深妙的、难以辨认的东西指给我们看了。如同登上珠峰的人向我们讲述珠峰的高、险、寒冷以及那洁白的雪国景象；如同一位虔诚的信徒向异教徒讲述他被永恒的神性引导攀援精神天国的心路历程；如同宇航员向匍匐在地的人们讲述他在太阳系之外看到的无限浩瀚的宇宙图景……这些都是"说明"，我们似乎感到了他所说的，但又没有全部进入，很难获得与他相同的亲历的感受。

　　好的散文就是比较好地说那个梦，并尽可能多地保留了梦的痕迹。好的散文也就是有较多诗性的散文，它不只是叙述事件状写景物，它在叙述和状写中呈现和分泌出那种深妙的意味，也即诗味或诗性。把一块石头写得再细致精确，这篇"石头文"也不是真正的散文，除非你发现这块石头不只是石头，它更是别的东西，你经由它发现了它之外它之上或它之内的东西，发现了它和某种更永恒的东西的深刻联系，这块石头就超越了它表面的物性，而呈现出它的神性。万物都是不可知的无限时空的密码和象征，任何一个物都不只是它自己，它来自永恒又归于永恒，人只是与它匆匆相遇，彼此交换一瞥眼神，又匆匆分手，融入大化，那意味深长的眼神就是宇宙中的诗。

　　读书是悟道，作文是悟道，人生也就是悟道的过程。当你进入这亦真亦幻的状态，你的肉眼就闭了，而睁开灵眼，灵眼看万物，万物皆灵，草木有道；那颗物欲纷扰的俗心也干净澄明了，化为圆融无碍、无限高远的宇宙心，即"道心"，这样，心与物相遇，无不是禅境和妙道，无不是大美之境。"菩提本无树，明镜亦非台；本来无一物，何处染尘埃。"古代的高僧修禅悟道，有不少达到了很高的智慧，拂去那层宗教的烟雾，我们就会发现高僧们其实个个都是诗人，他们悟道也即是在悟诗，用简洁的文字记下来就是禅语，若是用散淡随意的语言记下来就是散文。由此可见，写作就是修道和悟道。

　　道高则文高。好的散文就是那种触摸到永恒的"道"的散文，语言后面还有多重语言，意味后面还埋藏着意味，声音后面还有更深远的声音。

这让我们想到泉：那在天光下荡漾的一汪澄碧，只是它呈现的它的一部分真实，它更深邃的部分在地层深处，在时间深处，我们找不到它的源头，即便找到的它的源头，又会发现它还有着更深的、更遥远的、更隐秘的源头。事物的这种"无限性"一经与我们的心相遇，又会唤起心的"无限性"感悟，我们的生命被无限淹没和裹挟，这时候，我们的生命感觉是无限的浩瀚和深挚——这时候我们的体验就具有了一种神秘和敬畏。好的诗，好的散文都必然具有这种品格：透过物理本质进入神圣本质，通过自然领域进入精神领域，穿过现实生活进入灵性生活——正如古人所指出的，好的诗、好的散文，总是"状难写之景，如在目前；含不尽之意，见于言外"，总有那种言外之意、韵外之致、篇外之趣，令人回味无穷，引发读者长久的心灵共鸣和丰富联想。在我看来，好的散文应以极少的语言表现尽可能多的意蕴和体验，以有限的文本呈现出无限的意境和意味，它指给我们一片云，我们看到了云上面的无限天空；它指给我们一条鱼，我们看见这条鱼游过了千年万载，才把这条河带到我们面前；当我们俯身看鱼，鱼走了，河流已带走了我们许多倒影……

散文的文体结构是自由随意的。写文章就是记录自己的心跳和心迹。心跳就是文章的节奏，心迹就是文章的结构。心，虚灵不易捕捉，写作的艺术就是捉心的艺术。捉到散淡的心，文章就散淡；捉到忧愤的心，文章就忧愤；捉到宁静的心，文章就宁静；捉到深邃的心，文章就深邃；捉到玄妙的心，文章就玄妙。

不妨学学水的作文法："风乍起，吹皱一池春水"，这是水在微风里作的一篇精短美文；"一石激起千层浪"，小小一块石头，引发了水的层出不穷的激情，水中的幻象消失了，我们看见水的数不清的皱纹和它苍凉的面容，这是水借助石头激发的灵感所写的一篇意味深长的随笔；"飞流直下三千尺"，这是水在悬崖上随口吟出的散文诗，心灵在高处激荡，神思难以立定，也无暇从容铺排和构思，就那么轰然而下，戛然而止，口占也会出杰作的，水把自己修炼成大智大勇大美，绝壁上的随口吟哦也是千古绝唱，短短几句胜过腐儒的一世经营。"月照波心一颗珠"，水已经很平静了，走过高峡乱石，现在水来到平缓的地段，它静静地沉淀和过滤自己，尘埃和杂物不见了，水把自己修炼得透明如镜，一边回忆着往事，一边为万物的倒影造像，为心中那不朽的月亮造像，水睿智而深情，水安静地写它的回忆录……

四 谈诗歌

诗是语言的宗教，是为这个世界纠偏的古老语法。

（一）诗是一种巫性思维

与大地的引力偏离，每一首诗都试图让我们飞起来。

诗不告诉我们任何实用的知识。诗是关于心灵的知识。

诗通向内心的原始海洋。在那里，你的灵魂和公元前两千年、三千年、五千年乃至更久远的祖先的灵魂，是同一颗灵魂。

诗是一种思维方式，它是巫性的。唯有真正纯粹的诗人，才会进入巫性思维。诗人一旦真正进入诗的状态，他的心魂就摆脱了文化大棚、实用理性的遮蔽和豢养，逃离了时空栅栏的局限和羁押，他思接千载、视通万里，他好像变成了无限时空中一个有着巨大磁力的磁石，众妙汇于灵，万物附于体，他说话，于是我们听见来自苍穹和万物深处那深妙、真挚、忧郁的声音。

（二）诗是为世界纠偏的语法

诗人是另一种信徒。与别的宗教徒的不同之处，在于他信仰的不是某个人格神，他信仰的是作为最高语言的诗性语言。诗是语言的宗教，是最高的语言。这样的语言就是诗人供奉的神。每一种母语都有其信奉者，最虔诚者即是诗人。一般人只是使用语言，语言对于他们而言是工具，是另一种钞票，用于交换好处购买利益。而诗人则视语言为图腾和神物，把语言看作为生命显灵的灵符。在人所祭拜的所有神灵中，语言其实是唯一不朽的神灵。

诗人通过诗性语言进入母语后面的深远记忆和隐秘灵魂。母语是一条古河，一般人只是在河上淘洗、浮游、摆渡，为着一个实际的目的渡过此岸到达彼岸，或永远在此岸滞留，浮泛于清浅的或浑浊的实用泡沫里，了此一生。而诗人则逆流而上，沿波溯源，在河的上游或源头，寻找清澈、天真的上古之水，洗刷、净化、校正现世的通用词典和流行词典，使它们不致在滚滚泡沫的掩埋里和轻薄的絮叨里，彻底失去灵性、神性和智性，而得以保留一点原初世界的贞操、羞涩、初心和本真。诗为这个过于通俗、实用、烂熟的世界提供了另一种语法，诗是为这个世界纠偏的古老语法。当然，这个被人反复算计和折腾的老谋深算、老奸巨猾的世界，智商太高，情商很低，德商很差，神性太弱，或者说世界过于小聪明、过于世故狡猾了，世界很少听诗怎么说，拒绝诗这种古老语法，而坚持用轻薄嚣张的语气胡言乱语。于是诗有时候就不得不自言自语，或者沉默不语。

而没有诗的世界，没有诗作为语法的世界，无论怎样嚣张热闹泡沫翻腾，也只是一个噪音应和噪音的世界，也只是一个错别字纠正错别字的世界，也只是一个病句引用病句的世界，也只是一个疯子指导疯子的世界，也只是一个市侩培养市侩的世界，也只是一个垃圾重叠垃圾的世界。

这样的世界，内里其实是异常空虚寂寞的。空虚寂寞者自己都不明白为什么空虚寂寞，其实是失去了心灵的语法——失去了诗。

唐朝空虚寂寞吗？唐朝不空虚不寂寞。诗，是唐朝的通用语法。唐朝用诗说话，说出了万物的隐衷，说出了山河的期待，说出了万古宇宙心。所以，唐朝不朽。

（三）与科学为世界和自然去魅相反，诗为世界和自然还魅

科学与技术为自然和宇宙去魅，企图让自然和宇宙透露谜底，便于人对"神的作品"——自然，做简单化、格式化和可操作性处理，便于人对之进行消费和利用。被技术过度解释、解构和操作的自然，是机械式、工具化自然，即人化自然、商务化自然、资本化自然，也是碎片化自然，是非自然和反自然，是失去灵魂、失去神性和诗性的最乏味的仅作为消费对象而存在的物理世界、原料世界和实用世界。被技术改写、解剖和挪用了的自然，是神的原创产品的蹩脚赝品，是剔除了神性、废除了神灵的空庙和废庙，它或许是人自诩的智力和技术的物质精品，从诗的视角看过去，却是价值的废墟、精神的荒原。

诗（以及真正的文学艺术）的功能与科技的功用恰恰相反：科技为自然和宇宙去魅，诗则要还自然之魅，还宇宙之魅；科技（借助商业和金钱拜物教的力量）让万物失贞、失魂，让万物仅作为有用之物而供万夫享用和滥用，诗则要还万物之贞操，还万物之初夜，还万物之尊严和羞涩；科技令万物丧失诗性、神性和神秘，令万物成为人的猎物、玩物、宠物和毫无终极价值的消费物，诗则要让万物退回到它的本源，让万物退回去只做万物，而不做人的玩物、猎物、宠物和被消费被买卖的金钱的等价物，让万物成为万物自身，成为时间的初恋信物和情感记号，成为不为我们有限的心智所能理喻的神迹或奇迹，成为不可知的宇宙的意象化呈现和神秘暗示。

由于现代人类被以金钱拜物教为主的市侩化、消费性文化严重误导，长期拒绝诗的上述无用功能（实则有着神圣大用）的有效发挥，使得这个被过度使用也过度有用的世界变得锈迹斑斑伤痕重重垃圾累累，从而对精神化的心灵丧失了疗伤止痛、安魂慰心的精神大用——从这个意义上说，恰恰是人类过度追求有用而导致了这个世界对心灵的拯救和慰藉失去了作用。

因此，让业已退出公众生活的无用的诗，重新回到人类的精神生活和内心生活里，就显得十分必要——当然，万一现代人类坚持拒绝诗，却依然在消费至上、娱乐至死的物质化的生存里活得其乐融融，那么诗也就不必把自己当做日用品强行塞给人家。诗要知趣，写诗的人要知趣。不过，人作为古老的精神物种，诗性陪伴了数千年，诗性的矿物质可能已经沉积在基因里，如果长期少了这"玩意儿"，恐怕会失魂、走神的，而徒剩一堆无魂之肉，徒剩一具无灵之躯，即只有一堆无用的脂肪了。这就是说，完全没有了那古老的"玩意儿"，恐怕还是不行的。因此，让诗回归，就是让被掏空了的神性重新回到人性里去，让被掏空了的自然性重新回到文化里去，让被放逐了的永恒性重新回到速朽的生命里去。

（四）丧失诗意的现代社会是一片价值荒原

在诗意稀薄、神性荡然无存的这个过度物质化、商业化、数字化、程序化、技术化的世界上，神秘感也随之消失了。神秘感的消失，使我们好奇的灵魂没有了值得好奇的对象，使我们孤独不安的灵魂没有了来自大自然和宇宙的深刻安慰和神奇解药。

没有了诗意，没有了神秘感和诗性深度，所谓的现代文化，也就成了没有灵魂、没有精神本源的一片话语的噪音、符号的积木、信息的沙滩和知识的荒原，人的所有的言说与书写，都与本源、诗、真理和终极关切无关，而仅仅是人如何消费和处置这个物的世界的自言自语、自嘲自恋、自惊自吓、自高自大、自暴自弃、自证自慰。于是，我们的灵魂完全搁浅于这个实际上已无法安顿灵魂，而是否定灵魂、与灵魂已成陌路，甚至与灵魂为敌的灵魂的荒原。抑郁、焦虑、烦、无聊和空虚成了灵魂的日常功课。抑郁、焦虑、烦、无聊和空虚成了灵魂的常态，甚至成了许多现代人的"内心生活"。

好在，所幸我们还有诗，诗（包括经典音乐）为被物质主义掏空了内脏的现代文化，保存了一点古典的灵魂，诗（包括经典音乐）为被消费主义掏空了心灵的现代人类，保存了一点唯心主义，保存了一点神秘主义，保存了一点古典主义，保存了一点形而上的意味，保存了一点远古人类面对苍茫宇宙和无常命运而生发的神秘感、永恒感和苍凉感。

（五）诗人是在过度技术化、理性化的现代世界里保持原始感觉和原始思维的语言和心灵巫师

诗是最高级的文学样式，但是它的思维方式却是原始的，是直觉、通感、唯灵论的，你只有是个有灵论者，你才会是个诗人，你才是个通灵者。你或许懂科学有技术，这些对你的生存有用，但诗超乎这一切之外、之上。科学技术是对于物质对于有形世界的解释和利用的知识，而诗是对于灵魂、对于苍茫神秘的无形宇宙、灵性世界的深度感应和微妙感通。不断膨胀的技术和知识，占据了人的感知系统和生活空间。在高密度的知识、技术空间里，充斥的是有关这个物的世界的实用信息和消费信息，而不再有逸出这个世界或隐于这个世界深处和背面的更本源、更永恒的神性的或灵性的声音，不再有对宇宙万物神秘本体和更高结构更深领域的深度感应和性灵密契。在物质和消费的神坛上，信仰和灵魂的位置没有了，诗也随之式微，随之沦入虽未彻底消失但已对现存文化秩序和人们的灵性世界毫无参与价值和改良功能的可有可无的尴尬窘境。黑格尔在一百多年前曾经预言，随着技术时代的降临，诗及诗性艺术将走向衰落。

人的物质属性正不断放逐其精神属性。人通过物质的凯旋门走向精神的废墟。诗是对精神失败的最后反抗。诗人是顽固的古典主义者，固守在古老的城堡里，他拒绝向现代举起白旗。

人至少有两个灵魂：一个是用知识、理念、欲望组装的日常灵魂，它主持人的实际事务，大部分人就靠这个灵魂当家，主宰了他们百分之九十以上的人生内容；另一个灵魂则是古老的、亘古不变的，它与万物同源、与宇宙合一，它不生不死，无始无终，贯穿着天地最初的脉息，连接着宇宙最后的时刻，它是无边的潜意识海洋。诗人也动用前一种灵魂，但这个灵魂只是码头，堆积着语言的礁石，在这个灵魂——这个语言码头上，诗人眺望着另一个灵魂——那意识深处的大海，那人神合一、天人合一的无穷幻象，他用语言破译或是呈现它们。说到底，诗是这两种灵魂——日常的、琐碎的、漂浮的灵魂，与永恒的、浑然的、古老的、渊深的灵魂——的相遇、冲击、对话、辨认、链接、和解、交融，是人与宇宙、个体与众生、有限与无限、瞬间与永恒、生与死、意识与潜意识、知与不可知——

是这一切的冲撞、交织、叠合，是这无穷进行着的深奥游戏的语言呈现。诗是存在之谜的意象暗示。

（六）唯有伟大的诗能将我们的心灵带进浩瀚的情感深海

有时候，一首诗让我们感动得无话可说，甚至没有心得，其实是这首诗完全进入了你的心，它抵达你的意识尽头，它通过语言把你带到很远的地方，带到没有语言的地方，那里只剩下心灵本身，语言沉默了，你面对的是无边的心灵。

在一首诗里就可以历尽沧桑。读但丁《神曲》，我就有历尽沧桑的感觉。穿越生存的地狱，经历精神的炼狱，跟随永恒女性贝亚德丽采之引领，我来到了一万个太阳照耀着的天堂，从此到达了自由、澄明、宁静之境，我从对立、短暂的事物中彻底解脱出来，在宇宙的巅峰和时间的尽头，我与万物合一，灵魂归于深深的、无限的宁静。我掩卷，久久静默，不想与人说话，不想再读别的书，我已有了如此丰富深邃的精神游历，我已抵达如此高远明澈、由爱之女神守候的纯洁天堂，我已到达了宇宙之巅，那么，我还返回来干什么？真的，我读了《神曲》，感到灵魂是如此幸福安宁，我想在但丁伟大的诗里沉睡过去，不再醒来。

（七）诗是语言的净化和还原

诗是语言的净化和还原。诗是用干净的语言说出来的干净的心情。

有时候，一首晦涩的诗不告诉我们任何信息，它只告诉我们：这首诗和它的背景都是晦涩的，存在是晦涩的，生命和世界的本质是晦涩的。

一首无法索解的诗的功能是：他让你的意识处于空白状态，它让你休息，它让你在无法索解的宇宙面前沉默、休息。

（八）在文字和信息泛滥成灾的今天，真正的写作何其艰难

要进入真正有价值的写作，在现在是如此之难：因为你手边能用的几乎所有的语词，都被无限地滥用过了，已耗尽了它们对生命境遇和内心感受进行深度表达和微妙命名的功能。无论你喜悦或烦闷、沉思或忧伤、寂静或沸腾，或是陷入某种难以名状的幽微、浩茫、来得很深的心境之中，你想表达它们，这个冲动刚出现，无数语词立即不召即来，环绕和包围着你，然而，你打量它们一眼，密密麻麻几乎全都是被无数文本、帖子和海量信息反复用腻了的陈词滥调，你几乎找不到一个与你那深不可测的内心峰峦相对称的语词。你想表达的，是你那不可复制、具有唯一性质的生命体验，而你面对的语言，却是被无限复制、无限滥用过的、毫无个人表情

和生命体温的语言灰烬。

许多人没有意识到这个困境，或者他们的感觉和情绪本就是大众化、普泛化、类型化、格式化、批量化的，他的流行化感受与流行化语言不构成紧张关系，所以也就没有表达的困境，于是就随手用那流行的、批量复制的现成语词，进行既没有深度也没有难度的语言浅水滩上的轻浅滑行，其结果就是对本已无穷无尽、堆积成山的陈词滥调，再贡献一批陈词滥调。

有的人也许已经意识到这个表达的困境，但却没有摆脱和超越困境的能力，于是就自觉不自觉地选择了偷懒，即挪用那流行的、公共的、大路货语言作为自己表达的标签和内心的代码，其结果并不比前述的更好，而是一样的糟，因为那些流行标签和通用代码，除了表示流行和通用外，它已无意也无力表达别的了，那么，这种偷懒的或平庸的所谓写作，充其量只是取消写作的一种方式，在他表达之后，我们读了，却发现他比表达之前更显简陋和浅薄了，而他本来未必是这么简陋和浅薄的——这就是一个平庸写作者值得同情之处：也许在不写的时候，他的内心未必没有深刻的水域和浸透时光之盐的沉船，然而，当他写出来时，我们却只看到了一个既无海之深泽，也无岸之意趣的一览无余的、乏味的公共沙滩。

（九）有限语言被无限滥用之后，诗人何为

有限语言被无限滥用，恰如有限能源被无限消耗，在耗尽了它们的原始能量之后，它们作为垃圾和灰烬堆积在那里。当然，你可以说垃圾是放错了地方的资源，然而，要把垃圾转化成资源，这是一项具有高难度、需要高投入的高科技。要不然，我们就无须为能源因过度开采和消耗将导致最终枯竭而焦虑了，因为，按照"垃圾是放错了地方的资源"的说法，我们制造的垃圾越多，资源也就越多，只是放错了地方而已。事情的真相显然不是这样的。我们无法把所有垃圾都转化成资源，因为垃圾不可能通过无限循环来重新变成资源，最终只会使越来越多的资源变成垃圾，而不是使越来越多的垃圾变成资源。起死回生的奇迹不是没有，但那是奇迹，或具备条件才有可能完成的奇技，不是常态。谁也不能把死人转化成活人，把一只死猫转化成活猫也不大可能。这道理并不高深，大家都可以想到。当然，我不怀疑高科技能把一部分垃圾转化成资源，但这不是一项简单的、普通的技术，它必然是一项高科技，而且是需要高投入的高科技。无疑，在投入的过程中，也即它将垃圾重新转化为资源的过程中，它还要制

造一定量的垃圾。

前面说的其实只是个引子，比喻而已。我想说的是，有限语言被无限滥用之后，其内核和蕴藏已被掏空，我们面对的是耗尽了语言本应有的隐喻、象征、暗示、诗意、神性、命名等功能之后残剩的语言灰烬和废料，对此我们多少都会有些体验：平时，我们说话或写作，一不小心，每每总是在说着、写着陈词滥调，而很难揭示存在的真相，或抵达内心的幽深水域。

如同在物质世界里我们对有限资源的高消费和无限耗散，而制造了无法降解、不可收拾的无穷垃圾和污染一样，在精神世界里我们对有限的语言资源、神话资源、原型资源、意象资源、审美资源、符号资源也进行着高消费和无限耗散，因而制造着越来越多的话语垃圾和符号灰烬。你看看那层出不穷的房地产广告以及无数的商业广告，那高端的诗性意象、豪华的浪漫语词，商业无不在挪用、滥用那些似乎充满诗性和象征意味的语言、符号和意象，商业挪用它们，通过榨取它们残存的诗性基因和剩余价值，来为榨取最高的商业利润服务外，它们原有的诗性内涵和文化记忆被抽空了，它们成了商业的婢女和佣工，成了煽情和诱导购买欲的商业修辞，成了眼球经济的一部分。就这样，物质世界的资源正不断变成垃圾、负能量和熵，精神世界里的语言资源及意象资源，也呈现出一种不断耗损、亏空、垃圾化状态，即"熵"的状态。

而真正的写作一定是写作者所创造的文本，提供了对人生、人性和人心有着惊醒、启示、净化、深化、升华、抚慰的精神功能，这样的文本里必须有隐喻，有象征，有诗意，有神性。而被无限滥用、掏空了诗性内核的语言灰烬已经没有能力制造或显现文学文本所应具有的那些内蕴和品质。怎么办？如同前述物质世界里垃圾—能源的转化过程需要高科技一样，要实现真正有价值的写作，也需要写作的"高科技"，需要一种对语言进行创造性使用的能力，即把作为灰烬的语言，重新改造或打磨成具有指涉心灵、揭示存在、隐喻人生、有诗意光芒、有神性深度、有为生命境遇命名的能力、有陌生化效果的语言。

（十）消费主义文化——一种与诗为敌、删除诗意的反文化

要在现代生活里，在技术、商业、金钱打造和统治的生存空间里，找到诗意的事物和场景是如此之难，如同在雾霾笼罩中看见壮丽的日出，其实，前者比后者更难，因为日出是一个真实的、正在发生的宇宙事件，只不过被遮挡在人的视线之外了，而诗意在人的世界里的日渐匮乏和消失，就不只是被遮蔽，而是被商业、金钱、技术以及与诗为敌的消费主义文化删除和消解掉了。

（十一）诗是文学中的裸体，诗的写作（包括一切真正意义上的写作）是与陈词滥调的斗争

当语言脱去了社会学的帽子、逻辑的衣服、语法的领带和修辞的裤子时，就变成赤身裸体的一个个字。赤身裸体的字们，是母语的赤子，赤子们在一起自由行走，走着走着，就走成了一首诗。

那些不好看、诗味寡淡、诗性不足的所谓诗，多数是因为其语言穿了太多的社会学外套、经济学衬衣、修辞学领带、政治学裤子，有时还戴一顶伪哲学的帽子，用这种失去贞洁的、被反复污染、被层层遮蔽的陈词滥调制作的所谓诗，其实是一堆语言的废布、废棉絮和破衣烂裤，除了散发出一些废气外，其诗性元素接近于零。

诗是语言的返璞归真。诗是语言的无限返回，诗是对过度成人化、实用化、媒体化、新闻化、商业化、广告化、娱乐化、三点式化、黑板报化、货币化、市侩化、世俗化、通用化、快餐化、泡沫化、碎片化、垃圾化、地沟油化、目的化的语言的叛逆和拯救，诗是语言向童年、向天真、向羞涩、向清洁、向源头、向远古祭坛、向人神不分、向天目明澈、向无目的的澄明苍茫的原始之境的无限回归。

写诗（包括一切真正意义上的写作），其实就是与陈词滥调的斗争，就是为了捍卫母语之神性、诗性和纯粹性而与包围、蚕食、腐蚀母语的无所不在的世俗功利性和意识形态污染以及商业冲动和市场逻辑所展开的近乎肉搏的神圣战斗，真正的诗人和杰出的写作者，终其一生都在进行这种看不见的、微妙的、严苛的、深邃的、只能前行不能后退的持久战，其目的是卸掉语言的锁链，清洗语言的尘垢，澄明语言的深湖，使之返璞归真，找回并恢复母语在无节制滥用中被丢失的那些近似于巫性的、纯洁的、通灵的珍贵属性，恢复语言的命名、象征和隐喻功能，从而更深刻地揭示存在的真相，抵达生命和心灵的深处和幽微之处。

写诗，就是做语言的减法，就是不断地减，减去堆积在语词上的历史的、现实的、逻辑的、社会的、政治的、商业的、新闻的、消费的……层层锈迹、雀斑、污垢和病毒，直到语言变得干净透明，呈现出似乎空无一物，实则深不可测的空灵意境，如一泓澄澈古潭，映照出天空和无限。

写诗，就是在心象和物象互相交映所构成的某种情境里，我们为了用微妙的语言呈现我们微妙的诗心和宇宙心，而对语言进行的返樸归真的还原过程，也即是对语言进行一系列解衣的过程，这个过程微妙、精细、深幽、传神、委婉、含蓄、羞涩，我们一件件解去与诗性、与本心、与性灵、与意境无关的套在语言身上的重重叠叠的衣服和饰物，解去风衣、解去外套、解去领带、解去衬衣、解去帽子、解去裤子、解去袜子、解去首饰……终于，原初的、本然的、精微的、赤裸的、清澈的、深湛的、羞涩的、水晶般透明的语言呈现出来了——于是，诗出现了。一种清澈的宇宙情调和深湛的生命意境随之出现了。

比起其他那些戴着各种帽子、穿着各种外套和裤子的文体，诗，可能就是文学中的裸体？

（十二）人类一直在远离诗，而宇宙永远是一首浩瀚史诗

当这个世界不再有诗也不再有诗人的时候，上帝（上苍）就是唯一的桂冠诗人，他把万物，把混乱的生存，把每一个生命和每一个人的命运，都写进一首晦涩的诗里。

据说是死亡在叙述着我们。在它还没有叙述到我的时候，我活着。我必须与它争辩几句。诗，就是与死亡的抢白。

雪，无声地降落、堆积，它埋葬了那个藏污纳垢的老世界，它要重新孕育和再生它，它把大地搬运、转移和提升到连大地自己都陌生的梦境中的位置上；鸟飞过，带血的羽毛落在少女手中，少女抬起头，而鸟已远去，天空无痕；海，把万物和星辰的影子抱在怀里，海在流动，同时也一动不动、万古未动，整个宇宙的血液和银河的全部磷火，都在海的怀里沸腾和静止，星星们沉沦在海的怀里再不醒来，要度过他们咸涩的一生，让波浪把他们打磨成另一个宇宙的戒指；雷声散去，峡谷静如太古，岩石记录了闪电的手纹；一只白鹤与另一只白鹤对视着，它们分不清水里的影子是谁的，想飞，怕带错了影子，于是就永远站在那里……

这一切莫不是诗。当诗人们不写诗了，或写不出好诗了，没关系，万物和宇宙仍然生动地展开着一首浩瀚大诗。

五　谈语言

（一）被掏空了内脏和灵魂的语言

先人造字，均有深意存焉。日月合而为"明"，水漫流而成"川"，夕阳入林而有"梦"，二犬对言的孤独险恶必是在"狱"中方能体验。远古的字不多，每一个字都暗示着一种生命处境，都象征着一种况味、一种遭际。每一个字都是人与宇宙相遇，与命运相遇的一种图像，一种内心经验的符号造型。

难怪有"仓颉造字鬼神哭"的传说。伟大的仓颉用人的符号泄露了"天意"，用人的心接纳并呈现了"天地之心"。这就是说，从有文字的那一刻起，人结束了被自然奴役的史前蒙昧状态，而开始了人的言说历史和文明历史。最初的那个符号，那个或复杂或简单的图像，带着人的全部身心的战栗和神秘感动，被刻凿在岩石上或甲骨上，从这一刻起，人的心之历史——人的精神史和文化史就开始了。

我想，文字较少的远古时代，人们敬字如神，见字如见这个字所象征的事物本身，每一个字都对应着他们内心的某种感遇某种记忆，故每一个字都揭示着他们的心灵的一部分，所谓"敬字如神"，其实是"敬字如心"，他们从字看见了自己的心。所以那时候，文字少，每一个字都对应着人们内心所感受到的某种情境，一个字一个精神实体，一个字一个心灵意象，一个字一个命运境遇，没有虚拟，很少借代，字字都浓缩着情感，都能落实到心里。有限的文字记录着、传达着和暗示着人们对天地万物无限的敬畏和感通。我想，那时候人们大约不轻易说话，一旦张口，发出的都是心之声，所谓"君子一言，驷马难追"，所谓"一诺千金重"。连孔夫子这样的大思想家、教育家、学问家，积一生的修养和经验，也只留下二万来字的《论语》，大哲老子也仅有三千言《道德经》传世。但是，你若仔细读，用心灵去读，你会发现那每一个字每一句话都是人生的大感悟，大体验，每一个字都如夜幕上的星星，能烛照万古长夜。

后来，文字越造越多，借代、虚拟的字越来越多，离精神实体和心灵意象越来越远，许多字是从原形字（与心象吻合的字）衍生而来，衍生的字又衍生出更多的衍生字，代代衍生以至于无穷。文字随之远离心象，而日趋泛滥，泛滥的文字如同轻浮的尘埃满天飘飞。越来越多的虚拟的字、借代的字，组合成了无数虚拟的、借代的话语楼阁，说变得越来越容易，写变得越来越简单，在虚拟的、借代的话语空间里，文字自由繁殖而意义并不增殖，说可以不对心负责，写可以不与精神发生关系，口与心分离，言与意分离，人类随之进入大规模制造语言泡沫的游戏狂欢之中。随着技术时代、数字化时代的降临，言说、写作日趋成为一种语言游戏、自动化复制和欲望腹泻，快速制作满天飞舞的"文本"却越来越不负载心灵信息，甚至把言说和写作干脆蜕变为"垃圾制造业"。

语言的内脏、精神、灵性和深度终于被掏空了。我们越来越多地看见，由语言的空壳吹奏的滚滚泡沫翻腾着飞旋着，覆盖了失去意义的生存的天空。

我想到一个当今使用频率最高的字：爱。它也是被抽空了的。在古典时代，爱是用心去爱的，那时候人们不轻易言爱，因为爱在心中，爱是心与心的交付，爱是天长地久的记忆，"春蚕到死丝方尽，蜡炬成灰泪始干"，爱是无情宇宙里的情感，爱是对死亡的反抗和对流逝岁月的挽留，爱有着宗教般的崇高价值；"曾经沧海难为水，除却巫山不是云"，爱是庙宇倒塌之后人心里的最后一位神，对爱的记忆和感恩，使我们能怀着欣慰的微笑面对生命的最后时刻而宁静地走向时间的那一边。

然而，爱已变成爱，在一个无心的世界里，我们用语言的空壳吹奏着空洞的泡沫。

然而，爱可能还会继续演变，变成一个发音，变成一个空洞的音节：ai。

然而，那被遗弃的心，仍在荒野里呼唤：

魂兮归来。

或许，心，仍然会回到心上？或许？

（二）语言的净化和复活

"语言是一个人皆可夫的妓女，而我却要把她改造成纯真的处女。"诗人奥登这样说的时候，他一定感受到了写作的难度，即我们所使用的语言是公共的，它什么都叙述过，也被一切所叙述，"影响的焦虑"无所不在，太阳底下无新事，语言见过、经历过一切，叙述过一切，我们面对的是一个被过度表达了的、被符号层层堆积和遮蔽了真相的世界，我们面对的语言是早已失贞、失真了的，是因为被无限滥用而贬值了的，即在整体上已经丧失了表达能力的语言尸骸，如同一个人皆可夫的妓女，因被过度蹂躏、过度糟践、过度伤害而失去了性的能力和生殖的能力，而徒然留下空洞的躯壳。但作为写作者又不能不使用你所属的语言（因为你不可能另外为自己发明一种语言）。这就必须改造它，并在一定程度上对之进行"发明性运用"，以恢复和复活其表达生命体验和深邃经验的能力——如同让一个失去贞洁失去性能力的妓女重新找回其对性的鲜活体验和生殖、生育能力，是何其不易。而写作的意义恰恰就在这里，即复活语言的暗示、隐喻、象征功能，让语言穿透文化和生存的表面漂浮物，而深入存在的更深水域，对存在真相和生命体验作深度呈现和揭示。

诗人兼批评家艾略特说过，诗的功能是"净化部落的方言"，古代先民们正是通过诗来聚合部落成员的灵魂和信念，在分散、辛苦、不安、迷茫、惊险的原始生存中，部落成员很容易迷失甚至完全丧失生存的方向和意志，从而导致部落的崩溃，而这种崩溃是从共同语言——母语，即部落方言的混乱和污染开始的。如果没有一种具有最高指涉功能和隐喻功能的语言作为部落的共同方言，分散的部落成员则各说各话，各走各路，久之，那种由共同方言构筑的"集体想象空间"将被瓦解，部落也将走向崩溃。诗的存在阻止或延缓了这种可能。那时候的诗是广义的诗，即指向心灵，连接人与宇宙、沟通人与超自然力量之联系的所有祭祀、占卜、祈祷等语言活动，都是诗的，而那时的诗人则指所有从事灵魂的神秘交接活动的人，巫师、祭司、舞者、歌者——他们是部落成员中想象力最丰富，神秘感和宗教感最强烈的人，面对部落的共同图腾、面对具有无限威力的宇宙大神，他们以最狂热、最真挚、最神秘、最感人的语言，召唤人与神和解，祈求部落昌盛平安，这是宗教的也是诗的仪式，神圣的祈求包含着所有部落成员的心灵激情和生存欲望，于是部落方言被净化了，在每一次仪式上，狂热痴迷的言说又为这种方言注入了新的经验和象征内涵，从而大大加强了部落方言（即母语）对每一个部落成员灵魂的感召力和整合力。被净化了的部落方言从而拥有了新的言说能力和象征能力，部落成员也随之有了更丰富的想象力、感受力和凝聚力。

在考察了诗的起源和早期功能之后，我们就大致明白了写作者的工作本质，尤其是诗人的工作本质：净化语言，经由写作者富于深度体验和鲜活语感的言说，清除母语上面堆叠的锈斑和污垢，使其澄明、纯粹，恢复其弹性和张力，使之重新拥有指涉心灵、揭示存在的能力。最早的诗人是部落中的巫师和祭司，现在的诗人和写作者则是巫师和祭司的后裔。无论随着时间的流逝，人类的生存方式有何种改变，诗及文学的功能大致是不变的，这就是：净化部落的方言。

面对语言即是面对一面锈迹斑斑的古镜，它曾以它的清澈、透明和近乎无限的深度，映照了天地幻象和生存倒影，然而，时间锈蚀了它，尘埃污垢遮蔽了它，它已失去了映照的功能。写作，即启动语言、清理语言、刷新和再造语言。写作的过程，就是打磨古镜的过程，你清晰地从语言之镜中看见了自己也看见了众生，你的打磨就算成功。写作的人就是磨镜的人。

考察那些留传下来的文字，除了其所呈现的生存图像和生命体验的真实与深刻外，我们会发现它们都是那个时代最好的、最高级的，因而也是最有表现力和美感的语言。所以文论家才说：散文是好的语言的好的组合，诗是最好的语言的最好的组合。散文是语言的散步，诗是语言的舞蹈。语言是写作活动的最后结果，也是读者面对的最终实体，写作的过程几乎就是语言的再生和重组过程，而内容、生存体验和生命激情，只是激活和推动语言的动力和背景。

母语是一条流贯千秋的古老长河，它从迷蒙苍茫的远古起源，沿途不停地开辟河床，不停地汇聚生存和心灵的水波，渐渐变得浩瀚，也渐渐变得浑浊，在有些地段，母语之河也有干涸的危险和泛滥成灾的危险——它们都可能使母语之河失去灌溉的能力和映照两岸生存图景的能力。大师常常就出现在这些地段，他们是河的虔诚子孙，河快断流了，他们就去精神的深山密林寻找和开辟新的源头，让母河在生存的莽原上开凿新的河床；他们是高峻的拦河坝，让泥沙俱下的洪水舒缓下来，得以沉淀和过滤，他们以自己的生命高度使河水有了较大的落差，发出哗哗之声或滔滔之响，形成精神的飞瀑，映照落日的血光和生存的泪光；他们是时间的守灵者和大地的忠实守望者，他们不逃避苦难却坚守着内心，携带着远古波涛和昨夜山洪的河咆哮着来了，他们像山一样迎接着河的亲吻也拒绝着它泥沙俱下的暴力，洪水漫过去再漫过去，他们的心终于被流水凿成深邃的峡谷，整整一条河的顽石、伤痛、惊涛、船的碎片都保存在这心灵的峡谷里，而整整一个时代的黄金、宝石都沉积在这峡谷里。而当母语之河流出这峡谷，渐渐变得辽阔而沉静，这是因为它从大师那里获得了浑厚的语感，它有了叙述万物的能力和宽广的语境。

母语是长河，大师则是河的疏浚者，是河上的拦水坝，是让河流发出轰鸣之声的峡谷。大师的出现，使干涸的河重新涨潮，或使沉闷的河变得清越，或使窄逼的河变得辽阔，去拯救更多的荒原，灌溉更多的植物，映照更高的领域。

（三）语言的神性和诗性

我无法以娱乐的心情在稿纸上操练文字。每一次写作，总要久久地默坐，久久地凝视自己的内心，久久地凝视窗外的某棵树某座山某片云某颗星，久久地凝视烟尘滚滚的城市上空盘旋的鸽子，久久地凝视记忆海面上显现的礁石，然后我看见海底的沉船、鱼群、骸骨、流沙、正在形成的珍珠和正在分泌的盐……

于是我看见了这样的语言，它从公共词典里逃亡出来，进入我的血液和心，穿透黑暗的内脏，在病灶，在疼痛的穴位逗留、触摸、倾听，语言拷问我又抚慰我，劫持我又护佑我，然后，语言带着我的一部分血液和心，飞离我又旋绕我，阵雨一样降落。

稿纸乃是产床，思想在这里分娩，带着血和哭声，以及产妇欣慰的、疲倦的笑。

我无法以娱乐的心情操练文字。在欢乐的泡沫下面，我看见受伤的石头；在鸽哨轻松的旋律里，我看见那颗悬空的心，很重很沉。

语言是深刻的，而我们是浮浅的。每一个字、每一个词都从远古走来，经历过沧海桑田，都负载过百代千秋世世代代人们的爱恨生死，沉积着太多的遭际与命运。语言是一片浩瀚的海洋，而我们只是一条鱼偶尔游过海水，更多的时候，我们只习惯于在浅水里浮游，并喷吐一些刹生刹灭的气泡。与生俱来的惰性和对于严峻事物的恐惧，使我们躲避深海，躲避对于命运的深度体验。于是我们很少抵达语言的深处。在岸边，在安全热闹的海滨浴场，我们捡拾一些空洞的贝壳，或购买一些被加工染色的精致的贝壳，在轻松地把玩里，忘记海的浩瀚、惊险和苦涩。

真正的海就这样被我们遗忘了。

有时我凝视一个字或一个词，内心里竟升起一种敬畏。孔夫子、屈原、李白、杜甫、苏东坡、鲁迅用过这个词，帝王、将军、渔父、农夫、蚕妇、村姑、囚徒、乞丐、美女、小丑、强盗用过这个词，无数死去的人们和无数尚未出生的人们使用过或将要使用这个词。

是人在使用词吗？分明是词在使用人。词是站立在时间之巅的王，词在注视我们，词在目送我们，一一从它的身影里走过，然后消失。

我发现这个小小的词是一座古墓，墓门打开，我看见数不清的眼睛、数不清的口和笔。

词在叙述我们。词站立在高巅上迎接我们又目送我们。我们消失，词仍活着……

语言的极限就是思想的极限。语言的马将我驮向辽远，驮向天尽头，驮向无边的内心深处。

只有浸透了诗性和灵性，有着神性内核的词，能将人带入意识的高深领域。在这个领域里，无限的外宇宙和无边的内宇宙得以重叠和融和，真正达到了天人合一、人神合一，人与全部精神史的合一，人与他的最深刻的生命本质的合一，人与永恒的合一。

诗性语言是普泛语言的酵母、清洁剂和解毒剂。诗性语言是一切语言的源头。语言之河在中游开始被污染，在下游已是泡沫滚滚浑浊不堪。远离源头的语言洪流，已全然丧失了命名能力和对于世界与生命的叙述、揭示能力，语言曾经帮助人澄明自己的存在，如今它却成了让浑浊的存在更其浑浊的污染源。

诗性，语言的酵母、清洁剂和解毒剂。离开了诗性，语言的面团将丧失活性，语言的流水将不再清澈和清洁，语言的肌体将感染更多的病毒并传染给被它叙述的一切事物。

现代的语言已日渐丧失诗性。带毒的语言在带毒的世界上疯跑，溅起遮天的泡沫和尘埃，一切都面目不清，人，已经沦入疯人院。

让诗来拯救语言，拯救迷途的人性。

滚滚泡沫围困了我，我看不见诗的身影。

但我们只有找到诗，才能找到生存的意义，也才能找到写作的意义。

（四）白云意境：诗人的思与言——高出日常平均值的巅峰体验和巅峰语言

刚才是几片白，像是离群的几只小羊羔，在追逐天空无尽的鲜嫩，那无尽的蓝幽幽的草色。

一会儿就有了大动静，棉花一车车拉过来，棉花垛一座座堆起来，仍有许多白的毛驴、白的马驮着白的棉花，小跑着向这里集合。

一时间，我头顶的天空变成了白的街市。

山顶上的那个小屋已被白色淹没。小屋的门窗是敞开的吗？我猜想，那屋子里一定飘进去许多白云。纺车一摇，定能纺出纯白的歌谣。

那就是仙境了。

人有时候需要生活在云端之中。白云擦洗着你的锅碗瓢勺，也擦洗了你的灵性。如果你在云端写作，天空和白云会开启你的心域，会净化你的情感和语言，也会让你内在的灵性像露水里的花朵一样充分绽放开来，你对诗意的感受力变得特别细腻和敏感，你觉得人的生命在此刻完全诗化了，达到了生命的极致和巅峰状态。这时候，你才似乎真正享用着自己的生命，她是如此丰盈、辽阔、清澈和美好。而在此之前，多数时候，你处在非诗、非审美的粗俗和庸俗状态，你觉得你的灵性之窗和生命之窗是关闭着的，你觉得在诗意降临之前，你无聊、无味地浪费了太多的时光。

在日常之外的高度，人才会发现日常的诗意。沦入日常，不仅丧失了"白云"，也丧失了日常。

云端出现的屋宇和人影，使山下的人有了眺望的方向，并生起出尘的念想和升华的渴望。

诗人说："此生无悔：诗到妙处，我曾莅临仙境；爱到真时，我已获得永生。"

我想在云中筑一间小屋，时常去住上一段，过一种彻底宁静澄明的纯心灵生活，体会古人那种淡泊、素朴、宁静、旷远、高古的心境，体会那种独与天地精神往来的生命诗意和宇宙情调，让生活中、生命中、梦境中、语言中多一些白云，多一些在尘世而高出尘世的意境，多一些高出日常生活平均值的具有无限价值的时刻，多一些存在于时间之外的永恒瞬间。

（五）独特的语言是怎样炼成的

语言在叙述中为自己寻找出路。

在遮天蔽日的话语垃圾里，它必须突围，它必须找到那个唯一属于自己的句子，才能说出内心的深渊和高地。

这个过程异常艰难。

语言所面对的是陈腐的语言军团、垃圾军团的多重围困，要突出重围，它必须战斗，甚至肉搏，才能杀出一条血路。

当我们终于能读到一个令人耳目一新、触及心灵的充满深意和新意的句子时，我们应该知道：这是从词语的密林里、从语言的沙场上冲杀出来的勇士。

所谓诗性语言，或具有独特表现力和感染力的语言，其实就是这样一种具有勇士品格的语言。

它的深度、张力和丰富的暗示能力，来自于它在突围中浑身的血泪和伤痕。

我们当然看不到语言身上的血泪和伤痕。

血泪和伤痕已经折叠成语言的特殊结构，折叠成一种句式。

　　这就如同月亮上的环形山——它是由无数地震和太空陨石轰击造成的深坑和峰峦，折叠了多少不为人知的重创剧痛。

　　但在赏月者的眼里，看见的却是桂树、月宫、玉兔等神秘幻象和朦胧美感。

　　当我们对审美活动进行深度还原，就会发现美感后面的生命痛感和悲剧根源。

　　一种有深意的诗性表达，或者是一个文本，或者仅仅是一个句子，都有着类似的特征。

　　它的独特的造句、独特的语态，折叠的是那颗携带着它夺路而逃的独特心灵，极其丰富而独特的痛感和体验。

思考题

　　1. 杜甫被称为"诗圣"，李白被称为"诗仙"，王维被称为"诗佛"。这三位诗人分别受儒家文化、道家文化、佛家文化的深刻影响而形成各自的人生境界和诗歌风貌。

　　你读过儒家、道家、佛家的书吗？谈谈你的体会。

　　2. 我觉得李商隐的无题诗寄托深远、意境幽邃，蕴涵丰厚、辞采华赡，达到了诗情、诗艺的极高境界，是我国古典诗歌艺术的瑰宝。我认为他的无题诗篇篇都值得背诵。

　　你一定读过李商隐的诗，你能背诵多少首？谈谈你的感受。

　　3. 陶渊明的人品和诗品，都是那么诚恳、恬淡、平和、自然，他是将自己的心魂真正与大自然融为一体的诗人，他归隐田园，躬耕垄亩，种豆采菊，自食其力，他是种地的诗人，又是写诗的农人。在他的眼里和心里，自然山水，田园草木，飞鸟白云，既是人赖以生存的自然背景，也是人的心灵世界的意象化呈现，也即天地万物呈现的既是天地胜景，也是天地之心，天地之心被诗人领悟吐纳，即成为诗人之心。从诗人之心所流溢出来的情思和语言，即是对天地之心的呈现、回馈和感激。我认为我国古代诗人中，人品和诗品最高洁完美的当是陶渊明。

　　谈谈你对陶渊明人格和诗歌的感受和理解。

　　4. 孔子评价《诗经》曰："诗三百，一言以蔽之：思无邪。"《诗经》是上古先民至真至善至美的歌唱。杜甫曾说：在山泉水清，出山泉水浊。我觉得《诗经》就是上古的一泓心灵山泉、情感山泉、道德山泉、美感山泉、诗意山泉。静下心来，读读《诗经》，你将领略我国数千年诗史的源头之美，那是一种清澈之美和天真之美。你的内心因此会增加一份久违了的清澈和天真。一句《诗经》，就是一枚钻石；一部《诗经》，就是一座无价的钻石宝库；一部《诗经》，就是一片永恒的精神湿地和情感森林。那时候的人尚未被过多的文明枷锁钳制，也未被过多的文化垃圾污染，保持着刚刚睁开眼睛"看世界的第一瞥"的那种天真、单纯、神秘和神圣，还保持着赤子之心、天真之心，所以，他们的感情、感觉和语言，是那样的天真、鲜活、美好和可爱。什么是诗？什么是诗感？就是"睁开眼睛看世界的第一瞥"所产生的那种心灵战栗、情感波澜和审美发现。因此，古今中外，真正的诗人都是那种不受世俗污染而保持着赤子之心、挚爱之情的人，也可以说，当整个世界都变得唯利是图、老谋深算的时候，诗人和诗的存在，还固执地保持着世界第一天清晨的清新露水、纯真鸟语和鲜美的早霞。诗和诗人的存在，挽留并再现着人类早期纯洁的初心，阻止或延缓了世界的衰老速度和人心的沦落速度以及母语的粗俗化速度。

《诗经》里的诗你能背诵多少首？谈谈感受。

5. 曹雪芹的《红楼梦》和列夫·托尔斯泰的《安娜·卡列尼娜》被誉为世界文学的巅峰之作。

《红楼梦》是多么平常，又是多么不平常，它从儿女血泪、家族盛衰中透视世事沧桑和人生宿命。由情生梦，由梦悟空，由空证道，由道通灵。一卷读罢，直让人在悲悯的情境里，心灵获得大洗礼、大觉悟，我们那被泪雨洗过的凡心，忽然无限地敞开，看见了生命筵席令人痛切的真相，看见了生命深处的太虚幻境，看见了时间尽头那"白茫茫一片真干净"。但它又不是简单的虚无，它让人在虚无里看见那感人的深情和悲情，而正是因了这"情"字，注定虚无的人生才不仅仅只有虚无，人活一世才不完全算是徒劳和白活。我们对生命的理解由此得到深化，我们对情感的敬重由此得到加强。

《红楼梦》告诉我们：尘世无常，众生艰辛，谁都在命运途中挣扎跋涉，人各有命，人各有途，而殊途同归，终归空幻寂寥。但是，如果《红楼梦》仅仅告诉我们这些，它就不够伟大。《红楼梦》的伟大在于：它呈现出生命之幻灭，更唤起我们对这幻灭的无尽的悲悯和仁慈：众生不易，弱女子更其艰辛；群芳易谢，好女子更易凋零。世道僵硬，人不可不怀着柔软的大慈大悯之心，怜惜弱小，呵护清洁，珍重善美，从而让无常的尘世，存有一份恒久的生命馨香。《红楼梦》因此成为提升中国人灵魂的一座不朽的红楼，成为享誉全球的人类文化的永恒瑰宝。

从生命质量的角度来说，不读《红楼梦》的人，在精神生活和心灵营养上，是吃了大亏的人。

若不读《红楼梦》，就愧做中国人，更愧做中国读书人。

我这样提醒自己：别东张西望，别左顾右盼，就看青山多妩媚，料青山看我亦如是；百年一瞬，云烟过眼，刹生刹灭，问余何在？万幻俱泯，一梦独存。终生常读一本书：《红楼梦》；百年常做一个梦：《红楼梦》。

思考并回答：说说《安娜·卡列尼娜》和《红楼梦》所呈现的宇宙观、生命观和道德观的异同。这两部杰作，你更喜欢哪一部？哪一部更博大精深，深邃崇高？这两本书你都读过吗？你读了几遍《红楼梦》？我读了两遍，现在正读第三遍。你准备一生读几遍？谈谈体会，谈谈你对钗黛两位人物的印象和评价。

拓展阅读

1. 王运熙、周锋：《〈文心雕龙〉译注》，上海古籍出版社 1998 年版。

2. 周振甫：《钟嵘〈诗品〉译注》，中华书局 1998 年版。

3. 司空图：《二十四诗品》，罗仲鼎、蔡乃中注，浙江古籍出版社 2013 年版。

4. 刘熙载：《艺概》，上海古籍出版社 1978 年版。

5. 王国维：《人间词话》，徐调孚校注，中华书局 2009 年版。

6. 爱克曼：《歌德谈话录》，朱光潜译，人民文学出版社 1982 年版。

7. 帕乌斯托夫斯基：《金蔷薇》，戴骢译，上海译文出版社 2007 年版。

8.《罗丹艺术论》，傅雷译，中国社会科学出版社 2001 年版。

9. 里尔克：《与青年诗人谈诗》，冯至译，上海译文出版社 2005 年版。

10. 泰戈尔：《吉檀迦利》，谢冰心译，上海译文出版社 1986 年版。亦可选读《新月集》《游思集》《飞鸟集》等。

11. 惠特曼：《草叶集》，邹仲之译，上海译文出版社 2015 年版。

12.《狄金森诗选》，江枫译，中央编译出版社 2004 年版。

13.《拜伦诗选》，查良铮译，人民文学出版社 1983 年版。亦可选读《雪莱诗选》《济慈诗选》等。

14.《莎士比亚戏剧全集》，朱生豪译，人民文学出版社 2012 年版。

15. 冯友兰：《中国哲学简史》，北京大学出版社 2012 年版。

16. 宗白华：《美学散步》，上海人民出版社 1981 年版。

17. 李泽厚：《美的历程》，三联书店 2014 年版。

18. 苏珊·桑塔格：《论摄影》，黄灿然译，上海译文出版社 2008 年版。

19. 哈罗德·布鲁姆：《西方正典》，江宁康译，译林出版社 2011 年版。

新媒体环境下时事新闻评论的写作特色

岳 琳

内容提要： 随着新媒体时代的到来，海量的信息资源、传受的平等互馈、媒介把关的弱化、信息碎片化、移动化接受方式等特点日趋显著，对新闻评论产生了重要的影响。新闻时评进入了第三次热潮，除了承接"文人论政"的传统外，更掀起了"公共表达"的高潮。本文以近期的热点新闻为例，通过对新闻时评作品的分析，从新闻时评的选题内容、评论逻辑、评论方式、语言特点等方面探讨了新媒体环境下时评的写作特色。

在我国新闻史上，已经出现了两次时评热潮，当下正经历着第三次时评热潮。随着全球化和信息化社会的发展，第三次时评除了继续继承"文人论政"的传统外，还宣示着公共表达时代的到来。[①] 近年来，新媒体发展迅猛，海量的信息资源、传受的平等互馈、媒介把关的弱化、信息碎片化、移动化接受方式等特点日趋显著，媒体已经从"贩卖新闻"走向"贩卖观点"，新闻评论的地位和作用更显重要，因此探讨新媒体环境下新闻时评的写作特色更具现实意义。

一 新媒体对新闻时事评论的影响

新闻时事评论，简称"时评"，一般指传播者借助大众传播工具和载体，对刚刚发生的新闻事实、现象、问题在第一时间发表自己意愿的一种

---

① 王国梅：《试论时评的发展规律及走向——我国三次时评热潮比较研究》，河北大学2006年硕士学位论文。

有理性、有思想的论说形式。新媒体的强势来袭对新闻时评产生了重要影响。

（一）评论平台：变"小聚居"为"大杂居"

在以传统媒体为主流的时代，新闻评论大多集中出现在几家权威性和公信力较强的大媒体上，具体而言，它会出现在规定的时间、栏目或版面上，使得时评具有"小聚居"的特点。而在新媒体时代，随着媒介"去中心化的交流"特点日趋显著，传受角色模糊，新闻评论的门槛下降，评论平台多元化，除了专业媒体外，以微博为代表的新媒体平台"发声"活跃，更加惹人关注。

（二）评论方式：变"专业评论"为"泛评论"

传统媒体的新闻时评注重摆事实、讲道理，通过引出论点、逻辑推理、罗列论据，最终提出策略。它是一种极强的理性表达，往往能引导阅者思考，很容易形成官方舆论场，有效引导舆论。如《人民日报》的社论、新华时评、光明时评等均是"专业评论"的典型代表。而新媒体评论，则以微博为代表，标题醒目、论点独到、比喻形象、论证清晰、语言麻辣成为微评论的标准模板，但篇幅限制在140字以内，虽然有的微评论很精彩，但仔细分析会发现，它并非用简短的论证把问题分析清楚，而是通过形象生动的修辞和有感染力的语言，提供了崭新的分析视角。[①] 由于"微"的限制，其深入分析和严密推理的空间非常有限，微评论只能成为一种浅表达的"泛评论"。

（三）评论员：变"专家"为"草根"

在传统媒体时代，评论员都是话语权很强大的人，基本上为社会的"精英分子"，或是资深媒体人、专家和学者，总之，必须"学富五车、见识过人"。2009年中央人民广播电台新闻综合频道"中国之声"进行了大规模的节目改版，特聘18位专家、学者和媒体同仁，担任中央人民广播电台第一批特约评论员（观察员），足见新闻评论员的"专家"特质。而在新媒体时代，人人都有话语权，评论由少数的精英人士"独唱"或"领唱"变为多个声部的"大合唱"，甚至是曲风多元的KTV。评论员不仅有"阳春白雪"，而且有众多的"下里巴人"，随时随地在微博或其他的新媒体平台上发表其对事物的看法，因此，评论员更具草根性。

---

① 曹林：《微评冲击下传统媒体评论的创新空间》，《中国记者》2012年第2期。

（四）评论内容：变"新闻性"为"娱乐化"

传统媒体时代的新闻评论紧跟新闻报道，对新闻报道中的热点、难点、焦点新闻进行选择性评论，在传播过程中紧扣新闻价值的重要、显著等要素，显得"新闻性"极强。而在新媒体时代，时评的内容受微博等社交媒体自身信息传播个人化、碎片化、娱乐化等特点的影响，使得新闻与言论、新闻与娱乐的边界日趋模糊，在评论内容上，减少了对公共领域的关注而转向社会、生活娱乐甚至私人领域的话题，呈现出话题琐屑、细小、陈旧、缺乏社会价值等娱乐化的趋势和特点。

（五）评论语言：变"理性表达"为"情绪表达"

新闻评论的语言一直是以严谨、有力、简洁为标志的理性表达，一批著名的时评人，如早期的梁启超、张季鸾，当代的鄢烈山、方舟子尽管语言风格各有不同，但都是诉诸理性表达。而当下很多的新媒体评论却充满了个性的情绪化表达，如咆哮体、私奔体、丹丹体的一夜爆红，都说明了以微博为代表的新媒体评论对言论极端化的崇尚，对理性表达和逻辑的排斥。

二 新媒体环境下新闻时评的写作特色

近期"淮南大学生扶老人""女孩怒斥号贩子""江苏女教师监考中去世""中学生平静做题"等事件引起了媒介和大众的广泛关注，本文试图通过对《人民日报》《光明日报》《新京报》等媒体上专栏时评作品的分析来探讨新媒体环境下新闻时评的写作特色。

（一）选题来源：谨防"时效至上"的负效应

时下，评论的选题主要来源为新闻报道或社交媒体，前者的评论内容多为"国计民生"，而后者多为偏社会性甚或私人领域的突发事件。一般将来源于主流媒体的新闻报道作为评论选题，因其来源可靠而成为评论员的首选，但在时效上却差强人意。因此，来自社交媒体等渠道的突发事件因其时效性强而往往成为新闻评论的"宠儿"，但此类新闻评论的选题来源有时会出现虚假新闻，从而致使新闻评论出现事实谬误。

例如，《雷锋》杂志发布的年度十大道德事件之一的"淮南大学生扶老人被讹"：新闻的由头即事件的当事一方——女大学生袁某于 2015 年 9 月 8 日发微博称"扶老人被讹 寻目击证人"。此信息一出，迅即引起了高度关注，一些评论员开始围绕"扶不扶"这一大众关注的敏感话题迅速发声。岂料事件一波三折，双方各执一词，直到 9 月 21 日，警方公布调查结论，认定其是一起交通事故，袁某负主要责任。老人承担次要责任，这一起"扶"或"撞"的"罗生门事件"似乎尘埃落定，但媒体的时评又转向了，李思辉在新浪专栏发表《谁来向"坏老太"说声对不起？》，朱永华在《中国青年报》发表《别再想当然地谴责被扶老人"讹人"》等评论作品又极力给老人群体正名。此事件发生近两月，依然有媒体评论关注此事，如《工人日报》《齐鲁晚报》刊载的《反转的"义举"在麻木我们的道德神经》《"扶不扶老"关键是道德良心还是视频监控？》等时评，而此时的评论似乎秉持着媒体公正客观的原则，阐述事件本身，而不是依"思维定势"妄下定论。

无独有偶，2016 年 1 月 17 日，一则名为《江苏女教师监考中去世，中学生平静做题——冷血无知的考试机器何以造就？》的文章在微信朋友圈被大量转发。很快，一些时评作品问世，纷纷谴责"冷血"学生或对时下的教育大声责问，对其口诛笔伐。随后，又有媒体发消息称，联系事发学校校长，得知真相并非如此，"事实是，学生第一时间发现了老师生病，并通知了隔壁班的老师，而校长也在很短时间内已赶到教室"。此消息一发布，媒体的评论又跟进了，如光明时评《女教师监考猝死，别怪学生冷血无知》，《北京青年报》发文《别给学生乱扣"冷血"帽子》，又在为学生群体鸣不平。

以上两个例子的选题来源都是社交媒体，时评的时效性非常强，但似乎又对新闻评论的第一要务即导向性有所消解。邵华泽在《新闻评论概要》一书中强调新闻评论的导向性是第一位的，而时效性则排列其后。因此，新闻时评要谨防"时效至上"的负效应。

（二）评论标题：短小＋鲜明＋冲击力

新闻时评的标题除了具备一般标题贴切、简洁、醒目等特点外，还须注意新媒体时代媒介的特点、用户的阅读习惯和喜好。

2016 年初，网上一段"女孩怒斥号贩子"的视频引起了媒体和大众的广泛关注，各大媒体的时评专栏更是纷纷跟进此事。选取 10 篇有关此事的新闻时评，来重点分析时评写作中标题的特点。

"女孩怒斥号贩子"事件的新闻时评（部分）

序号	时间	时评标题	作者	来源媒体	字数	转载量
1	1月26日	她凭啥说"这个社会就没啥希望了"	光明网评论员	光明网	1300	761
2	1月27日	靠怒斥根绝不了号贩子	张天蔚	北京青年报	1325	713
3	1月27日	全社会都该感谢号贩子	王福重	功夫财经	1460	9020
4	1月27日	"黄牛"是不是我们必须承受的苦难	杨耕身	京华时报	1038	499
5	1月27日	没有号贩子看病就不再难吗	惠铭生	新浪博客	3301	140
6	1月28日	非法经营罪能否扩大到"号贩子"	周铭川	新京报	1189	98
7	1月28日	是号贩子和患者在竞争专家号吗	舒圣祥	光明网	1369	41200
8	1月28日	医疗管理粗放是号贩子猖獗的土壤	社论	新京报	1340	181000
9	1月29日	警惕号贩子治理中的歪楼模式	杨耕身	京华时报	1060	342
10	1月29日	抓住号贩子就枪毙，挂号大涨价，你选哪个	王海涛	海涛评论	1834	84

以上10篇新闻时评的内容均来自互联网，首先在《新京报》、光明网、新浪评论上浏览做出初步筛选，然后根据时间进行排列，再按照标题空格、作者的格式在百度中进行搜索，得出其转载量。下面分别从字数、句式和表意等方面分别阐述。

第一，从标题字数上看，最长的不超过19字，非常短小精炼，符合了新媒体时代移动化阅读的标题规制。

第二，从标题结构上看，标题均采用单行式，虽形式多样但殊途同归，都在旗帜鲜明地表达观点。或采用"引语式"，如表中的第1条"她凭啥说'这个社会就没啥希望了'"或采用"论断式"，如表中的第2条、第8条"靠怒斥根绝不了号贩子""医疗管理粗放是号贩子猖獗的土壤"；或采用"号召式"，如表中的第3条"全社会都该感谢号贩子"；或采用"论断式"，如表中的第9条"警惕号贩子治理中的歪楼模式"；或采用"疑问式"，如表中的第5条、第7条、第10条"没有号贩子看病就不再难吗""是号贩子和患者在竞争专家号吗""抓住号贩子就枪毙，挂号大涨价，你选哪个"；或采用"假设式"，如表中的第4条、第6条"'黄牛'是不是我们必须承受的苦难""非法经营罪能否扩大到号贩子"。

第三,从表意来看,标题表达观点都很鲜明,且具有一定的冲击力。如表中第 10 条"抓住号贩子就枪毙,挂号大涨价,你选哪个",表达用语就有一定的刺激性,容易引起读者的关注,且选择式标题,易引起读者的思考。再如第 1 条"她凭啥说'这个社会就没啥希望了'",运用强度刺激的反问式,含有一定的悬念,表达用语也比较"劲爆",易激起读者追根究底的好奇心。

(三)评论逻辑:耐心论证征服读者

新闻评论是讲"理"的,这个"理"包含三个层次:理性、逻辑和伦理。理性是知识论上的,逻辑是方法论上的,而伦理则是道德层面对这个职业的规范。其中,方法论层面上的"逻辑"应该是时评写作中最重要的元素。①衡量一篇评论写作优劣的标准,作为判断的结论当然重要,但作者是通过什么"方法"得出这个结论的,论据能不能支撑结果,论证和推理合不合规则,引用的事实是不是真的,等等。若"方法"不对,结论再为受众青睐,都不是一篇成功的评论。在新媒体时代,受碎片化、快餐化的阅读方式影响,新颖的论点层出不穷,而有力的论证却经常缺位,让读者很容易放弃阅读,在一个个论点上蜻蜓点水,评论也削弱了自己应有的功能。

对时评写作中评论逻辑的分析还是以"女孩怒斥号贩子"这一网络事件为例。从时间上讲,"女孩怒斥号贩子"的视频是 1 月 25 日在网上引起关注的,因此,光明网的《她凭啥说"这个社会就没啥希望了"》是较早关注此事的新闻时评,该文截至 1 月 31 日在百度搜索中显示的转载量为760 次,可以说是一篇比较成功的时评。该文主要的观点是赞同视频女孩的断言"这个社会就没啥希望了",接着从对优势资源过于集中、号贩子难根治的质疑到国人对各种资源获取时的紧张心理进行了论证,而结尾以"这究竟是谁的错"这一责问结束,通篇 1300 字,分为 7 段,使用了从个别上升到概括、层层深入两种评论逻辑。

接下来选的 9 篇时评,其时间段为 1 月 27—29 日,时效性较强,时评的标题中均有"号贩子"的字样。《北京青年报》的评论员张天蔚发文《靠怒斥根绝不了号贩子》,可以说给狂热的舆论打了一针镇静剂,作者运用经济学知识,为读者耐心解读"号贩子"现象,并提出"完善并实行混

---

① 曹林:《时评写作十讲》,复旦大学出版社 2011 年版。

合分配优质医疗资源的模式"才是解决问题之道。"功夫财经"刊载了中央财经大学王福重教授的文章《全社会都该感谢号贩子》，作者首先分析了号贩子产生的原因，进而指出产生这一矛盾的实质原因是定价太低，并做了细致论证。此文一出，立即受到了各方的高度热议，搜狐组织了专门的民调，网友对此观点各持己见，又掀起了新的话题热潮；《京华时报》的评论员杨耕身撰文《"黄牛"是不是我们必须承受的苦难》，直陈事件的真相并非"没有勾结就没有黄牛"，而是"没有资源紧缺就没有黄牛泛滥"并旗帜鲜明地亮明观点，"黄牛问题"要靠医疗体制的改革最终解决。专业评论人惠铭生在其新浪博客发文《没有号贩子看病就不再难吗》，从患者的角度思考此问题，认为患者盲目涌向一线城市大医院是助推看病难的主要因素，应考虑推进分级诊疗来解决此问题。《新京报》的评论员周铭川撰文《非法经营罪能否扩大到"号贩子"》，由于该评论员为刑法学博士，故文章从法律的角度主张对倒号行为加大刑法打击力度，同时采取专家实名挂号、分级就诊且政府要引导民众不要过分迷信专家等措施来解决此类问题。此文一出，又引起了热议，《京华时报》的评论员杨耕身撰文《警惕号贩子治理中的歪楼模式》，时评指出"未从医疗体制入手，也未从'内鬼'入手，而只是一味强调打击号贩子，是一种'歪楼'模式。建议将号贩子纳入非法经营罪，认为应当通过价格来调节挂号费及声称应感谢号贩子，号贩子也是'天使'的观点，更是严重的'歪楼'。欲使医疗之楼得以扶正，仍需从医疗体制着手予以解决。"光明网的评论员舒圣祥发文《是号贩子和患者在竞争专家号吗》，提出"号贩子与患者之间本质上并不存在竞争关系，号贩子的专家号最终是要高价卖给患者的，所以实质仍然是患者与患者之间的竞争。只不过有的人愿意去排队，有的人愿意出高价。在这个意义上，屡打不绝的号贩子并不是问题的关键，理顺就诊机制和价格机制才是最重要的。"此观点的响应度最高，转载量为41200。《新京报》发表社论《医疗管理粗放是号贩子猖獗的土壤》，从"治标"谈到"治本"，采取层层深入的逻辑，解剖了号贩子猖獗的现象。著名时评人王海涛撰文《抓住号贩子就枪毙，挂号大涨价，你选哪个》，提出采用市场化或严打的方式来解决此问题，并认真举证，文章采用辩证思维的评论逻辑，引起了受众对此问题的深刻思考。

纵观这10个时评作品，均出自"名家名栏目名媒体"，从不同角度解读了此事，做到了论点鲜明、论据充分、推理严密，从评论逻辑观之，可归为四类：从个别上升到概括、正反对照、辩证思维和层层深入。在新媒体环境下，新闻和观点传播的超速度会使舆论不断发酵而使事件升级，正是恰当的评论逻辑的使用，使这些时评作品能够引起广泛关注，形成官方舆论场，进而引导大众正确认识此类网络突发事件，为民间舆论场及时导航。

（四）评论方式：传统新闻评论与"微评论"的有效结合

传统新闻评论以写作上的思维深刻，论证严密，逻辑合理，在引发读者思考的同时，往往表现出主流意识的权威性，因而受到了媒体的高度重视。以微博为代表的新媒体评论虽然只有 140 字，但已经包含了一篇好的新闻评论所应该具备的所有要素：醒目的标题、独到的论点、形象的比喻、流畅的语言和清晰的论证。其短小精悍、言简意赅、寓言深刻的微言快语风行网络。有业界人士担忧传统新闻评论会走向末路。对此《中国青年报》著名时评人曹林提出自己的观点"微博及微评不是传统评论的终结者，而是一个有益的补充；基于新闻评论的文体规范和功能要求，加上微评本身的问题，新兴的微评是取代不了传统评论的。"而著名新闻评论研究学者赵振宇也认为："在以微博为主体的新媒介格局中，传统媒体的新闻评论有其不可替代的优势，但是在微博的冲击之下，也凸显了不足之处，如时效性弱、互动性差等。"[①]由此可见，在新媒体环境下，新闻时评作为公众意见表达的一种手段与渠道，理所当然要表现出广泛的参与性，而不应成为若干"小圈子"的自娱自乐。因此，在评论方式上应该做到传统新闻评论与"微评论"的有效结合。

以"女孩怒斥号贩子"的新闻时评为例，网上的传统时评可谓掷地有声，微博评论也引起了众多的围观和转发。人民微评发表题为《号贩子向谁示威》的微评，原文如下：

> 号贩子顶风作案又是打谁的脸？安保人员有号贩子的联系方式，可否印证两者勾结？三甲医院的专家号都能买到，号贩子何以如此神通？每个问号背后，或许都隐匿着一种肮脏交易，也都汹涌着患者的无奈叹息。号贩子大行其道，并非无药可治，就看是否动真格。

---

① 赵振宇：《网络时代传统媒体新闻评论创新的思考》，《中国记者》2012 年第 8 期。

短短 116 字，连续三问，层层深入，表达铿锵有力，直指问题核心，结论清晰。与传统新闻时评比较，少了严密、推理，但多了醒目、感性，被多家权威媒体和地方媒体转发。

综上所述，在新媒体时代，传统新闻评论与微博评论各有优势，可互为补充，引导主流舆论，有效发挥评论的社会功能。

(五)语言风格:"精英"+"草根"

新闻评论的语言一贯被贴上"精英""严肃"的标签，因而显得"高高在上"、曲高和寡，成为新闻时评的诟病。而新闻评论的语言基本上由词汇、句式和修辞构成。下面结合具体的时评作品加以分析。

1. 词汇:口语化表达的趋势明显

李佳宝撰文提出"微语境"，即微博、微信、微群、微刊、微吧等一系列以"微"字为特质的媒介形态构成了一个新的话语传播体系。① 我们当下就处在微语境中，新闻评论的语言表达也受此影响，时评作品中俗语、流行语、网络用语使用频繁且大胆。如"重要的事情说三遍""屌丝""躺着也中枪""元芳，你怎么看"等热词多次出现在时评里。这种表达被网友称为"小清新"，也为正统、板结的传统新闻评论话语体系注入了新鲜血液，但也要注意段子化、极端化、情绪化等浮躁、低俗的表达倾向的蔓延。

2. 句式:亲民、协商的特征凸显

在第三次时评热潮的当下，时评已经从"传输观点"转向"意见表达"，故在时评作品的句式选择上也越来越凸显亲民、协商的特征。董天策等学者撰文称，对《人民日报》官方微博做文本分析发现，《人民日报》评论在句式上已不再使用"命令句"，可使用要求句、商量句与请求句。②

如前文提到王海涛的时评作品《抓住号贩子就枪毙，挂号大涨价，你选哪个》中的句式表达就很有特点，第一处:"这种可以被偶然事件点燃的火山还会不会有?——这是一个堪称忧国忧民的宏大话题，不好说，说不好，不说好。"第二处:"最后，我还是想问，你敢在医院录像吗，你敢在医院痛斥吗? 你不敢吧。最后的最后，我还想问，你觉得是主张抓住号

---

① 李佳宝:《微语境下主流媒体新闻评论的舆论引导——以人民日报官方微博的"人民微评"为例》，《新闻世界》2014 年第 11 期。

② 董天策、梁辰曦、夏侯命波:《试论人民日报官方微博新闻评论的话语方式》，《国际新闻界》2013 年第 9 期。

贩子就枪毙好呢,还是医院的专家号大幅涨价好呢? 你觉得都不可能吧。所以,很可能,号贩子,明天见,号贩子,天天见。"这种表述多采用短句,甚至有绕口令的意味,但有效地表达了观点,同时尽量避免给人"说教式""灌输式"的印象。

3. 修辞:时评美感跃然纸面

修辞手法是展现新闻评论语言风格的重要手段。现代修辞理论认为,借"势"服人,即"修辞者通过对'势'合于一定法度的运用,促使受众信服自己的说辞",是新闻修辞的一个重要特点。在时评作品中常用的修辞手法主要有对偶、对比和比喻等。如《人民日报》针对小米的"饥饿营销"发表官微《别把用户当猴耍 米粉必然变米愤》,就采用了比喻的手法,让用户印象深刻。再如人民微评"习马会":"北京今年的初雪,迎来了'双羽四脚'的习马会。打断骨头连着筋、血浓于水的表述令人人有一热;北宋张横渠的'为天地立心,为生民立命,为往圣继绝学,为万世开太平'的陈述,让中国人看到了希望。饭后 AA 制,透着一种互相理解与尊重。两岸有福,中国加油!"微文仅 119 字,但比喻、对偶等修辞手法的使用,句式的工整,产生了很强的美感。

综上所述,在新媒体时代,时评的写作要走下神坛更接地气,就必须在语言风格方面保持"精英"话语的同时增加"草根"性,真正实现公民新闻的建构。

随着移动互联网技术的高速发展,新媒体不断更迭,新闻时评的发展还会受到更大的冲击和挑战,但其地位和功能毋庸置疑,因此新闻时评的写作会更显重要,无论是长篇大论的传统新闻评论还是微言大义的微评论均要注意选题来源、标题制作、评论逻辑、评论方式及语言风格,要适应新媒体环境下媒体和用户的需要,时评写作才会有生命力。

思考题

1. 利用相关理论分析移动互联网时代新闻时事评论的发展趋势?

2. 根据自己接触新闻时评的情况,结合具体的时评专栏总结新闻时评的写作特点。

3. 选择近期媒体上具有评论价值的时事新闻写作一条微评论,字数不超过140 字。

拓展阅读

1. ［加］马歇尔·麦克卢汉：《理解媒介——论人的延伸》，何道宽译，商务印书馆 2000 年版。

2. ［美］保罗·利文森：《软边缘——信息革命的历史与未来》，熊澄宇译，清华大学出版社 2002 年版。

3. ［美］保罗·莱文森：《新新媒介》，何道宽译，清华大学出版社 2014 年版。

4. ［英］迈克尔·舍恩伯格：《大数据时代》，周涛译，浙江人民出版社 2012 年版。

5. 赵振宇：《新闻评论研究引论》，中国人民大学出版社 2011 年版。

6. 曹林：《时评写作十讲》，复旦大学出版社 2011 年版。

7. 钱晓文：《新闻评论"微博化"探析》，《新闻记者》2012 年第 2 期。

8. 岳琳：《省级卫视新闻评论类节目的个性化发展——以浙江卫视〈新闻深一度〉为例》，《青年记者》2012 年第 29 期。

申论概述

袁平夫

内容提要：申论是针对给定材料或者特定话题发表意见、进行议论的一种新兴文体。申论的特点主要有：考核形式的多样性和灵活性；模拟公务员工作实际，凸显现场性；给定资料内容的广泛性和"原生态"性；资料内容的民生主题和中观问题等。申论的结构模式由注意事项、给定资料和作答要求三部分构成。申论的几种题型分别对应公务员应当具备的几种能力，即通过概括材料类试题考查阅读理解能力，通过综合分析类试题考查分析和理解能力，通过提出对策类试题考查提出和解决问题的能力，通过政论文写作类试题考查文字表达能力。

一 申论的概念和性质

近年来，我国公务员考试日益升温，报考人数不断增加，已经成为"中国第一考试"，几十上百人甚至上千人竞考一个职位的状况屡见不鲜。据专家预测，这种激烈竞争局面在未来数年里将会愈演愈烈。然而，申论考试的成绩一直普遍偏低，据统计，近五年来，国考平均成绩徘徊在 30 分上下，及格率不足 10%。有人说，申论是世界上最难写的文体，它成了考生心中的"拦路虎"。其主要原因是很多应试者不了解申论试题的特点，没有掌握解题思路和答题要求，将申论当作"写作文"来应对，"跑题"和"不会写"是失分的普遍原因。因此，了解申论考试的特点，深刻理解申论的题型设置与公务员的能力要求，把握申论结构和发展趋势，对于应试者和命题组织者而言，都具有十分重要的意义。

（一）申论的概念

2000 年初，在京郊某宾馆，针对公务员考试命题，有关领导和命题组成员进行了全面深入的研讨。在广泛借鉴古今中外人才选拔所采取的"写作"考试方式（不同于一般意义上的作文）的基础上，有人提到"写作""应用写作""公文写作"，有人提出"案例分析""策论"等形式。最后，经相关部门批准定名为"申论"。在这次会议上确定了试题的基本形式和结构，由此也就产生了第一份完整意义上的"申论"标准试卷。从此以后，申论就成为中央和地方录用公务员的重要形式之一。

申论考试借鉴了一些发达国家的先进经验，注重对应试人员能力和素质的考查。比如在法国，国家机关录用比较高层次人员时，就采取了申论的考查方式。从国际发展趋势来看，各国都更加注重对应试人员从事行政机关工作和岗位职责所需要的能力素质的考查。

"申论"一词出自《论语》的"申而论之"。申，即申述、申辩、说明，也就是分析和说明事理，如"三令五申""申明立场"等都取此意。刘勰《文心雕龙·论说》指出："论也者，弥纶群言，而研精一理者也。"也就是说，凡融通种种见解而深入阐发某些道理的文辞，一概都可以称为"论"。纵论时事政治的为"政论"，考辨历史的为"史论"，评优论劣的为"评论"，总揽要点、予以阐述的为"概论"。论，即议论、论说、论证。申论，亦即对事件、材料、问题、现象、事理等进行分析和说明，并据以发表见解，进行论证的一种文体。

由此可见，申论是针对给定材料或者特定话题引发、进行议论的一种文体，是随着公务员录用考试制度而出现的一种新兴文体。作为人才选拔的方式，申论是在充分吸收古代策论、现代材料写作基础上发展起来的一种以考查应试者实际能力为目标的测评方式。

（二）申论的性质

作为选拔录用国家公务员的应试文体，申论适当地借鉴了我国古代科举应试中"策论"的一些经验与做法。"策论"和"申论"都是选拔人才的一种方法，都要求考生具有突出的文字表达能力、综合分析能力，提出的对策（方案）都要有可行性。但"申论"在内容上比"策论"更具有现实针对性，在形式上比"策论"更加灵活多变。"策论"大多要求考生就一些重大问题展开论述，即论证某项国家政策或对策的可行性与合理性，侧重于考查考生解决问题的能力。申论则要求考生从一大堆反映社会现实问题的材料中去发现并解决问题，全面考查应试者处理各类日常信息的素质与潜能，充分体现了信息时代的特征，也适应当今国家公务员实际工作的需要。

申论具有区别于其他诸论的特点。它不同于仅凭主观好恶、尽情张扬个性的高谈阔论，而是要求准确把握一定的客观事实，作出必要的说明、申述，然后在此基础上发表见解，提出方略，进行论证。申论类似于古代科举考试中的策论，但又有区别。策论重点考查应试者解决问题的能力，而申论还兼考查应试者搜集、处理各种信息和综合分析的能力；策论主要从经书中出题，申论的给定资料具有更强的现实针对性，形式也更加灵活多变。

从考试大纲要求和历年考试情况来看，申论为考生提供了一系列反映当前社会热点或焦点问题的文字材料，要求考生仔细阅读材料，概括出材料所反映的主要内容或问题，并提出解决问题的对策，而后进行较详细的阐述和论证。申论写作，避开了传统写作考试中那些不适合考查公务员的因素，使考试的针对性和效用更加突出。

申论考试，是具有模拟政府公务员日常工作性质的能力测试。作为政府公务员，不仅要对社会生活的方方面面都有所了解和认识，而且要具备较高的理论政策水平和较强的分析问题、解决问题的能力。因此，申论考试所提供的都是现实性较强的背景材料，让考生进行分析和论述，从而测查应试者管理社会和处理日常事务的潜能。

二 申论的特征

申论作为国家用来选拔行政管理人才的一种方法，是根据国家行政机关日常工作的特定要求，设定材料，检测应试者发现问题、解决问题和宏观战略思维以及语言表达能力，要求应试者具有扎实的基础理论知识、较强的实践能力和正确的政策导向。下面从申论的考查方式和给定资料两方面说明其特点。

（一）申论考查方式的特点

申论考试是按照国际标准设计的，2000年至今的十多年实践使申论考试形成了以下突出特点。

1. 考核形式的多样性和灵活性

与传统作文不同，申论考试一般由概括部分、方案部分、论证部分三个方面组成。它不受体裁局限，可以在三个部分分别运用记叙文、说明文、议论文文体。概括部分可以选择记叙文和说明文文体；方案部分则纯粹是应用文写作；论证部分则属政论文文体。申论既测试了一般文体的写作能力，又考察了公文写作能力，形式非常灵活。而且申论的给定资料没有明显的专业倾向，这样对于全国各地区、各专业的应试者都是公平的，应试者只要关注时事热点问题，具备一定的常识和阅读写作能力就能作答。

申论考试的题型多种多样，考核方法非常灵活。近十年来，申论考试共出现了五种类型的题目。一是归纳概括题，包括归纳概括主要内容、归纳概括主要问题和归纳概括部分内容三种题型。二是综合分析题，包括词语解释、关系分析、评论分析、启示分析四种题型。三是提出对策题，分为直接提出方案和简要概括问题后针对问题提出对策两种题型。四是应用文写作题，分为一般应用文和法定公务文书写作两种题型。五是文章论述题，分为命题作文和自由命题作文两种题型。

2. 模拟公务员工作实际，凸显现场性

申论考试的目的是选拔国家公务员，而能够解决社会发展和现实生活中随时出现的各种问题，这是对公务员的能力要求。近年来，申论考试题目设置非常灵活，内容也更加贴近工作实际，例如写一个情况综述或报告，就如何解决某方面问题提出工作思路；也有就突发事件写一篇现场或电视讲话稿。这类题目对作答者进行了身份上的假设，让考生有身临其境、身在其位的现场感，给定资料就是现实问题的再现，考生作答就是模拟公务员发现问题和解决问题的过程。

3. 没有标准答案

申论的测试题目都是当前社会发展中的热点问题，这些问题有的已有定论，有的尚未定论，完全要考生自己把握。以对策题为例，主要是提出解决问题的办法，办法要具有针对性和可行性。但是针对性和可行性是相对的，在不同地区以及发展中的不同阶段，解决问题的办法就不可能一样。因此，哪一种方案更为合理，针对性与可行性更强，就更接近正确答案。又比如论证写作题，从什么问题展开、以什么视角论证、观点的确立、结构的安排等，要适合自己的特长，因而也不会有一个具体唯一的标准。因此作文的评定，也只能是综合的、全面的、等级式的，不可能有确切、唯一的标准。

正因为申论测试没有确定的答案，这给了考生很大的发挥空间，考生可以充分展示各自不同的能力和水平。同时也有利于选拔者挑选到满意的

人才。随着国家公务员考试的不断发展，申论考试主观试题客观化的趋势已经越来越明显。为了赋分的客观公正，申论五类题型均有内部标准答案，立意错误是失分的重要原因。

（二）申论给定资料的特点

1. 给定资料内容的广泛性和"原生态"性

申论给定资料内容涉及范围极其广泛，包括政治、经济、文化、教育、法律等方方面面的现实问题。这些问题非常贴近社会生活，为社会大众所关注，有的资料就是社会生活中的热点或焦点问题，有的涉及层面极其复杂。2006年到2015年申论考试所选取的素材也都是社会关注的热点问题。相信以后申论命题会继续遵循这个方向，以社会某一热点为素材进行命题。由于申论考试不受专业的局限，为了使不同专业的考生都有话可说，考试中让考生处理加工的材料大都具有普遍性、非专业性。

给定资料的"原生态"性主要体现在近几年的考试中，资料未经整理、加工、修改和完善，有的繁杂冗长，有的顺序错乱，阅读起来不顺畅，属于原生态的"毛坯子"，以前由出题人做的文字整理工作改由应试者来做。应试者阅读资料时要去伪存真，推敲加工。

2. 资料内容的民生主题和中观问题

申论的给定资料，无论是教育、医疗、住房，还是交通、养老、三农等问题，都属于民生问题。而且资料反映的问题不会太大，也不会太小，既不是宏观问题，也不是微观问题，当然也不会是难有定论的敏感问题，而是带有普遍性或一定现实意义的中观问题。申论资料的内容表现出三个特点：一是与政府工作的关联性。只有与政府职能和政府自身建设有密切关联的时事，才具有成为命题题材的可能，而与政府工作无关的社会问题不管多么火爆，都不可能成为命题的题材。因为申论的本质就是从政府角度发现和认识社会问题，提出解决问题的思路。二是问题性。申论题材必然是近期发生或长期积累的有待解决、改善的问题，如果是成绩、经验等值得肯定、推广和弘扬的事物，是不会成为命题材料的。就是说申论的时事一定带有问题性，是需要解决或改善的对象。申论考试所给的材料，可能涉及面很广，但材料大都具有较强的现实针对性，也就是说，问题的解决方案要具有可行性。三是非敏感性。国家公务员考试万众瞩目，申论题材又是时事热点问题，敏感因素过多、敏感指数过高，或难有定论、不具有可操作性的话题，也不会成为命题的材料。

3. 以小见大，时效性强

申论材料小切口、大主题的特点很鲜明。它往往从某一具体事件入手，然后从不同角度进行论证和挖掘，这些事件的社会影响一定是比较广泛的，所反映的问题是全国或一定范围内普遍存在的，并且是对当前和今后有重大影响的问题。过于具体、无关大局和长远的事实，都不会成为申论的材料。此外，申论的材料时效性很强，材料中的很多案例、事件、现象等素材，从发生、引起关注到进入命题，事件发生的时间不会太长，通常在半年到一年左右。

三　申论的结构模式

申论试题的内容结构实际上是国家公务员日常工作流程的一个缩影。它是通过给定资料，概括材料所反映的主要问题，提供解决问题的方案，并有针对性地写一篇政论文，从而对应试者所具备的知识、素质和潜在能力进行考核，它是考查应试者准确理解问题、敏锐发现问题、综合分析问题、妥善解决问题的能力。这里以 2013 年陕西省公务员录用考试《申论》试题为例：

2013 年陕西省公务员录用考试《申论》试卷

满分：150　　时限：150 分钟

注意事项

1. 本题本由给定资料与作答要求两部分构成。考试时间为 150 分钟。其中，阅读给定资料参考时间为 40 分钟，作答参考时限为 110 分钟。满分 150 分。

2. 监考人员宣布考试开始时，你才可以开始答题。

3. 请在题本、答题卡指定位置填写自己的姓名，填涂准考证号。

4. 所有题目一律用现代汉语作答在答题卡指定位置。未按要求作答的，不得分。

5. 监考人员宣布考试结束时，考生应立即停止作答，将题本、答题卡和草稿纸都翻过来留在桌上，当监考人员确认数量无误、允许离开后，方可离开。

严禁折叠答题卡！

给定资料

1. 自 2012 年 12 月 4 日，中共中央政治局审议通过关于改进工作作风、密切联系群众的八项规定以来，中央领导同志率先垂范，各地各部门积极贯彻落实，引发海内外关注与好评。从改进调查研究到精简会议、改进会风，从精简文件简报、切实改进文风到规范出访活动，从改进警卫工作到改进新闻报道，从严格文稿发表到厉行勤俭节约，八项规定详细具体，令人耳目一新。

国务院总理李克强在 2013 年"两会"记者招待会上，回答提问时强调："要让人民过上好日子，政府就要过紧日子"，并做出"本届政府内，一是政府性的楼堂馆所一律不得新建；二是财政供养的人员只减不增；三是公费接待、公费出国、公费购车只减不增"的"约法三章"。要求"中央政府要带头做起，一级做给一级看"。

2013 年 3 月 26 日，国务院召开第一次廉政工作会议，中共中央政治局常委、国务院总理李克强发表讲话。中共中央政治局常委、中央纪委书记王岐山等应邀出席会议。李克强从五个方面对今年政府反腐倡廉工作提出了要求：一是简政放权，二是管住权力，三是管好钱财，四是政务公开，五是勤俭从政。

2. "仅仅一天就有这么多中央部委公开了自家'账本'，动作之快的确出人意料!"有人评论道。随着国家财政部和国务院南水北调办公室于 2012 年 7 月 18 日率先公布"三公"经费信息，2012 年中央单位"三公"经费公开的大幕在 7 月 19 日全面拉开。截至 8 月 28 日，有 95 个中央部门公布了本部门决算和"三公"经费。人们普遍感到，与 2011 年第一次公开"三公"经费相比，中央单位回应社会公众关心的热点问题更加积极主动、标准更加统一规范、内容更加详细具体。"三公"经费公开已经成为政务公开工作向纵深发展的一个重要标志。

向社会公开政府部门的预决算情况和"三公"经费，才能让群众知道政府究竟把钱花在了哪里，该不该花这么多的钱。2012 年，北京、山西、黑龙江、陕西、新疆等 9 个省(区、市)公开了"三公"经费支出情况，切实增强了政府施政的透明度和公信力。四川汶川地震、青海玉树地震等重特大自然灾害的抗灾救灾、恢复重建以及筹备北京奥运会、上海世博会等重大活动情况的信息公开，受到国内外广泛好评。各地区各部门在因地制宜地运用传统公开方式的基础上，还积极探索服务热线、政务微博、手机媒体、网络平台等信息手段，畅通群众诉求渠道，及时回应社会关注，有效化解了社会矛盾。

3. 按照党中央、国务院关于党政机关厉行节约的有关要求，近年来，国家财政部会同中央部门主要做了以下几项工作：一方面，加强"三公"经费预算编制和执行管理。细化"三公"经费预算编制，规范预算口径，要求中央部门从基层单位逐级汇报"三公"经费预算，努力提高"三公"经费编制的准确性。强化"三公"经费预算执行约束，明确要求各部门用财政拨款安排的"三公"经费支出不得超过预算规模。同时，加强相关制度建设。随着《机关事务管理条例》的实施，"三公"经费管理的制度建设将得到进一步加强。根据国务院要求，2010 年至 2012 年部门预算编制中，按照"零增长"原则，对中央部门"三公"经费预算进行了严格审核和控制。2011 年中央本级"三公"经费财政拨款决算支出 93.64 亿元。2012 年中央本级"三公"经费财政拨款预算 79.84 亿元。"三公"经费压缩了，"三公"账目数据更全面了，还增加了部分解释说明，人们在充分肯定中央部门晒"三公"经费细账的同时，也充满了更多的期待。

4. 2012 年 6 月至 7 月，《人民日报》与人民网强国论坛联合推出了"晒晒公家的铺张浪费"系列报道。并邀请了知名专家学者，回答编辑和网友的问题，为"公家"的铺张浪费现象把脉。专家们指出：

在我国，政府成本过高一直是公众关注的问题，政府成本体现在政府自身消费方面，我国政府自身消费约占财政收入的 20% 左右。政府改革的一个重要目标就是降低政府成本。另一方面，政府政策性浪费也比较严重，由于决策的公开透明度不够，少数人或一人决策现象严重，因此决策失误造成的财政浪费现象比较严重。

从 2006 年以来，"三公"消费一直是政府"自身治理"的重点，但目前来看，效果仍不很明显。主要原因有两个：其一，在我国，公共收入究竟是多少不是很清楚。比如，2010 年社科院财贸所白皮书显示，我国财政收入约为 8.3 万亿，但宏观税赋收入在 14.2 万亿左右。就是说，有 6 万亿左右没有被纳入预算管理体制，因此在体制外循环而大多成为滋生"三公"消费的温床。其二，即使在预算范围内，"三公"消费的数字也没有细化，我们无法判断哪些"三公"消费合理，哪些不合理，也就无法禁止一些单位用"三公"消费挪用或挤占公共财政资源。

5. 2012 年中央部门公开"三公"经费过程中,虽然在一定程度上细化了"三公"经费的解释说明,公开了车辆购置及保有量、因公出国(境)团组数及人数、公务接待有关情况,但还是有相当多的人"看不懂",也弄不明白"哪些钱该花,哪些钱不该花",甚至还有人把"三公"经费与公费旅游、公车私用、公款吃喝画等号。"公众的质疑说明对'三公'经费的定义认识有所不同,也说明'三公'经费支出管理制度的解释有待加强。"财政部财科所 B 副所长表示,建立完善的预算透明制度是一个循序渐进的过程,需要政府把管理制度向公众公开,让公众监督政府有据可依。此外,"三公"经费的标准不明确。比如,车均运行费,有的十几万元,有的不到三万元,但老百姓没有一个可以依据的标准,去评说哪个多了哪个少了。还有,"三公"经费的标准也需要与现实相符,才能起到一个硬杠杆的作用。比如,外宾接待费和出国住宿费分别是 1998 年和 2001 年开始执行的标准,与现实情况有较大差距,造成超标现象比较普遍。

2011 年中央部门首次公开"三公"经费时,部门之间数额相差太大,有的部门"三公"经费支出为数百万元,有的却多达几亿元,甚至十几亿元。起初,有人提出疑问:部门之间支出差距这么大,是不是有的部门比较节约,有的部门大手大脚?"今年人们不再纠结数额的大小",W 教授认为,绝大多数民众能够作出理性分析、科学判断。不同部门职能不一样,造成经费使用出现差距是必然现象。疑问年年有,2012 年人们议论较多的,就是横比之下的差距。出国(境)人均费用,多的 5 万元,少的不到 2 千元;车均运行费用,高的 10 多万元,低的 2 万余元。差距为什么这么大?老百姓百思不得其解。媒体的报道是否准确?老百姓需要有个解释。或许有误读,或许是统计口径不一,或许是经费太大。人们迫切想知道个中原因,但老百姓不知道该问谁,媒体报道后,至目前为止,也没看到有相关部门出面作进一步的解释说明。

"公开是好事,但面对质疑,如何调查?针对问题,如何查处?针对不良现象,如何改善?公开是一种进步,但公开不是目的。"有人这样评论。随着中央部门"三公"经费账单陆续公开,大多数百姓给予肯定。同时,公开后能否对不合理的公务消费进行约束,迅速成为人们讨论的热点。在热闹的网络评论中,网友们一致希望"三公"经费规模要有所缩减,"三公"经费要合理规范。一位网友留言说:"不能单纯看费用多少,要看使用费用的合理性，必须花费的，1000万元都没问题，不能花，不该花的，一分钱都是问题，要有严格的精细化区分。"对此，M教授表示："老百姓的话是有道理的，从目前已经公开的数据来看，政府仍然是一个高价政府，公共支出还比较高。"同时，他认为公布确实是一个进步，让百姓进行监督，可以督促下一步的改进。

6. 李克强总理履新后主持召开的第一次国务院常务会议，就研究加快推进机构改革，抓紧把政府职能转变的各项任务落到实处。把本地区、本部门的预算情况公之于众，本身就是转变政府职能的应有之义。令人欣慰的是，从中央到地方，越来越多的政府部门开始向社会"晒账本"，财政预算的神秘面纱正被逐步揭开。

据媒体报道，2013年北京公布"三公"经费和部门预算信息单位进一步增多，并首次单独列示"大额专项资金"。截至2013年3月21日，包括市财政局、市发改委在内的88家市级预算部门均"晒"出了本部门预算和"三公"经费财政拨款情况，共计公开预算总额近900亿元，其中安排"三公"预算近8亿元。相比去年，超过半数的部门"三公"预算持平或下降。88个单位共压缩"三公"经费50万余元。

今年北京市预算公开最大特点在于，要求相关部门必须同时公布"大额专项资金表格"，金额高达273亿元。据了解，目前北京市的大额专项资金支出占到全市财政支出的16%至17%，其占比和资金额度都很大。备受社会诟病的不公开、不透明的"三公"经费，过去就常放到"大额专项资金"列支。

7. 美国《信息自由法案》规定，不涉及国家机密或者安全的政府信息都应该向公众公开。在美国，所公开的"三公"经费信息必须十分详细。例如，政府部门所公开的公车信息，不但包括公车的数量、支出等总体情况，还包括具体费用明细，哪些人在用车等细节。

美国的"三公"经费中，差旅费的管理较为严格。美国《联邦旅行守则》规定，公务员只有在残疾、时间紧迫或有安全风险等情况下才可坐头等舱。残疾情况需有医院证明且每年复查一次。如果出于无法订到经济舱等原因，则须提供各大主要航空公司的票务信息。美国国务院《报销手册》规定，公务员出行时间在14小时以内的，一般乘坐经济舱，只有出行时间在14小时以上，且第二天需要工作的公务员才可乘坐商务舱。

日本虽没有"三公"消费的概念，但要求公布全部行政经费。经费的使用情况由中央政府和地方政府提交给国会和地方议会，并通过互联网对外公开，接受全民监督。

在政府经费开支方面，日本采取削减公务用车、公款宴请从简等措施。日本总务省在 2007 年就要求所有中央政府机关削减公务用车。目前，日本地方政府的公车多配给水务、教育、总务等实际用车需求较大的部门。同时，日本政府机构举办活动时，除少数礼仪性场合外，大多数无公费宴请，活动参与者大多是吃食堂、套餐，即使有聚餐活动，与会者也采取 AA 制。

在中国香港，政府各部门需要对各项开支做出预算，经立法会、财务委员会审核表决通过后才能获得财政拨款。拨款项目所产生的政府账目还会由审计署独立审计，并将审计报告提交立法会的账目委员会审查，防止部门挪用拨款。

各部门每年都会详细统计往年"三公"经费开支，并在此基础上对来年经费做出预算。每年 2 月，香港财政司会公布各部门草拟的财政预算案，并交给立法会财务委员会特别会议讨论。议员在立法会辩论财政预算案，并提出质询，各局局长要给予明确回复。如果政府"三公"经费预算数字变化太大或运作开支预算明显增加时，立法会财务委员会在辩论预算案时就会要求作出解释。最终出台的财政预算案纲目详尽，条款众多，每项预算支出都会精确到个位数字。

8. 2012 年中央各部门陆续向社会公开了"三公"经费支出。某报纸发表的评论文章中说："去年，各部门的'三公'账本甫一公开，立即成为社会热议的焦点话题。尽管公众对公开'三公'经费这一举动颇多褒奖和肯定，但是对'三公'经费本身也存在诸多误解和偏见，甚至有人认为'三公'经费就是'腐败'经费，财政预算里根本就不应该允许'三公'经费存在。而今年，对'三公'经费的理性讨论明显成为主流。社会公众更多地将目光投向了'三公'经费的具体项目、各部门账本的横向比较，以及与去年公布数据的纵向比较。当公众的目光开始聚集于细节，公开'三公'经费这一举动所蕴含的打造'阳光政府'的深意，才有了对话和沟通的基础。社会公众更加专业的解读，也给政府部门的公开工作提出了更高的要求。"

该文章中还表达了这样的观点："尽管与去年相比，政府部门的公开力度有所加强，但仍与公众的期待存在着不小差距。在各部门公开的账本中，虽然加上了一些解释和说明，但大部分公众仍有'雾里看花'的感觉。不可否认，预决算信息属于比较专业的范畴，要做到让每一个人都能看懂，并不现实。但政府部门不能以'专业'为借口，抵挡社会公众要求透明公开的呼吁。"

9. 近些年来，随着经济平稳较快增长，我国财政收支规模连续迈上新台阶，财政支出涉及经济社会生活的各个领域，服务面向千家万户。社会各界不仅关注财政收入的规模，也更加关注财政资金的使用，迫切希望政府采取有效措施管住"乱花钱"现象，确保"好钢用在刀刃上"，为公众提供更多更好的公共产品和服务。

实际上，关于一些政府部门"乱花钱"的报道近年来屡见不鲜：一些地方财政并不宽裕，但政府办公楼越盖越豪华，广场越修越气派；一些市政设施重复投资，"拆了建、建了拆"，折腾起来没完没了；部门办公花几千元买台平板电脑，来代替几十元一个的 U 盘；一块铁皮路牌写写字、喷喷漆，造价居然高达上万元……

10. 国家财政部数据显示，2011 年，中央行政单位、事业单位和其他单位用当年拨款开支的"三公"经费支出合计 93.64 亿元，其中，车辆购置及运行费 59.15 亿元，占"三公"经费总数的近六成。地方情况基本类似。2013 年，北京 88 家单位公开的部门预算中，公车开支是"三公"经费的最"大头"，购买车辆及运营维护开支为 5.9 亿元，占比 74%。广东省 2013 年省级行政事业单位的三公经费为 8.64 亿元，其中，公车类开支总计约 5 亿元，占比近六成。在公车费用中，公车购置 7316 万元，公车燃料、维修等运行维护费 4.27 亿元。"公车费用减不下去，'三公'经费难以得到根本控制。"长期关注公车改革的湖北省统计局叶某说。

事实上，公车的配备和使用在我国曾经被严格限制，1994 年中办、国办印发了《关于党政机关汽车配备和使用管理的规定》，要求部长级和省长级干部按一人一辆配备专车；现职副部长级和副省长级干部保证工作用车或相对固定用车。在这个规定的基础上，各地方政府也出台了本地的公车配备规定，但基本思路都是按照单位和领导的级别配车。"我们赋予公车太多东西，无形中增加了严控公车的难度"，叶某认为，不少民企老板放着正规车牌不用，一定要花大价钱、冒着风险用军牌，这种不正常现象，折射出了公车代表的特权意识。

叶某说，从1993年广东东莞沙田镇试点公车改革至今，20年来各地开展公车改革的呼声此起彼伏，实践探索各具特色。"总结、借鉴其中的成功经验，将有助于我们推动公车改革，在全国范围内形成制度，步出'深水区'，触动既得利益者的'奶酪'"。

时至今日，地方性车改已经进行了十几个试点，然而还是停留在试点阶段，不少改革试点更是中途夭折，从许多首先"吃螃蟹"的城市的改革经验来看，货币化改革成为推进公车改革最主要的一种方式，这是一种相对而言阻力不是那么大的方式。现在温州货币化车改还在如火如荼地进行。温州的"拍卖公车，近程货币化补贴，远程市场化租赁"基本上沿袭了杭州的模式。这种模式的基本特点是"买改为租"，即建立服务中心，所有公务用车集中至机关公务用车服务中心，单位公务用车可向中心提前预约租用，同时按级别给公务员发放补贴。

11. R教授认为，经过多个试点的长期探索，基本符合中国特色的改革模式已经浮出水面，即走货币化补贴和市场化之路。但针对货币化改革的理念及其推行过程中出现的许多举措，一些专家并不那么看好。针对实行货币改革是否真的能减少财政支出，W教授持悲观态度。"以前配备公车的主要还是上层领导，而现在补贴要发到每个公务员手里，是否真的能节省支出还有待观察。"

中央党校L教授认为，具体到个人的货币化补贴有其弊处。"采取个人补贴可能出现公务员之间的下乡或者外出工作的相互推诿，因为谁都不想花自己的钱去做公事。""整个公务用车运行机制都必须在阳光下进行。要有明文规定、算好每一笔账，哪些可以报销，哪些不可以；还有拍卖的对象都是哪些人，资金流向哪里必须清清楚楚。"

"豪华的标准是什么？怎样算是超标违法？目前还没有细则。但必须要有个数字的可以量化的东西来衡量。"国家行政学院Z教授说道。

2012年7月13日的一篇报道称，在近日的一次公车拍卖中，河南省某县纪委牵头、县国资局承办，公开拍卖了43辆超编公车，成交总价为39.11万元，实现国有资产增值53.2%。不少读者看到这一数字后大跌眼镜：43辆车成交总额只有39.11万元，均价不到9000元，被称为"公车卖出废铁价"，也让人质疑公车改革中的一些举措不够规范和透明。

作答要求

一、根据给定资料，请概括"'三公'经费公开"的基本内涵。（10分）

要求：概括准确、表述简明。不超过100字。

二、根据给定资料，谈谈"晒'三公'经费"的现实意义。（15分）

要求：概括全面、条理清晰。不超过150字。

三、根据给定资料3—5，你认为公众对"三公"经费使用还有哪些方面的期待？（15分）

要求：提炼精当、表述完整。不超过200字。

四、根据给定资料7，谈谈国外以及我国香港地区在"三公"经费支出管理方面给我们的启示。（20分）

要求：理解全面，条理清晰，语言精练。不超过200字。

五、根据给定资料10—11，你认为在推进公车改革中还有哪些方面的问题需要解决？（20分）

要求：分析全面、表述简明。不超过200字。

六、"三公"经费公开后，一位网友在某知名网站开通的网络问政平台上发布了如下留言："在一些地方，公款吃喝，公款旅游，公车私用现象还非常突出。'三公'消费就是铺张浪费，是老百姓最能直接感受到的腐败。尽管'三公'经费得以公开，但是有的单位公开的明细显得诚意不够，而且也看不懂。"假如你是政府相关工作人员，请你代表政府在网上对该网友的留言给予回应。（20分）

要求：针对性强，有说服力。不超过300字。

七、请参考给定资料，结合你对"要让人民过上好日子，政府就要过紧日子"一句话的理解，自拟题目，写一篇文章。（50分）

要求：

1. 中心明确，思想深刻；

2. 结构完整，内容充实；

3. 语言流畅，字数控制在800—1000字。

四　申论的题型设置与公务员的能力要求

《公务员公共课目考试大纲》明确规定：公务员笔试分为行政职业能

力测验和申论两科，其中行政能力测验为客观性试题，申论为主观性试题。申论是测查从事机关工作应当具备的基本能力的考试科目。省级以上（含副省级）综合管理类职位申论考试主要测查报考者的阅读理解能力、综合分析能力、提出和解决问题能力、文字表达能力。市（地）以下综合管理类和行政执法类申论考试主要测查报考者的阅读理解能力、贯彻执行能力、解决问题能力和文字表达能力。

申论通过怎样的题型来测查报考者的基本能力？换言之，申论的题型与公务员的能力之间要求有何关系？纵观十多年申论考试试题，我认为，申论考试能够较为准确全面地测查报考者所具备的基本能力。

（一）通过概括材料类试题考查阅读理解能力

申论第一种题型是归纳概括类试题。归纳概括是对给定资料或资料特定部分的内容要点、精神主旨、主要问题或思想含义进行提炼，掌握其要点，建立对资料内容、本义和引申意义的概括性认识，并用简明的语言加以概述。这类题目有时用"概括"、有时用"归纳"的提法，仅仅是用词不同而已，都是概括出符合作答要求的资料要点。

【例一】2010·国家·省级·第一题（1）

"给定资料1"提到，权威部门指出，如果再不采取果断措施，渤海将在十几年后变成"死海"。这里的"死海"是什么意思。要求：准确、简明。不超过100字。

【例二】2010·国家·市级·第一题（1）

《渤海碧海行动计划》近期目标难以实现有多方面的原因。请依据"给定资料1"分别进行概括。要求：准确、全面。不超过200字。

【例三】2009·国家·第一题

我国改革开放三十年，取得了巨大成绩，也面临许多问题。请概述"给定资料"反映的我国当前经济发展要解决的主要问题。要求：紧扣给定资料，全面，有条理，不必写成文章。不超过300字。

概括归纳类试题是申论考试的基础题型，几乎是每年必考题型，出现频率很高，分值约占20分。这类题型能够很好地测查应试者的文化素养和阅读理解能力。阅读理解能力具体指运用一定的知识、经验和方法对材料进行阅读，并能够准确理解材料中的字词、句子、结构和主旨的能力。阅读理解能力是各项能力的基础。

(二)通过综合分析类试题考查分析和理解能力

综合分析类试题是以分析为主要方法，综合多种命题形式的一种试题类型。它要求考生能够准确把握题目要求，条理清晰、简明扼要地分析问题，揭示问题本质，并能阐发独立思考的观点。

【例一】2008·国家·第二题

请根据"给定资料9、10"分析这两个资料对搞好水电开发提供了哪些启示。要求：分析简明扼要，条理清楚，不超过200字。

【例二】2009·国家·第二题(1)

对"给定资料3"中林老板的心态进行分析，并指出他的心态所反映的本质问题。要求：观点明确，分析恰当，不超过200字。

【例三】2009·河北·第三题

给定资料9、10中，L教授和T教授在解决水资源问题的方式上存在两种截然不同的看法。这两种看法是什么？你对此怎么评价？理由是什么？要求：观点明确，层次清晰，简明扼要，语言流畅。250字以内。

综合分析类题目从2005年开始出现，虽出现较晚，但比重较大，题型多样，近几年来的分值都在25分左右。这类题目能很好地测查应试者分析和理解问题的能力。

(三)通过提出对策类试题考查提出和解决问题的能力

提出对策类题型是申论考试中十分重要而又稳定的题型。它要求考生针对全部材料所反映的主要问题或材料中所涉及的具体问题提出对策思路或解决方案。提出问题本质上是一种概括能力，因为问题都蕴含在材料之中，而解决问题则是及时处理、化解社会发展和现实生活中所出现的各种各样的矛盾与问题。这类题目能够有效考查应试者提出和解决问题的能力，也是真正意义上的"申述对策"题，分值保持在20—25分。

【例一】2010年·国家·第二题

针对W市在进一步建设"宜居城市"过程中所存在的具体问题，参考给定资料，提出解决这些问题的具体建议。（25分）要求：1.准确全面，切实可行；2.条理清楚，表达简明。不超过300字。

【例二】2012·江西·第三题

针对江西红色旅游发展中所存在的具体问题，参考给定资料，提出解决这些问题的建议或对策。(25 分)要求：准确、全面，切实可行，条理清楚，表达简明，不超过 500 字。

【例三】2008·北京·第二题

试分析造成目前我国行业自律问题的原因，并提出具体可行的对策建议。(25 分)要求：分析合理，条理清晰，不超过 300 字。

(四)通过政论文写作类试题考查文字表达能力

申论考试的"压轴戏"是写作题，要求应试者在一定字数范围内，针对特定的社会现象和社会问题，在分析的基础上提出对策建议，全面阐述、论证自己的观点。从一定意义上说，这才是名副其实的"申论"。申论中的文章写作虽名称不一，但不管是一般文章，还是策论文，均属于广义的议论文种类。按其内容性质，写作题材都是与政府工作密切相关的特定社会现象和社会问题，因此，各种名目不同的文章，实质都是议论文的特殊形式——政论文。

例如 2007 年国考：请以"命脉"为题，写一篇文章；2008 年国考：请以"人与自然"为题，写一篇文章；2010 年国考：参考给定资料，围绕"海洋的保护与开发"，自选角度，自拟题目，写一篇文章。

写作论述类试题一般在申论的最后一题，分值最高，地位举足轻重。从作答要求看，有的是命题作文，有的是自拟题目，要求考生自选角度。这样既强调规范，又给考生以发挥空间。写作论述类试题既是对应试者综合素质的考核，又能很好地检查应试者的文字表达能力。因为作为政府公务员，下情上传、上令下达，及时发现问题、提出并论证解决问题的对策，都离不开语言文字这个工具，良好的文字表达能力是对公务员的基本素质要求。

五 申论的作答方略

(一)阅读材料的技法

申论考试的第一步是阅读材料。阅读材料是概括要点、提出解决方案，并进行对策论证的前提条件。只有充分阅读材料，深刻领会其内容实质，才能完成好后面的答题。

1. 把握整体材料

申论的材料不像作文材料那样具有相对独立性，它往往是由一组看起来毫不相干的零碎片段、简短无序的半成品组成。应试者在阅读过程中，必须不断地完成由事实到观点、由具体到抽象的思维过程，然后，又在新的观点中，进行再一次分析综合，整合为能够体现整体材料的主要观点。这种逻辑思维活动，不是一次性的简单行为，而是要经过反复的筛选。而每一次的筛选都应该是纵观全局，阅读整体材料，这样才能得到正确的观点。

2. 分层审阅材料

申论的材料是事先选定的，表面上看起来似乎杂乱无章，但仔细分析还是能够发现材料的相似性。应试者在审阅过程中，要善于发现材料的共同特征，把若干个观点相似的材料归聚为一类，并对材料进行分类、分层、分角度的对比，找到材料的共性和个性，这样才能比较容易地归纳出其主要特点。

3. 合理分配时间

申论测试对阅读的要求限制为 40—50 分钟，这种设计是具有普遍性和针对性的，也就是说，一般应试者要充分把握材料的实质，在阅读材料的过程中，应试者要合理使用时间，既不可花费过多，也不可草草地阅读一遍，就匆匆地落笔作答。否则，有时可能因阅读材料过于粗糙，而导致无法抓住材料的核心问题，使提出的对策方案没有针对性，造成论证偏离申论的要求，难以发挥正常写作的水平。

(二)概括要点的技法

1. 概括要点的要求

准。从材料中提炼观点要"准"，它要求应试者在充分阅读材料的基础上，多角度、多层面地展开联想，找到材料的互相联系，找准材料所反映的核心问题。

实。从材料中概括观点要"实"，它要求应试者必须从实际出发，联系国家公务员的实际工作，客观地反映国家行政管理过程中出现的新情况、新问题，有针对性地进行思考，提出的观点必须符合中国国情，所运用的方法也应该具有合理性、科学性。

深。从材料中概括观点要"深"，它要求应试者不仅要切中问题，反映事物的本质规律，而且还要深入把握其内涵，对观点进行深层的提炼，使之符合法律、法规的要求，符合最广大人民群众的利益。

全。申论的观点还要"全"，它要求应试者从材料中提炼出的主要观点要反映全局。申论不像传统的作文那样有"理"有"序",其所提供的材料,反映问题的角度、层面是不一样的,只有把握好所有材料,才能全面准确地概括主要观点。

2. 概括要点的方法

单项分析概括法。单项分析概括法是指对每种材料的某一个方面进行深入的分析研究,提示这一材料某一方面的特征及意义,再综合这个材料各个方面的特征,联系起来作为一个整体进行研究,以便作出全面评价的方法。

分类分析概括法。分类分析概括法是指把同类中具有不同特点的单位区分开来,注意保持各类单位的同质性与各类之间的差别性,再综合同类事物中的相似性和相异性,对各类材料作出全面评价的方法。

综合分析概括法。综合分析概括法是指把单项分析概括出来的每种材料的个性特征和分类分析概括出来的同类材料的共同特性及不同特性进行二次加工,综合所有材料的相同特性,对这些材料作出全面评价的方法。

(三)提出对策的技法

提出对策是申论的关键环节,它考核应试者的思维开阔程度、创新意识、应变能力和解决问题的能力。应试者可以结合给定材料,用发散性思维表述自己的观点。

1. 提出对策的要求

对策要针对给定材料。对策方案是针对给定材料范围来的,因此,对策应针对给定材料所反映的主要问题、形成的主要观点进行拟订。所提措施必须具有可操作性,切忌舍本逐末,夸夸其谈。

对策要合情合理。对策方案要符合当前形势发展的需求。申论给定的材料本身就是我国现阶段社会发展中出现的新情况、新问题,因此,应试者必须在充分了解国际国内政治、经济、文化背景和社会发展状况的情况下,提出既具有前瞻性又切实可行的对策方案。另外,对策方案要符合虚拟角色的要求。申论测试中常常要求应试者以某一虚拟身份就给定材料中的问题提出自己的处理意见,这就要求应试者从政府的角度剖析问题,提出解决问题的方案。

对策要切实可行。应试者所提出的对策应充分考虑处理问题的时效性、必须具备的前提条件以及解决问题的具体步骤、办法,并且这些都应是政府部门力所能及的工作。

2. 提出对策的方法

定点。定点是指确定要解决的问题。所有的决策都是从问题的发现开始的，没有问题的定点，也就不会有决策活动，在找准定点后，要分清问题的责任者是谁，哪些因素会对这些问题产生影响。

定位。即找准解决问题的主体，给主体定位，弄清要解决的问题是不是本级政府所能够处理的，是不是涉及其他的相关部分，是不是通过正常渠道能够解决的问题。

定术。即寻求解决问题的方法和措施，要弄清在一般情况下，解决问题的办法有哪几种，哪些办法在解决这一问题中切实可行，如何突破陈旧格局，找到新的解决措施。

定的。"的"即目标，包括总体目标、阶段目标和主次目标，要从宏观上阐述对策的总体思路和最终所要达到的目标。设定每一阶段应该完成的具体工作，确定主要工作目标和次要工作目标，着力解决好主要问题，同时兼顾其他。

（四）对策论证的技法

对策论证是申论测试的最后一个环节，它要求针对前面概括出来的观点，写一篇 1000—1200 字左右的文章，它是一个人基础理论知识、能力水平、思维品质和文字表达能力的全面体现。从一定意义上说，这一部分才是名副其实的"申论"。

1. 论证过程的要求

观点要正确。观点就是文章加以阐述的中心论点。在申论写作中，观点一定要符合客观实际，它要求作者除了具有正确的世界观外，还要以辩证法的观点去研究分析问题，防止认识上的主观片面性。

论据要充分。论据是文章中用来论证论点的根据。申论的应试者平时应注重积累知识，善于收集各类材料。只有拥有大量的材料，才能从中选出典型、新颖的材料作为论据，从而增强申论对策论证的说服力。

论证方式要灵活多样。申论的写作要善于运用比较论证、比喻论证等多种方式，从不同的角度、不同的层面，通过透彻的分析、周密的论证和合乎逻辑的推理来证实观点。

2. 对策论证的写作技法

事理说理论证法。事理说理论证法是指围绕申论的主要观点，通过摆事实讲道理，引用理论材料，阐明主要观点的一种论证方法。它包括据事说理和据理说理两方面。据事说理，也就是人们常说的摆事实讲道理，"事"，是申论引用的具体材料，即综合性事实、社会典型事例、史实性材料以及知识性材料等，是说理的依据。据理说理，也就是人们常说的引用科学定理、公理、名言、格言、谚语等来证明观点的正确性。前面的"理"，是申论引用的理论材料。申论写作除用事实材料作为论据外还要运用理论材料作为论据。

比较说理论证法。比较是认识和说明事物的有效方法。比较说理，就是通过两种或两种以上事物的比较分析来论证，揭示事物本质的一种说理论述方法。比较说理的具体方法有异类比较、同类比较和综合比较等。

喻物说理论证法。喻物说理论证法是指借用具体形象的事物来阐述抽象而深刻道理的方法。这种论证方法将一组具有内在联系的形象事例比喻成一个抽象的道理，把抽象的事物具体化，把概念的内容具体化，在比喻的阐述过程中，把这个抽象的道理形象生动地呈现出来，使之浅显通俗，易于读者理解。

喻物说理在文章中的运用十分灵活，可以通过比喻揭示文章的主题，可以运用成语和典故，使文章言简意赅，还可以通过打比方使事物内在本质规律通过具体形象的事物呈现出来，使人们获得直接的感性认识，有利于对内在本质规律的把握。

剖析说理论证法。剖析说理论证法是在阐明是非的基础上说明道理的一种论证方法。

数据说理论证法。数据是一种科学地体现事实动态变化的论据。在说理论证过程中，恰当地运用统计数据，反映事物的数理变化，准确鲜明地阐述论点，可以避免空泛无力的说教，有助于增强文章论证的鲜明性和信服力。数据说理论证可以从绝对数、平均数、百分数、对比数等多角度展开。论证时所设计的数字必须反复核对，做到准确可靠。

六　申论的发展趋势

纵观近几年来的试卷，申论考试命题呈现出以下趋势。

（一）给定资料的内容越来越丰富，阅读难度加大

首先，材料字数不断增加。申论给定资料 2001 年是 1570 字，2005 年是 3690 字，2006 年达到 8460 字，从 2010 年至今保持在 6000—8000

字。从考试效用和质量来看，笔者认为，材料在6000字左右为宜。其次，给定资料从单一性转向综合型。资料内容不仅涉及政治、经济、文化、法律、教育、医疗、住房等广泛领域，而且，由具体、单一型材料转向热点问题的汇编型材料。所给材料往往是杂乱无章的"半成品"，无疑增加了阅读的难度。

(二)题目设置逐渐细化，形式更加灵活

2006年以前，申论试题基本上按照概括材料、提出对策和论证分析设置三道大题，分值也大致是20分、30分、50分的模式。2007年申论设置了五道大题，不同职位考生要做四道题，分值也出现变化。2013年陕西申论考试共有七道题，申论题目出现细化倾向。相信今后还会沿用这种方式，题型和作答要求会更加灵活。

(三)写作要求大幅提高，写作难度加大

近几年来，申论对应试者的写作能力要求不断提升。第一，写作字数大量增加。最初几年的申论试卷，需要写作的内容大致在1500字以内，2008年需要作答字数在2200—2400字之间。近几年来写作字数保持在2000—2200字之间。考生要在不到两个小时的时间内，对材料进行提炼加工，完成2000字左右的写作任务，其难度可见一斑！我认为，为了有效查测应试者的写作水平，写作字数应控制在2000字以内。第二，语言能力要求更高。这几年申论写作往往提出"条理清楚、表达简明""内容充实、结构完整、语言畅达"的要求。不仅要求语言通顺，而且要做到语言准确、简明、生动。

由此可见，应试者如果平时不进行大量的写作训练，没有良好的语言文字功力，或者没有充分准备的"裸考"，想在考场上妙笔生花、一鸣惊人，只能是天方夜谭。

思考题

1. 什么是申论？简述申论的特点。
2. 申论考试一般有哪些题型？
3. 公务员的能力要求是什么？
4. 收集当年国家(或省级)公务员考试《申论》试题进行模拟训练。

拓展阅读

1. 周振甫：《文心雕龙今译》，中华书局1986年版。

2. 岳海翔主编：《公文写作教程》，高等教育出版社 2005 年版。

3. 霍唤民主编：《财经写作教程》，高等教育出版社 2005 年版。

4. 李永新主编：《陕西省公务员录用考试专用教材·申论》，人民日报出版社 2012 年版。

5. 车桂林主编：《国家公务员录用考试专用教材·申论》，中共党史出版社 2008 年版。

6. 袁平夫：《申论写作的特点与公务员的素质要求》，《写作》2013 年第 7—8 期。

后 记

2014 年 7 月，文学院获批"陕西普通本科高等学校专业综合改革试点"项目。为了顺利推进项目建设任务，达到项目所要求的预期目标，项目组进行了认真研讨和精心谋划，并对各项建设任务进行了定时定量的分解。其中一项重要的建设任务即是编撰《文学类专业素质与创新教育讲演录》一书，作为"文学类专业素质与创新教育讲座"的配套教材，切实推进人才培养模式改革。

长期以来，我院持续进行中文专业人才培养模式改革，积累了一定的经验，取得了较大成效。在 2014 年版人才培养方案修订过程中，文学院依照学校的指导意见，组织全院教师就 2010 版人才培养模式创新、课程体系与课堂教学改革、教学方法与手段改革等方面存在的问题进行了深入细致的研讨。在讨论中大家普遍认为，我们有必要在文学院现有的四个专业——汉语言文学、广播电视学、秘书学、汉语国际教育——开设一门与各自专业有关联但又超越狭隘专业意识的素质与创新教育课程，该课程主要内容包括区域内两汉三国特色文化、中外文学研究与学术素养、中国传统文化、文学创作与写作能力。于是，"文学类专业素质与创新教育讲座"这门课就纳入了新的培养计划的课程体系中。

为了使"文学类专业素质与创新教育讲座"这门课的开设落到实处，更为了保证各讲内容的严整性，便于学生听讲之余咀嚼其中的精髓，了然各位讲授者的研究方向及学术特色，引发学生的学习兴趣，提高其学术能力与创新意识，在充分论证的基础上，我们决定组织文学院高职称、高学历教师及当地知名作家、学者共同编撰一部与该课程相配套的教材——"文学类专业素质与创新教育讲演录"。

我们的这一创意得到了参编者的积极响应和大力支持。在编撰过程中，各位作者严格按照编委会制定的原则，立足于各自长期研究的专业领域、缜密思考、认真写作，顺利地完成了撰写任务。特别值得一提的是，知名作家和文化学者王蓬、李汉荣、田孟礼，他们在繁忙的写作和社会工作之余，欣然接受主编约请，从各自专业角度提供了高质量的文稿，为我院人才培养贡献了心血和智慧。今年暑期，编委会的付兴林、吴金涛不辞辛劳，放弃假期休息时间，冒着高温酷暑，精心设计体例结构，仔细编辑、校对文稿，规范文稿格式，联系出版事宜，为书稿的成型、出版付出了大量心血。

尽管耗费了不少心血，但我们深知，该部书稿因出于 21 人之手，故在体系上不可避免地存有先天缺憾；又因四个专业的特性有所差异，从而导致讲演录在内容安排上出现了倾斜的情况。当然，天地间没有绝对的十全十美，存有缺憾和不足乃正常现象，这或许将为下一次的努力留下余地并储备完善的动力。

我们的这一尝试，旨在引起更多的高校教育工作者对人才培养模式创新、课程体系与教学模式改革予以高度重视。我们扮演的只是铺路石、探照灯的角色，倘若有更多的人勇于、甘于在这些方面去持续探索，我国高等教育改革的路子一定会越走越宽广，人才培养质量一定会越来越高。

编 者
2016 年 8 月